W0371758

CHRIS RYAN EXTREME

SCHWERE ZIELE

Copyright © 2010 by Chris Ryan
Title: EXTREME: HART TARGETS. All rights reserved.

Diese Geschichte ist frei erfunden. Sämtliche Namen, Charaktere, Firmen, Einrichtungen, Orte, Ereignisse und Begebenheiten sind entweder das Produkt der Fantasie des Autors oder wurden fiktiv verwendet. Jede Ähnlichkeit mit tatsächlichen Personen, lebend oder tot, Ereignissen oder Schauplätzen ist rein zufällig.

Deutsche Erstausgabe

Titel der Originalausgabe: EXTREME: HART TARGETS

© 2016 LUZIFER-Verlag
Alle Rechte vorbehalten. Das Werk darf – auch teilweise – nur mit Genehmigung des Verlages wiedergegeben werden.
Cover & Umschlaggestaltung: Michael Schubert
Übersetzung: Peter Mehler

ISBN: 978-3-95835-172-1

Printed in Germany

Bibliografische Information der Deutschen Nationalbibliothek:
Die Deutsche Nationalbibliothek verzeichnet diese Publikation in der Deutschen Nationalbibliografie; detaillierte bibliografische Daten sind im Internet über http://dnb.d-nb.de abrufbar.

Kapitel 1

Mardan, Pakistan, 03:00 Uhr

Der Wagen war ein Toyota Land Cruiser, und die Waffe in Joe Gardners Schoß eine AK-47. Draußen tauchte der Vollmond die Straße und die sie umgebende Wüste in ein fahles Licht und ließ alles wie einen Haufen Asche aussehen.

Hier, fünfundvierzig Kilometer nördlich von Peshawar, mitten im Hoheitsgebiet der Taliban, sollte das vierköpfige Team in dem Cruiser eine Spezialoperation durchführen.

Gardner schaltete den Motor ab und hievte sich aus dem Fahrersitz. Er war der letzte Operator, der aus dem Cruiser stieg. Der staubtrockene Boden knirschte leise unter seinen Gore-Tex Timberlands. Achtundvierzig Grad heiße Luft schlug ihm entgegen, brannte auf seinem Gesicht und nahm ihm den Atem. Gardners Finger schlossen sich fester um den Griff der AK-47. Seine linke Hand war mit Moskitobissen übersät, doch er unterdrückte das unentwegte Verlangen, an ihnen zu kratzen.

Sie hatten den Cruiser am Rand einer verwitterten Straße abgestellt, die durch den Südwesten der pakistanischen Stadt führte. Im Westen dominierten die Khyber Berge den Horizont und ragten wie zerklüftete schwarzen Zähne in den asphaltfarbenen Himmel.

John Bald stellte sich neben Gardner und sagte: »Vierzig Meter. Das letzte Haus auf der rechten Seite.«

Er deutete die Straße hinab nach Süden. Gardner spähte über die massigen Schultern seines besten Kumpels und fixierte das Haus, auf das Bald zeigte. Es war ein unbeleuchtetes zweistöckiges Gebäude, das auf der rechten Seite von dürren Bäumen, graubraunem Gras und Akazienbüschen flankiert wurde. Links davon befand sich eine Reihe von Elektronik- und Mobiltelefon-Läden. Die Geschäfte waren geschlossen, aber ihre Anzeigetafeln warfen ein schwaches Licht auf die Straße.

»Bist du sicher, dass es das ist?«, flüsterte Dave Hands mit heiserer Stimme und nickte zu dem ECM-Peilsender, den Bald in der Hand hielt.

»Hundertprozentig.«

Balds kantige Gesichtszüge reflektieren das rotblinkende Licht des Peilsenders. Gardner und er waren Kameraden seit dem Tag, an dem beide die Auswahlprüfungen bestanden hatten. Als man Gardner nach der brutalen simulierten Folterübung in den Raum mit den anderen Kandidaten führte, hatte Bald ihm nur zugezwinkert und gesagt: »Kinderkacke.« Der Mann war schottischer als eine Kiste Irn-Bru und lächelte unentwegt, halb belustig, halb hinterlistig. Nun schaute Gardner konzentriert auf den Peilsender in Balds Hand. Er war etwa so groß wie ein iPhone, aber in der riesigen, schwieligen Hand seines Kumpels sah es aus, als wäre es beim Waschen eingelaufen.

Dave Hands blickte wenig überzeugt zu dem Gebäude hinüber. »Sieht für mich verdammt leer aus.«

»Tariq Afridi ist der Anführer der pakistanischen Taliban«, antwortete Bald und steckte das Gerät in die Tasche seiner Salwar-Hose. »Er ist ein hohes Tier, Davey Boy, und wir wissen exakt, wo er sich aufhält. Nämlich genau da drin.«

Alle Blades trugen regionale Kleidung, aber unter dem regionaltypischen Kameez trug jeder der Männer eine Einsatzweste der Spezialeinheiten vom Typ Viper mit vier Taschen für Reservemagazine und drei weiteren Taschen für Ausrüstungsgegenstände: Kompass, Karte, Feuerzeug, Goldmünzen, Wasserreinigungstabletten, Taschenmesser, Fallschirmleine.

Sie waren jetzt fünfzig Meter von dem Haus auf der anderen Seite der Straße entfernt, die nach Ragesh führte und nicht mehr war als ein ausgefahrener Streifen Asphalt, der zu neunzig Prozent aus Schlaglöchern und Dreck bestand. Bald führte die Gruppe an, danach Hands, und Gardner als dritter. Der vierte Mann im Team war ein Yankee. Anthony Shaw war ein Navy SEAL mit einem Blick so kalt wie eisgekühltes Bier und bleistiftdünnen Lippen, die er nur öffnete, um Bibelverse zu zitieren. Die anderen Jungs im Regiment waren nicht sonderlich religiös und verarschten Shaw von dem Moment an, als er mit dem Bibelquatsch angefangen hatte. So fing er sich den Spitznamen Prediger ein. Aber fairerweise musste man sagen, dass es der Yank nicht krummnahm. Man hatte ihn dem Team zugeteilt, weil die Operation ein gemeinsamer Einsatz der USA und des Vereinigten Königreichs war, aber insgeheim hatten Gardner und Bald sich gefragt, ob er sich bei der Mission nicht vielleicht als Schwachstelle herausstellen könnte. Es gab Gerüchte, Shaw hätte die Aufnahme ins Team für die bin-Laden-Sause verpasst, weil die SEAL-Commander den über zwei Meter großen, 300 Pfund schweren Afroamerikaner für einen Hitzkopf hielten. Lag wohl an seinem Blutdruck.

»Jesus«, hatte Bald zu Gardner gesagt, als die beiden allein waren und sich auf die Operation vorbereiteten. »Stell dir vor, wie schießwütig der Junge sein muss, wenn ihn selbst die verdammten Yanks für zu kampflustig halten.«

Die Männer bewegten sich schnell, passierten ein Rapsfeld, das in voller Blüte stand und sich bis zur hügeligen nordwestlichen Seite des Mardan erstreckte. Sie hielten einen unregelmäßigen Abstand zum Vordermann – vier bewegliche Ziele mit uniformen Abständen zueinander hätte das menschliche Auge sofort bemerkt.

Zwanzig Meter bis zu dem Gebäude. Das Vier-Mann-Team sammelte sich im Schutz einer Gruppe Kiefern. Die Kiefernnadeln bewegten sich müde im Hauch einer schwachen Brise, welche die Hitze zumindest ein wenig erträglicher machte. Zudem boten die Kiefern eine gute Deckung. Aus dieser Position waren sie für Afridis Männer unsichtbar.

Ihre Bewaffnung bestand aus verschiedenen Modellen der AK-

47, wie sie von der albanischen Antiterroreinheit benutzt wurden. Die ASH-78 Tip-3 verfügte über drei Einstellungen: Einzelschuss, Drei-Schuss-Salven und Dauerfeuer. An Hands Waffe war noch ein Granatwerfer an der Unterseite des Laufs angebracht. Gardners Gewehr hatte einen etwa fünfzehn Zentimeter langen Riss, der quer durch den hölzernen Kolben ging, und das Magazin war mit Klebeband umwickelt, um zu verhindern, dass die Patronen herausfielen.

Gardner gab Hands und Shaw ein Handzeichen.

»Ihr kommt von der Rückseite. Wir greifen von der Vorderseite aus an. Wenn wir losschlagen, kommt ihr über den Hintereingang herein und legt jeden um, der dumm genug ist, im Weg zu stehen.«

»Was, wenn es keinen Hintereingang gibt?«, fragte Hands.

»Dann nimm ein Fenster, du Blödmann. John und ich sichern das Erdgeschoss. Du und Everton, ihr übernehmt das erste Stockwerk.«

Sie verließen die Deckung hinter den Kiefern, Gardner ging voraus. Niemand sprach, um Afridi und seine Leute nicht zu warnen. *Vermassel das bloß nicht*, rief unentwegt eine Stimme in Gardners Kopf. Zu viel stand bei dieser Mission auf dem Spiel, denn der Mann in dem Gebäude war Tariq Afridi, Anführer der Tehrik-i-Taliban.

Die pakistanischen Taliban waren die bösen Brüder der afghanischen Ausgabe. Sie waren für eine ganze Reihe von grenzübergreifenden Angriffen auf vereinigte Truppenverbände entlang der Durand-Linie verantwortlich – oder AfPak, wie die Schreibtischtäter beim MoD die undefinierte Grauzone zwischen Afghanistan und Pakistan nannten, die sich zu einem sicheren Hafen für die Taliban gemausert hatte. Gardner wusste, dass Afridis Sicherheitsteam in diesem Moment damit beschäftigt war, ein Fernsehteam in einen spärlich dekorierten Raum mit Lehmboden zu führen. Nach monatelangen Verhandlungen hatte Afridi einem Interview mit einem taliban-nahen regionalen Nachrichtensender zugestimmt.

Afridi und seine Leute wussten jedoch nicht, dass der Kameramann ein Agent des MI6 war. Im Richtmikrofon seines Sony DSR-300 Camcorders versteckte sich ein ECM-Transmitter, und dieser führte Gardners Team direkt zum großen Hauptgewinn.

Zwölf Meter trennten die Blades von ihrem Ziel. Gardner spähte über die Schulter zu Hands und Shaw. Mit einer Handbewegung wies er sie an, nach rechts auszuschwärmen und sich dem Haus von der Seite zu nähern. Zwar wussten sie von dem Fernsehteam, aber im Grunde gingen seine Leute höchst unvorbereitet in diesen Einsatz. Niemand konnte genau sagen, wie viele Wachen Afridi um sich geschart hatte, daher galt die Devise, sich dem Ziel mit besonderer Vorsicht zu nähern.

Hands und Shaw lösten sich aus der Formation, vorbei an einem verrammelten Tabakladen. Gleichzeitig näherten sich Gardner und Bald auf dem kürzesten Weg der Haustür. Gardner beschleunigte und zog an Bald vorbei. Aus zwölf Metern wurden zehn.

Dann sahen sie, wie die Eingangstür aufflog. Gardner brachte sich unter dem kunstvoll verzierten Vordach eines Ladens neben dem Gebäude in Deckung, Bald folgte ihm nur Sekundenbruchteile später. Gemeinsam kauerten sie im zickzackförmigen Schatten und beobachteten einen Wachposten, der aus dem Haus trat und die Tür hinter sich schloss.

Neun Meter zwischen ihm und Gardner. Der Wachmann war untersetzt, wirkte schwammig, trug keine Schuhe. Er schwang sich sein RPK-Maschinengewehr auf die Schulter und hielt sich die hohlen Hände vors Gesicht. Die Spitze seiner Zigarette flammte auf. Er hatte sich der entgegengesetzten Richtung zugewandt und ahnte nichts von Gardners und Balds Anwesenheit.

Langsam und vorsichtig zog Gardner sein Fairbairn-Sykes-Kampfmesser aus dem Gürtel unter seinem Kameez hervor. Er spürte Balds lauwarmen Atem in kurzen Abständen an seiner Schulter. Mit dem Messer in der rechten Hand verließ er die Deckung unter dem Vordach und schlich sich an den Wachmann heran.

Sechs Meter. Der Wachmann kratzte sich am Ellenbogen. Rauch drang aus seiner Nase. Gardner war nur noch vier Meter von ihm entfernt ... drei ... das Blut rauschte in seinen Ohren, er atmete schwer. Der Mann hatte Gardner noch immer nicht bemerkt und starrte auf seine krummen Zehen hinab.

Zwei Meter ...

Gardner hielt den Atem an. Die Luft in seiner Lunge fühlte sich wie ein Eisklumpen an.

Noch einer ...

Gardner richtete sich auf, Knie und Rücken noch gebeugt, und mit einer leichten Bewegung von Daumen und Zeigefinger drehte er das Messer in seiner Hand, sodass die Spitze nun nicht mehr auf ihn, sondern seinen Gegner zeigte.

Die Klinge reflektierte das Mondlicht. Das Wort »ENGLAND« war in dem Parier eingeprägt.

Tu es.

Mit einer fließenden Bewegung hob Gardner das Messer und trieb es dem Wachmann ins Genick.

Der Angriff war tödlich. Die Klinge drang unterhalb des Schädels ein und arbeitete sich bis zur Großhirnrinde vor. Gardner spürte, wie die Messerspitze an etwas Hartes, aber doch Nachgiebiges stieß, wie Spachtelmasse. Er presste dem Wachposten seine linke Hand auf den Mund und vollführte mit dem Messer eine leichte Drehung. Der Körper des Mannes zuckte. Wie Rohöl sickerte dickes Blut aus der Wunde.

Gardner ließ den toten Körper zu Boden sinken, rollte ihn auf den Bauch und zog dann das Messer aus dessen Kopf. Kleine Stücke Gehirnmasse blieben daran haften. Gardner wischte das Messer auf dem Erdboden ab.

Bald hatte zu ihm aufgeschlossen und postierte sich rechts der Tür. Gardner steckte das Messer wieder ein und glitt auf die gegenüberliegende Seite. Die Tür war aus Holz und mit einem Querbalken gesichert. Für Gardner sah die Konstruktion wenig stabil aus.

Bald nickte ihm zu, offensichtlich dachte er dasselbe. Gardner hob drei Finger.

Drei Sekunden …

Bald brachte sich in Stellung, die Beine etwa auf Schulterbreite, für eine feste Schussposition. Dann trat Gardner vor die Tür, verlagerte sein Körpergewicht auf das linke Bein. Er zog das rechte Bein an und ließ es in Brusthöhe gegen die Tür schnellen.

Als die Gummisohle nur noch Zentimeter von der Tür entfernt war, zerriss eine Explosion die Stille.

Kapitel 2

03:17 Uhr

Die Wucht der Explosion riss die Tür aus ihren Angeln und traf Gardner wie ein Güterzug. Er flog durch die Luft und schlug vier Meter vom Eingang entfernt auf dem Rücken auf. Hitze prallte ihm entgegen. Holzsplitter bohrten sich in seine Hände und sein Gesicht. Seine Ohren klingelten.

Eine Sprengfalle, dachte er, während er am Boden lag. Aber dann rappelte er sich wieder auf und spähte durch den Nebel. Bald stürmte bereits durch die Tür, Gardner folgte ihm taumelnd. *Ka-Rack.* Das kurze Rattern von Einzelschüssen pfiff durch die heiße Luft. Jemand schrie.

Gardner manövrierte durch den dichten Rauch. Seine Augen tränten. Trotzdem konnte er Teppiche an den Wänden, einen Haufen Patronengurte und RPGs in der einen und einen schlichten Tandoor-Ofen in der anderen Ecke erkennen.

Auf dem Lehmboden befanden sich Blutspuren, vermengt mit Granatsplittern.

Der Rauch lichtete sich etwas. Gardner sah eine Hand. Dann zog sich der Rauch noch etwas zurück. Die Hand gehörte einem arabisch aussehenden Mann, der mit dem Kopf im Dreck lag. Gardner packte ein Büschel der schwarzen Haare, hob den Kopf, und sah in das Gesicht des MI6-Agenten. Oder vielmehr in das, was davon übrig war. Wo sich seine Augen befinden sollten, klafften große schwarze Löcher, so als hätte sie jemand herausgeschält. Trotzdem war er immer noch am Leben. Sein Brustkorb hob und senkte sich spastisch, und sein sabbernder Mund schnappte nach Luft. Er versuchte, etwas zu sagen. Gardner kniete sich neben ihn und registrierte das leise pochende Geräusch in dessen Brust.

»Wer hat das getan?«, fragte Gardner.

»Afridi«, presste der Mann hervor. »Er hat alle …« Er brachte den Satz nicht zu Ende, würgte und hustete dicken schwarzen Schleim heraus. Gardner ließ ihn sich ins Jenseits röcheln. Wieder ertönten Schüsse.

»Fuck!«

Die Stimme gehörte Hands. Gardner hielt auf einen bogenförmigen Durchgang zu, der aus dem hinteren Teil des Raumes führte und in einem dunklen Flur mündete, der so eng war, dass seine Schultern an den Wänden scheuerten. Am Ende des Flurs befand sich eine schlichte Holztreppe. Er eilte den Korridor entlang. Zwei weitere Ka-Racks hallten durch die Luft. Die Schüsse wurden lauter. *Sie kommen von oben*, dachte Gardner. Er rannte auf die Treppe zu. Doch dann bemerkte er zu seiner Linken eine schmale Öffnung, mehr Nische als separater Raum. Auf dem Boden glitzerten schneeflockengroße Punkte. Diamanten. Und dazwischen Bald. Sein Kumpel kniete mit einem Bein neben den Diamanten und kehrte mit dem Rücken zu Gardner gewandt die funkelnden Steine mit seiner freien Hand zusammen.

»Was soll der Mist, John?«

Bald zuckte zusammen. Dann sprang er hastig auf.

»Ich wollte nur …«

Gardner schnitt ihm das Wort ab. »Wo sind unsere Männer, verdammt noch mal?«

»Sieh dir das Zeug an, das Afridi hier bunkert«, sagte Bald, kickte Staub vom Lehmboden über die Diamanten und tat so, als hätte er Gardners Frage nicht gehört. »Ich komme mir vor wie bei De Beers.«

»Vergiss die Steine. Wir nehmen die Treppe.«

Gardner lief voraus und sicherte die Treppe, immer zwei Stufen auf einmal nehmend. Nach sechs großen Schritten erreichte er den

Treppenabsatz, Bald war nur wenige Meter hinter ihm. Schweiß rann Gardner aus dem Nacken und lief in Sturzbächen seinen Rücken hinab.

»Hands? Shaw?«, rief er. Keine Antwort. Die Luft war angefüllt mit dem schwefeligen Geruch abgefeuerter Waffen, den Thriller-Autoren gern mit Kordit verwechselten. Er konnte den brandigen, chlorartigen Geschmack auf der Zunge spüren.

Gardner schwenkte schnell nach rechts. Sein Zeigefinger drückte leicht gegen den Abzug, bereit, jedes Arschloch, das in Sicht kam, sofort ins Jenseits zu befördern.

Der Treppenflur war so groß wie ein Raum. An der gegenüberliegenden Wand lehnten ein paar AK-47, RPGs und eine Kiste mit Granaten. Linkerhand war eine Tür. Im Türrahmen lag ein Körper. Im Hinterkopf der Leiche klaffte ein großes rundes Loch. Ein Loch von der Größe, dass bequem eine Orange hineingepasst hätte. Ein zweiter Körper lag zusammengesackt neben den Waffen. Sein brauner Kameez war von Einschusslöchern durchsiebt, die Wand dahinter mit sechs weiteren übersät. Leere Patronenhülsen lagen zwischen seinen nackten Füßen.

Dave Hands stand rechts der X-Rays und ließ gerade ein neues Magazin mit dreißig Schuss in sein Sturmgewehr einrasten. Shaw stand neben ihm, seine massige Statur dominierte das Fenster, das den Blick hinaus auf die Straße nach Ragesh freigab.

»Keine Spur von Afridi?«

»Gar nichts.« Hand schüttelte bedauernd den Kopf.

Bald schnalzte mit der Zunge. »Er muss gewusst haben, dass wir kommen.«

Gardner schwieg.

Shaw wendete den Blick vm Fenster ab und sah Gardner an. »Wir bekommen Gesellschaft.«

Kapitel 3

03:27 Uhr

»Wie viele X-Rays?«, fragte Gardner.

»Zwölf«, antwortete Shaw.

Gardner blinzelte, um den brennenden Schweiß aus den Augen zu bekommen, und nahm die Situation auf der Straße selbst in Augenschein. Die X-Rays hatten sich so schnell verteilt, wie Shaw sie erspäht hatte. Gardner konnte nur drei Umrisse ausmachen, die zwischen den Schatten der Häuser und einer Reihe von Daihatsus und Nissans umher huschten, die in einer Entfernung von sechzig Metern an der Ostseite der Straße parkten. Sie benutzten die Fahrzeuge als Deckung, kauerten sich hinter die Wagenräder, was Gardner zeigte, dass sie es nicht mit Anfängern zu tun hatten. Man musste ein erfahrener, gut ausgebildeter Kämpfer sein, um zu wissen, dass die Vorder- und Hinterräder nicht von Kugel durchschlagen werden konnten. Suchte man an irgendeiner anderen Stelle der Karosserie Schutz, war die Gefahr groß, dass eine Kugel glatt durch das Metall hindurch ging und einen durchbohrte.

»Was siehst du?«, fragte Bald.

Gardner beobachtete, wie einer der Schemen aus der Deckung hinter einem der Autos hervorlugte, und dann parallel zu ihrem Gebäude die Straße entlang sprintete. Er hielt auf eine Seitenstraße zu, dreißig Meter östlich von ihnen. Da er vor dem Einsatz Satellitenaufnahmen und Vergrößerungen vom Mardan bei Google Maps studiert hatte, wusste Gardner, dass die kleine Straße zur Rückseite des Hauses führte, in dem sie sich befanden. Und wenn die Taliban es in ihren Rücken schafften, wären die Blades gezwungen, an zwei Fronten zu kämpfen. Dann wären sie am Arsch.

»Sie flankieren uns«, sagte Gardner. Er holte tief Luft, schloss die Augen und überlegte, welche Möglichkeiten ihnen noch blieben. Der metallene Griff der AK-47 fühlte sich heiß und klebrig an. Zwölf X-Rays. Vielleicht mehr. Gegen vier Operators.

Jeder von ihnen trug vier Magazine bei sich. Das machte zusammen einhundertundzwanzig Schuss pro Mann, und der einzige Weg hier raus war der Land Cruiser. Wären sie in Afghanistan, hätte Gardner den Angriff mit einem Fingerschnippen beendet. Er hätte sich ans Funkgerät geklemmt, Luftunterstützung angefordert und dann auf die F16 gewartet, damit diese das Gelände dem Erdboden gleichmachten. Aber das hier war Pakistan. Das hier war eine Geheimoperation. Und deshalb würde es keinen Luftschlag geben, denn soweit es die Sesselfurzer in Whitehall betraf, hatten Gardner und seine Leute Pakistan nie betreten.

Also, wie sieht dein Plan aus, Joe?, dachte er bei sich.

Gardner drehte sich zu Bald. Die Augen des Schotten waren auf die sich nähernden Taliban gerichtet.

»Gib mir Feuerschutz. Nagele die Mistkerle da unten fest. Ich kann nicht zulassen, dass sie uns einkreisen.«

Sofort deckte Shaw die Angreifer mit einer Welle aus Dreifachsalven ein. Der Lärm war ebenso hypnotisierend wie ohrenbetäubend. Das sollte die Jungs eine Weile beschäftigen. Nach der dritten Salve setzte sich Gardner in Richtung der Treppe in Bewegung, Bald und Hands folgten ihm.

Zurück in den Eingangsbereich. Die Luft war angefüllt von dem grässlichen Gestank verbrannten Fleisches und heißer Patronenhülsen. Der Türrahmen war verkohlt. Trümmer lagen auf dem Lehmboden verstreut, Mörtel und vereinzelte Patronenhülsen. Das erstarrte Gesicht des MI6-Mannes trug die typischen Züge frisch Verstorbener – nicht etwa verängstigt oder gequält, sondern leicht erstaunt, wie jemand, der vor seinem Haus steht und feststellen muss, dass er die Wohnungsschlüssel verlegt hat. Gardner wich dem zerstörten Camcorder aus und ließ sich vor dem Fenster zur Vorderseite auf eines seiner Knie fallen, um eine sichere Schussposition zu haben. Der Fenstersims befand sich nun etwa auf Brusthöhe. Von hier aus hatte er freie Sicht auf die Straße nach Ragesh. Auf zehn Uhr befanden sich die Fahrzeuge, welche die Taliban als Deckung benutzten.

Zusammen mit Hands bezog Bald neben der Tür Stellung. Mit dem Daumen stellte er den Feuermodus seiner AK-47 auf Halbautomatik. Hands legte die Hand um den Griff des GP-25 Granatwerfers. Die russische Ausgabe des UGL wurde über metallene Führungsschienen an der Unterseite des Laufs angebracht. Aus dem gleichen Grund, weshalb sie regionaltypische Kleidung angelegt hatten, trugen sie auch russische Waffen bei sich – dies war eine verdeckte Operation. Es galt, einen Krieg zu gewinnen, und die bösen Buben befanden sich dummerweise auf der falschen Seite des Khyber Passes.

Aber der SAS unterstand natürlich Whitehall und musste im Zweifelsfalle ihre Spuren verwischen, wenn die Kacke am Dampfen war. Deshalb trugen sie nichts bei sich, was sie als Mitglieder des SAS identifizieren konnte, auch keine Waffen oder Ausrüstung des Regiments.

Das GP-25 hatte eine riffelige Oberfläche, mit einem Abzugsmechanismus am Ende und einem quadratischen Visier an der linken Seite des Aufsatzes. Hands griff in eine ebenfalls aus russischen Militärbeständen stammende Munitionstasche an seinem Gürtel, zog eine Granate vom Typ VOG-25 hervor und schob sie in den Granatwerfer. Ein klickendes Geräusch verriet, dass die Granate eingerastet war. Eine VOG-25 verfügte über eine Reichweite von etwa einhundertfünfzig Metern und war in einem Radius von fünf Metern absolut tödlich. Hands trug die ›P‹-Version bei sich. In deren Spitze befand sich eine besondere Ladung. Sie ließ die Granate wieder vom Boden abspringen, sodass sie auf mittlerer Höhe der Ziele explodierte und durch die Eingeweide der Gegner schnitt wie eine aufgeladene neunschwänzige Katze.

Die Angreifer bewegten sich nun die Straße hinab und verschwanden in der Seitengasse. An der Stelle war die Straße unbeleuchtet und Gardner zählte sechs verschwommene, undeutliche Schatten. Nur an den Läufen ihrer Gewehre waren sie auszumachen. Der X-Ray, der ihnen am nächsten war, trug ein RPG.

Gardner spähte über Kimme und Korn einer AK-47 und presste sich den Kolben der Waffe fest gegen die Schulter. Die Waffe lag gut in der Hand. Der Kerl mit dem RPG rannte auf die Seitengasse zu. Ihn trennten noch fünfzehn Meter von der sicheren Deckung, dann wäre er verschwunden. Seine Leute waren nicht weit entfernt.

Gardner zog den Abzug durch.

Ein Ruck ging durch die Waffe und ein Lichtblitz erhellte die stinkende Dunkelheit um sie herum. Die Kugel peitschte durch die Luft und schlug in den Hals des X-Rays. Der zuckte, taumelte zurück. Die Wucht des Treffers ließ ihn einige Meter zurückwanken. Blut spritzte aus seinem Hals. Die 7.62-Kugel hatte die Halsschlagader getroffen. Dann ging der Mann zu Boden.

Einer seiner Komplizen auf der linken Seite versuchte, eine Granate zu werfen. Bald pumpte drei Kugeln in seinen Oberkörper. Die Granate rollte ihm aus der Hand.

»Runter!«, schrie Gardner.

Mit einem lauten Knall ging die Granate hoch. Steine und versengte Erde flogen durch das Fenster und den Türrahmen. Eine Sekunde später linste Gardner wieder über den Sims zum Fenster hinaus.

Einen Meter neben der Stelle, wo die Granate explodiert war, stand ein weiterer X-Ray. Die Explosion hatte seinen Bauch aufgerissen, seine Gedärme hingen wie Schläuche heraus. Mit einem ungläubigen Gesichtsausdruck versuchte der X-Ray, seine Innereien wieder in die klaffende Wunde zurückzustopfen. Aus dem Augenwinkel sah Gardner, wie Bald einmal abdrückte. Die AK-47 bellte los und eine Kugel schlug in die Stirn des X-Ray.

Drei weitere Soldaten kamen die Straße herunter. Hands feuerte das UGL auf sie ab. Die Granate machte ein befriedigendes *Whump* und landete vor den Füßen des X-Rays in der Mitte der Dreiergruppe. Sein Blick folgte der Granate, die vom Boden wieder in die Luft sprang. Vor der Brust des X-Rays schien sie eine Ewigkeit in der Luft zu schweben. Dann explodierte sie. Alle drei Taliban verschwanden hinter einer Rauchwolke. Als sich der Rauch wieder verzogen hatte, wurde Gardner bewusst, dass er auf einen Haufen aus abgetrennten Gliedmaßen, Blut und Stoff sah. Der X-Ray ganz rechts war mit dem Blut und den Eingeweiden seiner Kameraden besudelt und schrie angesichts seines durchtrennten Oberkörpers. Seine Beine lagen auf Höhe seiner Schultern neben ihm. Seine Innereien quollen in den Sand.

»Das macht sechs«, rief Bald über das unermüdliche Unterstützungsfeuer hinweg, mit dem Shaw das halbe Dutzend von Kämpfern in Schach hielt, die noch hinter den Fahrzeugen kauerten. Der Anblick ihrer ausgeschalteten Kameraden ließ sie besonders auf der Hut sein, ihre Deckung nicht zu verlassen. Aber Gardner wusste, dass es nur einen oder zwei von ihnen auf der Rückseite brauchte, damit die Blades so richtig in der Klemme saßen. Eine Bewegung hinter ihm riss ihn aus seinen Gedanken, und er warf einen Blick über seine Schulter hinüber zu Bald. Er traute seinen Augen kaum. Bald hatte sich Afridis persönlichem Wachmann zugewandt und durchsuchte dessen Taschen.

Zwei Hände zogen Bald unsanft zurück, der daraufhin das Gleichgewicht verlor und auf den Boden fiel. Shaw durchbohrte Bald mit stechendem Blick. Auf seinem kahl geschorenen Kopf zeichnete sich pulsierend eine Vene so dick wie ein Gartenschlauch ab.

»Was soll der Scheiß?«

»Nimm deine Hände weg!«, brüllte Bald und trat wütend gegen die verstreut am Boden liegenden Patronenhülsen und leeren Magazine. »Ich könnte dich dasselbe fragen. Du solltest eigentlich da oben sein.«

Shaw warf Bald einen eisigen Blick zu. Der Schotte starrte mindestens ebenso kalt zurück.

»Du sollst nicht stehlen«, sagte Shaw. »Exodus 20:15.«

»Kümmere dich um deinen eigenen Scheißdreck.«

Shaw stierte Bald noch einen Moment an. Dann drehte er den Kopf zu Gardner und sagte: »Ich hab keine Munition mehr.«

»Hier.« Gardner war ihm eines seiner zwei Reservemagazine zu. »Nimm. Aber mach das Beste draus, Kumpel.«

Shaw stürmte die Treppe hinauf.

»Religiöser Spinner«, murmelte Bald und wischte sich das Blut vom Mund, nachdem der Yank außer Sichtweite war.

»Was jetzt?«, rief Hands vom Fenster aus. »Da sind immer noch sechs von den Wichsern übrig, um die wir uns kümmern müssen. Und ich gehe davon aus, dass die bereits bei ihren Taliban-Freunden Alarm geschlagen haben. Wir können sie nicht mehr lange in Schach halten, Joe.«

Gardner sah, wie Bald sich etwas in seine Tasche stopfte und dann wieder an seinen Posten am Fenster zurückkehrte. Irgendetwas stimmte nicht mit ihm, aber jetzt war nicht der geeignete Zeitpunkt, sich darüber den Kopf zu zerbrechen.

»Haltet hier die Stellung«, wies Gardner Hands an. »Wenn ich das Zeichen gebe, treten wir den Rückzug an. John, du kommst mit mir.«

Er lief den Korridor zurück und nahm die Treppe nach oben. Bald folgte ihm auf gleicher Höhe. Zusammen erreichten sie den nächsten Treppenabsatz. Shaw hatte sich am Fenster in Position gebracht. Er ließ sich nicht anmerken, dass er die beiden Männer bemerkt hatte. Stattdessen hielt er die Augen starr am Lauf seiner AK-47 entlang gerichtet und war komplett darin vertieft, mögliche Ziele ausfindig zu machen. Gardner und Bald leisteten ihm am Fenster Gesellschaft. Von seiner Position aus konnte Shaw die unter ihnen liegende Straße und die verbliebenen sechs Taliban überblicken, die sich ihrerseits seiner Schussposition bewusst waren und die Köpfe unten hielten, um kein allzu leichtes Ziel zu bieten. Gardner sah einen Fuß hinter einem Wagenrad hervorlugen, und durch die Windschutzscheibe eines alten ramponierten Corsa war der Kopf eines anderen Kämpfers zu erkennen. Shaw nahm den Kopf des zweiten Mannes ins Visier.

Na, viel Glück, dachte sich Gardner. Die AK-47 hatte im Halbautomatik-Modus angeblich eine Schussweite von 300 Metern, aber Gardner hielt diese Einschätzung für etwas zu großzügig, denn die AK-47 war nicht unbedingt für ihre Zielgenauigkeit bekannt. Der Schwerpunkt ihres Designs lag auf Dauerfeuer und Nahdistanz. Keine Waffe, die ein Scharfschütze wählen würde. Er bezweifelte, dass Shaw ein schwieriges Ziel aus über fünfzig Metern und bei derart schlechter Sicht treffen würde.

Dann gab Shaw einen einzelnen Schuss ab. Der Kopf der nur schemenhaft zu erkennenden Person platzte wie ein Kürbis, und Gardner musste seine Meinung revidieren.

»Willst du mich verarschen?«, fragte er.

»Hab die Scharfschützenausbildung als Bester abgeschlossen«, antwortete Shaw. »Ich hätte derjenige sein sollen, der Obama eine Kugel verpasst.«

Gardner sah, dass sich die anderen fünf Taliban noch weiter hinter den Fahrzeugen zusammenkauerten.

Shaw suchte sein nächstes Ziel. Ein Talibankämpfer war aus der Deckung gesprungen und sprintete mit eingezogenem Kopf im Zickzack auf die Seitenstraße zu. Shaw traf ihn auf Anhieb am Hals. Blut schoss aus seiner Kehle. Bald grinste – dieses typische spitzbübische Grinsen, das Gardner nur allzu gut kannte.

Der Kerl kann schießen, dachte Gardner. »Trotzdem sind noch vier übrig. Wir brechen die Mission ab. Es ist ausgeschlossen, dass wir Afridi jetzt noch finden.«

Dann bemerkte er, dass Bald durch den Türdurchgang starrte. Gardner folgte seinem Blick. Auf der anderen Seite des Raums befand sich ein Fenster, durch dass man die Straße auf der Rückseite,

Häuser aus Lochziegeln und mit Wellblechdächern und Höfe mit Hunden und angepflockten Ziegen überblicken konnte. Ein Gewirr aus Stromkabeln und Telefonleitungen hing in Schlingen zwischen hölzernen Masten, allesamt schiefer als der Turm von Pisa. Und auf dem nächstliegenden Dach war ein undeutlicher Schemen zu erkennen, der sich rasch entfernte.

Es platzte aus Bald heraus, bevor Gardner auch nur den Mund aufmachen konnte.

»Afridi.«

Kapitel 4

03:38 Uhr

»Geh zur Rückseite raus«, wies Gardner Shaw an, während Bald aus dem Fenster feuerte. »Rendezvous an der Moschee südwestlich von hier. Gib das an Hands weiter. Und jetzt los, verdammt!«

Gardner folgte Bald durch das Fenster, das zu einem gekachelten Balkon etwa neun Meter über einem strohbedeckten Hinterhof hinaus ging. Bald vor ihm schwang sich über die Balkonbrüstung.

Afridi, der einen Vorsprung von zwanzig Metern hatte, schwang seine AK-47 und kletterte über ein großes Flachdach mit einem halben Dutzend Satellitenschüsseln. Er rannte weiter, ohne sich nach seinen Verfolgern umzusehen. Gardner meinte, einen Diamanten aus seiner Tasche fallen zu sehen. Dann schimmerte etwas auf dem Dach wie ein vom Himmel gefallener Stern.

Bald kletterte auf das Dach des Hauses, dass direkt an ihren Balkon grenzte. Obwohl die Dachkante zwei Meter über ihnen lag, ließ er es wie ein Kinderspiel aussehen. Seine kräftigen Unterarme waren gespannt, die Sehen traten hervor wie Drähte aus Stahl. Mit seinen klobigen Händen umklammerte er das Wellblech an der Kante und zog sein Gewicht unter Zuhilfenahme von Rücken- und Schultermuskeln nach oben. Das Dach, auf das er sich hievte, war Teil eines Geflechts aus Blech- und Ziegeldächern, das die Stadt bedeckte.

Bald war beinahe oben, doch dann verlor er plötzlich den Halt. Seine rechte Hand rutschte ab und seine Beine baumelten wie lose Seile in der Luft. Er nahm alle seine Kräfte zusammen, um mit der Rechten wieder den Dachvorsprung zu packen, verfehlte ihn aber. Er versuchte es wieder. Dieses Mal bekamen seine Fingerspitzen das Blechdach zu fassen und klammerten sich fest. Ächzend zog er sich nach oben. Nachdem er seine Timberlands über die Kante geschwungen hatte, rollte er sich auf den Rücken und streckte Gardner die Hand entgegen.

Gardner wollte Balds Hand mit der Linken greifen, doch dann fiel ihm wieder ein, wie sehr dort die Mückenstiche juckten. Stattdessen streckte er die rechte Hand aus, stemmte den Fuß gegen die Balkonbrüstung und zog sich mit Unterstützung der Waden und dann der Rückenmuskeln nach oben. Blut schoss in seine Rückenmuskulatur und ließ sie anschwellen. Jeder einzelne Muskel schien zum Bersten gespannt.

Dann war er oben. Bald sprang auf und stürmte über das Dach, Gardner jagte ihm nach. Ihre Stiefel donnerten über das Wellblech. Afridi war bereits zwei Häuser weiter, mindestens fünfundzwanzig Meter. Seine Umrisse zeichneten sich auf einem baufälligen Gebäude aus unverputzten Lochziegeln und glaslosen Fenstern ab. Bald verlangsamte sein Tempo und setzte seine AK-47 an die Schulter. Er zielte auf Afridi.

Leg ihn um, und die Mission ist erledigt, dachte Gardner.

Der Lauf des Gewehrs schnellte nach oben, als Bald einen Schuss abfeuerte. In einiger Entfernung stoben Funken vom Metall des Daches ab. Daneben. Der Talibanführer blieb auf der Stelle stehen und blickte zu Bald zurück. Dann hob er seine AK und deckte sie mit einer wilden Salve von Schüssen ein. Für einen kurzen Moment erhellte das Mündungsfeuer sein Gesicht. Seine Haut sah aus wie gegerbtes Leder.

Bald und Gardner richteten sich gerade rechtzeitig wieder auf, um zu sehen, wie Afridi von dem Dach und außer Sicht sprang.

»Der Mistkerl hat sich einfach fallenlassen«, sagte Bald. »Da hat wohl jemand vergessen, ihm zu verklickern, dass wir immer gewinnen, Joe.«

Mit diesen Worten rannte Bald an das Ende des Wellblechs und sprang, scheinbar ohne nachzusehen, vom Dach herunter. Gardner spähte über den Rand – keine Spur von Afridi. Der Höhenunterschied war größer, als er gedacht hatte. Mussten schätzungsweise zwölf Meter sein. Bald rappelte sich gerade auf. Gardner kniff die Augenlider zusammen und ließ sich vom Dach gleiten. Er landete hart, fing sich mit Händen und Füßen ab und rollte zur Seite. Staub wirbelte auf und ihm in die Augen.

»Vorwärts.« Bald deutete auf eine Reihe frischer Fußspuren, die sich im Sand abzeichneten. Sie befanden sich in einer kleinen Seitenstraße, die sich durch ein Dutzend Hinterhöfe hindurchschlängelte. Der Untergrund war eben, bis auf ein paar gelegentliche Grasbüschel, hin und wieder eine Pfütze und Kronkorken. Die Fußspuren führten in südlicher Richtung davon, heraus aus der Seitenstraße und in ein Gewirr aus Straßen und Gassen. Gardner rannte neben Bald her. Sie passierten lieblos verputzte Wände und Rinnsteine, in denen ungeklärtes Abwasser schwamm. Schnell hatten sie das Ende der Straße erreicht.

»Ich sehe ihn«, sagte Bald ungeduldig. Seine Stimme klang wie gefrorener Kies.

Afridi verschwand auf drei Uhr im Schatten einer Gasse. Er legte ein beeindruckendes Tempo vor, und wurde eher noch schneller als langsamer. Mehr als vierzig Meter trennten sie nun von ihm.

»Eins muss man den Talibs lassen«, sagte Bald grinsend. »Die rennen wie die Teufel.«

Sie verfolgten Afridi die Gasse entlang. Sechsunddreißig Stunden im Land, kein Schlaf, ein hartes Programm, und Gardners Augenlider fühlten sich an wie aus Blei. Ein stechender Schmerz fuhr ihm in die rechte Seite und arbeitete sich bis in die Armbeuge vor. Er war sich sicher, dass auch Balds Kraftreserven zur Neige gingen, aber zumindest ließ er es sich nicht anmerken. Sie wussten, dass sie in dieser Mission alles geben mussten, wenn sie Afridi ausschalten und damit den Tehrik-i-Taliban den Kopf abschlagen wollten.

Herumliegender Müll verfaulte zu ihren Füßen, und Gardner kämpfte gegen den Brechreiz an. Afridi war bereits in die nächste

Gasse abgebogen. Er bahnte sich seinen Weg durch die von Müll übersäte Passage. Doch dann versperrte ihm der Abfall den Weg, zwang ihn, langsamer zu werden und einen Weg drumherum zu finden. Endlich holten sie auf.

Helles Mondlicht fiel in die Gasse und ließ den Untergrund in einem rötlich-blauen Licht erstrahlen.

Gardner hielt an, um über das Visier seiner AK-47 zu spähen und das Fadenkreuz auf Afridis Hinterkopf zu richten. Ein Kopfschuss, und die pakistanischen Taliban würden einen empfindlichen Rückschlag erleiden.

Langsam atmete er aus.

Drückte ab.

Die Kugel schlug in der Wand hinter Afridi ein.

Daneben.

Vergiss es, sagte Gardner zu sich selbst. Die Chancen bei diesem Schuss standen eins zu hundert. Weiter, nicht stehenbleiben. Mehrmals sog er die Luft tief in die Lunge und versuchte, nicht auf die unzähligen Wehwehchen zu achten, die vor seinem Schmerzzentrum bereits eine ansehnliche Schlange bildeten.

Sie waren in einem Karree angekommen, und in fünfundzwanzig Metern Entfernung auf der anderen Seite befand sich die Moschee. Ihr Minarett ragte in den Himmel, darüber hing der Mond und tauchte die Moschee in ein weißes Licht.

Afridi war nirgends zu sehen.

»Wo zum Teufel steckt er?«, knurrte Bald und wurde langsamer.

Vom Vorplatz der Moschee lösten sich ein paar Schatten. Sie kamen näher und näher, bis Gardner schließlich die Gesichtszüge von Dave Hands erkannte. Die gebrochene Nase, Ohren, die aussahen, als hätte sich ein Hund darüber hergemacht, unreine Haut. Unverkennbar. Neben ihm Shaw, dem der Schweiß in Strömen von seinem riesigen Körper rann. So nah beieinander sahen die beiden Männer aus wie die größte und die kleinste Puppe einer Matroschka.

»Afridi?«

Hands zuckte mit den Achseln. »Dachte, ihr hättet euch um ihn gekümmert.«

Das pfeifende Geräusch von Gewehrfeuer aus der Ferne unterbrach sie.

»Großartig«, sagte Bald und hielt sich die Ohren zu. »Hört sich so an, als wären weitere Talibs auf dem Weg hierher.« Er nickte Gardner zu. »Wir haben nicht viel Zeit. Joe, du und Dave, ihr holt den Cruiser.«

Gardner nickte zustimmend. Sie mussten Afridi festnageln, aber sie brauchten auch einen Plan, wie sie sich aus Mardan zurückziehen würden, bevor die nächste Welle von Taliban eintraf.

»Prediger, wir beide gehen auf Talib-Jagd«, sagte Bald und legte Shaw eine Hand auf die Schulter. »Joe, unser Rendezvous-Punkt ist die Maktoub-Straße. Wir treffen uns dort, sobald wir Afridi unsere Glückwünsche übermittelt haben.«

Bald und Shaw machten sich zusammen auf den Weg, der sie von der Moschee wegführte. Gardner und Hands marschierten in die entgegengesetzte Richtung. Die Moschee lag direkt an der Maktoub-Straße, die nordwestlich zur Straße nach Ragesh verlief, auf der sie ursprünglich mit dem Land Cruiser gekommen waren. Sie ließen die Moschee rechts liegen und umrundeten den Vorplatz.

Dann bogen sie links ab, passierten eine Reihe von niedrigen, flachen Häusern an einer Straße, die so staubtrocken war wie ein ausgetrocknetes Flussbett. Die drückend schwüle Hitze umgab ihre Gesichter wie heiße feuchte Handtücher.

»Vielleicht konnte der Kameramann seine Klappe nicht halten?«

In die schon stickige Luft mischte sich der Geruch nach verbranntem menschlichen Fleisch.

»Er arbeitete für den MI6«, sagte Gardner. »Die Jungs werden sorgfältig ausgewählt. Trotzdem hat Afridi ihn abgeknallt.«

An der Kreuzung zwischen Maktoub und Ragesh wand sich Gardner wieder nach links. Vierzig Meter die Straße entlang stand das Gebäude, oder was davon übrig war. Die unmittelbare Umgebung hatte man flächendeckend bombardiert, mit den Leichen von zwölf toten Taliban als stumme Zeugen. Sie lagen in verdrehten Positionen am Boden, hier und da standen fleckige Arme und Beine in unnatürlichen Winkeln von den Körpern ab. Der Erdboden war mit einer dunkelbraunen Schicht überzogen. Gardner überprüfte die Straße nach Anzeichen auf noch lebende X-Rays. Aber nichts bewegte sich.

Als er auf den Land Cruiser zuging, sah er einen X-Ray, der auf die Straße zu robbte. Schwarzes, mit Blasen überzogenes Fleisch bedeckte sein Gesicht. Seine Haut sah aus wie die Lunge eines Kettenrauchers. Er war zu 90 Prozent tot, und so wie es aussah, brauchten die restlichen zehn Prozent auch nicht mehr lange. Gardner wendete den Blick ab und beschleunigte seinen Schritt.

Sie näherten sich dem Land Cruiser. Gardner riss die Tür auf und warf seine AK-47 auf das Armaturenbrett. Hands ließ sich auf den hinteren Beifahrersitz fallen. Mit einem beruhigenden *Rumms* schlug er die Wagentür zu.

Dann hörte Gardner etwas Metallenes klappern. Er sah zu seinen Füßen hinunter. Sein letztes Magazin war ihm irgendwie aus der Tasche seiner Armeeweste gerutscht. Er beugte sich hinunter, um es aufzuheben, und stützte sich mit der linken Hand auf seinem Sitz auf. Dann richtete er sich wieder auf, steckte das Magazin zurück in die Tasche und achtete darauf, dass sie dieses Mal auch korrekt verschlossen war.

Doch dann war da noch ein anderes Geräusch. Ein Zischen.

Ein plötzlicher, fürchterlicher Schmerz flammte in Gardners linker Hand auf. Sein Blick fiel nach unten und auf die Schlange, die zusammengerollt auf dem vorderen Beifahrersitz lag. Das Miststück hatte ihre Zähne in seinen Handrücken geschlagen. Den Schlitzaugen und langen Fangzähnen nach zu urteilen handelte es sich um eine Viper.

Gardner war vor Schreck wie gelähmt.

Dann sah auch Hands die Schlange. Er beugte sich nach vorn und schlug mit dem Schaft seiner AK-47 nach ihr. Die einen halben Meter lange Viper schlug mit ihrem Schwanz um sich, löste ihren Kiefer aus Gardners Hand und richtete ihren Zorn nun auf Hands, der den Angriff mit wiederholten Stößen seines Gewehrkolbens beantwortete. Als die Schlange zur Fahrertür glitt, stieß Gardner die Tür auf. Die Viper zischte noch einmal und glitt dann aus dem Cruiser und hinaus in die Dunkelheit.

Gardner atmete aus. Bissspuren hatten sich auf seiner Hand gebildet, rot und entzündet, wie Nadelstiche. Ein Kribbeln bahnte sich seinen Weg vom kleinen Finger zum Daumen. Gardner versuchte das Gefühl zu ignorieren, steckte den Zündschlüssel ins Schloss und startete den Wagen.

»Hast du die Diamanten da drin gesehen?«, fragte Hands über das Motorengeräusch hinweg.

»Die Bald in seinen Griffeln hatte? Ja, die hab ich gesehen.«

»Müssen 'ne ganze Menge wert gewesen sein.«

»Und?«

»Nur so.«

Sie näherten sich dem Abzweig, der zur Moschee führte, und Gardner gab Vollgas. Mit halbem Ohr hörte er, wie Hands ihm erklärte, dass das Haus, in dem Bald die Diamanten aufgelesen hatte, nur etwa zwei Fahrminuten entfernt war, doch seine Aufmerksamkeit galt eher dem Objekt im Rückspiegel. Es näherte sich. Trotz der schlechten Sicht konnte Gardner die Umrisse als einen Toyota Hilux Pick-up identifizieren. Die Entfernung betrug etwa 150 Meter, und der Wagen holte nicht auf, obwohl Gardner den Cruiser bei achtzig Kilometern in der Stunde hielt.

Drei Männer klammerten sich auf der Ladefläche fest, und noch etwas anderes befand sich zwischen ihnen. Metallisch, und wie die Turbine eines Flugzeugs geformt. Gardner konnte es in der Dunkelheit nicht erkennen. »Verstärkung«, sagte er. Eine der Personen auf der Ladefläche schoss mit ihrem Sturmgewehr in die Luft.

»Hoffentlich fährst du besser als meine Ex-Frau«, sagte Hands.

»Bevor oder nachdem sie versucht hat, dich zu überfahren?«, fragte Gardner, riss das Lenkrad ganz nach rechts und bog auf die Maktoub-Straße ein. Der Wagen schlingerte um die Kurve. Reifen quietschten wie halb überfahrene Katzen. Für einen Moment dachte Gardner, sie würden in einen Gemischtwarenladen krachen, doch im nächsten Augenblick bekam er den Cruiser wieder in die Spur. Die Räder hörten auf zu kreischen.

»Da ist John«, sagte Hands.

Gardner sah ihn auch. Zwanzig Meter voraus.

»Wo ist Shaw?«

Bald sprintete auf demselben Weg am Vorplatz der Moschee vorbei, den auch Gardner und Hands eingeschlagen hatten. Er blieb in der Mitte der Straße stehen und ruderte mit den Armen. Den Hilux hinter ihnen schien er nicht bemerkt zu haben.

Gardner musste das Tempo drosseln, als er sich Bald näherte, und der plötzliche Tempoverlust ließ den Hilux bis auf achtzig Meter herankommen. Jetzt konnten Gardner und Hands einen genaueren Blick auf das metallische, turbinenartige Objekt auf der Ladefläche werfen.

»Fuck, das ist 'ne beschissene Minigun«, sagte Hands.

Die GAU-17/A Minigun war auf einem eigens dafür konzipierten Gestell montiert. Der Kerl, eben der in die Luft geballert hatte, hatte seine Waffe abgelegt und die beiden Griffe am hinteren Ende der Kanone gepackt. Die Läufe begannen aufzuheulen und sich zu drehen – Aufwärmphase für die totale Verwüstung, 7.62-51mm Kaliber, 3000 Schuss pro Minute.

Halte so viel Abstand wie möglich zu dem Hilux, dachte Gardner bei sich. *Wenn dich die Minigun ins Visier bekommt, hast du schnell mehr Löcher als ein Schweizer Käse.*

Bald vor ihnen hatte den Hilux gerade erst bemerkt. Die Scheinwerfer des Cruisers tanzten um ihn herum.

Zehn Meter, dann nur noch sieben. Gardner beugte sich zur

Beifahrerseite hinüber und stieß die Tür auf. Bald glänzte vor Blut. Es war überall, auf seinem Gesicht, seinen Armen, seinem Hals. Feucht und ölig, wie Lack. Aus der Entfernung hätte man es auch für Kriegsbemalung halten können, aber Gardner hatte genug von dem roten Zeug gesehen, um es mit etwas anderem zu verwechseln.

Gardner bremste auf Fünfunddreißig ab. Bald sprintete die restlichen Meter auf die Beifahrertür zu und packte den Türrahmen, hielt sich an der Innenseite des Autodachs fest, schwang zuerst das linke Bein in den Wagen und dann das rechte. Der Cruiser rumpelte durch ein Schlagloch. Durch den Ruck schlug die Beifahrertür zu und beförderte Bald gänzlich ins Auto.

»Fahr!«, brüllte er.

»Wo ist Shaw?«

»Keine Zeit, Joe.«

»Wo ist deine Waffe?«

»Bring uns einfach hier raus!«

Gardner ließ den Motor aufheulen. Der Cruiser dröhnte. Sie preschten die Straße entlang. Die Nadel auf dem Tacho kletterte über die 50 km/h-Marke. Der Hilux blieb an ihnen dran, und Gardner wusste, dass die Minigun jeden Augenblick losgehen konnte.

»Verdammte Scheiße«, murmelte Gardner.

Da Gardner fuhr und Bald blutverschmiert und angeschlagen war, übernahm Dave Hands die Kontrolle. Er kurbelte sein Beifahrerfenster herunter und drehte sich so, dass sein Rücken gegen den Vordersitz drückte und er seine Füße gegen den Rücksitz stemmte. Dann steckte er seinen Kopf zum Fenster hinaus und zielte mit seiner AK auf den Hilux. Er ließ eine Dreiersalve losrattern. Die Kugeln schlugen im Staub um den Hilux herum ein. Der Cruiser schaukelte und ruckelte. Hands hatte Mühe, die Verfolger im Schussfeld zu behalten.

»Beeil dich, verdammt!«, rief Gardner.

Hands feuerte eine weitere Salve ab. Der erste Schuss ging daneben, aber die beiden anderen trafen den linken Vorderreifen. Wie bei einer Orange schälte es den Gummi von dem Reifen. Der Hilux brach aus, die Reifen quietschten. Der Fahrer ruderte mit dem Lenkrad hin und her und sah aus, als würde er mit den Hinterbeinen eines Hundes kämpfen. Gardner warf einen Blick in den Rückspiegel. *Pech gehabt*, dachte er. Dann schoss der Hilux von der Straße und krachte frontal in einen Laden für Mobiltelefone. Der Aufprall mit hundertzehn Stundenkilometern quetschte die Front des Hilux wie eine Blechdose zusammen. Zwei Männer wurden durch die Windschutzscheibe geschleudert und prallten gegen die Mauerwand. Rauch quoll aus der Motorhaube, dann gab der Motor den Geist auf.

»Hab's immer noch drauf«, sagte Hands, machte es sich wieder auf dem Rücksitz bequem und gab seinem Gewehrkolben einen Kuss.

Die Blades überließen den Hilux seinem Schicksal, der hinter ihnen zusammen mit den Gebäuden und den unregelmäßigen Straßenzügen des Mardan in der Dunkelheit verschwand. Sechs Minuten später erreichten sie die kalte Stille offenen Geländes. Für eine ganze Weile sprach niemand von ihnen.

Schließlich fragte Gardner: »Was ist mit Shaw passiert?«

»Tot«, antwortete Bald tonlos und mit ausdruckslosem Gesicht. »Afridi hat ihn erwischt. Konnte nichts mehr für ihn tun.«

Gardner stieg auf die Bremse. Der Cruiser kam rutschend zum Stehen.

»Was soll das?« Bald glotzte Gardner ungläubig an, während der den Rückwärtsgang einlegte.

»Wir müssen zu ihm zurück«, sagte Gardner.

»Mit dem Großteil der Taliban am Arsch? Vergiss es.«

»John hat recht«, warf Hands ein und richtete sich auf.

Für eine gefühlte Ewigkeit stand der Cruiser quer auf der Straße, während Gardner das Für und Wider abwägte. Auf der einen Seite ließ das Regiment niemals jemanden zurück. So lautet ihr Kodex. Aber eine dunkle Stimme in seinem Kopf sagte ihm, dass Bald und Hands nicht unrecht hatten. Nach Mardan zurückzukehren war faktisch Selbstmord. Der Ort würde vor Taliban nur so wimmeln. Widerwillig ließ Gardner den Motor wieder an und gab Gas. Frustriert hieb er mit den Handflächen gegen das Steuer.

Bald kniff die Augen zusammen. Sie rasten gen Westen, ihrem finalen RV-Punkt entgegen. Einem Feld am Rande eines kleinen Dorfes namens Aparzi, vierunddreißig Kilometer westlich ihrer aktuellen Position. In zwei Stunden und acht Minuten, um exakt sechs Uhr, würde ein Chinook am vereinbarten Zielort eintreffen und die Blades zurück nach Camp Bastion bringen, einer britischen Militärbasis tief in der Helmand Provinz.

Gardner, der den Cruiser systematisch auf über einhundertdreißig Kilometer pro Stunde beschleunigte, gönnte sich die kleine Genugtuung, dass ihre Evakuierung der einzige Teil des Plans war, der nicht in einem totalen Fiasko enden würde.

Kapitel 5

04:12 Uhr

Gardner trat das Gaspedal bis zum Anschlag durch. Die Tachonadel zuckte bei 140 km/h. Mardan war einer kahlen Landschaft mit kärglichen Hütten und vereinzelt auftauchenden schmucklosen Moscheen gewichen.

Niemand sprach.

Hands war mit dem Funksender beschäftigt. Die Kommunikationsausstattung der Einheit bestand aus einem abhörsicheren Iridium 9555 Satellitentelefon mit integrierter Antenne und einer GPS-Einheit, die es der Kommandozentrale ermöglichte, jeden ihrer Schritte zu überwachen. Das abhörsichere Funkgerät sendete auf einer verschlüsselten Frequenz und nutzte die sogenannte Bitbündelübertragung. Bei dieser Technik wurden Nachrichten zu kleinen Einzelübertragungen komprimiert, wodurch sie von feindlicher Funkaufklärung schwieriger zu entdecken war. Das Signal wurde verschlüsselt an die Befehlszentrale für Spezialoperationen in Bastion übermittelt.

Das Blut in Balds Gesicht war mittlerweile zu dünnen Schlieren getrocknet, so als hätte jemand lauter Fingerabdrücke auf seinem Kopf hinterlassen. »Tut mir leid, Joe.«

Gardner sagte nichts.

»Afridi kam aus dem Nichts. Ging auf mich los. Hat mir die AK aus der Hand geschlagen. Dann ist er auf Shaw los. Plötzlich war da dieses verdammte riesige Messer – hat ihn regelrecht aufgespießt, mitten durchs Herz.«

Gardners Hände schlossen sich so fest um das Lenkrad, dass er dachte, es würde jeden Moment unter seinem Griff zerbrechen.

»Ich hab mich auf Afridi gestürzt, aber ich kam zu spät, um dem Yank noch zu helfen. Hab Afridi mit bloßen Händen umgelegt. Hättest seinen Blick sehen sollen, Joe.« Er räusperte sich. »Wir haben ihn erwischt. Deswegen sind wir hergekommen, und verdammt noch mal, wir haben es geschafft.«

Gardner schwieg noch immer, doch in seinem Kopf kreisten die Gedanken. Er diente schon seit Jahren beim Regiment, hatte in den miesestenReckslöchern der Welt gekämpft, doch in keiner der Operationen, an der er teilnahm, hatte er einen Mann verloren.

Bis heute.

»Aber ein Gutes hat es. Wenigstens müssen wir uns jetzt keine Bibelsprüche mehr von Shaw anhören.« Bald sah zu Gardner, dann zu Hands, und grinste gequält. Keiner der beiden erwiderte sein Lächeln. Das Grinsen verschwand aus Balds Gesicht, dann starrte er auf Gardners linke Hand.

»Was ist mit dir passiert, Joe?«

Gardner biss sich auf die Zunge. Er konnte sich nicht konzentrieren. Ihm brummte der Kopf. Irgendetwas drückte von innen gegen seinen Schädel.

»Sieht wie ein Schlangenbiss aus«, ergänzte Bald.

Der Druck hinter Gardners Augen nahm stetig zu.

»Eine Grubenviper hat ihn erwischt«, sagte Hands.

»Mir geht's gut«, fuhr Gardner dazwischen.

Aber tatsächlich ging es ihm alles andere als gut. Seine Lippen waren taub geworden, ihm war trotz der bereits einsetzenden Morgenhitze eiskalt, und er hatte Kopfschmerzen, als würde eine Ameisenkolonie seinen Schädel annektieren. Bei Gott, er fühlte sich beschissen, und sah mit Sicherheit auch so aus.

»Lass mal sehen, Joe.« Bald war für die Mission als Sanitäter eingeteilt und hatte sich um alle Verletzungen und Infektionen zu kümmern.

»Ich sagte doch, mir geht's gut.«

Bald zuckte mit den Schultern, fläzte sich in den Sitz und starrte hinaus auf die vorbeifliegende Landschaft.

»Fuck!«, unterbrach Hands die Stille und schaltete das Funkgerät ab. Er machte ein Gesicht, als hätte er Scheiße gefressen.

»Was ist los?«

»Also, die gute Nachricht ist, dass der Chinook auf dem Weg ist.«

»Und die schlechte?«

»Head Shed meldet, die Taliban haben Camp Bastion angegriffen. Sieht so aus, als müssten wir denen helfen, die Schweinepriester zurückzudrängen. Das wird wohl kein Spaziergang nach Hause.«

»Und ich hatte mich schon so auf mein Bier gefreut«, sagte Bald.

Gardners Unterarme versteiften sich. Ein Straßenschild verkündete, dass Aparzi noch vierundzwanzig Kilometer entfernt war. Seine düsteren Gedanken behielt er aber lieber für sich.

Kapitel 6

Aparzi, 05:51 Uhr

Die Morgendämmerung brach über die ausgetrocknete Mondlandschaft herein. Gardner stoppte den Land Cruiser dreihundert Meter unterhalb des Rendezvous-Punktes. Der RV selbst befand sich auf einer plattformartigen quadratischen Anhöhe, schätzungsweise hundert Meter über dem Wüstenboden, am Rand eines Berges, der die Form eines abgebrochenen Knöchels hatte. Mit vierzig Quadratmetern war die Fläche groß genug für einen Helikopter, gleichzeitig aber auch hoch und unzugänglich genug, um neugierige Passanten abzuhalten.

»Endstation«, sagte Gardner über das metallische Knacken des abkühlenden Motors hinweg. »Den Rest müssen wir zu Fuß zu gehen.«

»Wie lang?«, fragte Bald.

Gardner sah auf seine Uhr. Eine MX10 Nite Watch, NATO-zertifiziert. Hands und Bald trugen das gleiche Modell. Zu Beginn der Mission hatten sie ihre Uhren synchronisiert. Das speziell beschichtete rostfreie Stahlgehäuse von Gardners Uhr war mit Sandkörnern bedeckt.

»Ankunft des Choppers in neun Minuten.«

Hands, der an dem Satellitentelefon herumnestelte, sagte: »Ich hoffe, sie sind pünktlich. Head Shed sagt, dass uns mindestens fünfzig Taliban auf den Fersen sind.«

Gardner kratzte sich seine entzündete Hand.

»Wo? Ich kann nichts erkennen.«

»Auf der anderen Seite der Berge. Kommen direkt auf uns zu.«

Gardner blickte stirnrunzelnd zu der Gebirgskette.

»Wie lange dauert es, bis sie hier sind?«

»Head Shed schätzt, etwa zehn Minuten.«

Bald stieß die Beifahrertür auf. »Dann sollten wir uns besser auf die Socken machen.«

Die Männer stiegen aus. Hands verstaute das Funkgerät in einem Rucksack und warf ihn sich über die Schulter. Gardner machte einen letzten Kontrollgang um den Wagen herum zum Kofferraum, um nachzusehen, ob sie auch nichts zurückgelassen hatten, und ließ die Kofferraumklappe aufschnappen. Darin befand sich eine Notfallausrüstung, bestehend aus vier Knicklichtern und einer Leuchtpistole, um ein Notsignal absetzen zu können.

»Mist«, murmelte Bald, trat näher an den Kofferraum heran und griff nach einem in Zeitungspapier eingewickelten Gegenstand, der neben der Notfallausrüstung lag.

»Hätte ich doch beinahe dieses Prachtstück vergessen.«

Gardner schüttelte den Kopf, als sein Partner den Gegenstand auspackte. Es handelte sich um eine Excalibur Ecocet 200 Jagdarmbrust, der Rahmen aus Kunstharz, in Wüstentarnfarbe bemalt. Die 20 Zoll-Pfeile flogen bis zu fünfzig Meter weit. Seit dem Tag, an dem Bald offiziell ein Blade war, hatte er darauf bestanden, die Armbrust mit zu den Einsätzen zu nehmen. Sie war so eine Art Glücksbringer für ihn. Er hatte die Excalibur so umfunktioniert, dass er damit Pfeile abfeuern konnte, deren Spitzen mit Acetonperoxid versehen waren – einem Initialsprengstoff, auch bekannt als APEX oder TATP, mit einer zeitverzögerten Reaktion von zwei Sekunden.

Bald griff nach der Kiste mit den Explosivpfeilen und tippte die Armbrust an.

»Ich hab vielleicht kein Gewehr, aber das Baby hier tut's auch«, sagte er.

Gardner sah, das Bald die Scheinwerfer in der Ferne nicht aus den Augen ließ. Er packte die mittelalterlich anmutende Armbrust mit der rechten Hand. Da war etwas in seinem Gesicht, das Gardner beunruhigte. Getrocknetes Blut klebte in Striemen an seinen

Mundwinkeln wie das Make-up bei einem bösen Clown. Er sah Gardner in die Augen: »Erinnerst du dich noch an das Auswahlverfahren?«

Gardner erinnerte sich.

Phase Eins der Prüfung, die schroffe Landschaft der Brecon Beacons, Süd-Wales. Es goss in Strömen, als sich die durchgefrorenen und ausgehungerten Kandidaten der bislang härtesten Herausforderung ihres Lebens gegenübersahen – die Besteigung des unerbittlichen Pen-y-Fan, dem größten Berg des südlichen Wales, auf dem Weg zu ihrem nächsten Rendezvous-Punkt. Gardner hatte sich mit letzter Kraft bis zum Gipfel durchgekämpft. Als er oben angekommen war, hatte sich seine Lunge wie Sandpapier angefühlt, und seine Oberschenkel schienen nur noch aus Brei bestanden zu haben. In dieser ersten Phase hatte er Bald geschlagen, um ganze acht Minuten.

»Kinderkacke«, hatte Bald es am Ende des Auswahlverfahrens genannt.

Gardner fing an, den Berg hinaufzulaufen. Der Anstieg war hart. Der Untergrund bestand aus losem Geröll, und er hatte Mühe, sicheren Halt zu finden. So als würde man einen Salzberg besteigen. In dem Licht, dass die Streichhölzer auf seine Waden warfen, schätzte Gardner, dass die Steigung wenigstens fünfzehn Prozent betrug. Er lehnte sich nach vorn und tastete nach Felsvorsprüngen, um sich daran festzuhalten. Aber die Steine waren locker, zerbröckelten wie Kalk in seinen Händen, und die Sicht während der körnigen Morgendämmerung war schlecht. Bald war vor ihm, vierzig Meter weiter oben.

Gardner zog das Tempo an. Er war ausgelaugt und fragte sich, wie es Bald gehen mochte.

Und dann fielen ihm wieder die Gerüchte ein, die zu Hause die Runde gemacht hatten. Gerüchte, dass es unmöglich war, das Auswahlverfahren so leichtfüßig zu bestehen wie Bald es getan hatte. Dass er gemogelt hatte. Einer der durchgefallenen Kandidaten schwor Stein und Bein, er hätte gesehen, wie Bald ganz offensichtlich auf der Brecon Becon Route eine Abkürzung genommen habe. Head Shed hatte die Vorwürfe des Kandidaten abgewiesen. Jemand, der den Anforderungen nicht gerecht wurde, würde nur versuchen, miese Stimmung zu verbreiten, hieß es.

Gardner hatte gerade die Lücke zwischen sich und Bald auf zwanzig Meter verringert, als ein dumpfes Pfeifen durch die Luft zischte. *Ffftt.* Am oberen Rand der Bergkette, weit oberhalb der Evakuierungszone, war ein schwacher sternförmiger Blitz auszumachen. Erdreich stob direkt vor Gardner auf.

Sniper.

»In Deckung!«, schrie Bald. Die drei Operator ließen sich gleichzeitig zu Boden fallen. Gardner, den Oberkörper auf die Erde gepresst, schob vorsichtig seine AK vor sich.

Er kroch auf eine Gruppe von Steinbrocken auf zehn Uhr zu. Bald arbeitete sich ebenfalls zu der Deckung vor. Hands befand sich rechts von Gardner in einer flachen Mulde.

Ein zweites *Ffftt.* Der Schuss pfiff an Gardner vorbei. Nah genug, um die Hitze zu spüren, die von dem vorbeifliegenden Projektil ausging. Zwei Meter hinter ihm stob Erdreich auf. Der Scharfschütze schoss sich ein. Die Einschüsse kamen näher.

Gardner kroch so schnell er konnte auf die Felsen zu. Der Sniper hatte mit den ersten beiden Schüssen die Entfernung abschätzen können. Der dritte Schuss würde ins Schwarze treffen, und Gardner wusste das. Er war noch etwa sieben Meter von den Felsen entfernt. Schweiß rann ihm den Rücken hinab, heiß und klebrig.

Der dritte Schuss ertönte genau in dem Moment, als Gardner die Deckung erreichte. Die Kugel schlug dort ein, wo sich Gardner nur eine Sekunde vorher noch befunden hatte.

»Gerade noch rechtzeitig.« Bald grinste.

Der vierte Schuss folgte drei Sekunden später. Er schlug in die Steinbrocken ein und ließ einen Regen aus Granitsplittern auf Gardner und Bald niedergehen. Aber keiner der beiden geriet in

Panik, stattdessen planten sie ihre nächsten Schritte. Gardner lauschte angestrengt nach dem Schussgeräusch. Dem dumpfen *Ffftt* nach zu urteilen hatte der Scharfschütze einen Schalldämpfer an sein Gewehr geschraubt. Das erklärte auch, warum kaum Mündungsfeuer zu sehen war.

»Der Kerl sitzt auf ein Uhr«, erklärte er.

»Hast du gehört, wie klar der Schuss war? Der Wichser ist keine zweihundert Meter weit weg.«

»Vielleicht hundertfünfzig?«

»Ja, vielleicht.«

Gardner suchte die Bergkette nach einem Punkt ab, an dem er seine Zelte aufgeschlagen hätte, um ein paar X-Rays auszuschalten.

»Da«, sagte er mit gedämpfter Stimme. »Der flache Felsvorsprung mit dem großen Felsbrocken.«

»Ich seh's«, antwortete Bald und spuckte auf den Boden. Der Schleim verschwand beinahe auf der Stelle in dem glühend heißen Wüstengrund. »Guter Winkel. Ausgezeichnete Deckung.«

»Die perfekte Schussposition.«

Sie starrten auf den Punkt und warteten.

Dann sahen sie ihn. Ein kohlrabenschwarzer Schatten löste sich aus der Deckung hinter dem großen Felsen und hielt mit schnellen Schritten auf einen anderen Felsbrocken weiter westlich zu, von dem aus er freies Schussfeld über die Steine hinweg haben würde, hinter denen Gardner und Bald kauerten.

»Wir müssen ihn ausschalten«, sagte Gardner. »Bevor die Wichser hinter den Bergen hier sind. Ich weiß nicht, wie's dir geht, aber mit nur einem Magazin gegen fünfzig von den Mistkerlen stehen unsere Chancen nicht allzu gut.«

»Spar deine Munition«, sagte Bald. »Um den Sniper kümmere ich mich.«

»Mit dem Ding da?« Gardner warf der Armbrust einen abschätzigen Blick zu.

»Sieh zu und lerne, Joe. Sieh einfach zu und lerne.«

Bald hatte immer wieder bewiesen, der Meisterschütze des Regiments zu sein. Die durchschnittliche Entfernung, die ein Armbrustbolzen mit etwa 100 km/h zurücklegen konnte, lag bei vierzig bis fünfzig Metern. Unter perfekten Rahmenbedingungen war ein erfahrener Operator in der Lage, ein Ziel in einhundert Metern Entfernung zu treffen. Bald hingegen zielte bei schlechter Sicht auf ein bewegliches Ziel über hundertfünfzig Meter weit entfernt.

Bald brachte sich in eine liegende Position und lehnte sich gegen die Steinbrocken. Er verlangsamte seine Atmung. Für eine gefühlte Ewigkeit der Stille nahm er den Sniper ins Visier. Dessen dunkle Silhouette war bereits fast hinter der nächsten Deckung verschwunden.

Dann hörte Gardner, wie der Bolzen mit dem Sprengkopf mit einem leisen *Popp* abgefeuert wurde. Er verfolgte die Flugbahn des Pfeils. Der Pfeil stieg hoch in die Luft, drehte sich dabei um die eigene Achse. Dann tauchte er steil hinab.

Der Bolzen durchschlug das rechte Bein des Schützen. Der schrie, ging in die Knie und umklammerte die Wunde. Er versuchte noch, den Pfeil herauszuziehen, als das TATP explodierte. Eine Rauchwolke hüllte den Mann ein. Dann implodierte sein Körper.

Hautfetzen, Knochenstückchen, Knorpel und verbrannter Stoff wehten zu Gardner und Bald herüber. Selbst im Halbdunkel konnten die beiden erkennen, dass von dem Schützen nicht viel mehr übrig geblieben war als ein großer blutiger Fleck und der Stumpf seines linken Beins.

Bald sprang auf die Füße.

»Das wollte ich immer schon mal machen.«

Hands näherte sich, das Funkgerät dicht ans Ohr gepresst.

»Geschätzte Ankunftszeit in dreißig Sekunden.«

»Wie weit sind die X-Rays noch entfernt?«

Hands gab die Frage an die Einsatzzentrale weiter.

»Sie kommen schnell näher«, berichtete er. »Um genau zu sein, müssten wir sie jeden Moment sehen können.«

Die drei Männer verdoppelten ihr Tempo und eilten den Berg hinauf, bis sie den Exfiltrationspunkt fast erreicht hatten. Die aufgehende Sonne tauchte die Plattform in violettfarbenes und rotes Licht. Gardner hatte selten zuvor ein so atemberaubendes Stück Land gesehen.

Der Chinook kündigte sich mit einem entfernten *Wupp-Wupp* an, dass schnell lauter wurde.

Gardner zerbrach die Knicklichter und gab jeweils eines davon an Bald und Hands weiter. Dann legten sie diese in Form eines W's aus, als Zeichen für den Chopper-Piloten, dass sie bereit waren für die Extraktion. Schnell schwoll das *Wupp-Wupp* zu einem ohrenbetäubenden Dröhnen an. Gardner legte den Kopf in den Nacken und sah den Chinook durch die schiefergraue Wolkenformation am Horizont brechen.

Aus dem Augenwinkel bemerkte er, wie sich etwa in der Mitte der östlichen Bergkette auf drei Uhr etwas bewegte. Zehn Umrisse zeichneten sich vor dem Himmel ab. Sie kamen einen felsigen Gebirgspfad hinab, kletterten um Felsblöcke herum und brüllten Gardner entgegen. Er schätzte, dass sie etwa dreihundert Meter entfernt waren. Zwei von ihnen hielten kurz inne und nahmen mit sporadischen Salven den Chinook unter Beschuss. Bei der Entfernung standen die Chancen jedoch besser, zweimal hintereinander im Lotto zu gewinnen als den Chopper zu treffen.

Der Chinook kreiste scheinbar teilnahmslos über dem Rendezvous-Punkt. Dann navigierte er direkt über die SAS-Männer und die Rotoren wirbelten Staub und Geröll zu einer gigantischen Windhose auf.

Gardner feuerte sechs schnelle Schüsse auf die Silhouetten ab. Beim sechsten Schuss zuckte er zusammen und ließ die AK-47 fallen. Seine linke Hand brannte wie Feuer. Er hob das Gewehr mit der rechten auf und untersuchte seine Linke. Er war kein Fachmann für Medizinfragen, aber es war eindeutig, dass er in beschissen ernsthaften Schwierigkeiten steckte. Seine Hand war lilafarben angeschwollen. Die beiden Löcher der Bisswunde hatten sich schwarz gefärbt und glotzen ihn wie die Augen eines Fischs an. Er konnte seine Fingerspitzen nicht mehr spüren. Seine Lippen waren taub, und wenn er die Augen schloss, tanzten wilde bunte Punkte vor seinen Augenlidern herum.

Das Schlangengift war in seine Blutbahn gelangt.

Der Chinook hatte unterdessen ein Marlow-Seil abgeworfen. Sie ließen sich von dem neuen RPX-System nach oben ziehen, Rapid Personnel eXtraction, dass aus einem besonders leichten Seil und einer Steigklemme bestand und über zwei integrierte Absicherungen verfügte. Das Seil wurde aus dem Chinook herabgelassen und holte die Operators dann über eine Winde wieder ein. Gardner signalisierte der Crew, dass sie ihn hochziehen sollten.

Die X-Rays kamen zu spät. Sie feuerten noch ein paar nutzlose Salven ab, die den Chinook aber weit verfehlten. Die Blades machten sich aus dem Staub, und es gab verdammt noch mal nichts, was die Taliban jetzt noch dagegen tun konnten. Game over.

Gardner hoffte nur, dass sie in Camp Bastion ein Gegengift haben würden.

Kapitel 7

Camp Bastion, Afghanistan, 09:12 Uhr

Als sie im Außenbereich der Basis zur Landung ansetzten, öffnete sich die hintere Frachtladerampe des Chinook wie das Maul eines Wals.

Gardner stand am Rand der abgesenkten Rampe und begutachtete das Areal. Der Chinook war ein paar hundert Meter westlich von Camp Bastion heruntergegangen, so nah, wie es angesichts des Feuergefechts möglich war. Über das dröhnende Motorengeräusch des Choppers hinweg waren immer wieder Schüsse zu hören. Rauch hing wie dichter, schmutziger Nebel über dem Lager. Camp Bastion, das Zuhause von mehr als zehntausend Soldaten, war eine Enklave aus dicht aneinandergedrängten Feldzelten, Frachtcontainern und Fertigkasernen, gesäumt von einem Schutzwall aus HESCO-Blöcken. Daneben befand sich das Feldlazarett. Der Flugplatz des Camps bestand aus einer Reihe von Flugzeughallen und einem 2350-Meter langem Rollfeld aus Beton, dass an vielen Stellen von anhaltendem Mörserbeschuss geschwärzt war. Gardner erinnerte sich, irgendwo gelesen zu haben, dass der Flugplatz von Camp Bastion der fünft verkehrsreichste von Briten betriebene Flughafen der Welt war. Aber auf dem Rollfeld zu landen war im Moment undenkbar: Streitkräfte der Taliban hatten den Schutzwall des Rollfeldes durchbrochen und nahmen aufs Geratewohl die Soldaten unter Beschuss, die sich in den Flugzeughallen verschanzten.

»Näher krieg ich Sie nicht heran«, war der Pilot über Intercom zu hören. Und, wie um den Satz zu bekräftigen, detonierte im selben Moment direkt über ihnen eine Panzerfaust. Die Druckwelle der Explosion ließ den Chinook erzittern.

»Herr im Himmel, hier wird's langsam brenzlig.«

»So haben wir's am liebsten, Partner«, schrie Bald zurück.

Gardner verließ die Rampe als Erster. Seine Stiefel gruben sich knirschend in den Sand. Die Rotorblätter wirbelten Staub in die Luft und nahmen ihm die Sicht. Bald und Hands folgten ihm schnell nach. Der Chopper verschwendete keine Zeit und donnerte in Richtung Horizont davon.

Langsam verzog sich der aufgewirbelte Staub, und Gardner konnte sich einen Überblick verschaffen. Rechts von ihm war die unregelmäßige Reihe von HESCO-Blöcken auszumachen, dahinter die schroffen Umrisse des Gebirges. Das Rattern der AK-47er wechselte sich mit dem lauteren *Ka-Rack* von Einzelschüssen ab – wahrscheinlich die Soldaten im Camp, die das Feuer erwiderten. Das Gelände, das zwischen ihnen und der Basis lag, war mit den Karossen ausgebrannter Jeeps übersät. Vereinzelt ragten Granatsplitter wie die Zähne eines Haifischs aus dem Boden.

Gardner sah jemanden auf sich zukommen. Er trug die Standarduniform mit dem verpixelten Camouflage-Muster in Wüstentarnfarbe und hatte die Ärmel hochgekrempelt. Er bewegte sich schwerfällig unter dem Gewicht seiner taktischen Weste und seinem Helm. Der Junge war gerade mal neunzehn.

»Private First-class Danny Grant, Erstes Bataillon, Royal Anglian Regiment«, rief der junge Soldat und packte bewundernd Gardners Hand. »Ihr seid die Jungs vom SAS, oder?«

»Sagen Sie mir, was zur Hölle hier los ist«, entgegnete Gardner.

Der Soldat schaute verwundert drein, dann wurde er ernst.

»Die Talibs bombardieren uns seit 03:00 Uhr. Haben uns tüchtig in die Mangel genommen. An das Mörserfeuer sind wir mittlerweile gewöhnt, aber nun greifen sie uns auch vom Boden aus an.« Er schüttelte den Kopf. »Hier herrscht ein verdammtes Chaos.«

»Wer hat das Kommando? Wir müssen mit ihm sprechen.«

»Colonel Turrell«, sagte der Soldat, dessen Augen ständig zwischen Gardner und Bald hin und her sprangen. »Wir müssen einen

Weg um den Flugplatz herum nehmen. Die Talibs bombardieren wie bekloppt das Haupttor. Hoffe, das geht in Ordnung.«

»Bringen Sie uns hin.«

Sie rannten nach Osten, parallel zum Rollfeld. Aus Gewohnheit hielt Gardner einen Abstand von vier Metern zu Grant, Bald und Hands. Vier Meter – der ungefähre Umkreis, in dem eine Landmine oder ein Sprengsatz tödlich war.

»Wissen Sie, ich hab selber schon daran gedacht, mich für die Auswahl zu bewerben«, sagte Grant.

Gardner seufzte. Ein Pfund für jeden Soldaten, der dachte, er hätte das Zeug dazu, das berühmte Wappen mit dem Dolch zu tragen, und er würde in einer vergoldeten Villa wohnen und sich den Arsch mit ägyptischer Seide abwischen. Grant tat ihm leid. Ein Frischling, noch grün hinter den Ohren. War vielleicht gerade mal ein paar Wochen dabei.

Aber im Moment hatte Gardner andere Sorgen als diesen Grünschnabel. Er hegte zunehmend Zweifel, ob er selbst fit genug für einen Kampfeinsatz war. Er fühlte sich schwach und fiebrig. Die Verfärbung an seiner Hand hatte sich über den Unterarm bis zum Ellbogen ausgebreitet. Sein Puls war schwach und unregelmäßig. Und allein der Versuch, mit Grant Schritt zu halten, erschöpfte ihn bereits und ließ ihn sich schwindelig fühlen.

Kugeln surrten an seinem Kopf vorbei. Die Taliban, die den Flugplatz angriffen, hatten sie offensichtlich erspäht. Gardner ging in Deckung. Er hielt Grant zurück, der wie angewurzelt aufrecht mitten im Kugelhagel stand. Sein ungläubiger Geschichtsausdruck verriet Gardner, dass er noch nicht registriert hatte, dass sie unter schwerem Beschuss standen.

Gardner stürzte sich auf Grant und wollte ihm zurufen, verdammt noch mal in Deckung zu gehen. Er kam nicht weiter als »Geh …« Eine Druckwelle traf sie. Eine ohrenbetäubende, in der Kehle brennende Druckwelle. Die Welt um sie herum wurde schwärzer als Schwarz.

Gardner wurde umgerissen. Er sah Grant, der durch die Luft gewirbelt wurde wie eine Puppe. Dann verlor auch er den Boden unter den Füßen. Die Umgebung verschwamm zu einem ockerfarbenen Fleck. Er verlor das Gefühl, wo oben und wo unten war. Etwas schlug gegen seine linke Hand. Ein Dutzend Schläge hämmerten ihm ins Kreuz. Eine Welle aus Schmerz fuhr seine Wirbelsäule hinab.

Dann verstummte die Welt um ihn herum.

Gardner öffnete die Augen. Er lag flach auf dem Rücken. Langsam wich die Stille zurück, an ihre Stelle trat ein Schrei. Kehlig und schrill, aber eindeutig menschlich. *Wer schrie da? Jemand musste verletzt sein*, dachte er. Seine Instinkte als Team-Leader übernahmen die Kontrolle. Er spähte über seine Schulter, um zu sehen, wer da verletzt war.

Da erst erkannte Gardner, dass die Schreie aus seinem eigenen Mund kamen.

Der Schmerz in seiner linken Hand war verschwunden. Er blinzelte Sandkörner aus seinen Augen, sah auf seine Hand – wo sich jedoch keine Hand mehr befand. Sein Arm endete am Handgelenk, und selbst das sah nicht wie ein Handgelenk aus, sondern wie ein Wirrwarr aus abgerissenem Fleisch. Knochen, Muskeln und Sehen ragten aus dem Stumpf hervor, so als hätte er seine Hand in einen Fleischwolf gesteckt.

Ein weiterer Schrei. Dieser kam von rechts. Gardner blickte in die Richtung und sah Grant ein paar Meter entfernt auf dem Boden liegen. Der Junge hatte die volle Wucht der Explosion abbekommen. Seine Haut und sein Bauch waren übersät mit Löchern, die von kleinen Metallkügelchen stammten. Beine und Leistengegend hatte es ihm abgerissen. Von seinem Unterleib waren nur ein paar zertrümmerte Oberschenkelknochen übrig, und ein dunkler Fleck an der Stelle, wo sich einmal seine Eier befanden.

Die Taliban feuerten unterdessen weiter auf die Operators. Unentwegt pfiffen Kugeln um Gardner herum. Eine schlug in Grants Bauch. Blut schoss aus dem Loch von der Größe eines Zehn-Penny-Geldstücks.

»Joe! Verfluchte Scheiße!«

Die Stimme schien von weit zu kommen. Verzerrt. Als würde sich der Rufer unter Wasser befinden.

»Joe! Joe!«

Mit jedem weiteren heiseren Ruf wurde die Stimme deutlicher, und schließlich erkannte er, dass sie zu Bald gehörte. Gardner hustete Blut und Sand. Oh Gott, er war noch nie in seinem Leben so durstig gewesen. Speichel sammelte sich in seinen Mundwinkeln. Er schaffte es, sich auf die Seite zu drehen, sein linker Arm baumelte nutzlos herunter. Dann sah er sich auf dem geschundenen Gelände um. Vor fünf Sekunden war er noch hier noch entlang gerannt, mit einem Milchgesicht im Schlepptau. Jetzt lag dieser Soldat mit abgerissenem Unterleib keine vier Meter von ihm entfernt. Die Erde um ihn herum war eine Sinfonie aus Granatsplittern, bitterem Rauch und Blutschlieren.

Inmitten des Blutbades konnte Gardner seinen abgetrennten Daumen und Zeigefinger erkennen.

Durch den Rauch hindurch erschien Bald.

»Was machst du da? John? Komm verdammt noch mal zurück!«, hörte er Hands hinter dem Vorhang aus Rauch rufen. Und eine Stimme in Gardners Kopf sagte: *Hands hat recht.* Die Standardprozedur bei einem Operator, der von einer Mine oder IED versehrt wurde, sah vor, dass man auf ein Minenräumkommando warten musste. Mit dem Versuch, Gardner zu retten, brachte sich Bald nur unnötig in die Schusslinie. Das war nicht einfach nur leichtsinnig, das war glatter Selbstmord.

»John!«, brüllte Hands wieder.

Vergeblich. Bald sprintete über den Wüstenboden. Wild ratternd nahm ihn das feindliche Feuer ins Visier. Kugel um Kugel schlug hinter ihm ein, als würden seine Schritte kleine Knallkörper auslösen. Er stürmte direkt auf Gardner zu. Zu seiner Rechten wimmerte Grant leise.

Dann war Bald bei Gardner, ein zwei Meter langer Schatten direkt über ihm.

»Keine Sorge, Mann«, sagte Bald, der sich neben seinen Partner kniete. »Ich hol dich hier raus.«

Gardner versuchte etwas zu antworten, aber das Wort blieb auf halbem Wege in seinem Hals stecken.

»Spar dir deine Kräfte, Joe. Das wird schon wieder.«

Während Hands die Taliban auf dem Flugplatz mit Dauerfeuer in Schach hielt, kümmerte sich Bald um Gardners schwere Wunde. Er riss ein Stück Stoff aus seinem Kameez und wickelte es fest um Gardners Ellenbogen, um die Blutung zu stoppen. Gardner spürte einen dumpfen, starken Schmerz, der sich in den Unterarm bohrte. Die Wunde am Stumpf versah Bald mit einem Gazeverband, um sie vor Infektionen zu schützen. Ließe man die Wunde unversorgt, würde das Risiko, eine Blutvergiftung zu bekommen, immens ansteigen. Er drehte Gardner wieder auf den Rücken, schraubte seine Feldflasche auf und ließ etwas von dem kostbaren Wasser in Gardners Mund tröpfeln. Der Geschmack übertraf jedes Bier der Welt.

»Bleib bei mir, Joe. Nur noch eine Minute, okay?«

Gardner nickte schwach.

Bald rutschte zu Grant hinüber. Der Soldat litt unter furchtbaren Schmerzen und wimmerte wie ein Straßenköter, den ein Auto angefahren hatte. Bald versuchte, ihn zu beruhigen.

»Meine Zähne …«, stammelte der Junge. »Sie sind so kalt …«

»Ganz ruhig, Kumpel.«

»So kalt …«

Der Junge war im Fieberwahn. Seine Augen zuckten in ihren Höhlen hin und her. Sein Atem ging unregelmäßig. Gardner sah zu, wie Bald ein Set aus Morphiumspritzen aus seiner Weste zog, die Päckchen aufriss und eine nach dem anderen in den blassen, schlaffen Arm des Jungen drückte. Der Junge gab keine Widerworte. Er wusste, dass er am Arsch war. Keine Beine, kein Schwanz, und ein riesiges Loch an der Stelle, wo sein Oberkörper endete – er würde verbluten, noch bevor der Rettungsdienst hier eintraf. Bald schloss die Augenlider des Jungen und sah zu, wie das Leben aus ihm schwand wie Wasser aus einem Waschbecken.

Bald krabbelte zu Gardner zurück, schlang einen Arm um seinen Rücken und half ihm auf die Beine. Gardner versuchte vergeblich, sich bei ihm zu bedanken, aber er brachte noch immer keinen Ton heraus.

Bald sagte: »Das wird schon wieder, Kumpel.«

Dann sagte er noch etwas und lachte, aber Gardner verstand ihn nicht mehr. Jemand hatte der Welt den Ton abgedreht. Er verlor mehr und mehr das Bewusstsein. Rote und gelbe Punkte tanzten vor seinen Augen. Die beiden Männer schleppten sich durch einen Vorhang aus Rauch. Hinüber auf die andere Seite, weg von dem unaufhörlichen Gewehrfeuer. Dann dehnte sich die Rauchwolke aus, wie eine riesige Pfütze. Er war sich nicht sicher, ob ihm seine Augen einen Streich spielten. Schließlich bestand seine Welt nur noch aus einem Nadelloch, umgeben von Dunkelheit.

Und dann war da gar nichts mehr.

Kapitel 8

Hereford, Großbritannien, drei Wochen später

Das Green Dragon in Hereford war für zwei Dinge berühmt: halbwegs bezahlbares Bier und Regimentsgroupies. Es lag versteckt in einer kleinen Seitenstraße abseits des Stadtzentrums, und die Kameraden hatten hier viel Zeit an der Bar verbracht. Sich ein London Pride und Greene King IPA nach dem anderen hinter die Binde gekippt und sich von Stacey nachschenken lassen – der reichlich überschminkten Bardame, die im sechsten Monat schwanger war. Da niemand von ihnen wusste, wer der Vater war, hatten die Jungs das Vaterschafts-Problem auf Regimentsart gelöst und Geld gesammelt. Jetzt hatte Stacey einen Tausender in Bar für ihr Kind, und jeder Operator konnte erleichtert aufatmen, weil es ihm erspart blieb, den Rest des Lebens mit der ordinärsten Frau außerhalb von Essex zu verbringen.

Gardner bestellte sich ein Pint. Es dauerte ganze fünf Minuten, bis Stacey ihn bediente. Das Dragon platzte an diesem Abend aus allen Nähten.

»Macht drei Öcken, Süßer«, sagte Stacey.

Gardner fischte etwas Kleingeld aus seiner Tasche. Noch vor einem Monat wäre das kein Problem gewesen. Aber jetzt trug er eine Prothese an der Stelle, wo einmal seine linke Hand gewesen war. Er musste erst umständlich das Bier auf der Bar abstellen, um dann mit der Rechten in den Taschen seiner Jeans herumzusuchen. Schließlich fand er drei Münzen und drückte sie in Staceys tätowierte Handflächen.

Er drehte sich um hundertachtzig Grad herum und sah Dave Hands direkt vor sich stehen.

»Hab dich hier eine ganze Weile nicht gesehen«, sagte Hands. »Wie geht's dir?«

»Die nennen es Fronturlaub. Erholung. Oder Auszeit. Kannst dir was aussuchen.« Gardner zuckte mit den Schultern. »Ist alles derselbe Mist.«

Hands deutete mit einer Kopfbewegung auf die Prothese: »Was man so hört, hätte dir die Schlange beinahe den Rest gegeben.«

Gardner antwortete nicht. Nachdem er seine linke Hand an den Sprengsatz verloren hatte, fingen seine Probleme erst an. Die Sanis an Bord des Chinook hatten seine Verletzung stabilisiert und ihn dann zurück ins Selly Oak Krankenhaus nach Birmingham geschickt. Bei den Bluttests stellte sich heraus, dass er eine tödliche Dosis Viperngift in sich trug, also gaben sie ihm intravenös ein Pferdeserum als Gegenmittel, aber darauf reagierte er wiederum mit einer Serumkrankheit, die ihn für ganze zwei Wochen aus dem Rennen nahm. Jetzt ging es Gardner wieder besser, aber er haderte mit der Hand, dem Umstand, dass ihn das Regiment ausmustern würde und den nicht enden wollenden Witzen seiner Kameraden über Pferde-Sperma. Irgendwie hatten sie es sich in den Kopf gesetzt, dass Serum und Sperma ein und dasselbe sei.

»Na ja«, begann Hands, um die unangenehme Pause zu beenden. »Wenigstens hat es nicht deine Wichshand erwischt.«

Gardner nippte von seinem Bier. Der Pup war gerammelt voll mit ehemaligen und aktiven Blades, die alle gekommen waren, um einen auf John Bald zu heben. Gardner sah den Mann am anderen Ende der Bar unter einem Fernsehgerät stehen, auf dem die Sky News liefen. In den Schlagzeilen ging es irgendwie um das Gesundheitssystem. Bald unterhielt sich mit Major Pete Maston und ein paar anderen Leuten vom Einsatzkommando, die er nicht kannte. Ein älterer, wichtig aussehender Mann gab Bald einen Klaps auf die Schultern. Ein junger Kerl im Anzug deutete auf ihn und gab das unmissverständliche Zeichen für eine Runde für alle, indem er seine Hand um ein imaginäres Glas legte und zum Mund führte.

Aber Bald machte nicht den Eindruck, als würde er sich wohlfühlen. Sein Lächeln wirkte aufgesetzt und eher wie eine Grimasse, und er trank ungewöhnlich langsam, während alle anderen ihre Drinks hinunterstürzten und sich Mühe gaben, möglichst schnell besoffen zu sein. Hin und wieder trafen sich kurz ihre Blicke, dann sah Bald in eine andere Richtung.

»Schätze, da wartet wohl die eine oder andere Medaille auf ihn«, sagte Hands, leerte sein restliches Bier in einem Zug und rülpste geräuschvoll. Ein Schwall Bieratem wehte herüber. »Möchte wetten, dass er irgendwann einen dieser lauschigen Sicherheitsjobs annimmt. Arabische Prinzessinnen im Harrods für Zehntausend die Woche bewachen. Verdammter Glückspilz!«

Maston klapperte mit einer Gabel gegen ein leeres Bierglas. Die Gespräche verstummten. Stacey drehte den Ton des Fernsehers leiser. Alle hatten sich Bald zugewandt. Der Schotte starrte auf den Boden.

»Ich hasse Ansprachen mindestens genau so sehr wie jeder andere hier«, sagte Maston. »Deshalb werde ich es kurz machen. John Bald steht für alles, was dieses Regiment ausmacht. Wir haben Sie ausgebildet, die Besten der Besten zu sein. Niemals zurückzuweichen, niemals aufzugeben. Dank Johns außerordentlichem Mut und seiner Opferbereitschaft konnten wir die Tehrik-i-Taliban empfindlich treffen. Das ist ein denkwürdiger Moment im Bestreben, eine friedliche und hoffnungsvolle Zukunft für die Menschen in Afghanistan zu erreichen.«

Bald rieb sich den Nacken. Für Gardner wirkte er jetzt nur noch gequält und nicht einfach nur unbehaglich angesichts der ganzen Aufmerksamkeit. Maston räusperte sich und fuhr fort: »Aber das ist noch nicht alles. Wie einige von Ihnen wissen, hat John Leib und Leben riskiert, um das Leben seines Kameraden zu retten. Ohne seine außerordentliche Tapferkeit wäre Warrant Officer Joe Gardner heute nicht mehr unter uns. Sergeant John Bald wird dafür mit Orden geehrt werden. Aber heute Abend soll es um die größte Ehre von allen gehen: die Anerkennung und den Respekt seiner Kameraden.«

Maston hob sein Glas zu den Hört-Hört-Rufen in der Bar.

Dann stupste Hands Gardner an und sagte: »Sieh dir das an!«

Gardner starrte zusammen mit allen anderen im Pub auf den Fernsehschirm. Stacey folgte den Aufforderungen im Raum und drehte den Ton auf volle Lautstärke. Die Nachrichten zeigten ein Exklusiv-Interview mit dem Anführer der pakistanischen Taliban.

»Afridi wurde ersetzt?«, fragte Hands. »So schnell?«

Die Studio-Ansicht wechselte zu schlecht aufgelösten, körnigen Filmaufnahmen. Der Kameramann wurde von einer maskierten Gestalt in eine Art Höhle geführt. Im Inneren der Höhle wartete jemand. Das Licht von Fackeln huschte über das Gesicht des neuen Anführers.

Für einen Moment erstarb alles Getuschel in der Bar. Hands war der Erste, der das Wort ergriff.

»Das darf verdammt noch mal nicht wahr sein«, sagte er.

Der Mann im TV war Tariq Afridi.

Gesund und munter.

Ein Raunen ging durch den Pub. Mastons Gesichtsfarbe wechselte zwischen verschiedenen Rottönen hin und her. Gardners Blick wanderte durch die Bar, auf der Suche nach Bald. Andere taten es ihm gleich.

Was war in Mardan wirklich passiert?, fragte er sich. Ihm fielen wieder die verstreut am Boden liegenden Diamanten ein. Er erinnerte sich an den bitterbösen Blick, den Bald Shaw zugeworfen hatte, als der bibeltreue SEAL ihn zur Rede stellen wollte. Und das schlechte Gefühl, das er dabei hatte.

Gardner und dem Rest der versammelten Mannschaft wurde schlagartig eine Sache bewusst:

Bald war verschwunden.

Kapitel 9

Stevenage, Großbritannien, 17:00 Uhr

Sein Telefon klingelte.

Joe Gardners Telefon klingelte für gewöhnlich nie. Wenn man ein Leben wir er führte, vergaßen die Leute schnell, dass es einen überhaupt gab.

Nur sehr wenige kannten noch Gardners Namen. So wenige, dass er tatsächlich neugierig war, wer da versuchte, ihn zu erreichen. Er sah auf das Display.

+00551171674519

Die Nummer sagte ihm nichts.

Die Stimme hingegen schon.

»Ich brauche deine Hilfe«, schrie jemand über ratterndes Gewehrfeuer hinweg. »Die haben mich am Arsch. Sind aus dem Nichts aufgetaucht. Millionen von den Wichsern. Fast wie damals in Bagdad.«

»John? Bist du das? Die Verbindung ist schlecht.«

»Wir haben Unterstützung angefordert, aber von denen ist noch keiner aufgetaucht. Vielen Dank auch, ihr Arschlöcher. Erinnerst du dich noch an Afghanistan? Jetzt sitze ich echt in der Scheiße, Joe. Du musst mir hier raushelfen.«

Gardner griff instinktiv mit seiner rechten Hand nach seiner künstlichen Linken. Afghanistan. Der Sprengsatz, der direkt vor ihm hochgegangen war. Rauch, der sich verzog, und dann der Blick auf den offenen Armstumpf, wo seine linke Hand sein sollte und das Blut, dass aus der Wunde schoss wie Öl aus einer geplatzten Rohrleitung. Es war John Bald gewesen, der unter feindlichem

Beschuss ein Rettungsteam angefordert hatte und damit Gardners Leben rettete. Er stand in Balds Schuld. Ganz gewaltig sogar.

»Wo zur Hölle steckst du?«

Atempause.

»John?«

Er musste an den Jungen neben sich denken. Einundzwanzig Jahre alt. Die Beine an der Hüfte abgerissen, zwei Oberschenkelknochen, die aus dem Körper ragten wie zwei abgebrochene Baseballschläger. Und dann das ganze Blut überall, so als ob er darin baden würde.

»Barbosa Favela. Mitten im beschissenen Rio de Janeiro. Meine Position ist meine Einheit mal Vierzig nördlich, deine Einheit mal zwanzig westlich der Jesusstatue. Komm, so schnell du kannst, Joe.«

»Hör mal, was geht da eigentlich …«

Die Leitung war tot.

Kapitel 10

07:22 Uhr

Das Cobra Hilton Plaza Hotel ragte über die heruntergekommenen Favelas hinaus. Das Zimmer selbst befand sich im zwölften Stock und gab den Blick auf eine Weltstadt aus Dreck und Scheiße anstelle von Stränden frei.

»Ich schwöre, ich weiß einen Scheißdreck«, sagte der Mann namens Paulinho Nava, der mit Handschellen an einen Heizkörper gekettet war.

»Das sagtest du bereits, mein Freund.«

»Warum tun Sie das dann?«

»Du gehst mir langsam auf die Nerven.«

»Sie sind doch völlig durchgeknallt«, schnaubte Nava.

Nestor Weiss zog die Spritze mit der Flüssigkeit aus der Ampulle auf. Dann klopfte er mit den Fingern gegen die Kanüle, damit die Luft entwich.

»Was ist das?«

Weiss antwortete ihm nicht.

»Wenn die anderen herausfinden, was Sie getan haben, werden Sie dafür mit ihrem Blut bezahlen. Wer sich mit einem Offizier der BOPE anlegt, ist ein toter Mann, hören Sie? Ein toter Mann!« Navas Gesicht war angeschwollen. Er sah aus, als würde er unter einer Million Bienenstichen leiden.

Soweit war Weiss mit seinem Werk überaus zufrieden. Es kam nicht mehr so oft vor, dass er selber austeilen musste, aber wenn er es tat, konnte er einen Menschen immer noch ziemlich übel zurichten.

Er hielt die Injektionsnadel gegen das Licht.

»Das sind einhundert Milliliter Schwefelsäure. Sicher, dass du mir weiterhin auf die Nerven gehen willst?«

»Dann bin ich eben blind, du Bastard.«

»Oh, aber das war nicht für deine Augen gedacht.«

Seine Angeberei war dahin. Navas Venen am Hals traten hervor, während er versuchte, Stück für Stück von Weiss wegzukommen und sich immer mehr gegen die Wand presste. Als Weiss ein wenig näherkam, trat er um sich.

»Bleiben Sie weg von mir!«

»Haben sie euch in der Ausbildung beigebracht, wie man so etwas überlebt, mein Freund?«

Nava spuckte auf den gemusterten Seidenteppich.

»Haben sie?«

Weiss trat einen Schritt nach links, um Navas strampelnden Beinen auszuweichen, und hockte sich neben ihn. Der Kopf des Mannes war noch vorn gesackt. Alles, was er jetzt noch tun konnte, war die Nadel anzustarren.

»Nein, ich fürchte nicht«, fuhr Weiss fort. »Der Tod kommt für jeden überraschend.«

»Wenn Sie Geld wollen, habe ich … ich kann Sie bezahlen …«

»Du weißt, dass es nicht darum geht.«

»Dann Frauen. Oder Jungs. Was auch immer. Scheiße, sagen Sie mir einfach, was Sie wollen, und ich besorge es für Sie, ich schwöre!«

»Mein Freund, nichts davon interessiert mich. Es gibt nur eine Sache, mit der du dein Leben retten könntest. Aber du behauptest, die Antwort darauf nicht zu kennen.«

Nava entglitten die Gesichtszüge. Wahrscheinlich hätte der Kommandant der BOPE geheult, wenn er nicht bereits sämtliche Tränen vergossen hätte, als er um sein jämmerliches Leben bettelte. »Ich sagte doch schon, verdammt, schon tausend Mal, dass ich nicht weiß, wo er ist.«

»Dann haben wir nichts mehr zu bereden.«

»Nein, nein. Bitte nicht!«

Weiss testete die Spritze und ließ etwas Säure auf den Teppich tröpfeln. Es zischte, als sich die Substanz durch den Stoff bis auf die Dielen fraß. Paulinho Nava, Lieutenant Colonel der Spezialeinheit und Held während der Belagerung der Reis Favela, versuchte wie von Sinnen, mit seinen gefesselten Händen den Heizkörper von der Wand zu reißen.

Alles in allem hatte Weiss mehr als sechshundert Männer, Frauen und Kinder umgebracht. Normalerweise schienen seine Opfer in ihren letzten Momenten den Tod zu akzeptieren, beinahe wie paralysiert. Weiss war dann allmächtig, fast wie ein Gott. Von dem Gefühl konnte er gar nicht genug bekommen.

Kein Mensch auf der Welt tötete gern, genauso wenig wie es keinen Raucher gab, der nicht insgeheim damit aufhören wollte. Weiss empfand noch immer Reue nach jedem Mord, und trug daher stets eine zwölf Zentimeter lange Schnitzerei der Jungfrau von Guadalupe bei sich, die er rieb und um Vergebung bat. Aber das Töten machte noch süchtiger als Heroin. Wie viele andere Auftragskiller bekam auch er Entzugserscheinungen, wenn er eine Weile aus dem Geschäft war.

Er stieß die Nadel in Navas Brust.

Weiss drückte auf den Kolben und injizierte die ätzende Säure in den Herzmuskel. Navas Kopf zuckte wild von einer Seite zur anderen. Seine bronzefarbene Haut begann rubinrot zu glühen. Schaum bildete sich vor seinem Mund. Kochendes Blut rann aus allen Körperöffnungen – seiner Nase, seinen Augen, Mund und Ohren. Nava presste die Kiefer aufeinander und röchelte. Tat, was jeder tat, kurz bevor er starb, und schiss sich die Hosen voll.

Dann regte er sich nicht mehr. Blut rann ihm aus dem Ohr und tropfte auf seinen stark tätowierten rechten Arm. Auf dem Bizeps der Sensenmann, Frank Sinatra am Ellenbogen und ein Playgirl aus den Dreißigern auf dem Unterarm. Der tätowierte Tod schien zu grinsen, als sich die verschiedenen Motive langsam rot färbten.

Zufrieden darüber, dass sein Opfer nun hinüber war, zog Weiss die Spritze wieder heraus, stülpte eine Kappe auf die Nadel und steckte sie sich in seine Jackentasche.

Als er das erste Mal diese spezielle Technik angewandt hatte, war Weiss neugierig gewesen, wie viel Schaden sie anrichtete. Also hatte er einen Gerichtsmediziner bestochen, den Brustkorb zu öffnen und das Innere freizulegen. Er fand heraus, dass nichts mehr übrig blieb. Weder Herz noch Lunge, Nieren, Brustmuskeln, oder Schlüsselbein. Als wäre eine Granate in der Brusthöhle explodiert.

Weiss warf einen Blick auf seine miese Digitaluhr, und dann fiel ihm ein, dass sie nicht funktionierte. Die Wanduhr aber verriet ihm, dass es acht Uhr morgens war. Normalerweise bot er seine Fähigkeiten als Dienstleister an, stellte keine Fragen und machte hauptsächlich mit Juárez- und dem Los-Zetas-Kartell Geschäfte. Die zahlten gut. Aber heute folgte er der Spur von dreißig Millionen Dollar. Mit dem Geld könnte er sich zur Ruhe setzen, irgendwo auf den Kokosinseln hinter Costa Rica, am Chatham Beach liegen und Tequilas trinken. Eine etwas teurere Uhr tragen, vielleicht eine Cartier, und sich die erlesensten Muschis Lateinamerikas gönnen. Weiss hatte genug vom Töten.

Du hast jetzt eine dicke Sache an der Angel, dachte er bei sich, während er sich die Wegwerfhandschuhe von den Händen zog und in die Taschen seines einreihigen, halblangen Mantels aus schwarzer Baumwolle stopfte. Noch einmal nickte er Navas Leichnam zu. Dann verließ er den Raum, zog die Tür hinter sich zu und hängte das kleine Schild über den Türknauf. Por favor não incomodar – Bitte nicht stören. Er verließ das Hotel und stieg in seinen gemieteten BMW E90 Sedan.

Ich muss ihn heute noch finden, dachte Weiss. *Sonst ist es zu spät. Nun, dann ist es wohl Zeit, jemanden zu besuchen, der mir weiterhelfen kann.*

Kapitel 11

08:15 Uhr

Die Rotorblätter des LittleBird zerteilten den Himmel. Die Sonne brannte auf Rio herunter, und Joe Gardner hatte einen Kater.

Er trug einen Bart, mit dem man ohne Weiteres ein nasses Streichholz angezündet bekam, und seine Nase schien öfter gebrochen zu sein als das Herz eines Teenagers. Angeschnallt, mit den Füßen auf der Landeschiene des Hubschraubers, schaute er auf die Favela zweihundert Meter unter ihm hinab. Tausende windschief übereinandergebaute Hütten und Baracken, die gefährlich nahe an einem armeegrünen Berghang errichtet waren, nur einen Steinwurf vom Finanzdistrikt und seinen Hochhausapartments entfernt. Im Westen sah man die Statue von Jesus, dem Erlöser. Jesus schien einen Scheißdreck auf den Slum gleich nebenan zu geben.

»Barbosa Favela«, sagte Leon, der neben ihm saß.

Klingt wie ein brasilianischer Fußballer, dachte Gardner bei sich.

»Kein schöner Anblick, ich weiß.«

»Ich bin in Moss Side in Manchester aufgewachsen. Hab da Schlimmeres gesehen.«

»Warte, bis du es vom Boden aus siehst.«

Der LittleBird ging in einen schnellen Sinkflug über und jagte in engen Kurven hin und her. Gardner war schon in allen möglichen Hubschraubern mitgeflogen, Lynx, Chinooks, Merlins, aber keiner der Chopper der Royal Air Force war so wendig wie dieser.

Jetzt befanden sie sich etwa hundert Meter über dem Boden. Gardner erspähte eine Bande Kinder, die durch die Straßen unter ihm rannte. Sie trugen AK-47s bei sich und feuerten auf eine Gruppe älterer Jugendlicher, die nach Osten floh. Die BOPE hatte sich aus der Favela zurückgezogen und ließ die verfeindeten Banden sich gegenseitig die Köpfe einschlagen. Kids aus der Dritten Welt, die für den dritten Weltkrieg trainierten.

Gardner würde unbewaffnet da hineingehen. Nur er und ein paar vernarbte Knöchel. Seine erste Aufgabe nach seiner Landung auf dem Galeão-Antônio Carlos Jobim International Airport hatte darin bestanden, sich von den Touristenhochburgen wie Leblon oder Ipanema fernzuhalten. Ein paar Leute wagten sich nach Süden, Gardner war nach Westen gegangen, ins Armenviertel von Santa Cruz. Ein dreizehnjähriger Straßenjunge mit einem brasilianischen Trikot und dem Wort »Robinho« auf der Rückseite meinte, er könne Gardner alles besorgen. Er willigte ein, ihm für zweihundert Reals auf dem Schwarzmarkt eine Sig Sauer P226 zu besorgen. Aber in dem Café, in dem der Junge sich mit Gardner treffen wollte, hatte es nur so von übel aussehenden Cops gewimmelt, und der Junge sich ohnehin nicht mehr blicken lassen.

Gardner fühlte sich nicht wohl dabei, unbewaffnet eine Gefahrenzone zu betreten.

»Da unten ist ganz schön was los«, sagte er. »Sicher, dass das die beste Landezone ist, die ihr finden könnt?«

»Glaub mir, die Gangs schießen auf alles, was sich bewegt. Es heißt, ein paar BOPE-Offiziere sind vom Rest ihrer Einheit abgeschnitten, und die Kids haben Blut geleckt. Die anderen Straßen sind zu gefährlich, Amigo.«

»Gefährlich für wen? Dich und Mr. Pilot?«

Leon gab darauf keine Antwort. In Ordnung. Der LittleBird war ein Gefallen von dem Bekannten eines Bekannten gewesen, in letzter Minute arrangiert. Keine vierundzwanzig Stunden vorher hatte Gardner noch in einem Pub in Hertfordshire übernachtet. Seit er den SAS verlassen hatte, war er untergetaucht, so anonym man in Großbritannien mit seinen ganzen Überwachungskameras eben sein konnte. Aufgrund dessen erlaubte er sich auch nur zwei Verbindung zur Außenwelt: eine Barclay-Card und ein Mobiltelefon.

Das Telefon war dazu da, um mit seinen alten Kameraden in Verbindung zu bleiben. Gardner war nicht der Typ, der einfach mal jemanden anrief und über seine Gefühle sprach oder darüber, wie sein Tag gewesen war. War nicht seine Art. Und deshalb klingelte auch nie sein Telefon.

Bis gestern, als Bald ihn aus heiterem Himmel anrief.

Er hat dir das Leben gerettet. Die zerrissenen Nervenenden in seiner linken Hand erinnerten ihn immer wieder an das Opfer, das Bald für ihn gebracht hatte. Also hatte er sein Konto leerngeräumt, und von den paar Kröten ein Ticket ohne Rückflug nach Karneval City gebucht. Er dachte sich, egal was kommen würde, zumindest das Wetter würde dort unten besser als ins Stevenage sein.

Er schaute auf sein Telefon. Zwei Nachrichten. Eine von seinem Netzanbieter, der ihn in Brasilien willkommen hieß und auf den regionalen Anbieter verwies. Die zweite vom brasilianischen Anbieter selbst. Irgendwelcher unverständlicher Käse auf Portugiesisch. Das waren mehr Nachrichten an einem Tag, als er im gesamten letzten Jahr bekommen hatte.

»Dieser Mr. Bald, ist das ein Freund von dir?«, fragte Leon.

»Wieso interessiert dich das?«

»Weißt du, diese Typen vom BOPE sind todesmutig. Denen ist alles scheißegal. Aber wenn die den Gangs in die Hände fallen, bedeutet das Game over. Die häuten einen bei lebendigem Leib, Amigo.«

Gardner sagte nichts dazu, weil es da nichts zu sagen gab.

Der LittleBird schwebte fünfzig Meter über dem Boden. Der Chopper mochte beweglicher sein als eine Nutte aus Soho, aber angesichts der Enge der Favela war es zu riskant, noch tiefer hinunter zu gehen. Bevor Gardner diesen Flug buchte, hatte er in einem Internet-Café die Barbosa Favela und deren Umgebung bei Google Earth studiert, um am Boden nicht komplett verloren zu sein. Aber es war schwer, alle Details bis ins kleinste aufzunehmen, denn das Gewirr aus Straßen und Gassen kam einem Teller mit Spaghetti gleich. Eine Viertelmillion Menschen vom unteren Ende der Nahrungskette waren in der Barbosa Favela eingepfercht, einer Enklave, nicht größer als das sechsfache des Wembley-Stadions. Gardner hatte seine Hausaufgaben gemacht und wusste, dass diese chaotische Anordnung nach dem Unabhängigkeitskrieg entstanden war. Die Soldaten waren nach Rio zurückgekehrt, aber anstatt sie dort als Kriegshelden zu feiern, wurden sie in diese Slums verbannt.

Kommt mir bekannt vor, dachte Gardner.

Dunkler grauer Rauch verdeckte die Sicht auf das Gebiet direkt unter ihnen. Gardner konnte so gut wie gar nichts erkennen, aber er wusste, dass das, was sich darunter verbarg, ganz sicher kein Teekränzchen sein würde. Sein Herz schlug wie rasend in seinem Brustkorb.

Öliger Schweiß tropfte von seiner Augenbraue auf seine Lippen. Er schmeckte Salz und den Fusel aus der Hotelbar von letzter Nacht, wo er sich mit seinem besten Trinkkumpan getroffen hatte: Alkohol. Gardner wischte sich mit dem Ärmel seines T-Shirts den Schweiß vom Gesicht.

Leon lächelte: »Die Caipirinhas sind nicht schlecht, was?«

»Kann man wohl sagen.«

Gardner stemmte seine Füße auf die Landeschiene. Er warf ein Seil hinaus, synthetisch, 44mm, doppelt gewendelt. Dann fuhr er mit der rechten Hand in einen abriebfesten Fingerhandschuh speziell zum Abseilen. Für die gleiche Prozedur an seiner linken Hand benötigte er drei Anläufe, hauptsächlich deshalb, weil sich die hautfarbenen Finger aus Carbonfaser nicht bewegen wollten.

»Spürst du irgendwas da drin?«, fragte Leon.

»Nicht bis zum Ellenbogen.«

»Das nenne ich mal echten Weltraumzeitalter-Scheiß!«

»Vor hundert Jahren hätte ich einen Haken an einem Stock bekommen. Mit dem Baby hier kann ich sogar Trauben pflücken.«

Mit den Handflächen nach innen und durchgestreckten Armen ließ sich Gardner an der Seite des Choppers in den Rauch hinab.

Es war, als würde man sich über einem beschissenen Riesengrill abseilen. Dicker Rauch drang in seine Lunge und seine Nase. Er roch nach Kordit und verbranntem Fleisch und hinterließ einen heißen, metallischen Geschmack auf der Zunge. Es musste eine Million Grad haben.

Scheiß drauf, seil dich weiter ab, sagte er sich.

Der Höhenmesser an Bord des LittleBird hatte die Entfernung zum Boden mit vierundvierzig Metern angezeigt. Er wollte den Boden so schnell wie möglich erreichen. Am Seil hängend war er ein leichtes Ziel für Scharfschützen, trotzdem musste er seine Geschwindigkeit immer wieder drosseln. Wenn man sich zu schnell fallen ließ, riskierte man, sich beim Aufprall am Boden die Beine zu brechen. Seine Füße hatte er nicht um das Seil geschlungen, denn das Leder seiner Gore-Tex-Stiefel rutschte am Seil ab.

Nach zehn weiteren Metern hatte er den Rauchnebel passiert. Er blinzelte, um die Tränen und den nach Fusel riechenden Schweiß aus den Augen zu bekommen, und sah, dass der Rauch von einem Dach mehrere Meter zu seiner Rechten kam. Aus einer Reihe von gebrauchten Autoreifen schlugen Flammen, und dicker, giftiger Rauch quoll in die Luft wie aus einem Schornstein. Gardner sah nach unten.

So gut wie da. Nur noch ein paar Meter.

Seine Beine berührten den Boden, fanden aber keinen Halt. Sein Schuh glitt über irgendetwas Glitschiges. Er versuchte, sich zu fangen, rutschte aber aus und – scheiße, tat das weh – schlug mit dem Kopf hart gegen Beton.

Schalte den Schmerz aus. Nicht daran denken, sagte er sich. *Steh auf!*

Er ließ das Seil los und sah zu, wie es nach oben in all dem Rauch verschwand wie ein Blitz in umgekehrter Richtung. Für einen derart kleinen Chopper war der LittleBird verdammt laut. Als sich der Vogel verzog und das *Wock-Wock* der Rotoren schwächer wurde, trat Stille ein. Gardner überprüfte die Landezone und sah sich um.

Er war in einer L-förmigen Straße inmitten der Favela gelandet, zweihundert Meter von der Tutoia Autobahn entfernt. Oder am beschissenen Ende der Welt, was auf's Gleiche hinauskam.

Wie geplant waren die Gangs ausgeschwärmt und nicht zu sehen. Die schäbige Straße war menschenleer. Armselige Hütten mit zwei oder drei Stockwerken und notdürftig gemauerte Ziegelgebäude säumten die Straße. Die meisten der Häuser mussten sich mit Dächern aus Plastik oder Pappe begnügen.

Scheint hier wohl seltener zu regnen als in Manchester, dachte Gardner.

Das scharfe Krachen mehrerer Gewehrschüsse ertönte. Östlich von ihm, aus jener Richtung, in die die Bandenkinder gestürmt waren. Eine heftige Salve, dann Stille.

Er rappelte sich auf und bemerkte eine schleimige Substanz unter sich. Eine größere Pfütze, dunkelrot, wie geschmolzener Gummi. Ein einzelner Stiefelabdruck eines Timberlands markierte den Punkt, an dem es Gardner von den Füßen geholt hatte. Dort, wo sein Kopf den Betonboden geküsst hatte, lagen Teile von Eingeweiden. Eines groß, braun und schlangenartig, das andere kleiner, rötlicher, und von Gardners Quadratschädel zerquetscht. Eine Leiche war nicht zu sehen. Jemand, der wie ein abgestochenes Schwein geblutet haben musste, hatte sich zum Sterben in eine der Seitenstraßen verpisst.

Eins nach dem anderen, dachte sich Gardner und wischte sich die klebrigen Hände an seiner sandfarbenen Cargohose ab. *Sieh zu, dass du Land gewinnst, sonst war dein Trip nach Barbosa auch gleichzeitig dein letzter.*

Er lief los, nach Westen, in die entgegengesetzte Richtung der Schießerei.

Kapitel 12

08:22 Uhr

Weiss brauchte über eine Stunde, um sich durch den Verkehr zu zwängen. Er fuhr nach Norden, ließ das Marcana Fußballstadion hinter sich, und nach dem altehrwürdigen Residenzpalast im Quinta da Boa Vista bog er rechts auf die Osvaldo Aranha ab, deren abgenutztem Straßenbelag er fünf Kilometer lang folgte. Selbst Gott persönlich würde es nicht schaffen, Brasilianer zur Eile zu bewegen. Auf dem Weg ins Tardelli Distrikt grübelte Weiss über seine nächsten Schritte nach.

Als er von der Aranha herunter war, lichtete sich der Verkehr. Weiss bog in die Rua Pedro Cabral ab und folgte ihr zweihundert Meter, bis er die wohlhabende Rua Buenos Aires erreichte. Hier präsentierte sich dem Betrachter eine Reihe von Häusern, die den Reichen vorbehalten waren – jedes opulent ausgestattet, kalkweiß getüncht und bewacht. Weiss hielt auf die größte und prachtvollste Luxusvilla am Ende der Straße zu. Das Eingangstor war vergoldet, und oberhalb der Gegensprechanlage war ein kleiner Videobildschirm montiert. Das Tor selbst stand halb offen. Ein Geschenk.

Weiss parkte vor dem Haus und durchquerte das Anwesen, vorbei an einem Springbrunnen, groß genug für ein Grand Hotel, und einer Reihe von Palmen, die so grün wie der Amazonas waren. Auf der Vortreppe standen zwei Männer Wache, bewaffnet mit 9mm-Uzis. Die Lieblingswaffe von Gangstern, die zu viele Hollywood-Actionfilme gesehen hatten. Sie teilten sich einen Joint. Erst als er sich ihnen bis auf dreißig Meter genähert hatte, wurden sie auf ihn aufmerksam. Weiss war groß, aber relativ leichtfüßig. Einer der Wachposten sah auf und warf den Joint zu Boden.

»Heilige Scheiße. Das ist Weiss.«

Wie von der Tarantel gestochen rannte er hinein.

Der andere Mann rührte sich nicht vom Fleck, so als wäre er am Boden festgewachsen.

»Ich möchte mit Big Teeth sprechen.«

»Der ist drin.«

Weiss öffnete die schwere Teakholztür und ließ sich selber ein.

Die Villa war verschwenderisch eingerichtet. Und roch nach Pisse. Ein Rottweiler leckte an seinem eigenen Kothaufen. An den Wänden klebten zwischen antiken Spiegeln Poster von *Scarface* und *Der Pate*, die Decke war mit Einschusslöchern verziert. Er musste aufpassen, wo er hintrat, um die benutzten Kondome und Crackpfeifen zu vermeiden, die überall auf dem gefliesten Marmorboden verstreut lagen. Es stimmte also, was man so sagte: Egal, was du anziehst, oder wie reich du bist – Scheiße bleibt Scheiße.

Weiss betrat den Salon. Es war, als würde ihn die Dunkelheit verschlucken.

Er kniff die Augen zusammen. Da lag ein Mädchen von vielleicht sechzehn oder siebzehn Jahren auf einem roten Ledersofa, Arme und Beine von sich gestreckt. Der Haltung nach hätte man denken können, sie würde schlafen, wenn ihre weit aufgerissenen Augen nicht nur noch das Weiße zeigen würden. Auf einem Breitbildfernseher spielte jemand *Call of Duty: Modern Warfare 2.* Es roch nach Marihuana und Angst. Weiss zählte zwölf Gorillas in dem dunklen Raum, und er musste nicht erst hinsehen, um zu wissen, dass jeder von ihnen eine Knarre bei sich trug.

Aber er entspannte sich. Niemand wagte es, eine Waffe auf ihn zu richten. Niemand war so todessehnsüchtig.

Luis ›Big Teeth‹ Oliveira saß auf einem Sofa vor dem Fernseher. Vor ihm stand ein Couchtisch voller Kokain, aber es war nicht das Koks, dass ihn aufschreckte. Es war Weiss. Hektisch zog Big Teeth an seiner Zigarette.

»Nestor«, rief er und breitete die Arme übertreiben weit aus, so als wollte er einen Bär umarmen. »Was führt dich nach Rio? Kannst nicht genug von den Carioca Pussies bekommen, was? Du weißt schon – wenn man erst mal Wein gekostet hat, will man kein Wasser mehr trinken.«

»Deine Witze langweilen mich fast genau so sehr wie der Rest dieses Landes«, antwortete Weiss und ließ seine Hand über den Simms eines barocken Kamins gleiten. Staub bleib an seinen Fingern hängen.

Big Teeth rutschte unruhig auf der Couch herum. »Dann ... bist du wegen der Sache mit Carlito hier?« Seine Stimme überschlug sich. »Ich schwöre, wir haben nichts, aber auch gar nichts damit zu tun, dass Gonzales ihn abgezogen hat. Der Kerl ist irre, Amigo.«

»Komm runter«, sagte Weiss lächelnd und genoss Big Teeths Angst. »Ich werd dich nicht umlegen. Und mit Gonzales hat es auch nichts zu tun.«

Big Teeth lachte nervös auf und entblößte dabei seine albernen goldenen Vorderzähne, mit denen er wie ein grotesker Hase aussah. Weiss fragte sich, warum er sich von all dem vielen Geld nicht mal seine Zähne richten ließ.

»Ich suche jemanden.«

»Sind wir nicht alle auf der Suche nach jemand Besonderem, eh?«

»Genug mit deinen dummen Witzen, Luis.«

Big Teeth sah auf seine Füße, zum TV, zu dem komatösen Mädchen, nur um Weiss nicht ansehen zu müssen.

»Dieser Mann, den ich suche, ist ein Ausländer, der mit der BOPE zusammenarbeitet. Einer Einheit, die du, wie ich glaube, sehr genau im Auge hast.«

»Vergiss es!« Big Teeth drückte seine Zigarette in einem jesusförmigen Aschenbecher aus. »Wie du siehst, leben wir nicht mehr in Barbosa. Wir sind raus aus dem Drogengeschäft. Wir sind jetzt sauber, Mann. Nur noch Rap Musik und so'n Zeug.« Er blies den Rauch seines letzten Zugs an der Zigarette aus. »Ich kann dir nicht helfen.«

Weiss winkelte leicht den Kopf an und nagelte Big Teeth mit seinen Augen fest.

»Luis, mein Freund, wo ist das Problem? Du wirkst nervös. Liegt es an mir?«

Big Teeth hielt den Atem an.

»Oder etwas anderes macht dir Sorgen.« Weiss schaute auf den von Messerkerben verunzierten Wohnzimmertisch. »Ist deine Gang in Schwierigkeiten?«

Big Teeth konnte sich nicht länger zurückhalten. Er stand auf und schrie Weiss an: »Wie zur Hölle sieht das für dich aus, Mann? Wir sind Lokalmatadoren, Bruder. Und jetzt kommst du hier an und fragst mich nach irgend 'nem Typen von auswärts? Scheiße Mann, ich hab doch noch nicht mal einen Pass!«

Weiss setzte sich an den Rand des gegenüberliegenden Sofas, dass mit der Nutte darauf. Sie blinzelte nicht. Ihre Augenlider zuckten noch nicht mal. Er strich ihr übers Haar.

»Luis. Ich weiß, dass dieser Mann Kontakte zur BOPE hat. Da arbeiten nur vierhundert Leute, und ich möchte wetten, dass du von jedem einzelnen den Namen und die Adresse auswendig kennst. Und ich weiß, dass du *ihn* kennst. Du glaubst, du wärst jetzt Mr. BigShot, mit deinem Swimming Pool und deinem tollen Wagen, aber tief in dir drin bist du immer noch ein favelano. Du bist ganz bestimmt auf dem Laufenden, also hör auf, mich zu verarschen.«

»Nestor, ich schwöre …«

»Wir können das auf die leichte oder auf die harte Tour machen. Ich hab dir mein Wort gegeben, dass ich dich heute nicht umbringen werde. Und das werde ich auch nicht. Aber morgen ist ein neuer Tag. Vielleicht komme ich morgen wieder …« Er ließ die Drohung ein wenig sacken.

Big Teeth sah aus den Augenwinkeln, wie Weiss seine Hand am Hals des Mädchens hinabgleiten ließ. Er schien etwas abzuwägen.

»Okay, okay, wie heißt der Mann?«

»John Bald. Ein Schotte.«

»Scheiße. Fuck.« Big Teeth nahm sich einen Zettel und kritzelte etwas mit einem Kugelschreiber darauf. Ein breitschultriger Gorilla drückte Weiss den Zettel in die Hand. Darauf standen in einer fürchterlichen und krakeligen Handschrift ein Name und eine Adresse. Weiss war erstaunt, dass Big Teeth überhaupt schreiben konnte. Er sah ihm direkt in seine beiden unterschiedlichen Augen – das eine braun, das andere grün.

»Dort hält er sich auf?«

Big Teeth schüttelte den Kopf. »Das ist jemand, der vielleicht weiß, wo der Kerl steckt. Ich kann aber für nichts garantieren. Du weißt, wie es in den Favelas zugeht, da passiert ständig irgendein abgefahrener Scheiß.«

»Ich werde das überprüfen. Du solltest beten, dass das nicht irgendwie auf dich zurückfällt, mein Freund.«

»Keine Sorge«, antwortete Big Teeth, und sah Weiss schließlich in die Augen. »Aber in Barbosa solltest du verdammt gut auf deinen Arsch aufpassen. Die Kids dort kennen dich nicht so wie wir. Da gelten andere Regeln.«

Kapitel 13

09:30 Uhr

Die Muskeln in seinen Beinen hämmerten noch von den Vibrationen des LittleBird. Sein schweißnasses olivgrünes T-Shirt klebte ihm am Rücken. Keine dreißig Minuten nach seiner Ankunft in der Favela pfiff Gardner bereits auf dem letzten Loch.

Er verließ die Landezone durch ein Gewirr aus Gassen, von denen einige so schmal waren, dass er seine Arme nicht hätte ausstrecken können. Einmal war er falsch abgebogen und beinahe in einen Krater voller Exkremente inmitten der Straße gerutscht. Ungeschützte rechteckige Löcher im Boden, etwa einen Meter breit und einen halben tief, befanden sich neben jedem Gebäude und entlang verschiedener Mauern. Dem fauligen Gestank nach zu urteilen, der aus ihnen drang, führten diese Löcher direkt ins örtliche Kanalisationssystem.

Gardner beeilte sich. Er wusste, je eher er Bald erreichte, umso besser standen die Chancen, dass er ihn in einem Stück vorfand. Bald war einen Meter siebzig groß, knochig, robust wie altes Leder und aus demselben Granit gemeißelt wie die Häuser in seiner Geburtsstadt Aberdeen. Er trug durchweg diesen bösen, durchdringenden Blick zur Schau, und das ließ ihn hart und kalt wirken. Nach ein paar Bieren konnte er jedoch der Kumpeltyp in Person sein. Aber an einem Ort wie Barbosa brauchte Bald all seine Fähigkeiten, um zu erleben. Denn hier fiel er auf wie falsche Titten.

Und das gilt auch für dich, Gardner.

Vor ihm tauchte ein Marktplatz auf. Oder was an einem Ort wie diesem als Marktplatz durchging. Es war jetzt nicht gerade das Lakeside Einkaufszentrum.

Das Sonnenlicht flutete einen Platz, etwa fünfzig mal dreißig Meter. In der Mitte der Straße stand ein verlassenes Polizeiauto, daneben war eine Wasserlache, in der verschiedene Kleidungsstücke schwammen. Flammen schlugen aus dem Dach des Polizeiautos. Gardner zählte drei Männer am Boden. Sie bewegten sich nicht. Verdrehte Arme und Beine. Rote Flecken in der Größe von Kaffeebechern auf der Brust. Sie trugen die typischen beigefarbenen Polizeihosen. Ein vierter Mann hustete, schüttelte den Kopf, erblickte Gardner und kroch auf ihn zu, krallte sich mit den Fingernägeln in den pockennarbigen Beton und zog seine verletzten Beine hinter sich her.

Gardner hörte Stimmen. Schreie. Schüsse.

Krack! Krack! Krack!

Seine Instinkte sagten ihm, dass er dem Cop helfen musste. Aber er war unbewaffnet, und würde nicht rechtzeitig bei ihm sein. Die Schüsse kamen aus kurzer Entfernung, und alles, was er damit erreichen würde, wenn er dem Typen zu Hilfe kam, wäre, dass sie beide geliefert waren.

Von dem Marktplatz gingen so viele Seitenstraßen ab, dass Gardner eine Pause brauchte, um sich zu orientieren. *Hier drin findet man sich schwerer zurecht als in einem gottverdammten Dschungel*, dachte er. Hinter sich auf sechs Uhr lag die Straße, aus der er gekommen war. Linker Hand zwei offene Treppen, etwa zwanzig Meter entfernt. Die vierte Fluchtmöglichkeit bestand in einer Gasse direkt gegenüber, halb verborgen von dem brennenden Auto. Die Häuser mit Blechdächern standen dort so eng zusammen, dass jemand auf einem Fahrrad Probleme haben würde, sich hindurchzuzwängen. Alles in allem ein endloses Gewirr aus Treppen, Bürgersteigen und Gassen.

Er brauchte einen Anhaltspunkt. Nordöstlich überragte die Jesusstatue auf dem Corcovado die Hütten der Favela.

Er erinnerte sich an Balds Worte. *Meine Einheit mal Vierzig nördlich, deine Einheit mal Zwanzig westlich.*

Gardner entschied sich für eine Gasse, die nach Norden führte. Nach ein paar Metern hielt er inne, presste sich gegen eine graue Wand mit dem halb verwaschenen Portrait von Pablo Escobar, duckte sich hinter den Vorsprung und sah zurück. Aus seinem Versteck nordöstlich des brennenden Vans sah er eine Gang von sechs Kids aus einer der Gassen springen. Keiner der Burschen schien alt genug, Bier kaufen zu dürfen. Sie trugen rote Tücher vor den Gesichtern und fuchtelten mit ihren kampftauglichen AKs herum, als wären es Wasserpistolen. Wenn sie sprachen, zeigten sie damit aufeinander oder wedelten sie durch die Luft. Gardner beobachtete sie weiter, sorgfältig darauf bedacht, in Deckung zu bleiben, und wünschte sich, er hätte ein saftiges schweres Maschinengewehr bei sich, um den Idioten die Lichter auszublasen.

Eines der Kids schrie aufgeregt etwas in Portugiesisch und deutete auf den verwundeten Cop. Lachend kreisten die Rotzlöffel den armen Mann ein, der auf allen vieren zu dem Auto kroch.

Der größte der Jungen zog eine fünfunddreißig Zentimeter lange Machete hervor und hieb damit zweimal auf den Rücken des Polizisten ein, zwei sich überkreuzende Striemen in Form eines X.

Der Cop schrie auf und griff nach der Pistole an seinem Gürtel. Keine so gute Idee. Zwei Kids warfen sich auf ihn und hielten seinen Arm fest. Der große Junge machte sich an die Arbeit, und begann, mit der rostigen Machete das Handgelenk durchzusägen. Als er hörte, wie die Klinge auf den Knochen traf, lief Gardner ein kalter Schauer über den Rücken.

Der Polizist bettelte laut kreischend, sie mögen aufhören. Er fluchte. Er weinte.

Aber der Halbwüchsige hackte weiter auf ihn ein.

Nach einer Weile hörte das Kreischen auf. Als der Junge damit fertig war, Chirurg zu spielen, schlug er dem Cop mit dessen eigener abgesägter Hand ins Gesicht. Ein anderes Gangmitglied holte eine gute alte Schrotflinte hervor und schoss damit dem Cop die Arme und Beine ab. Jeder Schuss wurde von einem tiefen *Boom* begleitet, und jedes Mal zuckte der Körper, als würden 10.000 Volt durch ihn hindurchgejagt. Die Kids jubelten. Dann pisste einer von ihnen auf den Mann.

Schließlich befreite der größte der Jungen den Cop aus seinem Elend. Er hielt einen Vorschlaghammer in der Hand und wies die anderen an, den Mann auf den Rücken zu drehen. Der Polizist versuchte, zu protestieren, aber der Junge war nicht interessiert. Mit beiden Händen hob er den Hammer – und ließ den schwarzen Metallkopf herabsausen.

Dreißig Meter entfernt, in seinem Versteck, konnte Gardner den Schädel bersten hören.

Er blieb hinter der Wand und wartete. Die Bande marschierte nach Osten, während sie mit dem Kopf des toten Polizisten Fußball spielten.

Nach Norden.

Zu Bald – bevor die Kids ihn finden.

Er machte kehrt, wand sich den Treppenstufen zu.

Und sah in das gefährliche Ende eines Maschinengewehrs.

Kapitel 14

09:59 Uhr

Das Gewehr war eine Colt Commando in miserablem Zustand. Hier und da blätterte Farbe ab, und braunes Klebeband bewahrte das Magazin davor, auseinanderzufallen. Der Mann, dem sie gehörte, trug einen feuerfesten Nomex-3-Ganzkörper-Kampfanzug von der Sorte, wie ihn das Regiment bei Nahkampfsituationen einsetzte. Er schrie irgendetwas auf Portugiesisch. Hörte sich an wie ein brasilianischer Fußballkommentator.

»Ganz ruhig, Kumpel.« Gardner hob die Hände. *Weiß der Teufel, was in dem Kerl vorgeht*, dachte er, aber dessen Gesicht fasste es ziemlich gut zusammen: bebende Lippen, zusammengekniffene Augen, die hektisch die Umgebung musterten, die Colt Commando in den zitternden Händen. Wäre nicht das erste Mal, dass einem Mann am Limit aus Versehen die Waffe losging.

»Ich will keinen Ärger«, sagte Gardner.

Wie es aussah, hatte der Mann davon hingegen schon genug gehabt. Sein Gesicht war in einem erbärmlichen Zustand und hatte bereits einiges abbekommen. Über dem rechten Auge prangte eine tiefe Schnittwunde, und wenn er sprach, rann Blut zwischen seinen Zähnen hervor. Seine Haut war weiß. Gardner war noch keine sechs Stunden in Rio, hatte aber bereits das Gefühl, dass jeder braun gebrannter war als er mit seinem käsigen weißen englischen Arsch. Aber dieser Typ nicht.

»Sie sind Engländer?«, fragte der Polizeibeamte mit einem derart perfekten englischen Akzent, dass sich Gardner mit seinem Manchester Dialekt gleich ganz minderwertig vorkam.

Er nickte.

»Verschwinden Sie zurück an den Strand. Das hier ist keine Gegend für Touristen«, fuhr der Cop ihn an.

»Sagt wer?«

»BOPE«, antwortete der Mann und verlagerte sein Gewicht auf das andere Bein. »Captain Rafael Falcon, Second Squad. Wie heißen Sie?«

Gardner ließ die Hände sinken, ließ den BOPE-Captain aber nicht aus den Augen. Auf den ersten Blick konnte er den Mann schlecht einschätzen. Der Kerl wirkte angespannt, die Kiefer aufeinandergepresst, als würde er an einem verdammt großen Scheißhaufen arbeiten. Diesem Rupert fehlten die Nerven aus Stahl, die er seinen Leuten so gern abverlangte.

»Wie ich hörte, sind Ihre Leute gestern ganz schön in die Mangel genommen worden«, sagte Gardner lächelnd.

Falcons Gesicht verhärtete sich. »Sie haben meine Frage noch nicht beantwortet.«

»Und welche war das noch mal?«

»Ich habe Sie gefragt, wie Sie heißen.«

»Joe Gardner.«

Falcon legte den Kopf in Nacken, was den Blick auf seinen dürren, blutverschmierten Hals freigab. »Gardner? Der Name kommt mir bekannt vor.«

»Ich bin ein Freund von John Bald.«

Falcons Gesichtsmuskeln entspannten sich und formten ein erleichtertes Lächeln. Die Art von Lächeln, das man aufsetzt, wenn man an einem heruntergekommenen Ort wie diesem auf einen Freund traf. Er nahm die Colt Commando herunter. Gardner verspürte den Wunsch, auf ihn loszugehen und ihn windelweich zu prügeln, entschied sich aber dagegen.

»John hat Sie erwähnt«, sagte Falcon. »Sie waren auch in der SAS?«

Gardner beantwortete die Frage mit einem vagen Schulterzucken. »Er ist ein alter Freund.«

»Er meinte, Sie seien ein guter Kämpfer. Einer der besten.«

Auf einem Dach etwa acht Meter nördlich von ihnen stapelten zwei Kids gebrauchte Autoreifen übereinander. Eines von ihnen förderte einen Kanister zutage und goss Benzin über die Reifen.

»John rief mich gestern an, sagte, er wäre in Schwierigkeiten. Dass die Lage brenzlig sei und er in der Favela festsitzt.«

»Welche Uhrzeit war das?«

»Gegen fünf, nach meiner Zeit. Also … was ist das hier … ein Uhr Ortszeit?«

Falcon dachte darüber nach. »Das kann stimmen. John hat uns oben in Florida geholfen, den Umgang mit Sprengtechnik zu üben. Gestern war er mit uns auf Patrouille, um das Gelernte in die Tat umzusetzen. John hatte kein Problem damit, sich die Hände schmutzig zu machen, wissen Sie. Wann immer es möglich war, ist er mit zu Missionen in die Favelas aufgebrochen.«

»Was zur Hölle ist passiert?«

»Erkläre ich später«, sagte Falcon ausweichend. »Zuerst mal müssen wir hier raus. Die Banden drehen durch. Meine Einheit hat sich zurückgezogen, um auf Verstärkung zu warten.« Er presste ein Lachen durch die Mundwinkel und schüttelte den Kopf. »Ob Sie's glauben oder nicht – wir verfügen über neunundvierzig caveirãos – Big Skulls, gepanzerte Einsatzfahrzeuge, aber nur zwölf davon funktionieren. Ich schwöre es Ihnen – wenn wir den Drogenkrieg verlieren, dann nur, weil wir nicht genügend Kurbelwellen und Getriebe haben.«

Aus den Reifen auf dem Dach schlugen Flammen. Tiefschwarzer, giftiger Rauch stieg gen Himmel. Wabernde Hitze ließ den Horizont flackern. »Ihr Krieg interessiert mich einen Scheiß«, sagte er. »Ich will nur meinen Freund finden.«

»Von allen Offizieren fehlt seit gestern jede Spur. Neun Männer, einschließlich unseres Commanders, Paulhino Nava. Ich sage das nicht gern, aber wahrscheinlich sind sie alle tot. Und das schließt auch John mit ein.«

»Sie sind nicht der Erste, der mir das sagt. Aber wie dem auch sei, ich werde mich persönlich davon überzeugen. Wissen Sie, er ist ein guter Kumpel, und ich schulde ihm was. Warum nehmen Sie also nicht Ihre verfluchte Knarre runter und kümmern sich um Ihre eigenen Angelegenheiten?«

Falcon richtete den Lauf der Waffe auf den Boden, und Gardners Magen entspannte sich. »Ich bin von meiner Einheit getrennt worden«, sagte der Captain der BOPE. »Und John war Teil meines Teams.« Er klopfte Gardner auf die Schulter. »Ich helfe Ihnen, Ihren Freund zu finden. Wir bleiben zusammen. Auf die Art stehen unsere Chancen gegenüber den Gangs besser.«

»Das läuft so nicht«, sagte Gardner. »Ich arbeite allein, Kumpel.«

Falcon sah ihn schief an. »Sie hören sich an, als wüssten Sie, wo Sie hin wollen.«

»Ich hab da so eine Ahnung«, antwortete Gardner.

Falcon kräuselte seine geschwollenen Lippen. »Ok, und jetzt nehmen wir mal an, Ihre … Ahnung ist korrekt. Wo genau wollen Sie hin?«

»Nach Norden«, sagte Gardner und nickte vage zum höchsten Punkt der Favela, mehrere hundert Meter entfernt. Er wollte sich von einem Typen, den er vor wenigen Minuten erst kennengelernt hatte, nicht unnötig in die Karten sehen lassen.

»In Ordnung. Also sagen wir nach Norden. Und wie genau wollen Sie dorthin gelangen?«

Okay, Fuck. Falcon hatte recht. Zwischen Gardner und der Statue lag ein Irrgarten aus Gassen, sich kreuzenden Straßen, Treppen, die ins Nichts zu führen schienen, und übereinander geschachtelten Häusern. Eine Route zu finden war unmöglich. Wahrscheinlich würde er sich auf dem Weg nach Norden in diesem Labyrinth verirren.

»Ich kenne diese Favela besser als meine Frau«, sagte Falcon. »Sie können sie fragen, bei Schweinefleisch mit Bohnen und einem kalten Bier, wenn wir hier raus sind.«

Er legte seine schwarze Kampfweste ab und öffnete den Reißverschluss seines Kampfanzugs bis zur Mitte. Er schwitzte wie ein Araber bei der Zollkontrolle. Unter seinem Anzug trug er ein schwarzes T-Shirt, auf dem mit weißen Buchstaben »I belong to Jesus« stand. Er knotete sich die Oberteile an der Hüfte zusammen und zog sich dann die Schutzweste über sein T-Shirt.

»Was ist mit Ihrer Hand passiert?«

»Hatte einen Unfall mit dem Rasenmäher«, antwortete Gardner.

»Okay …« Falcon nickte skeptisch. »Kommen Sie, ich zeige Ihnen den kürzesten Weg.«

Er führte Gardner nach Norden, weg von den Leichen, eine steile, kräftezehrende Treppe hinauf. Der Weg war beschwerlich. Jede Treppenstufe war mit Schlamm bedeckt, ein Andenken an mehrere Erdrutsche. Die Gassen waren klaustrophobisch, manchmal nicht breiter als einen Meter. Gardner sah ein paar tote Menschen mit dem Gesicht nach unten auf dem Beton liegen, mit sauberen Einschusslöchern im Rücken. Wahrscheinlich auf der Flucht erschossen.

Ständig wechselte die Favela ihr Gesicht. Metallene Laufstege führten über Dächer hinweg. Wäscheleinen versperrten jegliche Sicht. Gardner hatte in Belfast, Bagdad und in Kabul gedient, aber so etwas hatte er noch nie gesehen.

Falcon flog die Stufen förmlich hinauf. Ganz offensichtlich hatte er Übung darin. Aber Gardner blieb an ihm dran. Entgegen anderen Ex-Blades versuchte er, in Form zu bleiben. Als Herumtreiber ohne feste Bleibe war seine direkte Umgebung sein Fitnessstudio gewesen. Tägliches Laufen, lange Spaziergänge, Liegestütze auf Parkbänken, Klimmzüge an Schaukelgerüsten. Gardner war sicher besser in Schuss als manche, die noch im aktiven Dienst waren. Seine letzte Flamme hatte immer gesagt, er sähe aus wie ein mit Walnüssen vollgestopftes Kondom.

Wieder kam ihm Afghanistan in den Sinn. Um 09:37 Uhr feuerten sie noch aus allen Rohren, er und der Typ neben ihm. Grant, der den Krieg gegen die Taliban am liebsten mit einer Hand gewonnen hätte. Um 09:38 Uhr hatte Grant anstelle von Beinen nur noch ein paar Oberschenkelknochen besessen. Sein bestes Stück war verbrannt, und sein Hodensack flatterte im heißen Wüstenwind. Überall aus seinem Bauch und seinem Hals ragten Schrapnell-Splitter. Durch die Explosion war Gardner benommen gewesen, bis zu dem Punkt, als er sah, dass er seine Hand verloren hatte, aber keinen Schmerz verspürte, und sich fragte, wie lange es dauern würde, bis er an dieser Wunde starb.

Das Standardprotokoll sah vor, zu warten, bis ein Suchteam mit Spürhunden zur Stelle war. Die Talibs waren gerissene Schweinepriester und versahen die IEDs oft mit zweiten Sprengsätzen, die jeden erwischten, der zuhilfe kam. So ein Suchteam brauchte seine Zeit; Zeit, die oft niemand hatte. Bald war über den ungeschützten Platz zu dem verbeulten WMIK-Jeep gerannt, hatte die Türen aufgerissen und Grant hinter sich her in Sicherheit geschleift, während er Gardner an der Schulter stützte. Sehnige, violette Eingeweide hingen aus Grants Körper und Bald versuchte verzweifelt, dass klaffende Loch in Grants Leiste zu schließen.

Gardner sah zu, wie sich die Kameraden um Grant scharten, der immer wieder nach seiner Mutter, seiner verdammten Mutter schrie. Als sie dem Jungen eine Überdosis Morphium verabreichten, spürte Gardner den Blutverlust seiner eigenen Wunde. Blaue und gelbe Punkte tanzten vor seinen Augen. Eine Stimme – die von Bald – sagte: »Keine Sorge, Kumpel. Medevac ist auf dem Weg.«

Falcon blieb am Ende der Treppe abrupt stehen und riss Gardner aus seinem Tagtraum.

»Stop«, sagte er. »Ich sehe etwas.«

»Was?«, flüsterte Gardner.

Keine Antwort.

»Rafa?«

Gardner ließ sich auf den Boden fallen und robbte zu Falcon hinüber. Vor ihnen öffnete sich die Gasse zu einem mit Schutt übersäten Platz. Ein paar eingestürzte Gebäude hatten die Freifläche künstlich erweitert. Das Gebiet war menschenleer. Wahrscheinlich gingen die Bewohner davon aus, dass auch die restlichen umgebenden Gebäude jeden Moment in sich zusammenfallen würden. Gardner musterte die Dächer und Fenster. Nichts bewegte sich, aber er kam nicht umhin, die Einschusslöcher zu bemerken, welche die Wände der meisten Häuser verzierten.

Dreißig Meter entfernt, auf sieben Uhr, parkte ein bulliger, schwarzlackierter Van am Rand einer kurvigen Straße, die im Zickzack durch die Favela führte. Die Straße war jedoch kaum als solche zu bezeichnen, vielmehr handelte es sich um eine Ansammlung aus Schlamm, Geröll und knietiefen Pfützen.

»Ein caveirão«, sagte Falcon. »Aus meiner Einheit.«

Ein meterhoher Trümmerbrocken aus Beton, aus dem Bleirohre ragten, versperrte dem Big Skull den Weg. Auf dem Dach des Fahrzeugs war ein verbogener Geschützstand zu erkennen. Offenbar hatte jemand eine Granate hineingeworfen. Zwei Leichen lagen neben dem Wagen. Gardner erkannte an der Art, wie sie positioniert waren – auf dem Bauch liegend, die Hände auf den Rücken gebunden – dass man sie mit einer Kugel in den Kopf hingerichtet hatte.

Gardner näherte sich den Leichen, um sie näher in Augenschein zu nehmen. Der Gestank war überwältigend. Wie ein Spanferkel, dass man durch Scheiße gezogen hatte. Er überprüfte die Namensschilder. ›SGT. EDILSON‹, ›SGT. CAMPOS‹. Als er bis auf acht Meter heran war, bemerkte er, dass den Leichen etwas fehlte.

Die Köpfe.

Er sah zwei Objekte ähnlich wie Rugby-Bälle, die man auf Metallpfosten gespießt hatte.

Wenn einer davon Johns Kopf ist, werde ich mir das nie verzeihen, dachte er bei sich.

Gardner blieb vor den abgetrennten Köpfen stehen. Man hatte ihnen die Augäpfel aus den Höhlen geschält und die Nasen, Ohren und Lippen abgetrennt. In den weit aufgerissenen Mündern steckten jeweils ein abgeschnittener Penis und ein Hodensack. Die Eier waren grünlich-braun verfärbt und mit ekelhaft glitzerndem roten Zeug verklebt. Fliegen surrten um sie herum. Maden wanden sich im Fleisch.

Er kehrte zu den geköpften Leichen zurück und entdeckte ein Pistolenholster an einer von ihnen. Er ging in die Knie und löste eilig den Schutzriemen über der Waffe. Browning Hi-Power. Bingo. Er brauchte dringend eine Waffe, und das war seine Gelegenheit, sich eine unter den Nagel zu reißen.

Die Browning Hi Power war eine klassische halbautomatische Handfeuerwaffe. Er entsicherte sie und ließ das Magazin herausschnappen, um zu sehen, ob sie geladen war. Die Browning war mit 9mm-Munition geladen, weitaus weniger durchschlagkräftig als 7.64x21mm oder .40 S&W-Patronen, mit denen man die Hi-Power ebenfalls laden konnte.

Er schob das Magazin wieder in den Griff zurück, stand auf und steckte sich die Browning in den Bund seiner Hose. Falcon hatte seine Angst heruntergeschluckt und sich ebenfalls den Leichen genähert.

An den Pfosten war ein hölzernes Schild angebracht worden.

Falcon las die Worte auf dem Schild laut vor: »Falta de Deus.«

»Schätze, das ist nicht Portugiesisch für *Noch einen schönen Tag*«, sagte Gardner leise.

»Es bedeutet: *Die Abwesenheit Gottes.* Sie sagen, dass alle gottlos sind.«

»Wer sagt das?«

»Eine der Banden.«

Falcon senkte den Kopf und bekreuzigte sich.

Selbst die Taliban waren nicht so grausam gewesen, dachte Gardner bei sich.

»Ihr Freund …«, begann Falcon.

Gardner runzelte die Stirn.

»Vielleicht haben sie ihn als Geißel genommen. Um Lösegeld zu erpressen. So läuft das hier doch, oder?«

»Ja«, sagte Falcon, dem man ansah, dass er mit seinen Gedanken woanders war.

»Rafa, reißen Sie sich zusammen. Diese Gang – ist es möglich, dass sie John gefangen genommen haben?«

»Wenn sie Bald haben, ist er wahrscheinlich bereits tot. Und wenn sie uns finden, werden sie auch uns töten.«

»Nein, werden sie nicht, Kumpel. Nicht mit mir.«

»Sie verstehen nicht, mit wem Sie es zu tun haben. Das ist keine gewöhnliche Gang.«

Gardner fragte sich, wie Normalität an einem Ort wie diesen aussehen mochte. Wahrscheinlich so wie die kleinen Wichser, die den Officer geköpft hatten.

»Erzählen Sie mir von dieser Gang«, sagte er.

»Das war das Werk von Big Teeths Leuten.«

»Wer soll das sein?«

»Luis Oliveira. Die Leute nennen ihn ›Big Teeth‹. Er selbst lässt sich nicht in der Favela blicken, aber er ist der Kopf der größten Gang von Barbosa. Den Messengers of God – die Boten Gottes. Sie kontrollieren die Waffen- und Drogengeschäfte hier. Sein zweiter Mann ist ein Typ namens Roulette, und ich verwette Haus und Hof, dass das hier das Werk von Roulettes Killerkommando ist.«

Gardner musterte die nördliche Richtung. Schien ruhig zu sein. Aber er wollte es nicht darauf ankommen lassen. »Wir sollten von hier verschwinden, Rafa. Sonst laufen wir denen noch in die Arme und werden zu Gulasch verarbeitet.«

Er zog an Falcons Ärmel. Die Augen seines neuen BOPE-Partners waren auf einem Punkt hinter ihm gerichtet.

»Zu spät«, sagte Falcon. »Sie haben uns bereits entdeckt.«

Kapitel 15

10:18 Uhr

Weiss passierte unbemerkt die Polizeikontrollen. Vier Streifenwagen parkten zusammengedrängt am Straßenrand. Ein Dutzend dickbäuchiger Cops waren damit beschäftigt, sich am Kinn zu kratzen und mit den Füßen im Kies zu scharren. Ohne Unterstützung der BOPE traute sich keiner, die Favela zu betreten. Um sich die Zeit zu vertreiben, stellten sie den Leuten Fragen, die Barbosa betraten oder verließen. Die meisten dieser Leute waren weiße Jugendliche aus der Mittelschicht, die sich mit Gras eindecken wollten. Weiss hingegen beachtete niemand. Mit seiner abgewetzten Baseball-Kappe der Arizona Cardinals und dem Fußballshirt voller alter Blutflecken unter seinem Mantel sah er genau so aus wie jemand, der nach Barbosa gehörte.

Im Prinzip funktionierte so eine Favela wie ein Gefängnis. Hauptaugenmerk galt denen, die hinaus wollten, und weniger denen, die hinein gingen.

Bereits nach wenigen hundert Metern in der Favela kam es Weiss so vor, als hätte es ihn in eine andere Welt verschlagen.

Abgerissene Rohre ragten aus jedem der Häuser heraus und pumpten Scheiße in große Pfützen auf die Straße. Einkaufstüten und Plastikflaschen wehten durch die Gassen wie Tumbleweed in einem Western. Fünfundzwanzig Meter vor ihm stocherte ein gebrechlich wirkender Mann in einem Haufen Müll herum und angelte verbogene Metallstücke hervor, die er in seinem Einkaufswagen verstaute. Ausgeschlachtete Motoren säumten die Straßen, und über ihm führte ein Gewirr aus Telefonkabeln und Stromleitungen in alle Richtungen, wie chinesische Laternen.

Hundert Meter weiter sah Weiss drei Teenager auf Bananenkisten sitzen. Zwei von ihnen waren nicht älter als zwölf oder dreizehn. Ausgemergelte Gestalten. Der eine von ihnen trug ein zu großes Lakers-Shirt, der andere hatte seine Haare zu Cornrows geflochten und bearbeitete seine Kiste mit einem Messer.

Der Älteste von ihnen schien der Anführer zu sein. Er war etwa achtzehn. An den Füßen trug er protzige makellose schwarz-weiße Converse zur Schau, und an seinem Hals prangte ein goldenes Kruzifix mit einer diamantenbesetzten Jesusfigur. Er zog an einem Joint. Zehn Meter von ihnen entfernt konnte Weiss das beißende Aroma riechen und fühlte, wie sich drei Augenpaare durch ihn hindurch bohrten.

»Keinen Schritt weiter!«, rief der Anführer.

Weiss ließ sich nicht aufhalten.

»Hey Motherfucker, ich sagte *Stopp*!«

Der junge Mann nahm einen letzten Zug von seinem Joint, sprang von der Bananenkiste und stellte sich Weiss in den Weg. Geringschätzig musterte er ihn und blies ihm dann grünlichen Rauch ins Gesicht. »Du hörst gefälligst zu, wenn ich mit dir rede, Bitch!«, knurrte er und bohrte seinen Finger in Weiss' Mantel. »Du bist jetzt in Batistas Gebiet und tust das, was ich dir sage.«

Weiss spürte, wie Wut in ihm aufstieg. Er hatte eine Verabredung, musste ein paar Leute schmieren und Geld verdienen. Der Kerl vor ihm stellte keine Gefahr für ihn dar. Er war nur lästig, wie eine Ratte, die an seinem Zeh knabberte.

»Geh mir aus dem Weg, Freundchen, dann passiert dir nichts.«

Batista grinste und hob sein Chicago-Bulls-Shirt. Darunter kam ein Pistolengriff zum Vorschein, der aus seinem Hosenbund ragte.

»Räum deine Taschen leer«, sagte er.

»Du hast es so gewollt.« Weiss hob langsam die Hände. »Hol's dir doch!«

Er schob seine Hand in die rechte Manteltasche und zog sie mit nichts weiter als einem blutverschmierten Operationshandschuh hervor. Mit der linken Hand tat er das Gleiche. Batista verlor die Geduld.

»Soll das ein Witz sein?«

»Keine Ahnung, ich lache nicht«, antwortete Weiss. »Du etwa?«

»Mach den Wichser fertig, Mann! Der hat sicher 'ne Brieftasche dabei.«

Langsam öffnete Weiss seinen Mantel. Etwas darin hatte Batistas Aufmerksamkeit erregt. Die zwei anderen jungen Kerle hinter ihm beugten sich nach vorn, um etwas erkennen zu können. In der Innenseite des Mantels waren vierzehn Spritzen eingenäht.

»Puta que pariu. Der Typ ist so was wie ein Arzt oder …«

Blitzschnell zog Weiss mit der Linken eine der Spritzen hervor und stach sie Batista seitlich in den Hals.

Der verdrehte die Augen und taumelte auf wackeligen Füßen zurück. Dann brach er wie vom Blitz getroffen zusammen. Seine beiden Kumpane konnten mit großen Augen nur dabei zusehen.

Die Spritze enthielt Blausäure. Weiss hatte mehrere solcher Kanülen bei sich. Die Konzentration der einzelnen Dosen variierte, je nachdem, ob sein Opfer zehn Minuten lang leiden sollte oder nur sechzig Sekunden. Dieser Bastista war ein arrogantes Arschloch gewesen, und in einer perfekten Welt hätte Weiss ihm die Zehn-Minuten-Dosis verpasst. Aber er war spät dran, und deshalb war seine Wahl auf die schnellere Variante gefallen.

Sollte noch einer sagen, er hätte kein Mitgefühl!

Batista lag zuckend am Boden. Seine Muskeln zogen sich zusammen. Sein Gesicht war zu einer Fratze verzerrt, während sein Körper sich in sich selbst zurückzuziehen schien. Schaum bildete sich ihm vor dem Mund. Seine Augen tränten. Nach zwanzig Sekunden versagten seine Schließmuskeln und sein Darm entleerte sich. Nach dreißig Sekunden atmete er nur noch röchelnd und stoßweise, wie ein Kettenraucher, nachdem er die Treppe genommen hatte. Leuchtend rotes Blut sickerte aus seinen Augen und Ohren. *Schon witzig, wie das Zeug die Farbe deines Blutes ändert*, dachte Weiss und beobachtete die anderen beiden Kids. Die sahen ihrem Anführer beim Sterben zu, verängstigt, aber auch neugierig. So als hätten sie ihre Eltern beim Ficken erwischt.

Als sich Batista gurgelnd und scheißend von dieser Welt verabschiedete, zog Weiss eine zweite Spritze aus seinem Mantel, packte den Jungen mit der Flechtfrisur an einer der Haarsträhnen und setzte ihm die Spitze der Nadel an den Hals.

»Die hier enthält infiziertes Blut«, erklärte er dem Cornrow-Jungen.

»Die Schwulenkrankheit. Es braucht nur etwas mehr Druck von mir, und du wirst über Jahre dahinsiechen. Das geht dann nicht so schnell über die Bühne wie bei deinem Anführer hier.«

Der Junge blieb eine Antwort schuldig, aber auf seiner Jeans bildete sich ein Pissefleck von der Größe Afrikas.

»Ich möchte mit einem Mann namens Xavier sprechen.«

Immer noch keine Antwort.

»Sag ihm, was er wissen will, Shorty«, sagte der Junge mit dem Lakers-Shirt.

»Du wirst mich zu ihm bringen, hörst du?«

»Das wird er«, versicherte das Lakers-Kid anstelle seines Freundes.

»Gut. Denn wenn nicht, bringe ich nicht nur euch, sondern auch eure Familien um.«

Shorty kannte alle Schleichwege. Viele der Kids in den Favelas verdienten sich ein paar Reals damit, französische Touristen herumzuführen, die natürlich keine Ahnung hatten, dass ihr Geld direkt in die Taschen der Banden wanderte.

Etwa zwanzig Minuten lang schlängelten sie sich durch die Gassen, bis sie das Herz der Favelas erreichten, jenen Ort, zu dem sich die Polizei nicht vorwagte. In diesen Straßen war es dunkler. Die Hütten waren im Zickzack angeordnet, sodass man das Gefühl hatte, durch Gräben aus Wellblech zu wandern. Außer Gangstern mit Sonnenbrillen und Mac-10-Maschinenpistolen und dem einen oder anderen dahinschlurfenden Drogenabhängigen war niemand auf den Straßen.

»Wir sind da«, sagte Shorty. Sie befanden sich vor einer heruntergekommenen Behausung, kleiner als ein Kleiderschrank im Hilton. Eher ein Schuppen, mit einer Front aus Ziegelsteinen. Der Junge klopfte zweimal lautstark mit den Knöcheln gegen die Tür und rief dann etwas.

Und bevor Weiss ihn aufhalten konnte, war er auf und davon.

Von drinnen kam keine Antwort, also trat Weiss ein.

Er fand sich in einem quadratischen Raum wieder. Zentimeterhoher Staub bedeckte den Boden, und bei jedem Schritt schien er auf eine Kakerlake zu treten. Keine Fenster, keine Möbel, nur ein hölzerner Tisch am gegenüberliegenden Ende. In alten Spinnennetzen hingen tote Krabbeltiere. Hier hatte schon seit sehr langer Zeit niemand mehr gelebt.

Weiss blieb stehen.

Drehte sich um.

Drei Umrisse versperrten den Eingang.

Sein Blick sprang von einem zum nächsten. Der Mann ganz links war mit zwei Schlagringen bewaffnet. Der Zweite klopfte sich leicht mit einem Wagenheber gegen das Bein. Der Kerl am rechten Rand hielt ein Messer mit zwei gezackten Klingen in der Hand.

»Ich möchte zu Xavier.«

»Der ist nicht da«, sagte der Kerl mit den Schlagringen.

Sie traten näher.

Weiss sah dem Mann mit dem Messer in die Augen. »Xavier ist gar keine Person, nicht wahr?«

»Verdammt richtig.«

Kapitel 16

10:42 Uhr

Sie rannten, solange es ihre Beine zuließen.

Vor ihnen die Sonne, und hinter ihnen ein Dutzend Gangmitglieder der Messengers. Eine wild zusammengewürfelte Armee aus Real-Madrid-Shirts und Ray-Ban-Sonnenbrillen, die auf Ärger aus waren.

Zwanzig Minuten waren sie nun schon durch korkenzieherartige Gassen und über zerfurchte Straßen gehastet, und Gardner war mittlerweile so durstig, dass er auch Rattenpisse getrunken hätte. Seit dem Fusel gestern Nacht hatte er noch keinen Tropfen zu sich genommen. Er hatte Krämpfe und Seitenstechen, dass scheinbar von einem Schraubenzieher verursacht wurde. *Nicht an den Schmerz denken.*

Er warf einen Blick über die Schulter zurück. Die Messengers waren nicht mehr zu sehen, aber ihre Rufe und ihr Gebrüll hallte von den Dächern wider.

Falcon war am Ende. Als die Gangster das Feuer auf sie eröffnet hatten, war er vorausgeeilt, aber die ansteigenden Straßen und rechtwinkligen Kurven hatten ihm den Wind aus den Segeln genommen. Jetzt war er drei oder vier Meter hinter Gardner.

»Welcher Weg führt nach Norden?«, fragte Gardner.

»Immer weiter … den Weg entlang … die Gasse … da kommt … eine Biegung …«, keuchte Falcon. Sein schleppender Schritt zwang auch Gardner, das Tempo zu drosseln, und verringerte damit ihren Vorsprung zu den Messengers. *Wenn wir so weitermachen, haben wir die Jungs gleich am Arsch*, dachte Gardner. *Wir müssen sie mit irgendetwas beschäftigen.*

Als sie das Ende der gefühlt fünfmillionsten Gasse erreichten, schwenkte Gardner nach rechts ab. Er lehnte sich gegen die Ecke, packte Falcon, der an ihm vorbeirannte, und zog ihn hinter sich in Deckung.

»Passen Sie auf … wenn ich anfange zu schießen, dann nehmen Sie ihre verdammten Beine in die Hand und rennen auf die andere Seite.«

Falcon sagte nichts.

»Sind Sie okay, Rafa?«

»Klar doch«, sagte er. »Es ist nur …« Ihm blieb die Luft weg. »Machen Sie schon.«

»Eins«, zählte Gardner.

Er lehnte sich aus der Deckung. Die Browning in beiden Händen, rechte Hand am Abzug, die Prothese zur Stabilisierung, Beine etwa schulterbreit auseinander, für eine sichere Schussposition.

Gardner wusste, dass das Hi-Power-Magazin nur dreizehn Schuss enthielt. Die kopflose Leiche hatte keine Ersatzmunition bei sich getragen.

Wertvolle dreizehn Schuss also. Sieh zu, dass jede Kugel trifft.

Die Gasse war zwei Meter breit und führte siebzig Meter in gerader Linie von ihnen fort. Drei Messengers kamen in Sichtweite, ausgestattet mit AKs. Siebzig Meter, aber die maximale Reichweite der Browning betrug nur wenig mehr als fünfzig Meter.

»Zwei.«

Die Messenger stürmten voran. Einer von ihnen feuerte mehrere Salven aus seiner AK. Gardner konnte nicht sehen, wo die Kugeln einschlugen, aber im Moment interessierte ihn auch nur, dass sie ihn verfehlt hatten. Die Trottel ballerten einfach wild drauflos, ohne sich die Zeit zu nehmen, sauber zu zielen. Damit hatte er kein Problem.

Jetzt waren es noch sechzig Meter.

Noch ein wenig näher, und ich zeig euch, wo der Frosch die Locken hat.

Fünfundfünfzig.

Mit den 9mm-Patronen, die nicht die Durchschlagskraft von Vollmantelgeschossen größeren Kalibers besaßen, musste sich Gardner ganz auf seine Fähigkeiten als Schütze verlassen. Wenn er den Typen an der richtigen Stelle traf, die Körpermitte, wo die meisten lebenswichtigen Organe saßen, dann bestand eine Chance, dass das Arschloch zu Boden ging.

Wenn er es vermasselte, waren sie nah genug heran, um ihm den geballten 7.62mm-Wahnsinn ins Gesicht zu ballern. Bei fünfzig Metern oder weniger würde ihn auch ein Vierjähriger auseinandernehmen.

»Drei. Vorwärts!«

Seine Browning war eine Standardausgabe. Ein Modell, extra für Polizeikräfte entworfen, die in etwa über so viel Waffenpraxis wie ein Schreibtischhengst im gehobenen Dienst verfügten. Gardner nahm den Mistkerl ins Visier, der ihm am nächsten war. Der Typ sprintete wie Usain Bolt auf Speed und war nur noch etwa fünfundfünfzig Meter von ihm entfernt. Mit dem Daumen legte Gardner den Sicherheitshebel um. Der Hahn sprang in die Einzelschuss-Position zurück, und Gardner feuerte kurz hintereinander drei Schüsse aus der Browning.

Tap-tap-tap.

Die Bewegung war fließend und die Schüsse von chirurgischer Präzision.

Die erste Kugel traf den Kerl ins linke Knie. Gardner hatte eigentlich auf die Brust gezielt, aber ein Schuss ins Knie war kein schlechter Treffer. Die Kugel zertrümmerte das Kreuzband und hinterließ ein Loch von der Größe einer Pflaume. Angesengtes Muskelgewebe spritzte auf seine Knöchel und seine weißen Turnschuhe. Sollte er davon geträumt haben, einmal der nächste Ronaldinho zu werden, konnte er das jetzt vergessen. Sein Bein gab nach.

Der zweite Schuss schlug in seine rechte Schulter und riss das Schultergelenk auseinander wie ein Baguette. Die Wucht des Treffers riss seinen Arm nach hinten. Angesichts der zerfetzten Nerven und zerrissenen Muskeln schied eine Karriere als brasilianischer Weltmeister im Kugelstoßen nun ebenso aus.

So wie der Kerl herumstolperte, war er wohl auf Crack und schien die Verletzungen kaum zu bemerken.

Den dritten Schuss platzierte Gardner etwa auf Höhe des Zwerchfells. Ein Hauch roten Nebels, dann brach der Kerl endlich zusammen, zwölf Meter vor ihm. Seine AK-47 fiel klappernd neben ihm auf den Beton. Seine zwei Kumpane feuerten Salven in Gardners Richtung, bevor sie sich in eines der Häuser in Sicherheit brachten. Irgendwo in dem Haus schrie eine Frau auf.

Unterdessen hatte sich Falcon an der linken Ecke der Gasse in Position gebracht und feuerte aus seiner Colt Commando. Dreiersalven. Eine weitere Gruppe Messengers versuchte, sich ihnen zu nähern, doch dann bemerkten sie ihren toten Komplizen und änderten ihre Meinung.

Gardner hielt die Browning auf den getroffenen Gangster gerichtet. Er riskierte einen Sprung nach vorn, schnappte sich die AK, sah, dass das rechte Bein des Gangsters noch zuckte, und zog sich in seine Deckung zurück. »Gut, damit haben wir ein wenig Zeit gewonnen«, sagte er. »Wir sollten die Beine in die Hand nehmen, solange wir sie abhängen können.«

Falcon nickte geistesabwesend.

»Komm schon, Rafa, jetzt oder nie.«

Sein Gefolgsmann deutete auf fünf Segeltücher in grellen Farben, die über den Dächern aus Pappkarton und Blech flatterten.

»Frühwarnsystem«, sagte Falcon.«Der Außenposten der Gang gibt ein Signal an die Anführer, dass die BOPE auf dem Weg hierher sind.« Er drehte sich zu Gardner um. »Die Einheit kommt zurück.«

Eigentlich sollte er überglücklich sein, dass seine Leute endlich auftauchen, dachte Gardner. *Wieso klang er dann aber so froh wie ein Mann, der am Samstagnachmittag zu IKEA geschleppt wurde?*

»Wenn Sie nach Süden zu Ihrer Einheit wollen, dann nur zu«, sagte Gardner.

»Nein, nein«, antwortete Falcon und starrte nach Norden. »Ich komme mit Ihnen. Wenn John noch da draußen ist, werde ich Ihnen helfen, ihn zu finden.«

Er wusste nicht, warum, aber sonderlich ehrlich klang das für Gardner nicht. Aber ihnen blieb keine Zeit, die Sache auszudiskutieren. Drei weitere Umrisse tauchten am unteren Ende der Gasse auf, und Gardner und Falcon deckten sie mit Schüssen ein. Zwei Salven, und die Bastarde suchten eilig Deckung.

Sie machten sich auf den Weg.

Gardner ließ Falcon vorangehen. Sie stürmten einige enge Gassen entlang, den Blick fest auf den Boden gerichtet. Überall im Beton waren Schlaglöcher so groß wie Radkappen, und über den Boden schlängelten sich Plastikrohre, die zu blauen Behältern auf den Dächern aller Häuser führten. Es war ein Leichtes, sich hier die Knöchel zu brechen.

Sie eilten fünf unebene Treppen hinauf, von denen es an der einen Seite bis ganz nach unten auf den Grund der Favela hinabging. Es war ein harter Anstieg.

Sein Muskelgedächtnis meldete sich und erinnerte ihn schmerzlich an seine Belastungsgrenzen, die er während seiner Zeit beim Regiment nach oben verschieben konnte.

»Erzählen Sie mir, was mit Bald passiert ist«, sagte Gardner.

Falcon blieb auf halbem Wege auf der Treppe stehen und versuchte, zu Atem zu kommen. »Es ist immer das gleiche Spiel, wenn wir in die Favelas eindringen. Ein Außenposten zündet Feuerwerkskörper und hisst die Drachensegel. Das ist das Signal an eine zweite Gruppe von Scharfschützen weiter drinnen, Stellung zu beziehen, während ein drittes Team die Drogenlager und Geldverstecke sichert, die illegalen Satellitenverbindungen kappt und so weiter. Wir rücken in die Favela mit unseren caveirãos ein, wie der, den sie vorhin gesehen haben.«

Entlang der Straße, die sie passierten, waren vor den Häusern Ziegel zu unregelmäßigen Wällen aufeinandergestapelt worden. Um die Mauerwerke herum lagen verstreut leere Patronenhülsen, und Gardner wurde bewusst, dass dies Verteidigungsanlagen sein mussten. Ob nun für Zivilisten oder Gangmitglieder, war nicht klar.

»Aber als wir uns dieses Mal näherten, gab es keine Segel. Kein Feuerwerk. Seltsam, oder?«

»Die haben versucht, euch vorzumachen, ihr hättet sie kalt erwischt. Ältester Trick der Welt«, sagte Gardner.

»Unser Auftrag war, Roulette zu schnappen«, fuhr Falcon fort, als hätte er Gardner nicht gehört. »Der zweite Anführer der Messengers of God. Wissen Sie, diese Gangs in den Favelas bringen täglich Menschen um. Okay, das gehört zu dem Leben hier dazu. Aber Roulette, das war ein richtiger Schweinehund. Der hatte sein eigenes kleines Killerkommando. Die haben Leute umgebracht, ihnen die Köpfe abgeschnitten und dann statt dessen Schweineköpfe an den Hals genäht. Oder Arme und Beine abgesägt, die Bäuche ausgehöhlt und dort dann die Gliedmaßen hineingepackt wie bei einem Blumengesteck. Ich hab in meiner Dienstzeit so einiges gesehen, aber diese Kerle …« Er schüttelte den Kopf. »Die Straßen waren wie leer gefegt. Wir drangen immer tiefer ins Herz von Barbosa vor.« Er schnappte nach Luft, dann erzählte er weiter. »Als wir im Zentrum ankamen, fingen die Schwierigkeiten an. RPGs. Heckenschützen. Neun- oder zehnjährige Jungen und Mädchen warfen Molotowcocktails gegen die Skulls. Die mögen groß sein, aber sitzen Sie mal in einem drin, wenn so etwas passiert. Wir wollten uns zurückziehen, aber sie hatten überall Straßensperren errichtet.«

Gardner fielen wieder die Betonblöcke und alten Autowracks ein.

»Die wussten, dass Sie kommen«, sagte er.

»Wie meinen Sie das?«

»Sie haben es doch selbst gesagt. Der Angriff war nicht die übliche Scheiße. Jemand hat den Messengers gesteckt, dass Ihre Einheit auf dem Weg ist, also beschlossen sie, ihre Taktik zu ändern. Das war ein Hinterhalt, Rafa. Und dafür braucht man Zeit und einen Plan. So was schüttelt man nicht mal eben aus dem Ärmel.«

Für einen Moment dachte Falcon schweigend darüber nach.

»Das hier ist ein Kriegsgebiet«, sagte er dann. »Die Favelas sind nicht einfach nur Slums. Das sind Schlachtfelder. Irgendwann musste uns das zum Verhängnis werden. Mich bekümmert nur, dass zwei meiner Männer tot sind und die restlichen vermisst werden. Ich will diejenigen finden, die dafür verantwortlich sind, und sie bezahlen lassen.«

Das Ende der Treppe spuckte sie vor einer Reihe von Häusern wieder aus, deren Wände mit zahlreichen Gang-Tags besprüht waren.

Falcon bog in eine kurze Gasse ein und blieb keuchend stehen, die Hände in die Seiten gestemmt. Die Gasse mündete in eine im rechten Winkel zu ihnen verlaufende Straße, gesäumt von grauen Ziegelhäusern, die wie LEGO-Steine übereinandergesetzt waren.

Gardner überquerte die Straße vor Falcon. Zweihundert Meter nördlich, nicht weit vom höchsten Punkt der Favela entfernt, bemerkte er ein cremefarbenes Gebäude.

Große Johannesbrotbäume und Kakisträucher warfen ihre Schatten auf das zweistöckige Lochziegel-Bauwerk mit seinen weiß getünchten Fensterflügeln und dem Ziegeldach. Ein lackiertes Tor und ein etwas über einen halben Meter hoher Zaun rahmten das Anwesen ein.

»Die Schule«, sagte Falcon, der Gardners Blick gefolgt war.

»Kein Scheiß, es gibt hier eine Schule?«

Mit vorstehender Unterlippe antwortete Falcon: »Die Regierung versucht, die Favelas in den Rest der Stadt zu integrieren. Es gibt hier Schulen, Krankenhäuser, Fitnessstudios. Sogar McDonalds.«

Die Schule war nur einen Steinwurf vom Dschungel entfernt.

Südlich von Gardner breitete Jesus der Erlöser seine Specksteinarme aus und sah auf die Atlantikküste hinab.

Falcon versuchte hechelnd, zu Atem zu kommen. »Ich denke ... wir haben sie abgehängt«, keuchte er.

Gardner schwieg. Er konzentrierte sich auf die Umgegend. Eine hügelige Fläche, eine halbe Meile lang und etwa eine Meile breit, trennte den Gipfel der Favela von der Statue.

»Meine Einheit mal vierzig nördlich.« John war in der Vierzehnten, der Mobility Unit der D-Staffel des zweiundzwanzigsten Regiments der SAS. Also fünfhundertsechzig Meter nördlich von Jesus. »Deine Einheit mal zwanzig westlich.« Gardner diente in der elften Einheit, das Vier-Mann-Boot-Team der D-Staffel. Seine Einheit mal zwanzig – demnach musste sich Bald zweihundertzwanzig Meter westlich befinden. An dem Punkt, an dem die beiden gedachten Linien aufeinandertrafen, befand sich ein gezackter Bergkamm, der teilweise von leichtem Dschungel überwuchert wurde.

»Das ist der nördlichste Punkt der Favela«, sagte Falcon. »Weiter geht es nicht.«

»Da liegst du falsch, Kumpel.«

»Was? Ich verstehe nicht ...«

Hinter ihnen explodierte Gewehrfeuer.

»Die Messengers.«

»Wie konnten die so verdammt schnell zu uns aufschließen?«, fragte Gardner.

»Abkürzungen. Es gibt dutzende Wege durch die Favela. Über die Dächer, unter der Erde ...« Falcon machte eine Pause, um das Zittern in seiner Stimme unter Kontrolle zu bekommen.

»Sie werden jeden Moment hier sein. Die Gang besteht aus Hunderten von Kids. Wenn die mich finden, ziehen die mir bei lebendigem Leib die Haut ab. Sie ...«

»Ja ja, schon verstanden. Die mögen keine Besucher.« Gardner ließ ein teuflisches Grinsen aufblitzen. »Kommen Sie, wir haben immer noch etwas Vorsprung.«

»Aber wohin?«

»In den Dschungel.«

Sie sprinteten über die Straße. Über ihnen verliefen diagonale Wellbleche, etwa einen Meter breit, welche die übereinandergebauten zwei- und dreistöckigen Gebäude miteinander verbanden. In einiger Entfernung zur Schule rostete das Wrack eines Isuzu Pickups vor sich hin.

Als sie die Hälfte der Straße hinter sich gelassen hatten, hörte Gardner ein scharfes, krachendes Geräusch, gefolgt von einem dumpfen Wummern.

Der innere Verteidigungsring.

Heckenschützen.

Kapitel 17

11:10 Uhr

Gardner überlegte nicht lange, sondern sprang hinter dem Pick-up in Deckung. Damit hatte er sich und Falcon zwar aus der Schusslinie gebracht, aber nun saßen sie fest und wie auf einem Tablett. Ein Schuss, 7,62mm-Munition aus der Waffe des Heckenschützen östlich von ihnen, schlug in den Isuzu. Das Kreischen von Metall, dass sich durch Metall bohrte, hallte in seinen Ohren. Der Heckenschütze nahm den Isuzu unter Beschuss in der Hoffnung, dass eine der Kugel von dem Chassis abprallen und sie treffen würde. Die Chancen dafür standen gering, aber um auf Nummer sicher zu gehen, zog Gardner Falcon hinter eines der Hinterräder und lehnte sich selbst gegen das Vorderrad. Vorder- und Hinterräder boten stets die beste Deckung bei einem Fahrzeug.

»Was jetzt?«, fragte Falcon.

»Ihre Freunde von der BOPE – wie lange brauchen die noch?«

Falcon sprach in sein Handfunkgerät. »Noch zwanzig Minuten.«

»Mist.«

»So lange können wir die Messengers nicht aufhalten.« Falcon geriet in Panik.

»Haben Sie etwas Gottvertrauen, Rafa.«

Da das krachende Geräusch und das dumpfe *Ffump* kurz aufeinanderfolgten, musste sich der Heckenschütze in einem Radius von etwa dreihundert Metern befinden. Und ausgehend von dem Winkel, in dem die Kugeln auf den Isuzu trafen, wusste Gardner, dass der Kerl östlich von ihnen lauerte. Und er wusste, dass sie etwas tun mussten. Ihnen blieben noch maximal zwei oder drei Minuten, bevor die Kumpane des Schützen auf der Party eintreffen würden.

»Behalten Sie die Gasse im Auge«, wies er Falcon an.

Er griff sich die Colt Commando am Lauf und händigte Falcon im Austausch seine gefälschte bulgarische AK aus. Auf mittlerer Distanz war eine AK ungefähr so verlässlich wie das Profil einer Internet-Partnerbörse. Mit der Colt hingegen konnte man die Nase der Queen auf einem Zehnpenny-Stück noch aus dreihundert Metern Entfernung treffen.

»Sobald einer der Messengers auftaucht, geben Sie ihm Saures.«

»Nein, nein, nein.« Falcon schüttelte energisch den Kopf. »Sie verstehen nicht. Roulette befehligt über einhundert Gangster. Ich kann sie nicht aufhalten.«

»Wie lange noch, bis uns Ihre Kumpels von der Kavallerie den Arsch retten?«

»Sie meinen, bis die BOPE eintreffen?« Falcon sah auf die Uhr. »Fünfzehn Minuten. So lange überstehen wir das nicht.«

Wieder hatte Gardner das Gefühl, dass Falcon gar nicht so richtig auf seine Kameraden von der BOPE treffen wollte. Aber im Moment waren andere Dinge wichtiger.

»Hat John Ihnen nie erzählt, was sie uns beim Regiment beigebracht haben?«

Falcon blinzelte verständnislos.

»Geht nicht, gibt's nicht. Verlieren ist keine Option. Und jetzt reißen Sie sich zusammen.«

Ein Schuss schlug im Hinterrad ein. Luft schoss zischend aus dem Reifen.

Eine Minute. Noch zwei, und man würde sie überrennen.

Gardner untersuchte sein neues Spielzeug. Metallgehäuse, MIL-STD 1913 Picatinny-Schiene, darauf ein Zielfernrohr für den Tageseinsatz mit Vierfach-Zoom. Er stellte die Commando auf Halbautomatik, öffnete die Beifahrertür des Isuzu und kletterte in den Pick-up.

Die Sitze waren herausgerissen worden, zusammen mit dem Lenkrad, dem Getriebe und allem anderen, was nicht niet- und nagelfest gewesen war. Er rutschte zur Fahrertür, die den Blick nach Osten über die Straße freigab, immer im Schutz der Karosserie. Gardner schob den Lauf des Gewehrs vorsichtig ein paar Zentimeter zum Fenster hinaus. Die künstliche linke Hand am Lauf, den Schaft fest gegen die Schulter gepresst.

In Bagdad war es schwierig gewesen, Heckenschützen festzunageln. Diese Wichser waren trainierte Paramilitärs gewesen, mit Erfahrungen in der Republikanischen Garde und dem Iran-Irak-Krieg. Nach jedem Schuss wechselten sie ihre Position, nutzten keinen Standort ein zweites Mal. Typen wie Juba, der legendäre Scharfschütze von Bagdad, auf dessen Konto angeblich über einhundert amerikanische Tote gingen, hatten sich als harte Brocken erwiesen. Da brauchte es Experten von der Anti-Scharfschützen-Einheit, um diese Jungs zu erwischen.

Es sei denn, man war ein Yankee. Dann reichte es auch, die komplette Nachbarschaft mit vier Tonnen hochexplosiven Sprengbomben einzudecken und gleich noch die Oma und die Nachkommenschaft mit über den Jordan zu schicken.

Ein weiterer Schuss. Kein Mündungsfeuer. Er benutzte einen Schalldämpfer. Vielleicht war der Heckenschütze doch nicht so dumm, wie Gardner gehofft hatte. Wahrscheinlich hatte er bereits Übung darin, BOPE-Offiziere unter Feuer zu nehmen, und wusste ziemlich genau, was er tat: Er legte es gar nicht darauf an, ihn oder Falcon direkt zu treffen. Es genügte, sie so lange festzunageln, bis die Messenger eintrafen und sich um die Sache kümmern würden.

Ihnen blieb nur noch wenig Zeit.

Funken sprühten über den Beton, als eine weitere Kugel im Boden vor dem Pick-up einschlug. Die Schüsse kamen gefährlich nahe. Dem Schützen war bewusst, dass Gardner versuchen würde, ihn ausfindig zu machen.

Dann sah Gardner etwas. Auf drei Uhr.

Eine Reflexion, auf einem der Dächer, irgendwo in dem Gewirr aus Satellitenschüsseln und Leitungen.

Nach all den Jahren, in denen Gardner als Zielscheibe für Schützen auf Dächern herumgelaufen war, erkannte er so etwas sofort. Es war der Lauf einer Fernwaffe. Damit hatte der Schütze die erste und wichtigste Regel der Scharfschützenausbildung außer Acht gelassen: Wenn du vermeiden willst, dass deine Kanone in der Sonne wie eine Weihnachtsbaumbeleuchtung glitzert, dann pinsel das verdammte Ding vorher an.

Gardner atmete aus, entspannte seine Muskeln und blickte durch das Zielfernrohr der Commando. Das vergrößerte Bild vom Kopf des Gangsters. Der kahl rasierte Kerl mit einer Hautfarbe wie Kaffeesatz lag auf dem Bauch. Er trug Jeans und eine weiße Weste. Gardner konnte sogar die Goldringe an seinen Fingern zählen.

Von rechts drangen die Rufe der Messengers an sein Ohr.

»Sie kommen!«, rief Falcon eindringlich mit bebender Stimme.

Gardner blendete die Umgebung aus. Die Stimmen, das Genörgel seines Kompagnons, die drückende Hitze und den Schweiß, der sich in seiner Unterhose sammelte. Er konzentrierte sich auf sein Ziel – und drückte ab.

Der Kopf des Heckenschützen explodierte wie ein Kürbis. Blut, Knochensplitter und Gewebe klatschten auf das Dach. Sein Körper kippte auf die Seite. Sein nun freiliegender Unterkiefer mit blutigen Zähnen ragte in den Himmel. Die Sonne tauchte das Dach in ein grelles Licht und ließ das Blut schimmern.

Volltreffer. Gardner krabbelte aus dem Isuzu. Seine Beine hatten den Asphalt noch nicht berührt, da sah er aus dem Augenwinkel, wie fünf Gestalten am Ende der Gasse auftauchten, hundert Meter von ihnen entfernt.

Vier von ihnen waren definitiv Messengers, denn sie trugen Waffen bei sich. Maschinenpistolen vom Typ PP-2000, state-of-the-art. Woher bekamen diese Typen solche Waffen? Eine Dreiersalve aus Falcons AK-47 riss ihn aus seinen Gedanken. Zwei Kugeln durchbohrten einen der Messenger. Seine graue Trainingshose färbte sich rot von Blut, und seine Kameraden, die sich eilig zurückzogen, ließen ihn bei dem Versuch zurück, die Löcher in seinen zerschossenen Testikeln zuzuhalten.

Die dritte Kugel traf einen Mann mehrere Meter rechts des Messengers. Dieser war mittleren Alters, mit wenigen Haaren, die so weiß wie das Shirt waren, das er trug. Die Kugel drang ihm in den Rücken, und der Mann stürzte auf den Bauch. Der Inhalt einer Plastiktüte, die er bei sich hatte, kullerte auf die Straße: ein Päckchen Zigaretten, ein Brot, Zitronen und Petersilie.

»Verdammte Scheiße, Rafa. Du hast einen verdammten Zivilisten erwischt!«

»Mist«, sagte Falcon, und nahm die AK herunter. »Ich dachte, er wäre … es sah aus, als hätte er eine Kanone. Dachte …« Dann verhärtete sich sein Tonfall. »Blöder Idiot. Selbst schuld. Wieso verdammt noch mal rennt der auch hier herum? Sieht der nicht, dass hier gerade ein Krieg tobt? Scheiß auf ihn.«

Ein paar Flaschenraketen zischten in den Himmel.

»Feuerwerk. Meine Einheit ist gleich hier.«

»Wie lange noch?«

»Fünf Minuten.«

Gardner rannte auf kürzestem Weg zu der Schule, Falcon hängte sich an ihn dran. *Nur noch diese eine Angriffswelle, und der Weg zu Bald ist frei*, ermutigte er sich. Er war sich jetzt sicherer denn je, dass es John gelungen war, der Gang zu entkommen. Und auf keinen Fall wollte er diese Mistkerle zu ihm führen. Sobald die Jungs von der BOPE auftauchten, würde er sich aus dem Staub machen und seine Mission zu Ende bringen.

Neben ihm traf eine Kugel ihr Ziel, und jemand schrie auf.

Falcon.

Überall auf dem Boden war Blut. Sein linker Knöchel schien in Blut zu schwimmen. Die Messenger versuchten ihr Glück und feuerten blindlings die Straße hinauf. Gardner wirbelte herum, feuerte vier Schüsse aus der Colt, dann packte er Falcon bei den Schultern und half ihm dabei, auf seinem gesunden Bein die verbliebenen fünfzig Meter bis zur Schule hinaufzuhumpeln. Gardner war völlig fertig, das letzte Quäntchen Energie schien verbraucht.

Sie erreichten die Schule. Das Gebäude warf einen rußartigen Schatten auf sie. Die Temperatur sank von flambiert auf kackheiß. Gardner bearbeitete das Vorhängeschloss mit dem Schaft des Maschinengewehrs. Das Schloss war altersschwach, und ein sauberer Treffer genügte, um die Kette zu lösen. Sie passierten das Tor. Falcon winselte bei jedem Schritt.

»Wir haben es gleich geschafft.«

Gardner trat in mittlerer Höhe gegen die Tür. Der Rahmen knirschte, aber die Verriegelung hielt dem Tritt stand.

»Bei Gott, beeilen Sie sich«, stöhnte Falcon.

Ein zweiter Tritt. Dieses Mal schwang die Tür auf. Gardner ließ Falcon los, und sein Partner von der BOPE brach auf dem Linoleumboden der Schule zusammen. Als Gardner sich umdrehte, um eine letzte Salve auf die Messengers abzufeuern, zählte er zehn Angreifer. Fünf von ihnen waren mit PP-2000 bewaffnet, die anderen trugen ältere Pistolen oder Revolver bei sich.

Er legte den Schalter auf Vollautomatik um und ließ die Colt horizontal über die schmale Linie der heranstürmenden Messenger tanzen. Kugeln prasselten in Wände und zerrissen ein Bündel von Telefonleitungen. Die Gangster duckten sich hinter halbhohen Ziegelwällen am Ende der Straße. Gardner feuerte elf Schüsse ab. Dann ein hohles *Klack-Klack*. Keine Munition mehr. *Verdammt*. Er schlug gerade noch die Tür zu, bevor die Messenger das Feuer erwiderten.

»Legen Sie das Bein hoch«, riet er Falcon. »Sonst verlieren Sie zu viel Blut.«

Die ersten Geschosse bohrten sich in die Tür. Gardner angelte zwei Reservemagazine aus Falcons Gürtel, ließ eines davon in den Magazinschacht des Maschinengewehrs einrasten und steckte sich das andere in die Tasche seiner Cargohose.

Vierzig Schuss Munition.

Gardner schlug eines der Fenster ein, rechts neben der Eingangstür. Mit dem Lauf der Colt rasierte er die verbliebenen Glasscheiben aus dem Rahmen und schoss eine Salve auf die Straße. Die Messengers feuerten blindlings aus ihrer Deckung hinter den Ziegeln.

»Die fünf Minuten sind rum, Rafa. Wo zur Hölle steckt die BOPE?«

»Wahrscheinlich haben sie der Rauch und die Schusswechsel aufgehalten.«

»Verflucht. Hoffentlich sind sie auf dem Weg hierher.«

Aber sechsunddreißig Kugeln waren im Moment alles, was die beiden davon trennte, überrannt zu werden.

Kapitel 18

12:25 Uhr

Weiss ging davon aus, dass die Kerle es langsam angehen würden, und so war es auch. Zuerst setzte ihm der Typ mit den Schlagringen ein wenig mit einem rechten Aufwärtshaken zu, der ihn von den Beinen holte. Kalter Stahl brach seinen Kiefer auf so üble Art und Weise, dass es sich anfühlte, als hätte man ihm Rasierklingen ins Gesicht genäht. Dann war der Typ mit der Eisenstange an der Reihe. Er verpasste seinen beiden Beinen eine tüchtige Abreibung, die daraufhin rot und geschwollen waren. Keine große Sache. Er hatte schon Schlimmeres durchgestanden. Die Schmerzen hob er sich für später auf. Er hatte damit gerechnet.

Sie zogen ihm einen Kartoffelsack über den Kopf und nahmen ihm den Mantel ab. Dann führten sie ihn kreuz und quer durch die Straßen. Der Sack war dicht gewebt, und Weiss konnte nicht sehen, wohin sie gingen. Sie lotsten ihn in ein Gebäude und eine knarzende Treppe hinauf. Er lauschte nach Geräuschen, irgendetwas, dass ihm einen Hinweis gab, wo sie sich befanden. Aus einem Fernsehgerät im Hintergrund dröhnte die Titelmelodie von 24. Und er glaubte, ein paar Jungs rufen zu hören.

Sie ließen ihn auf einen Stuhl plumpsen und banden seine Hände hinter seinem Rücken mit Kabelbindern zusammen. Jemand nahm ihm den Sack vom Kopf. Es dauerte einen Moment, bis sich seine Augen wieder an das Licht gewöhnten. Vor ihm schälten sich die Umrisse eines kräftigen Mannes aus dem Licht. Breitschultrig, eine Sonnenbrille mit großen runden Gläsern, Hulk-Shirt und Sandalen. Er saß verkehrt herum auf einem Metallstuhl und untersuchte eine der Spritzen aus Weiss' Mantel.

»Du bist also der Kerl, den sie den Nadelmann nennen.«

»Und da es diesen Xavier nicht gibt«, entgegnete Weiss, »musst du … lass mich nachdenken … Roulette sein. Ist aber scheißegal. Der Name spielt keine Rolle. Du bist so oder so ein toter Mann.«

Roulette lachte leise in sich hinein. »Das ist echt lustig. Weißt du, allein dein Name bewirkt, dass sich 'ne Menge harter Kerle vor Angst in die Hosen scheißen. Aber mir machst du keine Angst. Als Luis sagte, dass du hierher kommen würdest, konnte ich mein Glück kaum fassen. Lass hören, was ist in der hier drin?«

Weiss kniff die Augen zusammen.

»Thallium.«

»Und was verdammt noch mal soll das sein?«

»Ein Gift.«

Roulette hielt ihm die Spritze hin. Doch dann begriff Weiss, dass sie nicht allein in dem Raum waren. Er sah zwei andere Männer mit leeren Augen, dürr wie die Stangen in einem Strip-Klub, in schlackernden Jeans und T-Shirts, die bis zu den Knien hinunter hingen. Die beiden hätten Zwillinge sein können, allerdings trug einer von ihnen eine gefälschte goldene Rolex, der andere ein Shirt der Los Angeles Lakers. Rolex nahm die Spritze und warf sie auf den Boden. Dann zertrat er sie unter seinen Schuhen.

»Sag mir – stimmt es, dass du … wie viele Opfer mittlerweile auf dem Gewissen hast? Sechshundert?«

»Kommt drauf an«, antwortete Weiss.

»Kommt worauf an?«

»Ob du dich und deine zwei beschissenen Freunde bereits mitzählst.«

Roulette sprang auf.

»Vai toma no cu!«, bellte er und griff sich in die Leistengegend. »Es gibt nur noch einen Tod, dem der Nadelmann beiwohnen wird, und das ist sein eigener!«

»Du machst einen großen Fehler, mein Freund. Lebendig bin ich mehr wert als tot.«

Roulette trat an Weiss heran, so nah, dass dieser die Pockennarben auf der Haut des Gangsters sehen konnte.

»Falsch«, flüsterte Roulette. »Denn weißt du, unser Anführer, Luis, steht in Kontakt mit ein paar Leuten, die dich nur zu gerne tot sehen würden. Das Sinaola Kartell oder die Los Negros aus Mexiko sind ganz erpicht darauf, dass wir ihnen deinen Kopf auf einem Tablett servieren. Die haben Luis bereits eine ... wie nennt man das noch ... Anzahlung gemacht. Ende der Fahnenstange, mein Bester.«

Lakers nahm Weiss die Schuhe ab. Er griff sich etwas von einem Regal – eine orangefarbene kabellose Bohrmaschine mit einem wolfram-beschichteten 10mm-Bohrer im Bohrfutter. Weiss biss die Zähne zusammen und versuchte sich auf seine Atmung zu konzentrieren. Wenn er vor Schmerz ohnmächtig wurde, würde er womöglich nie wieder aufwachen. Aber er konnte seine Augen nicht von dem Bohrer abwenden.

»Wenn du das tust, werde ich dich finden, und dann bringe ich dich und deine ganze Familie um«, sagte er zu Lakers.

Der ließ ein giftiges Lächeln aufblitzen und die Bohrmaschine aufheulen. Das Geräusch erinnerte Weiss an die regelmäßigen Zahnarztbesuche in seiner Kindheit.

»Dafür wirst du keine Gelegenheit mehr bekommen«, erwiderte Roulette. »*Mein Freund.*«

Rolex hielt Weiss' Fuß am Boden fest, und der dritte Gangster senkte die Bohrmaschine herab, bis der Wolframbohrer den Fußnagel seines großen Zehs berührte.

»Warte!«, rief Roulette. Er zog ein Mobiltelefon aus der Hosentasche seiner Jeans, klappte es auf, und hielt die Kamera direkt vor Weiss' Zeh. »Big Teeth wollte das sehen.«

Lakers drückte den Anschalter. Das Werkzeug begann sich in Weiss' Zeh zu bohren.

Der Schmerz war unerträglich, so als würde man ihm immer und immer wieder den Zehnagel herausreißen. Eine Million Mal.

Er versuchte verzweifelt, seinen Fuß freizubekommen, aber der Kerl hielt ihn fest an seinem Platz. Der Nagel brach in der Mitte entzwei, als sich der Bohrer in sein Fleisch grub. Nagelstaub bedeckte seinen nackten Fuß.

Als sich der Bit in seinen Zeh fraß, gab Weiss den Widerstand auf.

Sie bohrten weiter.

Dann traf der Bohrer auf Widerstand. Knochen. Lakers drückte mehrmals auf den Schalter, ließ die Maschine aufheulen und trieb sie tiefer in den Zeh. Weiss kämpfte gegen die Schmerzen und gegen die Ohnmacht an, die in Wellen über ihn hereinzubrechen drohte. Er atmete schwer. Es war wichtig, sich nicht zu übergeben.

Benommenheit überspülte ihn wie Wasser in einer Badewanne. *Das ist es*, dachte er. *Der Moment, an dem es kein Zurück mehr gibt.* Dann hörte er ein Kreischen und Knirschen.

Der Bohrer war auf den Beton unter seinem Fuß getroffen.

Er öffnete die Augen und sah nach unten. Blut und Röllchen abgedrehten Fleisches lagen an der Stelle, wo sich gerade noch seine große Fußzehe befunden hatte. Schmutzig weiße, mit Knorpel überzogene Knochenfragmente wurden von spärlichen Resten schlaffen Muskelgewebes zusammengehalten. Er versuchte, seinen Zeh zu bewegen, aber nichts geschah. In seiner Kehle brannte Gallenflüssigkeit.

»Gebt ihm 'ne Pause«, sagte Roulette und klappte sein Telefon zusammen. »Wir wollen ja nicht, dass er den besten Teil noch verpasst.«

»Yeah. Bis gleich, Mann.« Rolex tat so, als würde er sich mit einer Kneifzange an etwas abmühen. »Als Nächstes sind deine Zähne dran.«

Die drei Männer verließen den Raum und schlossen die Tür hinter sich. Weiss hörte, wie die Dielen der Treppe wie sterbende Karnickel quietschen, als sie nach unten stapften. Eine Frau rief etwas, und Roulette beschimpfte sie als Arschkriecherin und Nutte mit einer Fotze so groß wie Argentinien. Eine andere Tür fiel zu, dieses Mal weiter entfernt. Wahrscheinlich die Haustür.

Weiss spie auf den Boden. Die Schleimhäute in seinem Mund waren leuchtend rot. Auf irgendeine Weise hinterließen Schmerzen oder Zorn kaum Spuren bei ihm. Seit seiner Kindheit fehlte ihm grundlegendes Mitgefühl. Ein Seelenklempner würde das sicher mit dem Missbrauch in seiner Erziehung in Verbindung bringen. Damals, als er seinen besoffenen Vater dabei ertappte, wie er seine Mutter vergewaltigte, oder jener Tag, wo sein Padre mit Fäusten auf seine kleine Schwester Maria losging, bis sie an einer Hirnblutung starb. Aber das Warum interessierte Weiss nicht. Er wusste nur, dass er niemandem gegenüber etwas empfand – und am wenigsten gegenüber sich selbst.

Und deshalb verspürte er auch kein Selbstmitleid wegen der Situation, in die er geraten war.

Stattdessen konzentrierte er sich auf seine Flucht.

Kapitel 19

12:49 Uhr

Gardner hatte fünf Messengers erledigt, aber es wurden ständig mehr. Mittlerweile sahen sie sich zwanzig Gegnern gegenüber. Jeder von ihnen trug das inoffizielle Gang-Outfit – Ray-Bans, Fußballshirts und die PP-2000. Um Munition zu sparen, feuerte Gardner nur noch dann Einzelschüsse ab, wenn einer der Messengers seinen Kopf aus der Deckung hinter einer der vier Ziegelwälle herausstreckte, die auf der Straße verteilt waren.

Zwei Kerle, die ein paar Jahre älter als der Rest waren, riefen sich etwas zu. Gleichzeitig lehnten sie sich aus ihren Deckungen. Rotes Laserlicht der Zieleinrichtung flackerte im Fenster. Gardner kauerte sich zusammen, und im gleichen Moment drückten beide synchron ihre Abzüge durch. Gardner spürte die glühend heiße Luft an seinem Hinterkopf, als die Kugeln der Luger in den Fensterrahmen prasselten und in eine meterhohe Statue der Jungfrau Maria einschlugen. Fünf Sekunden Raserei, dann eine Pause. *Sie müssen nachladen*, dachte Gardner, während die Statue hinter ihm zu Staub zerbröselte.

Die Waffenruhe dauerte nur zwei Sekunden, aber das genügte. Gardner sprang auf und sah, wie die beiden Kerle frische Magazine in ihre Waffen schoben. Einer von ihnen war seinem Kumpel um eine Nasenlänge voraus und schloss die Spannvorrichtung. Damit war er als erster an der Reihe. Gardner nahm ihn mit seiner Colt ins Visier und blies dem Mistkerl die Lichter aus.

Die Kugel drang in die rechte Augenhöhle des Messengers und schleuderte wie bei einem frisch entkorkten Champagner Hirnmasse und Knochen aus seinem Hinterkopf. Sein Komplize ließ die PP-2000 fallen und machte sich aus dem Staub.

Während sich die restlichen Messengers sich vorerst damit begnügten, weiter aus ihren Verstecken zu feuern, zog sich Gardner von dem Fenster zurück und kümmerte sich um Falcon.

»Wa-ah«, stöhnte der. Seine Lippen waren so trocken wie Brotkruste. Gardner kramte Falcons Trinkflasche hervor und träufelte ein paar kostbare Tropfen in dessen geöffneten Mund. Dann nahm er selbst einen Schluck. Im Moment hätte er etwas Stärkeres brauchen können.

Falcon hatte glasige Augen und verlor immer wieder das Bewusstsein. Gardner verpasste ihm zwei kräftige Schläge auf die Wangen.

»Aufwachen. Zeit, unsere Ärsche in Bewegung zu setzen.«

»Wo bin ich?«

»In Rio, Kumpel.«

»Ich sterbe.«

»Bullshit. Du überstehst das.«

Falcon murmelte etwas, dass sich nach einem Gebet anhörte.

»Tu dir selber einen Gefallen und sieh nicht hin«, sagte Gardner, während vereinzelte Schüsse gegen die Vorderseite der Schule peitschten. Er schob Falcons rechtes Hosenbein nach oben und löste die Schnürsenkel der Kampfstiefel, um einen genaueren Blick auf die Verletzung werfen zu können.

»Wie schlimm ist es?«

Gardner schwieg.

Falcons Unterschenkel war total im Arsch.

Vom Knie abwärts war die Haut versengt und mit Brandwunden übersät, so als hätte man sein Bein als Aschenbecher missbraucht. Die Schusswunde selbst war glatter Durchschuss, zweieinhalb Zentimeter breit, der Knochen und alles andere – Muskeln, Haut und ein Stück Hosenstoff, hindurch getrieben hatte. Das restliche Bein darunter baumelte nutzlos wie bei einer Puppe herab.

»Wollen Sie zuerst die gute oder die schlechte Nachricht hören?«

»Ich nehme die gute.«

»Es könnte schlimmer sein«, sagte Gardner. »Sie sind an einer Stelle getroffenen worden, die hauptsächlich aus Knochen besteht. Wenn der Mistkerl Sie weiter oben getroffenen hätte, am Knie oder im Oberschenkel, hätte es eine Arterie erwischt und Sie wären verblutet.«

»Also werde ich nicht …?«, Falcon riskierte einen knappen Blick auf sein Bein.

»Nein, Mann. Sie packen das.« Gardner lächelte. »Die schlechte Nachricht ist: Solange wir Sie nicht zu einem Arzt bekommen, wird es sich für Sie anfühlen, als hätten Sie einen Pfeil im Bein, und wir haben kein Morphium, um die Schmerzen zu betäuben.«

Die Gewehrsalven wurden intensiver. Dutzende von Kugeln prasselten gegen die Tür. Es hörte sich an, als würden Hunderte Hände gegen das Gebälk hämmern. Ein paar Kugeln surrten durch das offene Fenster, der Lärm dröhnte in Gardners Ohren.

Wir brauchen ein Ablenkungsmanöver, dachte er. *Irgendetwas, dass uns genügend Zeit verschafft, zu verschwinden.* Er durchwühlte die Taschen an Falcons taktischer Weste und fand eine M67 Splittergranate. Ein Anflug von Erregung ging durch seinen Körper. Er kehrte zu dem Fenster zurück, zog den Stift aus der Granate, hielt den Bügel aber fest umklammert, um zu verhindern, dass sie ihm in der Hand losging. Dann ließ er den Bügel los, ließ die Granate noch zwei Sekunden köcheln, sprang zum Fenster und warf die Granate in einem Bogen dreißig Meter die Straße hinab. Vier Meter vor den Füßen eines Messengers blieb die M67 liegen.

Gardner trat von dem Fenster weg, denn der Messenger setzte sich in Bewegung, um die Granate aufzuheben. Offenbar wollte er sie zurückwerfen, so wie man das im Fernsehen immer sah. Allerdings blieb ihm nur noch eine Sekunde bis zur Detonation, und als er aus Gardners Sichtfeld verschwand, hörte dieser einen lauten Knall, gefolgt von dem Geräusch von heißem Stahl, der durch Fleisch und Beton schnitt. Ein Rasseln, als würde es Millionen kleiner Steine regnen. Jemand schrie gellend auf, und Gardner fühlte sich wieder an Sangin erinnert, wo er zuhören musste, wie der fantasierende Junge neben ihm langsam verblutete.

»Sollten wir nicht einen Druckverband oder so etwas versuchen?«, fragte Falcon.

»Bei der Wunde? Eher nicht, Kumpel. Wenn wir die Blutzufuhr abschneiden, machen wir es eher nur schlimmer. Wir sollten die Wunde besser offenlassen, bis sich jemand wirklich darum kümmern kann.«

»Scheiße, meine Lunge ... ich krieg keine Luft.« Falcon ergriff Gardners ausgestreckte Hand. »Fuck. Sie kommen. Die werden so lange nicht aufgeben, bis sie uns verkehrt herum aufgeknüpft haben.«

»Wir verlassen das Gebäude auf der Rückseite. Die Schule ist nicht weit vom Dschungel entfernt, oder?«

»Hundert Meter, vielleicht weniger. Warum?«

»Dort finden wir John Bald.«

Gardner stützte Falcon, und gemeinsam schleppten sie sich den kühlen Hauptflur hinunter, der zum Hintereingang des Schulgebäudes führte. Auf beiden Seiten des Korridors gingen Klassenzimmer ab, mit Linoleumböden und Maschendraht vor den Fenstern. Der scharfe Geruch von Desinfektionsmitteln hing in der Luft.

Noch dreißig Meter bis zum Ausgang.

Zwanzig.

»Scheiße! Ich hab mein Gewehr liegen lassen!«, schrie Falcon über den Lärm hinweg.

»Wir können nicht umkehren. Haben Sie keine Zweitwaffe dabei? Eine Pistole oder so etwas?«

Falcon nickte, öffnete sein Beinholster und zog eine halbautomatische Taurus PT92 aus rostfreiem Stahl hervor. *Gar nicht so übel für eine Zweitwaffe*, dachte Gardner.

Ein lauter Knall hinter ihnen. Er blickte über seine Schulter zurück. Die Eingangstür schwang auf. Gardner erhaschte einen Blick auf den Isuzu auf der Straße. Und auf einen menschlichen Körper, schwarz verkohlt, wie verbrannter Toast. Er erkannte die Schuhe an den zwei Beinen, die ein paar Meter weiter rechts lagen. Das war der Kerl, der sich nach der M67 gebückt hatte.

Drei dunkle Gestalten stürmten in den Flur.

Ihnen blieben noch zehn Meter bis zum Ausgang, und Gardners Magazin war leer. Eilig ließ er es herausschnellen und schob das letzte verbliebene Magazin mit Remington-Patronen in den Schacht. *Zwanzig Schuss, das ist alles, was du noch hast*, dachte er bei sich.

Er nahm das erstbeste Ziel ins Visier. Vierzig Meter entfernt, breitschultrig und mit einem markanten Irokesenschnitt. Gardner zielte auf Brusthöhe. Körpermitte.

Krack!

Rauch strömte aus dem Lauf der Colt. Es sah aus, als hätte sein Zielobjekt ein Päckchen mit C4 verschluckt. Sein Brustkorb riss auf, und ein Loch von der Größe eines Apfels erschien in seinem Brustbein. Graues und schwarzes Zeug schwappte heraus. Der Kerl fiel mit dem Gesicht voran zu Boden. Blut spritzte über das Linoleum.

»Das ist alles?«, schrie Falcon und feuerte seine Taurus auf den nächsten Angreifer. »Mehr habt ihr nicht drauf?«

Er gab sich keine Mühe zu zielen, seine Schüsse prallten von den Steinwänden ab wie Feuerwerkskörper. In den Klassenzimmern zersplitterten die Fenster. Putz explodierte von den Wänden und hing als feiner Nebel in der Luft.

Das Ziel war zwanzig Meter entfernt, jetzt fünfzehn, und Gardner versuchte, ruhig zu bleiben. Manche Menschen verloren bei einem Feuergefecht die Nerven, drehten förmlich durch. Andere, so wie er, wurden ganz besonders ruhig.

Tief einatmen, ausatmen, Schultern locker lassen, sagte er sich.

Das Gesicht des Angreifers verschwand in einer karmesinroten Wolke, als die Kugel ihm Augen, Nase und Mund wegriss.

Falcon pumpte kurz hintereinander vier Kugeln in den dritten Angreifer. Die 9mm Parabellum-Geschosse trennten den Kerl beinahe in zwei Hälften. Er blieb stehen, ließ die PP-2000 fallen und versuchte verdutzt, seine Innereien wieder in seinen Bauch zu stopfen. Zu spät. Falcon erledigte ihn mit einem Schuss in den Hals, und eine Blutfontäne schwappte über Kinderzeichnungen, die die Wände zierten.

»Das habt ihr jetzt davon, ihr Bitches. Das habt ihr jetzt davon!«

»Kommen Sie wieder runter, Rafa. Das sind noch zwei, direkt vor uns.«

Ein brennender Schmerz flammte an Gardners Kiefer auf. Er hob die Hand an die Wunde. Blut tropfte aus seinem Ohr. Eine Kugel hatte ihn gestreift und das Ohrläppchen abgerissen. Die Wunde brannte wie Feuer.

Wie im Rausch ließ Falcon Kugel für Kugel auf die beiden Messengers niedergehen, wenigstens fünf in jeden von ihnen. Den zweiten von ihnen deckte er noch mit Schüssen ein, als dieser längst am Boden lag, und die Kugeln rissen Löchern in seine Arme und Beine, während Falcon ihm auf portugiesisch wüste Beschimpfungen entgegen schrie.

»Schnell raus«, rief Gardner. »Solange wir noch die Gelegenheit dazu haben.«

»Haben Sie gesehen, wie das Arschloch abgekratzt ist?«, fragte Falcon, als sie sich nach draußen wagten und den Spielplatz mit seinem ausgeblichenen Rasen, Schaukeln und Karussellen betraten. »Dem hab ich es ganz schön gegeben, was?«

»Sparen Sie sich den Mist. Das interessiert mich nicht. Sagen Sie mir einfach, wie wir auf schnellstem Wege in den Dschungel kommen.«

Wortlos, so als wäre er der Star eines Stummfilms, deutete Falcon mit dem Kopf nach links, zu ein paar kleinen Hütten. Ein niedriger Weidezaun trennte die Hütten von dem Unterholz dahinter.

Wir haben es so gut wie geschafft, dachte Gardner.

Stimmen. Ganz in der Nähe. Er spähte um die Ecke. Vier Messengers, vierzig Meter entfernt. Angeführt von einem Typen mit Brustmuskeln so groß wie Boxhandschuhe und Oberarmen, die aussahen, als hätte er sich Kanonenkugeln in die Venen gestopft.

Aus der Ferne war ein leises Whup-Whup am Himmel zu hören.

»Was ist los?«, fragte Falcon, als er bemerkte, dass Gardner sich eilig zurückzog.

»Sie kreisen uns ein, Partner. Wir nehmen die andere Richtung.«

Gardner stürmte in die entgegengesetzte Richtung davon. Doch auch dort tauchten drei Messengers auf.

»Die nehmen uns in die Zange«, sagte er und ging in die Hocke, um eine Salve auf die drei Angreifer abzufeuern. »Die Mistkerle kommen von beiden Seiten. Rafa, übernehmen Sie die linke Seite.«

Das Whup-Whup wurde unablässig lauter.

Gardner traf zwei der Messenger, aber der dritte brachte seine PP-2000 in Anschlag. Keine Zeit für eine zweite Salve. Der Kerl feuerte.

Tschack!

Der Messenger sank auf die Knie, die Hand an die Kehle gepresst. Dreißig Meter über ihnen sah Gardner einen Bell Ranger 206 Helikopter mit einem Scharfschützen, der an einem Gurtsystem baumelte wie ein Formel-Eins-Wagen, den man auf der Rennstrecke absetzen wollte.

Die BOPE war eingetroffen.

Schüsse auf sechs Uhr. Er wirbelte herum. Der Bell Ranger machte Hackfleisch aus den Messengers, die von der anderen Flanke aus angriffen. Sie fielen um wie Kegel.

Gardner half Falcon auf die Beine.

»Wie es aussieht, sind Ihre Kameraden gerade noch rechtzeitig gekommen. Kommen Sie, es wird Zeit, einen Sanitäter zu finden, der Sie zusammenflickt.«

»Mir geht's gut.«

»Kopf hoch. Ihre Jungs sind wegen Ihnen zurückgekommen.

Noch ein paar Minuten, und Sie … ach was, WIR wären am Arsch gewesen. Dafür schulden wir denen eine Runde. Außerdem. …« Er deutete auf den Knöchel. »Wenn Sie sich nicht darum kümmern, wird sich die Wunde entzünden. Und dann haben Sie ein echtes Problem.«

Gardner angelte sich die Colt Commando und eskortierte Falcon um das Gebäude herum. Die Waffe hielt er feuerbereit, falls es noch irgendwelche Messengers darauf anlegen sollten.

Der Bell Ranger kreiste über der Schule und die Sniper feuerten den Messengers in den Rücken, die in Deckung flüchteten. Dann donnerten drei Big Skulls in die Straße und spuckten ein Dutzend Spezialkräfte aus. Diese verschwendeten keine Zeit, eröffneten das Feuer und traten Türen der umliegenden Häuser ein. Gardner konnte Frauen kreischen hören. Schüsse ertönten. Auf der anderen Seite der Straße versuchten zwei Kinder, dreizehn und vierzehn Jahre, unbewaffnet in einer der Gassen zu verschwinden. Ein BOPE-Operator leerte seine Heckler&Koch-Maschinenpistole, die kleine Stückchen aus ihren Köpfen riss. Dann lief er zu ihnen und trat gegen die leblosen Körper.

Die Messengers zogen sich hundert Meter zurück. Ein paar von ihnen waren zurückgefallen und suchten hinter Sperrpfosten und auf den Dächern Schutz.

Dann sah Gardner eine Reihe von Schulkindern die Straße entlangkommen, ordentlich in einer Reihe, in blütenweißen Hemden, gebügelten dunkelblauen Hosen und blank gewienerten Schuhen, mit braunen Schulmappen auf dem Rücken.

»Das sind besonders geförderte Schulkinder«, sagte Falcon. »Ihre Eltern arbeiten in Rio als Kindermädchen oder Haushälter für die reichen Leute. Wissen Sie, normalerweise entscheidet der Wohnort darüber, wo man zur Schule gehen muss.« Der Schmerz in seinem Bein ließ ihn kurz zusammenzucken, und er versuchte, das verletzte Bein weniger zu belasten. »Diese Kinder hier dürfen eine Schule außerhalb der Favela besuchen.«

Was nun folgte, war eine geradezu gespenstische Stille. Gardner beobachtete, wie die BOPE und die Messengers wie auf ein unsichtbares Zeichen hin das Feuer einstellten. Niemand wagte, die Waffenruhe zu unterbrechen, solange die Kinder vorbeiliefen und das Blutvergießen, den Bell Ranger und die leeren Patronenhülsen überall nicht zu bemerken schienen.

»Ich muss mich setzen«, sagte Falcon. Er humpelte an den Straßenrand, um sich auszuruhen. Gardner schaute weiter dem unwirklichen Schauspiel zu – die Schulkinder, die seelenruhig die Kampfzone passierten, bis sie nach etwa neunzig Metern hinter einer Biegung verschwanden.

Sobald die Kinder außer Sicht waren, begannen die Schusswechsel von Neuem.

Gardner erhaschte einen Blick auf einen Krankenwagen, der die Nachhut des BOPE-Trupps bildete. Er drehte sich nach seinem Partner um – und erstarrte.

Falcon war verschwunden.

Kapitel 20

13:41 Uhr

Die Schmerzen sind gar nicht so schlimm, dachte Weiss. Irgendwo hatte er einmal gelesen, dass die Schmerzgrenze bei Männern höher lag, ungeachtet der Tatsache, dass Frauen Kinder gebären mussten. Seine Toleranzgrenze, Schmerzen zu ertragen, lag sicher höher als bei den meisten anderen. Als sie ihm die Zehennägel herausgerissen hatten, hatte er nur daran gedacht, wie gut es sich anfühlen würde, sie dafür umzubringen.

Er schaute auf seine verbliebenen neun Zehen hinunter. Sie hatten ihm eine ordentliche Abreibung verpasst: Zehennägel, das abgeschnittene linke Ohr und die weichen, feuchten Wunden in seinem Mund, wo sich vor nicht mal einer Stunde noch vier perfekte Backenzähne befunden hatten.

»Na, Mr. Nadelmann, jetzt sind wir wohl nicht mehr so tough?«

Roulette saß auf dem Metallstuhl, eine Zigarre in der Hand. Swisher Sweets. Ein würziger Duft wehte durch die abgestandene Luft.

»Hätten Sie gern eine?«

»Ich rauche nicht«, antwortete Weiss.

Roulette sah zu seinen Gehilfen. Lakers hielt mittlerweile ein Teppichmesser in der Hand, Rolex eine Kneifzange. Weiss fragte sich bereits, wer von den beiden als Nächstes an der Reihe sein würde, als das Display an Roulettes Telefon aufleuchtete. Roulette las die Nachricht, grinste, und nickte Rolex zu.

»Ich muss mich um was Geschäftliches kümmern«, sagte er. »Wir machen mit der Kneifzange weiter. Big Teeth lässt ausrichten, dass ihr euch damit um seine Testikel kümmern sollt.«

Dann wendete er sich an Lakers. »Solange ich weg bin, kannst du schon mal die Säge holen. Bis Sonnenuntergang will Big Teeth seinen Kopf haben.«

Er lies den Rauch aus seinen Nasenlöchern steigen, dann erhob er sich. »Viel Spaß noch, Nadelmann«, sagte er und ging. Lakers folgte ihm.

»Jetzt gibt es nur noch dich und mich«, sagte Rolex. Er ließ die Zange ein paar Mal auf und zu schnappen.

»Ich lass dir die Wahl. Finger oder Fußzehen?«

»Lass mich kurz darüber nachdenken«, antwortete Weiss.

Vor zwanzig Jahren, als frisch gebackener Auftragskiller, war Weiss ein beinahe fataler Fehler unterlaufen. Seine Zielperson hatte ein paar Schläger angeheuert, die ihm auflauern sollten, und wenig später hatte er sich gefesselt in einem Keller wiedergefunden. Nur der Geistesgegenwart eines Freundes war es zu verdanken gewesen, dass er den Tag überlebt hatte. Seitdem hatte Weiss Vorkehrungen getroffen für den Fall, gefangen genommen zu werden. Er trug ein zehn Zentimeter langes Messer in seinem Gürtel.

Aber da kam er nicht heran.

»Also, was soll's sein?«

»Dein Kumpel hat sich bereits an den Zehen ausgelassen«, sagte Weiss. »Also warum nicht die passenden Finger?«

Rolex schüttelte grinsend den Kopf. »Du bist echt ein durchgeknallter Mistkerl.«

Weiss hatte keine andere Idee, wie er aus der Nummer herauskommen sollte. Kein alternativer Fluchtplan. Wie gern wäre er in diesem Moment in einem James-Bond-Film gewesen. Dann würde er irgendwo an seinem Körper eines dieser lächerlichen Gadgets haben; vielleicht ein giftiges Spray, versteckt in seiner Armbanduhr.

Aber er trug nichts dergleichen bei sich, nur seinen Anhänger der Jungfrau von Guadalupe. Sie hatte ihn sicher durch sechshundert Morde begleitet. Weiss war Hunderten von Cops, anderen Auftragskillern, gewalttätigen Banden und rachsüchtigen Verwandten entkommen. Und jetzt war er wieder geschnappt worden. Vielleicht wurde er langsam zu alt für diese Arbeit. Das könnte durchaus sein letzter Auftrag werden. Er tröstete sich mit dem Gedanken, dass die Schmerzen vielleicht übel sein mochten, aber die Belohnung – die ganzen dreißig Millionen – sie wieder wettmachen würde.

Rolex baute sich vor Weiss auf. »Scheiße, Amigo. Wie's aussieht, hast du dich ziemlich übel vollgekotzt. Hast dein Hemd ruiniert.« Gelblich-braune säuerliche Flecken verzierten die Vorderseite seines Hemdes. Rolex stolzierte um ihn herum und blieb hinter ihm stehen. Die Kabelbinder an seinen Händen waren so fest gezogen, dass sie ihm die Blutzufuhr abschnitten und seine Finger bereits geschwollen waren.

»Jeez, schau sich einer diese Finger an ... da haben wir dich ja schön fest gebunden«, sagte Rolex. »Wird mich wohl einige Versuche kosten, bis ich einen abbekomme.«

»Das ist deine letzte Chance«, warnte ihn Weiss. Er versuchte, selbstbewusst zu klingen, so als wäre er Herr der Lage. »Wenn du mich jetzt gehen lässt, verschone ich deine Familie. Ich kann dir nicht versprechen, dich am Leben zu lassen, aber deine Brüder und Schwestern und Eltern werden nichts zu befürchten haben.«

Rolex, der immer noch seine Finger untersuchte, lachte.

»Ich hab keine Familie, Mann. Wie wär's mit dem hier?« Er isolierte Weiss' rechten Zeigefinger von den übrigen. »Der Abzugsfinger, Amigo. Oder Spritzenfinger, in deinem Fall.«

Anstelle von Rolex Hand schloss sich nun etwas kaltes, metallisches um seinen Finger.

Von draußen waren Schritte auf der Treppe zu hören. Die Gorillas kamen zurück. Als sie ihn nach oben in diesen Raum geschleift hatten, hatte er die Treppenstufen gezählt. Zwölf Stufen. Sechs hatten sie bereits hinter sich gelassen.

»Nur noch eine Minute«, rief Rolex in Richtung der Tür, während sich die beiden Glieder der Zange um seinen Finger legten.

»Ich bin kurz davor, einen Deal abzuschließen«, sagte Weiss. »Dreißig Millionen. Hilf mir, und wir machen halbe-halbe. Fünfzehn Millionen für jeden.« Sein Stolz bewahrte ihn davor, zu betteln. Jene Opfer, die vor ihm zu einem wimmernden Häuflein Elend zusammengebrochen waren, hatten ihn immer angeekelt. Aber jemand, der wie Rolex am unteren Ende der Nahrungskette herumkrebste, würde bei einem solchen Angebot vielleicht anbeißen.

Rolex schnalzte mit der Zunge. »Bullshit.«

»Es stimmt, ich schwöre. Warum sollte ich sonst überhaupt hier sein?«

Rolex zögerte.

Die Schritte verstummten.

»Achtzig zu Zwanzig. Achtzig für mich.«

Die Tür ging auf.

»Fünfzig-fünfzig oder gar nichts …«

Gewehrschüsse krachten Weiss in den Ohren. Die Zange löste sich von seinem Finger, und er spürte, wie ihm etwas Feuchtwarmes ins Genick klatschte und dann langsam den Rücken hinunter rann. Entferntes Gewehrfeuer, von unten, am Fuße der Treppe. Stimmen von Frauen und Männern, die je von stakkatoartigen Salven aus Maschinengewehren unterbrochen wurden.

BOPE-Operators strömten in den Raum. Weiss zählte vier von ihnen. Als sie niemand anderen in dem Gebäude mehr fanden, kehrten sie wieder zurück. Plötzlich konnte Weiss seine Hände bewegen und ließ sie an der Seite herabhängen. Er spürte, wie das Blut wieder hinein flutete wie Wasser in einen Tunnel. Der Operator, der ihn befreit hatte, kniete sich neben ihn. Er trug ein Tuch vor dem Mund, um seine Identität zu verschleiern. Soweit er wusste, wohnten selbst einige Angehörige der BOPE in den Favelas.

»Sind Sie okay?« Er hatte grüne Augen und eine kupferfarbene Stirn.

»Ja, ja«, antwortete Weiss in perfektem Portugiesisch. Er wollte sich nicht wie ein Fremder anhören, denn jemand von außerhalb, der in der Favela herumspazierte, würde den Operator misstrauisch machen. Von irgendeiner Gang gefoltert zu werden, war hingegen an der Tagesordnung.

»Er ist jetzt tot. Die anderen auch.«

»Also … kann ich gehen?«

»Wer sind Sie?«

»Ich repariere Autos, das ist alles.«

»Dann schlage ich vor, Sie verschwinden. Wenn Sie einen Rat hören wollen – bleiben Sie von der Schule weg. Da treibt sich eine Gruppe von Messengers herum, und die werden nicht widerstandslos aufgeben.«

Weiss stand unsicher und schwankend auf. Er schaute sich um und erblickte Rolex, der seine Hände vor sein Gesicht geschlagen hatte. Zwischen seinen Fingern rannen zerlaufene Augäpfel wie gestocktes Eiweiß hindurch. Warmes Blut pulsierte aus einer faustgroßen Wunde an seinem Hals. Eine Kugel hatte seine Hauptschlagader durchtrennt. Er war noch am Leben, und sog in flachen Atemzügen Luft ein, die aus seiner Halswunde wieder entwich.

»Mach's gut, mein Freund.«

Weiss schnappte sich seinen Mantel und schlüpfte in seine Schuhe. Der rechte, der sich mit dem Blut füllte, dass aus seiner großen Zehe quoll, fühlte sich schnell glitschig an.

Er stieg die Treppenstufen hinunter.

Das Wohnzimmer hatte sich in eine Schießbude verwandelt. Zwei übergewichtige Frauen lagen zusammengesunken über einem Sessel neben dem Fernseher. Beide von Einschusslöchern durchsiebt. Weiss musste aufpassen, wohin er trat, denn Lakers lag mit dem Gesicht nach unten auf den Stufen. Die Einsatzkräfte der BOPE schienen Weiss zu ignorieren. Und warum auch nicht? So weit es sie anbelangte, waren die Messengers die einzigen Gegner in der Stadt.

Als er an der Eingangstür ankam, zuckte Weiss zusammen. Seine Hand fuhr an seine Schläfe. Ein enormer Druck hämmerte in seinem Kopf, und seine Ohren summten, als würden Wespen in seinem Kopf nisten. Für eine Sekunde schloss er die Augen und wartete darauf, dass der Schmerz abklingen würde.

Während er an seine Belohnung von dreißig Millionen Dollar dachte, schickte er ein Dankgebet an die Jungfrau Maria. Wieder einmal hatte sie ihm beigestanden. Und er erlaubte sich ein kleines Lächeln bei dem Gedanken daran, dass die BOPE nicht einfach nur einen Auftragskiller laufen ließ, sondern ihm effektiv sogar noch dabei half, seine Mission zu beenden.

Er machte sich auf den Weg zur Schule.

Kapitel 21

14:05 Uhr

Gardner überquerte den halbhohen Weidezaun hinter den Hütten, indem er sich an den hölzernen Pfählen festhielt und seinen Körper über den Stacheldraht schwang. Der Geruch von Jauche und Ingwer ließ ihn würgen und brannte in den Augen.

Der Zaun wich einer Reihe von Johannesbrotbäumen, Piassavapalmen und Kakibüschen. Gardner schob sich durch die kratzigen Äste und hielt auf die dichter werdende Vegetation zu. Das Brummen des Bell Rangers wurde vom Kreischen der Aras und Sittiche abgelöst. Die Luft war von Sauerstoff gesättigt, und er sog ihn tief in seine Lunge. Schlingpflanzen ließen nur wenig Tageslicht zum Boden hindurch. Seine Handflächen begannen zu schwitzen, und er spürte, wie Angst in ihm aufstieg. Die Angst vor engen, dunklen Räumen.

Schließlich erreichte er eine Stelle, an der sich der Sekundärwald kuppelförmig öffnete. Er wischte sich den Dreck aus dem Gesicht und versuchte mit einem Blick zurück seinen Standort auszumachen. Er hatte den Dschungel vom nordwestlichen Ende der Barbosa Favela aus betreten.

Er erinnerte sich, dass der Dschungel, als er die Slums betreten hatte, sich nach Nordwesten entlang eines steilen Berges zu einem Gipfel mehrere Meter über dem Meeresspiegel hin verjüngt hatte. Sechshundert Meter im Süden lag der Corcovado, ein Berg, dessen buckliger Rücken sich vor dem Horizont abzeichnete. Wenn er seine Route westwärts anpasste und ein paar hundert Meter weiter lief, würde er genau in Richtung der Koordinaten gehen, die Bald ihm gegeben hatte.

Fuck, dachte Gardner. Dieser Anruf schien eine Ewigkeit her.

Sein Magen knurrte. Seit letzter Nacht hatte er keinen Bissen mehr zu sich genommen, aber die Aussicht, dass er ganz in der Nähe von Bald war, gab ihm noch einmal Schwung. Er blendete den Hunger und die Schmerzen in seinen Waden aus und kämpfte sich durch das Dickicht.

Er kam langsamer voran, als ihm lieb war, denn der Boden in diesem Urwald war ein dichtes Geflecht aus Unkraut, Dornen, Farnen, Ästen und Büschen. Wäre das ein normaler ursprünglicher Laubwald gewesen, hätten die riesigen Bäume dafür gesorgt, dass nur wenig Licht den Boden erreichte und dort wenig wuchs. Aber in diesem Wald, wo man das hohe Schutzdach der Bäume abgerodet hatte und das Sonnenlicht ungehindert bis zum Boden drang, konnte die Vegetation wunderbar gedeihen und zu jenem glitschigen Flechtwerk werden, das miteinander verwachsen schien und bei dem Gardner seine Schritte besonders sorgsam wählen musste. Er wünschte, er hätte ein Messer bei sich, um sich seinen Weg durch die Ranken und Äste zu hacken. So blieb ihm aber nur der Kolben seiner Colt, mit dem er die dornigen Äste der Büsche beiseiteschob.

Auf gewisse Art hatte ihm Falcon mit seinem Verschwinden einen Gefallen getan. Er hatte seinen Zweck erfüllt und Gardner den Weg zum Dschungel gewiesen. Trotzdem nagte die Sache an ihm. Warum um alles in der Welt versuchte Falcon so verzweifelt, seine Kameraden von der BOPE zu meiden?

Und eine andere Frage geisterte in seinem Hirn herum: Wer hatte die Messengers mit High-Tech-Waffen wie der PP-2000 ausgestattet? Die Maschinenpistole aus russischer Herstellung war der Liebling von Eliteeinheiten und Spezialkräften der Polizei, aber nicht die Art von Bewaffnung, die man ohne Weiteres auf dem Schwarzmarkt erwerben konnte. Und wenn doch, dann war der Spaß sicher nicht ganz billig.

Gardner hielt inne. Er hatte es geschafft, sich in einem Rattanbusch zu verfangen. Beim Regiment hatten sie diesen Gewächsen den Namen Wait-a-while-Busch verpasst, weil man eine ganze Weile brauchte, um sich wieder daraus zu befreien. *Genau das hat es jetzt noch gebraucht*, dachte Gardner und begann, die Dornen aus seinen Klamotten zu pulen. Unzählige von diesen kleinen Mistdingern, wie es schien.

Als er sich endlich aus dem Dornenbusch befreit hatte, hörte er ein Geräusch. Er lauschte.

Das prasselnde Knacken eines Lagerfeuers. Dreißig Meter vor ihm zog sich die dichte Vegetation ein wenig zurück und bildete eine kleine Lichtung. Ein süßlicher Duft stieg ihm in die Nase, fruchtig und geröstet. Er erkannte den Geruch sofort als den Duft von Cohiba-Zigarren, die Bald so gern rauchte.

Ich hab ihn gefunden!

Gardner starrte zu dem Camp, und ihm wurde bewusst, dass er, obwohl er nach Rio gekommen war um seinem Freund zu helfen, dem er sein Leben verdankte, sich auch auf einer ganz persönlichen Mission befand. Es ging auch darum, den Schreibtischtätern in Whitehall zu beweisen, dass er immer noch die Fähigkeiten und die Eier besaß, ein Blade zu sein. Sie hatten ihn wegen seiner Verletzung hinausgeworfen. Aber er war hierher geflogen, hatte sich durch die Favela gekämpft und seinen Freund gerettet. Er hatte es immer noch drauf.

Sein Magen geriet in Aufruhr. Er näherte sich der Lichtung, und hielt nach Anzeichen Ausschau, dass noch andere Menschen in der Nähe waren. John mochte hier sein, aber es bestand die Möglichkeit, dass ihn einer der Messenger verfolgt hatte und nun auf der Lauer lag.

Als er sich der Lichtung bis auf zehn Meter genähert hatte, trat er auf etwas Weiches. Ein Zischen war zu hören, wie Luft, die aus einem Autoreifen entwich. Er sah nach unten, und machte einen Satz zurück. Eine Boa constrictor. Der Kopf der Schlange schoss mit weit geöffnetem Kiefer nach vorn und schnappte nach seinem

Knöchel. Er sprang zur Seite, um dem Biss auszuweichen, und machte einen fast zwei Meter großen Bogen um das Biest herum. Die Schlange zischte ihn noch einmal an, ihre blaue Zunge tastete durch die Luft, und dann schlängelte sie sich davon.

Mit klopfendem Herzen und Fliegen, die um sein Gesicht flirrten, betrat Gardner die Lichtung.

Das Lager war verlassen. Den vereinzelten Anzeichen nach hatte, wer immer hier gewesen war, das Lager erst kürzlich verlassen.

Leichter Dampf stieg aus dem gelöschten Feuer auf. Der notdürftig aus Ästen und Mangrovenblättern zusammengebaute Unterschlupf am nördlichen Ende der Lichtung war ebenfalls verlassen. Zwanzig Meter östlich von dem Unterschlupf war ein Loch für die Notdurft gegraben worden. Die Grube war randvoll mit Scheiße und Pisse und Fliegen, die es sich gut gehen liessen. Gardner fand eine halbvoll mit Wasser gefüllte Trinkflasche, die von einem Baum hing, und neben dem Lagerfeuer entdeckte er den Stummel einer Cohiba. Er bückte sich und hob ihn auf. Das Mundstück war noch feucht.

Eine Zigarre, frische Scheiße, Wasser. Vor einer Stunde oder so war John noch hier gewesen. Gardner beschlich ein mulmiges Gefühl. Irgendetwas war hier faul. Bald hatte den Ruf, ein besonders wachsamer Blade zu sein, jemand, der ein Experte darin war, seine Spuren zu verwischen und der selbst den letzten Tropfen Pisse in einem Beutel bei sich trug. Aber der Kerl, der hier Rast gemacht hatte, war nachlässig gewesen, hatte sich diese Mühe nicht gemacht.

Gewehrfeuer schreckte ihn auf.

Hinter dir, schoss es ihm durch den Kopf.

Er fuhr herum. Umrisse, vielleicht zehn, vierzig Meter entfernt. Sie bahnten sich mit Macheten ihren Weg durch die Rattanbüsche. Eine der Gestalten richtete eine Schrotflinte ins Unterholz.

Bumm!

Aufgeschreckt flatterten einige Vögel in den Himmel. Das hintere Ende einer Boa constrictor wurde in die Luft geschleudert.

Messengers.

Gardner schaltete auf Kampfmodus. Er ging hinter dem Stamm eines Johannesbrotbaumes in die Hocke. Von hier aus hatte er über das Unterholz hinweg freie Sicht und dreißig Meter Abstand zu den Messengers. Sie hielten direkt auf die Lichtung zu. Ein Rückzug kam nicht in Frage – bei dem Gelände war es unmöglich, ein gutes Tempo vorzulegen, und in Nullkommanichts wären ihm die Typen auf den Fersen. Also blieb ihm nichts weiter übrig, als ihnen einen gebührenden Empfang zu bereiten.

Die Colt enthielt noch fünfzehn Schuss. Er wartete solange, bis sich der erste der Gegner dem Rand der Lichtung bis auf zehn Meter genähert hatte, dann drückte er ab. Ein Schuss. Das Ziel ging getroffen zu Boden. Die Gefolgsleute drehten völlig durch und ballerten wild um sich. Noch war Gardner hinter dem Unterschlupf und dem Baumstamm in Sicherheit, aber er wusste, dass es nur eine Frage der Zeit war, bis sie ihn entdecken würden. Er gab vier weitere Schüsse ab, zwei davon in den Oberkörper eines großen schlaksigen Mannes, die beiden anderen in den Kerl neben ihm, dessen Körper sich unter den Treffern verrenkte, als würde er einen wilden Strassentanz aufführen.

Er schien den Kampf zu gewinnen. Die Messengers konnten ihn nicht orten. Sie bekamen Schiss. *Jeden Moment werden sie abhauen*, dachte er.

Dann explodierten Holzsplitter in sein Gesicht. Gardner fiel nach hinten.

Verwundert musterte er den zerfetzten Stamm des Carobabaums. Die Schüsse waren nicht von der Gruppe im Osten gekommen. Dann wirbelten zwei weitere Salven den Erdboden um ihn auf, und Gardner wechselte seine Position, warf sich eine flache Mulde hinter der Grube voller Scheiße und verfluchte sich für sein Missgeschick.

Hundert Meter nordöstlich ragte eine Kammlinie aus dem Dschungel. Der dichte Bewuchs fehlte dort völlig, so als hätte man den Bereich säuberlich rasiert. Das felsige Erdreich bildete leichte Erhebungen, die an Fingerknöchel erinnerten. Und weithin sichtbar, auf dem Kamm, standen sieben Messengers, die Gardner unter Beschuss nahmen.

Die Einschläge der Kugeln ließen mit Maden übersäte Ausscheidungen herumfliegen. Gardner hielt den Kopf unten und grübelte verzweifelt über einen Plan B nach. Im Osten drängten die Messengers auf die Lichtung, nur noch zwanzig Meter entfernt. Er erwischte die ersten beiden mit seiner Colt, dann ging er wieder in Deckung, um nicht von dem Gewehrfeuer der Typen auf dem Hang getroffen zu werden.

Jetzt haben sie dich in der Zange, und dir bleiben noch acht Schuss, dachte er. *Jetzt ist es nur noch eine Frage von Sekunden, bis sie dich überrennen.*

Drei weitere Gangster stürmten auf die Lichtung. Dann schnitt das leise, schnelle Rattern einer Colt Commando die Schreie der Angreifer ab.

»Kommt zu Papa«, rief jemand. »Ihr wollt es doch auch!«

Derber Cockney-Slang. Nicht schottisch, also nicht John. Trocken und heiser, als hätte der Rufer kurz vorher noch mit Sand gegurgelt. Trotzdem unverkennbar.

Gardner riskierte einen Blick aus seiner Mulde. Ein dünner Kerl mit lose sitzendem schwarzem T-Shirt, grauen Kampfstiefeln und einem Armee-Rucksack auf den Schultern ließ unablässig Gewehrfeuer auf die Messengers in der Lichtung niederprasseln. Ihre leblosen Körper türmten sich am Rand der Lichtung bereits zu einem kleinen Haufen auf. Er streckte den letzten der Messenger nieder und schlitterte zu Gardner in dessen Deckung.

»Jetzt sag schon was, du blöde Fotze.«

Das von gegeltem Haar bedeckte Gesicht hatte pockennarbige Wangen und einen extrem breiten und langen Schnurrbart, mit dem man stets der Favorit auf dem jährlichen Credenhill-Wettbewerb um den beschissensten Slawenhaken war.

»Dave?«

»Tu nicht so erstaunt, mein Bester. Ich bin's nur, und nicht etwa Bono.«

»Aber wieso ...«

»Erkläre ich dir alles, aber erst, wenn wir diese Wichser in Jenseits befördert haben.«

Dave Hands hatte recht. Keine Zeit für lange Erklärungen. Hands gab ein paar Schüsse über den Rand der Mulde auf eine Gruppe von verletzten Messengers ab, die sich in Sicherheit bringen wollten.

»Schätze, wir müssen uns bis nach oben zur Grundlinie durchschlagen.«

»Schön und gut, Partner, aber ich hab kaum noch Munition.«

Hands nickte und fischte ein frisches Magazin aus seinem Gürtel.

»Bitte ... und dir wird gegeben. Wie viele befinden sich auf dem Kamm?«

»Sieben, alles in allem.« Gardner spähte über den Rand. Er sah, wie einer der Messenger im Zickzack den Hang zum Camp hinunter stürmte. Gardner drückte zweimal auf den Abzug. Treffer. »Sechs. Siehst du den Graben dort, kurz unterhalb des Bergrückens? Das wird unsere Grundlinie.«

»Wie früher, das gute alte Laufen-und-Schießen-Spiel, was? Du kannst meine Gedanken besser lesen als meine verdammte Exfrau.« Hands überprüfte seine Commando.

»Dann los. Finger aus dem Hintern.«

»Feuerschutz!«

Hands verließ die Grube, während Gardner sich mit den letzten sechs Schuss in seinem Magazin auf die Messengers auf der Anhöhe konzentrierte. Das Ablenkungsmanöver funktionierte. Die Messenger erwiderten das Feuer auf Gardner und achteten nicht auf Hands, der zum westlichen Ende der Lichtung stürmte und dort in einer Vertiefung in Deckung ging. Zwanzig Meter vor Gardner.

Jetzt eröffnete Hands das Feuer, und Gardner sprang aus der mit Fäkalien überzogenen Grube, rannte so schnell es die schmerzenden Muskeln in seinen Beinen zuließen quer über die Lichtung. Um ihn herum schlugen Kugeln in der Erde ein. Geröll und Staub explodierten bei jedem Einschlag wie kleine Geysire. Gardner warf sich in den Graben.

Er hatte die Grundlinie kaum erreicht, da sah er auch schon Hands, der in hockender Position die Messengers unter Beschuss nahm. Gardner wechselte das Magazin. Die Messengers suchten Deckung, fanden aber keine. Zu spät erkannten sie, dass es ein Fehler gewesen war, von der blanken Anhöhe aus anzugreifen. Hands ließ einen Bleiregen der Verwüstung auf sie niedergehen. Gardner behielt Hands fest im Blick. In dem Moment, als sich Hands Abzugsfinger entspannte, was das Zeichen dafür war, dass er nachladen musste, sprang Gardner auf und visierte einen Messenger nach dem anderen an. Eins, zwei, drei, die Kerle fielen um wie die Fliegen. Die zwei letzten Ziele nahmen die Beine in die Hand.

»Denen haben wir's gegeben«, sagte Hands und spie aus.

»Lass uns abhauen, bevor die anderen unsere Fährte aufnehmen. Es wimmelte nur so von diesen Typen in der Favela.«

Aber Hands ließ sich scheinbar nicht aus der Ruhe bringen. Er stand auf, lehnte sein Gewehr gegen einen Baumstamm und kramte etwas Tabak aus einer seiner Taschen. »Entspann dich, Joe. Die kommen nicht zurück. Weißt du, wie die drauf sind?« Er zündete seine Selbstgedrehte am Rizla-Paper an. »Wie Katholiken beim Safer-Sex. Beim ersten Anzeichen von Problemen ziehen sie den Schwanz ein.«

Gardner ließ seinen Blick über das Blutbad schweifen. Dichter Nebel kroch ihnen um die Beine. Die Luft schmeckte nach heißem Metall und Kordit, so dick, dass man sie wie Kaugummi kauen konnte.

Da wäre ich mir nicht so sicher. »Was machst du eigentlich hier?«, fragte er.

»Ich freue mich auch, dich zu sehen, Partner.« Hands zog an seiner Zigarette. »Ich könnte dich das Gleiche fragen. Und wahrscheinlich haben wir zwei genug zu erzählen, dass wir noch in hundert Jahren hier stehen, aber weißt du was? Es wird das Beste sein, wenn du die Geschichte von ihm persönlich hörst.«

»Du meinst …«

»John ist da oben auf dem Berg. Er hat mich geschickt, damit ich dich hole.«

Kapitel 22

15:12 Uhr

Weiss lief die Straße entlang. Immer den Gewehrschüssen entgegen. Wenn man in der Favela einer Sache auf den Grund gehen wollte, brauchte man nur den Kugeln folgen.

Doch die Krämpfe in seinem Bauch und den Beinen hatten ihn langsamer werden lassen. Nun schlurfte er nur noch voran und stützte sich mit einer Hand an den mit Einschusslöchern übersäten Wänden der ihn umgebenden Häuser ab. Es hatte eine Ewigkeit gedauert, um von dem Folterhaus bis hierher zu gelangen.

Jetzt trennten ihn nur noch hundertfünfzig Meter von den Feuergefechten. Dichter Rauch hing in der Luft. Irgendwo war das leise Pulsieren eines Hubschraubers zu hören. Heiße Asche hatte seine Kehle ausgetrocknet.

Heilige Mutter Gottes, jetzt einen Schluck Wasser!

Er blieb stehen und erbrach sich. Bereits das vierte Mal in der letzten Stunde. In seinem Magen befand sich schon längst nichts mehr, was man hätte erbrechen können, nur bittere gelbliche Flüssigkeit. Er sah nach unten. Er hatte in einen Hühnerstall gekotzt. Die regenbogenfarbenen Vögel krächzten empört.

Kurz vor dem höchsten Punkt der Favela stieg die Straße plötzlich steil an. Er bezweifelte, dass seine Beine ihn noch lange tragen würden. Er hielt kurz inne, um zu Atem zu kommen. Seine Körpertemperatur war raketenartig angestiegen. Seine Mundwinkel waren aufgeplatzt, wie Risse durch Papier.

Irgendetwas stimmt mit dir nicht, dachte er. *Wahrscheinlich bekomme ich Fieber.*

Dann schärfte sich sein Verstand für einen Moment.

Fünfzig Meter vor sich erkannte er ein verschwommenes Gesicht und wusste, dass er den Hauptgewinn gezogen hatte.

Roulette blickte gen Westen, kehrte Weiss den Rücken zu. Er hatte den Mexikaner noch nicht bemerkt. Stattdessen bellte er Befehle an drei seiner Schergen. Seine Stimme klang schnarrend und hektisch. Weiss versuchte, sein Keuchen zu unterdrücken, und presste sich gegen die Hauswand.

»Wie viele sind noch übrig?«, fragte Roulette.

»Am Leben, oder nur die, die noch kämpfen können, Boss?«

»Wer am Leben ist, sollte besser kämpfen, oder ich bringe ihn eigenhändig um.«

Der Gangster zögerte. »Zwanzig. Die hatten den Hubschrauber, und wir konnten uns nirgendwo verstecken …«

Roulette unterbrach ihn. »Verflucht. Und jetzt hat die BOPE auch noch die russischen Kanonen der Leichen, was bedeutet, dass wir am Arsch sind. Denn jetzt werden sie eins und eins zusammenzählen und wissen, wo wir sie her haben. Vergiss es. Wir können zwei Fliegen mit einer Klappe schlagen. Der Typ, der uns die Waffen verkauft hat, ist derjenige, der uns ausrauben wollte. Wenn wir ihn finden, ist die Sache gelaufen.«

»Aber Boss, der Chopper …«

»Der Chopper kann mir den Schwanz lutschen. Auf der anderen Seite der Favela, in einem Safe House in der Nähe des Krankenhauses, befindet sich ein RPG. Die Jungs können sie haben. Damit holen wir das verdammte Ding vom Himmel. Und Carlos …« Roulettes Finger schlossen sich um das Genick des Gangsters. »Beeilt euch. Ich habe keine Lust, dass der Hurensohn uns entwischt.«

»Verstanden. Was ist mit dir, Boss?«, fragte einer der anderen Männer.

»Ich kümmere mich um den Mexicano-Wichser.« Er sah auf die Uhr. »Mittlerweile sollte Alberto mit seinen Händen und seinem Schwanz fertig sein. Wir sehen uns in einer Stunde.«

Die Männer trennten sich. Aus seinem Versteck hinter der Hauswand sah Weiss Roulette die Straße entlang traben. Er kam auf ihn zu. Weiss griff in seinen Mantel. Seine Hand zitterte. Mit der rechten packte er sein eigenes Handgelenk, um das Zittern in den Griff zu bekommen. Dann zog er eine Spritze heraus.

Roulette war noch fünfundzwanzig Meter entfernt. Da seine linke Hand noch immer unkontrollierbar war, nahm Weiss die Spritze zwischen seine Zähne und zog die Schutzkappe ab. Seine Eingeweide gaben ein mahlendes Geräusch von sich, dass sich anhörte, als würde sich Säure aus seinem Magen in seinen Darm vorarbeiten.

Zehn Meter.

Weiss machte sich bereit. Die Nadel in seiner Hand blitzte auf.

Fünf Meter.

Roulettes Schatten kam in Sicht.

Jetzt.

Weiss schwang sich um die Ecke. Roulette war beinahe direkt vor ihm. Der Anführer der Messengers rannte in Weiss hinein, der Mühe hatte, nicht zurückzutaumeln. Roulettes Augen, schwarz wie zwei Pokerchips, blinzelten erstaunt, dann wanderten sie nach unten und bemerkten die Spritze, die sich in seinen Bauch bohrte.

Roulette stolperte zwei Schritte zurück und zog die Spritze heraus. Er torkelte, mit Schaum vor dem Mund und von Krämpfen geschüttelt.

»Wie fühlt es sich an?«, fragte Weiss, als Big Teeths Nummer Zwei nach Atem rang. »Wirklich, ich bin neugierig. Weißt du, was da gerade durch deine Blutbahn rauscht?«

Roulettes Augen weiteten sich ballonartig. Er schwitzte fiebrig und schüttelte unter höchster Anstrengung den Kopf.

»Ich habe dir Batrachotoxin verabreicht. Aber der Name wird dir vermutlich nichts sagen.« Als Bestätigung grunzte Roulette etwas Unverständliches. »Aber vielleicht hast du schon mal von dem Pfeilgiftfrosch gehört. Dessen Gift zählt zu den tödlichsten Substanzen der Welt. Zuerst befällt es dein zentrales Nervensystem und lähmt deine Muskeln. Einen nach dem anderen. Du musst hilflos mit ansehen, wie du die Kontrolle über deinen Körper verlierst. Dein Brustkorb fühlt sich an, als … wäre eine Herde Rinder darüber gerannt. Du bekommst keine Luft mehr. Und du machst dir in die Hosen, wie ich sehe. Nun, das kommt davon, wenn man versucht, sich mit mir …«

Weiss spuckte Blut, das auf Roulettes Hals und Hemd landete. Er hielt sich mit der Hand an Roulettes Schulter fest, um nicht nach vorn umzufallen. Grundgütiger, seine Nieren brannten wie Feuer.

Er sah zu Roulette auf und sein Schmerz war vergessen. Die Haut des Messengers hatte sich blau verfärbt. Viele Leute weinten oder verloren im Angesicht ihres Todes den Verstand, und manche nahmen ihr Schicksal sogar einfach widerstandslos hin. Aber Roulette lachte. Weiss wusste nicht, warum. Seine Augen verengten sich zu Schlitzen, sein Gesicht zog sich vor Belustigung zusammen.

Das Lachen eines Mannes, der wusste, dass es sein letztes Lachen sein würde.

Weiss ließ Roulette zurück, der in seiner eigenen Scheiße hockte. Er schleppte sich weiter die Straße hinauf, die sich vor ihm öffnete.

Zuerst sah er die Leichen, Arme und Beine ausgebreitet und deformiert. Eine schmutzige Art zu sterben, die Weiss verabscheute. Eigentlich komisch, wenn er so darüber nachdachte, aber er hasste den Anblick von Blut. Deshalb benutzte er die Spritzen.

Die Schule. Niemand in der Nähe. Verziert mit Einschusslöchern und Messinghüllen, so als hätte Gott einen Wirbelsturm über der Barbosa Favela erzeugt, aus dem es Patronenhülsen hagelte.

Er sah, wie einer der Messenger nach Norden floh, so schnell, dass seine Füße kaum den Boden zu berühren schienen, und wusste sofort, wohin er gehen musste.

Der Dschungel. Dort würde er fündig werden.

Kapitel 23

16:00 Uhr

Gardner und Hands bewegten sich geduckt durch das dichte Unterholz. Sie hielten sich an den unzugänglichsten Weg. Das war Gardners Idee – für den Fall, dass die Messengers wieder die Verfolgung aufnehmen würden.

»Das bringt doch nichts«, beschwerte sich Hands. »Wenn ich es dir doch sage, wir sind absolut sicher. Erinnerst du dich noch an diese verdammten Aufständischen in Basra? Haben aus der Hüfte geschossen und gedacht, sie wären in Hollywood. Die waren zehn Mal schlimmer.«

»Ich erinnere mich«, sagte Gardner. »Mehr als einhundert gute Soldaten sind in Basra gestorben.«

»Yeah, aber es erwischt immer den einen oder anderen.«

Gardner ignorierte Hands und seine blöden Sprüche. Er hatte fünfzehn Jahre in extremer Alarmbereitschaft verbracht, immer nach der Devise: Unterschätze nie deinen Gegner. Und er hatte nicht vor, dieses Mal anders zu verfahren. Die Luft im Dschungel war feucht, seine Klamotten klebten am Körper. Ein klingelndes Geräusch drang aus nordwestlicher Richtung an sein Ohr, wie Kleingeld, dass in einer Hosentasche klimperte. Ein Energieschub jagte durch seinen Körper. Das Blut rauschte in seinen Ohren.

Die ganze Zeit über beobachtete er Hands. Der Mann bewegte sich absolut sorglos. Mit seinem Rucksack riss er Äste mit sich, trampelte durchs hohe Gras und benahm sich generell so, dass David Sterling, der Gründer der SAS, in seinem Grab rotiert wäre.

»Wie lange ist es jetzt her? Vier, fünf Jahre?«, fragte Gardner.

»Fünf Jahre, acht Monate und zwölf Tage. Nicht, dass ich zählen würde.«

»Und worum geht's eigentlich?«

Für einen Moment schwieg Hands. Dann sagte er: »Ich bin hier unten, um John zu helfen. Wie sieht es denn für dich aus?«

Gardner hob eine Augenbraue. »Zusammen mit der BOPE?«

»Ja doch.«

»Ich wusste nicht, dass du mit John in Kontakt geblieben bist.«

Wieder schwieg Hands, so als ob sie das Gespräch über eine langsame Telefonleitung führen würden. »Na ja, weißt du, für eine Weile hatten wir auch keinen. Er machte sein Ding, ich war mit anderen Sachen beschäftigt … willst du die Wahrheit hören, Joe? Niemand hat nach mir gefragt, nach dieser … Sache. Kein Blade. Kein Pitman, kein Grant – und auch du nicht, verdammt noch mal.«

Wie ein Rottweiler fuhr er herum und starrte Gardner wild an. Der wich seinem Blick nicht aus. Kneifen war einfach nicht sein Ding. »Erspar mir dein Selbstmitleid, Dave. Du hast dich in dem Moment in die Scheiße geritten, als du versucht hast, die Drogen zu verticken. Zehntausend Ecstasy-Tabletten, Himmelarsch! Du hast diese Entscheidung getroffen und musst deshalb auch mit den Konsequenzen leben. Und ich sage dir noch was: Es interessiert mich einen Scheiß, ob du glaubst, dass ich oder einer der anderen Kameraden deine Undercover-Polizisten-Sause haben hochgehen lassen. Du hast dir die Scheiße eingebrockt, also musst du sie auch auslöffeln. Du trägst die Verantwortung für das, was passiert ist, niemand sonst.«

»Du kannst manchmal ein ziemliches Arschloch sein, Joe«, sagte Hands und trat ganz nahe an Gardner heran. »Nur weil nicht jeder dem Regiment in den Arsch kriecht, hast du noch lange nicht das Recht, über mich zu urteilen.«

Plötzlich bemerkte Gardner die Colt an Hands Seite. Sein Finger ruhte auf dem Abzug.

Allein, irgendwo im nirgendwo, es wäre so einfach …

»Und ja, ich wurde geschnappt.« Hands Stimme wurde kratzig. »Daran gibt es nichts zu rütteln. Aber ich habe schwer dafür bezahlt. Noch Jahre später kriege ich nicht mal einen Job, wo ich anderen Leuten den Arsch abwische. Du hast keine Ahnung, was ich durchgemacht habe. Keinen blassen Schimmer. Wir alle machen Fehler, mein Freund, aber manche von uns erwischt es härter. Verstehst du?« Hands nahm den Finger vom Abzug. Dann lächelte er und hob die Hand. »Aber wie ich immer sage: Was passiert ist, ist passiert. Ich nehm's dir nicht länger krumm.«

Gardner gab ihm mit seiner Prothese die Hand. »Scheiß drauf. Jeder verdient eine zweite Chance. Wenn John dir vertraut, genügt mir das vollkommen.«

Aber das sagte er mehr, um Hands zu beschwichtigen, als aus innerer Überzeugung. Er wusste, dass Hands dazu neigte, die Fassung zu verlieren. Einmal hielt er einem Typen seine Waffe ins Gesicht, nur weil der ihn auf der A3 nach Portsmouth überholt hatte. Drohte, ihn und seine Freundin über den Haufen zu schießen. Der CO des D Squadron der 22. SAS, Major Neil Buckie, sprach eine schwere Verwarnung aus, aber Hands bekam sich nicht in den Griff.

Und als dann die Sache mit den Drogen aufflog, hatte Buckie keine andere Wahl mehr, als ihn zu feuern. In den folgenden Jahren schnappte Gardner das eine oder andere Gerücht auf, was Hands zwielichtige Geschäfte anging. Handel mit Pornografie, darunter auch Kinderpornografie und gewalttätige Geschichten, gefälschte Ausweise, Kreditkartenbetrug und Drogenhandel.

Warum also sollte John mit ihm zusammenarbeiten?

Sie kämpften sich weiter durch den Dschungel. Gardners Arme und Beine schmerzten. Sein Körper zog das letzte bisschen Energie aus den Muskeln. Seine Venen drohten vor Adrenalin zu platzen.

Nach zweihundert Metern erreichten sie den Ursprung des klingelnden Geräuschs, dass er gehört hatte: Direkt vor ihnen schoss ein kleiner Fluss über einen Bergzug in einen Talkessel hinab.

»Home, Sweet Home«, sagte Hands.

Jetzt wurde ihm alles klar. Die Spuren im Camp. Das Feuer. Das war keine Faulheit gewesen. »Der Campingplatz«, begann Gardner. »Kein Blade, der was auf sich hält, hätte so einen Saustall zurückgelassen. Das war Absicht, nicht wahr?«

Hands nickte. »Ein Köder. Johns Idee. Um alle neugierigen Nasen auf eine falsche Fährte zu locken, verstehst du? Er meinte, du würdest das schon alleine rausfinden.«

Hands blieb stehen, dreißig Meter vom Rand des Baches entfernt, der hinter einem dichten Geflecht aus Lianen und Farnen lag. Gardner machte einen schemenhaften Umriss aus. Der Mann stand im Schatten eines Kapokbaumes, der über die anderen Bäume hinausragte, gut fünfzig Meter hoch und einen halben Meter breit.

Gardner lief an Hands vorbei. Der Mann saß auf einem umgekippten Baumstamm. In der einen Hand hielt er ein Fairbairn-Sykes Kampfmesser, dessen doppelseitige Klinge er über ein Stück Baumrinde in seiner anderen Hand zog und die Späne in einen kleinen Beutel in seinem Schoß fallen ließ. Vier Bergen-Rucksäcke in Digi-Tarn lehnten an dem Stamm.

Die Hände des Mannes waren kohlrabenschwarz und mit Striemen und Prellungen bedeckt. Er war barfuß. Ein paar brauner Socken hing von einem langen Ast in seiner Nähe. Gardner bemerkte, dass der rechte Fuß des Mannes rotblau und angeschwollen war. Sicher durch den Biss einer Spinne oder einer Schlange.

Noch bevor er näher an ihn herantrat und sich die Dunkelheit des Dschungels zurückzog, um dem Gesicht mehr Details zu verleihen, wusste Gardner, wer der Mann war. Seine blasse Haut war mit Tarnfarbe bemalt, aus der die Augen wie Suchscheinwerfer hervorstachen. Er war ein noch größerer Brocken, als Gardner ihn in Erinnerung hatte, aber das Stirnrunzeln war wie in seine Stirn gemeißelt.

John Bald.

Kapitel 24

16:33 Uhr

Er war fast da.

Weiss stolperte über die Lichtung und sog die Luft ein. Sie schmeckte würzig und schwer nach Mutterboden. Als wäre eine Bombe in seinem Mund hochgegangen. Der Kampf auf der Lichtung musste erst vor Kurzem stattgefunden haben. Rauch wehte um seine Knöchel, und die Verwundeten waren noch nicht tot.

Oder einer der Verwundeten, dachte er, als er sich dem letzten Überlebenden näherte. Der Junge hatte nicht lange auf Gottes Erden zugebracht. Anfang zwanzig, mit einem goldenen Dollarzeichen, das an einer Kette von seinem Hals hing, und einem Loch in seiner Brust, groß genug für eine Orange.

Weiss hockte sich neben ihn. »Wenn du willst, kann ich es schnell zu Ende gehen lassen«, sagte er und griff in seinen Mantel. »Sag mir einfach, in welche Richtung sie gegangen sind.«

Der Junge schauderte. Für einen Menschen war das eine miese Wahl: Stirb jetzt, oder etwas später und dafür qualvoll. Der Junge wählte den schnelleren Tod. Mit einem Finger deutete er nach Westen.

»War er allein?«, fragte Weiss, dessen Finger sich jetzt um eine der Spritze legten. Der Junge krümmte Daumen und Zeigefinger, womit nur noch zwei Finger aufragten. Dann hatte seine Zielperson also Unterstützung. Er hatte alle Informationen, die er brauchte. Zeit, seinen Teil der Abmachung einzuhalten.

Weiss runzelte die Stirn. Das, wonach er suchte, konnte er nicht finden. Er zog seinen Mantel weit auf und ließ den Blick über die Reihen von Spritzen gleiten. Eine Spritze fehlte, jene, die ein giftiges Alkaloid namens Aconitin enthielt. *Das ist jetzt Pech*, dachte er bei sich.

Hast sie wahrscheinlich verloren, als du vor Rolex und Lakers geflohen bist. Aconitin war eines seiner Lieblingspräparate, und im Geiste machte er sich eine Notiz, bei seiner Rückkehr nach Juárez seinem Chemiker einen Besuch abzustatten.

Der Junge hatte einen schnellen Tod gewählt, und Weiss hielt sich an die Abmachung. Er verabreichte ihm eine hohe Dosis Suxamethonium in den Hals. Binnen weniger Sekunden verkrampften die Muskeln des Jungen und er bekam keine Luft mehr. Sein Herz versagte den Dienst. Er starb. Etwas in seiner Brust gab ein ploppendes Geräusch von sich. Dann trat er hinüber auf die andere Seite.

Weiss setzte sich wieder in Bewegung. Er hatte die Lichtung zur Hälfte überquert, als er sich vor Schmerzen zusammenkrümmte. Seine Innereien zogen sich zusammen, als würde jemand mit einem Bungee-Seil an ihm ziehen. Er würgte schwarzen zähen Schleim hervor und zitterte trotz der Hitze des Dschungels. Seine Zehenspitzen waren taub, seine Finger ebenso.

Du hast Fieber, konstatierte er. *Überrascht dich das, nach dem, was Roulette und seine Männer mit dir angestellt haben? Aber lass dich davon nicht aufhalten. Aber bei Gott, es tut verdammt weh.* Er versuchte sich zu beruhigen, aus Angst, ohnmächtig zu werden.

Doch nach einem flüchtigen Blick nach Westen war er wieder auf den Beinen.

Er hatte die abgebrochenen Äste und Zweige bemerkt. Und die Fußspuren im beschädigten Unterholz. Jemand hatte sich einen Weg durch das Laubwerk gebahnt und so eine Spur hinterlassen. Das war Gottes Wille, da war er sicher. Dreißig Millionen Dollar. So nah, dass er die grünen Scheine förmlich riechen konnte.

Weiss ignorierte das Fieber und schleppte sich weiter voran.

Kapitel 25

17:01 Uhr

John Bald musterte Gardner kurz, dann machte er sich weiter daran, Feuerholz aus der feuchten Baumrinde zu schnitzen. Hinter ihm knackten ein paar Zweige. Hands näherte sich. Bald legte die Rinde zu Seite und ließ das Messer lose zwischen den Beinen hängen.

»Hast dir Zeit gelassen, Mann«, sagte Bald.

Gardner dachte, dass der Satz ihm galt, aber Hands antwortete: »Wir wurden aufgehalten. Die Messenger haben eine kleine Willkommens-Party für uns abgehalten. Also reg dich nicht auf. Ich und Jason Statham hier haben es ihnen gegeben.«

Bald ließ die Zunge in seinem Mund kreisen. »Sicher, dass euch niemand gefolgt ist?«

»Jetzt mach mal halblang!«, antwortete Hands. »Diese Armleuchter könnten nicht mal ihrem eigenen Schatten folgen.«

Bald machte keine Anzeichen, ob er Hands Meinung teilte. Prüfend hielt er das Fairbairn-Sykes-Messer ins Licht. »Na ja, bist gerade noch rechtzeitig gekommen. Ich denke, unser gemeinsamer Freund ist kurz davor, von den Schmerzen ohnmächtig zu werden. Mach seine Wunde sauber und gib ihm einen frischen Verband. Und einen Schuss Morphium, um ihn ruhig zu halten.«

Hands lief an Gardner vorbei zu einer Gestalt am Rande seines Blickwinkels. Zuerst bemerkte er den Fuß. Der Stiefel war entfernt und ein graues Tuch um ihn gewickelt worden. Ein langer, gegabelter Ast, der von der Armbeuge bis hinunter zum Fuß reichte, war mit Ranken um den Knöchel gebunden.

Der Fuß gehörte Falcon.

Gardner musste zweimal hinsehen, um zu verstehen, was er sah. Dann blickte er zurück zu Bald, der keinerlei Anstalten machte, ihm die Sache zu erklären oder ihn auch nur anzusehen. Er schien mit seinem Kampfmesser beschäftigt zu sein.

»Was … was geht hier …?«

»Du bist sicher erschöpft. Hier.« Bald warf Gardner eine Trinkflasche zu. »Ist aus dem Bach. Mit einer Reinigungstablette.«

Das ist nicht der John, wie ich ihn kannte, dachte Gardner. Bald hätte nie zwei Worte benutzt, wenn auch eines gereicht hätte. Trotzdem war er warmherzig und loyal gewesen. Doch jetzt behandelte er Gardner wie einen Fremden. Kein Dankeschön dafür, dass er für ihn einmal um die halbe Welt gereist war.

Gardner schraubte den Verschluss der Flasche auf. Dunkles Wasser schwappte darin. Er setzte sie sich nicht an die Lippen. Stattdessen sah er verwundert zu den vollgestopften Bergen-Rucksäcken neben Bald. Dem ruhigen, entspannten Bald.

Er lachte.

»Was ist so lustig, Joe?«

»Sag du's mir«, antwortete Gardner. »Die Tabletten, das falsche Lager, die Bergens. Willst du mir weismachen, du hättest die ganze Ausrüstung für eine Patrouille mit der BOPE dabei? Das hier brauchte Planung. Vorbereitung. Als du angegriffen wurdest, war das ganze Zeug bereits hier.«

»Aye. Du hast recht«, antwortete Bald und verzog die Unterlippe, als würde er darüber nachdenken. »Tatsächlich mussten wir ein paar Vorsichtsmaßnahmen ergreifen.«

»Wer zur Hölle ist WIR?«

Bald deutete auf Hands und Falcon. Hands war gerade dabei, Falcons Wunden mit Wasser auszuwaschen, dann drückte er eine Mullkompresse darauf und verband die offene Wunde mit einer sterilen Rolle Verbandsmaterial. Falcon fieberte und war völlig weggetreten, wie ein Junkie in einem Raveklub.

»Meine Geschäftspartner natürlich.«

Gardner lief rot an, glühte wie ein brennendes Ölfeld. Er fühlte sich betrogen und verspürte den starken Drang, jemandem eine zu verpassen. Aber er war nicht sicher, wer sich am ehesten eine Abreibung verdient hatte: Bald für seinen Hilferuf; Falcon, weil er sich über seine Verbindung zu John ausgeschwiegen hatte; oder Hands, weil er … na ja, eben Dave Hands war.

»Du hast mich um Hilfe gebeten«, sagte er und deutete auf Bald. »Hast gesagt, du würdest knietief in der Scheiße stecken, John. Deswegen bin ich ohne auch nur einen Moment darüber nachzudenken hierher gekommen. Weil du in Schwierigkeiten warst.«

Bald schlüpfte in seine getrockneten Socken und Stiefel.

»Aber das bin ich, Joe. Bin ich. Darum habe ich dich her gerufen. Hör zu, ich werde dir gleich alle deine Fragen beantworten. Aber zuerst habe ich eine Frage an dich.«

Er rammte das Fairbairn-Sykes in den umgekippten Baumstamm.

»Kannst du immer noch ein Boot fahren?«

Kapitel 26

17:20 Uhr

Gardner gab keine Antwort. Hands und Falcon rutschten an Bald heran. Sein Hirn versuchte fieberhaft, den Sinn hinter der ganzen Sache zu verstehen. Die Verbindung zu dem zwielichtigen Dave Hands. Wozu sie ein Boot brauchten. Das falsche Lager. Falcons Unbehagen, wenn man auf seine Kameraden bei der BOPE zu sprechen kam. Jede Frage förderte nur noch mehr Fragen zutage.

»Das ist wichtig«, fuhr Bald fort. »Es geht um Leben oder Tod. Ich muss wissen, ob du mir helfen kannst.«

»Helfen wobei?«

»Hier rauszukommen, Mann. Der Flughafen fällt flach. An der Staatsgrenze gibt es Kontrollpunkte, und der Weg über die Straßen nach Santos ist zu lang. Ein Boot ist die einzige Option, die wir haben.«

»Ich möchte, dass du ehrlich zu mir bist, John. Entweder hast du deinen Pass verloren, oder die Sache ist weitaus düsterer, als du mir erzählen willst. Ich bin einen weiten Weg hier her gekommen – viel zu weit, um verarscht zu werden. Also, warum kommst du nicht einfach zum Punkt?«

Bald kicherte und deutete fuchtelnd mit einem Finger auf Gardner. »Das hab ich immer an dir gemocht, Joe. Du nimmst nie ein Blatt vor den Mund.«

Er nickte Hands zu. Der dürre ehemalige Blade ging zu den Rucksäcken und nestelte an den Schnüren des linken herum, während Bald eine etwa tennisballgroße rötliche, lederige Frucht aus seiner Tasche holte, sie mit seinem Messer zerteilte und sich eine Hälfte in den Mund schob.

Dann holte Hands den Inhalt des Rucksacks hervor.

»Da hast du deine Antwort«, sagte Bald.

Fünf Pakete fielen auf den Boden. Jedes Paket hatte die Größe eines Taschenbuchs, war in weißes Papier eingeschlagen und trug auf der Oberseite einen Stempel in Form eines Skorpions. Gardner hatte in Kolumbien Operationen gegen den Drogenschmuggel angeführt und hätte die Pakete mit geschlossenen Augen erkannt. Jeder Pack enthielt ein Kilogramm pures Kokain.

Keiner der vier Männer sagte ein Wort. Hands stopfte das bolivianische Zauberpulver wieder zurück in den Rucksack, und Gardner hatte nur einen Gedanken: *Was zur Hölle hatte das alles zu bedeuten?*

»In dieser Welt dreht sich alles um Gelegenheiten«, sagte Bald, ohne Gardner anzusehen. »Die Gewinner nutzen sie, Verlierer lassen sie verstreichen. Du weißt noch, wie es damals beim Regiment hieß, oder? Man muss dann zuschlagen, wenn sich die Gelegenheit bietet.«

Gardners Augen huschten zwischen Bald zu Hands hin und her. Die Tatsache, dass Hands seine Colt Commando auf Hüfthöhe bereit hielt, gefiel ihm nicht. Es brauchte nur eine kurze Bewegung des Karabiners, und er würde damit direkt auf Gardners Kopf zielen. Seine eigene Waffe hing an seiner Seite, leergeschossen und damit verdammt nutzlos.

Bald deutete mit seiner Hand auf die Rucksäcke. »So sehen Gelegenheiten aus.«

»Du hast das Zeug von den Messengers of God gestohlen.«

»Na ja, ich würde es eher ›sichergestellt‹ nennen. Kriegsbeute oder so. Eigentlich war es Falcons Idee.«

Gardner dachte an seine erste Begegnung mit Falcon zurück.

»Der explosive Einstiegskurs.«

»Ich weiß, dass Florida ein guter Ort ist, um Geschäfte zu machen. Das sind zusammen fünfzig Kilo Kokain mit einem Verkaufswert von dreißig Millionen US-Dollar. Wir haben David wegen seiner Kontakte an Bord geholt. Er kennt Leute in Europa, die auf erstklassigen Schnee geradezu versessen sind. Magst du ein Stück?«

Bald hielt ihm die andere Hälfte der Frucht hin. Gardner schüttelte den Kopf.

»Wie du willst. Bisher hat der Plan ganz gut funktioniert. Rafael arrangierte ein Treffen mit ein paar Jungs von den Messengers, um Waffen einzutauschen. Keine große Sache für die BOPE oder die Armee. Weißt du, Korruption und Geschäfte wie dieses sind hier an der Tagesordnung.«

»Einige Leute in der Gang hatten PP-2000er«, sagte Gardner. »Schusswaffen der Spitzenklasse. Die habt ihr den Messengers verkauft.«

»Der Waffendeal war nur ein Vorwand. Nachdem das Geschäft über die Bühne gegangen war, haben wir die Messengers als Geiseln genommen und gefoltert, bis sie uns ihr Drogenversteck verrieten. Was sehr schnell ging. Du kannst einem Mann drohen, ihn umzubringen, und er wird kein Sterbenswort verraten. Schiebst du ihm aber einen Besenstiel in den Arsch, hört er nicht auf zu singen. Aber aus der Favela wieder herauszukommen hat sich als schwierig herausgestellt.« Bald deutete mit der Messerspitze auf Gardner. »Und da kamst du ins Spiel.«

Hands half Falcon auf die Beine. Der Mann humpelte mit seiner provisorischen Krücke zu Gardner. Hands, Falcon und Bald hatten nun vor Gardner einen Halbkreis gebildet. Der Schotte spielte den Unbeteiligten, während Gardner langsam das Gewicht auf seine Fersen verlagerte.

»Aber zurück zu meinem Problem. Ich hab dir nichts vorgemacht, Joe. Ich stecke wirklich in Schwierigkeiten. Die Messengers wissen, dass wir sie reingelegt haben, und Officer Falcon befürchtet, dass seine Freunde von der BOPE ebenfalls Verdacht schöpfen. Wir müssen unsere Fracht irgendwie zum Hafen von Santos schaffen, wo ein Kontaktmann von David auf uns wartet. Der einzige Weg, dorthin zu gelangen, ohne vorher geschnappt zu werden, ist mit einem Boot. Rafael kennt jemanden, der uns am Hafen ein Hacker-Craft bereitstellt, vollgetankt und abfahrbereit.«

Gardner sah Bald in die Augen. Diese waren groß und leuchtend, wie bei einem Mann, der den Hauptgewinn gezogen hatte.

»Also, die Frage lautet: Bist du dabei?«

Gardner spürte, wie sich drei Augenpaare in ihn bohrten.

»Warum zum Teufel sollte ich mitmachen wollen?«

»Ich biete dir einen Anteil am Gewinn«, sagte Bald und hob die Hände. »Anstatt durch drei teilen wir durch vier. Denk darüber nach. Siebeneinhalb Millionen Scheine. Nur für dich. Alles, was du dafür tun musst, ist ein Boot zweihundertfünfzig Kilometer die Küste entlang zu fahren.« Er machte eine Pause, um Gardners Reaktion abzuwarten. »Und das ist nur der Anfang. Rafa meint, dass Hunderte von Drogenlieferungen die Favelas verlassen. Wir könnten aufräumen, Joe. Du und ich.«

»Ich verstehe nicht ...«

»Das Leben ist nicht leicht für einen alten Blade«, unterbrach ihn Bald. Traurig schüttelte er den Kopf. »Bei den alten Römern wurden Soldaten wie Götter behandelt. Heute sind wir nur der Dreck am Schuh von irgendjemand. Sieh dir an, wie Head Shed dich behandelt hat. Haben dich mit einer Pension abgespeist, die gerade mal für Brot und Butter reicht. Du und ich – wir haben was Besseres verdient.«

»Ich verstehe nicht, wie du so werden konntest.«

Bald trat von einem Bein aufs andere.

»Wir haben Drogenschmuggler immer für Abschaum gehalten.«

»Die Welt hat sich geändert«, antwortete Bald.

»Nein. Aber du«, sagte Gardner und behielt Hands im Auge, dessen Gesichtsausdruck sich schlagartig verfinsterte.

»Erspar mir die Moralpredigt. Das ist Schnee, Herrgott. Das bringt niemanden um. Wenn wir es nicht tun, verkaufen es die Messengers selber. Wo also ist das Problem?«

»Hier ist es Koks, in Afghanistan war es Heroin. Drogen sind der Grund dafür, dass wir eine ganze Reihe guter Leute verloren haben. Hätten die Taliban nicht ihre Geschäfte mit dem Mohn gemacht, hätten sie vielleicht nie die Ressourcen für all die IEDs besessen. Vielleicht würden dann ein paar Kameraden – Jungs, an deren Seite wir gekämpft haben – noch leben. Tut mir leid, John. Ich bin nicht perfekt, aber ich bin besser als Abschaum wie Hands. Ich werde mir nicht die Hände schmutzig machen.«

Bald lief rot an. Speichel sammelte sich in seinen Mundwinkeln.

»Du schuldest mir was. Ich hab mein Leben riskiert, um dich in Afghanistan zu retten.«

»Ja. Ich erinnere mich nur zu gut. Aber Afghanistan ist lange her, und das hier ist heute. Meine Antwort bleibt ein Nein.«

»Ach, fick dich doch.«

Die Stimme fuhr wie ein Speer über Balds Schulter hinweg. Hands riss seine Colt Commando nach oben und richtete sie auf Gardners Kopf. Falcons rechte Hand ruhte auf der Taurus in seinem Holster, die andere auf der Krücke.

»Ich hab doch gleich gesagt, dass es keine gute Idee ist, diesen Wichser ins Spiel zu bringen.«

»Komm runter, David«, sagte Bald.

»Ach, Schluss mit der Scheiße. Ich hab von Anfang an nicht verstanden, warum du heiß darauf warst, ihn dabei zu haben. Der Kerl ist so grundehrlich wie der Papst, und jetzt soll er auch noch einen Anteil kriegen, obwohl wir die ganze Arbeit hatten?«

»Wir brauchen ihn, wenn wir Santos erreichen wollen.«

»Lieber laufe ich den ganzen Weg allein, als diesen Mistkerl mitzunehmen.«

»Ist das wieder eine von deinen schlauen Ideen, Dave? Vielleicht solltest du eines von den Paketen an einen Undercover-Cop verticken«, sagte Gardner.

Ich wünschte, ich hätte noch eine Kugel im Gewehr. Eine Kugel würde genügen. Direkt zwischen Daves Augen.

»Hältst dich für witzig, was? Das Lachen wird dir gleich vergehen. Und weißt du was? Dich umzulegen wird die beste Idee sein, die ich je hatte.«

Hands spähte über das Visier seiner Colt hinweg.

»Nimm die Waffe runter«, drängte ihn Bald.

»Gute Reise, Partner.«

Er schaffte es, den Abzug halb durchzudrücken, bevor es passierte. Bevor Bald ihn stieß. Bevor Bald, obschon stämmig und mit Beinen wie Baumstämmen, leichtfüßig die drei Meter zu Hands hinüber sprang, ihm die Faust gegen den Kiefer schlug und ihn damit zu Boden beförderte, während sich der Schuss gen Himmel löste und einen Schwarm Aras aufschreckte.

Falcon zog unbeholfen seine Taurus aus dem Holster. Gardner tauchte nach rechts ab und versuchte, genügend Distanz zwischen sich und Falcons Schussfeld zu bringen. Ein zweifaches KRACK zerriss die Stille, und er duckte sich hinter einen Kopakbaum. Er spähte zurück zum Camp. Falcons Körper lag leblos am Boden, über ihm Bald, der leise vor sich hin fluchte. Hands lag bewusstlos neben ihm. Bald drehte sich zu dem Baum um. Zu Gardner.

»Das wäre das zweite Mal, Joe. Jesus, wenn ich deinen Arsch noch mal rette, wird jemand 'ne Strichliste führen müssen. Ich sag dir was: Du fährst das Boot, und wir sind quitt. Die gute Nachricht ist, dass wir nun, da Rafael … verhindert ist, nur noch durch drei teilen müssen. Und wer weiß, vielleicht muss David akzeptieren, dass er sich eine Gehaltskürzung eingehandelt hat. Bleibt mehr für dich und mich.«

Gardner kauerte sich hinter den Baumstamm. Unbewaffnet. Wie sollte er so aus dieser Sache herauskommen?

Die Antwort folgte in Form eines Gewehrschusses. Bald hatte gegen den Baum gefeuert. Rinde splitterte in Gardners Gesicht und schnitt in seine Hände.

»Manchmal frage ich mich, wie es anders gewesen wäre. Wenn wir auf das Räumkommando gewartet hätten, weißt du? Ich meine, diese Sandaffen hatten die Toleranz unserer Landminen-Detektoren ausgetüftelt, und es hätte leicht sein können, dass ein anderer Sprengsatz mir ins Gesicht explodiert wäre. Aber wenn ich mich strikt ans Protokoll gehalten hätte, wärest du verblutet.«

Gardner konnte nicht hierbleiben und kämpfen. Nicht ohne eine Waffe. Er ließ den Blick über den Dschungel wandern.

»Erinnerst du dich an den Jungen, Joe? Connors, Milchgesicht Connors.«

Gardner ließ ihn reden. Das verschaffte ihm etwas Zeit. Er spähte zum Ende des Baches, wo es steil hinabging. Unmöglich zu sagen, wie tief, oder was da unten war, aber wenn er es bis dorthin schaffen würde …

»Sein Mädchen sah aus wie ein Model von einer Titelseite. Man brauchte sich nur ein paar Minuten mit ihm unterhalten, und schon holte er die Brieftasche mit dem Bild seiner besseren Hälfte hervor. Später haben wir rausgefunden, dass sie tatsächlich von einer Titelseite war. Der Junge hat einfach ihr Bild irgendwo ausgeschnitten. Der Witzbold.«

Balds Stimme näherte sich. Vielleicht zehn Meter entfernt.

»Ist hart, einen Jungen auf die Art sterben zu sehen. Und beinahe wärest du an seiner Stelle gewesen, Joe. Tu mir einen Gefallen und … verdammt!«

Gewehrfeuer. Gardner hörte, wie Bald aufstöhnte, dann raschelte ein zweites Paar Schritte durch das trockene Laub und eine Stimme fluchte etwas auf Portugiesisch. Er spähte hinter dem Kopakbaum hervor und sah einen kräftigen Mann in einem schwarzen Mantel, der sich mit seinem ganzen Körpergewicht auf Bald warf und ihn zu Boden riss. Bald trat und schlug nach ihm, aber der Mann war so unbeweglich wie ein Fels. Sein Gesicht war so blass wie die Pakete mit Kokain. In seiner zitternden Hand und nur zehn Zentimeter von Balds Gesicht entfernt hielt er eine Spritze.

»Verfluchter Hurensohn. Hilf mir, Joe.«

Für einen Sekundenbruchteil übernahmen seine Instinkte aus

der Zeit beim Regiment die Kontrolle, und er hielt mit geballten Fäusten auf Bald zu, bereit, die Scheiße aus dem Angreifer herauszuprügeln. *John hat mich angelogen*, dachte er. *Aber er ist immer noch ein Ex-Blade, und ich kann ihn nicht einfach so sterben lassen.*

Über ihm ging ein Rauschen durch die Luft. Wirbelnde Rotorblätter, das Rattern eines Motors. Gardner legte den Kopf in den Nacken und sah über sich den Bell Ranger. Sehr tief, zwanzig Meter, sodass die Trittleisten beinahe die Baumkronen berührten. So tief, dass er das Gesicht des Piloten und das Muster auf den Schuhen des Scharfschützen sehen konnte.

Der Scharfschütze zielte direkt auf ihn.

Er sprang nach links, und im selben Moment drückte der Scharfschütze ab. Die Kugel schlug in einen Baum. Dann stieg der Chopper höher und kreiste über dem Bach, während der Scharfschütze dem Piloten zu verstehen gab, dass er ein freieres Schussfeld benötigte.

Gardners Augen folgten dem Chopper in östliche Richtung. Unter ihm bewegten sich Umrisse auf der Hügelkette. Sie riefen etwas und deuteten auf Gardner. Bald kämpfte noch immer mit dem Typ im Mantel. Die Gestalten stoppten in etwa siebzig Metern Entfernung. Zwei von ihnen gingen in die Hocke und legten ihre Waffen auf Gardner an.

Verflucht! Sie hatten ihn eingekreist.

Er warf einen letzten Blick auf Bald.

Eine Nadel schwebte wenige Zentimeter über dessen Augen.

»Joe! Ich schaff's nicht! Hilf mir!«

Ich kann nicht, Kumpel, dachte Gardner, als rechts von ihm das Krachen von Gewehrsalven ertönte. Er kauerte sich hinter die östliche Seite des Kopakbaums. Er hörte Holz und Baumrinde zersplittern, als die Kugeln in den Stamm einschlugen.

Verschwinde von hier. Du kannst Bald nicht retten, aber du selbst hast noch eine Chance.

Seine Überlebensinstinkte übernahmen die Führung. Er sprintete auf den Flusslauf zu. Dort angekommen, starrte er den Abhang hinunter. Es ging beinahe senkrecht hinab bis in einen anderen Bereich der Barbosa Favela. Von hier oben hatte er den perfekten Ausblick über Rio, vom Gewirr der Dächer und Stromkabel bis hinüber zum Hilton am Strand der Copacabana.

Seitwärts machte er sich an den Abstieg. Nach zehn Metern hörte er hinter sich einen schrillen Schrei, so als würde jemand einen Hund strangulieren. Bald. Er stellte sich vor, wie die Nadel in Johns Augapfel eindrang und in sein Eidechsenhirn stach. Er hatte keine Ahnung, wer der Angreifer war, und es interessierte ihn auch nicht.

Wer sich mit dem Teufel einlässt, braucht sich nicht wundern, wenn er einem in den Rücken fällt.

Der Bach führte direkt durch die Favela und mündete dahinter in einen undurchdringlichen Dschungel. An seinem Ufer wuschen ein halbes Dutzend Frauen ihre Wäsche. Sie unterbrachen ihre Arbeit und beobachteten Gardner, der parallel zum Fluss davonrannte. Nach zwanzig Metern und nachdem er an einer toten Ziege vorbeigekommen war, fand er einen flachen Zaun, schwang sich darüber und überquerte die Straße. Der Bell Ranger kreiste über ihm. Ein Big Skull donnerte heran und fuhr ihm beinahe über die Füße. Bremste. Die Beifahrertür schwang auf. Ein Offizier rief ihm etwas zu.

Du musst hier verschwinden, und zwar schleunigst, entschied Gardner. Von der BOPE festgenommen zu werden war das Letzte, was er jetzt gebrauchen konnte. Nach allem, was Bald erzählt hatte, war Falcon nicht der einzige korrupte Mann in der Einheit, und die anderen zwielichtigen Offiziere würden sicher nicht lange fackeln, einen Fremden hinzurichten, der zu viel wusste.

Dann roch er Fäkalien und bemerkte am Rand eines der angrenzenden Gebäude ein Abwasserloch. Er hatte einen Fluchtplan.

Kapitel 27

18:11 Uhr

Gardner kroch in einen Tunnel, der so eng war wie ein Sarg.

Sein Körper schlitterte in heißen, fauligen Abfall mit der Konsistenz von Schlamm. Die Mischung aus Scheiße und Pisse berührte sein Kinn, und er presste die Lippen zusammen und kämpfte gegen den Brechreiz an. Hier drin war es so eng, dass er die Ellenbogen an den Körper pressen musste, und trotzdem kratzen sie an den Wänden des Tunnels entlang.

Er robbte mit den Armen durch den Kanal, wobei seine Fäuste jedes Mal in die Brühe platschten und Jauche in sein Gesicht spritzte. Er konnte nicht anders, als durch die Nase zu atmen, und der Gestank war feucht, scheußlich und erinnerte an ein verbranntes Stinktier. Schartiges Licht aus den Kanaldeckeln erhellte vereinzelt die Scheiße, durch die er kroch. Er sah benutzte Kondome, blutige Tampons, Windeln, Klopapier und sogar einen Fötus. Aber das meiste davon war einfach nur Scheiße; eine braune Masse, die ihn glauben ließ, er würde hinter einem Esel mit einem schlimmen Fall von Montezumas Rache hinterher kriechen.

Mein Gott, wie lange werde ich wohl noch durch diese Scheiße robben müssen? Immer weiter, bis du aus der Favela raus bist, dachte er bei sich. *Aber die Favela ist über eine Meile lang. Eine verdammte Meile! Bis zum Strand sind es zwei Meilen. Du musst von hier weg. Hier ist es nicht sicher. Nicht, wenn dir die BOPE auf den Fersen ist. Also was soll's?*

Er kämpfte sich weiter voran. Der Abwasserkanal verlief schräg zu dem Bach direkt hinunter zum Strand. Hin und wieder schwappte eine mächtige Welle aus Exkrementen über ihn und zwang seinen Kopf gänzlich unterzutauchen. Scheißeklumpen verstopften ihm Ohren und Nase und trieben an seinen zusammengepressten Lippen vorbei.

Dann verschwanden mit einem Mal die Löcher zur Straße.

Und mit der Dunkelheit kam die Angst zurück.

Urplötzlich befand sich Gardner wieder in einem Torpedorohr während des Überlebenstrainings bei den Seestreitkräften. Er sah, wie sich die Luke schloss und die Dunkelheit so absolut war, dass er nicht einmal seine Hände sehen konnte. Das Rohr füllte sich, und mit dem Wasser kam das quälende Warten darauf, dass sich endlich die Torpedokammer öffnete und ihn ins Meer entließ.

Die Angst kroch ihm die Wirbelsäule hinauf und lähmte ihn. Mit jeder Sekunde, die verging, kostete es ihn mehr Überwindung, weiterzukriechen. Jeder einzelne Muskel seines Körpers schien seinen Dienst zu versagen. Der irrationale Teil seines Verstandes wollte, dass er beim nächstgelegenen Loch nach draußen kroch, doch er kämpfte dagegen an. *Nein, du musst weitermachen. Wie ein Höhlenforscher. Je dunkler es wird und je tiefer du dich in den Berg hinein begibst, um so näher bist du der anderen Seite.*

Er hatte sein Zeitgefühl verloren. Es war unmöglich einzuschätzen, wie weit er bereits gekommen war oder wie viel noch vor ihm lag. Es kam ihm so vor, als würde er in einer endlosen Grube versinken. Der Pegel in dem Abwassertunnel stieg an und reichte ihm nun bis zur Unterlippe. Er fürchtete, zu ersticken und unterzugehen.

Da war ein Quieken. Er sah ein Licht, Weiß und unwiderstehlich, wie ein heranrasender Zug. Der Ausgang. Der Lichtschein verlieh ihm neue Kraft. Er beschleunigte sein Tempo. Dann wurde das Quieken lauter und er sah ein Rudel Ratten vor dem Loch, das nach draußen führte. Die Biester hatten sich auf einem Jauchehaufen versammelt. Er näherte sich dem Ausgang. Die Ratten waren aufgeregt. Sie rannten in dem Loch herum, sprangen ihm auf die Hände. Eine landete auf seinem Kopf, und er schüttelte sich wild hin und her, schrie, die Ratte krallte sich in seinen Haaren fest, aber alles, was er wollte, war diesem Tunnel zu entkommen und wieder frische Luft zu atmen, und deshalb kletterte er aus dem Loch und blinzelte ins Sonnenlicht.

Er war draußen.

Die Ratten stoben wie Billardkugeln nach dem Anstoß auseinander, und Gardner sah sich um.

Der Abwassertunnel hatte ihn in einer Seitenstraße eines Wohngebietes ausgespuckt. Eine Mülldeponie hatten die Ratten angelockt. Er folgte der Gasse bis zur Hauptstraße.

Weiß getünchte Villen, Apartmenthäuser und Kolonialarchitektur. In einiger Entfernung ließ sich der Corcovado ausmachen. *Du bist über eine Meile Scheiße durchgekrochen,* dachte er.

Einem Straßenschild entnahm Gardner, dass er sich in der Rua Alfredo Chavez befand. Ausgehend von der Google Map von Rio, die er sich eingeprägt hatte, war das im Humaitá Bezirk, östlich der Statue und außerhalb der nördlichen Favelas wie Barbosa, Santiago und allen anderen. Eine Uhr vor einem Laden verriet ihm, dass es Viertel nach acht Uhr abends war. Die arbeitenden Menschen waren mittlerweile daheim, nur noch wenige befanden sich auf den Straßen.

Wenige, aber noch genügend. Auf der anderen Straßenseite warf ihm ein hellhäutiges Mädchen um die zwanzig einen angewiderten Blick zu und lief schnell weiter. Gardner sah an sich herab und verstand, warum. Er von oben bis unten mit Scheiße beschmiert. Ein Teil davon begann aufgrund der Hitze bereits auszuhärten.

Zeit für ein Bad, dachte er. Er überquerte die Rua Humaitá, lief ein Labyrinth aus engen Straßen mit Bungalows mit blauen und grünen Türen entlang, zog die Blicke der Einheimischen auf sich und erreichte die Rua Real Grandeza. Vorbei am São João Batista Friedhof, dessen geflügelte Engelsstatue über die Gräber wachte, dann für weitere hundert Meter nach Süden bis er die Avenida Atlantica erreichte und den Strand der Copacabana.

Er stolperte über den heißen leinsamenfarbenen Sand. Um diese Zeit war hier nicht mehr so viel Andrang wie tagsüber. Die Touristen saßen irgendwo oberhalb in den Restaurants. Barbusige Mädchen hielten sich die Hände vor ihre Oberweite, und durchtrainierte junge Männer in grellen Strandhosen unterbrachen ihr Fußballspiel und starrten ihn an. Eine Gruppe Teenager ließ einen Joint herumgehen und deutete zu ihm herüber. Gardner ließ sich davon nicht beeindrucken. Er starrte unbeirrt auf das Meer vor ihm, türkis und mit Schaumkronen wie auf einem Cappuccino. Die Strömung spülte um seine Füße. Er schlurfte in den Atlantischen Ozean hinein und schwamm gut hundert Meter weit hinaus bis zu einem Punkt, an dem ihn keiner mehr störte. Dort ließ er seinen Körper von dem kühlen Wasser reinigen.

Als er damit fertig war, sich zu waschen, brach er in der Mitte des Strands zusammen und ließ seine nassen, schmutzigen Klamotten von der untergehenden Sonne trocknen. *Scheiß drauf*, dachte er. Das war verdammt knapp gewesen. Er war nach Rio gekommen, um seinen Kumpel zu retten, aber der Mann, den er einmal voller Stolz seinen besten Freund nannte, hatte ihn reingelegt und in einen Hinterhalt gelockt. Doch er war entkommen. Jetzt lag er an einem paradiesischen Strand, umringt von barbusigen Frauen mit Hintern, bei denen jedem erwachsenen Mann die Tränen gekommen wären. Eines der Mädchen, schwarzhaarig, mit Augen wie Topaz, erregte ganz besonders sein Interesse. *So groß, die Titten müssen einfach unecht sein,* dachte er bei sich. Aber wie auch immer, er genoss den Anblick.

Gardner lachte. Dann schloss er die Augen. Sandkörner wehten über sein Gesicht hinweg, verfingen sich in seinen Augenbrauen und seiner Nase. Für eine Weile bestand seine Welt nur aus Dunkelheit.

Dann wurde es plötzlich kühler. Er öffnete die Augen und sah über sich einen Schatten.

Kapitel 28

Rio de Janeiro, Brasilien, 19:20 Uhr

Der Schatten trug einen Anzug, und der Anzug trug einen Namen.

»Leo Land«, sagte der Schatten in einem derart feinen Akzent, der für sich allein genommen einen Abend in der Oper verdient hätte. »Und Sie müssen Joe Gardner sein. Merken Sie sich meinen Namen, denn wahrscheinlich bin ich der einzige Freund, den Sie hier noch haben.«

Gardner blinzelte. Es beunruhigte ihn, dass der Typ im strahlend weißen Leinenanzug seinen Namen kannte. Land streckte ihm seine Hand entgegen. Er sah jünger aus, als sein Akzent vermuten ließ. Land war das Paradebeispiel für einen feinen Pinkel: die blonden Haare in einer Welle nach hinten gekämmt, dazu ein kantiges Kinn. Er benahm sich, als gehörte ihm die ganze Welt.

Land half Gardner auf die Beine und sofort wehte ihm eine Duftwolke aus Kloakenparfüm entgegen.

»Ich habe Ihnen gesagt, wer ich bin«, meinte er. »Aber vielleicht erraten Sie allein, wer meine Gehaltschecks ausstellt.«

»Außenministerium?«

»Nicht ganz«, antwortete Land kopfschüttelnd.

»Sie arbeiten definitiv für die Regierung.«

»Secret Intelligence Agency. Oder MI6, wie der Laie sagen würde. Abteilung Proliferationsbekämpfung … Meine Güte, Sie stinken wirklich gottserbärmlich.«

»Hab die landschaftlich reizvollere Route genommen.«

»War ein schwerer Tag für Sie, oder? Kommen Sie, begleiten Sie mich ein Stück.«

»Kaufen Sie sich einen verdammten Hund.«

Lands Gesicht versteinerte sich. »Sie befinden sich auf ganz dünnem Eis, Mr. Gardner, und ich bin die einzige Person, die Ihnen helfen kann. Deshalb würde ich Ihnen raten, dass Sie von Ihrem hohen Ross herunter steigen und mit mir kommen.« Er lächelte Gardner an. »Die Strandpromenade soll bei Sonnenuntergang ganz zauberhaft sein.«

»Hab ich eine Wahl?«

»Aber natürlich«, sagte Land. Doch Gardner wusste, dass sie einen anderen Weg finden würden, ihn in die Enge zu treiben, wenn er Land jetzt eine Abfuhr erteilte. Das war die Art und Weise, wie die Firma arbeitete. Stets gaben sie dir das Gefühl, dass du eine Wahl hattest, besonders dann, wenn du keine hattest.

Zusammen schlenderten sie den Strand hinunter. Im schwarzweißen Kalkstein konnte man die wellenförmigen Spuren der Gezeiten sehen. Ein Dutzend hübscher Mädchen überholte sie, und jede ließ den Duft von Sonnencreme und Sex zurück. Laternen ließen den Atlantischen Ozean wie einen Fußballplatz bei Flutlicht erstrahlen.

»Glauben Sie an eine zweite Chance, Mr. Gardner?«

»Ich glaube an die erste Chance. Danach liegt alles bei Gott.«

»Interessant … nun, ich persönlich glaube, dass sich jeder von uns eine zweite Chance verdient hat. Aber ich schweife ab.«

Land klopfte sich eine Zigarette aus einem roten Päckchen Pall Malls. Gardner bemerkte die Cartier an seinem Handgelenk. *Bei der Firma musste es wohl eine Gehaltserhöhung gegeben haben*, dachte er.

»Ihr kleines Abenteuer in der Favela ist überall in den Nachrichten. Sechsundzwanzig Tote, mindestens vierzig Verwundete. Die blutigste Auseinandersetzung in der jüngeren Vergangenheit, nach allem was man so hört. Und das haben wir alles Ihnen zu verdanken.«

»Zu meiner Verteidigung möchte ich anmerken, dass die anderen Kerle angefangen haben.«

»Wir sollten uns unter vier Augen unterhalten«, sagte Land. Er zog gierig an seiner Kippe, und Rauchschwaden wehten an Gardner vorbei.

»Würde ich wirklich gern, Partner, aber ich muss einen Flieger erwischen.«

Gardner ließ ihn stehen und lief weiter die Promenade entlang.

»Ich fürchte, Sie werden nicht weit kommen«, rief Land ihm nach. »Für gewöhnlich lässt man keine toten Menschen an Bord eines Flugzeugs.«

Gardner erstarrte. Seine Augen ruhten auf dem bunten Treiben vor ihm. Fahrzeuge malten Leuchtspuren in die Dunkelheit. Während die anderen Menschen gemütlich ihren Abend verbrachten, kicherten und Händchen hielten, stank er nach Seewasser und Scheiße und musste sich Psychospielchen von einem MI6-Agenten gefallen lassen.

»Es wird Sie vielleicht interessieren«, fuhr Land fort, »dass die BOPE eine der Leichen aus Barbosa anhand des Fotos aus Ihrem Ausweis identifiziert hat. Laut den Aufzeichnungen ist der Name des Toten Joe Gardner. Tatsächlich ist, während wir hier miteinander sprechen, ein Chirurg damit beschäftigt, eine künstliche Hand an dem Leichnam anzubringen, genau so eine wie Sie sie tragen.«

Mit seinen wildledernen Oxford-Schuhen trat Land den Stummel seiner Pall Mall aus. »Ganz offiziell sind Sie tot.«

Gardner konnte sich nicht länger beherrschen. In ihm brodelte es. Urplötzlich hatte er sich dicht vor Lands Gesicht aufgebaut, so nah, dass er das Nikotin auf dessen Haut riechen konnte. Land zog den Kopf zurück. »Wenn Sie nicht zur Firma gehören würden, wären es jetzt zwei Tote, die hier auf der Promenade stehen.«

»Ich wohne im Marriott. Kommen Sie doch auf einen Drink vorbei, und wir besprechen alles Weitere.«

»Warum zur Hölle sollte ich Ihnen vertrauen?«

»Weil Sie es ansonsten nicht lebend bis zum Ende der Straße schaffen würden, mein Bester.«

Gardner überflog die Hotels und Lokale, die sich entlang der Avenida Atlántica aneinanderreihten. Die Straßenlaternen und der vorbeifahrende Verkehr tauchten die gelben, pinkfarbenen und weißen Fassaden in ein platinfarbenes Leuchten. Das Marriott überragte prahlerisch die anderen Gebäude. Und irgendwo am Ende der Straße warteten Lands Freunde darauf, Gardner den Arsch aufzureißen.

»Hier«, rief Land und war ihm einen Kartenschlüssel zu. »Zimmer 307. Im Kleiderschrank finden Sie ein frisches Hemd und eine Jeans. Und nehmen Sie doch bitte eine Dusche, wenn Sie schon mal da sind. Ich seh Sie dann in zwanzig Minuten an der Bar.«

Gardner duschte und zog sich um. Er tauschte seine Timberlands gegen ein Paar schwarzer Lederslipper und schnappte sich eine Ralph-Lauren-Sonnenbrille. Besah sich im Spiegel. Er sah aus, als würde er als Darsteller in einer Realityshow sein Traumhaus suchen.

In der Terráneo Lounge Bar hatten sich bereits eine Menge Gäste zum Aperitif versammelt. Jeder hier schien stinkreich. Gardner brauchte nicht lange, um Land zu finden. Der Vertreter der Firma in Brasilien hatte sich einen Tisch am Fenster gesichert, von wo aus er gedankenverloren ein Glas Wein schwenkend den Ausblick genoss. Sein Jackett hing fein säuberlich über der Stuhllehne. Die Ärmel seines zerknitterten weißen Hemdes hatte er bis zu den Ellenbogen hochgeschlagen.

»Caipirinha?«, fragte Land, als ein Kellner an ihnen vorbeikam.

»Ich nehme ein Bier«, antwortete Gardner.

»Da Sie nun wieder wie ein zivilisierter Mensch aussehen, haben Sie sicher eine Menge Fragen«, sagte der Mann von MI6. »Lassen Sie mich also etwas Licht ins Dunkel bringen.« Der Kellner kehrte mit etwas zurück, dass sich Antarctica nannte.

Land legte die Hände in den Schoß. »Es ist ganz einfach. Von dem Moment an, als Sie in Rio gelandet sind, hat die Firma Sie sehr genau beobachtet.«

Gardner verzog das Gesicht und nahm einen Schluck von dem Antarctica. Das Bier tat gut.

»Wir haben Balds Telefonanruf an Sie abgehört. Er hat ganz zweifellos damit gerechnet, dass die BOPE alle Anrufe und Gespräche überwacht, die in die Favela hinein- und hinausgehen, deshalb hat er den Code benutzt. Aber er hat unterschätzt, wer am anderen Ende noch so alles mithören würde. Es war für uns natürlich nicht sonderlich schwer, den Code zu knacken, und es hat uns sehr gefreut, dass er sich an Sie gewandt hat. Wissen Sie, John hat sich in letzter Zeit recht bedeckt gehalten.«

Der Duft von Limone und Chili begrüßte Gardner, als ein zweiter Kellner auftauchte und sorgfältig Tabletts mit gekochtem Maniok, Reibeplätzchen, gedünsteter Hühnerleber und mit verschiedenen Gewürzen garnierter geräucherter Rotwurst vor ihnen abstellte. »Ich hoffe, Sie sind hungrig. Das ist alles sehr delikat, aber ich empfehle Ihnen die geschmorte Ochsenzunge.«

»Hab keinen Hunger mehr«, sagte Gardner und schob die Teller beiseite. »Sie wussten von Anfang an über John Bescheid?«

»Ja, ja«, sagte Land und schob sich ein frittiertes Bällchen Kabeljau in den Mund. »Seine Pläne bezüglich des Kokains stehen seit ungefähr einem halben Jahr auf unserer Wunschliste. Sie haben ja keine Ahnung, wie viel Scherereien Sie uns damit erspart haben, als Sie beschlossen, Ihrem Freund zu helfen.«

»Er ist nicht länger mein Freund. Für mich ist er ein Fremder. War …«, berichtigte Gardner sich.

»Und genau da liegen Sie falsch, altes Haus. Bald ist aus dem Höllenloch der Favela entkommen und fegt gerade in einem gemieteten Motorboot mit einem Undercover-Agenten am Steuer über den Atlantik. Wenn wir ein Fernglas hätten, könnten wir ihn vorbeiflitzen sehen.«

Gardner blieb der Mund offen stehen, als hätte er glühende Kohlen verschluckt. »John ist am Leben, und Sie haben ihn einfach davon spazieren lassen?«

»Das mussten wir, wenn wir seinen Drogenring auffliegen lassen wollen.«

Gardner nahm einen weiteren Schluck von seinem Bier. Nach drei Schlucken war die Flasche bereits halb leer.

»John meinte, der Plan sei, die Pakete mit dem Boot nach Santos zu bringen. Dort wollten sie sich mit einem Freund von Dave Hands treffen, und von da aus weiter. Ist das der Schmugglerring, von dem Sie sprechen?«

Land nickte schnell. »Sie benutzen einen eher ungewöhnlichen Transportweg. Das Kokain soll auf einer Fregatte der Royal Navy außer Landes geschmuggelt werden. Die HMS Lizard. Unsere Quellen besagen, dass sich Bald mit einer Frau bei der Marine zusammengetan hat, Petty Officer Stephanie Wright. Wir vermuten, dass Hands die beiden zusammengebracht hat. Der nächste Hafen, den die Lizard ansteuern wird, ist Gibraltar, wo Bald das Kokain abholen und, wie wir glauben, weiterverkaufen wird …«

»An das nächste Glied in der Kette.«

»Exakt. Verstehen Sie jetzt, warum wir bei Balds großem Plan noch nicht dazwischengefunkt haben, Mr. Gardner?«

Gardner starrte zum Fenster hinaus. Aus den Lautsprechern der Bar dudelte lateinamerikanischer Jazz. Hunderte von Stimmen im Hintergrund schienen immer lauter zu werden, bis sie in seinen Ohren zu einem Geräusch gleich einer Flugzeugturbine anschwollen. »Welche Rolle spiele ich in dem Ganzen?«

»Jetzt kommen wir endlich zur Sache.« Land leckte sich die Finger ab. »Sie werden Bald für uns nach Gibraltar folgen. Sobald der Austausch mit Wright erfolgt ist, lautet Ihr Befehl, Bald dingfest zu machen. Wir brauchen ihn lebend. Er kennt alle Glieder in der Kette, und wenn wir den Ring zerschlagen wollen, müssen wir die Informationen aus ihm herausbekommen.«

Gardner dachte darüber nach. »Sie haben meinen Tod vorgetäuscht, weil John sonst annehmen müsste, dass sein Deal aufgeflogen ist.«

»Genau. Was seine Komplizen angeht – der BOPE-Captain ist tot, und Mr. Hands liegt derzeit im Koma, im Copa d'Or Krankenhaus gleich um die Ecke. Auf Staatskosten. Die Aussicht von da ist sicher nett – vorausgesetzt, er wacht jemals wieder auf.«

Der Kellner erschien und räumte die Teller mit den halb aufgegessenen Tapas vom Tisch. Er deutete auf die Flasche Antarctica. Gardner schüttelte den Kopf und fragte nach einem Glas Wasser.

»Ich verstehe, was es für Sie bedeutet, den Schmugglerring auffliegen zu lassen, aber was ist für mich drin?«

Land wischte sich die Lippen mit einer Serviette ab, und Gardner hätte schwören können, dass er damit versuchte, ein Lächeln zu verbergen. »Die Worte eines echten Opportunisten. Mein Gott, wir haben Burschen wie Sie echt gut trainiert, was? Nennen Sie mir Ihren Preis, Mr. Gardner. Ich habe eine Summe im Kopf, Sie bestimmt auch, und ich bin sicher, dass wir uns in der Mitte treffen werden.«

»Geld interessiert mich nicht.«

Land runzelte die Stirn. »Was dann?«

»Ich will wieder zurück.«

»Ins Regiment?«

Gardner nickte.

»Ich fürchte, das ist unmöglich. Wir mögen eine Menge Einfluss rund um Whitehall haben, aber die Regularien für den Eintritt in die beste Eliteeinheit der Welt zu ändern, liegt nicht in unserer Macht. Wenn die Sache mit Ihrer Hand nicht wäre, dann vielleicht …« Er zuckte entschuldigend mit den Schultern.

»Dann tut es mir leid, Kumpel. Das Regiment, oder gar nicht.«

Land blickte einen Moment schweigend auf sein Glas Wein hinab.

»Vielleicht können wir etwas anderes arrangieren. Nicht gerade an vorderster Front, eher im Verborgenen. Sie könnten undercover arbeiten, in anderen Ländern Gefahren für die nationale Sicherheit unbemerkt ausschalten. In der Öffentlichkeit würden wir natürlich jede Kenntnis davon abstreiten. Sie wären wieder offiziell beim Regiment, würden aber der Firma unterstehen. Wenn ich das hinkriegen würde, kämen wir dann ins Geschäft?«

Ein Jahr im Abseits hatte Gardners Einstellung über die Welt und wie es in ihr zuging zynischer werden lassen. Aber verdammt noch mal, das Angebot war verlockend. Doch da war diese Stimme des Zweifels in seinem Hinterkopf. Er hatte der Firma schon einmal vertraut … und sich die Finger verbrannt. Lands Angebot klang zu gut, um wahr zu sein.

»Ich bin Ihre Akte durchgegangen«, fuhr Land fort. »Sie sind nie was anderes gewesen als ein Blade. Ich biete Ihnen einen Weg zurück in den magischen Kreis.«

»Und wenn ich Nein sage?«

»Dann lassen Sie mir keine andere Wahl, als Ihrer sofortigen Eliminierung grünes Licht zu geben. Und das ist keine leere Drohung. In diesem Moment befinden sich über zwölf Agenten in Rio. Acht von ihnen sind tatsächlich in diesem Hotel stationiert. Wie ich Ihnen bereits erklärt habe, darf Bald nicht das Gefühl bekommen, sein Plan sei in Gefahr. Deshalb kann ich Sie nicht einfach so ziehen lassen.«

Auch wenn es Gardner nicht gefiel, aber Land hatte ihn bei den Eiern. Selbst wenn er der Firma in Rio entkam, wo sollte er dann hin? Sie würden die Daumenschrauben anziehen. Ohne Pass und Zugang zu Geldmitteln würden sie ihn angesichts ihrer unendlicher Ressourcen früher oder später umlegen.

Außerdem vermisste er das Leben beim Regiment. Die Kameradschaft und das Gefühl, einer Sache zu dienen. In der normalen Welt klarzukommen hatte sich für ihn als schwierig herausgestellt, weshalb er ein Landstreicher geworden war. *Sieh dir an, was auf dem Spiel steht*, sagte er sich. *Die einmalige Gelegenheit, wieder zurückzukehren und das zu tun, was du am besten kannst.*

»Scheiß drauf«, sagte er. »Ich bin dabei.«

»Eine weise Entscheidung. Willkommen an Bord.«

Land winkte über Gardners Schultern hinweg nach der Rechnung,

»Ich kann nicht deutlich genug darauf hinweisen, wie wichtig es ist, dass Bald lebend gefangen wird, und NACHDEM er das Kokain verkauft hat. Wenn Sie ihn zu früh schnappen, kann er sich vor Gericht noch aus der Sache herauswinden. Wir müssen ihn auf frischer Tat erwischen.«

»Kein Problem«, sagte Gardner. »Sagen Sie mir einfach wo und wann.«

»Suchen Sie die Copinha Bar an der Rua Bolívar auf. Fragen Sie den Besitzer nach einer Dame namens Carlotta. Sie wird Sie erwarten. Carlotta wird Ihnen ein Päckchen übergeben. Neuer Pass, Geld und Schlüssel für ein Hotelzimmer auf der Insel. Außerdem ein abhörsicheres Mobiltelefon. Sie kennen das ja: Ich rufe Sie an, nicht umgekehrt. Verstanden? Gut.«

Land erhob sich und ließ wie beiläufig seine schwarze American Express Karte auf den Tisch fallen.

»Im Leben dreht sich alles um zweite Chancen, Mr. Gardner«, sagte er und schwang sich in sein Jackett. »Sie haben Ihre gerade erhalten.«

Kapitel 29

Gibraltar, sieben Tage später, 11:22 Uhr

Die Winston Churchill Avenue war versperrt. Der Verkehr auf der Straße, die Gibraltar mit dem spanischen Festland verband, ließ ein Hupkonzert ertönen, während sich die rot-weißen Schranken herabsenkten und die Kreuzung zwischen den beiden Enden der Straße und dem Flughafen abriegelten. Eine British Airways Maschine setzte zur Landung an und rollte die Landebahn entlang, wobei nur wenige Meter die ungeduldig wartenden Fahrzeuge von den vorbeirauschenden Tragflächen trennte. Dann verschwand das Heck der Maschine hinter einer Reihe niedriger Gebäude. Die Schranken öffneten sich und die Ampeln schalteten auf Grün.

Shai Golan hatte den Bus bis nach La Linea de la Concepción genommen und war den restlichen knappen Kilometer zu Fuß gelaufen. Er zeigte dem Grenzposten seinen Pass, der ihn als Alain Robbe auswies. Der Wachmann nickte, warf einen kurzen Blick auf seine Nike Sporttasche und winkte ihn hindurch.

Hätte ihn der Grenzer angehalten und befragt, war Golan vorbereitet gewesen. Er wirkte glaubhaft, und trat auch so auf. Er sprach fließend Französisch, Englisch, Mandarin, Russisch und seine Muttersprache, Hebräisch. Golan war knapp zwei Meter groß. Sein Gesicht bestand zu neunzig Prozent aus Haaren und seine Augen waren so schwarz wie eingelegte Oliven und wirkten, als wären seine Pupillen durchweg geweitet. Er ging ohne Weiteres als Bewohner von über einem dutzend mediterraner Staaten durch.

Ein Polizist mit kalkweißem Gesicht musterte die Gastarbeiter und Einheimischen, die nach La Concepción hineinströmten. Golan war froh, dass er nicht ein Auto genommen hatte. Der Verkehr war wegen der Landebahn, die kürzer als der Schwanz eines Japaners war, völlig zum Erliegen gekommen. Jedes Mal, wenn ein Flugzeug landete oder startete, wurde die Straße in beide Richtungen gesperrt.

Er folgte der Winston Churchill Avenue nach Süden, vorbei am Victoria Stadion. Nach vierhundert Metern erreichte er den zentralen Kreisverkehr, nahm die Smith Dorrien Avenue und bog nach zehn Minuten links auf die Main Street ab.

Golan hielt sich selbst für einen gebildeten und geschmackvollen Menschen.

Er genoss die lebendige, teilweise chaotische Architektur, welche die Hauptverkehrsader von Gibraltar säumte. Hufeisenförmige Bögen im maurischen Stil wachten über zahlreiche Ladenfronten, andere Geschäfte hatten bemalte Rollläden über den oberen Fenstern. Dazwischen weiß verputzte Fassaden. Der Effekt wurde ein wenig von den Ladengeschäften selbst getrübt – eine Aneinanderreihung von Mode-Geschäften und Restaurantketten, die Golan frösteln ließen.

In der Mitte der mit Granit gepflasterten Straße tauchte ein Taxistand auf. Golan winkte eines der Fahrzeuge heran und warf seine Tasche auf den Rücksitz. Er setzte sich neben sie und ließ die Hand auf dem Reißverschluss ruhen.

»Wo soll's denn hingehen?«, fragte der Fahrer. Er hatte olivfarbene Haut und lockige schwarze Haare, aber sein Akzent klang wie der eines Darstellers in einer britischen Seifenoper.

»Die Botanischen Gärten«, sagte Golan.

»Ah, Sie sind wegen der Tierwelt hier? Seien Sie bloß vorsichtig mit den Affen. Die mögen harmlos aussehen, aber das sind bösartige kleine Bastarde. Ich habe mal gesehen, wie einer einem Mädchen die Haare ausgerissen hat.«

Golan nickte.

»Ich heiße José«, fuhr der Fahrer fort. »Ich lebe hier seit fünfundzwanzig Jahren. Was sagten Sie noch, woher Sie kommen?«

»Ich sagte noch gar nichts in der Art«, antwortete Golan, fügte dann aber hinzu: »Frankreich. Paris.«

»Ah, Paris?« Der Taxifahrer warf ihm einen Blick über die Schulter zu. »Bin noch nie da gewesen. Ich gehöre hierhin.«

Er trommelte mit den Händen auf sein Lenkrad, dann deutete er zur Beifahrerseite hinaus in Richtung King Street, über die Linewall Road und Queensway hinweg, und ließ Golan seinen Finger bis zu den alten Befestigungsanlagen folgen, die an den Ufern zur Straße von Gibraltar standen. Zeugnisse der großen Belagerung.

»Wissen Sie, wir haben ein gutes Gedächtnis. Wir können uns noch gut an Franco und den Terror erinnern, als die Grenzen geschlossen wurden. Wir sind nur ein kleines Eiland, aber trotzdem die Verbindung zwischen Europa und Afrika. Das ist ein ganz spezieller Ort.« Er sah Golan durch den Rückspiegel an. »Verstehen Sie, was ich meine?«

Nein, tat Golan nicht, aber er nickte bestätigend.

Der Fahrer ließ ihn auf der Europa Road an den Botanischen Gärten von Alameda aussteigen. Golan bezahlte ihn und schwang sich die Sporttasche über die Schultern. Als das Taxi außer Sicht war, stapfte er die nordöstlich verlaufende Green Lande hinauf, vorbei am O'Callaghan Hotel.

Das Alter und die Erfahrung hatten Golan ruhiger werden lassen. Sein Mentor, Zohar, hatte ihn eines Tages beiseitegenommen und ihm erklärt, dass er entweder an seiner Selbstdisziplin arbeiten musste oder man seinen Vertrag zerreißen würde. Aber hin und wieder gab es noch Tage, wo die alten Instinkte in Golan aufflackerten und er sich nichts sehnlicher wünschte, noch einmal als Zwanzigjähriger am Gazastreifen zu sein. Die kleine Narbe an seinem Hals, die wie ein aufwärts verlaufender Nike-Schwung aussah, erinnerte ihn täglich an … ja, woran eigentlich? Daran, wie wichtig es war, aufmerksam zu sein.

Die Green Lane führte in einem Bogen nach Norden und mündete dann in die Old Queens Road. Golan nahm einen abgelegenen Weg, an dessen Rändern Brennnesseln und Eukalyptusbäume wuchsen. Etwa auf halber Strecke bog er in den Wald ab, bis er zu einem Punkt nur wenig unterhalb eines alten Artilleriegeschützes kam. Hier standen die Bäume dicht genug für sein Vorhaben zusammen, und er kauerte sich neben einen Baumstumpf.

Aus der Sporttasche holte Golan eine Wärmebild-Kamera mit GPS-Sensor, Magnetkompass und Laser-Entfernungsmesser, die in der Lage war, menschliche Ziele in bis zu zwanzig Metern Entfernung aufzuspüren und zu verfolgen. Außerdem war die Kamera dafür konstruiert worden, extremen Temperaturen standzuhalten. Er brachte sie an dem Baumstamm an und befestigte einen ferngesteuerten Schwenkkopf an der Konstruktion.

Golan richtete die Kamera auf die Marinewerft, die sich direkt neben dem Industriegebiet am westlichen Rand der Halbinsel befand. Eine Fregatte vom Typ 23, die HMS Westminster, fuhr durch den Hafendamm. Die HMS Lizard lag vertäut am Kai.

Er lief für dreißig Sekunden nach Norden und installierte ein zweites Kamerasystem. Es brauchte keine Kabel, alles war drahtlos über ein gesichertes TCP/IP-Netzwerk miteinander verbunden. Golan steckte Netzwerkkarten in beide Kameras. Dann fischte er einen Dell-Laptop aus seiner Tasche, den er anschaltete und die Verbindung überprüfte. Um die Netzwerkverbindung herzustellen, wurde er aufgefordert, ein Passwort einzugeben. Er tippte es ein. Der Computer erkannte die beiden Systeme und zwei Fenster, die leuchtende Wärmebilder der Lizard zeigten, öffneten sich. Er drückte eine Taste, und die Ansicht wechselte zu einem grünlichen Nachtsichtbild.

Mit einer anderen Taste vergrößerte er den Bildausschnitt. Er schob einen Finger über das Touchpad und die Kamera folgte seiner Bewegung.

Seinen ersten Menschen tötete Golan im Alter von zehn Jahren. Kein Erwachsener, sondern ein Junge. Einer seiner Freunde im Château de Rosey, der Elite-Internatsschule in Rolle, Schweiz.

Golan hatte keinen Grund, Wei Chang zu töten, aber tat es trotzdem. Er schlug ihm mit einem Zimmermannshammer hinter dem Tennisplatz den Schädel ein. Durch den Mord an Chang fühlte sich Golan plötzlich bedeutend, ein Gefühl, dass er so noch nicht gekannt hatte. Er war ein schlechter Schüler gewesen, trotz der hunderttausend Dollar, die sein Vater, einer der reichsten Männer Israels, in die besten Schulen und Lehrer für ihn investiert hatte. Morden fühlte sich anders an. Er war gut darin. Besser als gut. Außergewöhnlich begabt.

Laub raschelte hinter ihm. Golan fuhr herum, die Fäuste geballt. Im Prinzip war er unbewaffnet. Zumindest, wenn man seinen Körper nicht als Waffe zählte. Ein Fehler, den einige schon begangen hatten, und nicht wenige davon waren jetzt tot.

Er rechnete damit, einen Polizisten zu sehen oder einen neugierigen Touristen.

Stattdessen kauerte ein paar Meter entfernt ein Berberaffe und kaute an einem Stück Apfel. Der Apfel schien im Moment alles zu sein, was den Affen interessierte, den er würdigte Golan keines Blickes.

Golan sprang auf ihm zu und schlug dem Affen mit der flachen Hand ins Gesicht, direkt auf dessen eingedrückte Nase. Der Affe kippte nach hinten um und schlug nach Golans Hand. Golan setzte rasch mit festen Tritten in den Bauch nach. Der Affe erkannte, dass er unterlegen war und wollte zur Flucht ansetzen, anstatt sich weiter zu verteidigen. Golan jedoch packte eines der Beine und schlug den Affen mit dem Kopf voran gegen einen Olivenbaum. Der Affe kreischte, Blut spritzte und rann den Baumstamm hinab. Immer und immer wieder schlug er den Affen gegen den Baum, bis das Tier schwieg und schlaff von seiner Hand herunterhing.

Er ging den gleichen Weg zurück, auf dem er gekommen war und bummelte ein paar Kilometer nach Norden, zurück ins Stadtzentrum. Am Cathedral Square, nur eine Straße vom Lärm der Main Street entfernt, checkte Golan unter dem Namen A. Robbe im Bristol Hotel ein. Er zahlte bar und im Voraus. Die pummelige junge Frau an der Rezeption gab ihm die Schlüssel für ein Einzelzimmer. Drinnen angekommen, holte er ein Black Berry Storm aus seiner Tasche sowie ein silbernes Zigarettenetui voller Pin-Karten. Eine davon schob er in das Telefon und wählte eine Nummer aus dem Gedächtnis.

Nach dem ersten Klingelton nahm ein Mann das Gespräch entgegen.

»Ich bin soweit«, sagte Golan auf Hebräisch. Er wusste, dass die britische Regierung Gibraltar als Horchposten für die Funkaufklärung von Gesprächen zwischen Nordafrika und dem Mittleren Osten benutzte. *Sei vorsichtig*, hatten sie ihm gesagt. *Mach es so kurz wie möglich.*

»Du bist spät dran«, sagte der andere Mann.

»Ich wurde aufgehalten. Aber es ist alles bereit.«

Stille.

Golan fühlte sich gekränkt. »Habe ich dich schon mal im Stich gelassen?«

Ein Freizeichen war die Antwort. *Mistkerle*, dachte er bei sich, fischte den Chip aus dem Blackberry und spülte ihn in der Toilette hinunter. Sie durften ihm sagen, wo er hingehen sollte, wer das Ziel war, aber sie hatten kein Recht, ihm hineinzureden, wie er seinen Job zu machen hatte. Er schaltete den Laptop ein, stellte die Verbindung zu den Kameras her, die er eben angebracht hatte … und wartete.

Kapitel 30

14:00 Uhr

Gardner parkte in dem Grand Cherokee auf der Cumberland Road und ließ den Motor laufen. Es war kurz nach Mittag, und die Klimaanlage des Jeeps lief auf Hochtouren.

Von hier aus hatte er einen guten Überblick über den Hafen im Nordwesten. Fünfzehnhundert Meter entfernt und parallel zum Rollfeld des Flughafens befand sich der nördliche Hafen, wo Kreuzfahrtschiffe und Ozeanriesen Touristen ausspuckten. In der Mitte lag der öffentliche Hafen mit den Viertelmillionen-Yachten und Speedbooten der Einheimischen. Hinter ihm verspottete eine Artilleriekanone aus dem Zweiten Weltkrieg die spanische Küste von Algeciras.

Der Industriehafen ähnelte denen von Plymouth oder Portsmouth. Er befand sich in zweihundert Metern Entfernung, und die HMS Lizard lag dort vor Anker.

Gardner, der durch ein Nikon Sporter EX 10x50 spähte, beobachtete, wie die Crew von Bord ging. Kameraden in lässiger Hafentracht, Poloshirts und Chukka-Slippern, die sich auf den Landgang freuten.

Er warf einen Blick auf das Passfoto von Petty Officer Stephanie Wright, das mit einer Büroklammer an der Vorderseite der Personalakte festgeklammert war. Nichts in ihrer Akte deutete darauf hin, dass die Tochter eines schottischen Zimmermanns und einer englischen Lehrassistentin in irgendeiner Art und Weise in Drogengeschäfte verwickelt war. Ein guter Schulabschluss, makellose Akte bei der Royal Navy, in der sie seit drei Jahren diente. Aber ihr Blick ließ ihn immer wieder zu dem Foto zurückblättern. Ihre Augen waren hell und glasklar. Undurchschaubar. Wright verheimlichte etwas.

Sie würde jeden Moment auftauchen, um sich mit Bald zu treffen.

Der Name klebte wie heißer Teer auf seiner Zunge. *Hilf mir, Joe*, hatte Bald im Dschungel geschrien. Ja, er würde ihm ganz sicher helfen. Und dann würde der verlogene Mistkerl bezahlen. Gardner war jetzt seit drei Tagen in Gibraltar und focht seither einen inneren Kampf mit sich selbst aus. Ein Teil von ihm wollte sich an Bald rächen. Und dennoch war da noch ein Fünkchen Zweifel. *John ist nicht so jemand wie Dave Hands*, sagte eine Stimme. Bald war immer verlässlich gewesen. Er musste in Schwierigkeiten stecken. Und verdammt noch mal, womöglich brauchte er Hilfe.

Drei Tage.

Gardner war auf dem Rock, dem Felsen, wie man Gibraltar umgangssprachlich auch nannte, um Mitternacht gelandet. Er hatte einen Nachtflug von Rio zum Charles de Gaulle Flughafen erwischt, wo er einen Anschlussflug nach Heathrow genommen hatte und dort drei Stunden damit zugebracht hatte, an lauwarmem Kaffee zu nippen und die Tageszeitungen zu studieren. Der Kaffee half nur wenig, um seinen Jetlag zu vertreiben, und die Schlagzeilen waren so deprimierend, dass er sich am liebsten die Augen ausgekratzt hätte. Schließlich hatte ihn der letzte Aufruf für Flug Nummer BA490 nach Gibraltar erlöst.

Er war ohne Gepäck gereist, aber Lands Unterweisungen zum Abschied waren deutlich gewesen: *Begeben Sie sich zur Gepäckausgabe. Wenn der letzte Reisende verschwunden ist, wird sich Ihnen ein Mann nähern. Tun Sie genau das, was er sagt.*

»Wir haben keine Ahnung, wie weit sich das Netzwerk erstreckt«, hatte Land gesagt. »Es ist nicht ausgeschlossen, dass sie ihre Augen und Ohren überall in Gibraltar haben. Gehen Sie davon aus, rund um die Uhr beobachtet zu werden, an jedem Ort.«

»Wer weiß alles von der Mission?«, hatte Gardner wissen wollen.

»Niemand weiß von Ihrer Anwesenheit auf der Halbinsel außer mir, einem Außendienstmitarbeiter und meinen Vorgesetzten. Wenn Sie es vermasseln, sind Sie auf sich allein gestellt.«

»Klingt wie Musik in meinen Ohren. Wo werden Sie sein?«

»Ich werde mich nicht im Hauptquartier auf der Themse verkriechen, falls Sie das andeuten wollen. Die Firma hat großes Interesse daran, dass die Sache so reibungslos wie möglich über die Bühne geht. Und da Mr. Bald mich nicht kennt, geht man davon aus, dass es sicher und … nun, sagen wir, der Sachlage angemessen ist, wenn ich mich in überwachender Funktion nach Gibraltar begebe.«

Nach zwanzig Minuten an der Gepäckausgabe war Gardner allein mit einem Mann in einem Baumwollanzug, der so aussah, als würden ihn nur noch wenige Hamburger von einem Herzinfarkt trennen. Er las ein Taschenbuch. Eine überzogen dargestellte Actionfigur unter einem reißerischen Titel. Vom Namen des Autors war nur die Hälfte zu lesen. Andy Irgendwas. Die Hand des Mannes verdeckte den Rest.

»Kommen Sie mit«, sagte eine Stimme hinter ihm.

Gardner drehte sich zu der Stimme um und erblickte einen Mann in hochgeschlossenem Anzug und Sonnenbrille. Bei vierzig Grad Hitze. Er folgte ihm über den polierten Marmorfußboden zum Ausgang. Ein Grand Cherokee Jeep mit getönten Scheiben stand auf dem Parkplatz.

»Das ist Ihr Wagen«, erklärte der Mann. »Und hier werden Sie wohnen.« Er übergab ihm die Autoschlüssel und einen Umschlag. Darin waren die Schlüssel für ein Hotelzimmer.

»Land sagte, John wäre bereits hier.«

»Kam auf direktem Wege hierher. Er wohnt im Kings Hotel«, sagte der Mann.

Das war vor drei Tagen gewesen. Seitdem beobachtete er ausgelassene Matrosen, die aus dem Hafen strömten und schnurstracks auf die Pubs am Casemates Square zuhielten. Aber auf niemanden passte die Beschreibung von Stephanie Wright.

Die letzte Gruppe verlies die Fregatte. Gardner trank etwas von seinem Mineralwasser und sah einem Affen zu, der sich im Schatten einer Palme die Eier kraulte.

Um Viertel nach vier erschien endlich Wright.

Sie verließ das Schiff allein, bekleidet mit einer gebügelten weißen Bluse mit Aufschlägen. Der oberste Knopf der Bluse war offen. Sie trug eine Laptop-Tasche bei sich.

Nach einem flüchtigen Blick die Straße hinab verließ Wright das Hafengelände und rief sich ein Taxi.

Gardner warf das Fernglas beiseite. Er gab Gas, und der Jeep schoss die Rosia Road entlang. Er näherte sich dem Taxi bis auf acht Wagenlängen, dann drosselte er das Tempo. Das Taxi schien eine zufällige Route um die Halbinsel zu nehmen: zuerst einmal rechts ab auf die Boyd Street, dann ein schneller Schwenk nach links in die enge, kurvenreiche Prince Edward Road, an der Castle Road Kreuzung wieder links ab. An der Frasers Ramp bog das Taxi zum dritten Mal links ab, Richtung Range Town, womit es in kurzer Zeit im Kreis gefahren war.

Gibraltar hat sich sehr verändert, dachte Gardner. Als er das erste Mal hier gewesen war, als Grünschnabel bei den Fallschirmjägern, bevor er sich bei der SAS beworben hatte, war der Ort eine chaotische Mixtur aus dunkelhäutigen Gesichtern, roten Bussen, olivfarbenem Sonnenschein und dreckigen Absteigen wie dem Hole in the Wall oder dem Angry Friar in irgendwelchen Seitenstraßen gewesen. Heute fühlte sich alles nur noch kommerziell an.

Das Taxi passierte die St. Andrew Kirche und fuhr weiter die Prince Edward Road hinab, die in die Europa Road mündete. Gegenüber den Alameda Botanic Gardens blitzten dann die Bremsleuchten des Taxis auf. Wright sprang aus dem Wagen und steuerte das Kings Hotel an. Gardner hielt schnell am Straßenrand an.

Wright sah sich verstohlen um und lief die Straße entlang. Sie ging ein paar Stufen hinauf, die von hellgrünen und pinkfarbenen Blumen flankiert waren, verschwand im Hotel und ließ Gardner mit dem Blick auf die Art-Deko-Fassade zurück. Von Land wusste er, dass Bald im Hotelzimmer Nummer 39 wohnte.

Zwanzig Minuten später erschien Wright wieder auf der Bildfläche und nahm ein Taxi in die Stadt.

Gardner folgte ihr aus Prinzip, obwohl er eigentlich bereits Bescheid wusste. Er hatte sie die letzten beiden Tage beschattet und der Ablauf war mit ein paar kleinen Ausnahmen immer der gleiche gewesen. Eine Fahrt quer durch die Stadt, um eventuelle Verfolger abzuschütteln. Eine Stippvisite im Kings Hotel, dann bummelte sie für eine oder zwei Stunden die Hauptstraßen entlang und trank Kaffee, bevor sie wieder auf ihre Fregatte zurückkehrte. Die Laptoptasche trug sie jedes Mal bei sich.

Er ging davon aus, dass Wright auf die Art immer kleine Mengen Koks versteckt bei sich trug. Anstatt die gesamte Lieferung aufs Spiel zu setzen, hatte sie sich für die sichere Option entschieden und versorgte Bald nun häppchenweise mit dem Stoff.

Am Convent Place, wo die Straße auf die Hauptstraße traf und sich die Gouverneursresidenz befand, stieg sie aus. Fahnen in Pastell wehten in der Meeresbrise. Er musste zugeben, dass sie ziemlich heiß aussah. Braune Haare, glatt, mit einem Knoten zusammengebunden. Mit der Art, wie sie beim Gehen die Hüften schwang, wirkte sie wie einer Jeansreklame entsprungen.

Gardners iPhone erwachte zum Leben und riss ihn aus seinen Tagträumen. Er ging ran, während er Wright weiter dabei beobachtete, wie sie sich Schaufenster ansah und eine Zigarette anzündete.

»Sie haben immer noch ein Auge auf unsere Matrosin?« Lands Stimme am anderen Ende donnerte ihm wie ein Schneesturm entgegen.

»Gerade fand eine weitere Übergabe statt. Selber Ort. Das macht jetzt insgesamt zwölf.«

»Sie lässt sich Zeit«, sagte Land. »Hören Sie zu, die Lage hat sich dramatisch geändert. Es scheint, als wäre Bald in ernsten Schwierigkeiten.«

Gardner sah auf die Uhr. Es war fünf. Wright ließ stets ein paar Stunden zwischen ihren Besuchen in Balds Hotel verstreichen, weshalb er bezweifelte, dass sie vor sieben oder acht wieder hier sein würde.

»Ich sagte, Bald ist in …«

»Ich hab schon beim ersten Mal verstanden. Aber ich habe sie und das Hotel in den letzten achtundvierzig Stunden beschattet, und er hat sich in der ganzen Zeit nicht ein Mal gezeigt. Die einzige Gefahr, die ich derzeit bei ihm sehe, ist eine anständige Rechnung von der Hotelbar.«

»Ich fürchte, da liegen Sie falsch. Unsere Freunde bei der Aufklärung haben einen anonymen Tipp bekommen. Drei Männer sind heute Morgen hier angekommen. Sie wollen unserem Freund die Ware abnehmen, bevor er Gelegenheit bekommt, sie zu verkaufen. Sollte das passieren, können wir vergessen, den gesamten Schmugglerring auffliegen zu lassen.« Land hustete. »Wie oft wird unsere Matrosin ihn noch besuchen müssen?«

»Maximal zwei oder drei Mal«, sagte Gardner. Er schätzte, dass man in der Laptoptasche maximal vier Kilo Colombian Snow verstauen konnte, jeweils in fünfhundert Gramm Fläschchen.

»Das kommt hin«, antwortete Land. »Die Lizard ist frisch aufgetankt und soll morgen den Hafen verlassen. Wrights Zeit hier ist also so gut wie abgelaufen. Unseren Informationen nach wollen die Männer Bald heute Abend angreifen.«

»Direkt nach ihrem letzten Besuch.«

»Wir können nicht zulassen, dass sie unseren Plan durchkreuzen.«

Wright verschwand in einer Seitenstraße. Gardner spürte, wie ein Schweißtropfen seinen Rücken bis hinunter zum Hintern rann. *Irgendetwas stimmt da nicht*, dachte er.

»Joe?«

Scheiße. Er wusste nur zu gut, was jetzt kommen würde.

»Ich will, dass Sie die Männer umlegen.«

Kapitel 31

19:21 Uhr

Einem Reiseführer nach zu urteilen war der Newmans Pub am Casemates Square früher ein beliebter Anlaufpunkt für Angehörige der britischen Armee gewesen. Heutzutage tummelten sich hier verheiratete Pärchen und kreischende Damen, die ihren Junggesellinnenabschied feierten. Golan war nicht sonderlich begeistert, hier zu sein. Hätte er die Wahl gehabt, würde er lieber mit einem Glas Château Rollan in der Hand in einer altmodischen Bar sitzen, in der im Hintergrund ein wenig Thelonious Monk lief.

Er hatte sie schnell ausfindig gemacht. Die Kameras auf der Ostseite hatten sie gefilmt, wie sie ausgestiegen war und sich in Richtung Stadt bewegte. Er musste dann nichts weiter tun, als die Bars entlang der Main Street und am Casemates nach ihr abzusuchen. Sie saß gedankenversunken mit ihrem Glas Rosé an einem Tisch in einer dunklen Ecke. Die Gelegenheit war günstig. Er ging hinein.

»Da draußen ist ganz schön was los«, sagte er, als er an ihrem Tisch stand.

»Wenn Sie das sagen.« Sie trank den letzten Rest ihres Rosés aus und winkte den Barmann heran.

»Alles in Ordnung bei Ihnen?« Seine Stimme war ein Beispiel an Selbstkontrolle. Tröstend und besorgt.

»Klar. Warum fragen Sie? Mir geht's gut.« Sie schüttelte den Kopf, sah ihn von der Seite an. »Kenne ich Sie von irgendwo her?«

»Nein.«

Sie lachte. »Nein?«

»Nein. Sie kennen mich nicht.«

Der Kellner brachte die Flasche zu ihrem Tisch. »Aber wie können Sie sich da so sicher sein?«, sagte sie. »Vielleicht habe ich Sie schon mal irgendwo gesehen, aber Sie haben gerade in die andere Richtung geblickt. Mich sprechen andauernd Leute an, dass sie mich unterwegs gesehen haben.« Sie ließ ihre Augen auf ihm ruhen, während sie von ihrem Glas nippte.

»Das ist leider unmöglich. Ich bin erst seit ein paar Stunden in der Stadt.«

»Und wo waren Sie vorher?«

»Frankreich.«

»Ihr ganzes Leben lang?«

»Wenn man sich sein Gefängnis aussuchen kann, ist Paris nicht die schlechteste Wahl.«

»Und, wie sagten Sie noch gleich, war Ihr Name?«

»Ich habe Ihnen meinen Namen noch gar nicht genannt.«

»Schon wieder dieser selbstsichere Tonfall. Sie haben immer recht, was? Nun, ich bin Steph.«

»Alain.«

Golan hatte noch mehr Smalltalk auf Lager, doch die Tür hinter ihm schwang auf und eine Gruppe dicklicher Frauen bestellte lauthals eine weitere Runde Jägerbombs. Er runzelte missbilligend die Stirn und tat so, als würde er ihren Griff nach der Laptoptasche zwischen ihren Beinen nicht bemerken.

»Solche Frauen gibt es bei uns in Paris nicht«, sagte er. Dann legte er seine Hand näher an die ihre und setzte sein bestes Lächeln auf. Jenes, bei dem sein Kinn, seine Wangen und seine Lippen ineinanderflossen wie Bienenwachs. »Aber ich bin sicher, dass sie ihren ganz eigenen Charme haben.«

»Wohl eher nicht. Ich muss mir mit zwanzig von der Sorte das Quartier teilen.«

»Sie sind bei der Royal Navy?«

»Wohl eher bei den Royal Bitches.« Sie nahm einen großen Schluck von ihrem Rosé. »Die anderen Weiber gehen sich Tag und

Nacht an die Gurgel. Wer am meisten verträgt. Wer es einem Matrosen am besten besorgt. Ich dachte, die Jungs seien üble Kerle, aber die sind gar nichts im Vergleich zu den Wrens.«

»Das klingt so, als würden Sie raus wollen?«

»Will ich auch, und zwar sehr bald«, sagte sie. Ihre Augen glitten von ihrem Glas Wein zu einem Punkt zwischen ihren Beinen. »Vorher muss ich aber noch ein paar Kleinigkeiten erledigen.«

Seine Hand hätte beinahe ihre zitternden Finger berührt. Unvermittelt zog er sie zurück und stieß dabei gegen ihr Glas. Der Rosé ergoss sich auf ihr Oberteil.

»Es tut mir so leid«, sagte er.

»Ist schon in Ordnung«, antwortete sie, stand auf und wischte sich über ihre Bluse. Eine der Kellnerinnen kam zu ihnen herüber gerannt und wischte den Tisch ab. »Mist. Das werde ich wohl rauswaschen müssen.« Sie deutete auf ihre Tasche. »Wenn Sie kurz darauf aufpassen würden?«

»Kein Problem. Bitte entschuldigen Sie.«

Zwei Minuten später kehrte sie zurück. Der Rosé-Fleck hatte jetzt ein fleischiges Rosa angenommen. Sie glättete ihr Oberteil und lächelte Golan unbeholfen an.

»Ich muss gehen«, sagte er. »Viel Glück bei dem, was Sie noch zu erledigen haben.«

Das Lächeln auf ihrem Gesicht erstarb ein wenig. Vielleicht ein Anzeichen von Bedauern?

Egal. Er besaß, weshalb er gekommen war.

Kapitel 32

20:48 Uhr

»Die Villa befindet sich auf der Sir Herbert Road«, hatte Land gesagt. »Auf der anderen Seite des Felsens.«

»Was für Leute sind das?«

»Cowboys. Söldner, die zu viel Zeit haben. Die werden zu einem immer größeren Problem.«

»Amerikaner?«

»Diese ganz speziellen Cowboys sind tatsächlich Briten.«

»Ich werde eine Waffe brauchen.«

»Ich verstehe.«

»Denn ich schätze, dass die Ziele bewaffnet sein werden …«

»Davon gehen wir aus.«

» … und wissen, wie man eine Waffe benutzt.«

Regel Nummer Eins in jeder Kontaktsituation: Unterschätze niemals deinen Gegner.

»Gehen Sie in Ihr Apartment. Unser Verbindungsmann hat Ihnen ein kleines Geschenk dagelassen«, wies ihn Land an.

Das Zimmer im Charlatan Hotel, einem Zwei-Sterne-Schuppen an der Main Street, roch, als wäre ein Hund darin verendet und seither nicht wieder gereinigt worden. Er hatte schon in Erdgruben übernachtet, die komfortabler als das Bett in diesem Zimmer waren, und die Temperatur der Dusche schwankte konstant zwischen kalt und eiskalt. Bald lebte derweil in Saus und Braus im Kings. Ein weiterer Hinweis auf die möglichen Budgetkürzungen beim MoD. Aber wenigstens hatten sie ihn mit einer neuen Cargohose und ein paar frischen Polo-Shirts versorgt.

Und wenn schon. Er war ja auch schließlich nicht wegen der Sehenswürdigkeiten hier.

Das Geschenk fand sich unter dem Kissen, und es war sehr klein. Eine Double Action Sig Sauer P228, bereits geladen. Dazu drei Ersatzmagazine mit 9x19mm Luger Munition. Damit würde er eine Weile im Geschäft bleiben. Er entriegelte das Magazin, zog den Schlitten zurück und spähte in die Kammer. Leer. Sauber. Er ließ das Magazin wieder einschnappen, lud eine Patrone in die Kammer und steckte sich die Pistole in den Bund seiner Jeans. Anders als bei der P226, dem klobigeren Cousin, ließ sich dieses Modell ganz gut verbergen.

Gardner machte sich zu Fuß auf den Weg zur östlichen Seite des Felsens, zur Sir Herbert Road und der Villa, wo sich die Cowboys versteckt hielten. Land hatte unmissverständlich deutlich gemacht, dass die Firma ihm nicht helfen würde, falls man ihn inmitten lauter toter Menschen schnappen würde.

Die Devils Tower Road führte zur Catalan Bay Road und mündete von da aus nach zwei Meilen in die Sir Herbert Road. Der Osten der Insel war das Paradebeispiel für einen idyllischen Strand und moderne Zweifamilienhäuser mit Balkons, die den Blick auf das Mittelmeer freigaben. Eine schöne Gegend, um sich zur Ruhe zu setzen.

Die Villa war ein alleinstehendes Gebäude am südlichen Ende der Sir Herbert Road. Während er an einem vierstöckigen Apartmentkomplex vorbeiging, schärften sich seine Sinne. Die meisten Zimmer waren unbeleuchtet, die Urlauber genossen das Nachtleben. Am Horizont sah man das Leuchten eines Kreuzfahrtschiffes. Der Strand selbst war unbeleuchtet, die Straße verlassen.

Niemand da, der dich wiedererkennen würde, versicherte er sich.

Er näherte sich der Villa, seine Schuhe zerdrückten nassen Sand. Dreißig Meter. Ein 3er BMW parkte auf einem Kiesbett vor dem Haus. Er ließ den Blick über die Veranda wandern. Das Licht am Empfang ging aus.

Sie müssen im hinteren Bereich sein.

Gardner erreichte die Mauer, die das Anwesen umgab, eine etwas über einen Meter hohe weiße Ziegelwand. Er legte seine Waffe darauf ab und zog sich mit beiden Händen daran hoch und hinüber. Auf der Rückseite der Villa schlugen Wellen gegen eine Dachterrasse, die zum Strand hinaus zeigte. Gardner hielt kurz inne, um die Veranda zu erkunden. Aus einer Schiebetür fiel Licht auf die tintenblaue Umgebung. Stühle, die um einen Metalltisch herum standen. Der Tisch selbst war bedeckt mit drei Tellern, auf denen die Reste von Chicken Wings lagen und geöffnete Coladosen. Rechts von ihm befand sich die Glasschiebetür. Sie war geschlossen und trennte die Veranda vom Gebäude. Gardner war froh, dass die Tür nicht offen war, und schlich sich heran.

Er spähte durchs Glas. Das Zimmer dahinter schien das Hauptschlafzimmer zu sein, und er zählte zwei Zielpersonen darin. Große Kerle, die mit dem Rücken zu ihm standen und massige Schatten warfen. Auf dem Bett lag eine schwarze Tasche. Darin waren die Umrisse von Handfeuerwaffen und ein längliches, schlangenartiges Objekt zu erkennen, das vermutlich eine Benelli Shotgun war.

Er zog die Sig Sauer aus seiner Jeans. Die P228 war das am häufigsten beim Regiment verwendete Modell, und Gardner war den Umgang mit der Waffe geübt. Er fasste einen Plan.

Mach es narrensicher: triff sie schwer und unvermittelt, und sei schnell dabei.

Es gab keinen Safety-Schalter an der Pistole. Gardner spannte den Hahn manuell, um mit dem ersten Schuss von Doppelschussmodus auf Einzelschüsse zu wechseln. Die P228 abzufeuern war eine wahre Freude: Für den ersten Schuss brauchte man den meisten Druck, bei alle weiteren nur noch halb so viel. Wenn man sich erst einmal eingeschossen hatte, fühlte es sich so normal an wie Atmen.

Gardner hob einen Kiesel auf und warf ihn auf einen der Teller. Die Coladosen klapperten.

Drinnen verstummte das gedämpfte Murmeln. Jetzt hatte er ihre Aufmerksamkeit.

Mit einem Klicken wurde die Schiebetür entriegelt.

Gardner verlagerte sein Gewicht auf die Zehenspitzen.

Die Tür wurde zurückgeschoben. Schlagartig wurden die Stimmen lauter. »Sind wahrscheinlich wieder diese verfluchten Bälger«, krächzte jemand.

Der Mann, dem die Stimme gehörte, erschien auf der Veranda. Zuerst ein Schuh, ein schwarzer GoreTex Caterpillar, gefolgt von einem kräftigen Bein. Dann ein Oberkörper so breit wie ein Fass, über dem sich die Brustmuskeln spannten.

Jetzt.

Gardner drehte den Oberkörper zur Seite, um Schwung zu holen, und hob den linken Arm, sodass seine Faust nah an seiner Brust lag und die Spitze des Ellbogens direkt auf den Hals des Typen zeigte. Er machte einen Schritt zur Seite und zielte mit seinem Ellbogen auf dessen Genick. Dann schob er sein rechtes Bein am Boden nach vorn, dem Typen in den Weg. Der taumelte und verlor das Gleichgewicht. Im selben Moment streckte Gardner seinen linken Arm durch. Seinen Unterarm krachte ins Genick des Typen und gab seinem Fall noch weiteren Schwung. Er hörte das dumpfe Geräusch von einem Schädelknochen, der auf Hartholz prallte. Während der Mann auf den Dielen aufschlug, zog Gardner das linke Bein an und ließ es dann wie eine hydraulische Presse auf die Vertiefung an seinem Halswirbel hinabsausen. Der Kerl stöhnte. Er hatte keinen blassen Schimmer, was ihn da erwischt hatte.

Gardner lenkte seine Aufmerksamkeit auf das Schlafzimmer. Er hob die Sig Sauer auf Schulterhöhe. Scheiße, wo steckt der andere Kerl? Ein gewölbter Durchgang führte in ein angrenzendes Zimmer. Viel zu dunkel, um dahinter etwas erkennen zu können. Rechts befand sich eine weiße Tür. Das Badezimmer.

»Komm raus!«

Nichts.

Er zielte auf die Wand neben der Tür und feuerte. Der Schuss riss ein faustgroßes Loch heraus.

»Letzte Chance!«

Die Tür ging auf. Ein Mann trat mit erhobenen Händen aus dem Badezimmer. Der riesige Kerl auf dem Boden griff nach Gardners Bein. Er mochte wie ein Betonpfeiler gebaut sein, aber er war auch genau so langsam. Gardner trat ihm mit dem linken Fuß schwungvoll in die Eier. Der Typ wimmerte wie ein Baby.

Gardner wendete sich wieder dem anderen Mann zu. Irgendwie kam er ihm bekannt vor.

Mist, irgendwo hast du die Visage schon mal gesehen. Dieses Grinsen eines Mannes, der es gewohnt war, Scheiße zu fressen. Der Bürstenhaarschnitt und die zwei Astlöcher, die sich als Augen ausgaben.

»Joe? Bist du das?«, fragte der Mann und nahm die Hände herunter.

»John Killen«, antwortete Gardner, hielt seine Waffe aber weiter auf ihn gerichtet.

»Verdammt, was machst du denn hier?«

»Ich könnte dich das Gleiche fragen.«

»Wir machen Urlaub«, antwortete der Mann mit einem schleimigen Liverpooler Akzent. Er sah, wie Gardner die Stirn runzelte, und deutete auf das Bett. »Sind zum Angeln hier.« Was Gardner fälschlich für Waffen gehalten hatte, waren eine Angelrolle, Bissanzeiger und eine Sporttasche mit einer Schachtel voll Köder. Die vermeintliche Schrotflinte entpuppte sich als wuchtige Seeangel. »Hier gibt's wirklich was zu holen: Barsche, Aale, Makrelen … du, würde es dir etwas ausmachen, Eddie nicht seiner gesamten Männlichkeit zu berauben?«

Gardner blinzelte zu dem Typen mit den zertretenen Eiern hinab. Er war kahlgeschoren, und eine dicke hervorstehende Vene lief wie eine Rohrleitung an seiner Stirn hinab. Seine Augen standen so dicht zusammen, dass sie sich beinahe über der Nase trafen.

»Du erinnerst dich sicher noch an Eddie Stone, Joe.«

Das war eher eine Feststellung als eine Frage. Nicht zu Unrecht, denn keiner war wie Stone.

»Wie könnte ich ihn vergessen«, antwortete Gardner.

»Bastard«, keuchte Stone, als Gardner seinen Fuß von ihm nahm. »Ich reiß dir ein zweites Loch in den Arsch«, knurrte er, und seine Stimme klang wie Luft, die aus einem Reifen entwich.

»Krieg dich wieder ein, du Schwuchtel«, sagte Killen. »Joe hätte dich umlegen können, wenn er gewollt hätte. Stimmt doch, oder? Aber was genau machst du hier? Ist jetzt sechs Monate her, seit wir unser letztes Bier zusammen hatten, und jetzt ballerst du hier rum ohne auch nur Hallo zu sagen.« Killen deutete mit einem Kopfnicken auf die Sig Sauer.

Killen. Stone. Waren beide früher bei der Maroon Machine, Drittes Bataillon. Während Gardners kurzer Karriere beim Circuit hatten die drei zusammengearbeitet. Ein Leben voller geplatzter Schecks, fragwürdiger Aufträge und gebrochener Versprechen. Ein Leben, das er nur allzu bereitwillig hinter sich gelassen hatte.

»Jemand hat mir gesteckt, dass ihr nicht nur zum Angeln hier seid.« Er formulierte seine Antwort bewusst ungenau, denn er wollte weder Lands noch Balds Namen preisgeben.

»Ist das so?«

»Jemand meinte, ihr seid hier, um jemanden umzulegen.«

Killen hob die Augenbrauen. »Machst du Witze? Das hier ist nicht die verdammte Geheimoperation Flavius. Wir sind einfach nur Ex-Fallschirmjäger auf Urlaub. Oder glaubst du, wir machen uns gleich auf den Weg zur Tankstelle und legen ein paar Iren um?«

»Ich weiß überhaupt nicht mehr, was ich noch glauben soll.«

»Nimm die Waffe runter, Kumpel. Was immer man dir gesagt hat, war falsch. Sieh dich hier um, wenn du willst. Wir haben nichts zu verbergen.«

Die Selbstsicherheit war aus Gardners Gesicht gewichen. Seine Hand mit der Waffe zuckte hin und her.

»Hoch mit dir«, sagte Killen, der Stone auf die Beine half. Der Hüne mit dem Erbsenhirn warf Gardner einen vernichtenden Blick zu. »Ganz ruhig. Ein Missverständnis, das ist alles. Hab ich nicht recht, Joe?«

»Sieht ganz danach aus«, antwortete Gardner. Er ließ den Blick durch das Schlafzimmer wandern. Alles in dem Raum schien Killens Version der Geschichte zu stützen. Anglerbedarf. Ein paar Flaschen Wells Bombardier auf einem Tisch neben einer Karte von Gibraltar, auf der mit roten Kreisen ein paar Stellen an der Meerenge markiert waren. Im Fernsehen liefen die Sky News. Gerade zeigte der Sender eine Pressekonferenz mit Fereydoon Karimi, dem iranischen Präsidenten: »Wir werden auf keinen Fall, auch nicht den kleinsten Schritt, von unserem souveränen Recht auf Nutzung von Nukleartechnologie abweichen ...«

Gardner sah über den Fernsehschirm hinweg. Killen klopfte sich den Putz von den Schultern. Stone ließ sich in einen Sessel fallen und rieb sich die geschundenen Genitalien. Gardner kam die Sache trotzdem irgendwie spanisch vor. Er sah über die Schulter zur Veranda hinaus; zu dem Tisch, den Coladosen und den Tellern.

»... der Frieden ist uns wichtig. Ungerechtigkeit ist unser Feind. Und eines möchte ich der Weltöffentlichkeit an diesem so wichtigen Tag in unserer reichen Geschichte als Nation, an dem wir uns den Atommächten angeschlossen haben, versichern: Wir beabsichtigen nicht, Nuklearwaffen zu bauen.«

»Wo ist euer dritter Mann?«

Killen blinzelte.

»Wer?«

Drei Cola auf dem Tisch. Drei Teller.

Heute Morgen sind drei Leute auf dem Felsen angekommen, hatte Land gesagt.

»Versuch nicht, mich für dumm zu verkaufen, Johnny. Wo du bist, ist Eddie Stone. Und wo das Arschgesicht ist, ist auch Terry Gill nicht weit.«

»Terry ist nicht hier«, sagte Stone.

»Eddie hat recht. Nur wir zwei, das ist alles. Jetzt hör auf, dich hier wie ein komplettes Arschloch zu benehmen, und nimm die Kanone runter.« Killens Liverpooler Dialekt verschlimmerte sich. »Du bist ein alter Freund, Joe, aber so langsam gehst du mir auf die Nerven.«

Er lügt, entschied Gardner. Von dem Moment an, wo er Terry Gills Namen erwähnte, waren sie nervös geworden. Warum aber sollten sie wegen Terry lügen, wenn sie nichts zu verbergen hatten?

»Nein«, sagte Gardner. »Ihr macht mir was vor. Terry ist hier.«

Stone schnaubte verächtlich und rollte wie ein Felsbrocken auf Gardner zu. »Und wie kommst da darauf?«

»Weil deine Hackfresse noch hässlicher ist als gewöhnlich.«

Stone verlor die Beherrschung. Sich zusammenzureißen war noch nie seine Stärke gewesen, aber nun ging es mit ihm durch. Er stapfte auf Gardner zu, den Kopf zwischen die Schultern gezogen und die großen Hände nach ihm ausgestreckt. Mutige Taktik. Mutig, aber saudumm. Gardner zog Stone den Lauf seiner Sig Sauer über den Schädel. Die Kanone fühlte sich an, als wäre sie aus purem Blei. Sein Handgelenk bebte. Stone brach auf der Stelle zusammen. Neben der dominanten Vene auf seinem Kopf klaffte nun ein kleines Loch.

»Du hast genau eine Chance«, sagte Gardner zu Killen. »Eine Chance. Ich würde vorschlagen, du rückst mit der Sprache raus, es sei denn, du hast es eilig, unter die Erde zu kommen.«

»Leck mich doch, ich weiß nicht …«

Gardner presste Killen die Pistole an die Schläfe und zwang ihn auf die Knie. Er drückte den Abzug. Killen schloss die Augen und presste sich eine Hand gegen sein Ohr.

»Fick dich, du blöder Wichser.«

»Letzter Versuch«, sagte Gardner. »Aufmachen.«

Er schob Killen die Sig in den Mund. Gab ihm eine Kostprobe. An dem Lauf klebte frisches Gewebe von Stones Kopf.

»Jetzt hör mir gut zu. Wenn ich noch mehr Scheiße aus deinem Mund höre, war es das. Dann kannst du Ken Bigley besuchen.«

Killen schwieg. Mit dem rechten Daumen spannte Gardner den Hahn. Killen riss die Augen auf, seine Augäpfel weiteten sich zu zwei weißen Golfbällen. Sein Gesicht war blutunterlaufen. Durch die Waffe in seinem Mund hindurch versuchte er etwas zu murmeln.

Gardner zog den Lauf aus Killens Mund. Speichel blieb daran hängen. Killen krümmte sich und hustete.

»Jesus Christus. Okay. Scheiße«, spuckte er aus. »Terry ist hier. War sowieso seine Idee. Er kennt Dave Hands, hat mit ihm mal ein Ding mit Blutdiamanten in Sierra Leone durchgezogen.«

»Hands hat Terry von dem Kokain erzählt?«

»Dieser Idiot hat das loseste Mundwerk von ganz England. Man muss Hands nur ein paar Bier ausgeben, und er verrät dir auch noch, wie lang sein Schwanz ist.«

»Früher vielleicht«, berichtigte ihn Gardner. »Hands ist tot.«

»Dann sind wir den ja zum Glück los. Terry ist derjenige, der mit dem Plan ankam, Bald auszunehmen. Wir sind nur zur Unterstützung mitgekommen, ich schwöre. Er wollte uns anrufen, sobald er die Ware gesichert hat, das war der Plan.«

»Wo ist er jetzt?«

Killen warf Gardner einen trotzigen Blick zu.

»Im Kings Hotel. Was glaubst du denn?«

Gill war bereits auf dem Weg. Er durfte keine Zeit verlieren.

»Wichser«, fluchte Killen leise vor sich hin.

»Wie war das, Kumpel?«

»Tu mir einen Gefallen und besorg dir 'ne neue Hand, Joe.«

Gardner schlug ihm mit der Sig ins Gesicht. Zwei heftige Schläge, dann war Killen außer Gefecht. Mit einem Gardinenfetzen fesselte er die beiden. Dann verschloss er die Schiebetür, warf den Schlüssel ins Meer und rannte, so schnell es seine Beine zuließen. *Töte sie*, hatte Land gesagt. Aber sie stellten keine Bedrohung mehr dar, und Gardner war nicht unbedingt scharf darauf, seine eigenen Leute umzubringen.

Sollten sie hier ruhig ein wenig schmoren, bis er sich Gedanken darüber gemacht hatte, was er mit ihnen anstellen würde. Wer weiß? Vielleicht würden sie sich noch als nützlich erweisen.

Er eilte zum Kings Hotel und betete, dass er nicht zu spät kam.

Kapitel 33

21:45 Uhr

Petty Officer Stephanie Wright stand vor der Tür zu Zimmer 39 und versuchte, sich in den Griff zu bekommen. In ihrem Kopf schwappten vier große Gläser Zinfandel Rosé umher wie die raue See, und es fiel ihr schwer, sich zu konzentrieren. *Wow*, dachte sie, während sie versuchte, einen Schluckauf zu unterdrücken. Die Barkeeper in Gibraltar waren alles andere als knauserig.

Sie wollte anklopfen. Zögerte. Ihre Fingerknöchel warfen einen gezackten Schatten über den Türspion.

Zu Anfang hatte das Angebot verlockend gewirkt. Sie sollte das Paket mit an Bord der Fregatte nehmen, in ihrem Spint verstauen – was gar nicht so einfach war, denn der Senior Service war ziemlich knauserig in Bezug auf Platz in den Spinden, außerdem gab es noch diese endlosen Bekleidungsvorschriften für die durchschnittlichen weiblichen Marinemitglieder – es auf der anderen Seite wieder hinausschmuggeln und die Bezahlung kassieren.

Anfänglich sieht immer alles anders aus, dachte sie. Anfänglich schien es auch eine gute Idee gewesen zu sein, Danny zu heiraten, den Jungen, den sie zwei Wochen vor ihrem sechzehnten Geburtstag kennenlernte. Danny, der bereits wie ein Mann aussah, obwohl er noch lange keiner war. Der sich in ihrer Hochzeitsnacht eine Spur Koks nach der anderen reingezogen hatte und in ihren Flitterwochen auf Korfu mit den Hotelangestellten flirtete.

Anfänglich schien es eine gute Idee zu sein, zur Navy zu gehen.

Na ja, Selbstmitleid brachte sie auch nicht weiter. Sie hatte bereits beschlossen, dass sie nicht zu Danny zurückkehren würde.

Und was die Idee anging, seine Schulden von zwanzig Riesen mit dem Geld aus diesem Job zu bezahlen … nun, das konnte er vergessen. Nein, ihr Leben gehörte von nun an ihr und niemand anderem.

Sie klopfte viermal gegen die Tür, machte eine kurze Pause, und klopfte noch zweimal.

Der Stress der vielen Runden zurück zur Lizard hatte sie ausgelaugt. Immer wieder zur ihrem Spind zurückzukehren und zu warten, bis sich der Strand lichtete.

In dem schmalen Schlitz zwischen Tür und Teppichboden erschien ein Schatten.

Er steht auf der anderen Seite, dachte sie bei sich und atmete tief durch. John Bald machte ihr Angst. Was seltsam war, wenn sie genauer darüber nachdachte. John war ruhig und sprach mit sanfter Stimme. Vielleicht erinnerte er sie an ihren Vater. Der konnte in einer Minute noch der netteste Mann der Welt sein und eine Sekunde später ihrer Mutter den Kopf einschlagen.

Die Tür ging auf, aber sie blieb stehen.

»Willst du nicht reinkommen?«

John, dessen Statur den Türrahmen ausfüllte, mampfte einen roten Apfel.

Wright blieb wie angewurzelt stehen und musterte angestrengt den Flur. Niemand da.

»Das ist das letzte Paket.«

»Warum erzählst du das nicht gleich der ganzen Welt?«

Beschämt ließ sie die Augen auf den Teppich sinken.

»Ich mach nur Spaß, Mädchen. Du bist zur richtigen Zeit gekommen. Ich hab den Zimmerservice für uns bestellt.« Er schob sich das Kerngehäuse mit Stiel in den Mund. »Ich hoffe, du magst Fisch, aber ich dachte, da du eh die meiste Zeit auf einem Schiff zubringst …«

Sie roch Zwiebeln und Thunfisch. Ihr Magen begann zu knurren. *Gott, bin ich hungrig*. Vor lauter Eile, das Kokain loszuwerden, hatte sie in den letzten vierundzwanzig Stunden keinen Bissen zu sich genommen.

Im Zimmer stand ein Schreibtisch aus Holz im Stil der Zwanzigerjahre mit dazu passendem Stuhl, ein lachsfarbener Teppich lag auf dem Boden, und ein orientalisch anmutender Deckenventilator wirbelte kühle Luft umher. Sie ließ sich auf den Rand des Bettes fallen und nahm etwas Essen vom Tablett: Risotto mit weißen Zwiebeln, gedünstete Muscheln, fangfrischer Blauflossen-Thunfisch. Alles davon roch delikat.

John holte den Laptop aus der Tasche und legte ihn auf den Schreibtisch. Aus der Schublade nahm er einen Schraubenzieher und löste damit die Schrauben an der Unterseite des Geräts. Die Abdeckung löste sich. Im Inneren, dort, wo sich eigentlich Kabel und Leiterplatten befinden sollten, fanden sich säuberlich aufgereiht weiße Fläschchen.

»Das ist alles?«

»Ahm, lass mich nachdenken. Nein, ich hab mir gedacht, ich behalte selber ein paar davon, und steige ins Geschäft ein.« Wright rollte mit den Augen und stach nach einer Muschel. »Natürlich ist das alles. Du kannst aber natürlich nachwiegen.«

»Nein, ich glaub dir. Du hast das wirklich gut gemacht.«

Er unterstrich seine Aussage, indem er seine Hand über ihren Rücken gleiten ließ. Sie zuckte ein wenig zusammen. Zuckte deshalb, weil seine Hand kälter war als jede Männerhand, die sie bisher gekannt hatte. Ein wenig auch, weil sie wusste, dass es eine schlechte Idee war, sich John zu verweigern. Das war kein Teil ihrer Abmachung gewesen, aber in der ersten Nacht, als sie sich in Rio trafen, war sie betrunken und achtlos gewesen, und der beeindruckende Schotte mit der dunklen Vergangenheit und den noch dunkleren Eigenschaften hatte sie neugierig gemacht. Sie hätte es besser wissen müssen. Aber nun war es zu spät.

Er ließ sie ihre Bluse aufknöpfen und ihre Schuhe ausziehen. Ein kleiner Gefallen. Sie brauchte ein paar Minuten, um sich bis auf ihren Slip und den BH auszuziehen. Länger, als sie normalerweise dafür benötigt hätte.

»Wenn man erst mal in einer Sache drinsteckt«, hatte ihre Mutter einmal mit geschwollenem Gesicht erklärt, »ist es schwierig, da wieder herauszukommen.«

Sie bekam kaum Luft, als John sie fickte. Aber sie wusste, dass er seinen Griff nur noch verstärken würde, wenn sie sich gewehrt hätte. Also ließ sie es über sich ergehen. Er fickte sie hart, und ließ sie erst los, als er in ihr kam. Drei Minuten, die sich wie dreißig Minuten anfühlten. Sie ertrug es, indem sie sich vorstellte, wie sie mit fünfzig Riesen in der Hosentasche aus der Hoteltür und die Nacht davon spazieren würde. Ein neues Leben. Das Bett ächzte, als er sich von ihr herunterrollte. Dann hörte sie das Klappern seiner Gürtelschnalle, als er wieder in seine Jeans schlüpfte.

»Ich muss jetzt gehen«, sagte sie. Ihre Stimme klang brüchig wie dünnes Eis. »Wir legen morgen früh ab, und bis 0300 müssen alle wieder an Bord sein.«

Keine Antwort.

»Du hast mein Geld dabei, oder?«

»Gleich hier«, sagte John und tätschelte eine Reisetasche, die auf dem Stuhl lag. Er lächelte sie an. »Entspann dich. Niemand schöpft Verdacht, oder?«

»Nein, ich denke nicht.«

»Nein, niemand ahnt etwas. Sonst hätte dich die Polizei bereits verhaftet. Sieh es doch mal so: Du bist jetzt 50.000 Pfund reicher als heute Morgen. Gar kein so schlechter Deal.«

»Wohl nicht.«

»Die Navy spielt eine wichtige Rolle im Drogenkrieg. Hat eine gewisse Ironie, wenn man darüber nachdenkt.«

»Ja«, antwortete sie vage.

»Die ganze Zeit über hatten sie den Jackpot selbst an Bord.«

Sie stand auf. Die weiße Decke bedeckte ihren Körper.

»Wo willst du hin?«

»Duschen«, sagte sie.

Das heiße Wasser brannte auf ihrer Haut. Sie blinzelte Seifenwasser aus ihren Augen und sah einen Umriss durch das Milchglas, halb Pink, halb Blau. John. Was zum Teufel wollte das Arschloch jetzt noch? Wright öffnete die Schiebetür der Duschkabine. Grinsend kam John zum Vorschein. Ja, grinsend. Als wäre sie die Pointe eines furchtbaren Witzes.

»Was ist los?«

»Gar nichts.«

Der erste Schlag warf sie um. Wasser prasselte auf sie herab. Sie versuchte aufzustehen, aber ein zweiter Faustschlag ins Gesicht zwang sie zurück. Ein paar Zähne hatten sich gelockert. Blut lief ihr in die Augen. Jeder Schlag hallte in ihrem Kopf wider. Er schlug zu, immer und immer wieder. Die Welt um sie herum verschwamm zu einem blutigen Zwielicht.

Dann verlor sie das Bewusstsein.

Als sie wieder aufwachte, wusste sie nicht, wie spät es war oder wo sie sich befand. Aber sie erinnerte sich an Johns Gesicht. Er wollte sie umbringen. Ihre Verletzungen waren zu schwer, um sich zu bewegen, deswegen konnte sie nur stöhnen, als John eine Rasierklinge zückte und sie ihr quer erst über das eine, dann über das andere Handgelenk zog.

Dieser Mann wird mich eines Tages umbringen, hatte ihre Mutter über ihren Vater gesagt.

Dieser Mann …

Kapitel 34

22:22 Uhr

An ihrem südöstlichsten Punkt hörte die Sir Herbert Road abrupt auf und der Felsen wurde zu einem steilen Kliff. Von hier aus gab es keine Route entlang der Südküste. Gardner wusste, dass er keine andere Wahl hatte, als auf der Devils Tower Road nach Norden zurückzufahren. Er war sowieso schon zu spät dran, da Terry Gill bereits auf dem Weg zum Kings Hotel war. Zu Fuß würde er es nicht schaffen.

Ein Ford Focus kam ihm entgegen. Das einzige Auto weit und breit. Er versteckte die Sig hinter seinem Rücken und schlenderte in die Mitte der Straße. Der Focus kam acht Meter vor Gardner zum Stillstand. Die Scheinwerfer blendeten ihn. Er hielt sich schützend die linke Hand vor die Augen und warf einen Blick auf den Fahrer. Männlich, langsam kahl werdend, um die Vierzig. Sein Bierbauch drohte jeden Moment aus dem zugeknöpften Hawaiihemd zu platzen. Keine Bedrohung.

»Kann ich Ihnen helfen?«, fragte der Mann, während er aus dem Wagen ausstieg und auf Gardner zulief.

»Ich brauche Ihr Auto.«

»Oh Scheiße.«

Der Mann rannte zurück. Als er bei seinem Wagen angekommen war und die Tür aufriss, hatte Gardner seine Sig gezogen. Der Mann hielt inne, mit einem Fuß bereits im Wagen. Sein Körper zitterte vor Angst.

»Bitte … tun Sie mir nichts. Ich habe eine Frau und zwei Töchter.«

»Dann verschwinden Sie.«

Schneller, als sich dieser fette Körper je bewegt hatte, rannte der Mann in Richtung Strand. Gardner sprang in das Fahrzeug und raste die Devils Tower Road und dann die Winston Churchill Avenue hinunter. Er ließ den Wagen vor dem Kings Hotel stehen und stürmte die Stufen hinauf.

Es dauerte eine gefühlte Ewigkeit, bis sich die automatischen Türen öffneten. Eine Frau an der Rezeption fragte, ob sie ihm helfen könne.

»Notfall«, rief er ihr zu, brach durch die Feuerschutztür rechts neben der Rezeption und stürmte die Treppe hinauf.

Wenn du das versaust, kannst du dir deine Zukunft beim Regiment abschminken.

Ich werd's nicht versauen.

Drei Treppen nach oben. Seine Beinmuskeln hatten sich nach dem mörderischen Gewaltmarsch durch die Favela wieder erholt. Seine Muskelfasern weiteten sich und heilten. Mühelos nahm er die Stufen, presste die Handflächen gegen die quer verlaufende Panikstange. Die Tür schwang auf.

Er fand sich in einem Korridor wieder, muffig trotz der Klimaanlage und flankiert von Zimmertüren. Ein Schild an der beigefarbenen Wand gab an, dass es nach links zu den Zimmern 30-34 und geradeaus zu den Zimmern 35-39 ging. Die fünfte Tür also.

Fünfzig Meter, am Ende des Flurs, neben dem Lift.

Gill stand vor Zimmer Nummer 39. Seine linke Hand ruhte auf dem Türknauf. In seiner Rechten hielt er eine Glock 9mm. Ein Gemtech Tundra Schalldämpfer war auf den Lauf geschraubt, und darunter befand sich ein GTL 22 Tactical Light. Dessen weißer Lichtpunkt fiel auf den Teppich. Sein Kopf schnellte herum. Auf seinem Gesicht wechselten sich eine ganze Reihe von Emotionen ab, als Gardner die P228 aus seiner Jeans zog.

Fünfunddreißig Meter und weniger. Gill hob die Glock. Gardner wusste, dass er zuerst schießen musste, bevor die Glock bereit war. Das Tactical Light diente als wirkungsvolles Blitzlicht, um

Angreifer zu verwirren. Es würde ihn blenden, wenn er versuchte, zu feuern.

Fünfundzwanzig Meter. Gardner drückte ab. Ka-Rack!

Klink!

Gill sog scharf die Luft ein. Die Kugel hatte seine Glock getroffen und ihm aus der Hand gerissen. Mit der Linken packte er sein Handgelenk.

»Was zum Teufel …«

»Zurück, Terry.«

»Vergiss es. Bring es einfach zu Ende.«

Gardner hätte nur zu gern den Abzug gedrückt. Aber zuerst musste er herausfinden, welche Verbindung zwischen Gill und Hands bestand. Killens Geschwätz über das Blutdiamanten-Geschäft konnte nicht stimmen, denn Hands stand bereits seit ein paar Jahren auf der schwarzen Liste des Circuit. Anstatt in irgendeinem afrikanischen Höllenloch hatte er sich eher bei irgendwelchen Buchmachern in Dagenham verkrochen.

»Wie hast du mich gefunden?«

»Ich hab Johnny und Eddie getroffen. Auf einem Angelausflug.«

Gill grunzte. Die Zeit war nicht sonderlich nett zu dem ehemaligen Fallschirmjäger gewesen. Seine Muskeln waren schlaff geworden. Die Brustmuskeln waren bereits auf dem besten Wege, zu Herrentitten zu werden. An den Hüften zeichneten sich erste Rettungsringe ab. Die roten Haare gingen ihm langsam aus, und das Weiße in seinen Augen begann grau und stumpf zu werden.

»Wer hat dich mit Dave Hands zusammengebracht?«, fragte Gardner. »Killen und Stone meinten, ihr hättet euch bei einem Geschäft mit Diamanten getroffen, aber den beiden glaube ich kein Wort.«

»Verschwinde einfach.«

Gill sah verstohlen zu der Glock, die zwei Meter hinter ihm lag. Wenn er auf dumme Gedanken kam, würde Gardner der Wand einen neuen Anstrich verpassen.

Ein Klicken, hinter ihm. Das Geräusch lenkte ihn für einen Moment ab. Gardner machte eine halbe Drehung und sah aus den Augenwinkeln eine Frau aus ihrem Zimmer rennen. »Er hat eine Waffe!«, schrie sie.

Gill warf sich mit der Schulter gegen die Tür von Zimmer 39. Das Walnussholz gab nach, und er stürzte durch die Öffnung.

Gardner zögerte. *John darf nicht wissen, dass du eigentlich noch am Leben bist*, sagte er sich. *Aber wenn du Gill nicht aufhältst, ist John ein toter Mann.*

Er hatte keine Wahl, also tauchte er in den Raum hinein; die Sig nah an seiner Brust, den Ellbogen in die Seite gepresst.

Er erwartete, Gill darin vorzufinden. Aber der Raum war dunkel. Ein schwacher Lichtschein, der aus dem Badezimmer drang, ließ ein Bett, einen Tisch und einen Schrank erkennen. Dann sah er, wie sich vor ihm etwas bewegte. Gardner zielte, drückte den Abzug leicht durch, und als sich seine Augen an die Dunkelheit gewöhnt hatten, sah er Vorhänge wie ein Kleid über einen Abluftschacht wehen. Die Türen hinaus zum Balkon standen offen.

Gardner atmete tief durch. Hörte, wie das Blut in seinen Ohren rauschte. Er bewegte sich langsam weiter in das Zimmer hinein. Es sah aus, als wenn Bald gesprungen wäre.

Er spürte einen Druck auf dem rechten Ohr. Sein Blickfeld kippte zur Seite wie ein Boot mit Schlagseite und ehe er sich versah, krachte sein Kopf gegen den Schrank. Gill.

Der Mistkerl stand im Türrahmen zum Badezimmer und trat gegen Gardners Oberkörper. Irgendwas darin schien nachzugeben. Gardner spürte, wie es ihm die Luft aus der Lunge trieb. Verdammt, ihm tat alles weh.

Gill legte sich so gut er konnte ins Zeug. Er trat auf Gardners rechte Hand, dass die Knöchel unter seinen Sohlen knirschten.

Dann holte er aus, um Gardner in die Magengrube zu treten. Aber die Zeit, die er brauchte, um mit dem Bein auszuholen, genügte Gardner, um durchzuatmen. Er spannte die von jahrelangen

Rumpfbeugen gestählten Bauchmuskeln an, bildete so eine feste Schutzwand zwischen seinem Magen und Gills Caterpillars. Der Tritt war schmerzhaft; Stahlkappen, die auf angespanntes Fleisch trafen, aber zumindest nahm er ihn nicht aus dem Rennen.

Gardner packte das Bein, dass sich in seine Eingeweide bohrte, legte alle Kraft in die Schultern und die Unterarme und katapultierte es nach oben. Gill verlor das Gleichgewicht und viel auf den Hintern.

Zeit, um zum entscheidenden Gegenschlag auszuholen.

Gills Finger krallten sich in die messingfarbene Türschwelle zum Badezimmer, als Gardner bei ihm war. Er packte ein Büschel der dünner werdenden Haare und zog seinen Kopf nach oben. Dann ließ er ihn auf den Boden knallen. Fest. Und wieder. Dreimal. Viermal. Fünfmal. Sechsmal. Sieben … solange, bis der Teppichboden ein einziger sangriafarbener Fleck war.

Gill hob die Hand zu Gardners Gesicht. Seine Finger krallten suchend über seinen Hals und seinen Mund wie angriffslustige Spinnen. Dann bemerkte Gardner, dass Gill etwas in der anderen Hand hielt – ein zehn Zentimeter langes Sebenza-Messer. Er begrub Gills Handgelenk unter seinem Timberland-Stiefel und zwang ihn, das Messer loszulassen.

»Du dummer Scheißkerl«, keuchte er seinem Gegner ins Gesicht.

Aber er wird nicht aufgeben, warnte ihn eine Stimme in seinem Kopf. *Er oder du.*

Er trat Gill ins Gesicht, um ihn zu betäuben, dann schleifte er dessen Körper ins Badezimmer. Der Mistkerl klammerte sich an seinen Beinen fest. Nachdem er nun seit einem Jahr gezwungen war, sich hauptsächlich auf seinen rechten Arm zu verlassen, hatte das seinen Bizeps, Trizeps und die Beugemuskeln auf dieser Seite gestärkt. Trotzdem war Gill schwer. Muskeln vollgepumpt mit Steroiden, überzogen mit mehreren Zentimetern Fett, das vom Saufen kam, machten daraus einen Kraftakt, als würde er einen Schwertransporter ziehen. Als er Gill vor der Toilettenschüssel zu Boden fallen ließ, war Gardner außer Atem. Bei jedem Atemzug ging ein Stechen durch seinen gesamten Brustkorb.

Als Gardner ihn mit dem Ellenbogen am Kinn traf und auf die Bretter schickte, wusste der Para, was ihm blühen würde. Gardner hob den Toilettensitz und tauchte Gills Kopf tief in die Schüssel, zwang ihn weit genug hinein, damit sein Kopf von Pissewasser umgeben war. Presste seinen Stiefel auf Gills Genick und hielt ihn so fest. Gill schlug um sich. Aber Gardner blieb unerbittlich, hielt Gill fest umklammert und lauschte, wie gurgelnd das Leben aus ihm wich.

Gills Hände zuckten wild durch die Luft. Er strampelte mit den Beinen. Gardner gab nicht nach. Das Wasser im Becken färbte sich rot. Nach einer Minute machte sich Gill in die Hosen.

Gardner verlor so langsam die Geduld.

»Stirb endlich«, schrie er.

Gill gurgelte wild im Todeskampf.

Zwei Minuten später ließ er die Arme sinken. Das Strampeln seiner Beine ließ nach.

Nach weiteren drei Minuten war Gill tot.

Gardner nahm sein Bein von der Toilette. Drückte den Spülknopf. Sein Fuß war mit Pisse und blutigem Wasser durchnässt, und die Luft stank nach Scheiße und Zitronenduft. Für einen Moment stand er wie benebelt in dem Badezimmer und starrte auf den Toten hinunter, über dessen Hinterkopf sich ein Schwall Spülwasser ergoss. Mittlerweile war der stechende Schmerz in seiner Brust so stark, dass er sich wie ein schrilles Pfeifen in Gardners Schädel bohrte.

Keine Zeit zu verlieren. Du musst hinter John her. Sein Vorsprung dürfte jetzt … wie viele Minuten betragen? Vier? Vielleicht mehr. Ich muss ihn finden.

Da erst bemerkte er die Duschkabine, halb rechts hinter seiner Schulter. Die mattierte Glasschiebetür war geschlossen, aber dahinter zeichnete sich ein pinkfarbener Fleck ab.

Gardner schob die Tür zur Seite, und kämpfte gegen den plötzlichen Drang an, sich zu übergeben.

Er hatte schon eine ganze Menge Leichen gesehen. Aber die Wren in der Dusche war schlimmer zugerichtet als alles, was die Taliban oder irgendwelche Aufständischen ihren Frauen antaten. Dort, wo sich ihr Gesicht befinden sollte, klaffte ein Loch. Darin eingesunken sah man Knochen, abgerissene Lippen und Augäpfel. Ihr Hals, die Brust und Arme waren mit violettfarbenen Flecken bedeckt. Getrocknetes Blut versiegelte die Wunden an ihren Handgelenken wie Wachs. Die Frau kauerte in einer Pfütze aus ihrem eigenen Blut. Der Abfluss war mit einem Büschel Haaren verstopft, die man ihr aus dem Kopf gerissen hatte.

Mein Gott, John. Was hast du getan?

Ihm blieb keine Zeit, schockiert zu sein. Durch die offene Balkontür drangen Polizeisirenen heran. *Du musst hier verschwinden, und zwar schnell.*

Bald musste gesprungen sein. Das bedeutete, er war draußen auf der Straße. Schutzlos. *Aber was, wenn Bald den Sprung nicht überlebt hat?*, fragte eine andere Stimme in seinem Kopf. Immerhin befanden sie sich im dritten Stock, von wo es gut sechs Meter steil nach unten ging.

Du musst ins Erdgeschoss. Wenn du dich beeilst, findest du vielleicht noch eine Spur von ihm.

Er hob die Sig auf, schnappte sich sicherheitshalber auch Gills Glock, die er sich in die Jeans stopfte, und nahm den kürzesten Weg zum Notausgang.

Keine Zeit zu verlieren.

Die Tür ging auf, bevor er bei ihr war.

Ein Schemen schob sich aus dem Treppenhaus in den Flur.

Kapitel 35

23:00 Uhr

Gardner hielt den Mann für den Hotelmanager. Über einen Meter achtzig groß, blauer Anzug, gepflegter Dreitagebart und randlose Brille. Von Kopf bis Fuß die Art von Mittdreißiger, dem die Altersvorsorge schon im Hintern steckte.

Dann ließ Gardner seinen Blick von der blauen Anzugsjacke hinabwandern und bemerkte die Brechstange in der rechten Hand des Mannes.

Die Brechstange machte sich gerade auf den Weg in sein Gesicht.

Instinktiv riss er seinen linken Arm nach oben, um sein Gesicht zu schützen. Die Stange schlug gegen seine Prothese, und obwohl er darin kein Gefühl hatte, spürte er den Aufschlag durch seinen Ellbogen zucken.

Ein Zucken, aber kein Schmerz. Mr. Brechstange machte ein langes Gesicht, als er sah, dass Gardner noch immer aufrecht stand und keine Schmerzensschreie ausstieß, nicht zurückschreckte.

Keine zweite Chance. Gardner fegte mit seiner falschen Hand die Brechstange beiseite. Er machte sich bereit, dem Typen einen Glasgow-Kuss zu verpassen, legte den Kopf in den Nacken, spannte die Nackenmuskeln, zog das Kinn an den Hals heran – und ließ seinen Kopf nach vorn sausen. Der Schädelknochen war direkt am Haaransatz am dicksten und stellte eine fürchterliche Waffe dar. Er zielte damit auf die Nasenspitze seines Gegners, der beste Punkt, um einen K.O.-Schlag zu landen.

Er hörte ein Knacken, wie ein Ast, den man von einem Baum brach. Die Nase des Mannes sah aus, als hätte er versucht, eine Zündkerze einzusaugen. Er taumelte seitwärts, rückwärts.

Aber Mr. Brechstange gab sich noch nicht geschlagen und landete einen Treffer mit der flachen Hand in Gardners Gesicht. Es fühlte sich an, als wären Starterkabel an seine Wangen angeklipst. Die Wucht des Treffers ließ ihn zurückstolpern und ins Zimmer 26 krachen. Die Tür schwang quietschend in ihren Angeln zurück, und im Zimmer sprang eine nackte Frau aus dem Bett. Beide Männer hatten während des Handgemenges ihre Waffen verloren. Die Sig und die Glock lagen nur fünf Meter entfernt, aber außer Reichweite der beiden Kontrahenten. Die Frau rutschte angsterfüllt von den Waffen weg, als wären sie Giftschlangen.

Ihr Freund, ein aufgedunsener Kerl mit Haaren am Rücken, warf einen kurzen Blick auf Gardner, Mr. Brechstange und die zwei Waffen und schloss sich im Badezimmer ein. Seine Freundin ließ er schreiend vor der Tür zurück.

Für einen Mann seiner Größe war Mr. Brechstange ausgesprochen wendig. Blitzschnell schoss er nach vorn. Gardner hatte keine Zeit, sich zu schützen.

Von den Schreien der Frau begleitet war der Gegenangriff von Mr. Brechstange von geradezu verheerender Schnelligkeit. Er vollführte einen schmerzhaften Tritt in Gardners Weichteile. Fäuste so hart wie Hanteln prasselten ungehindert auf ihn ein – ein derber Schlag gegen den Kehlkopf, ein tief angesetzter Hieb gegen die Knie. Ein Gefühl, als würde er gegen eine endlose reißende Flut ankämpfen.

Aber er schien Angst zu haben, zu nah an Gardner heranzukommen. Er umkreiste ihn, trat ihm gegen die Knie. Ließ sein ausgestrecktes Bein auf seinen Brustkorb niedergehen wie die Klinge einer Axt. Mr. Brechstanges Absatz bohrte sich in Gardners Brust.

Ein weiterer Tritt. Dieses Mal war Gardner vorbereitet. Er ließ seine rechte Hand quer über den Flur schnellen und schlug gegen Mr. Brechstanges Standbein. Der Mann verlor seinen Halt und fiel. Gardner rappelte sich auf, und auch Mr. Brechstange kam wieder auf die Beine.

Meine Güte, der Kerl schwitzt noch nicht mal.

Sein Gegner nahm eine Verteidigungshaltung ein, schützte seinen Kopf. Das ließ den Rest des Körpers jedoch ungeschützt, und Gardner wollte, dass er dafür bezahlte. Er zielte auf den Bauch seines Angreifers und ließ das Knie nach vorn schnellen. Mr. Brechstange wehrte den Tritt ab, indem er sich die Arme in Form eines X schützend vor den Körper hielt. Aber dafür musste er sie herunternehmen. Und darauf hatte Gardner spekuliert.

Er konzentrierte sich auf den Unterkiefer. Ein Schlag. *Eine bessere Chance wirst du so schnell nicht kriegen.*

Wenige Zentimeter vor seinem Gesicht blockte Mr. Brechstange den Schlag mit der Innenfläche seiner linken Hand ab. Gardners K.O.-Schlag fuhr ins Leere.

Der Mann ließ eine Flut von Schlägen auf ihn niedergehen, und Gardner spürte, dass ihn die Kräfte verließen. *Wenn du noch einmal zu Boden gehst, stehst du sicher nicht wieder auf. Er ist zu stark. Du brauchst eine Waffe.*

Das Serviertablett vom Zimmerservice. Ja, jetzt fiel es ihm wieder ein. Die Messer und Gabeln. Das Tablett befand sich einen Meter hinter ihm. Beim nächsten Schlag ging er in die Knie. Mr. Brechstange holte zu einem Tritt aus, und er griff hinter sich. Packte den Griff von etwas – was es war, konnte er nicht erkennen, aber er stieß mit dem Besteck nach vorn – und rammte ein gezahntes Steakmesser in das Knie seines Angreifers.

Nicht aufhören. Bring den Job zu Ende.

Während der Schmerz durch den Körper des Typen fuhr, zwang Gardner seinen Kopf nach unten und wickelte ihm seinen linken Arm um den Hals. Er zog den Arm heran und quetschte so den Kopf seines Gegners in seiner Armbeuge ein. Mit der rechten Hand auf dessen Schulter packte Gardner mit seiner linken Hand das Handgelenk des Mannes. Mit gespreizten Beinen beugte er sich nach vorn und zwang den Kerl zu Boden, er obenauf. Dann streckte er seinen Körper aus und und verteilte sein Gewicht so gleichmäßig wie möglich, um ihm damit die Luft abzudrücken. Mr. Brechstange wand sich umher, hieb gegen Gardners Schultern, doch der Klammergriff, in dem sein Körper steckte, sorgte dafür, dass er mit jeder Bewegung weniger Luft bekam. Gardner hielt ihn in einem klassischen Vierpunkt-Würgegriff. Ein weiblicher Hintern floh aus dem Zimmer, und ihre Schreie hallten den Korridor entlang.

»Wie heißt du?«, fragte Gardner.

»Fick dich.«

»Für wen arbeitest du?«

»Deine Mutter ist eine verdammte Nutte.«

»Möglich, aber danach habe ich nicht gefragt.« Gardner zog den den Arm weiter zusammen. Der Mann biss die Zähne zusammen. Seine Luftröhre wurde zu einem Strohhalm zusammengepresst. »Rede!«

»Lutsch deinem Bruder den Schwanz!«

»Ich hab keinen Bruder.«

»Diese Unterhaltung ... ist ... beendet.«

Mit dem letzten Wort spürte Gardner, wie er nach oben gedrückt wurde. Er traute seinen Augen nicht. Obwohl er übel zugerichtet war und halb erstickt, hatte Mr. Brechstange noch immer genug Kraft, um ihn hochzuheben.

Während Gardner gegen die Tür schlug, sah er, wie der Kerl nach der Glock griff. *Jetzt bist du am Arsch*, dachte er.

Aber Mr. Brechstange sah in den Flur. Gardner konnte aus seiner Position etwa zwanzig Meter des Korridors sehen. Ein Wachmann lief den Flur entlang, um nach der Ursache für den Tumult zu sehen und rief Mr. Crowbar zu, er solle die Hände hochnehmen. Genauso gut hätte er der Schwerkraft zurufen können, einen Tag Urlaub zu nehmen. Mr. Brechstange zog ein fünfzehn Zentimeter langes Kampfmesser aus seinem Jackett und stieß es dem Wachmann zwischen die Beine. Der sah verwundert auf seine Eier hinunter.

Mr. Brechstange floh das Treppenhaus hinunter, als der Lift mit einem Klingeln eintraf. Gardner schaffte es gerade noch, sich auf eines seiner Knie zu stemmen, als das Licht, dass durch die Türöffnung drang, von einer Meute Uniformierter verdeckt wurde.

Im Handumdrehen zog man ihm die Arme auf den Rücken und ließ Handschellen um seine Gelenke schnappen. Wer immer für die Handschellen zuständig war, hatte darauf geachtet, sie besonders eng zu machen. Gardner war so geschwächt, dass er Mühe hatte, den Kopf zu heben.

Er sah sich einem korpulenten grauhaarigen Mann gegenüber, dessen sonnengebräunter Teint direkt aus einem Fitnesskatalog zu stammen schien. Die Plakette an seinem makellos gebügelten weißen Hemd wies ihn als Lieutenant Colonel E. López aus. Seine teigigen Finger ruhten auf seinem Gürtel. Dicke Haarbüschel ragten aus seiner Nase.

»In Ordnung, das reicht«, sagte er zu dem Officer, der Gardner die Handschellen anlegte. »Der hat genug. Seht ihn euch nur an.«

»Sie sollten den anderen Kerl sehen«, krächzte Gardner.

»Ich bin sicher, Sie beide haben eine interessante Geschichte zu erzählen. Haben Sie hier so eine Art Kleinkrieg ausgefochten?«

»So was in der Art.«

Zwei Beamte halfen ihm auf die Beine und in den nächstbesten Polizeiwagen.

Kapitel 36

00:41 Uhr

Die Zeit im Verhörraum Nummer 3 zog sich dahin wie Kaugummi. Mit einer Stimme, die sich anhörte, als hätte er losen Schotter in der Lunge, nahm López Gardner in die Mangel. Von dem Moment an, als sein Deputy, Carlos Guerrero, Gardner mit den Handschellen an den Metalltisch fesselte, war eine Sache klar: Sie gingen davon aus, dass er für beide Leichen in Zimmer Nummer 39 verantwortlich war. López hatte die Anklagepunkte heruntergerattert, als wäre es eine Einkaufsliste. Guerrero zog dazu Grimassen und stieß ein paar wenig subtile Drohungen aus. Beinahe sehnte sich Gardner zu den Zeiten zurück, als eine Gefangennahme bedeutete, dass man ein heißes Date mit Krokodilklemmen und einer Holzlatte hatte, die einen bearbeitete.

»Was wollten Sie im Kings Hotel?«

»Ich war dort, um einen Mann namens John Bald zu beschützen. Das war der Mann, dem das Zimmer gehörte.«

»Das können Sie jemand anderem weismachen. Wir haben die Hotelbücher gecheckt. Es gibt keinerlei Aufzeichnung über jemanden dieses Namens in dem Hotel.«

»Er war dort.«

»Wir haben ihren Körper gefunden. Sie wissen schon, wovon ich spreche, oder?«

»Kein Kommentar.«

»Sie sind in das Apartment gegangen, wo Sie die Frau dabei ertappt haben, wie sie mit einem anderen Mann schlief. Sie haben sie vergewaltigt, gewürgt, zu Tode geprügelt und haben ihr dann die Pulsadern aufgeschnitten, damit es wie Selbstmord aussieht.

Dann haben Sie ihren Liebhaber umgebracht. Das ist 'ne schlimme Sache, mein Freund. Dafür wird Sie jedes Gericht der Welt schnurstracks ins Gefängnis stecken und uns anflehen, die Schlüssel wegzuwerfen. Für den Rest Ihres Lebens werden Sie von Ratten und madigem Reis leben.«

»Kein Kommentar.«

Seit mehr als einer Stunde ließ Gardner ihre Fragen an sich abprallen, als ein Officer hereinplatzte und atemlos etwas von einem dringenden Telefonat erzählte. López und Guerrero verließen den Raum. Der Deputy warf Gardner ein Lächeln zu, bei dem seine kleinen Augen zwischen den Hautfalten seines Gesichts verschwanden.

Dreißig Minuten vergingen. Keiner der Männer kehrte zurück. Gardner konnte so lange an seiner misslichen Lage nichts ändern, bis er einen Anwalt bekam, also verbrachte er die Zeit mit Nachdenken.

Abgesehen von dem Mordverdacht hatte ihn die Polizei wegen Körperverletzung und unerlaubten Waffenbesitzes festgenommen. López hatte zuversichtlich geklungen, was die Anklagepunkte betraf, aber Gardner hatte da so seine Zweifel. Angefangen damit, dass er den Körper der Frau nicht angefasst hatte. Wenn sie vergewaltigt worden war, würden zudem DNA-Proben zweifelsfrei feststellen, dass es nicht sein Sperma war. Gills Tod war da schon schwieriger zu erklären. Seine Fingerabdrücke würden überall auf dessen Körper sein.

Er bezweifelte, dass die Firma angeritten kam und ihn befreien würde. *Shit, wahrscheinlich sind die gerade dabei, ihre eigenen Spuren zu verwischen.*

Gardner ließ seine Gedanken zu Mr. Brechstange schweifen. Diesen Kampfstil hatte er schon mal irgendwo gesehen. Im Regiment hatte man ihm Nahkampftechniken und die Kunst des Boxens beigebracht. Er hatte Medaillen in Tae Kwon Do und Boxen gewonnen und weitere Kampfstile studiert, um ein Meister im Nahkampf zu werden. Er liebte es, sich in einer Zeit, wo die Yanks es vorzogen, andere Länder aus tausend Meter Höhe einzunehmen auf seine individuellen Fertigkeiten zu konzentrieren.

Deshalb erkannte Gardner einen Kampfexperten, wenn er einen sah. Und der Typ im Kings Hotel war einer der besten Kämpfer, mit denen er bislang zu tun gehabt hatte.

Die Tür wurde entriegelt. Gardner starrte den Tisch vor sich an, als wäre er die interessanteste Sache der ganzen verdammten weiten Welt. Er hörte, wie vor ihm ein Stuhl zurecht geschoben wurde, und dann: »Nun lächeln Sie mal, alter Freund. Es passiert nicht alle Tage, dass man in einem belebten Hotel einen Mann umbringen kann und damit ungeschoren davon kommt.«

Gardner sah auf.

Er hätte erleichtert sein müssen, Land vor sich zu sehen, denn das war ein Zeichen dafür, dass die Firma hier war, um ihn rauszuholen. Aber stattdessen war er stocksauer. Zorn stieg in ihm auf.

»Sie haben mich angelogen.«

Land sah lächelnd zu Boden. »Verstehe. Kein Dankeschön, dass ich Hebel in Bewegung gesetzt habe, ohne es zu müssen. Stattdessen wilde Anschuldigungen. Manchmal können Sie ein ganz schön undankbarer Scheißkerl sein.«

»Sie sagten mir, da wären drei Mann, die John ausrauben wollen. Ich kann mich nicht erinnern, dass die Rede von einem vierten Mann war.«

»Weil ich es nicht wusste«, sagte Land, und wischte sich etwas Staub von seinem cremefarbenen Jackett. »Sie glauben mir nicht? Zu schade. Eine Menge Zeit und Geld ist in diese Mission geflossen, und es ist kein Geheimnis, dass beides davon in Whitehall knapp ist. Die Dinge sind aktuell eben, wie sie sind. Glauben Sie wirklich, ich würde unsere harte Arbeit aufs Spiel setzen, indem ich Ihnen ein paar Lügen verkaufe? Ganz abgesehen davon, damit Ihr und Johns Leben zu gefährden. Es tut mir sehr leid, aber das ist nicht die Art, wie wir die Dinge angehen, mein Bester.«

Gardner sah Land in die Augen.

»Vielleicht stimmt das. Aber erzählen Sie mir nicht, Sie hätten nichts darüber gewusst, dass Killen und seine Leute Jobs für den Circuit erledigt haben«, sagte er. »Ich weiß, wie die Firma arbeitet. Sie hatten Zugang zu unseren Akten und konnten Eins und Eins zusammenzählen.«

»Ein paar Informationen musste ich vor Ihnen geheimhalten. Wer konnte wissen, wie Sie reagieren werden, wenn Sie deren Identitäten gekannt hätten? Das war ein Risiko, dass ich unmöglich eingehen konnte.« Land sah stirnrunzelnd zu seinen Schuhen hinunter. »Außerdem hielt ich es für einen Vorteil für uns, wenn Sie mit diesen Leuten eine gewisse Vorgeschichte teilen. Das geringere von zwei Übeln, wenn Sie verstehen.«

»Wenn Sie noch einmal Informationen vor mir zurückhalten, schlage ich Ihnen den Schädel ein.«

»Guter Gott, Sie sind ja wirklich sauer. Ich musste eine Entscheidung treffen. Ob Sie diese für richtig oder falsch halten, ist völlig unerheblich. Sie sollten sich da nicht so reinsteigern.«

»Ihre sogenannte falsche Entscheidung hätte mich beinahe das Leben gekostet«, erwiderte Gardner ruhig. »Angesichts der Tatsache, dass ich mit gebrochenen Rippen hier sitze und verschiedener Morde verdächtigt werde, bin ich eigentlich noch ziemlich gelassen.«

Land stand auf und massierte seinen Rücken.

»Diese Stühle sind ziemlich unbequem.«

»Die glauben, ich hätte das Mädchen umgebracht. Ich hab den Drecksack von Gill auf dem Gewissen, aber die Wren war schon tot, als ich dort ankam. Ich nehme an, das war Johns Werk, um seine Spuren zu verwischen.«

»Schon richtig. Das haben wir nicht vorhersehen können. Aber es gibt gute Neuigkeiten. Ich habe mit meinem Boss gesprochen, der hat wiederum mit seinem Boss gesprochen, und irgendjemand von ganz oben hatte eine kurze persönliche Unterredung mit dem

Präsidenten. Er hat die Polizei angewiesen, alle Anklagen fallen zu lassen. Sehr zum Missfallen von Lieutenant Colonel López, wie ich vielleicht hinzufügen sollte. Sie sollten ihm auf den Weg nach draußen vielleicht besser nicht in die Quere kommen.«

»Und das Mädchen?«

Land nickte wissend und sagte: »Kommt als Selbstmord in die Akten.«

»Ich habe Stone und Killen in der Villa zurückgelassen.«

Land starrte durch das kleine vergitterte Fenster in der Tür. »Wir haben unsere Männer bereits da hingeschickt. Kein Glück. Wir gehen davon aus, dass unsere beiden Freunde in der letzten Stunde über die Grenze nach La Concepción abgehauen sind.« Er klopfte mit den Knöcheln gegen das Fenster.

»Der Typ aus dem Hotel«, begann Gardner und schloss die Augen, um nachzudenken. »Er konnte Krav Maga.«

»Was sagten Sie?«, fragte Land geistesabwesend.

»Das bedeutet ›Kontaktkampf‹. Krav Maga ist eine Kampfsportart, welche die Israelis für ihre Spezialeinheiten entwickelten. Heute bringt man sie auch den Kerlen im Regiment bei. Ich würde sagen, dass der Mann einen militärischen Background haben muss.«

»Wir können ihn nicht finden«, sagte Land. »Aber sein Bild war auf den Überwachungsbändern und wir haben es durch unsere Datenbanken laufen lassen. Ich fürchte, er ist ein unbeschriebenes Blatt. Sein Name ist Shai Golan. Geboren in Haifa. Sein Vater war Unternehmer und hat sein Glück im Baugewerbe versucht. Wie man mir sagte, arbeitete er eng mit der IDF zusammen. Darüber hinaus sind unsere Informationen über ihn so dünn wie chinesischer Tee.«

»Also könnte er immer noch da draußen sein.«

»Keine Angst. Jeder Police Officer auf dem Felsen ist hinter ihm her. Wir werden bald alles über ihn wissen.« Die Tür öffnete sich. Guerrero kam herein und nahm Gardner die Handschellen ab. Dabei machte er ein Gesicht, als hätte er den Mund voll Kuhscheiße. Gardner warf ihm auf dem Weg nach draußen einen *Du-kannst-mich-mal*-Blick zu und verließ mit Land die Polizeistation.

»Was ist mit John?«, fragte er, während sie gemeinsam die Straße entlanggingen. Straßenlampen im viktorianischen Stil säumten den Küstenverlauf wie Landelichter für die herannahende Dämmerung.

»Ich würde sagen, Sie schulden ihm was. Wenn Bald seine Mission nicht vorangetrieben hätte, wäre es mir deutlich schwerer gefallen, Sie rauszuholen.«

»John ist 'ne große Nummer. Einmal hat er einen OP, einen Observation Point, mit acht anderen von uns gegen über hundert Taliban verteidigt. Um so was durchzustehen, braucht man Eier aus Stahl.«

Land zündete sich einen Sargnagel an. »Vielleicht ist er aber auch einfach nur scharf auf das Geld.«

»Der John, den ich kannte, machte sich nie was aus Geld.«

»*Kannte* scheint mir hier das entscheidende Wort zu sein, fürchte ich. Haben Sie gesehen, was er dem Mädchen angetan hat?«

Land überprüfte eine Nachricht auf seinem Telefon. »Die Fregatte läuft in ein paar Stunden aus dem Hafen. Mit einer Wren weniger. Ich muss Bald beschatten lassen, während er seinen nächsten Schritt plant. Sie sollten sich beeilen.«

Gardner schüttelte den Kopf. »Vergessen Sie's.«

»Wie bitte?«, fragte Land. Seine Zigarette klebte ihm an der Lippe.

»Ich habe Ihnen vertraut und beinahe mit meinem Leben dafür bezahlt. Ich spiele nicht mehr mit. Wenn die Firma diese Sache aus der Welt schaffen will, muss sie das Risiko alleine eingehen. Soweit es mich betrifft, können Sie sich Ihre Mission in den Arsch schieben.«

»Sehr freundlich. Aber wenn Sie jetzt gehen, muss ich Sie warnen. Sie befinden sich auf britischem Hoheitsgebiet, Joseph James Gardner. Als Agent vertrete ich die Interessen Ihrer Majestät. Dinge geschehen. Personen können verschwinden.«

»Versuchen Sie es doch.«

Er kehrte Land den Rücken zu und spazierte in Richtung Charlatan Hotel davon.

»Niemand verlässt die Firma einfach so.«

Gardner lief weiter. In ein paar Stunden würde die Sonne aufgehen.

Neuer Tag, neues Glück, dachte er.

Kapitel 37

01:32 Uhr

Ich hätte ihn umbringen sollen, als ich die Gelegenheit dazu hatte, schalt sich Golan, als er über einen Streifen Land am oberen Teil des Felsens humpelte. Hundert Meter vor ihm befand sich eine auf einer Betonplattform verankerte verrostete Artillerieeinheit, bedeckt von Maschendraht, um es den Vandalen schwerer zu machen. Er war fast da.

Er hielt kurz inne, um zu Atem zu kommen. In seiner Schläfe hämmerte es. Er hob eine Hand an seinen Kopf. Eine klebrige Mischung, rot und schwarz, blieb auf seiner Handfläche zurück.

In der Ferne heulten Polizeisirenen. Die Gibraltar Defence Police durchkämmte gerade den Felsen auf der Suche nach ihm. Zum Bristol Hotel konnte er nicht mehr zurück, ausgeschlossen. Sicher hatten sie den Laptop gefunden. Dagegen konnte Golan nun nichts mehr tun. Aber er konnte verhindern, dass sie die Kameras fanden.

Die Wunde am Bein bereitete ihm weitaus größere Probleme. Er war noch nicht dazu gekommen, sie eingehend zu untersuchen, aber seitdem ihm dieses britische Schwein das Steakmesser ins Knie gerammt hatte, war die Bewegungsfreiheit seines Beins stark eingeschränkt. *Vielleicht ist der Quadrizeps gerissen?* Er versuchte, sein Bein zu bewegen. Die Kniescheibe ploppte.

Du hättest ihn wirklich in diesem Flur umlegen sollen.

Er humpelte weitere zehn Meter und erreichte sein Ziel. Er fand die Wärmebildkamera genau so vor, wie er sie verlassen hatte, oberhalb des geteilten Baumstammes. Ihr spiegelndes Auge war an ihm vorbei auf das Hafengelände gerichtet. Er riss die Kamera aus ihrer Verankerung und entnahm die Netzwerkkarte. Das gleiche tat er mit der anderen Kamera. Dann zertrat er die Kameralinsen und warf die Überbleibsel in die Büsche. Die Netzwerkkarten vergrub er und achtete darauf, die ausgegrabene kaffeebraune Erde wieder zu bedecken.

Erledigt. Niemand würde nun die Kameras mit seiner Anwesenheit hier in Verbindung bringen.

Golan war am Ende. Er musste eine Pause einlegen, wenn auch nur für eine Minute. Er schloss die Augen und verfiel in einen langsamen, hypnotischen Atemrhythmus. Rief sich sein Training in Erinnerung. *Beschäftige dich nur mit der Gegenwart.*

Okay. Kümmere dich um deine Verletzung. Und dann denkst du dir was aus, was mit John Bald passieren soll.

Er ließ sich auf einem Baumstumpf nieder und rollte sein linkes Hosenbein bis über das Knie nach oben. Was gar nicht so einfach war: Das Blut verhielt sich wie warmer Kleber, dick und klebrig. Die Stichwunde war etwa acht Zentimeter lang und zweieinhalb Zentimeter tief. Weißlicher Eiter, der nach vergammeltem Fisch roch, sickerte aus der Wunde.

Da es kein Wasser gab, mit dem er die Wunde hätte reinigen können, griff er auf die zweitbeste Möglichkeit zurück und pisste darauf. Und trotz des ranzigen Geruchs verzichtete er darauf, die Wunde zu nähen. Es war besser, den Eiter auf natürliche Weise abheilen zu lassen.

Er riss den unteren Teil von seinen Hemdsärmeln ab und benutzte das Baumwollgewebe als Verbandsmaterial. Er wickelte es lose um das Knie, sodass die Wunde noch genügend Luft bekam. Doch trotz der einfachen Erstversorgung spürte Golan, wie seine Körpertemperatur anstieg. Er wusste, dass sich die Verletzung infizieren würde, wenn er nicht bald einen Arzt aufsuchte.

Wenigstens habe ich noch die Pistole, erinnerte er sich und griff nach der Glock in seinem Jackett. Ein Geschenk Gottes – und eine Warnung.

Mach diesen Fehler kein zweites Mal.

Als Teenager und junger Mann waren seine Tötungsarten immer abenteuerlicher geworden. Er gedieh unter der Vielfalt des Todes.

Einmal las er davon, wie schnell Bambus wuchs und dass er mehrere Meter hoch werden konnte. Also pflanzte er in einem abgeschiedenen Waldstück ein paar junge Bambuspflanzen, deren Enden er spitz zufeilte. Dann fesselte er einen Mann an Pflöcken am Boden, sodass sich die spitzen Enden in sein Fleisch bohrten. Als er ein paar Tage später zu der Stelle zurückkehrte, hatten sich die Spitzen durch die Brust, den Hals und die Arme seines Opfers gebohrt.

Später kam Golan Vater hinter sein kleines Geheimnis. Er suchte Rat bei seinen mächtigen Freunden, jene Art von Freunden, die ein Geheimnis für sich behalten konnten. Er erklärte ihnen, dass sein Sohn ein spezielles Talent hatte, eine Fähigkeit, die nur sehr wenige besaßen, und er sich fragte, wo ein derart seltenes Talent gefragt sein könnte. Die Antwort, die er bekam, lautete: Solche Männer können wir immer gebrauchen.

Golan schob einen frischen Chip in sein Blackberry und wählte die Nummer. »Sie haben es versaut«, sagte der Mann.

»Ich hatte alles unter Kontrolle, doch dann …« Er war zu verärgert über sich selbst, um den Satz zu beenden.

»Vergessen Sie es.«

Seine Stirn pulsierte etwas weniger. »Ist die Zielperson …«

»Am Leben? Ja. Wir haben jetzt einen Satelliten auf ihn angesetzt.«

»Dann ist die Mission kein Fehlschlag.« Golans Herz hämmerte wie wild. Er hatte noch nie zuvor versagt.

»Noch nicht«, sagte der Mann, ließ die beiden Worte aber die Bedeutung von zehn Worten tragen.

»Sagen Sie mir einfach, was ich zu tun habe.«

»Sie haben nicht viel Zeit. Er macht gerade eine Pause.« Der Mann schwieg für einen Moment.

»Beeilen Sie sich.«

Kapitel 38

01:58 Uhr

Gardner ging zurück ins Charlatan Hotel und nahm eine Dusche. Er dachte über seine nächsten Schritte nach. Eines stand für ihn aber fest: Land und der MI6 konnten ihn mal am Arsch lecken. Es gab Tausende von Drogenschmugglern, die weitaus wichtiger als Bald waren. Gardner hatte fünfzehn Jahre lang die Drecksarbeit für die Anzugsträger verrichtet, und was war ihm geblieben? Ein Klumpen Carbonfasern an der Stelle, wo einmal seine linke Hand gewesen war. Wenn die Firma John Bald festnageln wollte – bitte sehr. Aber ohne dass Gardner für sie das Kanonenfutter spielte.

Er schlüpfte in eine frische Cargohose und ein dunkelgrünes kurzärmliges T-Shirt. Um die Hüften saß die Hose etwas locker. Die sieben Tage im Dienst der Firma hatten also auch ihr Gutes gehabt.

Gardner nippte an einer Diätcola aus der Minibar und führte sich ein paar Kohlenhydrate in Form von vier Stücken der Pizza von gestern zu. Sie schmeckte wie salziges Leder, aber das schien seinem Bauch egal zu sein, denn er rumorte dankbar. Er schaltete den Vierzehnzoll-Fernseher an, der auf dem ramponierten Tisch stand und wechselte auf BBC News 24. Gardner verbrachte für gewöhnlich wenig Zeit mit herkömmlichen Medien. Als er noch im Dienst war, lernte er schnell und aus erster Hand, wie wenig über das berichtet wurde, was wirklich geschah. Stattdessen bekamen die Journalisten mundgerechten Bullshit vom Head Shed serviert, und wiederholten jedes Wort davon für den Ottonormalverbraucher.

Zwischen den Schreckensmeldungen über vergewaltigte Teenager und Krebs erregte ein Beitrag seine Aufmerksamkeit.

Eine heruntergekommene arabische Straße bei Nacht. Schaulustige starrten auf ein rauchendes schwarzes Objekt auf der Straße. Die Lichter von Krankenwagen beleuchteten das verbogene Metallwrack. Sanitäter mit Krankentragen huschten hin und her. Männer und Frauen heulten den Himmel an.

Eine blonde Journalistin mit einem Schal um den Hals erklärte den Zuschauern, was passiert war.

»Ort des Geschehens heute Nacht ist Herat in Afghanistan, nahe der Grenze zum Iran. Augenzeugen berichteten von einem lauten Knall auf der Straße, etwa gegen neun Uhr abends Ortszeit. Ziel des Anschlags, so vermutet man, war der ehemalige iranische General Mahmoud Reza.«

Gardner warf das Stück Pizza beiseite. Reza. Bei diesem Namen zogen sich seine Eingeweide zusammen. Erinnerungen kehrten zurück, an den Iran auf dem Höhepunkt der Aufstände. An zwei seiner Kameraden, gute Blades namens Luke Williamson und Loke Snuka, einen Fidschi, der Kugeln zum Frühstück aß.

Erinnerungen an die Bilder von Williamson und Snuka, wie sie mit verkohlten und verstümmelten Körpern von Laternenmasten in Bagdad baumelten.

»Den Behörden zufolge war Reza, ein ehemaliger Offiziersschüler der iranischen Armee, für eine Reihe von grenzübergreifenden Angriffen auf die Vereinten Streitkräfte im Irak verantwortlich. Teheran bestreitet diese Vorwürfe.«

Die Blondine verschwand und wurde durch ein Bild ersetzt. Reza, mit dichtem Bart und einem kalkweißen Gesicht. Er sah aus, als müsste er sich dringend mal entspannen oder eine Nacht lang einen drauf machen.

»Alles deutet darauf hin, dass Reza, der eine Ausbildung in den Vereinigten Staaten absolvierte, eine Serie von Angriffen auf NATO-Ziele im nördlichen Afghanistan plante. Unbestätigten

Meldungen zufolge war Reza Ziel eines Langstrecken-Luftschlags von US-Spezialeinheiten.«

Gardner hoffte, dass die Yanks Reza erwischt hatten.

Er schaltete den Fernseher aus und schnappte sich seine Habseligkeiten aus dem Safe. Den gefälschten Pass, die Kreditkarte und dreihundert Euro. Gardner ahnte, dass Land unterdessen die Amex-Karte gesperrt hatte, der Pass und das Bargeld sollten aber genügen, um ihn in die Heimat zurückzubringen. Und dann? Gardner war sich nicht sicher. Er würde mit nichts nach Hause kommen – wo nichts auf ihn wartete. Auf eine seltsame Art gefiel ihm das sogar. Er lebte ein anständiges Leben. Vielleicht nicht glamourös und sicherlich beschwerlich. Aber solange es ihn von heuchlerischen Mistkerlen wie Land fernhielt, war es die Art von Leben, die für ihn wie geschaffen war. Mit beiden Beinen auf dem Boden der Tatsachen.

Er zog den Reißverschluss seines Rucksacks zu und sah sich ein letztes Mal im Zimmer um.

Da spürte er einen kühlen Luftzug im Nacken.

Gardner drehte sich nicht um. Er wusste nur zu gut, wer im Türrahmen stand.

»Du packst schon zusammen? Siehst aus, als wären wir gerade noch rechtzeitig gekommen.«

Killen.

»Was zur Hölle willst du?«

»Mich verabschieden, Kumpel.«

Kapitel 39

02:29 Uhr

»Jetzt lächle doch mal, Partner«, sagte Killen. »Ich dachte, du freust dich, mich zu sehen.«

Killen hielt eine Glock in den Händen. Edelstahl, 17er Edition. Die Glock war auf Gardner gerichtet.

»Mach die Tür zu, Eddie.«

Stone folgte der Aufforderung, auch wenn er dafür mehrere Tonnen Muskelmasse durch die Gegend schieben musste. Er hängte das Bitte-nicht-stören-Schild an den Türknauf und verriegelte von innen. Stones Kopf glänzte schweißnass. Er keuchte. Anscheinend strengte selbst das Laufen an, wenn man Bizeps so groß wie Basketbälle mit sich herumtrug.

»Wir haben gehört, was du mit Terry angestellt hast«, sagte Killen.

»Hat es nicht anders verdient.«

»Genau wie du. Ich bin ein großer Freund des Auge-um-Auge-Prinzips. Wenn du dich an einem meiner Kameraden vergreifst, kannst du Gift darauf nehmen, dass ich das Gleiche mit dir machen werde.« Killen musterte Gardner, verzog das Gesicht und lächelte spöttisch. »Hältst dich für so verdammt schlau, was? Soll ich dir was sagen? Ich konnte dich noch nie leiden. Hab ich auch Terry immer gesagt, aber bei ihm stand jeder hoch im Kurs, der beim Regiment war. Für mich seid ihr nichts weiter als eine Bande von Wichsern. Wir Paras waren immer als Erste dort, wo es gebrannt hat. Haben die Scheiße aufgeräumt, damit ihr Blades hereinspazieren und den ganzen Ruhm ernten konntet.«

»Red dir nur weiter solchen Schwachsinn ein.«

Killen visierte ihn über die Glock hinweg an. »Lieber leg ich dich um. Bin gespannt, wie du dich mit deinen SAS-Skills aus dieser Lage rausmogeln willst. Partner!«

»Wenn du mich umbringst, wirst du das bereuen.«

»Wieso, wirst du als Geist zurückkommen und mich heimsuchen oder so?«

Gardner musste alles auf eine Karte setzen. Wenn er Killen keinen Grund gab, ihm nicht das Gehirn aus dem Schädel zu pusten, war er ein toter Mann.

»Ich seid hinter John her, richtig? Aber die Sache ist die: Hier spielen ein paar Leute mit, die weit über meiner Gehaltsklasse liegen, und die beobachten jeden meiner Schritte.«

Killen zögerte, aber es war unmöglich, in seinen Augen, die eher schwarzen Punkten glichen, etwas zu lesen.

»Netter Versuch, Witzbold«, sagte er, schüttelte den Kopf und schmunzelte quer über sein sonnengebräuntes Gesicht. »Ich bin kein verdammter Idiot. Nicht so wie Terry. Mir machst du nichts vor.«

»Ich sage die Wahrheit.«

»Und schon wieder«, fuhr Killen fort und ignorierte Gardners Einwand. »Glaubst immer, du wärest klüger als der ganze Rest. Aber nicht dieses Mal.«

Gardner bereitete sich auf die Kugel vor. Er stellte sich vor, wie das Hohlmantelgeschoss in seinen Schädel eindringen und in seinem Kopf herumflitzen würde wie ein überschallschneller Tennisball. Ihre Schockwellen würden Stücke aus seinem Gesicht, seinem Hals und seinen Schultern reißen. Er würde in einem heruntergekommenen Hotel durch die Hand eines drittklassigen Ex-Soldaten sterben. Eine beschissene Art, abzutreten. Noch vor fünf Minuten hatte er sich ausgemalt, wie er die nächsten fünf Jahre seines Lebens verbringen würde. *Jetzt bleiben mir keine verfluchten fünf Sekunden mehr*, dachte er.

»Boom«, rief Killen und tat so, als würde er abdrücken. »So leicht machte ich es dir nicht. Du hast Terry leiden lassen. Es wäre ungerecht, wenn Eddie und ich uns nicht angemessen revanchieren würden.«

Er nickte Stone zu, während er die Pistole weiter auf Gardner gerichtet hielt.

»In Ordnung, du hast die Wahl. Eier oder Gesicht?«

»E interessiert mich nicht, wie deine Mutter deinen Vater kennengelernt hat.«

»Verdammt witzig, Mann«, sagte Stone, der sich vor Gardner aufgebaut hatte. Das, oder es hatte hier in diesem Hotelzimmer soeben eine Sonnenfinsternis gegeben.

Er schlug Gardner in die Weichteile.

Gardner ging in die Knie, in seinen Eiern explodierte der Schmerz auf millionenfache Art. Stone lachte, was seinen gesamten Oberkörper in Bewegung versetzte.

»Auge um Auge, Joe.«

Stone schleifte ihn zum Badezimmer. Der Raum war winzig, kaum groß genug, dass zwei Leute darin stehen konnten, geschweige denn noch ein dritter mit der Statur eines kleinen Planeten. Killen saß auf dem Klo, die Glock lag in seinem Schoß. Stone zwängte sich an ihm vorbei und drehte die Wasserhähne auf. Wasser spritze in das Wannenbecken.

»Terry wurde mit dem Gesicht in Klo gefunden. Ertrunken, heißt es.«

»Vielleicht ist er ausgerutscht.«

Gardner schaute zu, wie sich die Wanne langsam füllte. Drei Zentimeter, dann sechs.

»In etwa dreißig Sekunden wirst du ganz genau wissen, wie sich Terry gefühlt hat.«

In Gedanken spulte er fieberhaft durch mögliche Fluchtpläne. *Verpass Stone einen Schlag in die Magengrube, und wirf ihn in die Wanne.*

Genau, und während du das tust, verpasst dir Killen eine Kugel in den Kopf.

Oder schnapp dir Killens Pistole, erschieß ihn, und mach dir dann Gedanken um Stone.

Aber Stone wird dich zerquetschen, sobald du dich Killen auch nur näherst.

Wie er es auch drehte und wendete – er war am Arsch.

Das Badewasser stand jetzt bei etwa zwanzig Zentimetern.

Stone zog Gardners Kopf über den Rand der Wanne. »Das war's dann für dich, Wichser.«

Fünfundzwanzig Zentimeter.

Dreißig.

Gardner drückte sich nach hinten ab und rammte Killen mit seinem gesamten Körpergewicht gegen die Wand. Er stieß ihm seinen Ellenbogen in die Brust, und dann noch einmal in den Magen. Killen ließ die Glock fallen. Die Pistole schlitterte über die Fliesen. Da war sie! Seine große Chance, abzuhauen. Beide Gegner waren überrumpelt. Er musste nur die Tür erreichen …

Etwas zog an ihm, riss ihn wie ein Bungee-Seil zurück. Zwei riesige Hände hatten seine Schultern gepackt. Stone wischte sich kurz übers Gesicht und trat Gardner in die Brust. Gardner versuchte sich aufzurappeln, aber der fette Sack drosch bereits auf ihn ein. Der Schmerz in seiner Brust verschlimmerte sich. Atmen fühlte sich an, als würde er Rasierklingen schlucken. Er war hinüber.

»Meine verdammte Nase!«, kreischte Killen. »Scheiße. Mach ihn fertig!«

Stone packte Gardner an dessen Shirt und tauchte seinen Kopf unter Wasser. Gardner wehrte sich. Er riss seine rechte Hand aus dem Wasser und suchte fuchteln nach Stones Gesicht.

Seine Lunge zog sich zusammen. Hinter seinen Augen formte sich ein Druckgefühl, so als wollten sie jeden Moment explodieren. Seine Muskeln waren nur noch nutzloses Fleisch, als hätten Teile seines Körpers bereits aufgegeben. Er riss seinen Kopf hin und her, um sich aus Stones Griff zu befreien. Es half nichts. Der Scheißkerl hatte ihn in der Mangel. Sein Gestrampel kostete ihn nur wertvollen Sauerstoff.

Seine Welt verfinsterte sich.

»Game over, Joe.« Killen, weit entfernt, undeutlich.

Game over.

Das Wasser färbte sich rot, und Gardner war sich sicher, dass er sterben würde.

Kapitel 40

03:04 Uhr

Eine Sekunde später stellte Gardner fest, dass er nicht länger unter Wasser festgehalten wurde. Das Blut im Wasser war nicht sein Blut. Er riss seinen Kopf nach oben, sog kostbare Luft in seine brennende Lunge.

Stones Kopf hing in der Wanne, sein Hinterkopf ragte wie eine Insel aus dem Wasser.

Eine Insel mit einem Einschussloch.

Gardner hustete. Er drehte sich um und sah Killen hinter sich stehen. Der hielt die Glock locker an seiner Seite und warf einen vernichtenden Blick nach links. Gardner folgte dem Blick und sah Land im Türrahmen stehen. Land hielt die kleinste Pistole in der Hand, die Gardner je gesehen hatte. Eine Ruger LCP .380, leicht und keine acht Zentimeter lang. Die Art von Waffe, die man in der Handtasche einer weiblichen Spionin erwarten würde.

»Keine Bewegung«, schrie Land mit zitternder Stimme.

»Oder was? Wollen Sie mich mit der Spielzeugpuste erschießen?« Killen ließ den Blick zu der Leiche über dem Wannenrand wandern. »Hm. Eddie hatte eh immer nur Scheiße im Hirn.«

Gardners Kräfte kehrten zurück. Er konzentrierte sich auf Killen. *Nimm dem Mistkerl die Waffe ab. Leg den Hurensohn um, ein für alle Mal.*

»Das ist meine letzte Warnung«, sagte Land.

Killen gluckste. Er sah Gardner in die Augen. »Du bist eine verdammte Schande, Joe. Verrätst deine eigenen Leute für so einen hinterhältigen Kinderficker.«

Dann hob Killen seine Pistole schneller als Wyatt Earp auf Speed und gab einen Schuss ab. Die Kugel traf die Lampe und tauchte den Raum in komplette Dunkelheit. Gardner machte einen Satz auf Killen zu, griff aber ins Leere. Dann stieß er mit Land zusammen und prallte zur Seite. Die Zimmertür fiel krachend ins Schloss. Gardner sprang an dem auf dem Boden liegenden Mann vom MI6 vorbei – und zog sich sofort zurück, als die Glock Löcher durch die Tür pumpte.

Killens erstickte Stimme drang durch die Tür. »Bleibt, wo ihr seid, oder ich mache euch fertig.«

Gardner zählte bis zehn. Dann riskierte es, sich der Tür zu nähern. Er rutschte neben der Tür an der Wand herunter, legte die Hand auf den Türknauf und riss die Tür auf.

Der Flur war leer, Killen auf und davon.

Er zog sich ins Zimmer zurück. Land lag noch immer auf dem Boden im Badezimmer.

»Dieses Monster hat mich erwischt«, sagte Land. Gardner nahm Lands Hand von dessen Kopf. Darunter kam eine zehn Zentimeter lange Wunde zum Vorschein, die quer über die Stirn bis zur Nasenwurzel verlief.

»Muss genäht werden, aber ansonsten werden Sie es überstehen.« Gardner presste ein nasses Handtuch auf die Wunde und wies Land an, weiter darauf zu drücken.

»Was hab ich Ihnen in Rio gesagt, alter Freund?«, fragte Land.

»Kann mich nicht mehr erinnern.«

»Ich sagte, ich bin wahrscheinlich der einzige Freund, der Ihnen noch geblieben ist.« Land sah angewidert auf Stones Leichnam hinunter, als wäre er in Hundescheiße getreten, und nickte bekräftigend.

»Helfen Sie mir mal«, sagte Gardner, während er den Stöpsel aus dem Abfluss zog. Das Loch verschlang gierig das schmierig rote Wasser. Gardner hievte eines von Stones Beinen über den Rand, Land packte nach kurzem Zögern das andere. Die Beine plumpsten in die Wanne, als wären Sandsäcke an ihnen festgebunden. Nachdem sie Stone flach in die Wanne gelegt hatten, zogen sie die Duschvorhänge zu.

»Da wird's mehr als eine Flasche Cilit Bang brauchen, um die Sauerei wegzumachen«, sagte Gardner.

»Die Firma wird sich darum kümmern.«

»Ihr seid bestimmt schon Experten darin, hinter euch aufzuräumen.«

»Geben Sie's zu, Sie haben mich nicht für jemand gehalten, der sich die Hände schmutzig macht, richtig? Leo ist sich zu fein, um mit anzupacken, haben Sie gedacht.«

»Ich hab zumindest nicht damit gerechnet, dass Sie mir zu Hilfe kommen.«

»Und trotzdem bin ich hier. Was sagt Ihnen das?«

»Dass Sie noch schwuler sind als eine Boyband.«

Land kratzte sich Hirnmasse von der Schuhsohle. »Wissen Sie, wir beide sind gar nicht so verschieden. Wir mögen aus verschiedenen Camps kommen, aber wir haben die gleichen Feinde. Und man hat uns beiden beigebracht, dass man nur dann töten darf, wenn damit das große Ziel erreicht wird. Nennen wir es *das notwendige Übel.*«

Gardner schüttelte seinen Kopf. »Ich hab genügend Tote gesehen. Kameraden, die in Leichensäcken zurück nach Hause kamen. Ehefrauen und Kinder, die weinend zusammengebrochen sind. Töten ist niemals eine gute Sache.«

»Im Krieg ist das anders.«

»So heißt es.«

Land legte seine kleine Pistole auf dem Badschränkchen ab. »John Bald ist unser Gegner. Er muss aufgehalten werden.«

Gardners Gedanken trifteten ab, hinüber zu dem Duschvorhang. Vor sechs Monaten war er mit Stone auf Sauftour gewesen. Sie hatten Geschichten aus alten Kriegstagen ausgetauscht und Witze über das Nachtleben von Kabul gemacht. Kameradschaft und Treue waren mal was wert gewesen. Jetzt lag er tot in einer Badewanne, und es machte nicht den Anschein, als ob sich die Welt noch einen Dreck um Loyalität oder Ehre scherte.

Aber was ist dann mit John, fragte er sich? *Letztendlich hat John mich verraten. Damit ist er genau so unehrenhaft wie Killen. Oder eine verfluchte Schlange.*

»Ich habe Ihnen das Leben gerettet«, sagte Land. »Das wenigste, was Sie tun könnten, ist mit Ihrer Mission fortfahren und Bald aufspüren. Wenn Sie danach die Firma verlassen wollen, steht Ihnen das frei. Verdammt, Sie müssen auch nicht mein Jobangebot annehmen, ich kann Ihnen auch etwas anderes auftun. Wenn vielleicht auch nicht ganz so glamourös. Ein Schreibtischjob vielleicht. Oder einen Posten als Leibwächter für ein nicht ganz so bekanntes Mitglied der Königsfamilie.«

Gardner verließ das Badezimmer. Bei dem Geruch wurde ihm übel. Land blieb im Türrahmen stehen.

»Also, was sagen Sie?«

Gardners Rucksack lag auf dem Bett. Am Liebsten hätte er ihn geschnappt, Land den Mittelfinger gezeigt und gemacht, dass er von diesem Felsen herunter kam. Weg von diesem Albtraum.

»Wir haben nicht mehr viel Zeit«, fuhr Land fort. »Killen ist da draußen. Der Bastard wird mit allen Mitteln versuchen, Bald zu erwischen, und das dürfen wir nicht zulassen.«

»Bald wird untertauchen. Woher soll Killen wissen, wo er zu suchen hat?«

Land warf einen Blick aus dem Hotelfenster. Die Hauptstraße war ruhig.

»Ihr kleines Bad in der Wanne hat Ihre Sinne ein wenig vernebelt, oder? Denken Sie mal nach: In Gibraltar wimmelt es nur noch so von Polizisten. An der Grenze zu Spanien herrscht höchste Alarmbereitschaft, weil ein durchgeknallter bewaffneter Mörder herumläuft. Sein Name ist Shai Golan – der Mann, dessen Bekanntschaft Sie im Kings Hotel gemacht haben. Angesichts der erhöhten Polizeipräsenz wird Bald es sicher nicht riskieren, das Kokain über die Grenze zu schmuggeln. Und er kriegt das Zeug nie unbemerkt an den Flughafenkontrollen vorbei. Deshalb bleibt ihm nur eine Fluchtmöglichkeit.«

»Mit einem Boot.«

Land schnippte mit den Fingern. »Er kann also nur über den Jachthafen entkommen. Unseren Informationen zufolge hat ein Mann, dessen Beschreibung auf Bald passt, vor zwei Tagen eine Jacht namens Defiant gemietet. Alles, was Killen tun muss, ist am Jachthafen auftauchen und auf seine Chance warten.

Gardner kam Rio wieder in den Sinn.

»John kann kein Boot fahren. Deshalb hatte er mich nach Brasilien gerufen.«

»Dann hat er entweder gelogen, oder er hat Hilfe. Aber wie auch immer, Bald hat einfach keine andere Chance, als seine Drogen auf die gute alte Art mit einem Schiff rauszuschaffen. Und der MI6 will, dass er damit Erfolg hat. Wenn er erst auf dem Boot ist, haben wir ihn auf frischer Tat ertappt, und Ihre Mission ist erledigt. Das ist alles, Joe. Nur noch diese eine Sache.«

Gardner schloss die Augenlider. Nur dieser eine Job. »Wenn ich das für Sie tue«, sagte er, »will ich wieder zurück ins Regiment. Garantiert.«

»Unmöglich. Das hab ich Ihnen schon vor einer Woche erklärt.«

»Ich mache jede Art von Undercover-Jobs, aber ich will verdammt sein, wenn ich irgendeinem reichen Drecksack in 'nem Anzug und 'ner Doppelhaushälfte in Fulham Bericht erstatten muss. War nicht persönlich gemeint.«

»Kein Problem. Aber es gibt niemanden, der das für Sie tun kann.«

»Sprechen Sie mit Major Josh Oliver.«

»Ich kann mir nicht vorstellen, dass der neue Oberbefehlshaber der SAS ein offenes Ohr für Sie haben wird.«

»Reden Sie mit ihm.«

Major Oliver. Oder einfach nur John, als er und Gardner noch Seite an Seite kämpften. Hatte sich auf die altmodische Art nach oben gearbeitet, mit Mut und Entschlossenheit. Wurde zum Staff Sergeant befördert, 2iC – Second in Command – und dann zum Oberkommandant der D Squadron, bevor er den obersten Posten bekam. Ein alter Freund eben, und in Gardners Augen der einzige anständige Kerl in dem Haufen.

»In Ordnung. Wenn alles vorbei ist, rede ich mit ihm. Aber ich kann nichts versprechen.«

»Abgemacht.«

»Dann wäre das ja erledigt. Ich schlage vor, Sie begeben sich so schnell wie möglich runter zum Jachthafen, wenn Sie Killen davon abhalten wollen, Bald umzulegen.«

»Die Defiant, sagten Sie?«

Land nickte. »Aufgetankt und bereit zum Auslaufen, wie der Eigentümer versicherte.« Land übergab Gardner ein Foto.

»Ich brauche Waffen. Und nehmen Sie es mir nicht übel, Partner, aber mit dem Teil, dass Sie da eingepackt haben, werde ich nicht viel weiter kommen als ein Einbeiniger bei einem Arschtritt-Wettkampf.«

Dann kam Gardner eine Idee. Er ging ins Bad zurück, schob den Vorhang zur Seite und klopfte die Taschen an Stones Hüfte ab. Aus einer Gesäßtasche ragte der Polymergriff einer Pistole. Der Griff gehörte zu einer Kel-Tec PMR-30 Halbautomatik. Die Waffe war noch nicht lange zu haben, aber Gardner hatte schon viel Gutes über ihre Fähigkeiten gehört. Er zog sie aus Stones Tasche und wog sie in der Hand, wie einen langen und treuen Freund.

»Die brauchst du wohl nicht mehr«, sagte er zu Stones Hinterkopf.

»Sie haben die Erlaubnis, alles Notwendige zu tun, um Bald freies Geleit zu gewähren. Aber versuchen Sie um Gottes willen, es ein wenig unauffällig angehen zu lassen. Bis zu einem gewissen Grad kann ich Ihre Spuren verwischen, aber wenn Sie die halbe

Stadt in Schutt und Asche legen, macht das meinen Job nicht unbedingt leichter.«

»Wo ist John jetzt?«

»Wir haben den Jachthafen in den letzten Stunden überwacht. Bislang ist er dort noch nicht aufgetaucht. Ich denke, er wird bis zur letzten Minute warten.«

Gardner lief zur Tür. Die Pistole steckte hinten in seinem Hosenbund. In seinem Kopf spukte Bald herum.

»Ich rate Ihnen, mir nichts zu verschweigen«, sagte er, und bevor Land noch etwas entgegnen konnte, schlug er die von Kugeln durchsiebte Tür hinter sich zu.

Kapitel 41

03:55 Uhr

Gardner eilte den Queensway entlang und umrundete das südliche Ende des Jachthafens. Es war fast vier Uhr morgens, und die Nacht war kurz davor, sich dem anbrechenden Tag geschlagen zu geben. Der Himmel glich einer kobaltblauen Kuppel. Die weiß getünchten Appartementhäuser warfen violette Schatten. Er preschte nach rechts in den Queensway Kai und passierte eine Reihe von fünf Villen und einen riesigen bleiernen Anker, der schräg auf einem akribisch gepflegten Rasen lag. Mondlicht erhellte den Kai. Westlich von Gardners Position endete er abrupt an der Meeresstraße. Dreihundert Meter südlich, über Gardners linken Schulter, befand sich die Schiffswerft, wo die HMS Lizard gerade die letzten Checks und Reparaturen vor dem Auslaufen durchlief. Er musste an die Wren denken, an ihr zertrümmertes Gesicht.

Er rannte zweihundert Meter am westlichen Ende des Kais entlang, dort, von wo aus die Straße nach Norden führte und neun Appartementhäuser auf einer rechteckigen Fläche Neuland standen, eingerahmt von einer felsigen Küste.

Gardner machte eine Pause und besah sich den Jachthafen etwas gründlicher.

Da müssen über hundert Boote vor Anker liegen, dachte er sich. Auf drei Anlegestellen aus Beton verteilt sah er kleine Zweisitzer, fünfzehn Meter hohe Luxuscruiser und kommerzielle Fischerboote. Er suchte die Defiant. Dann tauchte die Jacht am hinteren Ende des mittleren Piers auf. Aber noch ging er nicht an Bord. Er wartete, dass Bald oder Killen aufkreuzten. Bislang gab es noch ein Anzeichen von beiden.

Um vier Uhr morgens glich Gibraltar einer Geisterstadt. Gardner plante seine Attacken am liebsten zwischen zwei und vier Uhr. Soldaten nannten diese Zeitspanne dead hours – die Zeit, wo die meisten Leuten schliefen.

Er musterte die Appartementhäuser. Jedes Fenster und jeder Balkon waren in Dunkelheit gehüllt. Er stellte sich vor, wie Leute friedlich in ihren bequemen Betten lagen, während er damit beschäftigt war, Leute umzubringen.

Ein Gedanke nagte an ihm. Stone und Gill mochten so blöd wie ein Scheißesandwich ohne das Brot sein, aber Killen war anders. Gerissen. Ohne Zweifel würde er den besten Weg finden, sich der Defiant zu nähern. Gardner musste also auf der Hut sein.

Er wanderte nach Osten den Kai zurück, entschlossen, den größeren Part des Hafens ein paar hundert Meter weiter nördlich abzusuchen.

Ein schattenhafter Umriss bewegte sich am mittleren Pier entlang, dreißig Meter von der Defiant entfernt.

Gardner erstarrte. Manchmal konnte einem die Dunkelheit einen ganz schönen Streich spielen. Man sah Formen und Bewegungen wo eigentlich keine waren. Er ließ seine Augen über die Silhouette wandern und hielt ein etwa gleich großes Objekt in Form seiner Faust zwischen sich und den Schemen. Für ein paar Sekunden wendete er den Blick ab, dann ließ er seine Augen zu dem Schatten zurückkehren. Er hatte sich bewegt. Seine Sinne hatten ihn nicht getäuscht.

Er zog sich zurück, zum Kai in Richtung Queensway. Zwischen den einzelnen Häusern riskierte er jeweils einen flüchtigen Blick zur Küste hinunter, wo sich die Silhouette am Pier entlang bewegte. Langsam und vorsichtig, nur darauf bedacht, Bald ausfindig zu machen und die Gegend nach möglichen Gefahren abzusuchen. Jedes unbedachte Geräusch hätte Bald seine Anwesenheit verraten.

Gardner kam wieder an dem Anker vorbei und eilte nach Norden. Nach weiteren zweihundert Metern den menschenleeren

Queensway entlang bog er an einem Bauwerk im genuesischen Stil mit türkisfarbenen Rollläden und einem Terrakotta-Dach links ab. Der Weg führte ihn zum nördlichen Pier. Der Fußweg war gesäumt von Palmen und Kanonen. Das mittlere Pier lag nun achtzig Meter südlich, und der Schatten näherte sich der Defiant. Jetzt, wo Gardner näher heran war, gewann der Umriss an Details. Ein Mann, groß, stattlich gebaut. Das musste Bald sein. In der rechten Hand hielt er eine Taschenlampe. Die Linke umklammerte ein schwarzes Objekt. Eine Pistole möglicherweise.

Aber wo steckte Killen? Wenn er vorhatte, Bald am Jachthafen zu erwischen, war das die beste Gelegenheit. Und trotzdem war von ihm nichts zu sehen.

Sein Instinkt – oder vielmehr eine unterschwellige Angst, die in seinem Hinterkopf emporkroch – riet ihm, sich umzudrehen und ins Landesinnere zu sehen. Er spähte zu dem dunklen Vorhang, der über dem Laubdach schwebte. Shit! Das war es! Er war davon ausgegangen, dass Killen die direkte Konfrontation mit Bald suchen würde. Auf die Art hatte er aber den höchsten und besten Aussichtspunkt vollkommen ignoriert. *Verdammt, das ist es!*

Der Fels von Gibraltar. Jener spitze, steile Monolith, der den Horizont Gibraltars dominierte.

Gardner hielt auf den mittleren Pier zu. John Bald lief geradewegs in die Schussbahn eines Scharfschützen auf dem Felsen.

Ich muss John aus der Schusslinie bekommen, dachte Gardner. *Aber dann fliegt deine Tarnung auf.*

Wenn ich aber nichts tue, wird er getötet.

Das dumpfe Geräusch von Gardners Schuhen, die laut über die Planken polterten, alarmierten Bald, der vor der Defiant anhielt.

Zwanzig Meter. Bald wirbelte herum und suchte mit seiner Taschenlampe das Pier ab. Gardner hielt den Blick fest auf das schwarze Objekt in dessen Hand gerichtet. Ein klobig aussehendes Etwas, irgendeine Art von Waffe. Ihm blieb Zeit genug zu denken, wie beschissen es doch wäre, wenn er von jenem korrupten

Ex-Blade umgelegt werden würde, den er eigentlich beschützen sollte.

Zehn Meter. Gardner stürmte mit dem Kopf voran los wie ein Schnellläufer kurz vor der Ziellinie. Der Fels lag achthundert Meter entfernt. Eine klare Nacht, Vollmond. Keine Windböe, die den Schuss ablenken würde. Wenn Killen Gelegenheit zum Feuern bekam, war alles aus.

Noch fünf Meter, und Gardner hörte das entfernte Schussgeräusch eines Gewehrs. Er stürzte sich auf Bald. Die Taschenlampe blendete ihn. Beide Männer krachten auf die Dielen des Piers, die Taschenlampe fiel ins Wasser und die Defiant schwankte, als eine Kugel in ihren Rumpf schlug.

Blind griff Gardner nach Bald. Verdammt noch mal, er konnte so gut wie nichts erkennen. Er zog Bald von dem Boot weg. Bald wehrte sich. Gardner ließ seinen Ellbogen gegen seinen Schädel prallen. *Herrgott, John,* dachte er. Balds Griff war stärker, als er es in Erinnerung hatte.

Obwohl er kaum die Hand vor Augen sehen konnte, rannte Gardner so schnell es seine Beine und Balds Gewicht erlaubten. Ein weiterer Schuss. Direkt vor ihm explodierte eine der Planken. Splitter bohrten sich in seine Stirn.

Er ging hinter den Überresten einer alten Befestigungsanlage in Deckung. Das verwitterte Mauerwerk lag nun schützend zwischen ihnen und dem Fels. Gardner atmete tief durch und spähte um die Ecke der Ruine. Gezackt und schwarz wie ein Stück Kohle ragte der Fels vor ihnen auf. *Mist*, dachte er. Ohne eine Seehilfe hatte er keine Möglichkeit, Killens Standort ausfindig zu machen.

Bald versuchte aufzustehen, und schwankte unsicher auf den Beinen. Er griff in seine Jackentasche.

»Nicht dieses Mal«, sagte Gardner und schlug ihm den Griff seiner PMR-30 auf den Rücken. Bald stöhnte, brach zusammen und rollte auf den Rücken. Dann bemerkte Gardner den matten, klebrigen Fleck auf dem Knie des Mannes.

Mondlicht fiel auf sein Gesicht. Er starrte Gardner durch die Gläser einer schwarzen Ray-Ban-Sonnenbrille hindurch an. An einer frischen Wunde, die er sich zugezogen hatte, als Gardner ihn am Pier umgerissen hatte, schimmerte Blut. Wegen der Dunkelheit waren die Gesichtszüge des Mannes nur schwer zu erkennen, aber es genügte.

»Du bist nicht John«, sagte er.

Sondern Mr. Leck-mich-am-Arsch-Brecheisen.

Kapitel 42

04:23 Uhr

»Wo zur Hölle ist John Bald?«, fragte Gardner, der mit seiner PMR-30 auf die Brust des großen Mannes zielte.

»Ich würde über meine nächsten Schritte ganz genau nachdenken, wenn ich du wäre«, sagte Golan. Oder auch Mr. Brecheisen. Sein Dialekt war fremdländisch, eine Mischung aus Französisch und Deutsch.

»Du bist aber nicht ich, sondern die Ratte mit einer Kanone im Gesicht.«

Gardner bemerkte, dass das Jackett des Mannes an den Ellbogen blutverschmiert und verdreckt war. Wo immer er sich in den fünf Stunden, nachdem Gardner ihn mit dem Steakmesser bekannt gemacht machte, herumgetrieben hatte – die örtliche Notaufnahme war es wohl nicht gewesen.

»Du hast genau sechs Sekunden, um mir zu sagen, wer du bist und was du willst.«

»Leg mich um, und du machst ein paar wichtige Leute sehr sauer.«

»Rede, verdammt«, sagte Gardner und stieß die PMR-30 hart gegen Golans Stirn. Das Polymergehäuse bohrte sich ins Fleisch. *Nur einmal abdrücken*, dachte Gardner, *und eine .22 Magnum-Patrone würde, angetrieben von zweihundert Joule Mündungsenergie, seinen Schädel spalten. So wie ein Stiefel eine dünne Eisscholle.*

Golan musste auch gedacht haben, dass Gardner Ernst machen würde, denn er biss die Zähne zusammen, so als würde er sich auf den tödlichen Schuss vorbereiten. Gardner konnte seine Augen hinter den Brillengläsern nicht sehen, aber er hatte den Eindruck, dass

Golan ein verdammt harter Mistkerl war, den absolut nichts aus der Ruhe bringen konnte.

»Was hast du hier verloren?«

»Meine Mission ist ganz einfach«, sagte Golan, dem Lauf der PMR-30 zugewandt. »Meine Leute haben mich angewiesen, dass der Zielperson nichts geschehen darf.«

»Nichts geschehen? Wovon redest du da?«

»Von dem Mann, den ich hier beschützen soll.«

Gardner fuhr ihn an: »Terry Gill?«

»Das ist nicht der Name, den man mir genannt hat.«

Die Erkenntnis traf Gardner wie ein Boomerang.

»John.«

»John Bald«, sagte Golan. »Ja, das ist der Mann.«

Gardner brachte sein Gesicht näher an Golans heran. Am liebsten hätte er ihm die Sonnenbrille vom Gesicht gerissen, um diesem Arschloch direkt in die Augen blicken zu können. Ihm dämmerte, dass er nur ein Bruchstück der Geschichte kannte, die seinen alten Regimentskumpel betraf.

»Wer hat dich geschickt?«

»Das darf ich nicht sagen.«

»Mossad?« Seine Finger krümmten sich um den Abzug. »Du bist Israeli, zumindest das weiß ich.«

Golan lächelte den Lauf an, als würde er mit der Waffe flirten. »Wenn ich dir verraten würde, wer mich schickt – nun, dann müsste ich dich dafür umbringen.« Er lachte und fuhr fort: »Oh ja, deine Vorgesetzten haben dich schlecht informiert. Sie haben dir gesagt, Bald würde vom Jachthafen ablegen, mit der Defiant, richtig? Aber da irren sie sich gewaltig.«

»Sag mir, wo John steckt.«

»Warum? Damit du ihn umbringen kannst?«

Gardner schüttelte den Kopf. »Ich bin hier, um John zu schützen.«

Golan runzelte die Stirn.

»Die Schüsse gerade eben galten John. Das ist ein Hinterhalt«, sagte Gardner. »So wie es aussieht, bin ich nicht der Einzige mit lückenhaften Informationen.«

»Du lügst.«

»Nein, Kumpel. Tut mir leid, dass so hart sagen zu müssen, aber der einzige Grund, warum ich dir vorhin den Arsch gerettet habe, ist der, dass ich dachte, du wärst John.«

Golan warf Gardner einen skeptischen Blick zu.

»Weißt du noch, im Kings Hotel?«, fragte Gardner. »Der Typ, der plötzlich aufgetaucht ist, um Bald umzulegen ...?«

»Ein Agent des MI6«, unterbrach ihn Golan.

»Nein, das war nur ein verdammter Cowboy. Wollte John die Lichter ausblasen und ihn ausrauben. Der Scharfschütze auf dem Felsen ist einer seiner Cowboy-Kumpels. Heißt Killen. Und wenn wir hier weiter so herumeiern, wird John sehr schnell sehr tot sein.«

Golan wägte seine nächsten Worte sehr genau ab.

»Es hat den Anschein, dass wir uns an verschiedenen Enden des gleichen Boots befinden«, sagte Gardner. »Entweder wir arbeiten zusammen, um John zu finden und ihn aus der Schusslinie zu bringen, oder wir sind beide die Verlierer.«

Gardner spähte über den Schutzwall der Festung. Der Queensway war noch immer verlassen. Keine Menschenseele zu sehen. Golan nahm die Sonnenbrille ab. Ein geschwollenes rechtes Auge kam zum Vorschein, eine Verletzung aus ihrem letzten Kampf.

»In Ordnung«, sagte er schließlich. »Wir helfen uns gegenseitig.« Er griff in seine Jacke. Gardners Hand mit der PMR-30 schoss nach oben, auf eine Höhe mit Golans Gesicht. Sein Finger lag am Abzugsmechanismus.

»Lass deine Hände da, wo ich sie sehen kann.«

»Ich habe einen tragbaren Peilsender. Er wird uns zu unserem Ziel bringen.«

Gardner kam wieder das schwarze Objekt in den Sinn, dass Golan am Pier in der Hand gehalten hatte. Er war davon ausgegangen, dass es sich dabei um eine Waffe handelte, aber tatsächlich war es ein Peilgerät. Gardner blieb keine andere Wahl, als dem Israeli zu vertrauen. Und nachdem Land ihn mit nutzlosen Informationen ausgestattet hatte, war Golan seine einzige Hoffnung, Bald ausfindig zu machen. »Dann los.«

Golan ließ eine Hand flink in seine Jacke gleiten.

»Langsam.«

Der Israeli förderte ein glattes, schwarzes Gerät zu Tage, etwa so groß und so dick wie ein iPhone, nur das der Peilsender fünf Knöpfe an der Unterseite hatte und an der Oberseite eine Antenne herausragte.

Gardner nahm die PMR-30 herunter. Er beugte sich zu Golan hinüber und sah zu, wie dieser einen PIN-Code auf dem Touch-Screen eingab und daraufhin eine Wärmebild-Satellitenkarte von Queensway erschien. Ein Zentimeter repräsentierte einhundert Meter. In der Mitte der Karte blinkte ein rotes Symbol.

»Die Navy-Frau, die das Kokain an Bald lieferte«, erklärte Golan. »Ich hatte einen Sender in eines der Pakete geschmuggelt, bevor sie es übergeben konnte. Es schickt ein Signal an einen Satelliten in erdnaher Umlaufbahn, und gibt die Position direkt an mich weiter. Einfach, aber effektiv.«

Gardner nickte. »Nun … wo ist er?«

Golan wischte mit dem Zeigefinger über den Bildschirm. Er hielt das Gerät leicht schräg und sah über seine Schulter, um sich zurechtzufinden.

»Wir haben nicht viel Zeit.«

»Er ist ganz in der Nähe«, sagte Golan. »Und immer noch an Land, wie es scheint. Rosia Road.«

»Das ist im Süden.« Gardner musterte den Bildschirm. »Fünfzig Meter hinter dem Botanischen Garten. Das heißt, er ist über dreihundert Meter entfernt. Vielleicht ist er auf dem Weg hierher. Zu seinem Boot.«

»Dann können wir ihn abfangen.« Golan rappelte sich auf.

Gardner hielt ihn mit ausgestrecktem Arm zurück. »Der Scharfschütze ist immer noch da draußen.«

»Aber die Rosia Road liegt relativ frei und ungeschützt«, sagte Golan. »Wenn der Scharfschütze Bald entdeckt, wird er ein leichtes Ziel abgeben.«

»Halt den Kopf unten. Wir können Johns Position in Deckung erreichen.«

»Einverstanden.«

»Du gehst voran.« *Wenn er irgendwelche Dummheiten versucht, werde ich der Erste sein, der schießt,* dachte Gardner.

Golan lief nach Süden, hielt sich dicht an den Mauern der Hotels und machte an jeder Lücke eine Pause. Gardner hielt die Straße im Auge und suchte nach Anzeichen von Bald, aber seine Augen hatten sich noch nicht gänzlich an die Dunkelheit gewöhnt. Die Augen eines Menschen brauchten im Durchschnitt eine Stunde, bis das Gehirn die Zellen der Netzhaut von Tag auf Nacht umschaltete. Er hatte Land um 0350 verlassen, und das war vor fünfundvierzig Minuten gewesen.

Für Gardner bewegte sich Golan überraschend leichtfüßig, wenn man den Zustand seines Knies bedachte. Er hoffte, sie würden Bald rechtzeitig erreichen, bevor Killen eine Gelegenheit zum Abdrücken bekam.

»Dieser Heckenschütze …«

»Killen.«

»Ist er ein guter Schütze?«

Gardner dachte über die Frage nach, während sie die vornehmen Villen und den großen Anker davor passierten. »Er hat die Scharfschützenausbildung beim 1st Bataillon der Fallschirmjäger als Jahrgangsbester abgeschlossen.«

»Mit dieser Ausbildung bin ich nicht vertraut.«

»Sagen wir mal so: Um die Prüfung zu bestehen, muss der Scharfschütze ein mannshohes Ziel aus neunhundert Metern Entfernung mit dem ersten Schuss treffen. Killen könnte das im Schlaf.«

Golan schwieg, als sie die Ragged Staff Gates erreichten, einen acht Meter hohen Wall aus verwitterten Steinen, den ursprünglich die Mauren angelegt hatten und der später während der Belagerung als Verteidigungswall genutzt wurde. Die Gates boten ausreichend Deckung, dort, wo der Jachthafen endete und der Queensway zur Rosia Road wurde. Sie befanden sich jetzt einhundertzwanzig Meter von Balds Position entfernt.

»Wieso dachtest du, ich sei vom MI6?«, fragte Gardner.

»Ich habe meine Quellen.«

»Nun, dann liegst du verdammt daneben. Ich arbeite nur für mich.«

»So spricht ein wahrer Regierungsbeamter.«

Golan passierte den Botanischen Garten. Dann verlangsamte er seine Schritte. Gardner hielt hinter ihm an. Sie kauerten sich hinter einen Frachtcontainer, der neben einer Straße abgestellt war, die an das Industriegebiet angrenzte. Rund hundert Meter weiter bog die Rosia Road nach recht ab und wand sich um das Industriegebiet und das Hafengelände. Gardner richtete seine Augen auf die Straße. Seine Sehkraft hatte sich in den letzten Minuten verbessert, aber was er sah, gefiel ihm nicht. Oder besser das, was er nicht sah, gefiel ihm nicht.

»Wo ist John?«

Golan warf einen Blick auf sein Peilgerät. »Ausgehend von dem Sender müsste er hier sein.«

»Das Gebiet ist dicht bebaut«, sagte Gardner. »Es gibt eine ganze Reihe von Orten, wo er sich aufhalten könnte. In einem Haus, versteckt in einem Hotelzimmer, oder vielleicht irgendwo in einem parkenden Auto … wir müssen ihn genauer lokalisieren.«

»Als ich *hier* sagte, meinte ich exakt an dieser Stelle.«

Gardner drehte den Kopf nach links und rechts. Keine Spur von Bald. »Also, wo verdammt noch mal steckt er?«

Kapitel 43

04:45 Uhr

Gardner reckte seinen Kopf um die Ecke des Containers und verschaffte sich einen Überblick. Orangefarbenes Licht der Straßenlampen ergoss sich über eine verwaiste Straße. Die Gehsteige waren menschenleer, sodass sich ein Affe ungestört durch eine Mülltonne wühlen konnte.

»Ich seh ihn nicht«, sagte Gardner und ließ seinen Blick über den Felsen schweifen. »Irgendetwas stimmt nicht. Vielleicht ist dein Transponder-Signal im Eimer.«

»Ausgeschlossen.«

»Entweder das, oder John kann sich unsichtbar machen.«

Golan hörte nicht zu. Er scrollte auf dem Display nach unten, veränderte seine Position und sah zu dem Industriegebiet. Er wirkte verwirrt.

»Was ist los?«, fragte Gardner.

»Das Signal bewegt sich.«

»Bullshit. Er ist nicht hier. Muss ein Defekt an der Hardware von dem Ding sein.«

»Glaub mir, das ist es nicht.«

Verfluchter Mist, dachte Gardner. *Zwei Agenten verfolgen ein und denselben Mann zu einem Gebiet nicht größer als zwei Quadratkilometer, und keiner von beiden kann ihn finden.* Zorn stieg ihn im auf. Er war wütend auf Golans Peilgerät, und wütend auf Lands unzuverlässige Informationen.

Der Transponder zeigte blinkend Balds Position an: das Industriegebiet. Gardner suchte die Docks und die vertäute Lizard ab.

Im Osten ging die Sonne auf und marmorierte die Schwärze des Nachthimmels. Möwen flogen umher.

Von Bald keine Spur.

»Was geht hier vor, verflucht?«

Der leuchtende Punkt bewegte sich weiter in Richtung Süden.

Gardner holte sein Mobiltelefon hervor, um Land anzurufen.

Nichts. Nicht einmal ein Wählton. Kein einziger Balken auf dem Display.

»Mein Telefon geht nicht – irgendwas stimmt hier nicht.«

»Das Telefon ist nicht das Problem.«

»Was meinst du damit?«

»Die Signale werden absichtlich gestört.«

Golan sah zum Himmel und den verblassenden Sternen hinauf. »Wir wollten sicherstellen, dass der MI6 nicht in der Lage ist, die Sicherheit der Zielperson zu gefährden. Bis 0530 sind alle fremden Satelliten- und Radioverbindungen im Umkreis von einem halben Kilometer außer Kraft gesetzt.«

Gardners Haut fing an, wie heißer Gummi zu brennen. Die ganze Sache schien mit Volldampf in die Hose zu gehen. Seine Chance auf Wiedergutmachung, die Chance, wieder ein Soldat zu werden, löste sich schneller in Luft auf als ein Hasenfurz.

Verdammt! Ich bin so weit gekommen. Hab die Scheiße in Rio überlebt, die verdammten Cowboys, und jetzt …?

Ein brummendes, pulsierendes Geräusch.

Die beiden Männer tauschten einen Blick.

»Klingt wie …«, begann Golan.

»Der Motor von einem Boot!«

Eilig stürmten sie auf das Industriegelände.

»Es kommen keine Boote hinein oder heraus. Ich verstehe das nicht«, sagte Golan.

»Das Geräusch – es kommt von weiter weg«, sagte Gardner. Im fiel etwas ein, etwas, dass er zuvor herausgefunden hatte, als er die Wren beschattet hatte. Er sprintete die Rosia Road hinab, so schnell, dass seine Waden brannten, als würde jemand Streichhölzer daran halten. Er atmete kurz und stoßweise.

Nach fünfzig Metern ruhte er sich neben dem aufgestellten Artilleriegeschütz aus. Es stand am Rand einer Klippenwand, umgeben vom Ufer, das mit unfertigen Appartementhäusern verziert war. Er kniete sich neben die Panzerplatten, die man zur Verstärkung an der meterlangen Kanone angebracht hatte. Ein Meeresarm befand sich unter ihnen.

»Mir ist wieder eingefallen, dass ich die Bucht entdeckt hatte«, sagte Gardner. »Da unten war eine kleine Öffnung. Ein Tunnel.« Seine Augen suchten die tintenblaue See ab. »Das ist mir im Gedächtnis geblieben, denn ich hab irgendwo mal gelesen, dass früher Schmuggler diese Tunnel benutzten, um ihre Ware zu verstecken.«

Gischt, so weiß wie Seifenschaum, trieb auf der Oberfläche des Wassers, das aus dem Tunnel kam. Wie ins Wasser gestürzte Abgaswolken eines Jets. Gardner folgte der Spur der Gischt! Und da war es! Keine hundert Meter vor der Bucht tanzte eine Motorjacht auf und nieder und schoss mit Höchstgeschwindigkeit über die Wellen. Gardner schätzte die Geschwindigkeit auf achtzehn, vielleicht zwanzig Knoten.

»Nein«, rief Golan, dem seine Verärgerung anzumerken war. »Ich glaub's nicht. Das Signal war die ganze Zeit über korrekt.«

»John befand sich unter uns. Unter der beschissenen Insel.«

Das ist John, wie ich ihn kenne, dachte Gardner. *Hängt über der Reling und pafft gemütlich an einer Siegeszigarre.* Bald hatte Gibraltar den Rücken zugekehrt und blickte hinaus nach Algeciras, an der spanischen Küste.

»Er ist nicht allein«, sagte Golan.

»Ich weiß«, antwortete Gardner. Bald hätte auch für alles Geld der Welt ein Boot nicht alleine lenken können. Jemand anderes hatte das Steuer übernommen. Wie aufs Stichwort erschien ein zweites Gesicht an Deck. Rundlicher und röter als das von Bald, und sein Oberteil und die Trainingshose hingen lockerer von seinem beleibten Körper. Aber er bewegte sich mit der Geschwindigkeit und der Sicherheit eines Mannes, der viele Jahre auf See verbracht hatte. Er trat aus dem Steuerhaus, stieg die Leiter hinab und holte das Tauwerk ein.

»Pete Maston«, sagte Gardner.

»Du kennst den Mann?«

»Er hat mir alles beigebracht, was ich weiß.«

Schlagartig war die Erinnerung zurück, daran, wie sehr er Maston als Major seiner Einheit im Regiment respektiert hatte. Wie Maston ihm beibrachte, wie man ein Schiff lenkte und bei Temperaturen unter Null überlebte. Maston hatte aus ihm einen Meister in der Kunst der Kriegsführung geformt. Promoviert in Tod und Zerstörung.

Gardner sah zu, wie das Boot in der Meerenge immer kleiner wurde.

»Was ist mit dem Scharfschützen?«, fragte Golan.

»Wenn er erst einmal mitgekriegt hat, dass sein Ziel geflohen ist, wird er nichts Eiligeres zu tun haben, als so schnell wie möglich von Gibraltar wegzukommen. Mit einiger Sicherheit ist er wahrscheinlich schon auf halbem Weg den Felsen runter.«

»Das ist gut.«

Etwas Kaltes, Rundliches drückte gegen Gardners Genick.

»Verfluchter Mistkerl«, zischte er und spürte, wie Golan den Lauf seiner Pistole stärker gegen sein Fleisch presste. *Ich hätte ihn vorhin am Pier die Waffe abnehmen sollen, als ich die verdammte Chance dazu hatte.*

»Für jemanden, der behauptet, dass es sein Job sei, die Zielperson zu schützen, scheinst du eine Menge über John Balds Feinde zu wissen«, sagte Golan.

»Was soll ich sagen?« Das Sonnenlicht ließ den Himmel stahlgrau erscheinen. Die Wellen schlugen gegen die Küste, salziges Wasser spritzte in sein Gesicht. »Die Welt ist klein.«

»Wie wäre es, wenn ich sie um noch einen Mann kleiner mache?«

»Bist du sicher, dass es klug ist – einen MI6-Operator umzubringen?«

»Aber du sagtest, du würdest nicht für die Regierung arbeiten.«

»Und das hast du geglaubt?«, antwortete Gardner, der mit seiner pampigen Antwort versuchte, seine Angst zu verbergen.

Er wartete auf eine Reaktion, die nicht kam. Das kreisrunde Metall in seinem Genick erwärmte sich langsam. Dann hörte er über sich ein pulsierendes Dröhnen, schnell, grimmig und verheerend. Ein Schwung kalter Luft traf ihn wie eine Faust und hätte ihn fast über den Rand des Kliffs gestoßen. Er klammerte sich an der Kanone fest. Ein Gefühl, als würde ihm der weltgrößte Ventilator ins Gesicht blasen.

Es gelang Gardner, um das Geschütz herum zu klettern.

Sechzig Meter von der Küste entfernt schwebte ein UH-60 Black Hawk über dem Wasser. Die vier Hauptrotorblätter drehten sich wild und drängten die Wasseroberfläche wie elektrische Wellen auseinander. Ein Crewmitglied ließ eine Strickleiter herunter.

Eine lange und kräftige Hand tauchte aus dem Wasser und klammerte sich an der untersten Sprosse fest. Golan stieg die Strickleiter empor. Kurz vor dem oberen Ende machte er eine Pause. Der Black Hawk drehte nach Süden ab. Golan hängte seinen linken Arm an der obersten Sprosse ein, drehte sich grinsend zu Gardner um und winkte mit der Rechten wie ein Präsident bei seiner Amtseinführung.

Gardner sah dem Chopper hinterher, der dröhnend in den Sonnenaufgang davonflog.

Was ist das für ein Kerl?, fragte er sich. Immerhin konnte er eine Notevakuierung mit einem Black Hawk anfordern, und das sagte Gardner, dass Golan ein Operator auf höchster Ebene sein musste. Und mehr noch, es bedeutete, dass Balds Schutz auch bei jemand anderes ganz oben auf der Agenda stand.

Er wankte zurück zur Rosia Road. Sein Telefon plärrte. Das Kommunikationsnetz war wieder in Betrieb.

Dann hörte er die nasale Stimme am anderen Ende.

»Wo sind Sie? Wo zur Hölle ist Bald?«

»Er ist entkommen.«

Land atmete erleichtert durch. »Treffen Sie mich am Europa Point. Ich bin im Hardings Observation Post, gleich neben dem bezaubernden Leuchtturm. Beeilen Sie sich, es ist dringend.«

Kapitel 44

06:45 Uhr

Der Europa Point lag an der südlichsten Spitze von Gibraltar. Am Horizont war das marokkanische Atlasgebirge als verwaschene Silhouette auszumachen. Gardner passierte die Ibrahim al-Ibrahim Moschee zu seiner Linken, rechts von ihm ein Cricket-Feld; ein langer Streifen Gras, umgeben von Sand.

Der Leuchtturm stand am äußersten Rand der Klippen. Darunter ragten wie kleine Salzsäulen drei Schornsteine aus einem lang gezogenen roten Ziegeldach. Und östlich des Leuchtturms befand sich der Harding Observation Post.

Land hielt den Blick auf eine glänzende Metallplatte am Boden gesenkt, welche anzeigte, in welcher Richtung hinter der Meerenge Nordafrika lag. Als Gardner den Betonpfad zwischen der Moschee und dem Cricket-Feld entlang kam, drehte er sich nicht um.

»Ah«, sagte Land mit Blick aufs Meer. »Sie haben es also geschafft.«

»Das verdanke ich nicht Ihnen«, antwortete Gardner, der ein paar Schritte abseits stehengeblieben war.

»Oh. Wieso das?«

»Ihre Informationen, dass Bald mit der Defiant unten am Hafen verschwinden will? Bullshit. Er hatte ein Boot in der Schmugglerhöhle versteckt. Wenn der Israeli und sein Peilgerät nicht gewesen wären, hätte ich ihn nie gefunden.«

Land klopfte sich eine Zigarette aus einer Packung, rollte sie in seiner Hand hin und her. »Was uns zu jenem Zeitpunkt an Informationen zur Verfügung stand, haben Sie bekommen, alter Junge.«

»Dann taugen Ihre Informationen einen Scheiß.«

Land wirbelte herum und kam auf Gardner zu. Das erste Mal, dass Gardner Wut in Lands Gesicht sah. »Hören Sie, ich habe mich bereits bei Ihnen entschuldigt. Was wollen Sie noch von mir? Mann, selbst wenn wir schlussendlich über Balds Fluchtpläne Bescheid gewusst hätten, hätten wir keine Möglichkeit gehabt, Sie zu kontaktieren. Unser kompletter Funkverkehr war gestört.«

»Golan hat so was erwähnt. Wo wir gerade dabei sind, haben Sie irgendwelche Neuigkeiten über den Mann?«

Land zuckte mit den Achseln, als er sich die Zigarette zwischen die Lippen steckte. Ein Windstoß, der die Steilküste heraufkam, erschwerte es ihm, sie anzuzünden. »Da kommen wir nicht weiter. Unsere Recherchen münden diesbezüglich alle in einer Sackgasse. Unserer Einschätzung nach ist er ein Söldner.«

»Mossad, möglicherweise.«

»Ausgeschlossen«, sagte Land, strich ein Streichholz an und hielt die Handflächen schützend um die Zigarette. »Ich habe vorhin mit deren Boss gesprochen. Er hat mir versichert, dass Golan keiner von seinen Leuten ist. Ich neige dazu, ihm zu glauben. Wir haben gute Beziehungen zu den Israelis, müssen Sie wissen.«

»Golan ist auch entwischt. Ein Black Hawk hat ihn ausgeflogen. Der Mann ist kein Söldner.«

»Nun, vielleicht haben Sie recht«, antwortete Land achselzuckend.

»Killen haben Sie auch noch nicht geschnappt?«

»Nur eine Frage der Zeit.«

Land drückte seine halb aufgerauchte Zigarette an der Gedenktafel aus.

»Da ist noch etwas anderes …«, begann Gardner.

»Sie haben ein bekanntes Gesicht auf dem Boot gesehen.«

Gardner sah Land schief an. »Woher wissen Sie das?«

»Einer unserer SIGINT-Horchposten hat vor zwei Tagen ein Gespräch zwischen Bald und Major Pete Maston aufgefangen. Oder sollte ich Ex-Major sagen? Ihr früherer Mentor, nicht wahr?«

»Und Sie hielten es nicht für nötig, mir das zu sagen?«

»Die Identität des Bootsfahrers hat keinen unmittelbaren Einfluss auf Ihre Mission.« Land musterte angestrengt seine Schuhe. »Außerdem ist Maston schwer in Ungnade gefallen. Head Shed musste ihn rauswerfen. Afghanistan hat ihn, nun, sagen wir *wunderlich* werden lassen. Er hat seinen Hund in der Wanne ertränkt. Danach hat er das Gleiche mit seiner schwangeren Freundin versucht.«

Gardner schwieg. Alle Soldaten der Special Forces verfügten über Kenntnisse in Erster Hilfe, und in jedem Trupp gab es einen spezialisierten Sanitäter. Gardner kannte genug Typen, die es mit einem Dutzend bewaffneter Männer aufnehmen konnten, aber Probleme hatten, mit sich ins Reine zu kommen. Ein paar Jungs hatten sich umgebracht. Andere zerstörten sich selbst oder das Leben ihrer Angehörigen.

»Nachdem sie ihn abserviert hatten, suchte Maston sein Heil in der Flucht in den Alkohol. Letztes Jahr war er offiziell pleite, und vor ein paar Monaten hat der Gerichtsvollzieher sein Haus beschlagnahmt. Seitdem schläft er offenbar bei Freunden.«

»Also glauben Sie, Maston ist wegen des Geldes dabei?«

»Was ich sagen will, Joe, der Mann ist pleite. Ich könnte mir vorstellen, dass Bald ihm einen Anteil versprochen hat, wenn er ihm hilft.«

Aus den Augenwinkeln bemerkte Gardner einen Mann, der sechzig Meter entfernt zu seiner Rechten auf einer Bank saß. Vor dem Klubhaus des Cricket-Felds. Der Mann riss kleine Stückchen von einem Weißbrot ab und warf die Bröckchen den Möwen zu. Dann machte er eine Pause, sah sich um, und fütterte weiter die Vögel. Sein Haar war so grau wie Vulkanasche und er sah aus, als würde er das Leid der ganzen Welt auf seinen Schultern tragen. Sein Gesicht, besprenkelt mit unzähligen Leberflecken, war faltiger als ein altes Hemd. Gardner hätte nicht sagen können, ob der Mann sechzig oder neunzig Jahre alt war.

Er sah zurück zu Land.

»Dann ist es vorbei? Kann ich jetzt nach Hause?«

Land lächelte.

Schluss mit Bald, Schluss mit der verdammten Firma. Du bist wieder im Dienst, dachte Gardner. *Weg von der ganzen Politik, den Lügen und den Psychospielchen.*

»Sicher doch. Aber vorher sollten Sie noch jemanden kennenlernen.«

Land gab dem Alten, der die Vögel fütterte, ein Zeichen. Der Mann nickte ihm zu. Seine große Hand legte vorsichtig das verbliebene Brot neben sich auf die Bank. Die Möwen versammelten sich um das Brot, während er zu den beiden Männern herüberkam. Der raue Stoff seines Anzugs raschelte im Wind, und seine ausdruckslosen Augen schienen durch Gardner hindurch zu sehen.

»Das ist Massimo«, sagte Land. »Und er ist hier, um Ihnen ein Angebot zu machen, das Sie nicht abschlagen können.«

Kapitel 45

Europa Point, Gibraltar, 08:00 Uhr

Massimo Macca rieb sich über die Wange. Schwarze Bartstoppeln verliefen über sein Kinn, die an den Seiten ins aschgraue übergingen. Er war alt und fett, und Gardner bezweifelte, dass der Mann je ein Fitnessstudio von innen gesehen hatte, aber er war sicher, dass er kein unbeschriebenes Blatt war.

»Ist das Signor Balds Freund?«

»Er ist nicht mein Freund«, ging Gardner ungeduldig dazwischen.

Macca musste ein Lachen unterdrücken. »Dann sind Sie wohl Balds consigliere?« Seine Stimme klang schroff. »Sie haben doch zusammengearbeitet?«

»Jetzt nicht mehr. Hören Sie, ich habe keine Ahnung, wer zur Hölle Sie sind, aber ich warne Sie.«

»Der Signore ist ein Mann der Gewalt. Das ist gut. Heutzutage sind die Leute so empfindlich. Sie verstehen nicht, dass manche Menschen böse auf die Welt kommen, und man bösen Menschen den Garaus machen muss.«

Zur Verdeutlichung zermalmte er einen unsichtbaren Stein in seiner Faust.

»Wenn Sie das sagen.«

»Und wo stehen Sie? Auf Seite der Guten oder auf Seite der Bösen?«

»Massimo, bitte«, sagte Leo Land und legte seine manikürte Hand auf Maccas Schulter. »Joe ist auf unserer Seite. Er war uns bei den Ermittlungen in letzter Zeit eine große Hilfe. Ohne ihn wäre Bald jetzt tot, und damit jede Hoffnung dahin, ein paar dieser Bastarde zur Rechenschaft zu ziehen.«

Macca gähnte. Seine Nasenlöcher waren so groß, dass man einen Panzer darin verstecken konnte.

»Vergeben Sie mir, Signor. Ich fürchte, ein Mann in meiner Position tut sich schwer damit, anderen zu vertrauen.«

»Nur, wenn Sie das Chefarschloch einer Bande von Schwachköpfen sind.«

Macca sah Gardner mürrisch an. »Ich habe Leute hinter Schloss und Riegel gebracht, die Sie für weniger umgelegt hätten.«

»Massimo ist Staatsanwalt in Kalabrien, einer Region im Süden Italiens«, erklärte Land. »Seit fünfundzwanzig Jahren ist er dort hinter der Mafia her. Ein ermüdender Job, wie ich mir vorstellen kann.« Land blinzelte in die Sonne. »Vielleicht sollten wir das Gespräch an einem ungestörteren Ort fortführen.«

Macca nickte. Sie kehrten Afrika den Rücken und verließen den Hardings Observation Post. Gardner bemerkte ein tiefblaues Mercedes CLK Coupé, das am Rand der Europa Road parkte. Land bot sich als Fahrer an. Gardner setzte sich nach hinten, Macca nahm auf dem Beifahrersitz Platz.

In dem Wagen roch es milchig, und das war genau die Art von Geruch, die Gardner in einem Auto, das Leo Land gehörte, erwartet hatte. Das Armaturenbrett des Wagens bestand aus lackiertem Walnussholz, und die Fenster waren mindestens zu sechzig Prozent abgedunkelt.

Land warf den Motor an und fuhr auf der Europa Road zurück.

»Die Mafia von früher, die Cosa Nostra, ist nur noch Geschichte«, sagte Macca. »Heute droht die wirkliche Gefahr aus einer anderen Quelle. Die 'Ndrangheta, die ehrenwerten Männer.«

»Stellen Sie sich eine Organisation vor, die mächtiger und verschwiegener ist als jemals eine Vereinigung in der Geschichte der Mafia zuvor«, ergänzte Land.

»Die ursprüngliche 'Ndrangheta wurde vor über hundert Jahren von kalabrischen Bauern gegründet, um sich vor dem Landadel zu schützen«, fuhr Macca fort. »Über Jahre hinweg beschränkten sich ihre Geschäfte auf Erpressung und Bestechung. Dann aber schlossen die Anführer einen Deal mit den Kolumbianern ab. Tonnenweise strömte das Kokain in die Häfen von Gioia Tauro. Mittlerweile haben sie Kämpfer auf der ganzen Welt: Europa, Amerika, Australien. Jeder der picciotto d'onore – der Fußsoldaten – hat einen Blutschwur geleistet. Sie kontrollieren das Kokain. Das Heroin. Das Waffengeschäft. Menschenhandel. Das Baugewerbe. Die Liste ist endlos.« Macca schüttelte den Kopf. »Meine Frau ist vor zwei Jahren an Krebs gestorben. Die Tumore haben ihren Körper aufgefressen. Bis nichts mehr übrig war. Verstehen Sie? So funktioniert die 'Ndrangheta. Sie ist wie ein Tumor, der immer weiter wächst.«

Draußen zog das Hafengelände an ihnen vorüber.

»Ich verstehe immer noch nicht, was das mit mir zu tun hat.«

»Ihr Freund, Signor Bald …«

»Er ist nicht mein Freund.«

»Er wird der 'Ndrangheta sein Kokain verkaufen.«

»Schön für ihn.«

»Und Sie werden es beweisen.«

»Ach ja? Und an welcher Stelle genau sind Sie plötzlich mein beschissener Boss geworden?«

Dann konzentrierte Gardner seinen Zorn auf Land. »Wir hatten einen Deal, und ich hab meinen Teil der Abmachung mehr als nur erfüllt.«

Der Mann vom MI6 zog im Rückspiegel sein Gesicht in Falten. »Das ist Ihre Schuld, Joe. Der Zwischenfall im Kings Hotel, die Sache mit Killen – wegen Ihnen hat die ganze Sache mittlerweile etwas zu viel Staub aufgewirbelt. Deshalb fürchtet Bald jetzt um sein Leben und hat seinen Plan geändert.«

Land steuerte den Mercedes die Winston Churchill Avenue entlang und lenkte ihn dann auf einen Parkplatz am Victoria Stadion.

»Unser eigentlicher Plan sah vor, Bald einfach festzunehmen, wenn er in Gioia Tauro an Land geht. Quasi direkt vor Massimos Haustür. Aber so wie es aussieht, ist Bald nicht mehr allzu glücklich darüber, die Italiener in ihrer Heimat zu treffen. Wir haben Gespräche abgefangen, die darauf hindeuten, dass Bald auf einen neutralen Übergabeort umschwenken will.«

»Gespräche? Ich dachte, das ganze System war außer Betrieb?«

»Ja, an Land. Aber eines unserer U-Boote hat die optischen Kabel auf dem Meeresgrund angezapft. Sie wissen schon, die Leitungen, über die der ganze Internet-Kram und die Telefonate laufen. Das passiert recht häufig, auch wenn man die Öffentlichkeit darüber nicht so gerne informiert. Unsere Freunde bei SIGINT haben ein Gespräch zwischen Bald und einem Burschen, den er nur ›Sargträger‹ nannte, mitgeschnitten. Wir glauben, dass das ein Codename für Gianni Petruzzi ist, obwohl er denkt, dass dieser Spitzname nur seiner engsten Familie bekannt ist.«

»Dieser Petruzzi – gehört der zur 'Ndrangheta?«

»Ein capo crimini«, sagte Macca und reichte Gardner ein Schwarz-Weiß-Foto des Mannes. Das Bild vertrieb sehr schnell alle Vorstellungen, die Gardner von einem hochrangigen Mafia-Boss hatte. Der Mann war aufgedunsen und schwabbelig, mit schlaff herunterhängenden Wangen und Augenlidern. Das einzig junge an ihm war das Flittchen um die Zwanzig in seinem Arm.

»Er ist ein regionaler Clan-Chef. Einmal haben er und seine Brüder einen Sarg durch die Straßen von San Luca getragen. Der Sarg war randvoll mit Kokain. Daher sein Name. Mittlerweile hat der Name aber noch eine zweite Bedeutung: Wer Petruzzi Geld schuldet, wird von ihm lebendig begraben.«

»Bald sagte, er hätte das Gefühl, beobachtet zu werden«, sagte Land.

»Wo hält er sich jetzt auf?«

»Im Augenblick überquert er das Alboran-Meer in Richtung Osten, auf dem Weg nach Algerien. Die 'Ndrangheta haben über ihr Menschenhandel-Netzwerk dort ihre Kontakte. Wir glauben, dass in Algier ein Privatjet auf Bald wartet.«

Gardner nickte, während er die Informationen aufsaugte. »Und der Jet bringt ihn wohin?«

»Belgrad«, sagte Land und klopfte seine Taschen nach Zigaretten ab.

»Serbien hat enge Verbindungen zur 'Ndrangheta«, warf Macca ein.

»Dann bitten Sie doch die verdammten Serben um Hilfe«, sagte Gardner.

Macca schüttelte den Kopf. »Sie können nicht Ratten mit Ratten jagen.«

»Dann fragen Sie Interpol. Oder meinetwegen das verfluchte A-Team. Es interessiert mich nicht.«

»Wir brauchen jemanden, der Bald kennt. Der ihn aufspüren kann. Sehen Sie den Tatsachen ins Auge, Joe. Sie sind der Mann für diesen Job.«

Gardner wog die Sache ab. Jedes Mal, wenn er mit Land sprach, verspürte er den starken Drang nach einer heißen Dusche. Auf der anderen Seite hatte er aber noch eine Rechnung mit John offen. Gardner war die Art von Mann, der gerne den Dingen auf den Grund ging. Noch nie hatte er mitten in einem Job hingeschmissen.

»Meine Regierung wird Ihre … wie sagt man noch … Einsatzbereitschaft im Krieg gegen den Abschaum der 'Ndrangheta zu schätzen wissen«, sagte Macca. »Jeder, der mit uns dieses Krebsgeschwür beseitigt, ist ein Freund Italiens.«

Land fand seine Zigaretten und ließ das Seitenfenster herunter. Er nuckelte an dem unangezündeten Glimmstängel in seinem linken Mundwinkel und sagte durch den rechten: »Was Massimo damit sagen will, ist, dass man Sie für Ihren Einsatz großzügig belohnen wird.«

»Eine halbe Million Euro«, sagte Macca.

»Sie können mich mal.«

»Seien Sie kein verdammter Narr«, sagte Land. »Von dem Geld können Sie sich so viele Frauen und Bier kaufen, wie Sie wollen. Oder womit Ihr Typen vom Regiment euch sonst so die Zeit vertreibt. Nehmen Sie das Geld, Joe.«

»Wenn ich noch diese eine Mission für Sie mache, dann will ich meinen alten Job wieder. Ende der Diskussion.«

»Sie sind nicht nur ein Narr, sondern auch verdammt starrköpfig, was?« Land zündete seine Zigarette an. Der Rauch kitzelte Gardner in der Nase und senkte sich wie Nebel in seinem leeren Bauch. Urplötzlich hatte er einen Bärenhunger.

Land entriegelte die Türen des Mercedes.

»Massimo, mein lieber Freund. Hier trennen sich unsere Wege.«

Macca stieg mit einigen Schwierigkeiten aus dem Auto, ohne ein weiteres Wort zu sagen. Rückenprobleme, altes Gesicht, verzweifelte Augen – das Leben war nicht unbedingt nett zu ihm gewesen. Ein Porsche bog in den Parkplatz ein und hielt neben dem gebeugten Italiener an.

»Witziger Typ«, sagte Gardner, als Macca von dem Porsche verschluckt wurde.

»Ein Verrückter, aber auf seine eigene Art. Man sagt, er habe über zweihundert Mafiosi umgelegt.« Land runzelte die Stirn. »Eins noch: Meine Chefs sind wegen der Schäden, die Bald bislang angerichtet hat, ziemlich verärgert.«

»Die haben Angst, dass ihnen die Scheiße am Schuh kleben bleibt?«

»Keineswegs. Aber sie würden sich besser fühlen, wenn er nicht so viel öffentliches Aufsehen erregen würde.« Land sprach langsam und betonte jedes einzelne Wort so sorgfältig wie ein Grundschullehrer. »Wäre er festgenommen worden, hätte das für unliebsame Schlagzeilen gesorgt. Schlagzeilen, die die Regierung ihrer Majestät derzeit nicht gebrauchen kann.«

»Sie wollen, dass er stirbt?«

»Nur, wenn er den Austausch tatsächlich vollzieht. Wenn er einen Rückzieher macht, und sei es in der letzten Minute, dann müssen wir uns etwas anderes ausdenken. Aber wenn Bald ihnen das Koks übergibt und dafür im Gegenzug seinen Hauptgewinn bekommt, dann ist er zu weit gegangen. Und dann haben Sie die Erlaubnis, einzugreifen.«

»Sie meinen, ihn umzubringen.«

»Haben Sie ein Problem damit?«

Gardner dachte darüber nach. Seitdem Bald ihn in Rio aufs Kreuz gelegt hatte, ließ ihn der Gedanke an Rache nicht los. Und Bald würde ganz sicher keine Sekunde zögern, um Gardner mit Blei vollzupumpen, wenn er die Gelegenheit dazu bekäme.

»Überhaupt nicht.«

»Guter Mann. Ich – oder besser die Firma – möchte, dass Sie alles tun, was notwendig ist.«

Land zog einen cremefarbenen Umschlag aus der Brusttasche seines Hemdes. Gardner fragte sich, wie der Agent, der sein Leben lang aus Koffern lebte, es schaffte, dass seine Hemden und Anzüge stets makellos gebügelt waren. Als wäre der Mann ein lebendes Bügeleisen.

Der Umschlag war nicht verschlossen, und es brauchte nur eine kleine Bewegung von Daumen und Zeigefinger, um ihn zu öffnen. In dem Umschlag befand sich ein Ticket nach Belgrad, nur Hinflug, ein neuer Pass, der ihn als Gary Dutch auswies, eine schwarze American Express-Karte, ausgestellt auf den gleichen Namen, und ein Prepaid-Mobiltelefon. Damit stand seinem Wochenendausflug nichts mehr im Wege.

»Verhalten Sie sich diese eine Mal loyal uns gegenüber, Joseph, und ich versichere Ihnen, dass es sich für Sie lohnen wird.«

»Bringen wir's einfach hinter uns.«

Land schnippte die Zigarette aus dem Fenster. Der Polizeiwagen fuhr davon und zwei Minuten später verließ der Mercedes das Stadiongelände. Als er Gardner am Flughafen wieder ausspuckte, trieb sich dort noch der gleiche Bulle in einer schicken Uniform herum.

Gardner stieg aus dem Wagen.

»Rufen Sie mich an, sobald Sie in Belgrad angekommen sind. Eine Kontaktperson vor Ort wird sich um Sie kümmern«, sagte Land und verschwand.

Gardner blieb allein zurück und fragte sich, ob er soeben die dümmste Entscheidung seines Lebens getroffen hatte.

Kapitel 46

Yakutsk, Russland, 19:17 Uhr

Einen Ersttäter erkennt man sofort, dachte Aleksandr Nikolai Sotov, als er den privaten Militärflugplatz in Sobransk, zwanzig Kilometer südlich von Yakutsk in Nordostsibirien überblickte. Egal, wie gut die körperliche Verfassung eines Mannes war; egal wie dick seine Haut oder sein Blut sein mochte, nichts konnte einen auf die Kälte vorbereiten.

Sotov erkannte den Mann sofort, der die Treppenstufen des Flugzeugs hinunterstieg. Die hervortretenden Augen, die verbogene Nase. Die geschwollenen Wangen. Als hätte man seinen Kopf in die Mangel genommen.

Der Mann wirkte verloren. Ihm kam dieser alte englische Spruch in den Sinn: Wie ein Hase im Scheinwerferlicht. Nur mit dem Unterschied, dass man in Sibirien keine Hasen finden würde. Nicht bei bis zu Minus fünfzig Grad.

Sotov stieg aus dem schwarzen Lexus und näherte sich der Rollbahn. Die Kälte schmerzte auf seiner Haut wie Salz, das man in eine offene Wunde streut.

»Maxim, Maxim, mein alter Freund! Ich bin so froh, dich zu sehen!«

»Was für ein miserabler Trip«, antwortete Maxim Ledinsky, der Chef der Einheit zur militärischen Spionageabwehr beim Inlandsgeheimdienst der Russischen Föderation, dem FSB. »Zuerst verzögerte sich der Abflug in Moskau um zwei Stunden. Dann gab es die schlimmsten Turbulenzen, die ich je erlebt habe. In der guten alten Zeit hätten wir das gemeldet und den Piloten getötet«, sagte er, fuhr sich mit dem Finger über die Kehle und winkte dann auf eine Art und Weise ab, die Sotov zu verstehen gab, dass er nicht nur scherzte.

»Jetzt bist du ja hier.«

»Und vorbereitet!«, rief er und deutete auf seine Kleidung. Gefütterte Jeans, Schuhe von Gore-Tex, ein Wollschal, Hut, Handschuhe und Wintermantel. Sotov war sicher, dass sich darunter noch weitere Schichten wärmender Kleidungsstücke verbargen.

»Das ist sehr gut, Maxim. Aber nimm doch bitte die Brille ab.«

Ledinsky blinzelte verunsichert.

»Bei diesem Wetter bleibt das Metall an deiner Haut kleben. Und wenn du die Brille dann abnimmst, reißt du dir das Fleisch mit herunter.«

»Ja, ja, natürlich«, sagte Ledinsky und nestelte mit seinen dicken Wollhandschuhen an dem Brillengestell herum.

»Und das Paket?«

»Im Laderaum«, sagte Ledinsky und wies mit dem Daumen auf die Hercules.

»Zeig es mir«, sagte Sotov.

Murrend führte Ledinsky Sotov um das Heck des Flugzeugs herum. Die Turbinen wirbelten ihnen die Luft so schnell und so kalt entgegen, dass sich der Versuch, geradeaus zu sehen, so anfühlte, als bekäme man Cocktailspieße in die Augen gestochen.

Langsam senkte sich die Laderampe. Sotov ging voran. Der Frachtraum der Hercules war ein Gewirr aus Kabeln und Seilen. Im hinteren Teil waren Kisten übereinandergestapelt. Die Notbeleuchtung brannte.

»Wo ist es?«

»Da.« Ledinsky deutete auf eine hölzerne Kiste, die mit dem Symbol des Roten Kreuzes markiert war. Die Kiste war einen Meter breit und von vergleichbarer Höhe.

»Mach sie auf«, sagte Sotov.

»Ich kann meine Finger kaum spüren«, protestierte Ledinsky.

»Maxim, ich muss es sehen.«

Ledinsky rief der Crew ein paar Befehle zu. Zwei Männer in Overalls stiegen die Rampe hinauf und benutzten die Läufe ihrer AKs, um den Deckel aufzustemmen. Nach dem dritten Versuch sprang er auf.

»Schneller, meine Nase tut weh«, drängte Levinsky die Männer.

»Nur die Ruhe.«

Sotov spähte in die Kiste. *Sieht nach nichts aus*, dachte er. *Nein. Sieht wirklich nach gar nichts aus.* So viel Aufhebens für so etwas – er suchte nach dem richtigen Wort – *gewöhnliches*. Ja, das war es. »Bist du sicher, dass das alles ist, Maxim?«

»Ja doch.«

»Ok. Ich bin zufrieden. Wir können jetzt gehen.«

Sotov marschierte voller neugewonnener Energie zurück zu dem Lexus. Nur Ledinskys anhaltende Quengelei minderte sein Hochgefühl. »Das Wetter hier ist scheiße. In Moskau hatte man mich vorgewarnt, aber ich hätte nicht gedacht, dass es *so* furchtbar sein würde. Ich meine … keine Ahnung, wie Menschen wie du hier draußen überleben.«

Menschen wie du, dachte Sotov. Seine Eltern waren Teil der Wanderbewegung aus dem Westen gewesen, weshalb er sich von den ursprünglichen Sibiriern unterschied. Während diese dunklere Merkmale und rötliche Wangen aufwiesen, stach Sotov mit blauen Augen, sandgestrahlten Haaren und blasser Haut hervor.

»Im Auto ist es wärmer«, sagte er.

»Ja?«

»Na ja, wahrscheinlich nur noch zehn Grad Minus.« Sotov lächelte in sich hinein.

Sein Chauffeur, Denis Popov, einen Meter neunzig groß, mit dünnem Hals und Haaren so grau wie ein Messergriff, lief um den Wagen herum und öffnete für Ledinsky die Tür. Der Lexus war nur ein Fahrzeug aus einer ganzen Flotte von Luxusschlitten. Sotov war CEO von Russlands führendem Diamantenlieferanten, der Strelka Corporation. Aber Sotov gehörte außerdem der Mafia an.

Der Motor lief bereits, als Sotov und Ledinsky auf der Rückbank des Lexus Platz nahmen. »Ich nehme an, du hast deine Spuren gut verwischt?«, fragte Sotov.

»Natürlich«, antwortete Ledinsky. »Ich gehe ja auch ein großes Risiko ein. Wenn dieses Ding verloren geht …«

»Wird es nicht.«

Sotov deutete auf einen schwarzen Truck, der rückwärts an die Rampe der Hercules heranfuhr. Sicherheitskräfte von Strelka waren an beiden Seiten des Trucks postiert. Über ihnen patrouillierte ein Sikorsky-Helikopter aus Sotovs privater Flotte über dem Gelände.

»Ich wusste gar nicht, dass du so viele Leute hast«, sagte Ledinsky.

»Hier in Yakutsk bin ich das Gesetz. Die Menschen hier machen schon Witze und sagen, wenn Alexander Sotov nur mit den Achseln zuckt, bebt ganz Sibirien.«

»Wie viele …«

»… Leute mir unterstehen? Ich hab die genaue Zahl vergessen. Achttausend? Jedenfalls genug, um Dinge durchsetzen zu können.«

»Was für …«

»Wodka?« Sotov förderte eine Flasche Russian Standard und zwei Schnapsgläser aus einer ausklappbaren Minibar zutage.

Ledinsky musterte argwöhnisch die Flasche. »Ich trinke nicht.«

»Unsinn. Ohne wärmenden Wodka im Bauch kann man in Yakutsk keine Geschäfte machen.«

Sotov goss Levinsky einen großzügigen Schluck ein. Dann trank er sein eigenes Glas in einem Zug leer, gefolgt von einem langen *Aaaahhhh.*

Popov lenkte den Lexus auf die Landstraße. Schwarze Flecken auf der vereisten Straße zeugten von Millionen von Mücken und Moskitos, die in der kurzen Sommerzeit über Yakutsk herfielen und nun festgefroren waren. Vor nur drei Wochen lagen die Temperaturen noch bei milden fünfzehn Grad. Es schien, als wäre das schon eine Ewigkeit her.

»Wie sieht es mit meiner Bezahlung aus?«, fragte Ledinsky und sah auf sein noch immer volles Glas hinab.

»Ich dachte mir, ich bringe dich stattdessen lieber um.«

Ledinsky zuckte zusammen.

»Ich mach nur Witze, Maxim. Wir sind auf dem Weg, um sie abzuholen.«

Sie fuhren durch einen Ort, den ein Fremder fälschlicherweise für eine Geisterstadt gehalten hätte. Auf den Straßen fuhren keine Autos, nur ein paar Trucks, die lebenswichtige Güter wie Benzin oder Nahrung transportierten. Menschenleere Gassen. Lediglich am Fischmarkt herrschte etwas Betriebsamkeit. Es war genau hier, als Sotov vor Jahrzehnten seine ersten Geschäfte tätigte und seine Mitbewerber ausstach, indem er ihren Fischfang mit Dieselbrennstoff vergiftete.

Der Lexus verringerte sein Tempo auf fünfzig Kilometer pro Stunde, während sie nordwestlich fuhren, Yakutsk hinter sich im Rückspiegel und den Fluss Lena zu ihrer Rechten. Hin und wieder holperte der Wagen durch eines der Schlaglöcher auf der Straße.

Auf ihrer Fahrt nach Westen kamen sie an einer Radarstation und einer Kirche mit pyramidenförmigen Dach vorbei. Der Chauffeur bog in einen Kiespfad ab und hielt nach einem Kilometer an einem Kontrollpunkt an. Auf einem achtunggebietenden gelben Schild war die Aufschrift zu lesen, dass man Eindringlinge auf der Stelle erschießen würde. Wachmänner mit A-91M Kurzgewehren und dem aufgenähten Firmenlogo am Revers, einem sibirischen Husky, patrouillierten hinter der Absperrung auf und ab und nickten Sotov finster zu. Das Tor öffnete sich, die Sicherheitskräfte winkten sie hindurch.

Die Straße führte noch ein paar Kilometer weiter, bis sie den Eingang einer niedrigen Höhle erreichten. Patrouillen mit Spürhunden untersuchten den Lexus, bevor sie weiterfahren durften. Direkt am Eingang zur Höhle standen vier Sicherheitskräfte Wache, jeweils zwei links und rechts einer soliden Bunkertür aus Blei.

Goldene Schneeleoparden säumten als Statuen auf Säulen die Seiten des Tors. Sotov stieg aus dem Lexus und nahm eine Keycard aus der Tasche. Auch einer der Wächter zückte eine identische Karte. Beide steckten ihre Karten gleichzeitig in einen Kartenschlitz. Eine Reihe von Klickgeräuschen war zu hören, dann schwang das Tor auf.

»Komm, ich will dir etwas zeigen«, sagte Sotov.

Ledinsky zögerte. »Was ist da drin?«

»Deine Bezahlung.«

»Gut. Und bitte, lass uns keine Zeit verschwenden«, sagte Ledinsky, dem das Blut aus dem Gesicht wich. »Ich bin ein viel beschäftigter Mann.«

»Natürlich.«

In der Höhle war es dunkel. Ledinsky nahm seinen Hut ab, unter dem sich eine beginnende Halbglatze verbarg. Dampf stieg aus der kahlen Stelle wie Zigarrenrauch empor. Ein weiterer Wachmann dirigierte sie zu einem Aufzug. Sie stiegen ein. Der Wächter rammte die Käfigtür zu, woraufhin der Lift seine Fahrt hundert Meter unter die Erdoberfläche begann. Ledinsky wischte sich den Schweiß vom Kopf.

»Ich wusste nicht, dass du noch eine zweite Anlage besitzt.«

»Wir brauchten einen Ort, wo wir ein paar Dinge verstauen können.«

»Was für Dinge?«

»Geheimnisse, Maxim. Geheimnisse.«

Der Aufzug kam quietschend zum Stehen. Strahlend helles Licht flutete den Schacht. Ein Wachmann zog die Tür auf. Sotov gab Ledinsky ein Zeichen, als Erster zu gehen. Der Chef des FSB kniff die Augen zusammen, als würde er direkt in die Sonne sehen. Sotov reichte ihm eine Sonnenbrille.

»Das ist der einzige Ort Sibiriens, wo man die braucht«, grinste er.

Ledinskys Kieferknochen entspannten sich.

»In Yakutsk pflegt man zu sagen, dass es für jeden Menschen, der hier lebt, einen See oder einen Fluss gibt«, sagte Sotov. »Aber in Wahrheit gibt es hier mehr Diamanten als Menschen. Diamanten findet man hier so häufig wie Schneeflocken, Kamerad.«

»Das ist unglaublich … ich habe noch nie so etwas …«

»Kein schlechter Anblick, was?«

Sie standen in einer kuppelförmigen unterirdischen Mine. Scheinwerfer strahlten die Decke fünfzehn Meter über ihnen mit bläulich weißem Licht an. Sotov senkte den Blick zu Boden, auf ein Gebiet so groß wie sechs Fußballfelder, bedeckt mit Bergen von polierten Diamanten.

Ledinsky nahm eine Handvoll davon auf. Jeder der glitzernden Steine hypnotisierte ihn. Irgendwann schaffte er es, den Blick davon abzuwenden. Fragend sah er Sotov an.

»Die müssen Billionen wert sein.«

Sotov zuckte mit den Achseln.

»Aber … warum versteckst du sie unter der Erde?«

Der Mafiosi kniete sich neben einen kleineren Haufen Diamanten. Obenauf lag ein Stein von der Größe einer Faust. Viermal so groß wie der Cullinan-Diamant der englischen Kronjuwelen, und damit der größte Rohdiamant der Welt. Und er lag hier unter der Erde, wo er Staub ansetzte.

»Manche Dinge sind umso wertvoller, wenn sie nicht gesehen werden«, sagte er.

»Das ergibt keinen Sinn.«

»Wusstest du, dass ein Diamantenhändler fünfzig Prozent des Welthandels kontrolliert? Das ist eine beeindruckende Zahl, oder? Das bedeutet, dass er die Macht hat, ganz nach Belieben den Preis für Rohdiamanten in die Höhe zu treiben oder zu senken.«

Ledinsky runzelte die Stirn.

»Es heißt, Diamanten seien selten«, fuhr Sotov fort. »Aber das stimmt nicht. Das ist ein Mythos. Wir horten die Diamanten hier in der Mine, weil es diesem speziellen Händler zuträglich ist, wenn weniger echte Diamanten am Markt sind. Wir werden dafür bezahlt, sie nicht auszuliefern. So profitieren beide Seiten. Die können den Preis für Diamanten astronomisch hoch halten, und wir werden fürs Nichtstun bezahlt.«

»Das ist doch absurd.«

Sotov richtete sich auf. Er nahm den faustgroßen Diamanten und reichte ihn Ledinsky.

»Sieh es als deine Bezahlung«, sagte er und zündete sich eine schwarze Ziganov an. »Nimm dir, so viele du willst oder gebrauchen kannst. Nimm ein paar für deine Frau mit, und deine Kinder. Nimm noch ein paar dazu, um deine Kollegen zu bestechen. Nimm so viel du willst, Maxim, aber bedenke eines: Jeder einzelne Diamant in deiner Tasche ist ein Versprechen von dir an mich. Zigarette?«

Ledinsky schüttelte seinen Kopf und ließ den glitzernden Stein wie einen Ball zwischen seinen Händen hin und her rollen.

»Einfach als Versprechen, dass wir uns einig sind, dass unser kleines Arrangement unter uns bleibt.«

Sotov wartete auf eine Antwort, doch die kam nicht. Er drehte sich zu Ledinsky um und sah, wie der angesehene Direktor des FSB freudig erregt in einem Haufen Diamanten herumwühlte.

»Ich nehme das als ein Ja«, sagte Sotov.

Kapitel 47

Belgrad, Serbien, am nächsten Tag, 18:33 Uhr

Gardner parkte seinen gemieteten Toyota Avensis zwei Querstraßen von der Tiger Bar entfernt, mitten im Herzen des Silicon Valley. Der Stadtteil trug diesen Namen aufgrund der künstlich verbesserten Damen, die sich in den Straßen herumtrieben. Vor ein paar Jahren wäre Gardner noch versucht gewesen, sich hier etwas genauer umzusehen. Aber er war nach Belgrad gekommen, um eine Rechnung zu begleichen und eine alte Freundschaft zu beerdigen. Die Pin-up-Girls im Silicon Valley mussten daher auf ihn verzichten.

Land hatte ihn angewiesen, die Tiger Bar an dem Abend, an dem er eintreffen würde, um exakt 0630 aufzusuchen.

»Nach wem soll ich Ausschau halten?«, hatte Gardner gefragt.

»Keine Sorge, mein Freund – die finden Sie«, hatte Land ihm versichert.

Jetzt fühlten sich Gardners Augenlider so schwer an, als hätte jemand Hockey-Pucks daran genäht. Die läppischen drei Stunden Schlaf in den letzten vierundzwanzig Stunden hatten ihn schließlich eingeholt. Er hatte einen Flug von Gibraltar nach Heathrow mit einer Maschine der British Airways genommen. Zwei Stunden in einer Restaurantkette auf seinen Flug gewartet, süßen Kaffee getrunken und ein Schinken-Käse-Sandwich verdrückt, für das er auf einen Zehner nur lausige 2,50 Pfund heraus bekam. Dann bestieg er das Flugzeug der Swiss Airlines nach Zürich. Dort trank er ein Guinness an einer Bar, sah sich eine Stunde lang auf Sky Sports die Neuigkeiten an, bevor er schließlich den Anschlussflug zum Nikolai Tesla Flughafen nahm.

Belgrad. Das letzte Mal war Gardner vor zwölf Jahren in der Stadt gewesen. Er fühlte sich wie ein Mörder, der an den Schauplatz eines Verbrechens zurückkehrte. Während des Kosovo-Krieges hatte sich hier eine ganze Menge Scheiße abgespielt, und das Regiment hatte daran keinen geringen Anteil gehabt.

In die Hauptstadt ausgesandt, bestand ihre Mission darin, den Staatsapparat der Regierung unter Milosovic mit allen notwendigen Mitteln lahmzulegen.

Als Sprengstoffexperte war Gardner Teil eines Vier-Mann-Teams gewesen, das Milosovics Sprachrohr, den staatlichen Rundfunk, ausschalten sollte. Bei Sonnenaufgang hatte er die Station mit genug Plastiksprengstoff verkabelt, um damit ein zweites Ozonloch in die Atmosphäre zu reißen. Aber die Geheimdienstinformationen waren falsch gewesen. Zu dem Zeitpunkt, an dem Gardner den Auslöser drückte, befanden sich noch achtundzwanzig Zivilisten in dem Gebäude. Niemand überlebte.

Er bekam die Leichen nie zu Gesicht und hörte auch nicht ihre Schreie bei der Explosion. Aber ihre Geister verfolgten ihn noch heute, Geister ohne Arme und Beine.

Zwölf Jahre später hatte man der Stadt einen frischen Anstrich verpasst. Schicke neue Einkaufszentren, Kasinos und Mobiltelefongeschäfte buhlten um Aufmerksamkeit. Ein paar Überreste des alten Belgrads waren jedoch geblieben: kommunistische Architektur, versteckt in heruntergekommenen Hinterhöfen, und wütende nationalistische Graffiti in Unterführungen und unter Brücken.

Es war kälter hier als in Gibraltar, mit Temperaturen um die zehn Grad. Gardner trug dunkelblaue Cargos, ein weißes T-Shirt mit V-Ausschnitt und eine graue Kapuzenjacke. Das Outfit hatte er sich in einem Duty-free-Shop in Heathrow besorgt. Und noch etwas anderes hing an seinem Handgelenk.

»Ich mache mir Sorgen um Ihre persönliche Sicherheit bei dieser Mission«, hatte Land in Gibraltar gesagt. »Bald wird vorsichtiger sein denn je, und arbeitet mit ein paar wirklich faulen Äpfeln zusammen. Gut möglich, dass die Ihnen auf den Zahn fühlen. Wenn das passiert, stecken Sie in Schwierigkeiten. Tragen Sie das hier.« Er gab Gardner ein rotes Armband. Das Band war mit einem RFID-Chip ausgestattet, der ein ultrahochfrequentes Signal aussandte, das per Triangulation von den GIS-Computern der Firma ausgewertet wurde und so die Position des Armbands in Echtzeit bestimmen konnte.

»Wenn Sie diesen Knopf drücken«, hatte Land ihm erklärt und auf einen kleinen metallenen Kreis getippt, der an der Plastik angebracht war, »sendet es einen Notruf direkt ans MI6-Hauptquartier. Das ist das Signal, dass Sie sich in extremer Gefahr befinden und man Sie rausholen soll. Ich kann nichts garantieren, aber unter normalen Umständen sollten wir innerhalb einer Stunde, nachdem Sie den Knopf gedrückt haben, bei Ihnen sein.«

Als sich Gardner nun der Tiger Bar näherte, fiel sein Blick auf ein Foto, dass an der Tür klebte. Es zeigte einen böse dreinblickenden Mann in Uniform, der vor einem Panzer stand, umringt von seinen Kameraden. Er hielt eine AK-47 in der rechten Hand, aber das Objekt in seiner linken war eine Kuriosität: Ein Tigerbaby, dass er am Schlafittchen gepackt hielt.

Er betrat die Bar, und hatte das Gefühl, als hätte es ihn in eine andere Dimension verschlagen. An einen Ort, wo Rauchverbote nicht existierten und Lady Gaga noch nicht erfunden war. Aus einem einzelnen Lautsprecher quäkte Akkordeonmusik. Etwa ein Dutzend Männer saßen in Zweier- oder Dreiergruppen an vom Fusel aufgequollen Tischen, tranken Brandy und rauchten faulig riechende Zigaretten. Sie musterten ihn argwöhnisch auf seinem Weg in die Bar. Bei einem Barmann mit einem Gesicht wie ein Schweinearsch bestellte er sich ein regionales Bier. *Was für eine Scheiße*, dachte er. *Ich komme mir vor wie im Yates, nur ohne die geilen Weiber.*

Gardner zog sich einen Stuhl heran. Er nippte an seinem Bier. Es schmeckte wässrig und schimmerte grünlich unter der trüben

Beleuchtung. Seine Augen gewöhnten sich langsam an das Schummerlicht, und dann bemerkte er die einzige Frau in der Bar. Sie warf ihm ein breites Lächeln zu.

Sie hatte kaffeebraune Haare, die sie hinter elfenartigen Ohren zurückgestrichen hatte, und die in reizenden Locken an ihrem Hals herabfielen. Ihre Lippen waren fein geschwungen. Sie trug ein geflammtes Top mit dreiviertellangen Ärmeln, eine dunkelblaue Jeans und verfügte über einen Körper, der in einem Jogginganzug besonders gut aussehen würde. Ihre Augen waren so schwarz wie ein Gewitterhimmel. Sie war allein.

Gardner schaute weg und warf dann wieder einen verstohlenen Blick auf ihre Figur. Beine wie ein Laufstegmodell. Er verspürte das starke Verlangen, sie flachzulegen.

Die Frau schien ihn eine Zeit lang zu ignorieren. Dann stand sie auf und kam herüber.

»Sie müssen Joe Gardner sein«, sagte sie mit einer sanften und hellen Stimme, die ihn verwirrte. Er hatte sie für eine Serbin gehalten, aber die einheimischen Frauen hatten für gewöhnlich tiefe, kräftigere Stimmen. Er hatte keine Ahnung, wo er ihren Dialekt einordnen sollte.

Sie setzte sich auf einen Stuhl ihm gegenüber und stellte ein halbvolles Glas Rotwein auf den Metalltisch. Daneben stellte sie eine schwarze Handtasche.

»Und Sie sind?«, sagte er.

Die Frau hob eine ihrer eleganten Augenbrauen.

»Sie brauchen meinen Namen nicht zu wissen.«

»Nein, aber was das angeht, bin ich wohl etwas altmodisch.«

Ein Lächeln breitete sich auf ihren Lippen aus, und Gardner spürte ein heißes Pulsieren in seiner Brust.

»Leo hat mich vor Ihnen gewarnt«, sagte sie.

»Wirklich? Was …«

»Ach, nur dass Sie Ärger anziehen wie ein Magnet und ein paar Probleme mit Aggressionsbewältigung haben.«

Gardner trank noch etwas von seinem billigen Bier und dachte darüber nach.

»Stimmt ziemlich genau, würde ich sagen.«

Die Frau lachte, ein wundervolles Lachen, und in ihren Augen funkelten kleine Sterne. »Dann hat Leo ausnahmsweise mal nicht gelogen?«

»Aber ich weiß immer noch nicht, wie Sie heißen.«

Sie trank einen Schluck Wein, der ihre Mundwinkel dunkelrot färbte. »Aimée Milana«, sagte sie. »Schön, Sie kennenzulernen.«

»Ganz meinerseits, Aimée. Sie sind nicht von hier?«

Sie schüttelte den Kopf. »Genau genommen bin ich zur Hälfte Serbin. Mein Vater kommt aus Belgrad, meine Mutter aus Paris. Ich bin hier aufgewachsen, habe aber in Frankreich studiert, als der Krieg ausbrach.«

»Und jetzt arbeiten Sie für die Firma?«

Aimée zog ihre Augenbrauen zusammen. Geschwungene, sehr verführerische Augenbrauen. »Nicht *für* sie. Mit ihr zusammen. Wenn Ihre Regierung Leute davon abhalten will, mein Land als Drogenmarkt zu missbrauchen, genügt mir das als Grund vollkommen.«

»Sie wissen, warum ich hier bin?«

»Ja … wollen wir wieder zum Thema zurückkommen?« Ihr Lächeln verschwand.

Er nickte. »Leo meinte, Sie würden mich auf den neuesten Stand bringen?«

»Anscheinend hat sich Ihr Freund mit ein paar ziemlich üblen Leuten eingelassen«, sagte sie. »Kommen Sie, ich bringe Sie hin.«

Glücklich darüber, die dünne Brühe in seinem Glas zurücklassen zu können, folgte Gardner Aimée aus der Bar. Er war gespannt, wie viel Scheiße John Bald in ihrem alten Revier aufgewirbelt hatte.

Kapitel 48

19:07 Uhr

Das Zira Hotel befand sich auf der Ruzveltova Straße im alten Teil von Belgrad, einem Irrgarten aus Beton östlich des Flusses Sava. Gardner und Aimée saßen in einem Toyota an der Straße direkt gegenüber des Hotels. Er konnte über den Fluss hinweg bis auf die andere Seite des Ufers sehen, wo die großen Gebäude des neuen Belgrad die Skyline dominierten.

»Hier ist Ihr Freund abgestiegen«, sagte Aimée.

»Er reist gern komfortabel.«

Aimée schob sich einen Streifen Kaugummi in den Mund. »Er hat unter einem Decknamen eingecheckt. Lassen Sie mich nachsehen«, sagte sie und sah auf ihr Telefon. »Gary McAllister.«

Gardner lachte.

»Was ist daran so lustig?«, wollte Aimée wissen.

»Ist schwierig zu erklären«, sagte Gardner, während er sich die frappierende Ähnlichkeit von Bald und dem Liverpooler Mittelfeldspieler ins Gedächtnis rief.

In diesem Moment trat Bald aus der Hotellobby. Er sah müde aus, wie Gardner fand. Bald stieg in einen Mitsubishi Shogun, der vor dem Hotel parkte. Die Scheibenwischer schoben Nieselregen von der Windschutzscheibe, der aus einem eisengrauen Himmel fiel. *Jetzt noch ein paar Typen in Kapuzenjacke, die eine Telefonzelle anzünden, und es wäre beinahe wie in Moss Side*, dachte Gardner.

Der Shogun fuhr los.

»Wir sollten ihm folgen«, sagte Aimée.

Gardner fädelte sich drei Wagenlängen hinter dem Shogun in den Verkehr ein. Bald donnerte die Ruzveltova in südwestlicher Richtung hinunter und bog dann nach rechts auf den Aleksandra Boulevard.

Gardner folgte ihm, vorbei an barocken Bibliotheken und Museen. Das Alte machte Platz für Neues: Porno-Läden und Fast-Food-Ketten. Auf Parkbänken schliefen Männer in der Spätnachmittagssonne. Der Shogun fuhr weiter nach Süden. Belgrad riss die alten Viertel ab, um sich nur allzu begierig in den Konkurrenzkampf des einundzwanzigsten Jahrhunderts zu stürzen.

Gardner hielt das Lenkrad fest umklammert und kämpfte gegen seine Emotionen an. *Was für ein Wahnsinns-Ritt*, sagte er sich. *Einmal um die verdammte halbe Welt.* Das Ende seiner Mission war nicht mehr fern. Ein Gedanke, der wie ein Tropfen Säure in seinem Magen brannte.

Nach weniger als zehn Kilometern gen Süden zog sich die Stadt zurück wie der Haaransatz eines Politikers.

»Ich kenne die Ecke«, sagte Gardner. »Das schmuddelige Ende von Belgrad.«

»Das war es mal.«

Sie rollten an todschicken neuen Penthäusern vorbei. Parks, ein Fitnessstudio, Tennisplätze, ein Swimming Pool. Alle transportierten die gleiche Botschaft: Belgrad ist erfolgreich.

Bald parkte vor einer zweistöckigen Villa. Gardner hielt etwa hundert Meter hinter ihm in der Nähe einer Bushaltestelle. Er griff nach seiner Nikon 3D.

Die Digitalkamera war eine Spezialanfertigung der Firma. Anstatt die Bilder, welche Gardner schoss, auf einen Flashspeicher zu kopieren, schickte ein abgesicherter Netzwerk-Adapter diese verschlüsselt über einen Satelliten nach Vauxhall. Die 12.1-Megapixel-Schnappschüsse brauchten nicht länger, um auf Lands Schreibtisch zu landen, als ein Pott Nudeln in der Mikrowelle. Auf die Art war sichergestellt, dass der MI6 die Aufnahmen von jedem besaß, der in dem Schmugglerring involviert war, auch wenn Gardner die Kamera verlieren oder sie beschädigt werden würde.

Die Vordertür der Villa öffnete sich, ein Mann trat heraus und schüttelte Balds Hand. Seine Augen musterten die Straße, und für einen Moment sah es aus, als würde sich sein Blick direkt durch Gardner bohren.

Er hatte pockennarbige Wangen, wie verwitterter Marmor, Piercings in den Augenbrauen und zerknautschte Ohren, die aussahen, als wäre ein Rottweiler darüber hergefallen. Er trug eine abgetragene Lederjacke mit einem Ferrari-Logo auf der Brust, einen Rollkragenpullover und abgewetzte weiße Sneaker.

»Klint Valon«, sagte Gardner.

»Sie kennen ihn?«, fragte Aimée. »Er ist einer der meistgefürchteten Kriminellen in Belgrad.«

»Und ob ich den kenne. Albane. Hat im Krieg beide Seiten gegeneinander ausgespielt, Albanien und Serbien. Schließlich ist ihm die NATO auf die Schliche gekommen und er hat ausgepackt. Tatsächlich hat er dem Regiment geholfen, eine Waffenschieberbande auffliegen zu lassen, in der die russische Mafia und einige NATO-Soldaten mit drinsteckten.«

»Ich wusste nicht, dass er der NATO geholfen hat.«

»Er gab uns hochbrisante Geheiminformationen, um die Waffenschieber jagen und die ethischen Säuberungen beenden zu können. Das Dumme war nur, das Valon verschwand, als der Krieg vorbei war. Wahrscheinlich hatte er eine Scheißangst, dass die Leute, die er verpfiffen hat, auf Rache sinnen würden.«

»Für seine Loyalität war er nie berühmt.«

»Valon ist nur seiner Brieftasche gegenüber loyal.«

Bald lief zurück zu dem Shogun, eine braune Papiertüte an sich gedrückt. Gardner war klar, dass er in der Tüte sicher keinen Fusel aufbewahrte, sondern eher eine Pistole für seinen persönlichen Schutz.

Als der Shogun startete, ließ auch Gardner den Toyota an.

»Warum sollte ihr Freund Geschäfte mit Valon machen?«

»Vielleicht sucht er sich noch ein wenig Unterstützung zusammen, bevor er den Austausch vollzieht«, sagte Gardner, der darauf wartete, dass eine Ziege die Straße überquerte.

»Valon gibt sich für so etwas her?«

Gardner nickte. »Für einen entsprechenden Anteil würde der seine Großmutter auf den Strich schicken und das Video bei YouTube posten.«

Das Plärren seines Telefons unterbrach ihre Unterhaltung. Er ging ran.

»Wie ich höre, haben Sie unsere Kontaktperson vor Ort bereits getroffen?«, sagte Land. »Ist ein ganz schöner Feger, oder?«

»Sie hat mich eingeweiht«, sagte Gardner. Dann berichtete er Killen von der Anwesenheit Klint Valons.

»Nun, ich vermute, das macht Sinn. Ich habe eben noch mit Massimo telefoniert. Sein verdeckter Ermittler in Kalabrien meint, dass Petruzzi morgen früh gegen neun Uhr in Belgrad eintreffen wird.«

»Und bevor Petruzzi nicht vor Ort ist, wird der Deal nicht über die Bühne gehen.«

»Sicherheitshalber lassen wir Balds Hotel beobachten. Sobald er sein Zimmer verlässt, gebe ich Ihnen Bescheid. Vor dem Treffen müssen wir Sie aber noch mit ein paar Geschenken eindecken. Aimée wird sich als nützlich erweisen, wie Sie bald sehen werden.«

Kapitel 49

20:07 Uhr

Auf der Fahrt in die Belgrader Innenstadt herrschte Stille. Gardner dachte über Valon nach, dachte an die Geschichte, die während der Kriegstage die Runde machte. Jene Geschichte, dass Valon einmal mit einem Schulbus durch ein Dorf fuhr und anbot, alle Leute albanischer Abstammung zu einem sicheren Unterschlupf zu bringen. Der Bus war vollgestopft mit Dorfbewohnern. Männer, Frauen, Kinder. Dann fuhr Valon mit ihnen direkt in ein Lager der serbischen Milizen. Die Serben bezahlten ihm eine stattliche Belohnung. Valon zählte sein Geld, während die Soldaten die Albaner auf die Knie zwangen und ihnen nacheinander in den Kopf schossen.

Der Toyota kroch den Topcider Hill hinauf, südöstlich des Stadtzentrums. Am nördlichen Hang des Berges entdeckte Gardner einen Hajd Park, der nach dem Londoner Hyde Park benannt war. Sie fuhren den Topcider Hill auf der anderen Seite wieder hinab, von wo aus ihn Aimée zu einem Wohnhaus mit roter Ziegelfront, französischen Fenstern und einem mit Ornamenten verzierten Zaun dirigierte. Die Autos, die vor dem Haus parkten, waren ausnahmslos BMWs oder Mercedes.

»Meine Güte«, sagte Gardner, während Aimée nach ihren Schlüsseln kramte. »Die Firma scheint Ihnen offenbar gutes Geld zu bezahlen.«

»Ich arbeite für mein Land, und nicht, um mir ein teures Sofa zu kaufen.«

Sie stiegen eine hölzerne Treppe hinauf, deren Stufen ächzten wie eine alte Frau auf dem Totenbett. Im dritten Stock näherte sich

Aimée der Tür zu Wohnung Nummer Sieben und sperrte mit ihren Schlüsseln eine Reihe von Schlössern auf. Drinnen befand sich eine Alarmanlage. *Diese Frau nimmt ihre Sicherheit ernst*, dachte Gardner. Aimée tippte einen Zahlencode ein. Der Alarm schaltete ab. Sie führte ihn einen schmalen Flur entlang. Linoleumboden, an den Wänden eingerahmte Zeitungsartikel, die von ihr verfasst waren. Er konnte sie nicht lesen, wusste aber, dass es französisch war. »Sie waren Journalistin?«

Ihr Hinterkopf nickte. Gardner ertappte sich dabei, wie er ihren weichen Nacken anstarrte. »Ich habe fünf Jahre lang als Kriminalreporterin für Le Figaro gearbeitet. Das hat Spaß gemacht, aber die Kriminalität in Frankreich ist nichts, verglichen mit dem, was sich in Serbien abspielt.«

Links ging es in die Küche, das Badezimmer war rechts, und am Ende des Flurs öffnete sie linkerhand eine Tür und betätigte den Lichtschalter. Das Zimmer war leer. Keine Möbel, keine Dekoration. Nur eine einzelne Glühlampe, die von der Zimmerdecke hing wie eine brennende Lunte. Für einen Moment wunderte sich Gardner, was er hier sollte. Dann fiel sein Blick auf die Wände, und er wunderte sich nicht mehr.

Überall an den Wänden hingen Waffen. Gardner sah sich einer verblüffenden Vielfalt von Modellen gegenüber. Einige davon hatte er schon viele Male zuvor benutzt: Heckler&Koch Mark 23 Halbautomatik, Benelli M4 Super 90 Schrotflinten und 9mm Glocks. Andere waren weniger gebräuchliche Waffen, die man sich in Russland oder dem Fernen Osten beschaffen musste. Waffen wie einen GM-94 Granatwerfer oder ein PP-19 Bison 2 Maschinengewehr. Waffen, die so selten waren, dass selbst das Regiment nicht so ohne Weiteres an sie herankommen würde.

»Leo sagte, Sie sollen sich nehmen, was Sie brauchen.«

»Jesus«, sagte Gardner, der sich einer der Wände näherte und nun verstand, warum Aimée so viele Sicherheitsvorkehrungen traf. »Sind Sie eine Waffenhändlerin?«

»Nicht wirklich. Ich helfe nur Leuten im Kampf gegen jene Kriminellen, die Serbien ruinieren wollen. Bedienen Sie sich.«

Gardner wählte ein langes, dünnes Modell.

»Das ist ...«

»Die Sako TRG-22.«

»Sie kennen sich mit den Dingern aus.«

»In meiner Familie sind wir mit Waffen groß geworden.«

Gardner strich über das Scharfschützengewehr. Er hatte die TRG-22 bei Kampfeinsätzen im Regiment benutzt. Während der Rest der Streitkräfte auf die Accuracy International L96 schwor, hatte man als SAS-Operator gewisse Freiheiten, was die Wahl der Waffen und Ausrüstung anging.

Gardner bevorzugte die TRG, weil sie mit einer Mündungsbremse ausgestattet war, die den Rückstoß minimierte, und ihre .308 Winchester-Munition konnte bis auf einhundert Metern Entfernung tödlich sein. Mehr konnte man von einem Scharfschützengewehr nicht erwarten. *Ich werde John aus großer Entfernung ins Visier nehmen*, dachte Gardner. *Dafür brauche ich ein Gewehr, dass auch aus größerer Distanz mit chirurgischer Präzision arbeitet.*

Die TRG-22 war dafür wie geschaffen.

»Die nehm ich«, sagte Gardner.

»Was ist das für eine Sache zwischen Ihnen und der Zielperson?«, fragte Aimée.

»Er war mal ein guter Freund. Aber das ist vorbei.«

»Werden Sie ihn umbringen?«

»Was für eine Frage soll das sein?« Er ließ sich nichts anmerken. Ihr Blick ruhte auf ihm. Gardner spürte, wie sich ein Kloß in seinem Hals bildete. Schweigend standen sie sich so ein paar Sekunden gegenüber.

»Wie wäre es mit einem Drink?«, fragte Aimée.

»Das klingt gut.«

Sie führte ihn auf den Flur hinaus und in das Schlafzimmer gegenüber. Dort setzte er sich auf die Kante des Betts, und sie verschwand in der Küche. Die Muskeln in seinen Beinen entspannten sich. Er hörte das Klimpern von Gläsern und das gedämpfte Schlurfen von Füßen auf dem Linoleum.

Aimée kehrte mit einer Flasche Wein in der einen und zwei Gläsern in der anderen Hand zurück. Gardner musterte sie, während sie die Gläser auf dem Nachtschränkchen abstellte und den Wein einschenkte. Ihr Augen waren gleichzeitig weich und scharf, wie auf der Seite liegende Tränen. In ihrem Gesicht gab es keine harten Linien und sie strahlte eine gewisse Art von innerer Stärke aus.

»Ist schon 'ne Weile her, seit ich ein Glas serbischen Rotwein hatte«, sagte Gardner. Der Wein war gut. Er vertrieb den Druck, den er zwischen den Ohren verspürte.

»Waren Sie schon mal hier?«, fragte sie ihn.

»Vor einer halben Ewigkeit.« Die Bilder krallten sich wie Klauen in seinen Schädel. Brennende Häuser, Straßen, die mit Granatsplittern übersät waren.

»Viele Menschen haben Not gelitten«, sagte sie. »Ich muss etwas dafür tun, den Kampf zu unserem Feind zu bringen. Die Menschen glauben, ein Krieg endet, wenn die Soldaten das Land verlassen. Aber das ist falsch.«

»Wem sagen Sie das, Aimée.«

Sie saß auf dem Bett, mit dem Rücken gegen ihr Kissen gelehnt. Fast berührten ihre Beine Gardner. Er bemerkte den weißen Träger ihres Büstenhalters auf ihrer Schulter. Als sie ihr Gewicht etwas verlagerte, zog es das Top auf ihrem Rücken zusammen, sodass sich der Stoff über die Formen ihrer Brust spannte.

Gardner trank wieder von seinem Wein. Nach nur zwei Schlucken hatte er das Glas so gut wie gelehrt. Ein angenehmer Nebel senkte sich über seine Augen.

»Und … wie kam es, dass Sie als Journalistin plötzlich dem MI6 unter die Arme griffen?«

»Das ist kompliziert«, sagte sie und wickelte sich eine Haarsträhne um ihren Zeigefinger. »Mein Vater gehörte der Untergrundbewegung gegen das Milosevic-Regime an. Anfänglich führte er den Krieg mit Worten: Flugblätter, Zeitungen, so etwas. Doch nachdem Milosevic unsere Mutter umbringen ließ, entschied er sich, den Kampf mit Waffen fortzusetzen.«

»Ich bin immer nach der Devise vorgegangen: Erst schießen, dann fragen.«

Aimée lächelte.

»Mein Vater hatte eine Regel für sich, und eine andere für alle anderen. Er war wie Sie.«

Sie goss Wein in Gardners Glas nach. Sein Verstand riet ihm, abzulehnen. Er musste wachsam bleiben. Schließlich befand er sich hinter feindlichen Linien. Andererseits hatte Land angedeutet, dass die Übergabe morgen Mittag stattfinden würde, und er war dankbar für einen Moment der Ruhe. Er trank noch etwas. Die wohlige Wärme des Alkohols breitete sich in seinem Körper aus.

»Mein Vater hat viele der ranghöchsten und übelsten Schergen Milosevics umgebracht«, fuhr Aimée fort. »Sogar ein Attentat auf Milosevic selbst hat er versucht. Aber sie nahmen ihn gefangen, rissen ihm die Finger- und Zehennägel heraus, schnitten ihm die Nase ab und warfen ihn ein paar Klippen hinunter, wo sie ihn zum Sterben liegen ließen. Da war ich sieben Jahre alt.« Sie atmete etwas schneller. »Die Freude meines Vaters zeigten mir seine Leiche. Damit ich es nie vergesse, wie sie sagten.« Ihr Lächeln wirkte nun gequält. »Hat funktioniert.«

»Tut mir leid.«

»Das ist schon lange her.«

»Und Sie entschieden sich, in die Fußstapfen Ihres Vaters zu treten?«

»Nicht so wirklich. Ich meine, ich habe seine Arbeit und seine Hingabe immer bewundert, ein freies und liberales Serbien zu schaffen. Aber die Zeiten haben sich geändert, wissen Sie? Eine tiefe Kluft trennt dieses Land und die Alten von den Jungen. Die, die sich noch an den Krieg erinnern, wollen weder vergessen noch vergeben, und deren erste Wahl ist immer die Waffe. Der Rest von uns, die jungen Leute, haben iPods. Wir leben in verschiedenen Welten. Die Kriege von heute werden im Fernsehen und in den Zeitungen geführt.«

»Aber die Waffenregale …?«

»Ja?«

»Ich bin nicht hier, um einen Aufstand anzuzetteln, Aimée. Ich will einen alten Freund davon abhalten, schlimme Dinge zu tun.« Ihr Lächeln kehrte zurück, und in ihren Augen blitzte so etwas wie Begehren auf. »Ich denke, Leo hat unrecht. Sie sind ein guter Mann.«

»Ich weiß nicht so recht.«

»Sind Sie. Ich kann es in Ihren Augen sehen.«

»Manchmal glaube ich, dass es überhaupt keine guten Menschen mehr gibt«, sagte Gardner. »Nur ein paar Leute, die etwas tun, und andere Leute, die nichts tun.«

»Und welcher Typ Mensch sind Sie dann?«

Er zuckte mit den Achseln. »Ich denke, ich war nie jemand, der sich einfach nur zurückgelehnt hat und darauf wartete, was passierte.«

»Sie haben immer die Kontrolle?«

»Ich versuche es zumindest.«

Es folgte eine unangenehme Pause. Gardner fixierte mit seinen Augen das Weinglas. Regen prasselte gegen die Fenster. »Und was passiert, wenn Sie die Kontrolle verlieren?« Er hob die Augen und sah, dass sich Aimée aufrecht hingesetzt hatte. Ihr Blick folgte den Konturen von Gardners Gesicht. Sie stellte ihr Glas auf dem Boden neben dem Sofa ab, leckte sich über die Lippen, beugte sich über den Couchtisch und schlang ihre Arme um seinen Hals. Er beugte sich zu ihr und sie küsste ihn. Küsste ihn leidenschaftlich. Gardner zog sie zu sich heran und sah, dass sie ihre Augen zusammengekniffen hatte, so als ob sie dagegen ankämpfte, aus einem mächtigen Traum zu erwachen.

Kapitel 50

21:44 Uhr

Als der Anruf kam, war Sotov gerade damit beschäftigt, der Hure ein Dollarzeichen ins Gesicht zu ritzen.

Verdammt schlechtes Timing.

Er hielt inne, und die Messerspitze schwebte über ihrer linken Augenbraue. Ein karminroter Fluss aus Blut rann an ihrer Nase hinab. Immer wieder lösten sich Blutstropfen von der Nasenspitze und fielen auf ihre zitternden Lippen. Jeder Tropfen ließ sie erneut erzittern.

Sotov war hin- und hergerissen, ob er den Anruf annehmen oder seinen Assistenten ausrichten lassen sollte, dass er beschäftigt sei. Es war immer schwerer geworden, an gute Frauen heranzukommen. Russische Mädchen kamen nicht in Frage. Das hätte zur viel Aufsehen erregt. Deshalb war er dazu übergegangen, sie aus den angrenzenden Ländern einfliegen zu lassen. Und manche von noch weiter weg. China, Venezuela, Vietnam. Das war billiger, und ihr Schweigen ebenso.

Du musst rangehen, dachte er. *Das Mädchen kann warten.*

Die Prostituierte aus Litauen stieß ein leises Wimmern hervor. Ihre Augen fixierten den Messergriff, der sich um seine bleichen Finger wand. Die zwei anderen Prostituierten, zwei schwarzhaarige Chinesinnen, waren dafür bezahlt worden, zuzusehen. Das Gesicht der rothaarigen Litauerin war so unglaublich symmetrisch, dass es beinahe unanständig war, sie auf diese Weise zu schänden. Beinahe.

Sein Assistent reichte ihm das Telefon.

»Jemand hat Bald im Auge«, sagte die Stimme.

»Shit«, knurrte Sotov. »Wer? Niemand weiß davon. Wofür habe ich denn den FSB geschmiert, verfluchter Mist?«

Die Antwort ließ einen Moment auf sich warten. Sotov wusste, dass der Mann am anderen Ende aus Sicherheitsgründen ein Iridium-betriebenes Satellitentelefon benutzte. Die Zeitverzögerung in der Übertragung machte ihn verrückt.

»Vergeben Sie mir«, sagte der Mann. »Ich habe keine Ahnung, wie er etwas über Balds Vorhaben herausfinden konnte.« Wieder eine Pause. »Ich glaube, es ist ein alter Freund von ihm.«

»Wenn ich Ihre Meinung hören will, werde ich verdammt noch mal danach fragen«, brüllte Sotov seinen Zorn in die Leitung. »Haben wir wenigstens einen Namen von dieser Schwuchtel?«

»Joe Gardner.« Der Mann versuchte, beruhigend zu klingen. »Offenbar ein ehemaliger Soldat.«

Sotovs rechte Hand zuckte nach vorn. Das Messer drang einen halben Zentimeter tief in die Stirn des Mädchens. Ihr Schrei gellte durch den Raum.

Mit einer Handbewegung wies er die beiden Chinesinnen an, sich gegenseitig an den Titten zu nuckeln. Das mit Ornamenten verzierte Himmelbett hatte einmal den Romanovs gehört und nahm nun einen Ehrenplatz im privaten Schlafzimmer von Sotovs Zwanzig-Zimmer-Villa in Moskau ein. Für diese Dinge kam er immer nach Moskau. Man konnte ja schließlich nicht erwarten, dass die Mädchen nach Sibirien flogen. Und irgendwie erschien es ihm passender inmitten der Dekadenz Moskaus, wo die Bankiers dafür bezahlten, ihren Frauen dabei zuzusehen, wie sie andere Männer vögelten, und wo die feinen Politiker der Duma die Wahrheit genau so häufig beerdigten wie unliebsame Mitmenschen.

Sotov sah den Chinesinnen dabei zu, wie sie aneinander herumleckten. Sie stöhnten, so als hätten sie tatsächlich eine gute Zeit zusammen.

»Was soll ich tun, Aleks?«

»Töte ihn«, sagte Sotov.

»Er ist mit einem Mädchen zusammen. Soll ich sie auch töten?«

Sotov nippte an einem Glas mit bestem schottischen Whisky. »Nein. Das Mädchen kommt zu mir.«

Das Gespräch war zu Ende, und Sotov widmete sich wieder seiner Arbeit. Zorn brodelte in seinen Adern. Er wollte die Rothaarige zum Weinen bringen. Sie wimmerte, als er die Klinge an einem Kissen abwischte und die gezackte Klinge gegen das warme, teigige Fleisch ihrer Brust drückte. Ihr Atem ging stoßweise. *Vergiss diesen Soldaten*, sagte er sich. *Er ist nur ein kleiner Fisch in einem sehr, sehr großen Teich.*

Kapitel 51

04:25 Uhr

Gardner wachte zeitig auf. Das helle und klare Licht der Straßenlampen fiel durch den Spalt zwischen den Vorhängen und färbte die Gesichter auf den Urlaubs- und Familienfotos an der Wand. Jeder Quadratmillimeter der Wand war mit Bildern, Zeitungsausschnitten, alten Geburtstagskarten und Gedichten verziert. Gardner lebte sein Leben ohne Vergangenheit und ohne nennenswerte Gegenwart. Er hatte keinen Facebook-Account, keine Seite bei Twitter, und soweit er wusste, gab es von ihm auch keine Fotos als Teenager. Nicht, dass er sich für diesen Lebensstil entschieden hätte, es war einfach die einzige Art, die er kannte. Aber wenn er sich Aimées Wand voller Freunde und Erinnerungen ansah, verspürte er tief in sich drin eine gewisse Leere.

Er bemerkte das Armband an seinem Handgelenk. Er hasste das Gefühl von Plastik an seinem Arm. *Markiert wie ein verdammter Pädophiler*, dachte er. Plötzlich sehnte er sich nach seiner Freiheit. Vorsichtig, um Aimée nicht zu wecken, bewegte er das Armband an seinen Mund. Er nahm das Schloss zwischen seine Zähne und zog daran. Ein Knacken. Das Band löste sich. Er warf es auf den Boden, wo es irgendwo inmitten der Kleidungsstücke landete.

Aimée rührte sich. Ihr Kopf ruhte auf seiner Brust. Wenn Gardner zu ihr hinunterblickte, sah er nur Kopf und zerzauste Haare, aber er spürte, wie sich ihr Körper beim Einatmen hob und beim Ausatmen blies ihr Atem gegen sein Kinn. Sie küsste seine Brust, dann die Seite an seinem Hals, arbeitete sich Muskel für Muskel voran. Schließlich küsste sie ihn auf die Lippen und rieb ihre Nase an seiner stoppeligen Wange.

Sie sah, wenn auch noch halb verschlafen, glücklich aus.
»Es ist noch früh«, sagte sie.
»Schlaf weiter.«
»Machst du Witze. Ich bin überhaupt nicht mehr müde.«
»Ich auch nicht«, sagte Gardner. Er schwang seine Beine über die Bettkante und rieb sich den Schlaf aus den Augen. Zu seiner Zeit im Regiment kam er mit zwei oder drei Stunden Schlaf pro Nacht aus. Mittlerweile lag er bei fünf oder sechs Stunden. Er wurde nachlässig.
»Ich muss gehen«, sagte er.
»Jetzt schon?« Aimée machte ein kehliges Geräusch, dass sich wie ein armes Hündchen anhörte. »Verdammt, und ich hatte gehofft, du könntest noch ein paar Stunden warten, bevor du deine bösen Drogenhändler umlegst.«
»Ich könnte mich überreden lassen, etwas später loszuziehen.«
»Überreden – wie?«
»Überrasch mich.«
Sie machte das Geräusch noch einmal, dieses Mal einen Ton höher. Sie drückte seinen rechten Bizeps zusammen. Mit ihren Fingern fuhr sie seine bläulichen Venen ab, die sich unter der Haut wie Stahlkabel abzeichneten. »Sie sind so weich«, sagte sie. »Ich dachte, sie wären härter.« Ihre linke Hand glitt unter die dünne weiße Bettdecke, die sie beide von der Hüfte abwärts bedeckte. Er spürte, wie ihre Finger die Innenseite seines Beines berührten. Ihre Fingerspitzen waren warm, und er spürte, wie ein Kribbeln durch seinen Körper ging, als sie ihn berührte. »Die meisten Leute denken, Muskeln seien steinhart, aber das stimmt nicht.«
»Jeder Muskel?«, fragte Aimée.
»Na ja, vielleicht mit einer Ausnahme.«

Eine halbe Stunde später wurde Gardner vom Aufheulen eines Motors und dem Kreischen nasser Bremsen auf der Straße geweckt. Er sah auf die Uhr. Noch nicht mal fünf. Angesichts der Uhrzeit machte ihn das lautstarke Schlagen der Türen und das drängende Patschen von Schritten auf dem Gehweg misstrauisch.

Er ließ Aimée ihren Kopf unter den Kissen vergraben, glitt aus dem Bett, eilte zum Schlafzimmerfenster, zog die Vorhänge ein wenig zur Seite und spähte hinaus. Ein schwarzer Land Rover hatte sich hinter seinen Toyota gesellt.

Drei Umrisse stiegen aus dem Land Rover. Zwei von ihnen kannte Gardner nicht. Der eine war kaum einen Meter siebzig groß und sah aus wie ein übergroßer Testikel mit Armen. An einer Kette hatte er ein Kruzifix so groß wie eine GI-Joe-Figur hängen.

Der zweite Kerl, ungleich größer, hatte den Mund voller Goldzähne und einen kahlrasierten Schädel, der mit lauter Tattoos verziert war. Hakenkreuze, Totenschädel, Kreuze. Er trug eine dunkelgrüne Bomberjacke, ein weißes Unterhemd und schwarze Stahlkappenstiefel.

Der dritte Mann war Valon. *Elender Mist*, dachte Gardner.

»Was ist los?« Aimée war wach und sah zu ihm auf. Auf dem Kissen war noch der Abdruck ihres Gesichts zu sehen.

Gardner wirbelte herum. »Schnapp dir was zum Anziehen. Wir müssen los.«

»Nicht, bevor du mir sagst, wer da draußen ist.«

»Keine Zeit. Vertrau mir, Aimée. Steh auf.«

Der Nachdruck in seiner Stimme machte ihr Angst. Sie schlüpfte in ein enges Paar Jeans und ein Nike-Shirt, während Gardner die TRG-22 holte.

Als er in den Flur lief, hörte er ein Krachen. Das Geräusch von berstendem Holz und sich verbiegendem Metall. Er blieb wie angewurzelt stehen. Die Männer kamen vom Rand seines Sichtfelds. Die Tür flog auf. Valon stand zwischen den beiden. Die Hände angehoben, eine Waffe darin. Testikel schob sich an Tattoo vorbei und marschierte in den Flur.

Als er bis auf drei Meter heran war, senkte Gardner seine rechte Schulter und tat so, als würde er mit der Linken zu einem Schwinger ansetzen. Dann drückte er seine Fingerspitzen in die Handinnenfläche, um mit seinen Fingerknöcheln eine spitze Reihe zu bilden. Testikel hob seine enormen Arme, um sein Gesicht zu schützen, und nahm so die Deckung von seinem Bauch. Gardner setzte zu einem Schlag in den Magen an, hoffte, ihm so den Wind aus den Segeln nehmen zu können. Er rammte dem Typen seine Knöchel in den Abdomen.

Schmerz fuhr durch seine Hand. Seine Finger brannten. Wo er eigentlich fleischigen Magen erwartet hatte, befand sich ein Wall aus harten Muskeln. Testikels Bauchmuskeln waren so dick wie Sandsäcke.

Der Gorilla gluckste. Mit seinen fetten Fingern packte er Gardners Kopf und bog ihn nach hinten. Gardners Kinn kam auf eine Höhe mit Testikels Stirn.

Testikel verpasste ihm einen Schlag gegen den Kiefer. Gardners Körper schien plötzlich der Schwerkraft zu trotzen. Eben noch sank er zu Boden, da wurde er auch schon wieder durch die Luft katapultiert. Angetrieben durch die Wucht des Schlags flog Gardner mehrere Meter durch den Flur, und Testikel wurde immer kleiner. Dann schlug er mit dem Rücken auf dem Linoleum auf. Schmerz schoss ihm durch das Rückgrat.

»Fick dich, Mann«, röhrte Testikel und schüttelte die Fäuste.

Tattoo richtete das gefährliche Ende einer Sig Sauer P229 auf Gardner. In seinen riesigen Händen sah selbst die große Pistole – Marke ›Verpiss dich‹ – wie ein Scherzfeuerzeug aus.

»Wenn du dich an ihr vergreifst, wirst du das bereuen«, sagte Gardner. »Und wenn ich mit dir fertig bin, wird man dich nur noch an deinem kleinen Schwanz identifizieren können.«

»Sicher doch«, sagte Tattoo, der einen Schritt näher auf Gardner zukam. »Was immer dich glücklich macht.« Er zog ihm die Pistole über den Schädel. Für einen Moment war Gardner wie betäubt. Sein Kopf hämmerte vor Schmerz, und das Nächste, woran er sich erinnerte, war Tattoo, der ihm die Arme auf den Rücken drehte.

Testikel lief ins Schlafzimmer. Einen Moment später hörte Gardner Aimée schreien und das Geräusch einer Handfläche, die gegen Fleisch schlug.

»Blöde Schlampe«, knurrte Testikel, der Aimée in den Flur zerrte.

»Tut mir leid, Aimée«, sagte Gardner.

»Schaff mir diesen Bastard vom Leib!«

»Ich hol dich hier raus. Keine Angst. Es wird alles gut werden.«

»Ja, hör auf deinen Freund«, sagte Testikel. »Dann kannst du dich an seine Worte erinnern, wenn wir dir die Scheiße aus deiner Muschi heraus rammeln.«

Grob drängte Testikel Aimée aus der Wohnung. Tattoo folgte ihm nach, und Aimées gellende Schreie hallten durch das Treppenhaus. Valon sagte etwas zu Gardner, was er aber nicht verstand. Dann hielt ihm Valon eine Pistole an den Kopf.

Gardner blinzelte in die schwarze Mündungsöffnung. Frostige Kälte kroch ihm das Rückgrat hinab in Hände und Füße. Er konnte sich nicht bewegen, die Waffe hielt ihn wie in einer Art Trance gefangen. *So endet es also*, dachte er. *Von einem elenden Opportunisten über den Haufen geschossen.*

Ein Blitz. Ein Knall, so laut, als ob eine Granate in seinem Schädel hochgegangen wäre. Blut lief ihm aus der Nase, und sein Trommelfell pochte. Er schmeckte verbranntes Gas auf den Lippen und roch es in der Luft. Links von ihm brannte ein kleines Einschussloch im Linoleumboden.

Und dann die Erkenntnis, dass er nicht tot war.

Er sah auf. Valon rannte den Flur entlang.

Wie hat er mich aus dieser Entfernung verfehlen können?

Der Geruch von Petroleum brannte ihm in der Kehle. Halb betäubt sah er Testikel dabei zu, wie er den Inhalt eines Benzinkanisters im Flur verteilte. Auf dem Boden, an den Wänden. Benzin tropfte von Aimées gerahmten Zeitungsausschnitten. Nachdem er den Flur ausreichend mit dem Zeug eingedeckt hatte, lief Testikel zur Wohnungstür, drehte sich um und zog eine dicke Papierrolle aus seiner Gesäßtasche. Mit einem Feuerzeug zündete er das Ende des Papiers an und warf es in den Raum.

Sofort breitete sich das Feuer aus. Die Flammen schlugen an den Wänden empor. Glas zersprang. Plastik verfärbte sich Schwarz. Dicker Rauch verdunkelte den Flur. Gardners Augen brannten.

Er bekam kaum noch Luft.

Mach, dass du hier rauskommst – bevor du krepierst.

Kapitel 52

05:18 Uhr

Gardner rannte zum Ende des Flurs und hechtete ins letzte Zimmer auf der linken Seite. Rauch und brennendes Plastik brannten ihm im Hals. Er schlang sich das TRG-22 Scharfschützengewehr um die Schulter, griff sich eine Glock 9mm als zweite Feuerwaffe und lief zurück ins Schlafzimmer, wo er auf direktem Wege das Fenster ansteuerte und auf die Straße hinunter sah. Testikel schlug gerade die Tür des schwarzen Land Rovers zu, Tattoo sprang auf der anderen Seite in den Wagen. Valon saß am Steuer.

Flammen schlugen an der Schlafzimmertür empor. Er spürte die Hitze im Nacken, roch die zerlaufende Farbe. Gardner rüttelte am Fenster. Wie vernagelt! Er zog an dem rostigen Messingschloss. Keine verdammte Chance.

Er packte die TRG-22 am Kolben und schwang sie wie einen Baseballschläger gegen das Fensterglas. Zum Glück war das Fenster nur einfach verglast, und die Scheiben zerbarsten mit dem ersten Schlag. Mit dem Lauf des Gewehrs entfernte er die verbliebenen spitzen Glasscherben aus dem Rahmen. Frische Luft schlug ihm entgegen, die er gierig in seine Lunge saugte. Dann kletterte er mit dem Kopf voran aus dem Fenster, die Ballen seiner Füße balancierten auf dem Fenstersims.

Bis hinunter auf die Straße waren es etwa sieben Meter. Hoch genug, um gefährlich zu sein; dennoch war es Gardners einziger realistischer Fluchtweg. Womöglich brach er sich ein Bein, oder kam sogar ohne Verletzungen davon. Der Sprung war reine Glückssache. Aber da die Flammen immer näherkamen, hatte er keine andere Wahl. Gardner stieß sich vom Fensterbrett ab, als der Land

Rover davonraste. Er breitete die Arme wie Flügel aus, um seinen Körper im freien Fall zu dirigieren. Der Fallwind riss an ihm. Der Gehsteig kam näher und näher, bis er nichts anderes mehr sah.

Er schloss die Augen, als er mit der Schulter zuerst auf dem Pflaster aufschlug. Ein dumpfer Schmerz fuhr durch seine Schulter. Es fühlte sich an, als hätte ihm jemand mit einer Keule in die rechte Seite geschlagen.

Gardner rappelte sich auf, suchte sich nach möglichen Verletzungen ab und durchwühlte seine Taschen. Die Autoschlüssel. *Ich kann sie immer noch aufhalten. Weit können sie noch nicht gekommen sein.*

Bis zum Toyota waren es zehn Meter. Auf dem Weg zum Wagen hustete Gardner süßlichen, schwarzen Schleim. Er verstaute die TRG-22 und die Glock auf dem Beifahrersitz, schob den Schlüssel ins Zündschloss und steuerte auf die Hauptstraße, wo er einem entgegenkommenden Feuerwehrauto auswich. Hinter ihm hüllten die Flammen das komplette dritte Stockwerk des Appartementhauses ein.

Schnell hatte er den Wagen auf über hundert Stundenkilometer in der Vierziger-Zone gebracht. Gardner riss das Lenkrad hart nach links. Der Toyota schlingerte in die Gavrilo Principa. Er hatte den Stadtplan Belgrads monatelang vor seinem Einsatz im Kosovo-Krieg studiert und wusste, dass die Gavrilo Principa eine Einbahnstraße war. Hier ging es nur nach links raus.

Um 0525 waren die Straßen wie ausgestorben. Gardner gab weiter Gas, beschleunigte den Toyota auf 130. Sechzig Meter voraus kam der Land Rover in Sicht, bog rechts ab. Gardner riss das Lenkrad nach rechts, der Toyota quittierte die plötzliche Richtungsänderung mit einem Quietschen. Er ging kurz vom Gas, driftete in die Kurve und trat am Scheitelpunkt wieder voll durch. Der Wagen richtete sich gerade aus. Er hatte die Distanz zum Land Rover auf dreißig Meter verkürzt.

Klink!

Eine Kugel riss einen sternförmigen Sprung in die Windschutzscheibe. Ein, zwei, drei Kugeln zerschlugen das Glas. Dann hörte Gardner das dumpfe Klatschen, mit dem die heißen Bleikugeln in das Leder des Beifahrersitzes einschlugen. Er zog den Wagen in einem Zickzack-Manöver nach links und wieder nach rechts.

Funken stoben von der Motorhaube auf. Der Schütze konnte ihn offenbar nicht sauber anvisieren und schoss auf gut Glück, in der Hoffnung, dass eine der Kugeln zufällig ins Ziel ging.

Gardner zwang den Toyota auf 145 km/h. Er holte auf. Noch fünfzehn Meter bis zum Land Rover. Nah genug, um Aimées gräuliche Umrisse auf dem Rücksitz erkennen zu können.

Sie verließen die Stadt.

Krack!

Noch eine Kugel. Diese verfehlte die Windschutzscheibe und die Motorhaube. Gardner hoffte, dass der Schuss komplett daneben gegangen war, aber ein giftiges Zischen belehrte ihn eines besseren. Die Kugel hatte ein Loch in einen der Reifen gerissen.

Ihm blieb keine Zeit zu reagieren, keine Zeit nachzudenken. Der Toyota ruckelte. Er war geliefert. Der Motor stotterte unter der Belastung. Dann brach der Wagen aus. Er kämpfte mit dem Lenkrad, aber das war nutzlos. Er konnte spüren, wie er die Kontrolle über den Wagen verlor. Der Toyota schoss von der Straße und auf den Zaun um einen kleinen Park herum zu. Der Zaun kam schnell näher. Gardner trat mit aller Kraft auf die Bremse, und bereitete sich auf den Aufprall vor.

Der Zusammenstoß hätte ihn beinahe aus dem Sitz gerissen, aber seine Hände hielten das Lenkrad fest umklammert. Die Fliehkraft trat ihm in den Hintern und er schlug mit der Stirn gegen das Armaturenbrett. Wellen aus Schmerz fluteten seinen Kopf. Ein derber Ruck fuhr durch seinen Körper, als würde ihm jemand einen Defibrillator gegen die Schläfen halten. Der Motor des Toyota gab im Todeskampf ein ächzendes *Rat-Rat-Rat* von sich. Rauch quoll aus dem Kühlergrill.

Gardner versuchte, seinen Kopf klar zu bekommen. Er wischte sich Blut von der Nase und sah nach rechts. Vierzig Meter weiter war der Land Rover an einer verlassenen Kreuzung zum Stehen gekommen. Ein einsamer Laternenmast beleuchtete den Asphalt, dahinter sperrte ein Drahtzaun unbebautes Farmland ab.

Ein weißer Ford Transit, der sich dem Land Rover schnell näherte, durchbrach die Stille.

Testikel und Tattoo beförderten Aimée in den Van, während Valon ihnen dabei zusah. Er schaute dem Transit nach, der daraufhin mit den beiden Schlägern und Aimée in der Ferne verschwand.

Dann lief Valon zu Gardner hinüber. Er trug eine AK-47 bei sich.

Gardner trat die Beifahrertür auf. Die TRG-22 lag auf dem Beifahrersitz, die Glock 9mm im Fußraum. Er schnappte sich beide und kletterte aus dem Wrack. Noch immer fühlte er sich etwas orientierungslos. Alles um ihn herum schien zu kreischen. Ein schriller Ton pfiff in seinem linken Ohr, wie das Quieken von Mäusen. Jeder Muskel in seinem Körper schmerzte.

Dann kamen die Schüsse. Eine irrsinnige Welle prasselte gegen den Wagen. Metall schlug gegen Metall, und die Funken ließen die verformte Karosse des Toyotas aufleuchten wie ein Mittsommernachtsfeuer. Kugeln pfiffen durch den Innenraum. Gardner konnte hören, wie Leder zerriss und Luft aus den Reifen zischte.

Jede dieser Kugeln könnte zu einem Querschläger werden, könnte von dem Metall abprallen wie ein verdammter Squash-Ball und in deinen Kopf fahren. Und das wär's dann, dachte er und ging hinter dem Autowrack in Deckung.

Valon wird mit dir kurzen Prozess machen.

Nein. Nicht, wenn ich es verhindern kann.

Er versuchte, sich zu beruhigen. Herrgott, sein Körper war nicht gerade in Bestform. Aber er musste die Schmerzen vergessen. Er schloss die Augen und ließ die Schmerzen verstummen. Dann öffnete er sie wieder und sah Valon, der zwanzig Meter entfernt ein neues Magazin in die AK schob.

Weitere Schüsse prallten von dem Toyota ab. Gardner legte die TRG-22 auf dem Boden ab und ergriff die Glock. Sie fühlte sich leicht und kühl in seiner Hand an. Er lud eine 9mm Parabellum in die Kammer und zählte Valons Schüsse wie ein Kind, dass das Einmaleins übt.

Sieben, acht, neun …

Nach der zwanzigsten und letzten Kugel riskierte Gardner einen Blick über den Toyota. Valon war acht Meter vor ihm und griff nach einem dritten Magazin. Der Toyota war durchlöcherter als ein Schweizer Käse. Gardner kroch um den Kofferraum herum. Er zählte bis drei und sprang auf.

»Weg mit der Waffe, oder ich leg dich um, bevor du Piep sagen kannst«, rief er mit fester Stimme, die Glock auf Valons Visage gerichtet.

Valons rechte Hand hielt die AK am unteren Ende des Laufs umklammert. Seine Linke hing seitlich an ihm herunter, wie bei einem Revolverhelden in einem Duell. Gardner hatte ihn beim Nachladen erwischt. Valon ließ ein breites Lächeln voller schlechter Zähne aufblitzen und breitete die Arme aus.

»Das verdammte Gewehr, Klint.«

Valon legte die AK so vorsichtig auf den Boden wie Trauerblumen auf ein Mahnmal. »Scheiße. In Ordnung, Bro, in Ordnung. Siehst du? Ich bin nicht mehr bewaffnet.« Er lächelte noch immer. »Was soll die Scheiße, alter Mann? Begrüßt man so einen alten Freund?«

Gardner trat hinter der Deckung des Toyota hervor. »Aber sicher. Und wenn ich das nächste Mal einen alten Kumpel treffe, sperre ich ihn auch in einer brennenden Bude ein und lass danach noch einen Kugelhagel auf sein Auto niedergehen.«

»Wir sind wegen des Mädchens gekommen. Befehl ist Befehl. Du bist Soldat, du weißt, wie das läuft.«

»Du bist kein Soldat, Klint.«

»Das ist hart, Bro. Nach allem, was wir gemeinsam durchgemacht haben.«

Hinter Valons Rücken ging die Sonne auf. Gardner war alles andere als scharf darauf, hier am Ende der Welt herumzuhängen. Und die erste Regel bei jedem Feuergefecht lautete: wechsle so oft wie möglich deine Position. Er deutete mit der Pistole auf den Land Rover. Valon verstand die Geste: *Beweg dich.* Als sie den Wagen erreichten, schob Gardner Valon auf den Fahrersitz. Er selbst setzte sich hinter ihn, die Glock zwischen seinen Knien, den Blick fest auf Valons Lehne gerichtet.

»Eine falsche Bewegung, und ich jag dir eine Kugel in den Schädel.«

Valon ließ den Motor an. Der Land Rover heulte auf.

»Wo soll's hingehen, Mann?«

»Wo ist das Mädchen?«, fragte Gardner.

»Das willst du nicht wissen.«

»Meinst du?« Seine Miene verfinsterte sich. »Wir beide werden jetzt eine kleine Unterhaltung führen.«

Kapitel 53

07:20 Uhr

Schuld waren die künstlichen Steine, sagte Sotov oft. Wunderschöne, handgemachte Steine, die in amerikanischen Labors hergestellt wurden, in dem man Kohlenstoff auf über 800° Celsius erhitzte. Die sahen absolut echt aus. Selbst für einen Experten war es oft schwer, künstliche von echten Diamanten zu unterscheiden.

Mit diesen künstlichen Diamanten überschwemmten sie den Markt, drückten den Preis für natürlich geförderte Diamanten und schmälerten so den Profit von Diamantenminen wie der Sotovs. Dann waren da die Arschlöcher von Anzugträgern, die die Taschen vollgemacht bekommen wollten. Die Funktionäre, die Wichtigtuer von Politikern in der Duma. Jeder wollte etwas vom Kuchen abhaben.

Mit Diamanten war in diesen Tagen nicht viel Geld zu machen. Das richtige Geschäft machte man mit Drogen. Immer schon. Mit einem einzigen Drogen-Deal ließ sich mehr Geld scheffeln als in einem ganzen Monat, wo er mit korrupten Diamantenhändlern verhandeln musste. Allerdings war es für Sotov von Vorteil, ein seriöses Firmenimperium vorweisen zu können. Das ließ ihn ehrbar erscheinen. Ohne diesen kleinen Vorteil hätte er sein Diamantengeschäft schon vor sehr langer Zeit verkauft.

Die fünfzig Kilo Kokain, die er erwerben würde, waren in Amerika gut 30 Millionen US-Dollar wert, aber er beabsichtigte, das Koks an seine Kontakte zu veräußern, die er über die Jahre im Dienste der Mafia geknüpft hatte. Kontakte, die er sich mühevoll ein ganzes Leben lang erarbeitet hatte, seit seinen ersten Gehversuchen als *vory v zakone*, als Berufsdieb. Dank seines Einflusses würde er in weniger als vierundzwanzig Stunden wieder steinreich sein. Von dreißig Millionen konnte man sich eine Menge Nutten leisten.

Sotov machte am Rand der Waldlichtung eine Pause und zündete sich eine Ziganov an. Er gab seinem Körper kurz Gelegenheit, sich an das Klima zu gewöhnen. Verglichen mit Yakutsk kam einem der serbische Frühherbst beinahe tropisch vor. Warme Luft umspielte seine Nasenlöcher. Sein Mund war ausgetrocknet, seine Zunge belegt, und die Zigarette schmeckte nicht. Er nahm nur drei Züge, bevor er sie an einem Stein ausdrückte. Dann lief er entschlossen zu der Lichtung zurück, wo ein Lincoln Navigator parkte.

Ein Feldweg führte von der Lichtung zur etwa zweihundert Meter weit entfernt verlaufenden Hauptstraße. Popov, der Chauffeur, lehnte an der Motorhaube des Lincoln und fuhr sich mit der Hand durch seine silbergrauen Haare. Das-Vier-Mann-Team, dass Sotov befehligte, war mit OTS-33 Maschinenpistolen ausgerüstet, an die er durch Bestechung eines Armeeoffiziers gelangt war. Popov selbst war ein Ex-Spetsnaz – Sotov hielt es für klug, sich einen Chauffeur zu leisten, der nicht nur gut fahren, sondern auch schießen konnte – und trug eine AK-47 als seine bevorzugte Waffe bei sich. Dieses Maschinengewehr galt als praktisch unzerstörbar. Es konnte verbrennen, gefrieren oder eingegraben werden und funktionierte immer noch perfekt.

Das größte Vermächtnis unserer Sowjetunion, dachte Sotov. *Ein so brutales wie effektives Gewehr.*

Diese Männer – Popov und die anderen vier – waren Sotovs beste Soldaten. Männer, auf die er sich verlassen konnte, wenn eine Sache ein für alle mal erledigt werden musste. Popov sah zu, wie die anderen ein letztes Mal ihre Waffen kontrollierten und ihre Schritte durchgingen. Sotov wusste, dass sie sich keinen Fehler leisten durften. Der Austausch musste schnell und reibungslos über die Bühne gehen, und er vertraute den Italienern kein Stück.

Sotov sah auf seine Rolex. Viertel nach zehn.

Zeit, aufzubrechen.

Er drehte sich zu Popov um.

»Es geht los.«

Popov nickte, dann klingelte sein Telefon. Er zeigte Sotov die Textnachricht: »Wir sind da«, lautete sie. »Erwarten weitere Befehle.«

Popov sah Sotov an. »Etwas nicht in Ordnung?«, fragte er.

»Der erste Einsatztrupp ist bereits vor Ort«, antwortete Sotov.

»Das ist gut.« Popov spürte, dass Sotov noch nicht zufrieden war, und fügte hinzu: »Ich hab ein gutes Gefühl bei der Operation, Aleks.«

»Ich hörte von Valon, dass Petruzzi – dieser Mann, den sie auch den Sargträger nennen – ein gieriger Mistkerl sein soll.« Er unterdrückte ein Lachen.

»Wann waren die Italiener jemals was anderes?«

Sotov lachte laut los. »Du hast recht. Wie immer, Denis.« Er lächelte Popov an. »Deshalb vertraue ich dir so sehr. Die anderen *vory v zakone* sind wie Krähen. Nur darauf aus, sich die eigenen Taschen vollzumachen. Dauernd reden sie von Loyalität. Bullshit. Die wissen gar nicht, was das Wort bedeutet. Aber du …« Sotov klopfte Popov auf die Schulter. Der Chauffeur wollte etwas antworten, schnitt sich aber selbst das Wort ab.

Kapitel 54

08:00 Uhr

Sie fuhren einige Minuten schweigend die Route 19 in westlicher Richtung, bis Gardner Valon anwies, nach links abzubiegen. Auf dem Weg nach Süden schlängelte sich die Autobahn um einen alten Bauernhof herum, auf dessen überwucherten Feldern zahlreiche Ziegen und ausgemergelte Schafe weideten. Vor dem Farmhaus stand ein Nissan Firebird aus den frühen neunziger Jahren. Kurze Zeit später erreichten sie eine verlassene Lagerhalle westlich des Makis-Güterbahnhofs. Gardner befahl Valon, den Wagen anzuhalten.

Sie stiegen gemeinsam aus, Gardner hielt Valon mit der Glock in Schach. Die Natur eroberte hier das Gleisbett zurück, Grashalme schossen zwischen den Gleisen aus dem Boden. Dreihundert Meter nordöstlich von ihnen befand sich der Güterbahnhof. Es war kurz nach acht Uhr in der Frühe, und das Quietschen bremsender und startender Züge hallte durch die kalte Morgenluft. Gardner und Valon waren weit genug von den Bahnarbeitern entfernt, um von ihnen nicht entdeckt zu werden. Er führte den Albaner zu den rostigen Überresten eines alten Bahnwaggons, den man auf ein Abstellgleis geschoben hatte. Gardner kannte diesen Ort noch aus der Zeit seiner Einsätze als Blade. Der damals stillgelegte Bahnhof diente ihnen als Rendezvous-Punkt, falls man einen Auftrag an die Wand fuhr.

Als sie den Waggon erreichten, legte Gardner los.

Er ließ den Griff seiner Pistole hart auf die Vertiefung zwischen Valons Schultern niedersausen und hörte das dumpfe Knirschen, als der Metallgriff den Knochen traf. Valon sackte zusammen. Sein

Körper gab unmenschliche Laute von sich, während Gardner ihn mit Schlägen eindeckte. Der Mann wand sich unter ihnen hin und her. Gardner trat ihm in den Brustkorb, dann in den Magen, und zuletzt in die Eier. Schließlich ließ er von ihm ab und gab Valon Gelegenheit, Luft zu schnappen. Der kauerte keuchend auf Händen und Knien, sein offener Mund kurz über dem Boden.

»Wo hast du sie hingebracht?«

»Fuck!« Valon sah zu Gardner auf. Seine Stimme war kaum mehr als ein kehliges Kratzen.

»Falsche Antwort, Kumpel.«

Gardner hob die Glock parallel zu seinem Ellbogen, dann schwang er sie in einer Kreisbewegung nach unten. Die Pistole fuhr hinab und krachte in Valons Gesicht. Valons Hände und Knie gaben nach. Rötliche Spritzer landeten auf der Vorderseite von Gardners Hemd. Etwas Dunkles, Klebriges blieb am Lauf der Glock hängen.

Gardner ging in die Hocke und hob Valons Kopf. Der war fertig. Wie ein übergroßer Blutegel zog sich eine lange Wunde von seinem Ohr bis zu seinem Kinn hinunter. Blutstropfen klebten ihm an Stirn und Nase, und Speichel, der ihm aus dem Mund gelaufen war, hatte mit dem Dreck am Boden eine sandige Mixtur gebildet, die an seinem Kinn klebte.

»Eines schwöre ich dir, Kumpel, als Nächstes schieße ich dir ein Loch in den Schädel. Hast du verstanden?« Valon deute mit seinem übel zugerichteten Kopf ein Nicken an. »Also, wo verdammt noch mal ist Aimée?«

»Heißt sie so? Sehr süß.« Seine Worte waren kaum zu verstehen. »Vergiss sie, Joe. Sie ist so gut wie tot. Wird das Beste für sie sein.«

Gardners Wut steigerte sich auf dem Weg in seine Kehle zu einem rasenden Crescendo.

»Wo ist sie?«

Valon gab keine Antwort.

»Was habt ihr mit John Bald zu tun?«

»Fick deine Mutter.«

»Wo findet die Übergabe statt?«

»Scheiße, Mann. Wenn du mich umbringst, siehst du Bald oder das Mädchen nie wieder.«

Gardner presste die Glock gegen Valons Stirn.

Tu es, dachte er. *Ein Schuss. Mehr braucht es nicht. Blas ihm ein Loch in die Rübe, so groß, dass du den Arm durchstecken kannst.*

Nein. Ich kann ihn nicht umbringen. Nicht, solange Aimée noch da draußen ist, und Bald kurz davor, seinen Deal abzuschließen.

Er zog die Waffe zurück.

»Gib mir deine Hand, Bruder«, sagte er.

Valon ignorierte ihn. *Sturer Mistkerl,* dachte Gardner und richtete die Mündung der Pistole auf Valons Eier. Statt der rechten hob der Albaner die linke Hand. Gardner zog das rote Armband aus seiner Tasche und ließ es um Valons knochiges Handgelenk schnappen.

»Hey, was für eine Scheiße ist das?«

»Das Armband ist mit Sprengstoff bestückt.« Gardner log sich etwas zurecht. Der Kerl mochte ein hinterhältiger Schweinehund sein, aber die hellste Leuchte am Baum war er nicht.

»Es wird mit einer Fernsteuerung gezündet. Ein sanfter Druck auf den Auslöser, und du wirst dir für eine ganze Weile keinen mehr von der Palme wedeln können. Wenn du versuchst, es abzunehmen, unterbrichst du den Schaltkreis und – Bumm. Du siehst also, Kumpel – du wirst mich zu John Bald führen. Und ich werde ihm zuvorkommen.«

Valon glotzte auf das Armband, seine Augäpfel weiteten sich angsterfüllt wie weiße Poker-Chips. Ganz offensichtlich hatte er Gardner die Sache mit dem Sprengstoff abgekauft. »Du bist völlig irre, Mann. Bald wird das Teil bemerken.«

»Denk dir was aus. Sag ihm, dass du deinen Teil dazu beitragen wolltest, die Armut auf dieser Welt zu bekämpfen, ist mir scheißegal. Aber du solltest langsam damit anfangen, mir die Wahrheit zu sagen, sonst verwandele ich deinen Arm in einen Haufen Scheiße.«

»Verdammt. Okay, okay.« Valon schnappte nach Luft. Schweiß rann ihm seitlich am Kopf hinab. »Das Treffen findet im Tal von Presevo statt. Das liegt 320 Kilometer südlich von Belgrad, vielleicht ein wenig mehr.«

»Das kenne ich«, sagte Gardner. Das Tal an der Grenze zu Mazedonien war die Brutstätte ethnischer Gewalt während des Krieges gewesen, und in den Jahren danach immer wieder Schauplatz von Auseinandersetzungen zwischen der ›Befreiungsarmee des Kosovo‹ und serbischen Sicherheitskräften.

»Wo genau in dem Tal?«

»Auf der E-57. In der Nähe des Örtchens Brezovan.«

»Wann?«, fragte Gardner.

»Heute Mittag«, gab Valon zurück.

»Und du bist Johns Leibwächter?«

»Fuck, wo denkst du hin, Mann? Kein Grund, beleidigend zu werden. Ich bin wichtiger als das.«

Valon schnaubte Schleim nach oben. »Ich bin hier, um Bald den Russen vorzustellen.«

»Den Russen?«

»Ein Mafia-Typ namens Sotov.« Er warf Gardner einen funkelnden Blick zu. »Er ist derjenige, der mir aufgetragen hat, die kleine Schlampe zu entführen. Sie nennen ihn den Grauen Wolf.«

»Soll das ein Scherz sein?«

»Kapierst du es nicht? Er gehört zur Mafia. Ihm gehört diese große Diamantenfirma, er hat jede Menge Geld, und er ist ein eiskalter Killer. Fuck, leg dich nicht mit diesem Typen an. Das mein ich verdammt ernst. Der ist 'ne echt große Nummer.«

Der Morgen kündigte sich mit ersten grellen, unnachgiebigen Sonnenstrahlen an. *Wenn wir hier noch länger bleiben, werden uns die Bahnarbeiter sehen*, wurde Gardner bewusst. Er sah Valon dabei zu, wie er sich mit dem Ärmel seines Mantels die Nase abwischte, dann befahl er ihm, aufzustehen.

»Erzähl mir von deinem Plan«, sagte er.

Valon hatte Mühe, sich aufzurichten. Seine Beine zitterten, das Stehen fiel ihm schwer. »Punkt neun Uhr soll ich mich mit Bald treffen. Wir gehen die Checkliste durch, packen unseren Kram und brechen zu dem Treffen auf.«

»In Presevo?«

Valon musterte seinen Ärmel und nickte.

»In den Wagen«, sagte Gardner. »Triff dich mit Bald. Ich will, dass du dich so verhältst, als wäre nichts geschehen. Mach den Drogendeal. Wenn das Tauschgeschäft in Sack und Tüten ist, tust du so, als hättest du die Autoschlüssel verloren. Such den Boden ab, und bleib weg von Bald. Und wenn du auch nur ein Wort über mich verlierst, lass ich deinen verfluchten Arm hochgehen.«

»Du wirst ihn umlegen, oder?«, Valon fuhr sich mit der Hand über die hässliche Wunde in seinem Gesicht. Das Fleisch hatte eine ölig-schwarze Färbung angenommen, so als wären seine Wangen aus Gummi.

»Ich bin hier, um ihn festzunageln, das ist alles.«

»Blödsinn, Bruder. Ich kann es in deinen Augen sehen.«

»Sieh einfach zu, dass du von hier wegkommst.«

Nachdem Valon in dem Land Rover davon gefahren war, machte sich Gardner auf den Weg nach Norden, zurück zur Autobahn 19. Dabei hielt einen Abstand von fünfzehn Metern zwischen sich und der Straße und nutzte einen parallel verlaufenden Pfad, der etwa einen Meter unterhalb der Straße verlief und von Bäumen gesäumt war, die ihn verbargen. Er kam an toten Tieren vorbei, verrottenden Katzen und Ratten. Er brauchte zwölf Minuten, bis er den gleichen Bauernhof erreichte, den er auf seiner Herfahrt zusammen mit Valon passiert hatte.

Gardner lief achtzig Meter an dem Gehöft vorbei, dann machte er kehrt und lief auf dem gleichen Weg zu ihm zurück. Aufmerksam suchte er die Umgebung auf jegliche Anzeichen von Bewegungen oder Aktivitäten ab. Der Bauernhof schien verlassen, die Straße ebenso. Er entriegelte das hölzerne Eingangstor an der Vorderseite des Anwesens. Ein paar Ziegen schauten ihm wiederkäuend dabei zu, wie er sich dem alten Nissan Firebird näherte. Ein klappriger Wagen, aber leicht zu knacken. Ohne High-Tech-Alarmanlagen oder komplizierte Schließmechanismen, mit denen man sich herumärgern musste.

Er schlug mit der Glock das Fenster an der Fahrerseite ein und öffnete von innen die Tür. Dann schloss er den Wagen kurz und fuhr rückwärts aus der Ausfahrt.

Es war jetzt 08:40 Uhr, und damit blieb Gardner gerade noch genug Zeit, um ins Presevo-Tal zu gelangen. Er schätzte, dass die Fahrzeit etwa drei Stunden dauern würde, wenn er nicht vom Gaspedal ging. Damit würde er zwanzig Minuten vor dem Treffen dort sein.

Aber du kannst Aimée nicht zurücklassen. Der Gedanke quälte ihn.

Im Moment habe ich keine andere verdammte Wahl. Mir läuft die Zeit davon.

Sein wichtigster Auftrag – John Bald auszuschalten – türmte sich in seinem Geist auf. Im Gegensatz zu Actionhelden in Filmen nahmen Regiments-Operators das Geschäft mit dem Tod sehr ernst.

Gardner pflegte zu sagen, dass niemand die Macht eines Mannes über einen anderen nachvollziehen konnte, die Macht, ein Leben nehmen zu können, bis er nicht selbst einmal eine Glock 9 mm in den Händen gehalten und damit auf die Stirn eines anderen Menschen gezielt hatte. Einem Freund das Leben zu nehmen, den er seit fünfzehn Jahren kannte, gehörte nicht zu den Dingen, die er genoss. Er tröstete sich mit der Tatsache, dass Bald einen Weg eingeschlagen hatte, den er nicht gutheißen konnte. Die Drogen, das Geld, Gardner nach Rio gelockt zu haben. Er hatte den Verhaltenskodex des Regiments gebrochen.

Als er noch etwa hundert Kilometer von seinem Ziel entfernt war, rief Gardner Land an.

»Grundgütiger!«, sagte Land. »Ich versuche seit Stunden, Sie zu erreichen. Was zum Teufel geht da unten vor sich?«

»Dieser Pisskopf von Valon hat uns in Aimées Apartment in einen Hinterhalt gelockt.«

»Mein Gott!« Land machte eine eigentümliche Pause. »Was hatten Sie die ganze Zeit über in Aimées Apartment zu suchen?«

Gardner ignorierte ihn. »Valon hat Aimée in seine Gewalt gebracht und an einen Burschen namens Sotov ausgeliefert. Mafia.«

Er wartete darauf, dass Land etwas sagte, doch der schwieg.

»Sie haben mich reingelegt«, sagte Gardner schließlich.

»Unsinn«, blaffte Land. »Ich hatte Sie gewarnt, dass er sich in dunklen Kreisen bewegt. Sie sind sehenden Auges in diese Mission gegangen, Joe. Nur weil es etwas ungemütlich wird, brauchen Sie noch lange nicht mit wilden Anschuldigungen um sich werfen.«

»Ersparen Sie mir diesen Bullshit«, sagte Gardner. »Hier stecken noch mehr Seiten als die 'Ndrangheta und die Serben in der Sache drin. Sie haben mit keiner Silbe erwähnt, dass die verdammte russische Mafia ihre Hände im Spiel hat.«

Gardner hörte, wie sich in Lands Nähe Leute unterhielten. »Die Russen waren eine Quelle«, sagte Land. »Aber wir konnten nicht sagen, ob sie in der Sache mit drin hängen oder nicht. Ihre Arbeit hat bewiesen, dass sie tatsächlich involviert sind.« Er schnaubte verächtlich. »Sie mögen vielleicht der Ansicht sein, dass Sie der Firma einen Schritt voraus sind, lieber Freund. Aber in Wahrheit sind Sie nichts anderes als ein weiterer Soldat, der genau das tut, was wir ihm sagen. Nicht mehr und nicht weniger.«

»Da ist eine Sache, die Sie und Ihr Kumpel Macca definitiv falsch vorhergesagt haben«, sagte Gardner. »John Bald verkauft nicht an die Italiener. Er macht Geschäfte mit den Russen.«

»Ja«, antwortete Land ungeduldig. »Und die 'Ndrangheta sind zu seinem Schutz da. Als Gegenleistung kriegen sie einen Anteil am Profit. Wissen wir. Die Firma weiß seit letzter Nacht von dieser Entwicklung. Deshalb habe ich versucht, Sie anzurufen. Aber wie es aussieht, waren Sie da ja … verhindert?«

»Sie können mich mal.«

»Na, na, Joe …«

»Ich bringe John zur Strecke, und als Nächstes steht dieses Schwein auf der Liste.«

»Sie werden nichts dergleichen tun.« Land seufzte. »Wenn Sie anfangen, die russische Mafia zu dezimieren, insbesondere Leute mit Regierungsverbindungen, dann hat das diplomatische Verwicklungen zur Folge. Und wenn das passiert, sind Sie auf sich allein gestellt.«

Gardner spürte, wie ihm etwas in der Kehle kratzte.

»Ich lasse Aimée nicht zurück.«

»Und das verlange ich auch nicht von Ihnen. Hören Sie – liefern Sie uns Valon lebendig, nachdem Sie Bald getötet haben. Er kennt Sotov. Ich bin sicher, dass uns Valon zu Ihrer Freundin führt, nachdem wir ihm ein wenig gut zugeredet haben.«

»Vergessen Sie's«, sagte Gardner. »Ich bin jetzt auf dem Weg nach Presevo. Ich kann es rechtzeitig schaffen. Valon hat mir den Übergabeort verraten. Ich kann vor John da sein …«

Und dann wirst du ihn umlegen, dachte er bei sich.

Eine Pause.

»Halten Sie ihn auf, Joe«, sagte Land leise. »Was immer dafür nötig ist.«

Kapitel 55

11:33 Uhr

Die E-57 schnitt durch Europa wie ein Krummsäbel. Sie führte von Vardo in Norwegen bis nach Sitia am südlichsten Zipfel von Griechenland. Wie ein Fluss wand sie sich durch die Senke des Presevo-Tals, die als fünf Kilometer lange Pufferzone zwischen Serbien und dem Kosovo fungierte. Die Landschaft hier war rau und karg. Grau schimmerte der Tau auf den Spitzen des bräunlich-welken Grases. Die wenigen Ortschaften, die sich an den vereinzelt mit Kiefern bewachsenen Berghängen befanden, sahen aus, als hätten die Bombenangriffe der NATO erst gestern Nacht stattgefunden. Wenn Belgrad das moderne Gesicht Serbiens war, erinnerte Presevo an die hässliche Vergangenheit des Landes.

Die Vergangenheit, dachte Gardner. *Man sagt, die Sieger schreiben Geschichte. Nun, dann werde ich John Balds Geschichte schreiben. Mit Kugeln und Blut.*

Ein Schild kündigte die Ausfahrt acht Kilometer vor Brezovan an.

Gardner war fast die gesamte Strecke nach Presevo mit 130 gefahren und lag gut in der Zeit. Unterwegs hatte er an einem Café Halt gemacht, einen fettigen Burek gefüllt mit heißem Käse und und Spinat in sich hineingestopft und sich an dem großzügig ausgeschenkten Kaffee bedient. Das Koffein wirkte Wunder. Neue Energie strömte durch seinen Körper, als hätte jemand einen Schalter umgelegt, und er konnte spüren, wie sich seine Lunge in der Brust ausdehnte und wieder zusammenzog.

Noch fünf Kilometer.

Er ging noch einmal im Geiste den Plan durch. Valon würde John zu dem Treffpunkt führen, mit den Italienern als Absicherung. Sie würden das Geschäftliche abwickeln. Wenn die Russen sich aus dem Staub gemacht hatten, würde er sein Fadenkreuz auf Bald anlegen und ihm sauber eine Kugel in den Kopf verpassen. Valon würde sich nicht verdrücken. In der Hauptsache, weil er glaubte, dass das Armband an seinem Handgelenk mit Sprengstoff bestückt war.

Bleibt immer noch Aimée, folgerte er.

Der zynische Teil seiner inneren Stimme sagte ihm, dass sie nur ein weiteres Glied in einer langen Kette von Frauen war, die einem immer weniger bedeuteten, je länger man mit ihnen zusammen war. Aber der andere Teil fragte ihn, warum er so verzweifelt versuchte, sie zu retten?

Weil es dein Fehler ist, dass sie sich jetzt überhaupt in dieser Lage befindet. Wenn du nicht gewesen wärst, hätte man sie nie als Ziel ausgewählt. Aber an sie zu denken, hilft jetzt nicht weiter, sagte er sich. *Ich muss mich auf die Mission konzentrieren. Ich bringe Bald unter die Erde, und dann kümmere ich mich um Aimée.*

Er knetete die Muskeln in seinem Genick, die sich verhärtet hatten.

Zwei Kilometer.

Plötzlich verbreiterte sich das Tal. Der Verkehr ließ nach. Er erreichte den Abzweig nach Brezovan und nahm die Abfahrt. Gardner nahm den Fuß vom Gaspedal. Runter auf Achtzig, Sechzig, Vierzig …

Gardner musterte den Rastplatz, der sich zweihundert Meter weiter an der Zubringerstraße befand. Die Straße war leer. Der Rastplatz war ein sechzig Meter langer Streifen holprigen Asphalts.

Parallel zu dem Rastplatz verlief auf der Hangseite ein Stacheldrahtzaun, hinter dem ein ödes, verwittertes Feld das Zuhause für ein paar kränklich anmutende Kühe bot.

Der Treffpunkt.

Der Ort war perfekt. Eine große freie Fläche ohne jede Möglichkeit, sich zu verstecken, und mit der Option, sich über die E-57 schnell aus dem Staub zu machen, falls etwas nicht nach Plan verlaufen sollte.

Das stellte ihn nun allerdings vor das Problem, dass er einen Ort brauchte, wo er den Wagen loswerden und die Übergabe unbemerkt beobachten konnte. Die alte Klapperkiste hatte einen Vorteil: In ihr fand sich ein abgegriffener Straßenatlas von Serbien. Er studierte die Hauptstraßen und Abzweigungen auf die Autobahn rund um Brezovan und legte sich im Geiste eine Liste mit möglichen Aussichtspunkten an.

Er nahm die Autobahnauffahrt. Kein Verkehr, weder vor noch hinter ihm. Brezovan war nicht unbedingt ein Ort, der Besucher anlockte. Er trieb die Leute eher davon. Brezovan war ein Dorf, im schlechtesten Sinne.

Hundertfünfzig Meter vor dem Rastplatz entdeckte Gardner eine baufällige Tankstelle. Seiner Straßenkarte zufolge war diese seit dem Albaner-Aufstand 2001 außer Betrieb. *Tatsächlich?*, dachte er bei sich. Durch den Beton des Vorplatzes brach das Unkraut, die Tanksäulen waren verrostet und die Beschilderung nicht mehr existent.

Gardner brachte den Nissan neben der Tankstelle zum Stehen. Er sah in den Rückspiegel. 11:45 Uhr, und der Shogun war noch nicht in Sicht.

Gardner schnappte sich die TRG-22 und spurtete über die zehn Meter des Vorplatzes. Hinter einer bröckelnden, etwa drei Meter hohen Säule am südwestlichen Ende der Tankstelle ging er in Deckung. Zusammen mit der Reihe der alten Tanksäulen verbarg ihn der Pfeiler vor vorbeikommenden Fahrzeugen. Von hier aus hatte er einen guten Blick über die Straße. Eine Rosskastanie überragte das Buschwerk jenseits der Tankstelle, und dahinter dämpfte eine Reihe von Fichten den Lärm der Straße. Hundert Meter westlich der Kastanie befand sich eine kleine, felsige Anhöhe. Gardner hatte den Hügel als alternativen Aussichtspunkt in Betracht gezogen. Aber im Gegensatz zur Tankstelle gab es dort keinen schnellen Zugang zu einer Straße, und schließlich hatte er sich dagegen entschieden.

Gardner stellte das Dreibein auf und arretierte darauf das TRG-22. Er legte sich neben dem Pfeiler in einer bequemen Schussposition auf den Bauch. Er verteilte ein paar herumliegende Betonbrocken um sich, um seinen Körper noch besser zu verbergen. Dann richtete er die Zieloptik aus – und wartete.

Besonders lange musste er sich nicht gedulden.

Kapitel 56

11:33 Uhr

Der Shogun tauchte pünktlich auf die Minute auf. Gardner wusste, dass Bald ein paar Minuten eher am Treffpunkt ankommen würde. Ganz sicher hatte er das Areal zuvor zwei oder dreimal nach möglichen Gefahrenquellen abgesucht, als bestausgebildeter Operator, der er war. Zumindest früher einmal.

Die zwei Männer stiegen aus dem Wagen. Bald suchte den Horizont ab, Valon mühte sich damit ab, sich eine Zigarette anzuzünden. Der Wind blies die Flamme immer wieder wie eine Kerze auf einer Geburtstagstorte aus. Bald wirkte nervös. Gardner brachte seine Schultern in eine bessere Position und hoffte, dass Valon seine beschissene Klappe gehalten hatte.

Wenige Minuten später trudelten die Italiener ein.

Als sie hinter dem Shogun auf dem Rastplatz anhielten, hatte es Valon endlich geschafft, seine Zigarette anzuzünden. Rauch stieg aus dem bernsteinfarbenen Ende seines Glimmstängels.

Drei Ameisen stiegen aus einem silbernen Bentley Continental Flying Spur. Die 'Ndrangheta bewiesen Stil. Gardner presste sein Auge gegen das Zielfernrohr, und aus den Ameisen wurden Männer in schwarzen Maßanzügen und Police-Sonnenbrillen. Ein vierter Umriss brauchte etwas länger. Seine herabhängenden Wangen, der rundliche Bauch und das graue Haar verrieten Gardner, dass der Mann die Siebzig schon weit überschritten hatte. Er rief sich das Foto zurück ins Gedächtnis, das Macca ihm gezeigt hatte. Kein Zweifel, dieser Mann war Gianni Petruzzi. Der Sargträger.

Der *capo cimini* umarmte Bald. Valon wurde mit einem flüchtigen Händedruck bedacht. Seine Leibwächter behielten die Gegend im Auge. Einer von ihnen war kahlrasiert und trug eine Sonnenbrille unterhalb seiner mächtigen Stirn. Er schien der Boss der anderen beiden Männer zu sein. Gardner hielt den Atem an, als der Mann seinen Blick über die Tankstelle schweifen ließ. Er war sich sicher, gut verborgen zu sein, aber das menschliche Auge neigte dazu, plötzliche schnelle Bewegungen sofort wahrzunehmen, und selbst das kleinste Zucken eines Ellbogens hätte seine Anwesenheit verraten können.

Schließlich drehte sich der Leibwächter um.

Gardner öffnete die Lippen und atmete aus.

Petruzzi nickte mit dem Kopf in Richtung des Bentley. Der kahlköpfige Mann lief um den Wagen herum zur Hintertür und wies jemanden an, auszusteigen. Ein Umriss erschien. Taumelnd, die Hände hinter dem Rücken zusammengebunden, das Gesicht übel zugerichtet.

Gardner erkannte die Person, die auf Bald zuwankte, zuerst nicht. Ihre Gesichtszüge waren geschwollen und blauschwarz angelaufen. Der Mund war aufgerissen, die rechte Seite der Unterlippe hing blutend herab.

Aber irgendwas an diesem wackligen Gang kam Gardner bekannt vor.

Maston.

Mein alter Major vom Regiment.

Der kahle *picciotto d'onore* trat Maston in die Kniekehlen. Der Ex-Blade stolperte und sank im Schatten der Rosskastanie auf die Knie. Der Baum litt unter einer Krankheit, die größere Teile des Stammes blutig aussehen ließ. Das Laub hatte sich frühzeitig bräunlich verfärbt, und die Rinde löste sich vom Stamm wie die Schale einer Orange. Die umstehenden Kiefern ächzten wie Trauergäste bei einer Beerdigung.

Gardner sah dem Treiben mit einem dumpfen Gefühl in der Magengegend zu. *Was hatten die Italiener mit Maston zu schaffen?* Aber das würde er wohl bald herausfinden.

Maston schaffte es, trotzig und verachtend dreinzuschauen. Er starrte geradeaus und an den Geiselnehmern vorbei, während Bald mit dem Zeigefinger beschuldigend auf die Männer der 'Ndrangheta deutete. Für eine Sekunde empfand Gardner Mitleid mit seinem alten Kumpan. Kein Soldat verdiente es, wie ein Hund behandelt zu werden, schon gar keiner, der sich so sehr für sein Land aufgeopfert hatte. Einer der Männer zog eine halbautomatische Beretta 92 hervor. Der Lauf aus Edelstahl glänzte in der Sonne. Mister Obercool schraubte einen Schalldämpfer auf die Pistole, dann hielt er die Waffe Maston an den Kopf. Bald versuchte, zu ihm zu gelangen und ihn zu beschützen, aber die drei anderen Männer hielten ihn gewaltsam zurück.

Gardner hörte den Schuss nicht, aber Maston zuckte zusammen, als die Kugel seinen Hinterkopf durchschlug. Blut schoss wie heiße Lava heraus. Dann verdrehte er die Augen, kippte vornüber, und starb.

Bald schrie den Italienern wüste Beschimpfungen entgegen. Wenn sie gehofft hatten, Bald dadurch einzuschüchtern, dass sie Mason umlegten, war der Schuss ganz offensichtlich nach hinten losgegangen. Bald war kurz davor, durchzudrehen. Die Situation schien außer Kontrolle zu geraten.

Petruzzi gab einen Befehl. Der Mann mit dem rasierten Kopf drückte Bald die Beretta 92 an den Schädel – so wie er es kurz zuvor bei Maston getan hatte – und schob ihn zu Petruzzi. Der *capo crimini* sprach mit Bald, der weder nickte noch den Kopf schüttelte, und sein Blick ruhte auf dem toten Körper seines alten Majors. Die Beretta zielte noch immer auf seinen Kopf.

Was Petruzzi ihm erzählte, lag auf der Hand. *Tu, was wir dir sagen, oder du endest so wie dein Freund.* Zusammen mit den Sekunden rann der Schweiß an Gardners verspanntem Rücken hinab. Dann bemerkte der kahlköpfige Handlanger, wie etwas die Zubringerstraße von Norden entlang kam und winkte seinen *amici* zu.

Gardner holte tief Luft.

Zwei weitere Fahrzeuge bogen auf den Rastplatz ein. Ein schwarzer Lincoln Town Car, und hinter ihm ein 18-Tonnen Mercedes-Truck mit Schlafkabine und Anhänger. Der Hänger war klein – Gardner schätzte seine Kapazität auf vier oder fünf Kubikmeter, den Truck selbst auf siebzehn – und trug einen Werbeaufdruck einer Firma für Tiefkühlkost. Die Worte identifizierte er als Russisch.

Italienische Lederschuhe traten Zigarettenstummel auf dem Asphalt aus, und italienische Waffen wurden wieder unter den Jacken verstaut.

Ich bin soweit, dachte Gardner. Er hatte genug Übung im Umgang mit der TRG-22. Anders als die meisten anderen sogenannten Scharfschützengewehre war das finnische Fabrikat speziell für Zielerfassungen aus großer Entfernung konzipiert worden. Er zog an dem Schloss und spürte den Herzschlag der Waffe. Dann verlagerte er sein Körpergewicht auf die rechte Seite und presste den Kolben aus Polyurethan gegen seine Schulter. Der Lauf glänzte nicht, der Vorbesitzer der Waffe hatte ihn schwarz angestrichen, um den metallischen Schimmer darunter abzudecken.

Aus dem Lincoln stiegen vier Männer, ein fünfter aus dem Truck. Sie alle trugen Pullover und Jeans statt Anzügen. Doch in Gardners Augen musste man mit ihnen besonders rechnen. Jeder von ihnen trug eine kugelsichere Weste über dem Pullover und robuste Gore-Tex-Stiefel. Sie bewegten sich mit prahlerischer Selbstsicherheit.

Gardner sah keine Waffen.

Ein vierter Russe mit silbernem Haarschopf und mit einem grauen Anzug bekleidet erschien auf der Fahrerseite des Lincoln. Wahrscheinlich der Chauffeur. Er lief zur hinteren Tür, während sich seine drei Partner den Italienern näherten. In einem Abstand von vier Metern blieben sie vor den 'Ndrangheta stehen. Keine warmherzigen Umarmungen, kein fester Händedruck, kein freundschaftlicher Klaps auf den Rücken. Gardner erinnerte die Situation vielmehr an ein Duell in einem Western.

Eines der hinteren Fenster des Lincoln senkte sich. Der Mann mit den grauen Händen beugte sich nach vorn, den Arm gegen den Türrahmen gelehnt, und tauschte ein paar Worte mit dem Mann auf dem Rücksitz aus. Der saß auf der linken, von Gardner abgewandten Seite. So konnte Gardner nur einen dünnen, langen Arm sehen, der auf dem Lederpolster ruhte.

Balds Zustand schwankte zwischen nervös und angepisst. Er hielt die Fäuste geballt, ignorierte die Russen und starrte Petruzzi unentwegt an. Es war klar, dass Bald nicht länger die Fäden in der Hand hielt. Die Italiener benutzten ihn als Druckmittel, um das Geld von den Russen zu bekommen – und würden sich seiner entledigen, sobald die Mafia außer Sicht war.

Der alte Petruzzi gab eine kurze Anweisung, und einer der 'Ndrangheta holte einen großen schwarzen Koffer aus dem Kofferraum des Bentley. Der Mann kämpfte mit dessen Gewicht. Er stellte den Koffer zwischen den Italienern und den Russen auf den Boden.

Silberlocke wechselte ein paar Blicke mit seinen Kameraden. Würdevoll ging er vor dem Koffer in die Knie, so als würde er sich verbeugen. Dann öffnete er den Reißverschluss des Koffers. Aus der Entfernung konnte Gardner nicht erkennen, was sich in dem Koffer befand. Aber Silberlockes breites Grinsen verriet alles. Das Koks war vollständig.

Dann schnippte Silberlocke mit den Fingern. Ein anderer Russe zog den Reißverschluss wieder zu und trug den Koffer zur Rückseite des Lincoln. Der Wagen sank durch das Gewicht des Kokains ein wenig ein. Gleichzeitig warf der Fahrer des Lasters Bald einen Schlüsselbund zu.

Dann ein Knall, links von Gardner. Kreischende Reifen. Ein Bentley, dieses Mal ein schwarzes Modell, raste heran. *Ein Hinterhalt!* Der Wagen kam schlingernd neben seinem silbernen Cousin zum Stehen, Staub wirbelte durch die Luft. Vier Männer sprangen aus dem Fahrzeug, alle in den einheitlichen Anzügen der 'Ndrangheta. Nur in einer Sache unterschieden sie sich von den anderen – diese Männer hielten ihre Berettas im Anschlag. Im selben Moment zogen auch die drei Leibwächter Petruzzis ihre Waffen.

Die Russen streckten ohne Ausnahme langsam ihre Hände in die Höhe. Sie ergaben sich. Damit bewahrheitete sich Gardners Vermutung, dass die Italiener es auf die Kohle und das Kokain gleichermaßen abgesehen hatten. Diese hinterhältigen Bastarde. Er rechnete damit, dass Silberlocke seinem Ärger freien Lauf lassen würde, aber der Russe verzog keine Miene.

Zornig wies Petruzzi Silberlocke an, den Koffer aus dem Lincoln zu holen. In der Unterzahl und mit sieben Pistolen, die auf sie gerichtet waren, blieb dem Russen keine andere Wahl, als sich zu fügen. Er gab die Anweisung gelassen weiter, und der Lincoln atmete wieder auf, als ein anderer Mafia-Mann den Koffer aus dem Kofferraum hob und zurück zu den 'Ndrangheta trug. Er ließ ihn neben Silberlocke auf den Boden plumpsen.

Da sah Gardner, wie sich etwas auf der Anhöhe westlich der Kiefern bewegte. Zuerst waren es nur undeutliche Umrisse, und ein ungeübtes Auge hätte sie nicht bemerkt. Sie bewegten sich in loser Reihenfolge am oberen Drittel des Hangs entlang, sodass sich ihre Konturen nicht vor dem sanften, hügeligen Hintergrund abzeichneten. Die Abstände zwischen den Männern – Gardner zählte zwölf von ihnen – waren unregelmäßig. Sie näherten sich im Schatten der auf dem Berghang verstreut umherliegenden Felsen und brachten die schwarz lackierten Läufe ihrer Gewehre darauf in Stellung.

Wer sind diese Typen?, fragte sich Gardner. *Noch mehr 'Ndrangheta?*

Aber die 'Ndrangheta schienen die Männer auf dem Hang nicht bemerkt zu haben. Petruzzis Leute zwangen Bald, die Schlüssel für den Sattelschlepper herauszurücken. Bald schmiss sie auf den Boden. Petruzzi wollte sie aufheben, und als er sich vornüberbeugte, rotzte ihm Bald ins Gesicht. Der Italiener zwinkerte noch nicht mal. Stattdessen kramte er ein blütenweißes Taschentuch hervor, tupfte sich die Stirn ab und winkte seine Handlanger heran.

Einer der 'Ndrangheta kam heran und trat Bald in die Genitalien. Der Schotte stöhnte auf, hielt sich die schmerzenden Eier und sank auf die Knie. Petruzzi lief zu dem Truck, so schnell es sein gebeugter alter Körper zuließ.

Gardner wandte seine Aufmerksamkeit wieder dem Hügel zu. Die zwölf Mann starke Einsatztruppe hatte ihre Waffen gezückt: Verdammt schlagkräftige FN F2000 Sturmgewehre, kompakte sechzig Zentimeter lang, mit Zielfernrohr und einem an der Picatinny-Schiene angebrachtem 40 mm FN EGLM Granatwerfer. Die F2000 war ein echtes Stück Hightech, und Gardner hatte schon einiges über die Kadenz – 850 tödliche Schuss pro Minute – und ihre hohe Treffergenauigkeit gehört. Der Granatwerfer war mit einem hochexplosiven 40x46mm-Projektil geladen. Deren Schlagkraft war beachtlich: Eine Granate von der Sorte zerriss ein Zielobjekt in Stücke und überließ den Rest den Aasgeiern.

Gardners Eingeweide zogen sich zusammen.

Da brüllten die F2000 los.

Kapitel 57

12:18 Uhr

Der tödliche Kugelhagel pfiff durch die Luft. Gardner beobachtete durch sein Zielfernrohr, wie die leeren Patronenhülsen aus den parallel zum Lauf verlaufenden Röhren geschleudert wurden. Die Hülsen regneten zu Boden, und wenig später taten es ihnen die Körper der getroffenen Männer gleich.

Die 'Ndrangheta hatten keine Chance. Ihre Körper zuckten bei jedem Treffer, der sich durch das Gewebe bohrte. Die F2000 verschossen 5.56x45mm NATO-Munition; Kugeln, die beim Aufprall zersplitterten und Wunden in der Größe von Whiskeygläsern hinterließen. Fleischstücke wurden aus den Körpern der Opfer gerissen. Nur zehn Sekunden später waren die sieben Italiener erledigt. Petruzzi, der *capo crimini,* fiel als Letzter. Mehrere Schüsse trafen ihn am Hinterkopf. Die Patronen verursachten ein seltsam blechernes Geräusch, als sie von dem verkrümmten Rückgrat abprallten.

Silberlocke stand unbeeindruckt neben den durchlöcherten Leichen. Die Russen flohen nicht. Sie waren nicht das Ziel. *Deshalb muss der Einsatztrupp auf der Anhöhe zu Sotov und der Mafia gehören*, dachte Gardner. Sie hatten wohl die ganze Zeit über damit gerechnet, von den 'Ndrangheta verraten zu werden, und hatten daher ihrerseits einen Hinterhalt geplant.

Mit dem ersten Schuss hatte sich Bald vom Acker gemacht. Er schnappte sich eine der Berettas, sprang mit einer Vorwärtsrolle hinter der Rosskastanie in Deckung und erschoss den Mafia-Mann, der ihm am nächsten war. Silberlocke und die anderen Mafia-Schergen zogen sich hinter den Sattelschlepper zurück.

Valon hatte sich in die Felder geschlagen. Kugeln pfiffen an ihm vorbei, seine Beine brachen durch das hohe Gras. Sein Fluchtversuch stand unter keinem guten Stern. Die einzig nennenswerte Deckung war eine Grube in dreihundert Metern Entfernung.

Das schafft er nicht, dachte Gardner und ließ sein Zielfernrohr über den Hang gleiten. Er musste Valon beschützen, denn er war seine einzige Verbindung zu Sotov – und Aimée. Er legte auf das erstbeste Ziel an, das ihm ins Visier kam. Atmete aus. Und …

Etwas in ihm hielt ihn zurück. Er drückte nicht ab.

Wenn du jetzt schießt, werden dich die Russen als Nächsten unter Feuer nehmen, belehrte ihn die Ausbilderstimme in seinem Kopf. *Acht bis an die Zähne bewaffnete Mafiosi gegen dich allein, auf offenem Gelände? Das ist verfluchter Selbstmord.*

Valon rannte um sein Leben. Er hatte die Hälfte der Strecke bis zu der Vertiefung im Erdboden geschafft. Kugeln schlugen um ihn herum ein und Gras und Erdklumpen explodierten ihm entgegen. Schließlich änderte einer der Männer auf der Anhöhe seine Taktik. Er betätigte einen Schalter an der linken Seite des Gewehrs und spähte durch das Zielfernrohr. Er hob das Gewehr nach oben, um die Flugkurve der Granate mit dem Ziel auszurichten, und betätigte den Abzug des Granatwerfers unterhalb des eigentlichen Abzugs der F2000.

Der EGLM-Werfer spie die Granate aus. Das Geschoss surrte durch die Luft, schlug donnernd am Boden ein und Valon verschwand hinter einer riesigen Rauchwolke. Granatsplitter und verkohlte Erde regneten in einem Radius von fünfzehn Meter auf das Gras herunter, Blutspritzer stoben umher, und Gardner wusste, dass es den Albaner zerrissen hatte.

Die Italiener sind Geschichte, Valon ist ebenfalls tot. Bleibt nur noch John.

Gardner schwang das Scharfschützengewehr zurück auf den Rastplatz und fand Bald hinter dem Baum. Der Schotte feuerte gerade die letzten Patronen der Beretta 92 auf die Angreifer auf dem Berghang ab. Er feuerte auch noch, als bereits das *Klick-Klick* der leeren Kammer ertönte. Aufgeben war nicht John Balds Art. Selbst dann nicht, wenn die Lage aussichtslos schien. Nicht einmal jetzt, wo er zwischen zwei Seiten eingekeilt war.

Als sie sahen, das Bald die Munition ausgegangen war, stellte das Team auf der Anhöhe das Feuer ein. Silberlocke und seine zwei Kameraden kamen hinter dem Sattelschlepper hervor. Beide Gruppen näherten sich Balds Position. Der Schotte lehnte zusammengesunken an dem Stamm der Kastanie. Er warf abwechselnd Blicke nach links und rechts, dann kroch er um den Baum herum. Sein Blick fiel auf den Shogun, so als würde er noch immer glauben, dass es einen Ausweg gab.

Gardner schluckte Speichel hinunter. Er würde nicht auf Bald schießen und damit seine Anwesenheit verraten. Er dachte kurz darüber nach, das Einsatzteam auszuschalten und Balds Arsch zu retten, verwarf den Gedanken aber wieder. *Für das, was er für mich in Afghanistan getan hat, habe ich mich schon zehnmal revanchiert.*

Bald lehnte den Kopf gegen die aufgeworfene kranke Stelle an der Seite des Baumstamms. Sein Brustkorb hob und senkte sich. Seine Augen waren geschlossen. Das Einsatzkommando befand sich etwa fünfzig Meter von ihm entfernt, Silberlocke und seine Männer nicht einmal halb so weit. Es schien, als würde Bald leise etwas zu sich selbst sagen, aber er bewegte die Lippen kaum und Gardner konnte nicht erkennen, was es war.

Bald öffnete die Augen und knurrte die Pistole in seinem Schoss an. Dann warf er sie beiseite, so als sei er von ihr angeekelt, weil sie ihn in der größten Not im Stich gelassen hatte.

»Jetzt kann dich nichts mehr retten, John«, sagte Gardner leise zu sich selbst. Ein Teil von ihm wollte derjenige sein, der Bald umbringen würde. Er war so weit gekommen, und angesichts der Erlebnisse, die sie teilten, schien es nur richtig zu sein, wenn er Bald das Leben nahm und ihm nicht ein paar schleimige russische Wichser die Arbeit abnahmen.

Ende der verdammten Fahnenstange.

Nur noch wenige Schritte trennten Silberlocke von dem Baum. Im Westen legten zwölf zornige Männer auf der Anhöhe ihre F2000 auf Bald an. Die Sturmgewehre wirkten allein in ihrer Größe bedrohlich genug – es sah so als, als würde jeder der Männer einen Ringkampf mit einem Haifisch austragen.

Bald griff nach etwas an seinem Knöchel. Ein Messer war dort mit schwarzem Klebeband fixiert. Er zog die zehn Zentimeter lange Klinge hervor, sprang auf und stürzte sich auf Silberlocke.

Ein letzter verzweifelter Akt.

Er kam keine zehn Meter weit.

Die F2000 feuerten.

Ein Rütteln ging durch Bald, als sich die Kugeln in seinen Oberkörper bohrten und Fleischklumpen aus ihm herausrissen. Dutzende Kugeln trafen ihn. Seine Arme und Beine zuckten. Nach drei oder vier Sekunden hörten die Schüsse auf. Bald hob einen Arm an die Brust und versuchte, Löcher so groß wie Kaffeetassen auf seiner Brust zuzuhalten. Blut schoss aus seinen Wunden. Er schwankte für einen Moment, seine Arme fielen kraftlos herab. Das Messer fiel ihm aus der Hand, und blieb im Erdreich stecken.

Silberlocke steckte sich eine Zigarette zwischen die Lippen und ließ sein Zippo aufschnappen. Er nahm einen tiefen Zug, ohne den Blick von Bald abzuwenden. Der Schotte schaffte es, dem Mafia-Mann einen weiteren Schritt entgegenzugehen. Silberlocke ersparte ihm weitere Mühen und baute sich vor Bald auf. Blies ihm Rauch ins Gesicht.

Bald brach zusammen, und Gardner blieb nur der Blick auf einen Haufen blutiger Klamotten.

Kapitel 58

12:27 Uhr

Silberlocke rauchte den Rest seiner Zigarette, während sich der Angriffstrupp hinter dem Gipfel der Anhöhe zurückzog. Ein paar hundert Meter entfernt hörte er einen Motor heiser aufheulen. Er nahm Petruzzis Leiche die Schlüssel ab. Den Stummel seiner Zigarette schnippte er in die Blutlache, die sich um Bald gebildet hatte, machte auf den Hacken kehrt und schlenderte zu dem Lincoln zurück.

Gardner beobachtete, wie Silberlocke auf den Vordersitz sprang. Er warf einem seiner Mafia-Schergen die Autoschlüssel zu, der daraufhin den Koffer im Kofferraum verstaute und dann ins Führerhaus des Sattelschleppers kletterte. Der Motor sprang an. Er verließ den Platz auf die Hauptstraße, der Lincoln folgte ihm.

Gardner blieb allein zurück. Nur er, elf Tote und der beißende Geruch verschossener Munition.

Als die Russen außer Sichtweite waren, rappelte er sich auf und durchquerte das Feld auf dem Weg zu dem Rastplatz.

Bald war nur noch ein rotverschmierter Haufen am Boden. Sein Körper war verdreht, die Arme zeigten nach links, die Beine nach rechts. Von beiden war nicht mehr viel übrig, und die restlichen Kugeln hatten seinen Körper beinahe in der Mitte durchtrennt. Gardner nahm sich einen Moment Zeit, seinen alten Kumpel zu beobachten. *Das hast du nun davon, John,* dachte er. Beim Anblick der Kippen im Blut und den Löchern in seinem Gesicht empfand er gleichzeitig Hass und Erleichterung. Zusammen hinterließ das einen bitteren Geschmack in seinem Mund.

»Blöder Mistkerl«, rief er dem toten Schotten zu.

Ein entferntes Geräusch links von Gardner durchbrach die Stille. Er spähte über die Schulter und sah einen Körper im Feld liegen, etwa fünfzig Meter entfernt.

Ist nicht wahr, dachte er.

Valon war noch am Leben, als Gardner sich ihm näherte. Seine Brust hob und senkte sich in unregelmäßigen Abständen. Nach ein paar Schritten sah Gardner, dass ihm vom Bizeps abwärts der rechte Arm fehlte. Fleisch hing in Fetzen von dem Knochen. Die HE-Granate hatte ihn zwar erwischt, aber nicht umgebracht. Gardner schätzte, dass das Projektil ein paar Meter vor seinem Ziel aufgekommen sein musste. Hätte sich Valon im Explosionsradius von drei Metern befunden, wäre von ihm nur noch Staub übrig geblieben.

Wie traurige Schlingen hingen dem Mann die Eingeweide aus seinem Unterleib. Harte, verkohlte Fleischfetzen ragten aus der Wunde. Der Gestank von verbranntem menschlichen Fleisch war übermächtig, stieg Gardner in die Kehle und ließ ihn würgen. Neben Valon ging er auf die Knie.

Der Albaner versuchte zu sprechen, brachte aber nur gurgelnde Geräusche wie ein Kleinkind hervor. Der verbliebene Lungenflügel versuchte unermüdlich, seinen Körper mit Sauerstoff zu versorgen. Die rechte Hälfte seines Gesichts sah aus, als hätte sie jemand auf einen Grill gelegt. Das Fleisch warf knisternd Blasen, als wäre es Schweinespeck. Seine Augäpfel waren verbrannt und trüb.

Gardner bemerkte etwas Rotes an seinem rechten Handgelenk. Zu hell und künstlich, um Blut zu sein. Er beugte sich vor, um es aus der Nähe zu betrachten.

Und musste zweimal hinsehen, um es zu verstehen.

Valon trug ein Armband, das identisch war mit dem, dass Gardner von Land bekommen hatte und das er dem Albaner an dessen linkes Handgelenk gebunden hatte. Ungläubig griff Gardner nach Valons linkem Arm. Das gleiche Armband, und damit die gleiche verdammte Frage: Wieso trug Valon zwei Armbänder des MI6?

»Ich arbeite für die Firma«, brachte Valon hervor, der damit auf Gardners erstaunten Gesichtsausdruck antwortete. »Seit … seit Jahren schon … seit dem Krieg.« Sein Gesicht verkrampfte sich. Valon atmete tief ein.

»Dann hast du absichtlich daneben geschossen, in Aimées Wohnung?«

Valon nickte. Ein kehliges Raunen drang aus seiner Kehle. Irgendein neuer und versteckter Schmerz in seinem verstümmelten Körper wollte sich bemerkbar machen. »Gott, ich … konnte meine Tarnung nicht auffliegen lassen. Sie wollten … das du stirbst. Ich musste … es so aussehen lassen.«

Er untersuchte seine Wunden, und sein Mund stand vor Entsetzen weit offen. Die Haut rund um seinen rechten Augapfel war von der Explosion abgerissen worden. Gardner konnte fast die Sehnerven an der Rückseite des Auges ausmachen.

»Du musst die Russen aufhalten … sie treffen sich in … Scheiße!«

Gardner schloss für einen Moment die Augen. Er hatte schon viele schwere Verletzungen gesehen, aber noch keine war so schlimm wie die von Valon gewesen. Die war einfach nur grauenhaft.

»Drobny, nahe der Grenze«, fuhr Valon fort, zog die Luft ein und erstickte beinahe daran, als hätte er Glassplitter eingeatmet. »Die Kirche. Zwei Uhr. Es ist wichtig, dass du den Truck erreichst, bevor er seine Reise fortsetzt und …«

»Und Aimée? Du sagtest, dass sie von dem Grauen Wolf erwischt wurde. War das gelogen?«

Valon fantasierte. »Sotov. Er hat sie.« Er schluckte schwer. Etwas gurgelte in seinem Hals.

Die Worte nagten an Gardner. Er schob die Gedanken an Aimée beiseite.

»Was ist in dem Truck?«, fragte er.

Aus der Brust des Mannes drang ein leises, flatterndes Geräusch.

»Rede mit mir, Klint. Der Truck!«

Aber Valon glitt bereits auf die andere Seite hinüber. Ein letzter Atemzug wehte aus ihm heraus.

Gardner sah zu, wie er starb.

Er zog sein Mobiltelefon hervor und rief Land an. Wollte ihn auf dem Laufenden halten, dass die Drogenübergabe gründlich in die Hose gegangen war.

Es klingelte, sechsmal, siebenmal – aber niemand ging ran.

Eine automatische weibliche Stimme bot ihm an, eine Nachricht nach dem Piepton zu hinterlassen.

Gardner ließ es bleiben.

Er wusste, dass die Russen mit dem Truck davongefahren waren und Sotov ihnen direkt in dem Lincoln folgte. Die Chancen, dem Truck den ganzen Weg bis nach Drobny unbemerkt hinterherfahren zu können, standen mehr als schlecht.

Dann also folgendermaßen: Sei in einer Stunde in Drobny. Dann bleiben dir knappe dreißig Minuten, um herauszufinden, was auch immer in dem Truck ist. Das wird knapper als der Rock deiner Tochter, aber wann war es jemals anders?

Er stürmte zurück zu dem Nissan.

Kapitel 59

12:53 Uhr

»Das war irre«, lachte Popov, als er durch das Tor des Fabrikgeländes fuhr. Einst war das Werk der ganze Stolz der serbischen Industrie gewesen. Autos und Motorräder für den Westen waren hier gebaut worden. Jetzt war es eine verlassene Brache, die Maschinen verrostet, voller nutzloser aufeinandergestapelter Autoteile.

»Ich meine, diese italienischen Scheißkerle. Die haben es nicht anders verdient. Aber dieser Schotte ist echt ausgetickt. Er hat versucht, mit 'nem beschissenen Messer auf dich loszugehen, Aleks. So was hab ich noch nicht erlebt.« Popov hämmerte mit den Handflächen gegen das Lenkrad und schüttelte den Kopf.

»Der Schotte war ein Soldat beim SAS«, sagte Popov. »Da bringt man ihnen bei, niemals aufzugeben.«

Sie parkten neben der leergeräumten Hülle eines Fabrikgebäudes. Sotov gab seinen verbliebenen beiden Männern den Befehl, auszusteigen und das Gelände abzusuchen. Der Graue Wolf wartete zusammen mit Popov im Wagen und sah den beiden Männern hinterher.

»Dieser Engländer heute Morgen, der in dem Brand umkam. War der auch vom SAS?«, fragte Popov.

Sotov nickte.

»Zwei ermordete SAS-Soldaten an einem Tag.« Er lachte, aber es hörte sich eher so an, als hätte er einen Krampf.

Ein weißer Ford Transit bog auf das Werksgelände ein. Sotov sah zu, wie dieser neben dem Lincoln anhielt. Zwei Männer, so groß wie Grizzlybären und mindestens genauso dumm, stiegen aus. Einer von ihnen trug eine protzige Goldkette. *Bulgaren*, dachte

Sotov. Die hatten keinen Geschmack. Aber wenigstens waren sie billig. Der Mann mit der Goldkette öffnete die Hecktüren des Transporters. Sotov lächelte.

Die Schlampe war in dem Wagen.

»In den Kofferraum«, befahl Sotov den Bulgaren.

»Lasst mich gehen!«, schrie das Mädchen, und zog sich weiter in den Wagen zurück. »Bitte!«

Sotov beäugte sie auf die gleiche Art, wie man ein seltenes Tier im Zoo beobachten würde. Er zündete sich eine Zigarre an und blies den Rauch durch die Nase in den Van. »Wie heißt sie?«

»Aimée«, sagte der Goldketten-Typ.

Der Name gefiel ihm. Hatte einen schönen Klang.

»Meine liebe Aimée, es gibt keinen Grund, mich für deine Situation verantwortlich zu machen. Wir wissen, dass du mit dem Engländer zusammen warst. Wir wissen, dass er dir gewisse Dinge verraten hat.«

Ihr Gesicht verhärtete sich. Die Bulgaren verschwanden in der Fabrik.

Sotov sah Aimée unverwandt an. »Ich glaube, sein Name war Joe Gardner.«

Er wartete darauf, dass seine Worte ihre Wirkung hinterließen. Aimée hielt kurz inne.

»Dafür wird er Sie bezahlen lassen. Er wird …«

»Aber er ist tot, meine Liebe.«

Aimée starrte Sotov mit leeren Augen an. So, als konnte oder wollte sie die Worte nicht verstehen, die aus seinem Mund kamen.

»Das Feuer heute Morgen, in Ihrer Wohnung. Er war darin eingeschlossen.«

Sotov musste ein Lachen unterdrücken, das sich trotzdem an seinen Mundwinkeln vorbeizuschleichen versuchte. »Zu verbrennen ist eine unschöne Art, abzutreten. Es dauert lange, bis die Flammen einen Menschen töten. Man leidet.«

Tränen rannen an Aimées Wangen hinab. Ihre Lippen bebten.

»Sie lügen«, sagte sie mit brechender, schwacher Stimme.

»Ich fürchte nicht. Niemand wird Sie retten, Aimée. Jetzt gibt es nur noch Sie und mich.« Sotov beugte sich in den Van, kniff ihr in die tränenbedeckte Wange. »Sie und mich«, flüsterte er. Eine Träne blitzte an seiner Fingerspitze auf. Er leckte sie ab. Salzig, und trotzdem irgendwie süß.

»Nun, das Problem mit dem SAS, mit Leuten wie Joe Gardner, ist, dass sie nicht so leicht aufgeben. Wenn man einen Russen schlägt, dann rennt er wie ein verdammter Hund davon. Die Briten sind da anders. Gardner ist nicht auf eigene Faust unterwegs. Es müssen noch andere Soldaten mit ihm zusammenarbeiten, oder?«

»Ich weiß nicht, wovon Sie sprechen.«

»Kommen Sie schon, meine Liebe. Sie haben mit Gardner geschlafen, man kann es förmlich riechen. Und ein Mann würde einer Frau alles verraten, selbst seine bestgehütetsten Geheimnisse, um sie ins Bett zu kriegen. Er wird Ihnen etwa erzählt haben. Pläne, Zahlen, Namen.«

»Ich weiß nichts, ich schwöre.«

Das Tageslicht brachte Aimées Schönheit besonders zur Geltung. Sie hatte ein geschwollenes Auge und eine blutige Nase, ein paar Striemen am Handgelenk. Als wäre sie zusammen mit einem wilden Hund in dem Transporter eingesperrt gewesen. Aber mit ein wenig Arbeit und ein paar Tagen, damit ihre Wunden heilen konnten, würde sie ein Model abgeben.

»Ich hoffe, Sie leiden nicht an Platzangst, meine Liebe«, sagte Sotov. »Wir machen eine kleine Spritztour.«

Die Bulgaren kamen zurück. Goldketten-Typ schob sich eine schallgedämpfte Pistole in seine Jackentasche. Popov warf ihnen einen vernichtenden Blick zu, doch sie ließen sich nicht beirren und starrten mit kleinen Augen in den Van. Sie packten die kleine Schlampe. Sie wehrte sich. Goldketten-Typ schlang seinen kräftigen Arm um ihre Brust und schleifte sie zu dem Lincoln. Wegen seiner dicken Beine hatte sein Gang etwas Watschelndes.

Popov ging zum Wagen, langte hinein und drückte einen Knopf am Armaturenbrett. Der Kofferraum öffnete sich.

»Joe ist noch am Leben. Das weiß ich«, sagte Aimée.

»Ja, ja.« Sotov kicherte. »Natürlich. Aber keine Angst. Ihnen wird der Ernst Ihrer Lage schon sehr bald bewusst werden, und dann werden Sie reden.«

»Ich sagte Ihnen doch, ich weiß nichts von irgendwelchen Plänen.«

Sotov musterte den Himmel. »Das ist schade. Denn wenn Sie mir nicht sagen, was ich wissen will, werde ich Ihnen gewisse Dinge antun müssen. Dinge, die Sie zum Weinen bringen. Dinge, die Sie wünschen lassen, Sie wären nie geboren.« Er drehte sein Gesicht zu ihr. »Denken Sie darüber nach.«

Die Bulgaren verfrachteten sie in den Kofferraum, als wäre sie ein zusammengerollter Teppich. Sotov hörte einen dumpfen Schlag, als der Kofferraum zugeworfen wurde. Der Lincoln schaukelte. Undeutlich und gedämpft drangen ihre Schreie nach draußen. In der Tat, sie war wild. Sotov freute sich schon darauf, seinen Spaß mit ihr zu haben. Es war so viel aufregender, wenn sie sich wehrten.

»Danke, Denis.«

Popov rieb sich die Hände. Sie waren blutverschmiert.

»Kein Problem.«

Sotov lachte mit geschlossenem Mund. »Nein, ich meine – für alles.«

Popov starrte auf irgendwas am Boden. »Ich fürchte, ich verstehe nicht ganz, Aleks.«

»Ich fürchte, du verstehst sehr gut.«

Popov bemerkte plötzlich, dass die Bulgaren näherkamen. Er wich zurück, näher an seinen Schatten heran, der gegen die Wand hinter ihm fiel. Popovs Augen sprangen zwischen den zwei Männern und Sotov hin und her. Für einen kurzen Moment starrten sich Sotov und sein Chauffeur an.

»Warum …?« Popovs Stimme klang gespenstisch, so als hätte seine Seele bereits seinen Körper verlassen.

»Du weißt, warum, Denis. Keine Spielchen mehr.«

Popov schwieg. Er starrte auf die Spitzhacke in der Hand des Goldketten-Typen.

»Mach es langsam«, erklärte Sotov dem Bulgaren. Dann ging er auf eine Zigarette nach draußen.

Er hörte das mahlende Geräusch, als sich die Spitzhacke in Popovs Gesicht bohrte. Sotov verließ die Fabrik. Hinter ihm fiel die Tür zu und ließ Popovs schwache Schreie verstummen.

Kapitel 60

13:34 Uhr

Das Örtchen Drobny lag eine Dreiviertelstunde Fahrtzeit entfernt an der Grenze zu Mazedonien. Gardner trat das Gaspedal bis zum Anschlag durch. Der Tacho des Nissan kletterte auf 140. Das Fahrgestell schien nur von Klebeband zusammengehalten zu werden. Eine Frage schoss ihm durch den Kopf: *Was war in dem Truck?* Und eine weitere Frage: *Hatte John geahnt, dass man ihn nicht bar bezahlen würde?*

Die Straße vor ihm stieg erst leicht an, dann fiel sie wieder etwas ab und wurde schließlich immer flacher, je weiter er in die serbische Einöde fuhr.

Gardner war bereits einmal in Drobny gewesen. Damals, 1999, hatte man ihn und John Bald beauftragt, auf einem Berg einen Beobachtungsposten zu beziehen, von dem aus man eine orthodoxe Kirche überblicken konnte. Als die Miliz eintraf, ließ sie alle Albaner zusammentreiben, die in Verdacht standen, Verbindungen zur Kosovo Liberation Army zu haben, und sperrte sie in der örtlichen Schule ein. Man hielt sie dort gefangen, und die Erbsenzähler bei der NATO wollten Beweise für ethnische Säuberungen. Gardner und Bald hatten den strikten Befehl, nicht einzugreifen.

In der Nacht hatten sie den Ort infiltriert, um – wie Head Shed das in der üblichen hochtrabenden Art nannte – mögliche »ungewöhnliche Aktivitäten« zu erkunden. Was sie in Drobny dann vorfanden, war nicht ungewöhnlich, sondern schlichtweg Mord.

Es war ein frostiger Novembermorgen, und die Kälte kratzte in Gardners Hals. Der vierte Tag ihrer Mission. Bald hatte ihn wachgerüttelt. Sie folgten einer kräftezehrenden Routine. Jeder von ihnen übernahm abwechselnd für vier Stunden die Wache, während der andere Essensrationen zu sich nahm, schlief oder den Funk überwachte.

»Sieh mal«, flüsterte Bald, als zehn Milizsoldaten achtzig Zivilisten auf den Friedhof abführten. Er reichte Gardner das Fernglas, und er sah zu, wie sich die Zivilisten in einer Reihe an der Kirchenwand aufstellen mussten.

Der Sergeant zählte bis drei. Dann eröffneten seine Männer das Feuer. Bald und Gardner bissen die Zähne zusammen, als sie mit ansehen mussten, wie Blut und Gehirn von unschuldigen Männern, Frauen und Kindern über die Häuserwand spritzen. Der Rauch stieg noch aus den überhitzen Mündungen der Waffen der Soldaten, als Bald bereits per Funk Head Shed über die Lage informierte und um Erlaubnis zum Eingreifen bat. Die Anfrage wurde abgelehnt.

»Elende Feiglinge«, sagte Bald, als er die Nachricht bekam. »Was meinst du, Joe? Wollen wir den Wichsern mal zeigen, was ein Überraschungsangriff ist?«

Sie luden ihre Colt Commandos und schossen auf die Milizen. Radierten alle zehn widerlichen Scheißkerle aus, mit so viel Kugeln, dass sie sicher sein konnten, dass sie tot waren. Damit hatten sie ganz offensichtlich gegen ihre Befehle verstoßen, aber es schien das Richtige zu sein, und Major Maston, sofern er davon wusste, hatte es unter den Tisch fallen lassen. Es fiel Gardner noch immer schwer, zu glauben, dass John Bald nun tot war. Gestorben als nutzloser Ganove.

Das heutige Drobny war alles andere als eine Gedenkstätte für diesen Massenmord. Vielmehr war es ein elender, verlassener, gesetzloser Landstrich, den man vergessen hatte aufzuräumen. Gardner sah nur einige wenige Menschen in den Straßen. Die Gesichter, die er sah, waren zerfurchter als ein Acker im Winter, und ihre glasigen Blicke die jener Menschen, die alles verloren hatten. Ausgebrannte Fenster starrten ihm wie Zahnlücken entgegen. Die

Dächer der meisten Häuser waren eingefallen. Räudige Hunde schlichen durch die ausgefahrenen Straßen und schnüffelten an toten Vögeln und leeren Coca-Cola-Dosen.

Die Kirche, hatte Valon gesagt. Dort würde er den Sattelschlepper finden. Gardner spürte, wie ihn die Geister seiner Vergangenheit einholten. Ein hauchdünnes Überbleibsel jener Albträume, die er am Boden von Biergläsern zu ertränken versucht hatte.

Er sah auf die Uhr. Eins-zweiundvierzig. Etwas über fünfzehn Minuten, bevor sich nach Valons Information der Truck zu einem neuen, unbekannten Ziel aufmachen würde. *Du musst zu diesem Truck*, dachte er. *Finde heraus, was um alles in der Welt sich darin befindet. Und dann spürst du Sotov auf und findest Aimée.*

Gardner bog ein paar Mal nach Westen und dann nach Süden ab. Das Dorf vor ihm schien auseinanderzufallen. Dann erreichte er einen besonders verwahrlosten Teil. Heruntergekommene Häuser, bunt zusammengewürfelte Autos, und Straßen, die ohne Weiteres in einen Rallykurs gepasst hätten. Er passierte eine baufällige Polizeistation. Die Wände der Station waren mit Graffiti überzogen, die gegen Milosevic, Arkan und Karadzic wetterten. Weiter vorn war etwas zu hören. Das leise Tuckern eines Motors. Er stoppte den Nissan.

Land rief ihn an. *Wurde auch Zeit,* dachte Gardner.

»Um Himmels willen, Joe«, rief Land. »Wo zur Hölle …«

»Sie haben mir verschwiegen, dass Valon für Sie arbeitet.«

Gardner hörte Land am anderen Ende husten. »Klint Valons Undercover-Tätigkeit unterlag allerhöchster Geheimhaltung. Eine solche Tarnung aufrecht zu erhalten, ist ein echter Drahtseilakt. Mit jeder Person, die seine wahre Identität kennt, steigt das Risiko, dass er auffliegt. Ich kann mir nicht leisten, ihn zu verlieren.«

»Das haben Sie bereits«, sagte Gardner.

Die Pause dehnte sich beinahe endlos wie ein Gummiband.

»Das Treffen war ein kolossales Desaster«, fuhr Gardner fort. »Valon ist tot. John ebenfalls. Die Italiener haben versucht, sich den ganzen Deal unter den Nagel zu reißen. Das Kokain und das Geld. Aber kaum, dass sie ihren Zug machen wollten, wischten die Russen bereits mit ihnen den Boden auf. Niemand kam davon.«

Eine weitere Pause.

»Sie meinen ...«

»Niemand«, antwortete Gardner ungerührt. »Sie haben die Italiener umgebracht, und dann haben sie sich Bald und Valon vorgeknöpft. Die sind alle mausetot.«

Land murmelte etwas, das von statischem Rauschen kaum zu unterscheiden war. Drei Sekunden Stille, dann hatte er sich wieder gefasst.

»Was ist mit dem Kokain? Und dem Geld?«

»Die Russen haben beides an sich genommen. Aber Valon sagte, dass es gar nicht um Geld ging, sondern dass die Russen etwas anderes gegen die Drogen eintauschen wollten.«

»Und das wäre ...?«

Die Verbindung verschlechterte sich. Lands Stimme klang verzerrt, wie ein schlecht eingestellter Radiosender. Und dann war die Leitung tot. Gardner versuchte ihn zurückzurufen, bekam aber kein Netz. Er sah wieder auf die Uhr. Eins-siebenundvierzig.

Jetzt! Tu es, oder stirb einfach.

Er stieg aus, mit der Glock in der Hand, auf der Suche nach Ärger.

Zwei Einheimische sahen ihn finster an, runzelige Männer mit Haut wie altes Sandpapier und fettigen Haaren. Eine ältere Frau trottete vorbei. Knorpelige Nase, Augen wie schmutzige Gardinen.

Im Irak und in Afghanistan hatte Gardner unzählige feindselige Blicke ertragen müssen und gelernt, dass diese Leute nur eine Sprache verstanden, und die wurde in Munitionsfabriken gelehrt. Die Männer sahen die Glock und blickten schnell in eine andere Richtung. Sonst war niemand in der Nähe, der ihm hätte gefährlich werden können.

In vierzig Metern Entfernung erspähte er den Sattelschlepper.

Der Truck stand vor dem alten Tor der Kirche. Geduckt schlich er sich an, sorgfältig darauf bedacht, keinen Lärm zu verursachen.

Auf neun Uhr bog eine Straße ab, gesäumt von ein paar leer stehenden Gebäuden auf der linken und der Ruine einer Gemeindebibliothek auf der rechten Seite. Dreißig Meter weiter die Straße hinunter bemerkte Gardner drei Autos, in Reihe geparkt. Der erste und der letzte waren Pick-ups, Toyota Hilux mit Allradantrieb, deren Ladeflächen mit schwarzem Segeltuch abgedeckt waren. Das Fahrzeug in der Mitte schien ein kugelsicherer Van mit getönten Scheiben und Doppeltüren am Heck zu sein.

Drei Männer kamen in Sichtweite. Zwei von ihnen sahen nach Wachleuten aus: hellbraune Tops, dunkelgrüne Hosen, schwarze Stiefel, die AKs eng vor die Brust geschnallt. Ihre Gesichter waren zu dunkel und zu glatt, um aus dieser gottverlassenen Gegend zu stammen. Der dritte Mann war rundlicher, älter. Sein Bart war so dicht wie eine geballte Faust.

Der Mann rief den Wachen etwas zu. Gardner versteckte sich hinter der Polizeistation. Die Wachleute hievten etwas aus dem Anhänger. Wieder schrie der Mann etwas. Für Gardner hörte es sich arabisch an. Vorsichtig, als würde es sich bei dem Gut um ein teures Möbelstück handeln, packten die Männer die Ladung an jedem Ende an und trugen sie in westlicher Richtung die Straße hinunter. Gardner folgte ihnen und duckte sich hinter einem kaputten Skoda, den man neben einem Steinhaus am östlichen Ende der Straße abgestellt hatte. Das Unkraut hatte bereits die Räder und einen Großteil der Karosse zurückerobert. Die beiden Wachmänner schwangen die Hecktüren des Vans auf und keuchten, während sie das Objekt auf dem Wagenboden abstellten.

Krachend fielen die Hecktüren zu. Der dritte Mann entfernte sich und lief die Straße weiter hinab. Die beiden Wachmänner kehrten zurück, hatten Gardner aber noch nicht bemerkt. Dann bog eine der Wachen, ein schlaksiger Teenager mit einem leichten Flaum dort, wo mal ein Schnurrbart wachsen sollte, scharf nach rechts ab, lief eine der Nebenstraßen nach Süden entlang und verschwand aus dem Sichtfeld. Der andere, ein kurzer, stämmiger Kerl mit teakfarbener Haut, war nun noch zehn Meter entfernt.

Schweiß rann Gardner den Rücken hinab.

Fünf Meter.

Er hoffte, dass der Mann einfach weiterlief und seinen Patrouillengang fortsetzte.

Gardner kauerte sich hinter den Skoda. Als der Schatten des Wachmanns erschien, hielt er den Atem an.

Die Wache war jetzt nur noch einen Meter vom Skoda entfernt.

Der Schatten hielt inne, fiel auf Gardner.

Der Wachmann wirbelte herum. Er sah Gardner. Sein Mund öffnete sich weit, um Alarm zu schlagen. Gardner sprang auf, schlang in einer fließenden Bewegung seinen Arm um den Hals des Wachmannes. Mit der rechten Hand hielt er dem Mann den Mund zu. Der Junge mit dem Bartschatten war außer Sichtweite, aber Gardner musste davon ausgehen, dass er jeden Moment zurückkehren würde. Er zog sich mit der Wache noch etwas mehr in den toten Winkel zurück und zog den Arm immer enger um dessen Hals zusammen, so lange, bis er spürte, wie die Luftröhre unter dem Druck nachgab. Der Mann strampelte mit den Füßen im Dreck und versuchte, mit rudernden Händen Gardners Gesicht zu greifen. Gardner drückte noch fester zu. Dann rann etwas Warmes, blockiges durch seine Finger. Der Mann hatte sich übergeben.

Gardner ließ nicht locker. Er hielt den Mann unnachgiebig fest und drückte immer fester zu. Nach zwei Minuten hörten die Beine auf zu strampeln. Gardner zog den Körper hinter den Skoda und fischte einen Bund Schlüssel aus dessen Taschen. Er überprüfte, ob die Luft rein war und sich keine anderen Wachposten in der Nähe befanden, dann stürmte er bis zum hinteren Hilux voran. Unter dem schwarzen Tuch schien sich eine Art Minigun zu verbergen.

Gardner spähte über den Pick-up und suchte die Straßen auf neun, sechs und ein Uhr ab. Zu seiner Linken entfernte sich ein

Wächter auf seinem Rundgang. Als er zwanzig Meter entfernt war, schoss Gardner hinter dem Hilux hervor und stürmte zu dem Van, erreichte ihn mit acht großen Schritten. Er schob den Schlüssel ins Schloss. Über dem Verschlusssystem flammte ein rotes Licht auf. Er hörte, wie sich im Inneren etwas bewegte. Dann wurde das Licht grün, und die Hecktüren schwangen auf.

Ein einzelnes Objekt stand auf dem Boden des Van. Es war einen halben Meter lang, halb so breit, und seine zylindrische Form erinnerte Gardner an ein 150-Liter-Fass. Durch die schützende Verkleidung aus grünem Flecktarn sah das Paket wie etwas aus, dass ein Soldat bequem auf dem Rücken tragen würde. Ein rechteckiger grauer Kasten war um die Mitte des Objekts herum festgeschnallt. Zwischen den losen Seilenden an der Oberseite des Objektes sah Gardner eine Batterie, ein LCD-Display und ein Eingabefeld mit Tasten. *Heilige Scheiße*, hörte er sich selbst flüstern.

Er hatte schon Bilder von so etwas gesehen. Das war ein Miniatursprengkopf, auch bekannt als Koffer- oder Rucksackbombe. Die Amerikaner hatten diese sogenannten Special Atomic Demolition Munition Systeme auf dem Höhepunkt des Kalten Krieges entwickelt, um sie an Fallschirmen über russischem Gebiet abzuwerfen, falls die Sowjets den Westen angriffen. Sie hatten die Sprengkraft von mehreren Kilotonnen TNT und waren mit genug radioaktivem Uran vollgestopft, um Tschernobyl dagegen wie das verdammte Disneyland aussehen zu lassen.

Scheiße, John. Was zur Hölle hattest du mit einer Rucksackbombe vor?

Etwas Kaltes berührte Gardners im Genick. Dann erkannte er, dass es von einer Laufmündung herrührte, die ihm jemand direkt an das obere Ende seiner Wirbelsäule drückte.

»Waffe fallenlassen.«

Gardner ließ die Glock aus seiner Hand gleiten.

»Da bist du ja endlich«, sagte eine Stimme. »Das ist gut. Jetzt kann ich nachholen, was ich beim ersten Mal versäumt habe.«

Gardner drehte sich nicht um. Er wusste, wer ihm die Waffe ins Genick hielt, erkannte das Holpern in der Stimme, den unverkennbaren Akzent.

Shai Golan.

Kapitel 61

14:18 Uhr

»Ich wusste, dass du kommen würdest«, sagte Golan und stieß Gardner mit der Mündung seiner Pistole an.

»Lass mich raten. Du bist nicht nur ein elender Mistkerl, sondern auch Hellseher.«

»Instinkt«, antwortete Golan, der Gardners Stichelei ignorierte. »Ein Mann wie du kann dem Hauptgewinn einfach nicht widerstehen. Hier entlang.« Er deutete mit dem Kopf zur Kirche.

Das Gotteshaus war verlassen, und nur wenig kündigte noch von dessen früherer Pracht. Auf den Kirchenbänken lag der Staub von Jahrzehnten, der Altar war leer, und durch die Löcher in den Buntglasfenstern fiel milchig-trübes Licht.

»Bald ist tot«, hallte Gardners Stimme durch den Kirchensaal.

»Ich weiß.«

Golan war hinter ihm, aber Gardner konnte förmlich spüren, wie sich die Finger des Israelis um den Abzug spannten. Er stellte sich vor, wie das Gas in die Kammer strömte und das Hohlmantelgeschoss aus der Mündung und in seinen Schädel trieb.

»Jetzt, wo du die Bombe gesehen hast, werde ich dich umbringen müssen«, sagte Golan.

»Du kannst mich nicht umbringen«, antwortete Gardner. Es schien, als würde sich die Mündung der Waffe bis in sein Gehirn bohren.

»Nenn mir nur einen guten Grund.«

»In diesem Moment sind allein in diesem Gebiet ein Dutzend andere MI6-Agenten im Einsatz. In Belgrad dann noch weitere. Wenn du mich umlegst, werden sie dich wie einen Hund jagen.«

Golan antwortete nicht.

Er glaubt mir, dachte Gardner. *Ich hab etwas Zeit erkauft …*

Eine Schockwelle aus Schmerz schoss durch seinen Kopf, als Golan ihm den Pistolenknauf über seinen Schädel zog. Gardner fiel auf die Knie, ein schrilles Kreischen im Kopf.

»Verfluchter Hurensohn.«

»Hoch mit dir«, sagte Golan. »Da lang.«

Gardner stand auf. Sein Haar fühlte sich klebrig an. Er stolperte in einen schummrigen, kleinen Raum hinter dem Altar. Der Raum war spärlich eingerichtet: links ein hölzerner Tisch, ein zugemauerter Kamin mit einer kleinen Statue der Jungfrau Maria auf dem Kaminsims an der Wand gegenüber. In der Mitte des Raums stand ein Holzstuhl, davor lag ein Fallschirmseil.

Gardner wollte etwas sagen, spürte aber einen Tritt ins Kreuz. Golan packte ihn an den Armen, zog seinen erschöpften Körper auf den Stuhl, dann band er ihm die Arme hinter dem Rücken mit dem Nylonseil zusammen. Danach stellte er sich vor Gardner und putzte die Gläser seiner Brille mit dem Hemdsärmel.

»Diese beschissenen Idioten vom MI6.« Er spuckte die letzten Worte angewidert aus. »Wissen die auch von der Atombombe? Oder arbeitet deren sogenannter Geheimdienst so unzuverlässig wie immer?«

»Du wusstest von der Bombe?« Gardners Mund war staubtrocken.

»Natürlich. Vom ersten Tag an.«

Gardners Brustkorb zog sich zusammen. Golan ging zu dem Tisch, und Gardners Kopf fühlte sich auf einmal sehr schwer an. Auf dem Tisch konnte er ein paar Werkzeuge liegen sehen. Schraubenzieher, Hammer, Skalpelle, Eispickel, Krokodilklemmen. Golan untersuchte sie genau.

»Du bist völlig verrückt geworden«, sagte Gardner.

»Verrückt würde unvernünftig bedeuten«, antwortete Golan. »Dabei bin ich sogar sehr vernünftig.«

Er entschied sich für das Skalpell und hob prüfend die scharfe Klinge ins harte Licht.

»Also, wieso fangen wir nicht damit an, dass du mir erzählst, wo sich diese anderen Agenten gerade befinden?«

»Fick dich.«

»Wenn du wüsstest, für wen ich arbeite, würdest du so etwas nicht zu mir sagen.«

»Es ist zumindest nicht der Mossad.«

»Ich arbeite für eine Spezialeinheit des Mossad, die selbst für den Rest der Organisation geheim ist. Unser Codename lautet Shiloh. Wir beziehen unsere Leute aus dem Forschungsumfeld des Mossad. Nur die besten Männer und Frauen werden rekrutiert. Sie müssen den Willen haben, die Feinde Israels zu töten, zu vergiften, zu verstümmeln und zu terrorisieren. Niemand weiß etwas von unseren Aktivitäten.« Er lachte lauthals auf. »Ganz besonders nicht der MI6.«

Seine langen Hände blieben auf den Krokodilklemmen liegen. Gardner drehte sich der Magen um.

»Shiloh bekam Wind von dem Plan deines Freundes, Kokain mit den Russen gegen eine leicht tragbare Nuklearwaffe zu tauschen. Manche nennen das eine Kofferbombe. Ausgehend von Berichten von Ex-KGB-Leitern sind Hunderte solcher Bomben in Russland verloren gegangen. Manche in alten Depots, andere auf dem Schwarzmarkt. Ihr Freund John wollte die Waffe mit stattlichem Gewinn weiterverkaufen.« Golan machte eine kurze Pause. »An Mahmoud Reza.«

Gardner fiel der dritte Mann bei dem Konvoi ein. Eine Erinnerung trieb ihm das Blut in den Kopf. *Das war Reza gewesen, der vogelfreie iranische General!*

Golan fuhr fort. »In den Medien wurde berichtet, dass er getötet wurde. In Afghanistan, wie es hieß. Das sind solche Narren. Die Amerikaner haben einen Doppelgänger getötet. Reza ist am Leben und bei bester Gesundheit, und während wir hier miteinander plaudern, bereitet er den Konvoi auf seine Reise vor. Mit den besten Wünschen des iranischen Staates.«

»Ihr haltet still und lasst eine Atombombe in die Hände eures größten Feindes fallen?«

»Verrückt, oder? Aber nur auf den ersten Blick. Wir von Shiloh sehen die Dinge in einem größeren Zusammenhang. Wie kann man die Handlungen des Feindes zum eigenen Vorteil nutzen? Die meisten Leute würden alles daran setzen, dass dieser Handel niemals stattfindet. Wir sind aber nicht wie die meisten Leute.«

Golan trug die Krokodilklemmen und ein Stromaggregat zu Gardner. Er schloss die Klemmen an dem Generator an und legte einen Schalter um.

»Nenn mir einen Namen«, sagte er. »Fangen wir damit an. Ein Name, und dann lass ich es langsam angehen. Versprochen.«

Gardner schluckte seine Angst hinunter. Sie schmeckte widerlich.

»Du kannst mich mal.«

Gleich wird es wehtun, sagte er zu sich selbst. *Du solltest dir einen Fluchtplan überlegen, und zwar so schnell wie möglich.*

Golan zuckte mit den Achseln, so als hätte er von seinem Gegenüber nichts anderes erwartet.

»Wieso lasst ihr zu, dass die Windelköpfe die Bombe in ihre schmierigen Finger kriegen?«, fragte Gardner.

»Die Iraner feiern sich, weil sie über ein nukleares Kraftwerk verfügen«, sagte Golan. »In Wahrheit aber taugt das Werk in Bushehr nichts. Die Technologie ist veraltet, das Uran kaum angereichert, die Einzelteile stammen von den Russen, die ihrerseits unzuverlässig sind. Wenn die Regierung Israels das Werk als Bedrohung ansehen würde, hätte sie es längst bombardiert. So wie wir es in Syrien getan haben.«

Golan knipste die Klemmen an Gardners Brust fest. Gardner bereitete seinen Körper auf den Schmerz vor. Er atmete tief ein und versuchte, seine roten Blutkörperchen mit so viel Sauerstoff wie möglich zu versorgen. Er spürte, wie sich die kalten Zähne der Klemmen in das Fleisch über seinen Brustmuskeln bohrten.

»Am wichtigsten ist jedoch, dass die Iraner ihr Programm zur Anreicherung nicht weiter verfolgen. Damit das passiert, braucht es mehr als ein paar Sanktionen und tadelnde Worte von eurem Premierminister und den Vereinigten Staaten. Wir brauchen eine Katastrophe.«

Gardner wand sich auf seinem Stuhl. Die Luft im Raum war drückend warm. Öliger Schweiß rann ihm zum Kinn hinab und tropfte wie aus einem Wasserhahn in seinen Schoß. *Du solltest langsam mit einem Plan um die Ecke kommen, Soldat. Denn Golan ist in Mordsstimmung.*

»Du meinst … ein Unfall?«

Golan schnaubte. »So wie es aussieht, kannst DU hellsehen, mein Freund.«

Er hielt den Drehregler in der Hand und ließ seine Finger über das Ziffernblatt gleiten.

»Wenn man die Iraner dabei ertappen würde, wie sie versuchen, eine Nuklearwaffe mit einem sehr viel höheren Uran-Anteil zu erwerben, und es einen tragischen Unfall geben würde … sagen wir, in Istanbul … nun, das würde die Welt wachrütteln und zum Handeln zwingen. Auf internationalen Druck der UN und der NATO würde dem Iran keine andere Wahl mehr bleiben. Russland müsste Bushehr abbauen, und ein Totalverbot für nukleares Material an den Iran würde sehr bald folgen. Damit wäre ihre Möglichkeit, Nuklearwaffen herzustellen, für immer zunichtegemacht.«

»Also wolltest du die Bombe bis nach Istanbul transportieren lassen …?«

»Und dann explodieren lassen? Ja.«

»Aber dafür bräuchtest du den Timer, die Codes …«

»Die wir uns von den Russen beschafft haben.«

Gardners Schädel pochte. Er spürte, wie sich Flüssigkeit aus seinem Gehirn zurückzog. Sein Kopf war voller Lärm. Fragen, Zorn,

Ablehnung. Er schloss die Augen und versuchte, das Chaos auszublenden.

»Wieso sollte Bald so etwas tun?«, fragte Gardner. »Wir hatten während des Irak-Krieges Einsätze im Iran. Und auf einmal macht er Geschäfte mit denen?«

»Deinen Freund interessierte nur der Profit, sonst nichts. Einhundert Millionen Dollar«, sagte Golan. Gardners Herz setzte für einen Moment aus. »Deshalb haben die 'Ndrangheta versucht, den Deal an sich zu reißen. Sie wussten, was Bald von Mahmoud Reza bekommen hatte. Es ist schwer, einer solchen Summe Geld zu widerstehen, besonders für die italienische Mafia.«

»Aber warum Istanbul? Warum nicht Teheran oder irgendwo anders?«

Gardner wusste, dass er seine Folter hinauszögern konnte, je länger er Golan dazu brachte, über seinen Masterplan zu prahlen. Im Hinterkopf arbeitete er an seiner Flucht. Auf dem Tablett lagen mehrere potenzielle Waffen. *Wenn du dich aus den Fesseln befreien kannst, kannst du ihn vielleicht bekämpfen.*

»Unsere Beziehungen zur Türkei befinden sich auf einem Tiefpunkt«, sagte Golan. »Wegen des Embargos und des Umstandes, dass die türkische Regierungspartei von Pro-Islamisten geführt wird, die ganz offen damit umgehen, Ägypten aus der Führungsrolle der muslimischen Welt verdrängen zu wollen. Wir standen den Türken einmal sehr nahe. Sie waren ein beschwichtigender Partner bei unseren Verhandlungen mit den Palästinensern. Die Politik und das Embargo haben das zunichtegemacht.«

Gardner rief sich das chaotische Nachspiel von Brezovan ins Gedächtnis. »Als Bald starb, nahm die russische Mafia die Bombe an sich. Warum haben sie nicht gleich direkt mit den Iranern verhandelt, anstatt sie Bald zu einem Schnäppchenpreis zu verkaufen?«

»Die Mafia hat enge Verbindungen zur russischen Regierung. Deren hochrangige Vertreter haben ihnen geraten, nicht direkt an Reza zu verkaufen. Denn wenn man sie mit der Bombe in Verbindung brächte, würde der weltweite Aufschrei Russland zu einem erstklassigen Schurkenstaat abstempeln. Aber die Mafia konnte die Bombe auch nicht einfach am Übergabeort zurücklassen; nicht, nachdem sie alle anderen umgebracht hatten. Also hatten sie keine andere Möglichkeit, als sie hierher zu Reza zu bringen.«

Das ist verrückt, dachte Gardner. *Ich muss Land warnen. Bevor es zu spät ist.*

»Wissen die von dem Plan, die Bombe hochgehen zu lassen?«

Golan schüttelte den Kopf.

»Das ist ein Geheimnis. Zumindest bis heute Abend acht Uhr auf der Bosporus-Brücke, wenn sich die ganze Welt den nuklearen Schrecken mit eigenen Augen ansehen kann.«

Er kam zurück und blieb vier Meter vor Gardner stehen.

»Also«, sagte er, »das ist deine letzte Chance. Wo sind die anderen Agenten?«

Mit einem Ruck drehte Golan den Spannungsregler in seiner rechten Hand im Uhrzeigersinn. Noch nie zuvor hatte Gardner solche Schmerzen verspürt. Es fühlte sich an, als würden seine Knochen aus seinem Körper brechen wollen. Die Schmerzen begannen auf der Haut, und brannten sich wie ätzende Säure nach innen. Der erste Stromstoß war noch vergleichsweise schwach. Der zweite fuhr ihm in den Magen, wie Nadelstiche. Dann hörte das Zucken abrupt auf. Sein Magen war gut vernäht.

»Ich bewundere den Erfindungsreichtum der Amerikaner«, sagte Golan. »Sie haben Hinrichtungen zu einer Kunstform erhoben. Den elektrischen Stuhl mag ich besonders. Was für eine lange und schmerzhafte Art, zu sterben. Man sagt, es dauert durchschnittlich fünf Minuten, bis das Opfer stirbt. Manchmal heizt die Stromstärke den Körper so sehr auf, dass die Augäpfel schmelzen.«

»Leck mich«, wollte Gardner sagen, aber sein Kiefer, der schlaff und wie an Fäden herunterhing, versagte den Dienst.

Es folgte eine dritte Entladung, stärker als die letzte. Wie eine Säge, die sich durch Metall arbeitet, kreischte sie durch seinen Körper. Die Haare auf seinen Armen und auf seiner Brust fingen Feuer. Der Geruch war bitter. Es war, als würde man ihm bei lebendigem Leib die Haut abziehen.

»Was meinst du?«, fragte Golan. »Wie lange wird es dauern, bis du stirbst?«

Gegen den Schmerz anzukämpfen war hoffnungslos. Beim Training im Regiment hatte es Foltersimulationen gegeben, aber auf Schmerzen wie diese war er nicht vorbereitet. Der analytische Teil seines Verstands sagte ihm, dass Golan ein irres Schwein war. Dass er es genoss, dabei zuzusehen, wie sich Gardner vor Schmerzen wand. Aber zwischen den Stromstößen gab es die Pausen. *Die könntest du nutzen, um …*

Die vierte Welle. Der Schmerz prallte von innen gegen seine Haut. Nadeln stachen in seine Knochen. Er presste die Zähne zusammen.

»Komm schon. Schenk mir ein Schreien. Das muss doch wehtun!«

Ein Geruch stieg Gardner in die Nase. Verbranntes Latex. Er fragte sich, was das nun wieder sein sollte. Dann begriff er, dass das seine Chance war.

Meine künstliche Hand. Sie lockert sich.

Er sah zu Golan auf. Der Israeli hatte noch nichts bemerkt. Gardner hob die Schultern. Die Verbindung zwischen seinem Unterarmstumpf und der Prothese schmolz. Etwa die Hälfte seines Unterarms hatte sich bereits gelöst. Er rüttelte mit seinem Ellbogen. Golan war dabei, die fünfte Ladung vorzubereiten.

Die nächste Ladung ist der Killer, dachte Gardner. *Noch so ein Ding, und es gibt kein Zurück.*

Er spürte ein Knacken, und hörte, wie seine Hand dumpf auf den Boden fiel.

Er war frei.

Kapitel 62

15:03 Uhr

Gardner reagierte schnell und unnachgiebig. Aus seiner ersten Auseinandersetzung mit Golan hatte er seine Lektion gelernt. Der Israeli war ein Experte in Krav Maga. Und die einzige Möglichkeit, es mit jemanden aufzunehmen, der die schmutzigste und effektivste Kampfsportart der Welt beherrschte, war, ihn mit seinen eigenen Waffen zu schlagen.

Er zog den linken Oberschenkel an, bis sein Knie in Golans Hoden krachte. Keuchend hielt sich der Israeli die Hände vor die Eier. Gardner nutzte dessen stümperhafte Deckung für einen Handballenschlag gegen seinen Nasenrücken. Seine flache Hand zertrümmerte Golans Brillengestell und die Gläser, und Golan schrie, als sich einige Plastiksplitter in seine Augenwinkel bohrten.

Gardner hatte mit nur einer funktionierten Hand keine Chance gegen Golan, wenn dieser dazu käme, Schläge auszuteilen. Seine Muskeln waren noch gelähmt, frittiert, und scheinbar endlos gedehnt. Aber der Geschmack der Freiheit und die erste gewonnene Runde gegen Golan gaben ihm neuen Antrieb und trieben frische Energie durch seine Adern.

Gardner trat Golan in die Knie. Dann ließ er den rechten Fuß erneut wie einen Hammer auf Golans linken Fuß herabsausen. Der Israeli schwankte. Gardner stieß ihm zwei Finger in die Augen, hieb ihm den Ellbogen gegen das Ohr und ließ seinen Kopf gegen sein linkes Knie prallen.

Golans Beine knickten ein, er fiel zu Boden. Gardner verpasste Golans Körper noch eine Reihe von Tritten; gegen seine Beine, seinen Rücken, in sein Gesicht und gegen seine Arme.

Dann rührte sich Golan nicht mehr. Gardner sah einen Pistolengriff aus Golans Hosenbund ragen. Er zog die Waffe heraus. Eine Sig Sauer P228. Der rostfreie Stahl in seiner Hand fühlte sich großartig an. Er versuchte, wieder zu Atem zu kommen, und drückte die Mündung der Waffe gegen Golans betäubten Kopf.

»Ich weiß, wo Aimée ist«, sagte Golan.

Gardner spürte, wie etwas in seiner Brust Feuer fing. »Schluss mit deinen Spielchen, Kumpel.«

»Ich weiß es, weil … Shiloh Sotov auf Schritt und Tritt überwachen lässt.«

»Bullshit.«

»Es stimmt. Israel hat viele Freunde in Russland. Wir haben unsere Männer bei ihm eingeschleust. Denis Popov, er … er arbeitet als Sotovs Chauffeur. Er ist derjenige, der uns ursprünglich auf den Deal mit der Bombe aufmerksam gemacht hat.«

»Wo steckt Sotov jetzt?«

Golan schüttelte den Kopf und lachte schwach. »So funktioniert das nicht. Wenn ich es dir sage, bringst du mich um.«

Gardner senkte die Sig.

»Was willst du?«

Golan umklammerte seine schmerzenden Testikel. »Immunität. Und freies Geleit nach Tel Aviv – heute Nacht.«

»Das kannst du vergessen. Die Firma wird sich niemals auf deine Forderungen einlassen.«

»Die Uhr tickt, mein Freund. Der Konvoi ist bereits unterwegs. Du kannst draußen nachsehen, wenn du mir nicht glaubst. Wenn du die Bombe aufhalten willst, wirst du das Spiel nach meinen Regeln spielen müssen.«

Gardner schob Golan auf die Seite und wählte Lands Nummer auf seinem Mobiltelefon. Es klingelte, einmal, zweimal, dreimal. *Geh ran, geh ran!* Land hob nach dem fünften Klingeln ab. Er klang außer Atem.

»Wo sind Sie? Haben Sie die Bombe gefunden.«

»Ja …«

»Gute Arbeit, mein Bester. Ich sehe da noch eine echte Zukunft für Sie …«

»Der Konvoi hat den Ort soeben verlassen.«

Land schwieg.

»Er ist auf dem Weg zur Bosporusbrücke in Istanbul«, sagte Gardner, bevor eine Flut an Beschimpfungen durch die Leitung auf ihn einprasselte.

Er hörte einen Knall und sah im Geiste, wie Land auf den Tisch schlug. Für ein paar Sekunden war die Leitung tot. Dann sagte Land: »Okay. Wir tun jetzt Folgendes: Ich alarmiere die Türken. Sie sollen eine Straßensperre auf der Brücke errichten. Ein Black Hawk wird Sie nach Istanbul bringen.«

»Vergessen Sie's«, antwortete Gardner. »Schicken Sie ein paar Spezialisten, die die Bombe entschärfen sollen.«

»Das klappt nicht. Wir müssten entsprechende Ingenieure ausfindig machen, von ihrem jetzigen Einsatz zurückrufen, die Einzelheiten besprechen, sie zur Bombe bringen … dafür fehlt uns die Zeit. Sie hingegen sind mit einem Hubschrauber in ein paar Stunden vor Ort. Außerdem …«, Gardner hörte das Rascheln von Dokumenten, »… haben Sie Erfahrung mit Sprengstoffen.«

Die Radiostation in Belgrad. Die Schatten und die Leichen.

»Laut Golan soll die Kofferbombe um acht Uhr heute Abend detonieren, richtig? Damit bleiben uns etwa vier Stunden, um Sie dorthin zu verfrachten und die Bombe zu deaktivieren. Sie sind der beste Mann für den Job, Joe.«

»Was passiert mit Aimée. Sie hat es nicht verdient, zu sterben.«

»Wird sie nicht. Sobald Golan seinen Informanten anruft, wird man ihrer Hinrichtung Aufschub gewähren.«

Gardner seufzte. Mit jeder Minute, die verging, formten sich neue Arten des Schmerzes in seinem Brustkorb. Noch dieser eine Schritt. Dann ist es vorbei.

Endgültig vorbei.

»Sehen Sie einfach zu, dass Sie Aimée so weit wie möglich von den verfluchten Russen wegkriegen.«

»Sie kümmern sich um Ihren Job, alter Freund, und ich kümmere mich um meinen«, antwortete Land und legte auf.

»Ok«, wandte sich Gardner an Golan. »Du kriegst deinen sicheren Abzug. Aber zuerst gibst du uns Sotovs Aufenthaltsort.«

»Woher weiß ich, dass du keinen Rückzieher machst, wenn du sie gefunden hast?«

»Wenn Aimée dort ist, wo du sagst, schicken wir dich nach Hause. Du hast mein Wort.«

Golan dachte für eine Weile angestrengt darüber nach.

»Okay«, sagte er schließlich. »Wir sind im Geschäft.«

Bei den Worten stach es in Gardners Bauch. Die Benommenheit kehrte zurück.

»Beweg dich«, wies er Golan an.

Sie durchquerten den Gang und verließen die Kirche. Die Sonne hatte sich verzogen, an ihrer Stelle hing wieder ein undurchdringlicher grauer Vorhang, aus dem unablässiger Regen fiel. Die Regentropfen platschten in die Pfützen der holperigen Straße. Gardner genoss den kühlen, erfrischenden Regen auf seinem Kopf. Er ließ Golan vorangehen, sie liefen um das Kirchengebäude herum.

Der Regen spülte feuchte Hitze in Gardners Mund. Er schmeckte Salz auf seiner Zunge und spürte, wie sich die Nähte in seinem Bauch zu lösen begannen. In den letzten sieben Tagen hatte er seinem Körper eine Menge abverlangt. Seine Batterien waren so gut wie aufgebraucht.

Urplötzlich blieb er stehen.

Der Himmel verdunkelte sich. Die stahlgrauen Wolken schienen im Takt der schweren Motoren mitzuschwingen. Gardner sah in die Ferne. Eine Flotte aus acht UH-60 Black Hawks erschien am Horizont. Über den Rümpfen der Hubschrauber flimmerten die jeweils vier Hauptrotoren. Aus der Ferne muteten sie wie die Silhouetten von Vögeln an. Das Dröhnen wurde lauter, die Black

Hawks kamen näher und näher, bis sie schließlich die Sicht auf die Wolken nahmen. Zwei von ihnen schwebten zu einem brachliegenden Feld südlich der Kirche, welches früher wahrscheinlich einmal zu einem der Bauernhöfe gehörte. Als die beiden Helikopter zur Landung ansetzten, wehten Wellen wie auf See durch das wilde Gras.

Die Chopper setzten auf. Sofort sprangen Soldaten aus beiden Black Hawks. Sechs Männer stürmten auf Golan zu und zogen ihn zu dem rechten Hubschrauber. *Den Mistkerl hast du zum letzten Mal gesehen*, dachte Gardner.

Zwei Männer aus dem anderen Black Hawk traten auf Gardner zu. Der Erste von beiden hielt Gardner die Hand hin. Gardner kannte den Mann nicht, aber seine kalten, grimmigen Gesichtszüge verrieten ihm, dass er wohl mehr als einmal den Pen y Fan erklommen hatte.

»Es geht los«, sagte der Mann. Er hatte einen breiten Birminghamer Akzent, eine knollige Nase, braune Augen und Blumenkohlohren. Gardner und die beiden Männer erreichten den Black Hawk, kletterten hinein und schnallten sich jeder an einem der Sitze an. Der zweite Mann saß Gardner gegenüber. Gardner musterte ihn. Er war hager, mit einem krausen schwarzen Bart, der sein Kinn verzierte. Die harten Furchen in seinem Gesicht waren die eines Mannes, der ein raues Leben führte. Er war nicht übermäßig muskulös, aber trainiert. Gardner bemerkte das CAR-15 Colt Commando Sturmgewehr zwischen seinen Beinen und die Benelli Schrotflinte sowie die beiden 5.56x45mm NATO-Munitionsmagazine auf dem leeren Sitz neben ihm.

»Ich heiße Weston«, sagte der Brummie, wie man scherzhaft Leute aus Birmingham und Umgebung nannte, als der Black Hawk startete. Der Flug war holperig und Gardners Innereien rebellierten.

»Das ist Dooley«, sagte der Pilot und nickte in Richtung des bärtigen Typen.

»Gardner. Ihr seid vom Regiment?«

»Dreiundzwanzigste SAS, G-Squadron«, antwortete Dooley. Wegen der dröhnenden Rotorblätter musste er brüllen, um gehört zu werden. »Ich hörte, Sie waren mal ein Blade?«

»Vor zwei Jahren entlassen.«

Dooley musterte den Stumpf, wo sich Gardners Handprothese befinden sollte.

»Verdammtes Pech, Kumpel«, sagte er in einem Cockney-Akzent. Er grinste und offenbarte die schlechtesten Zähne Englands. Die meisten seiner Kameraden hatten grauenvolle Beißer gehabt – ein Preis, den man zahlte, wenn man monatelang im Einsatz war, bei notdürftigster Hygiene. »Aber jetzt sind Sie wieder an vorderster Front dabei.«

Gardners Herz schlug wie wild. Er spürte, wie die Anspannung in ihm wuchs, während sein Körper ihn mit einer Überdosis Adrenalin versorgte.

»Haben sich einen schlechten Tag dafür rausgesucht.«

Verdammt richtig, dachte Gardner, behielt den Gedanken aber für sich.

Sie flogen nach Istanbul.

Kapitel 63

19:30 Uhr

Wie ein Leuchtstab hing die Bosporusbrücke über dem Meer. Auf europäischer Seite drängten sich die Hochhäuser des Levent-Finanzzentrums zusammen. Wie glatte, nassglänzende Kieselsteine blickten sie auf die andere Seite der Brücke hinab. Die asiatische Seite hingegen war ein Flickenteppich aus heruntergekommenen Moscheen, ärmlichen Behausungen und holprigen Straßen.

Die Größe der Stadt verschlug Gardner den Atem. Sie schien sich bis weit hinter den Horizont auszudehnen.

Keine Zeit, die Aussicht zu genießen. Er ließ seine rechte Hand über seine neue künstliche Hand an seinem linken Arm gleiten. Ein Sanitäter an Bord hatte Gardner zusammengeflickt und ihn mit einer provisorischen Prothese ausgestattet. Allerdings verfügte sie nicht über die Nervensensoren und die Kontrolle seiner alten Hand. Im Prinzip war sie nicht viel mehr als ein schick aussehender Knüppel.

In einer Höhe von achttausend Metern und bei einer Fluggeschwindigkeit von 150 Knoten, umgerechnet etwa 280 km/h, hatten die Black Hawks etwas mehr als zweieinhalb Stunden für die 650 Kilometer bis Istanbul benötigt.

Um sieben-vierunddreißig seilte sich Gardner als erster aus dem Black Hawk ab; an einem Marlow-Seil, dessen Abseilgerät in Form einer Acht seinen Fall bremste. Schnelles Abseilen war nicht möglich, zumindest nicht, solange er so gut wie einhändig war. Er würde mit voller Wucht aufschlagen und sich die Beine brechen.

Sein Magen zog sich beim Fall zusammen. Vor vierundzwanzig Stunden war sein T-Shirt mit V-Ausschnitt noch blütenweiß gewesen. Jetzt war es verdreckt, mit schwarzen und braunroten Flecken. Es rieb gegen seine Brust.

Er sprang über Camlica Hill ab, dem höchsten Punkt Istanbuls, und landete auf dem mit einigen Fußwegen überzogenen kurz geschorenen Rasen, gesäumt von Tulpenbeeten und Pinienwäldchen. Die vereinzelten Teegärten und Restaurants waren menschenleer – die Armee hatte das Gelände räumen lassen, um eine brauchbare Landezone gewährleisten zu können. Der Hügel lag 250 Meter über dem Meeresspiegel und gewährte Gardner einen ausgezeichneten Ausblick auf die Bosporusbrücke in der Ferne.

Dooley und Weston kamen als Nächste neben ihm auf. Der Black Hawk drehte in Richtung der Skyline ab. Ein Mann kam auf Gardner zu. Den Farben seiner türkischen Armeeuniform nach zu urteilen, war er ein Unteroffizier. Eng zusammenstehende schwarze Augen, bleiche Lippen, bronzefarbene Haut. Gardner konnte sich nicht entscheiden, welche Teile von ihm mediterraner Herkunft waren und welche direkt aus Dschingis Khans Stammbaum stammten.

»Colonel Deniz Sahin, Ozel Jandarma Kommando«, sagte der Colonel und bezog sich damit auf die türkische Spezialeinheit. Die Hand gab er ihm nicht. »Ihr seid die Briten, die die Bombe aufhalten sollen?«

»So was in der Art«, antwortete Gardner. Er hatte den Eindruck, dass Colonel Sahin nicht sonderlich begeistert von der Idee war, dass ein paar Fremde hier seinen Tag retten sollten.

»Machen Sie Ihre Arbeit, Engländer. Und dann verschwindet aus meinem Land.«

Sahin winkte Gardner, Dooley und Weston zu einem wartenden Army-Jeep.

»Steigen Sie ein«, sagte Sahin. »Der Konvoi hat die Brücke fast erreicht. Meine Männer haben einen Hinterhalt eingerichtet. Wir kümmern uns um die Iraner. Wenn der Feind vernichtet ist, geben wir Ihnen ein Zeichen, Sie kommen hinzu und entschärfen die

Bombe.« Sahin sah die drei Männer durchdringend an. »Sie werden sich nicht an dem Gefecht beteiligen, es sei denn, ich gebe Ihnen die ausdrückliche Genehmigung dazu.«

»Verstanden«, sagte Weston.

Soll mir recht sein, dachte Gardner. Sahin hatte hier das Sagen. Das war sein Reich. Er selbst hätte sich nicht anders verhalten, wenn eine Gruppe türkischer Operators während einer Krise in London aufgetaucht wäre.

Weston und Dooley stiegen hinten ein. Gardner nahm auf dem Beifahrersitz des Jeeps neben Sahin Platz. Zusammen rasten sie den Camlica Hill hinunter und schlingerten durch den chaotischen Verkehr, der die Nebenstraßen mit der vierspurigen O-1-Autobahn verband, die über die Brücke führte und auf der asiatischen Seite der Stadt weiter verlief.

Ein Ruck ging durch den Jeep, als Sahin einem Motorradfahrer die Vorfahrt nahm. Vor ihnen türmte sich die Bosporusbrücke auf, deren riesige Stahlseile den Fluss überspannten. Auf der Brücke hatte sich der Verkehr gestaut, und an jedem anderen Tag hätte Gardner angehalten, um die eindrucksvollen Türme zu bewundern, die in regelmäßigen Abständen auf der gesamten Länge von fünfzehnhundert Metern in leuchtenden Violett-, Grün- oder Rottönen erstrahlten.

»Wir haben die Computer der Mautstellen abgeschaltet«, erklärte Sahin. »Damit keiner mehr hindurchkommt.«

Gardner erspähte den Van auf der äußeren Spur, hundert Meter vor der Brücke. Jeweils direkt davor und dahinter zwei identische Toyota Hilux. Der Konvoi aus Drobny.

»Unser Einsatzkommando ist bereit«, sagte Sahin.

Mehr Worte brauchte es nicht. Harte Männer machten sich bereit, einen harten Job zu erledigen. Für entspannte Gespräche beim Abendessen war da keine Zeit.

Die Uhr im Armaturenbrett zeigte 19:45 Uhr an. Wenig später trat Sahin auf die Bremse und brachte den Jeep fünfzig Meter vor dem Konvoi zum Stehen. Die Straße war schlimmer verstopft als die Arterien eines Rauchers. Näher kamen sie nicht heran.

»Wartet auf das Signal«, sagte Sahin.

Gardner hielt den Atem an. Seine rechte Hand zitterte.

Sieben-achtundvierzig.

Ein Schuss fiel. Ein Reifen platzte.

»Das ist es!«

Mit Ertönen des Signals stürzte Sahin mit einem M16 Sturmgewehr in der Hand aus dem Wagen. Vor ihnen schwangen die Türen eines LKW auf, den sechzig Meter bis zum ersten Toyota Hilux trennten, und Dutzende von türkischen Soldaten und Kampfhunden drängten heraus. Weitere sprangen aus umstehenden Autos und Transportern. Zusammen mussten es um die hundert Soldaten sein. *Genug, um einen verdammten Krieg anzuzetteln,* dachte Gardner, der das Treiben beobachtete.

Sahin war fünfundzwanzig Meter von dem Konvoi entfernt, als der Schütze in dem vordersten Hilux das Feuer erwiderte. Der NCO ging zu Boden, um ihn herum schlugen Kugeln im Asphalt ein. Weitere Schüsse fielen. Das elektrische *Ka-Rack* aus Scharfschützengewehren erfüllte die Luft. Gardner zählte sechzehn türkische Scharfschützen, die auf den Dächern der angrenzenden Appartementhäuser in Stellung gegangen waren. Von dort feuerten sie, was die Waffen hergaben. Kugeln durchsiebten den Hilux. Über Lautsprecher wies ein Soldat die Zivilisten an, in ihren Wagen zu bleiben, aber die meisten hörten nicht auf ihn und suchten das Weite. *Anfängerfehler*, dachte Gardner. Sie hätten die Straßen bereits einige Kilometer zuvor absperren sollen, in beide Richtungen, damit keine Unbeteiligten ins Kreuzfeuer gerieten.

Ein weiterer peitschender Schuss ertönte, und dieser traf ins Schwarze. Der Schütze stöhnte auf, als eine Kugel ein Loch so groß wie ein Zweicentstück in seine Kehle schlug.

Währenddessen erschienen zwei Schemen aus dem hinteren Hilux. Dreißig türkische Soldaten kämpften sich zu ihnen durch, jeweils in Zweierformationen. Abwechselnd gab einer der Soldaten Feuerschutz, während der andere sich voran bewegte. Doch angesichts des Kugelhagels, der auf sie niederprasselte, hatten die beiden Männer, die aus dem Hilux kamen, keine verdammte Chance. Die Türken schossen sie aus kürzester Entfernung nieder, aus nicht mal fünfzehn Metern. Einer der beiden Männer wurde von so vielen Schüssen durchsiebt, dass es ihm die Beine vom Rumpf abtrennte.

Mahmoud Reza stieg als letzter aus dem Van zwischen den beiden Toyotas. Er sah noch ausgemergelter aus als gewöhnlich, und in seinem Bart glänzte das Blut seiner gefallenen Kameraden. Er umklammerte eine Uzi, feuerte damit wild um sich und zwang die Soldaten, hinter dem letzten Hilux in Deckung zu gehen. Ein Querschläger traf eine Frau mittleren Alters in einem weißen Anzug, als sie gerade aus ihrem Ford Focus flüchten wollte. Die arme Frau starb ohne jeden Laut. Brach einfach auf der Straße zusammen. Ihr rechtes Bein zitterte noch kurz, dann erstarben die Bewegungen.

Reza floh, hielt auf die Brücke zu. Sahin schoss dem Mann vier Kugeln in den Rücken. Reza brach zusammen. Die Kommando-Schutztruppe, bestehend aus dreißig Mann in feuerfester Kampfausrüstung, umstellte Reza. Zehn oder mehr Kampfhunde zerrten knurrend an ihren Leinen.

Sahin wies Gardner und seine Männer an, sich zu beeilen.

Gardner stieg aus dem Jeep und lief zu dem Transporter. Der Boden vor und hinter den beiden Toyotas war auf mindesten fünfundzwanzig Metern mit Patronenhülsen bedeckt. Die Fenster wiesen strahlenförmige Einschusslöcher auf, von den Reifen löste sich der Gummi. Er sah zwei tote Männer auf dem Rücksitz. Ihre Köpfe fehlten. Hirnmasse war sternförmig auf den klebrigen Asphalt gespritzt. »Verdammt gute Arbeit«, sagte er beeindruckt.

»Sie haben bekommen, was sie verdienten«, antwortete Sahin trocken.

Gardner warf einen Blick über die Schultern und sah, wie die Kampfhunde gierig Happen aus Rezas Leiche rissen.

Er drehte sich wieder zu Sahin um und sagte: »Ich dachte, ihr und die Iraner seid zur Zeit dicke befreundet?«

Sahin schüttelte den Kopf und hakte seine Daumen unter seinen Armeegürtel. »Wir vertrauen niemandem.«

Gardner spähte zu dem Van. Er hätte schwören können, dass er aus der Ferne das leise Ticken des Timers hören konnte. Seine Muskeln waren schlapp. Er biss sich auf die staubtrockene Unterlippe und versuchte, die Umgebungsgeräusche auszublenden.

»Habt ihr einen Schutzanzug dabei?«, fragte er Weston.

Dooley sprintete zu dem Jeep und kam mit einem metallisch glänzenden Level-A-Schutzanzug zurück. Er half Gardner, ihn anzulegen, und zog ihm den Handschuh über die rechte Hand, steckte ihm ein Funkgerät ins rechte Ohr und stülpte ihm den Helm über den Kopf.

»Werkzeugkiste?« Gardners Atem ließ das Visier beschlagen.

Dooley reichte ihm eine metallene Kiste. Gardner packte den Tragegriff.

»Viel Glück«, sagte Dooley.

Gardner drehte sich um und machte sich auf den Weg zum Van. Der Anzug schränkte seine Bewegungen ein, und nach vierzig Metern schwitzte er so stark, dass ihm der Schweiß von der Stirn und in die Augen lief. Die Hitze und das unangenehme Gefühl schienen das sägende Gefühl in seinem Schädel noch zu verstärken.

Du hast nur einen Versuch. Wenn du Mist baust, ist Istanbul nur noch Schutt und Asche.

Er versuchte, nicht darüber nachzudenken, was passieren würde, wenn die Bombe hochging. Die erste Explosion würde herkömmlicher Art sein. Die würde ihn rösten, zu Staub verwandeln. Diese Explosion wiederum würde einen Neutronenzünder aktivieren, eine kleine Scheibe mit hoch radioaktivem Material, das weitreichenden Schaden anrichten und zwischen dreißig- und fünfzigtausend Todesopfer fordern würde. Und das wäre dann das Ende. Eine nukleare Wolke würde sich über der Fallout-Zone ausbreiten und das Leben hunderttausender Menschen mit massiver hochradioaktiver Strahlung bedrohen.

Gardner hielt vor dem Van an. Er sah auf den Bosporus hinaus. Schwarzglänzend lag er da, wie der Buckel eines riesigen Wals. *Könnte das Letzte sein, was du jemals sehen wirst*, dachte er.

Statisches Rauschen ertönte in seinem Ohr.

»Joe, können Sie mich hören?«, fragte Land.

»Laut und deutlich.«

»Das ist eine Konferenzschaltung mit Steve White. Steve ist Ingenieur auf einem Trident-U-Boot, der HSM Vigilant. Er wird Sie bei der Entschärfung anleiten.«

»Mach dir keine Sorgen, Partner«, sagte White mit einem walisischen Akzent, der so stark war, dass man ihn abfüllen und als Taff Valley Wasser hätte verkaufen können. »Das wird kein Spaziergang werden, aber Leo hier sagte mir, dass du grundlegende Erfahrungen mitbringst. Ich werd dich einfach durch den interessanten Teil lotsen.«

»Mir geht's gut. Lass uns die Sache hinter uns bringen, und dann genehmigen wir uns in Hereford ein Bier. Die erste Runde geht auf mich.«

Die Türen am Van standen offen. Gardner stellte die Werkzeugkiste auf dem Innenboden ab. Er öffnete die Kiste und entnahm ihr eine Taschenlampe. Jetzt erstrahlte der Van wie eine Höhle bei Fackelschein. Gardner stützte sich mit der rechten Hand ab und stieg hinein.

Im Inneren des Transporters war die Hitze noch größer. Gardner spürte, wie ihm seine Klamotten an den Beinen und am Oberkörper klebten. Er war vollkommen durchnässt.

Wieder ging ihm ein Bild aus der Radiostation durch den Kopf. Wie das Gebäude zusammenstürzte, die Rauchwolke in den strahlend blauen Himmel quoll, wie ein Dutzend kleiner Feuer in dem Trümmerberg aus Beton und Stahl, Fliesen und Kabeln ausbrachen. So viele Tote, unter den verheerenden Auswirkungen der Explosion verborgen. Er dachte daran, dass es bei dieser Bombe ähnlich sein würde – nur millionenfach schlimmer.

»Kannst du die Oberseite des Zeitzünders sehen?«, fragte White.

»Ist direkt vor mir.«

»Was sagt der Timer?«

Gardner neigte den Kopf zur Seite. Das LCD-Display war wegen des beschlagenen Helms und des Schweißes nur verschwommen zu erkennen. »Null – Null – Drei.« Drei verfluchte Minuten.

»Okaaaay«, sagte White. Er schien mehr mit sich selbst als mit Gardner zu sprechen. »Diese Art von Bombe sollte batteriebetrieben sein. Du müsstest ein rotes oder schwarzes Kabel sehen können, das den Timer mit der Batterie an der Seite der eigentlichen Bombe verbindet.«

»Ich sehe es«, sagte Gardner. »Es ist ein roter Draht.« Das glänzende Kabel war einen halben Zentimeter breit und führte zu einem Kasten umwickelt mit Leinenstoff, der an der Rückseite der Bombe festgezurrt war.

»Du musst den Draht durchschneiden.«

Gardner suchte in der Werkzeugkiste nach einem Cutter. Den Draht hatte er sich zwischen die Zähne geklemmt.

»Allerdings …«, Whites Stimme klang gehetzt, nervös, »… bevor du den Draht kappst – diese Art von Bombe ist nicht sonderlich hoch entwickelt, aber die Sowjets haben ihre Exemplare gern mal mit einer versteckten Sprengfalle versehen.«

Fuck, dachte Gardner. Seine Hand mit dem Cutter war nur wenige Zentimeter davon entfernt, Istanbul in einen nuklearen Holocaust zu schicken.

»Ich möchte, dass du auf der Rückseite nachsiehst«, sagte White.

»Wonach soll ich Ausschau halten?«

»Nach irgendetwas unterhalb der Batterie, etwas, dass man nicht sofort erkennen würde.«

Gardner ließ seinen Blick über die Batterie schweifen. Er fühlte sich benommen. Die Hitze, die Erschöpfung, der Wassermangel –

die perfekte körperliche Verfassung. Speichel verklebte seine Mundwinkel. Er dachte an das kalte Bier in Hereford.

Gardner fand eine kleine schwarze Box, die an der Unterseite der Batterie klebte. Er beschrieb sie White, der sagte: »Okay … wie lautet die Zeit auf dem Timer, Joe?«

»Noch eine Minute.«

»Mehr als genug Zeit.« White versuchte künstlich, ruhig zu wirken. »Du musst die Sprengfalle abtrennen.«

Gardner zögerte. Er wollte nicht noch mit weiteren fiesen Offenbarungen von White überrascht werden. »Und dann?«

»Wenn der Draht durchgeschnitten ist, schaltet das automatisch den Timer kurz. Das lässt sich nicht verhindern. Wenn du die Sprengfalle kappst, bleiben dir noch etwa drei Sekunden, um den roten Draht durchzuschneiden.«

»Was meinst du mit *etwa drei Sekunden*?«

»Na ja, hängt davon ab, wie sorgfältig die Kameraden die Sprengfalle verkabelt haben.«

Dreißig Sekunden.

Gardner führte die Kabelzange an die Sprengfalle heran. Ein einzelnes graues Kabel wand sich aus dem grauen Kästchen und führte in den Timer. Der ungünstige Winkel und das schwache Licht machten es schwierig für ihn, an das Kabel heranzukommen.

Zwanzig Sekunden.

Schweiß tropfte ihm aufs Visier. Seine Sicht verschlechterte sich. Sein Herz raste und seine Hand zitterte. Die Kneifzange fiel ihm herunter. »Scheiße!«

»Was ist los?«

Gardner tastete auf dem dunklen Boden nach der Zange. Seine Hand berührte etwas Klobiges. Er hatte sie gefunden, richtete sich wieder auf – und konnte kaum noch etwas sehen. Sein Helm war von innen komplett beschlagen und die Sprengfalle vor ihm nicht viel mehr als ein verschwommener Fleck vor einem größeren grauen Fleck.

Zehn.

Seine Zange bekam etwas Hartes zu fassen. Das Kabel.

Er nahm einen tiefen Atemzug. Der Helm wurde klarer.

Gardner drückte die Griffe zusammen … und hörte ein leises Klicken, als die Schneiden den Draht durchtrennten.

Direkt darauf ertönte ein Summen, gefolgt von einem andauernden Piepen. Die Lichter der LCD-Anzeige blinkten und beleuchteten den Van. Gardner fuhr zu der Anzeige herum und suchte nach dem roten Kabel. Eine Sekunde war bereits vergangen, so viel wusste er.

Ich muss ihn finden, muss ihn finden …

Sein Blick fiel auf das rote Kabel. Er packte es mit der Zange … drückte noch einmal zu.

Das rote Licht flackerte noch immer wie wild. Auf der LCD-Anzeige erschien ein Wort: ZÜNDUNG.

Fuck!

Gardner schloss die Augen und wartete darauf, dass ihn die Welt verschlingen würde.

Eine Sekunde später hörten das Piepen und die summenden Geräusche auf.

Nichts passierte.

Er öffnete die Augen.

»Was ist passiert, Joe?«, fragte White.

»Hab den Draht gekappt, aber der Timer lief weiter«, sagte Gardner.

»Ja, das ist normal. Aber wenn die Batterie den Neutronenzünder nicht aktivieren kann, löst die Bombe auch die konventionelle Explosion nicht aus. Du hast es geschafft, Kumpel.«

Als er die Worte hörte, kroch Gardner aus dem Van. Er fühlte sich nicht euphorisch, verspürte kein Gefühl des Sieges. Er riss sich einfach nur den Helm vom Kopf und fühlte sich wie ein Ertrinkender, der gerade wieder an die Oberfläche gelangt. Er atmete auf, und sein ganzer Körper mit ihm. Dooley und Weston kamen auf ihn zugerannt, mit breitem Grinsen auf den Gesichtern. Sahin nickte ihm anerkennend zu.

»Wasser«, sagte Gardner.

Weston zog eine Trinkflasche hervor. Gardner überlegte kurz, ob er es trinken sollte. Dann goss er es sich stattdessen über den Kopf, ließ das kalte Wasser die klebrige Hitze abwaschen. Dann ließ er das Wasser in seinen Mund laufen und den salzigen Geschmack vertreiben. Bei Gott, es war vorbei.

Dooley reichte ihm ein Mobiltelefon.

»Der Schreibtischtäter der Firma will Sie sprechen«, sagte er. »Wahrscheinlich hat er sich einen Hamster in den Arsch geschoben und braucht jetzt jemanden, der ihn wieder herausholt.«

Gardner lachte. Fühlte sich gut an, wieder einer der Blades zu sein. Er mochte die Kameradschaft, die Art von Zusammenhalt, die ein Emporkömmling wie Leo Land nie verstehen würde.

»Verdammt gute Arbeit, Joe«, sagte Land. »Wirklich, ich bin sprachlos. Ich dachte schon, wir wären geliefert.«

»Wir?«, ereiferte sich Gardner. »Wenn ich es vermasselt hätte, würden Sie immer noch in Ihrem Elfenbeinturm sitzen.«

»Die Konsequenzen wären weitaus weitreichender als der Atompilz gewesen«, antwortete Land ernst.

»Interessiert mich einen Scheißdreck. Wo ist Aimée?«

»Golan verrät uns soeben ihren Aufenthaltsort. Er hat versprochen, dass ihr nichts geschehen wird.«

»Gnade ihm Gott, wenn er uns verschaukelt.«

»Entspannen Sie sich. Alles ist unter Kontrolle.«

Aber Gardner hörte schon nicht mehr zu. Er sah sich nach Dooley und Weston um, in der Hoffnung, sich mit den beiden noch etwas unterhalten zu können.

Doch niemand war zu sehen.

Die beiden hatten sich bereits verdrückt.

Kapitel 64

21:11 Uhr

Maxim Ledinsky schaute die Nachrichten und nippte an seinem Mineralwasser. Sein Büro war spärlich eingerichtet und ließ das Mobiliar seiner Kollegen vermissen. Nicht etwa aufgrund eines kommunistischen Dogmas, an dem man noch festhielt, sondern einfach nur, weil er noch nicht den Wohlstand seiner Kollegen beim FSB erreicht hatte. Er war noch relativ jung, achtunddreißig Jahre alt, und erst spät dazu gestoßen. Zu dem Zeitpunkt, als er der Organisation beitrat, hatten seine Kollegen bereits ihre Kontakte zu den Plutokraten und Oligarchen geknüpft. Sie hatten Anteile an Öl- und Erdgasfirmen erworben und Verbindungen zur Mafia geschmiedet.

Aber all das würde sich ändern.

Im Fernsehen deutete der Reporter aufgeregt auf den Van. Die Kamera zoomte heran. Der Van erstrahlte im Scheinwerferlicht, zehn Meter davor hatte man mit Absperrband einen Sicherheitsbereich abgegrenzt. Ledinsky sprach gut Englisch und sah lieber BBC als die russischen Fernsehsender. So lernte man mehr, und – kaum zu glauben – die sagten sogar die Wahrheit. Der Mann auf dem Bildschirm, fett und mit lockigen Haaren, schien überaus zufrieden.

»Kerntechniker sind bereits auf dem Weg hierher … um … zu beseitigen.«

»Idioten«, murmelte Ledinsky. Er sah auf seine Uhr, die er bald gegen eine neue eintauschen würde. Eine Rolex, verziert mit Diamanten.

Es musste bald soweit sein.

Jede dieser Bomben verfügte über einen Notschalter. Eine Override-Funktion für den Timer.

Ledinsky lief zum Fenster hinüber. Für einen Augenblick hing er seinen Gedanken nach. Dann riss er sich aus seinen Tagträumen und kehrte an seinen Schreibtisch zurück. Er stützte sich auf der Kante des Tischs ab und nippte wieder an seinem Wasser. Er mochte es, wenn die Eiswürfel gegen das Glas klimperten.

Der Notschalter war installiert, der Befehl simpel.

Sein Telefon läutete. Ledinsky schaltete es ab. Er sah, wie der Fernsehschirm in grellem Weiß erstrahlte, als die Bombe detonierte, dann wurde das Bild schwarz. Schließlich schnitt man wieder zurück ins Studio der BBC-News zu den beiden Moderatoren, die sich mit ratlosen Gesichtern fragten, warum die Leitung zu ihren Reportern unterbrochen worden war.

Wieso nur?, dachte Ledinsky und genehmigte sich ein Lächeln. Es war zu gut, wenn sich die Dinge nach Plan entwickelten.

Kapitel 65

Istanbul, Türkei, 21:11 Uhr

Colonel Deniz Shin sah zu, wie die Sanitäter den Reißverschluss des letzten Leichensacks zuzogen. Das schwarze Plastik verschlang den von Kugeln durchsiebten Körper Mahmoud Rezas wie eine Schlange ihr Opfer. Acht Leichen. Ihnen waren die Leichensäcke ausgegangen und sie mussten zwei der fünf toten Iraner zusammen in einen Sack stopfen. Unter den Toten befand sich auch eine türkische Zivilistin. Die anderen beiden waren Männer unter seinem Kommando.

Auf der Straße war eine Menge Blut, und noch immer hing der Rauch der Schießerei in der Luft und brannte in seinen Augen. Aber Sahin wollte den Schauplatz des Schusswechsels nicht verlassen. Vor der Absperrung drängte sich eine Gruppe von Politikern und buhlte um Aufmerksamkeit. Sahin hingegen war nicht fürs Scheinwerferlicht gemacht. Er bevorzugte es, im Schatten zu bleiben.

Außerdem nagte der Tod von zwei seiner Männer an ihm. Sahin, Oberbefehlshaber des Ozel Jandarma Kommandos, hatte seinen Laden fest im Griff, und der Verlust traf ihn schwer. Das Gefühl war ihm nicht fremd, und doch kalt und trostlos, wie Staub, der sich in den Ecken sammelte.

Lieutenant Colonel Umit Bulent, Sahins Stellvertreter, näherte sich. Bulent trug stets den immer gleichen leeren Gesichtsausdruck. Niemals fröhlich, niemals traurig. Außer heute, in diesem Moment. Sein Lächeln war breiter als der gesamte Bosporus. Er zündete sich eine Zigarette an. Eine russische Marke, wie Sahin bemerkte. Sobranie.

»Das war knapp, Boss«, sagte Bulent.

»Ich dachte, Sie hätten damit aufgehört.«

Bulent winkte ab. »Ich feiere. Wir haben Grund zum Feiern, Boss. Wir haben verhindert, dass die verdammte Stadt in die Luft gesprengt wurde.« Er atmete den Rauch aus. »Ist irgendwas?«

Sahin schüttelte den Kopf. »Sehen Sie sich diese Idioten an«, knurrte er und nickte in Richtung der Politiker. »Tun gerade so, als hätten sie den Tag gerettet.«

»Ich meinte …«

»Jemand wird dafür bezahlen«, sagte Sahin.

Bulent sah zu den sich entfernenden Krankenwagen hinüber. »Jemand hat bereits dafür bezahlt, Boss.«

Bulent trat seine Zigarre aus und schloss sich wieder den feiernden Soldaten an. Ein paar von ihnen schüttelten sich die Hände und schlugen sich auf die Schultern. Sahin wünschte, er könnte deren Freude teilen. Die Befriedigung darüber, einen guten Job gemacht zu haben.

Sahin spuckte auf den Boden und drehte sich um. Er starrte auf den Van, in dem die Bombe stand, umgeben von der leicht ansteigenden Bosporusbrücke und der Schwärze der darunterliegenden Meerenge. Lichter blitzten am Strand der asiatischen Seite Istanbuls auf.

Ein halbes Dutzend Experten der Forensik säuberten den Van. Sahin hielt einen Moment inne, dann entschied er, dass er sich die Kofferbombe mit eigenen Augen ansehen wollte. Schließlich bekam man nicht alle Tage eine Atombombe zu sehen … und die Gelegenheit, davon zu erzählen.

Helikopter schwirrten über ihn hinweg, als er näherkam. In der Ferne konnte er hupende Autos hören. Istanbul brannte bereits darauf, sich wieder in Bewegung zu setzen. Sahin mochte diese Art der Belastbarkeit. Er freute sich darauf, nach Izmir, nach Hause zu kommen. Zu seiner Frau und seinen beiden Söhnen, die überlebt hatten.

Das war das Letzte, woran er dachte.

Ihn trennten noch fünfundzwanzig Meter von dem Transporter, als ein Ruck durch den Van ging. Wie ein zorniger, reißender Fluss schoss grelle Hitze aus den Hecktüren. Die Hitze hüllte Sahin im Bruchteil einer Sekunde ein. Sie löste die Haut von seinen Knochen, verbrannte seine Haare und Nägel, und sein letzter Gedanke war: *Gott, nein.*

Kapitel 66

Marmarameer, 21:15 Uhr

Ein Rütteln ging durch die Kabine. Zuerst dachte Gardner, dass es sich um Turbulenzen handeln würde. Doch dann fiel ihm ein, dass der Black Hawk in etwa 2000 Metern Höhe flog, weit unterhalb der üblichen Höhe von knapp 6000 Metern. Zu hoch für Turbulenzen vom Boden, zu tief für Fallwinde von den Bergen. Gardner sah durch die offene Kabinentür auf das strahlend blaue Wasser hinab. Keine Wolke am Himmel, also war auch ein Sturm ausgeschlossen.

Dann sah er am Horizont etwas ballonartig aufsteigen, wie Luft, die im Wasser an die Oberfläche stieg.

Die Wolke explodierte achtzig Kilometer entfernt über der Skyline von Istanbul. Aus dem Zentrum der Wolke breiteten sich dunkle Ringe über die Meerenge des Bosporus aus. Die Ringe fegten über die Meerenge hinweg und trafen auf das Marmarameer.

Und kamen näher.

Die Wellen stiegen an. Dann explodierte der Kern der Wolke. Gardner presste die Augen zusammen. Die anderen Jungs im Helikopter, das Supportteam von sechs MI6-Agenten, die nach Istanbul gekommen waren, hielten sich schützend die Hände vor die Gesichter. Dann folgte ein lauter, hochfrequenter Ton, der sich wie das Brummen einer Biene ins Gehirn bohrte.

Zuerst schoss ein Feuerball aus der Wolke, wie die Flamme aus einer gigantischen Ölbohranlage, der immer größer wurde und heftig brodelte. Eine dicke Rauchsäule darunter trieb den Feuerball immer höher in den Himmel, bis auf zehntausend Meter Höhe. An diesem Punkt schien der Feuerball eine Pause einzulegen. Dann brach eine Welle aus weißer, heißer Energie daraus hervor. Gardner wappnete sich für den Aufprall. Die Welle breitete sich mit Überschallgeschwindigkeit aus. Flugzeuge, Hubschrauber, Vögel – alles am Horizont wurde von ihr mitgerissen wie Schneeflocken in einem Sturm. *Scheiße. Die Welle kommt direkt auf uns zu,* dachte Gardner. Es schien ihm, als würde er direkt ins Maul eines wütenden Vulkans rasen. *Wenn die Welle uns trifft, wird der Chopper abstürzen.* Die Männer an Bord hätten besser ihre Köpfe zwischen die Beine nehmen oder sich an ihren Gurten festklammern sollen. Aber sie alle waren wie gelähmt. Die Welle näherte sich rasend schnell und war nun beinahe durchsichtig. Sie verlor rasch an Energie. Gardner hoffte, dass der Aufprall vielleicht doch nicht so verheerend ausfallen würde. Dann wurden sie getroffen, und er wusste, dass die Hoffnung vergebens gewesen war. *Gott, diese Hitze.* Sie versenkte ihm die Gesichtsbehaarung und die Augenlider. Der Black Hawk wurde durchgeschüttelt, trudelte in die eine und die andere Richtung. Gardner spürte, wie die Fliehkräfte seinen Kopf herumrissen. Er sah, wie der Pilot mit der Steuerung kämpfte und versuchte, den Chopper auf geradem Kurs zu halten. Es schien aber verdammt noch mal nichts zu bringen. Der Black Hawk trudelte in raschem Sinkflug nach unten. Gardner hörte das Dröhnen der Maschine. Die Versuche des Piloten, gegenzusteuern, ließen die Maschine nur noch schneller fallen. Der Blick aus dem Fenster zeigte zuerst den Himmel und die See, dann nur noch die See. Kohlrabenschwarzes Wasser.

Gardner sackte der Magen in die Kniekehlen. Seine Nieren, die Leber und seine Eingeweide tanzten Ringelreihen. Noch tausend Meter bis zum Wasser. Dann 500 Meter. Dann 300. Die See wurde zu einem Netz aus wogenden Wellen. Der Black Hawk war jetzt so nah an der Oberfläche, dass Gardner einzelne tote Vögel ausmachen konnte, die wie Blütenblätter auf dem Wasser trieben.

Als sie nur noch 150 Meter vom Meeresspiegel trennten, verlangsamte sich der Sinkflug. Bei 100 Metern rechnete sich Gardner aus, dass es knapp werden könnte. Bei 60 Metern wusste er, dass sie verloren waren. Einer der Männer beugte sich nach vorn und erbrach milchig-weißes Zeug. Als der Chopper die 45-Meter-Marke erreicht hatte, ging ein Schnarren und ein Rütteln durch den Black Hawk – und dann fing sich die Maschine. Anstatt weiter nach unten zu sinken, arbeitete sich der Hubschrauber voran. Der Pilot kämpfte noch immer gegen den Abwärtssog an. Der Chopper holperte durch die Luft wie ein Truck über Bodenschwellen. Der Motor hörte auf zu heulen, und Gardner wusste, dass das bedeutete, dass der Pilot die Kontrolle zurückerlangt hatte. Langsam aber sicher gewann die Maschine wieder an Höhe. Die Männer schwiegen, keiner traute sich, den anderen anzusehen. Gedankenverloren. Nur einer der Typen sagte, was alle dachten: »Das wäre beinahe ins Auge gegangen.« Und dann, als der Black Hawk auf 600 Meter stieg, sah Gardner zum Fenster hinaus auf Istanbul. Oder was davon noch übrig war. Und das war nicht viel, außer einem riesigen Trümmerfeld.

»Nein«, antwortete Gardner. »Es *ist* ins verdammte Auge gegangen.« Er beobachtete den Atompilz, der unbeweglich in der Luft hing.

Er hatte eine Menge Scheiße mit ansehen müssen. Eine ganze Menge. Er hatte verwundete Männer gesehen, gefolterte Männer; Männer, die von so vielen Schüssen durchbohrt worden waren, dass von ihnen tatsächlich nicht viel mehr übrig blieb als Fetzen und Knochen. Aber nichts hatte ihn auf den Anblick vorbereiten können, wie eine Atombombe eine gottverdammte Stadt dem Erdboden gleich machte.

Er schloss die Augen.

Dort unten muss es die Hölle sein, dachte er.

»Bringen Sie uns hier raus«, rief er dem Piloten zu. »Bevor diese verdammt riesige Strahlungswolke in unsere Richtung weht.« Der Pilot drehte nach rechts ab, nach Westen. Westen bedeutete Canakkale und die Meerenge, die in das Ägäische Meer mündete.

Westen bedeutete weg von dem nuklearen Holocaust, der gerade über dem Stadtzentrum wütete. Nach Westen fühlte sich für Gardner mehr als gut an. Der Atompilz schrumpfte. Die Agents starrten auf die Wolke. Sie ließen das Marmarameer hinter sich zurück. Gardner ertappte sich dabei, dass er betete.

Sie hielten sich weiter südlich, entlang der Ägäis, und überflogen die Insel Kos. Schließlich hatte Gardners Handy wieder Empfang. Er vermutete, dass die radioaktive Strahlung das umliegende Kommunikationssystem gestört haben musste. Er rief Land an.

»Jesus, haben Sie das gesehen?« Land klang entsetzt und fahrig wie noch nie zuvor.

»Ob wir das gesehen haben? Wir hatten Sitze in der ersten verdammten Reihe.«

»Hier herrscht Chaos, Joe …« Statisches Rauschen unterbrach für einen Moment die Verbindung. »Die absolute Hölle.«

»Kofferbomben sind dafür gemacht, aus der Ferne gezündet zu werden«, antwortete Gardner. Land sagte nichts, also fuhr er fort. »Jemand platziert die Bombe. Dann bringt er sich in sichere Entfernung und aktiviert sie. Auf die Art können sie auch ohne Timer gezündet werden. Eine Überbrückung, wenn Sie so wollen. Selbst wenn der Timer abgeschaltet wurde, kann jemand mit dem richtigen Equipment die Bombe noch auslösen.«

»Ja, ja, das weiß ich alles. Worauf wollen Sie hinaus?«

»Wer also hat den roten Knopf gedrückt?«

Er hörte, wie Land an etwas kratzte und dann sagte: »Sehr wahrscheinlich die Israelis. Offiziell gibt man den Iranern die Schuld.«

Gardner atmete tief durch. Die Luft kreiste in seiner Lunge.

»Wie viele?«

Land schwieg. Vielleicht war die Verbindung unterbrochen.

»Ich fragte, wie viele?«

»Ich hab Sie schon beim ersten Mal verstanden, alter Mann. Wenigstens zehntausend Tote, zweimal so viele Verletzte. Dazu die Opfer, die die Strahlung fordern wird und was weiß ich noch alles.«

Gardner spürte, wie Kälte in ihm aufstieg. Das Sprechen fiel ihm schwer. »Und im schlimmsten Fall?«

»Fünfzigtausend. Zweihunderttausend Verwundete.« Land schnaufte. »Niemand, weder Sie noch ich, konnte ahnen, dass jemand anderes darauf wartete, die Bombe zu zünden.«

»Ja, vielleicht.«

Land hatte recht. Aber Gardner wusste, dass die Albträume so oder so auf ihn warteten. Die Frau ohne Beine, die Kinder, die zu verkohlten Skeletten verbrannt waren. Er konnte bereits ihre anklagenden Blicke sehen, warum er sie nicht gerettet hatte.

Gardner hielt sich an der Schiene oberhalb fest, während der Black Hawk nach links abdrehte. Die Wellen auf der Ägäis funkelten im Sonnenlicht wie die Klingen von Millionen Messern. Er zwang sich, an etwas anderes zu denken.

»Wo ist Aimée?«

»Wie bitte?«

»Wir hatten eine Abmachung«, sagte Gardner.

Land lachte kehlig. »Falls es Ihnen entgangen sein sollte, Joe, da ist soeben eine Bombe hochgegangen. Eine Atombombe. Falls Sie davon ausgehen, dass ich wichtige Männer und Ressourcen abziehe, um das Mädchen aufzusammeln, können Sie das vergessen.«

»Aber Sie wissen, wo sie ist?«

»Ich hab wirklich keine Zeit für so etwas«, schnaubte Land. »Natürlich weiß ich dass. Dank Ihres Freundes Shai Golan.«

»Und?

»Und was, Joe? Die Basis befindet sich in einer ehemaligen Fleischfabrik im Industrieviertel von Athen. Diese Stadt ist ein stinkender Müllhaufen. Schlimmer als Naples.«

Gardner kannte weder Naples noch Athen. Aber er war schon in den gefährlichsten Ecken der Welt im Einsatz gewesen und ignorierte daher Lands Gemecker. Der MI6-Mann schien einer von denen zu sein, der schon eine Panikattacke bekam, wenn er gezwungen war, Holzklasse zu fliegen.

Alles, worauf es Gardner jetzt noch ankam, war Aimée zu finden und Land und der Firma den Mittelfinger zu zeigen. Er war drauf und dran, Land zu sagen, dass er sich den verdammten Job in den Arsch stecken konnte. Andererseits war der sicher schon randvoll …

»Die Fabrik befindet sich in der Sissi-Straße, im Votanikos Stadtteil«, fuhr Land fort. »Wenn Sie mich jetzt entschuldigen würden – halb Istanbul wurde in Schutt und Asche gelegt.«

Land legte auf.

Gardner blickte aus der Kabinentür. Unter ihm breitete sich im Westen Griechenland aus, ausgetrocknet und felsig. *Ist jetzt sieben Tage her, dass ich nach Rio geflogen bin. Fühlt sich wie eine halbe Ewigkeit an.*

Kapitel 67

Athen, Griechenland, 22:31 Uhr

Das maisgelbe Taxi steckte in einem scheinbar unendlichen Verkehrsstau fest. Gardners Handflächen schwitzten. Nicht wegen der Wärme, sondern wegen der Anspannung. Er sah auf seine Hände hinunter und musste sich eingestehen, dass er sich mehr darauf freute, Aimée zu sehen, als er geglaubt hatte. Ihr Anblick hatte in ihm Wurzeln geschlagen. Ihre Stimme auch. *Wenn wir Athen erst hinter uns gelassen haben, gehen wir auf Reisen,* entschied er. *Vielleicht nach Mauritius. Oder Bali.*

Land hatte ganz recht, dachte Gardner, als ihn das Taxi an der Ecke zwischen der Patsi-Straße und Aigaleo ausspuckte. Athen war ein einziger Müllhaufen. Die alten Stadtviertel fielen auseinander, und die neuen Stadtviertel fielen auseinander. Gardner fühlte sich, als wäre er im schlimmsten Albtraum eines Greenpeace-Aktivisten gefangen. Jedes Gebäude zerbröckelte an irgendeiner Stelle, und in jeder Straße stapelte sich der Müll. Ein dünner, schmieriger Dunst hing über der Stadt und bedeckte Fahrzeuge, Fensterbretter und Gehwege mit einer Rußschicht.

Er zog vierzig Euro aus einer Rolle mit 700 Euro, die er mit der Kreditkarte der Firma abgehoben hatte, und drückte dem Fahrer die Scheine in die Hand. Zwanzig für die Fahrt und zwanzig dafür, dass er schnellstmöglich wieder sein Gesicht vergaß. Der Fahrer grunzte zustimmend.

Im Westen waren heruntergekommene Häuser im neoklassischen Stil zwischen Apartmenthäusern eingezwängt. Streunende Katzen und Hunde streiften durch die Gassen und schnüffelten an Mülltonnen, aus denen Abfall quoll. Weitere zweihundert Meter nördlich von ihm befand sich die Landwirtschaftliche Universität Athens. Deren weiße, wie mit Zuckerguss überzogenen Blöcke ragten über die mit rastlosem Verkehr verstopfte Iera Odos. Weiter westlich löste eine eindrucksvolle Industrielandschaft aus baufälligen Fabriken und Lagerhäusern die Reihe an Wohnhäusern ab.

Gardner bog von der Patsi-Straße nach link ab und nahm für etwa hundertvierzig Meter die Aigaleo, bevor er auf die Agiou Polykarpou traf und ihr weitere fünfhundert Meter nordwestlich folgte. Er passierte eine Milchfabrik. Es war dunkel – die wenigen Straßenlaternen schien man erst nachträglich platziert zu haben.

Die Sissi-Straße war eine verlassene Seitenstraße unterhalb der Agiou Polykarpou. Die Fabriken stellten zur Abschreckung ein paar Sicherheitsanlagen zur Schau. Dicke Vorhängeschlösser hingen an Ketten an den Toren, Überwachungskameras thronten über den Anlagen und auf der anderen Seite der Maschendrahtzäune knurrten Rottweiler. Er fand die Fleischfabrik – an deren Tor hing ein altes Metallschild, auf das ein lustiges Schwein mit Daumen nach oben gemalt war.

Gardner untersuchte das Tor. Kein Schloss. Wahrscheinlich wurde das Gelände schon länger nicht mehr genutzt. Dann zog er das Tor auf. Der metallene Rahmen kratzte über den Asphalt. Er überquerte den leeren Parkplatz und hielt auf den Fabrikeingang fünfzig Meter vor ihm zu. Durch die Fenster war im Innern ein neonblauer, flackernder Lichtschein zu erkennen.

Das Vorhängeschloss an der Doppeltür des Gebäudes war nicht mehr als eine Geste und von gelbbraunem Rost überzogen. Gardner visierte es mit dem Kolben der Glock 17 an, die er seit dem Presevo-Tal bei sich trug. Es fühlte sich verdammt gut an, mit einem ganzen Magazin von siebzehn Schuss bewaffnet zu sein. Nach nur einem Hieb gab das Schloss mit einem befriedigenden *Klonk* nach. Er gab dem Metalltor einen leichten Stoß und es schwang ohne Widerstand auf.

Das ist zu einfach, dachte er.

Viel zu einfach.

Er fand sich in einer großen Halle wieder, vierzig Meter breit, vierzehn Meter hoch. Vielleicht sechzig Meter lang, aber es war so dunkel, dass er das andere Ende nicht erkennen konnte. Im Abstand von jeweils acht Metern hingen Metallhaken an einem Schienensystem von der Decke. Der Geruch von Fett hing in der Luft. Zwischen den Schienen verliefen lange, dünne Rohre. Glühlampen hingen an den Rohren, aber keine von ihnen funktionierte.

Gardner machte einen Schritt in die Halle hinein. Die kalte Luft fuhr ihm wie Nadelstiche in die Haut und bis in die Knochen. Er fror und sah nach unten. Der Boden war mit einer jahrzehntealten ölig-braunen Schicht aus getrocknetem Blut und Kuhscheiße bedeckt. *Schließlich war das mal ein Schlachthaus*, dachte er. *Aber jetzt nicht mehr. Jetzt ist niemand mehr da.*

Zumindest dachte er das, bis er nach oben sah.

Etwa in der Mitte des Raumes erspähte er zwei schwach leuchtende bläuliche Lampen, die von den Rohren an der Decke hingen. Das war das Licht, das er von draußen gesehen hatte. Die Lampen waren auf etwas in dem Stockwerk über ihm gerichtet. Die Umrisse eines stehenden Mannes. Gardner lief noch ein paar weitere Schritte in den Raum hinein, und obwohl er immer noch wenigstens fünfundzwanzig Meter entfernt war, gaben die Lichter den Blick auf die Gesichtszüge des Mannes frei.

Er war blass wie eine Flasche Milch. Große, kaltblaue Augen stierten auf Gardner herab. Er trug das gierige Grinsen eines Mannes bei einem Hundekampf zur Schau.

»Sie müssen der mit der gut aussehenden Freundin sein«, rief er.

Gardner erkannte ihn. Sotov.

»Wo ist sie?«

»Ich war sehr enttäuscht, zu hören, das Sie bei dem Feuer in Belgrad nicht ums Leben gekommen sind«, sagte Sotov. »Aber andererseits versuche ich immer, das Positive zu sehen. Und in diesem Fall ist das Positive, dass ich Sie nun selbst umlegen kann.«

Gardners Rechte packte die Glock 17. Er spürte den Widerstand des Abzugs.

»Sie heißt Aimée, oder? Ein schöner Name. Und ein sehr attraktives Gesicht dazu.« Anerkennend streckte Sotov die Unterlippe nach vorne. »Eine gute Wahl, wenn ich das sagen darf.«

»Wenn Sie ihr wehtun, dann schwöre ich …«

»Bitte, ersparen Sie mir Ihr Männlichkeitsgetue«, unterbrach ihn Sotov und wedelte herablassend mit der Hand. »Sie sollten versuchen, sie zu vergessen. Sie haben jetzt ganz andere Sorgen.«

Das Geräusch von Stiefeln, die über den Boden knirschten, ließ Gardner herumwirbeln. Insgeheim hatte er mit einem Hinterhalt gerechnet. Zwei Männer stürmten durch das Tor auf ihn zu. Entweder waren ihre T-Shirts zwei Nummern zu klein, oder ihre Muskeln zwei Nummern zu groß. Stahlgraue ausdruckslose Augen. Der Linke hatte eine Narbe, die von seiner Oberlippe bis zu seinem Auge führte. Der andere hatte einen Kinnbart und plastikartige Haut. Beide machten ein finsteres Gesicht. Wahrscheinlich Ex-Spetsnaz.

Und beide trugen Waffen bei sich. Scarface schwang einen Baseballschläger aus Aluminium. Goatee trug eine Remington 870 Pumpgun mit abgesägtem Lauf. Scarface lief los. Als das obere Ende des Baseballschlägers noch zehn Meter von Gardners Gesicht entfernt war, stürmte er nach vorn, packte den Griff des Baseballschlägers und drehte den Oberkörper, bereit, um zu einem mächtigen Schlag auszuholen.

Sieben Meter.

Gardner hielt die Glock in der Hand. Ein rennender Mensch schafft durchschnittlich 40 Meter in der Sekunde, Scarface mit seinem wuchtigen Körperbau war sicher etwas langsamer. Also blieben Gardner etwas mehr als zwei Sekunden, um zu reagieren. Zeit genug, die Waffe zu heben, aber nicht genug, um zu zielen. Bis er die Waffe ausgerichtet hatte, würde sein Kopf bereits nach Beijing fliegen.

Fünf Meter, und er war bereit für seinen Gegenangriff.

Scarface war auf vier Meter heran, drückte die Ellenbogen durch, spannte die Unterarme an und ließ den Schläger in einer Halbkreisbewegung herunterkrachen. Gardner verfolgte die Schwungbewegung. Ihm blieb weniger als eine Sekunde, bevor der Schläger sein Kinn treffen würde.

Scarface ist ein riesiger Mistkerl, dachte er. *Riesig und langsam.*

Er hatte seinen Angriff zu früh verraten, und Gardner würde ihn dafür bezahlen lassen.

Mitten in der Bewegung, als der Schläger nur noch eine Armlänge von seinem Schädel entfernt war, zog Gardner die Schultern ein und das Kinn an die Brust, sodass seine Ohren und Schulterblätter eine Linie bildeten. Er spürte den Windhauch des nur wenige Millimeter über seinem Hinterkopf hinwegzischenden Baseballschlägers in den Haaren.

Eine halbe Sekunde später war der Schwung vollendet. Gardners Blick klebte an Scarfaces Füßen. Sie taumelten nach links, der Schlag hatte ihn aus dem Gleichgewicht gebracht. *Eine Sekunde, vielleicht zwei*, dachte Gardner. *Mehr bleibt dir nicht.*

Mehr brauche ich auch nicht.

Er schnellte wie ein Springteufel hoch und stürzte sich auf Scarface, wickelte seinen linken Arm um den Kopf des Mannes und zog ihn eng an seine Brust. Scarface traf die Attacke überraschend. Noch immer hielt er den Baseballschläger umklammert und konnte sich nicht aus dem Würgegriff befreien. Gardner hob die Glock 17 und drückte die Mündung gegen Scarfaces linkes Ohr. Der riesenhafte Kerl sah, was ihm drohte, und ließ den Baseballschläger fallen. Zu wenig … und zu spät. Gardner drückte den Abzug. Die Glock hatte anstelle einer herkömmlichen Sicherung einen dreistufigen integrierten Sicherheitsmechanismus, der automatisch deaktiviert wurde, wenn man genügend Druck auf den Abzug ausübte.

Was Gardner auch tat.

Der Abzug klickte.

Ein greller Blitz, dann hallte das hohle *Ka-Rack* von den Wänden der Fabrik wieder. Scarface heulte auf. Sein Ohr war schwarz von den Verbrennungen der Entladung. Gardner spürte Blut und Hirnmasse an seinem Arm herabtropfen. Er musste all seine Kraft aufwenden, um Scarface nicht loszulassen. Der Kerl wog über hundert Kilo. Aber er kämpfte, um ihn aufrecht zu halten, denn zehn Meter vor ihm zielte Goatee mit der abgesägten Remington auf ihn.

Dröhnend löste sich ein Schuss aus der Schrotflinte. Ein Ruck ging durch Scarfaces Körper. Das Kaliber-12-Geschoss schlug mit solcher Wucht in seinen Rücken, das Gardner beinahe umgerissen wurde. Während Blut aus Scarfaces Rücken und auf den Boden tropfte, versuchte Gardner, das Gleichgewicht wiederzuerlangen. Über die Schulter des Mannes sah er, wie Goatee mit der Linken den Vorderschaft zurückzog und weitere zwei, drei, vier Schüsse abfeuerte. Jede weitere Ladung riss Stücke aus Scarfaces Rücken und Hinterkopf. Gardner war dankbar dafür, dass Scarface so verdammt groß war. Er schluckte jede Kugel wie ein verdammter HESCO-Block.

Nach dem fünften Schuss, als er sich daran gewöhnt hatte, die Einschläge wegzustecken, gelang es Gardner, die Glock über Scarfaces Schulter zu heben und auf Goatee zu richten. Schnell feuerte er drei Schüsse hintereinander ab. *Tap-tap-tap*. Beim ersten Schuss schrie Goatee auf und ließ die Shotgun fallen. Blut spritze aus seinem massigen Unterarm. Nach dem zweiten umklammerte er das klaffende Loch in seiner Wange. Ein paar seiner Zähne flogen aus dem Hohlraum. Der dritte Schuss ließ ihn schließlich wie einen nassen Sack zusammenbrechen.

Gardner ließ Scarface fallen. Dann schwang er mit der Glock im Anschlag herum, bereit, Sotov ein Ende zu bereiten. Sein Finger hatte den Abzug bereits halb durchgezogen.

Aber Sotov war nicht da.

Gardner nahm undeutlich eine Tür in der südlichen Wand wahr.

Er rannte darauf zu. Zwanzig Meter davor sah er, dass die Tür aus Metall war.

Dann hörte er die Stimme. Gedämpft und verzweifelt. So als würde man jemand mit einem Kissen ersticken.

Gardner lief schneller. Scarfaces Blut rann an seinem linken Arm hinab und in seine künstliche Hand. Als er zehn Meter von der Tür entfernt war, wurde der Schrei noch eindringlicher. Die Stimme einer Frau.

Gardner trat hart gegen das Schloss. Es zersplitterte, die Tür riss an den Angeln und flog auf. Das grelle Licht von Deckenlampen schlug ihm entgegen. Er kniff die Augen zu, hielt sich schützend die Arme vors Gesicht und sah sich um. Er befand sich in einer Art Lagerraum. Metallregale verliefen auf zwanzig Metern bis zum Ende des Raums, dazwischen eine Reihe von Aufbewahrungskisten. Auf den Regalen waren Computer und Festplatten gestapelt.

Zwischen den Kisten lag Aimée.

Sie war an Händen und Füßen mit einer Nylonschnur gefesselt. Um den Mund trug sie einen Knebel. Der Knebel saß fest und schnitt in die Mundwinkel ein. Aimée riss beim Anblick von Gardner die Augen auf. Sie schüttelte wild den Kopf. Sie war schweißgebadet. Er suchte ihren Körper nach Verletzungen ab. Keine Blutspuren, weder auf ihrem Shirt noch auf ihrer Jeans.

Gardner kniete sich neben sie und löste den Knebel.

»Das ist eine Falle«, keuchte sie.

Ihre Augen waren auf einen Punkt hinter Gardners linker Schulter gerichtet. Er folgte ihrem Blick und sah einen kleinen schwarzen Kasten, etwa so groß wie eine Webcam, in Hüfthöhe in dem Regal auf der linken Seite. Ein roter Laserstrahl drang aus dem schwarzen Auge der Box. Er verlief quer durch den Raum – bis er auf Gardners linke Schulter traf.

Ein ganzes Netzwerk aus Drähten führte aus der Box, an der Wand empor und an der Decke entlang. Auf der anderen Seite des Raumes mündeten die Drähte in dicken Plastikpäckchen, die an der Wand fixiert waren, jedes so groß wie ein Ziegelstein und mattweiß. C4-Plastiksprengstoff.

Die Fabrik war mit genug von dem Zeug gepflastert, um ein ganzes Dorf zu vaporisieren.

Die Angst setzte erst einen Augenblick später ein.

Gardner half Aimée auf die Beine. Sie hielt sich an seinen Schultern fest, presste ihre weichen Fingerkuppen gegen seine Muskeln. Etwas Warmes flammte in seiner Brust auf. Die Wärme rann in seinen Bauch hinab. Er schob die Empfindungen beiseite.

»Wir müssen hier raus«, sagte er.

Aimée zögerte.

»Jetzt, verdammt!«

Aus der Erfahrung wusste Gardner, dass sensorgesteuerte Sprengstoffe eine Verzögerung von etwa zwölf Sekunden hatten – vom Kurzschließen des Zündschaltkreises bis zum Auslösen des ersten Hauptzünders. Gardner schätzte die Entfernung auf etwa neunzig Meter bis zum Haupttor der Fabrik.

»Warte«, sagte Aimée. Sie griff in das rechte Regal und holte ein Apple Laptop und zwei USB-Sticks hervor. Von jedem der USB-Sticks hing eine Kordel.

»Wir haben keine Zeit!«

»Hab's schon«, sagte sie und schlang sich die Bänder der Datenspeicher wie Halsketten über ihren Kopf. Gardner war bereits an der Tür zur Haupthalle. Er packte ihre Hand und zog sie hinter sich her.

Acht Sekunden.

Sie rannten durch die Halle der Fleischverarbeitung. Gardners Augen hatten Mühe, sich an den schnellen Wechsel von hell zu dunkel zu gewöhnen. Er stolperte, fing sich aber. Dreißig Meter von der Tür entfernt schätzte er, dass ihnen noch vier Sekunden bis zur Detonation blieben. Aimée torkelte hinterher. Ihr Atem ging hektischer als eine Dampflok. Zehn Meter.

Gardner drehte sich um.

Aimée war gestolpert.

Er packte sie …

Drei Sekunden.

… stieß Aimée durch die Doppeltür.

Zwei Sekunden.

»Der Laptop«, schrie sie.

Eine.

Gardner stürmte nach draußen. Den Laptop hielt er in der rechten Hand. Er spürte, wie sich der Boden aufwölbte. Ein heißer Windstoß traf ihn im Rücken, ein Wind, der Metall bog, Mauerwerk sprengte und Glas zersplittern ließ, mit unaufhaltsamer Wucht. Trümmer regneten auf ihn herab. Er war drei Meter vor dem Gebäude, dann fünf. Aimée rannte noch immer vor ihm. Er beschleunigte sein Tempo, versuchte alles, um nicht ins Taumeln zu geraten … und erreichte Aimée, als diese gerade durch das Tor im Maschendrahtzaun stürmte. Hinter ihnen stürzte die Fabrik in sich zusammen. Riesige dunkle Rauchwolken stiegen aus dem Dach auf.

»Ich dachte …« Aimée stützte sich keuchend auf ihren Knien ab. »Ich dachte, du wärst tot.«

Gardner wischte sich Rauch aus den Augen. »Bist du okay?«

Aimée nickte.

»Komm«, sagte er und hielt ihr seine Hand hin. »Hier ist es nicht sicher.«

Nicht, solange Sotov noch da draußen ist.

Kapitel 68

23:52 Uhr

Sie hasteten die Iera Odos hinunter und riefen ein Taxi. Gardner wies den Fahrer an, sie zu irgendeinem Hotel zu bringen, wo man kurz vor Mitternacht noch ein Zimmer bekam. Der Fahrer war lustlos und langsam. Gardner sagte, er solle auf die Tube drücken. Der Kerl kutschierte sie die Straße hinunter, während auf der anderen Seite Feuerwehren und Polizeiwagen in die entgegengesetzte Richtung rasten. Am Ende der Straße bog er links ab, und nach sechshundert Metern, an der Akropolis, wieder nach rechts. Nach weiteren zweihundert Metern in südlicher Richtung erreichten sie das Palasthotel am Síntagma Platz.

Der Rezeptionist war ein Mann um die vierzig mit dauerhaft angehobener linker Augenbraue. Nach einem Blick auf Gardner und Aimée – verdreckt, blutend, mit Schrammen übersät, wetteiferte auch seine rechte Augenbraue um den Platz ganz oben. Aber er sagte nichts, als Gardner gute 400 Euro in bar für eines der besseren Zimmer springen ließ und weitere hundert Euro in seine Brusttasche stopfte.

»Sie brauchen nicht zu lügen, falls jemand nach uns fragt«, sagte er. »Rufen Sie einfach an und warnen Sie uns vor.«

Der Rezeptionist dachte eine gefühlte Ewigkeit darüber nach. Seine Augen wanderten zu seiner Brusttasche, dann wieder zu Gardner. Er nickte.

Das Zimmer war luxuriös eingerichtet, in alteuropäischem Stil und mit Aussicht auf einen Vorplatz. King-Size-Bett mit ägyptischen Seidenbezügen, eine antike hölzerne Kommode, Ventilator.

Unter anderen Umständen hätte Gardner der Versuchung nicht widerstehen können, sich über Aimée herzumachen. Aber im Moment interessierten ihn die Dinge mehr, die sie unbedingt in der Fabrik retten wollte. Aimée ging zu der Kommode, fegte die Willkommens-Päckchen und Stadtkarten beiseite und schaltete das MacBook an. Sie nahm die USB-Sticks von ihrem Hals und schob sie seitlich in den Laptop ein. Gardner ging ins Badezimmer, drehte die Wasserhähne auf und wusch sich Scarfaces Blut ab.

»Magst du mir verraten, was auf den Sticks gespeichert ist?«, rief er aus dem Badezimmer. Keine Antwort. Er spritzte sich noch mehr kaltes Wasser über das Gesicht und trocknete sich die Hände und das Gesicht mit einem Handtuch ab, weicher als Aimées Hintern.

»Aimée?«

»Ich weiß es nicht.«

Er kam zurück ins Schlafzimmer. Es klopfte an der Tür. Er runzelte die Stirn und bedeutete Aimée, sich nicht vom Fleck zu rühren. Die Glock lag auf dem Bett. Gardner griff sich die Waffe und hielt sie hinter seinem Rücken. Er spähte durch den Türspion und sah einen Mann Anfang sechzig in einer Butler-Uniform. Alles andere als ein Attentäter. Seine Hände ruhten auf einem Speisewagen vor ihm. Der alte Mann sah todmüde aus.

Gardner öffnete die Tür.

»Wein und Kanapees«, sagte der Butler und schob den Wagen ins Zimmer. Gardner drehte sich zu ihm, sodass die Glock außer Sicht blieb. »Mit besten Empfehlungen vom Hotel.«

Der Butler stellte den Wagen in der Mitte des Zimmers ab. Gardner steckte sich die Glock in den Bund seiner Hose und gab dem Butler zehn Euro Trinkgeld. Der Mann machte sich auf dem Weg nach draußen nicht die Mühe, zu lächeln oder sich zu bedanken.

»Das ist unsere Glücksnacht«, sagte Gardner.

Aimée kehrte zu dem MacBook zurück. Nach einem Doppelklick auf das Icon des ersten Sticks öffneten sich zwölf Unterordner. Sie schienen eine bestimmte Reihenfolge zu haben. Der erste Ordner war mit ML_0001 benannt worden, der zweite ML_0002 und so weiter, bis zum letzten mit dem Namen ML_0012.

»Ich hörte, wie Sotov telefonierte«, erklärte Aimée. »Er schrie eine ganze Weile herum. Als der Anruf vorüber war, befahl er seinen Männern, das ganze Gebäude mit Sprengstoff zu versehen. Ich erinnere mich, wie er zu einem der Männer sagte: Nichts darf übrig bleiben. Dann sah er mich an, mit diesem … diesem Grinsen im Gesicht.« Aimee wandte sich wieder dem Bildschirm zu.

Gardner hingegen drehte sich zu den Kanapees um. Auf dem Tablett befanden sich Asparagus-Spieße mit Parmaschinken, geräucherte Lachsröllchen mit Mozzarella, Kirschtomaten und Spießchen mit Basilikum. Er goss zwei Gläser von dem Wein ein, Katnook Estate 2002, und nahm einen kräftigen Schluck von dem fruchtigen Rotwein, während Aimée den ersten Ordner öffnete. Dieser enthielt verschiedene Word-Dokumente. Gardner beugte sich vor, Aimée öffnete die erste Datei.

Eine Reihe von scheinbar wahllosen Zeichen bedeckte den Bildschirm. Wie Hieroglyphen. Aimée scrollte nach unten. Zwei Seiten weiter wurde aus dem Kauderwelsch eine Art Text. Gardner überflog die Zeilen. Sie waren in Kyrillisch.

»Aufzeichnungen von Mobilfunkgesprächen«, sagte Aimée. Sie deutete auf eine Reihe von Nummern über der ersten Dialogzeile. »Das sind die verschlüsselten GPRS-Daten, die vom Telefon an den Betreiber übermittelt werden.« Gardner studierte die Zahlenfolge.

»Sie beginnen alle mit einer Sieben«, sagte er.

»Die internationale Vorwahl Russlands«, sagte Aimée.

»Sprichst du russisch?«

Sie tat überrascht. »Ich stelle Recherchen über die Mafia an. In Serbien. Die haben enge Verbindungen zu Russland. Mal ehrlich, was denkst du denn?«

Er zuckte mit den Achseln. »Hab nur gefragt.«

»Ich brauche ein paar Minuten, um das durchzulesen und zu verstehen, was wir uns da ansehen.«

Gardner überließ Aimée ihren Dateien. Er verdrückte noch ein paar der Kanapees und entschied, dass Fingerfood überbewertet wurde. Die Fressalien stopften nicht mal ansatzweise das Loch in seinem Magen. Er kippte den restlichen Wein hinunter und sah auf den Vorplatz hinaus. Draußen schien alles ruhig. Mehr noch: tot. Es war warm, aber eine milde Brise wehte durch die Zypressen, die den Platz säumten. Seine Gedanken kreisten zu Aimée zurück und wie ihr Atem den warmen Raum zwischen ihren und seinen Lippen ausgefüllt hatte. Er mochte den Gedanken daran.

»Ok«, sagte Aimée mit zitternder Stimme. »Ich denke, ich hab's.«

Gardner sah zu ihr hinüber. »Worum geht es?«

»Es ist eine Unterhaltung zwischen zwei Männern. Einer von ihnen ist Aleksandr Sotov …«

»Der Mafia-Typ.«

»Der andere ist Maxim Ledinsky.« Als sie Gardners verständnislosen Blick sah, fuhr sie fort. »Ledinsky ist Leiter der Spionageabwehr beim FSB.«

Gardner nahm auf dem Rand des Bettes Platz. Seine Muskeln schrien nach einer Auszeit. FSB. Der Geheimdienst der Russischen Föderation. Die Scheiße war ein Fass ohne Boden. »Worüber haben sie gesprochen?«

Aimée überflog noch einmal die Zeilen und murmelte seltsam klingende Worte vor sich hin. »Sie reden über eine Lieferung. Hier, diese Unterhaltung ist drei Wochen alt. Ledinsky sagt: Alles ist unter Kontrolle, aber es wird eher in Koffergröße sein, kaum größer. Sotov sagt: Wieso? Die Iraner erwarten eine große Lieferung. Wenn wir ihnen so etwas Kleines geben, werden sie denken, wir wollen sie abspeisen. Ledinsky sagt: Wenn etwas so Großes verloren geht, stehen wir alle dumm da. Ein Koffergerät hingegen – so etwas kann jeder verlieren. Außerdem wird sich Reza über alles freuen, was er kriegen kann.

Aimée scrollte weiter nach unten. »Sie reden über die Bombe«, sagte Gardner. »Mahmoud Reza war der Kerl, der versucht hatte, die Kofferbombe über die iranische Grenze zu schmuggeln.« Er rieb sich die Augenbrauen. »Wer war dieser Ledinsky noch mal? FSB?«

Aimée nickte. Sie öffnete eine andere Datei und überflog deren Inhalt. »Das müssen Mitschriften von fünfzig Gesprächen sein«, sagte sie. »Vielleicht noch mehr.«

»Alle zwischen Ledinsky und Sotov?«

»Manche sind verschlüsselt. Ich kann sie nicht entziffern.« Sie lächelte Gardner entschuldigend an. »Ich fürchte, meine Fähigkeiten schließen das Entschlüsseln von Geheimcodes nicht ein.«

»Wir finden jemanden«, sagte Gardner. Er ließ seine Hand über den Armstumpf gleiten. Es fühlte sich schmierig an. »Nach dem, was du mir erzählt hast, hört es sich so an, als wussten Sotov und Ledinsky davon. Die russische Mafia und die Regierung.«

»Das hört sich nicht nur so an. Das ist hundertprozentig der Beweis dafür.«

»Aber Russland ist ein enger Verbündeter des Iran«, sagte Gardner. »Die haben deren Atomreaktor gebaut, verdammt noch mal. Denen an die Karre zu fahren ergibt einfach keinen Sinn.«

Aimée legte ihre Finger sanft auf die Tasten. »Weißt du, diese Dateien könnten der einzige Beweis dafür sein, dass Russland aktiv an dem Anschlag beteiligt war.« Sie öffnete eine andere Datei und runzelte die Stirn. »Sieh mal!«

Gardner hockte sich neben sie, um die Sache näher in Augenschein nehmen zu können. Seine Hand berührte ihre Hüften und etwas Warmes pulsierte in seiner Brust.

»Die sehen nicht aus wie Sotovs Urlaubsschnappschüsse«, sagte er mit einem Blick auf die verpixelten Voransichten von etwa einem Dutzend Bildern in dem Ordner. Aimée öffnete eines der Bilder in voller Größe. Ein einziger Farbmischmasch, wie etwas, das ein Fünfjähriger aus dem Kindergarten mitbringen würde.

»Die sehen nach gar nichts aus«, sagte Aimée.

»Was auch immer da drauf ist, jemand scheint großes Interesse zu haben, dass es kein anderer sieht.«

Gardner erhob sich und zog sein Mobiltelefon hervor. Er wählte Lands Nummer.

Athen war eine Stunde hinter London zurück, weshalb es, wo immer sich Land auch gerade herumtrieb, 23:19 Uhr war. Wahrscheinlich sogar noch in seinem Büro, schloss Gardner aus dem Klang seiner Stimme. »Ja?«

»Das wird Sie interessieren«, sagte Gardner.

Eine Pause. »Beeilen Sie sich.«

Gardner erzählte Land von der Fabrik, über die Mafia, die dort auf ihn gewartet hatte, und von der Explosion. Als er fertig war, sagte Land nur: »Das ist alles? Sie haben also Aimée?«

»Da ist noch eine andere Sache«, sagte Gardner. »Wir haben ein paar Daten an Land ziehen können, kurz bevor sich die Fabrik in ein riesiges Feuerwerk verwandelte.«

»Ach ja? Was sind das für Daten?«

»Mitschriften, hauptsächlich. Einige davon sind verschlüsselt, aber das große Ganze ist relativ klar ersichtlich. Die Russen wussten von dem Plan der Israelis. Tatsächlich sieht es sogar danach aus, dass sie ihnen dabei geholfen haben.«

»Unmöglich.« Land kicherte.

»Ich habe die Aufzeichnungen gerade vor mir«, erklärte Gardner. »Wäre Aimée nicht gewesen, wären sie zusammen mit der Fabrik zerstört worden. Diese Informationen sollten nicht nach draußen gelangen.«

Land schwieg eine ganze Weile. Gardner hörte, wie ein Feuerzeug knisternd das Ende einer Zigarette anzündete.

»In Ordnung«, sagte er schließlich. »Wo sind Sie gerade?«

»Im Palasthotel.«

»Bleiben Sie, wo Sie sind.« Geräuschvoll blies Land Rauch aus. »Ich hole Sie ab.«

Kapitel 69

00:34 Uhr

Vierundfünfzig Minuten später erwachte Gardners Mobiltelefon zum Leben. Land.

»Ich hab eine Möglichkeit gefunden, wie wir Sie da rauskriegen«, sagte er.

»Schießen Sie los.«

Aimée lag schlafend auf dem Bett. Gardner war wach geblieben. Er hätte sowieso keinen Schlaf gefunden. In seinem Kopf schlugen die Gedanken Purzelbäume, und er versuchte, dahinter zu kommen, welches Spiel die Russen spielten. Die Anspannung ließ seine Muskeln sich am Rücken zu Knoten zusammenziehen. Er lief auf und ab, dann setzte er sich zeitweise in den Schreibtischsessel gegenüber des Bettes. Red Bull aus der Minibar auf dem Tisch, Glock 17 in seinem Schoß, die Augen auf die Tür gerichtet.

»Es gibt da eine Landebahn kurz hinter Malakassa, etwa vierzig Kilometer nordöstlich von Athen. Seien Sie in einer Stunde dort. Ich habe arrangiert, dass Sie eines unserer privaten Flugzeuge abholt und zurück nach London bringt.«

Land legte auf. Gardner weckte Aimée sanft. Sie murmelte etwas. Ihr Atem spielte mit den Haarlocken, die über ihren Lippen lagen. Er streichelte ihren Arm. »Zeit, aufzubrechen.«

»Wenn du schon ein Mädchen um diese Zeit aufwecken musst, solltest du besser eine Tasse heißer Schokolade in petto haben«, sagte sie und rieb sich die Augen.

»Entschuldige, Liebling, aber dafür ist keine Zeit. Ein Glas Wasser muss reichen.«

»Was könnte man von einem Mann wie dir mehr verlangen.«

Aimée packte das MacBook und die USB-Sticks zusammen, Gardner verstaute die Glock unter seinem Hemd. Er dachte über ihre Flucht nach und schätzte den Weg durch den Haupteingang als zu riskant ein. Sicher hatte noch der gleiche Rezeptionist Dienst, und wenn jemand kam und Fragen stellte, würde im Computer die genaue Ankunftszeit von Gardner und Aimée verzeichnet sein. Deshalb wandten sie sich am Ende des Korridors nach rechts anstatt links und nahmen die marmornen Treppen, die in den Vorhof führten. Von ihrem Zimmer aus hatte Gardner ein verschnörkeltes Tor am anderen Ende des Hofes ausgemacht, dass in eine von Wandmalereien und Weinranken verzierte Seitenstraße führte. In den Straßen war es dunkel; nur das Parthenon thronte hell erleuchtet auf der Akropolis.

In einer privaten Autovermietung entschied sich Gardner gegen 90 Euro für einen schwarzen BMW E46 Sedan, Model 325i, 2,5 Liter. Damit blieben ihm noch 60 Euro. Aimée nahm den Laptop und die USB-Sticks mit nach vorn auf den Sitz. Gardner drehte die Klimaanlage auf Maximum.

Vier Kilometer nördlich der Akropolis nahm Gardner die Mautstraße zur E57 Autobahn, die gleiche Autobahn, auf der er von Belgrad nach Brezovan gefahren war. In Serbien war der Verkehr relativ dicht gewesen, aber in Griechenland, um ein Uhr morgens, war ihr BMW das einzige Fahrzeug auf der Straße. Aimée überprüfte noch weitere Daten von dem zweiten mobilen Speicher.

Gardner raste die Autobahn entlang, vorbei an halbfertigen Villen, heruntergekommenen Hotels, abgesperrten Ruinen und maroden Bauernhöfen. Als der Abzweig nach Malakassa in Sicht kam, spürte er, wie sich ein unsichtbares Band um seinen Brustkorb schnürte.

Malakassa war ein nichtssagender Fleck auf der Landkarte, der einen halbärschigen Eindruck machte, so als hätten die Erbauer des Ortes mittendrin einfach aufgehört. Sie fuhren von Süden aus hinein, wo das Stadtzentrum zu liegen schien. Etwas weiter nördlich ragten die kahlen Ausläufer des Parnitha-Gebirges auf. Gardner fühlte, wie sich der Knoten in seinem Nacken zu lösen begann. *Wurde auch Zeit. Jetzt geht's nach Hause, und dann bin ich fertig mit der Firma.* Gardner war nicht gerade ein sonderlich romantischer Typ, aber er stellte sich vor, wie er die Nacht mit Aimée in einem Landhaus irgendwo in den Cotswolds verbrachte, eng umschlungen auf einem Sofa, während das Feuer im Kamin prasselte und Regentropfen gegen die alten Fensterscheiben trommelten.

Der Landeplatz bestand aus einem begradigten, etwa zwei Kilometer langen Lehmstreifen inmitten eines ausgedehnten, mit Gras bewachsenem Ackers. Das Gehöft im Osten der Landebahn schien verlassen. Ein Gulfstream 100 Privatjet wartete am südlichen Ende der Landebahn.

Gardner löschte das Licht und trat auf die Bremse. Der BMW hielt hundert Meter vor der Landebahn.

»Worauf warten wir?«, fragte Aimée.

»Da stimmt etwas nicht.« Aimée riss fragend die Augen auf. »Der Boden auf der Landebahn. Er ist unbenutzt. Und keine Menschenseele zu sehen. Sieht das für dich so aus, als wäre hier gerade erst ein Flugzeug gelandet?«

»Vielleicht hat das Flugzeug bereits auf uns gewartet.«

»Ein Luxusjet steht einfach so einen Kilometer nördlich vom Arsch der Welt herum?« Gardner griff nach der Glock, die er im Seitenfach des Wagens verstaut hatte. Dreizehn Schuss – und kein Reservemagazin.

»Ich gehe voraus. Warte hier auf mein Signal«, sagte er und verschwand in die Nacht. Die Glock in seiner Hand fühlte sich kalt an. Der Vollmond warf ein fahles Licht auf die Landschaft.

Sechzig Meter vor der Landebahn kundschaftete Gardner das Terrain um die Gulfstream herum aus. Geröll und Christusdornbüsche säumten die beiden Seiten des Rollfelds. Der Bauernhof wirkte verlassen: Schwarze Löcher gähnten in den Fensterscheiben, und vor dem Eingang stapelten sich gebrauchte Autoreifen. Ein

Grand Cherokee Jeep parkte vor dem Bauernhaus. Getönte Scheiben. Der Motor war abgestellt.

Wo also steckten sie?

Er sah zurück zu dem BMW. Das schwache Leuchten des MacBooks erhellte Aimées Gesicht.

Ka-Rack!

Der erste Schuss schien aus dem Nichts zu kommen, wie ein Erdbeben. Wenige Zentimeter vor Gardner stob etwas Erdreich auf. Dreck flog ihm ins Gesicht. Er konnte nicht bestimmen, woher der Schuss kam. Sein erster Instinkt war, sich auf den Boden zu werfen, aber sein Training riet ihm, sich in Deckung zu bringen, und zwar sofort.

Ein zweiter Schuss schlug in den Boden ein, zweieinhalb Zentimeter von seinen Füßen entfernt. Durch den Schuss konnte er nun eine Richtung ausmachen. Er sah nach Westen, zu dem Bauernhaus und dem Jeep. Röhrenförmig schlug Licht aus den Autoscheinwerfern, und zwischen den Gewehrschüssen war zu hören, wie der Motor angelassen wurde.

Ein dritter Schuss. Das Projektil pfiff so nah an Gardner vorbei, dass er die Hitze der Patrone spüren konnte. Ihn trennten noch fünfzig Meter von dem BMW. Zu viel, um zurückzugehen.

Die Räder der Gulfstream, dachte er. In zehn Metern Entfernung stellten sie die nächstbeste Deckung dar. Geduckt rannte er über das grobe Erdreich. Vom Jeep aus blitzte es immer und immer wieder Weiß auf.

Nach fünf schnellen Schritten hatte Gardner die Räder genau unter der Mitte des Jets auf Höhe der Tragflächen erreicht. Jedes der Räder war etwa einen halben Meter hoch und breit. Er duckte sich hinter den Reifen zusammen. Eine Dreiersalve schlug in den Gummi. Der Jeep beschleunigte, entfernte sich von der Gulfstream und hielt auf den BMW zu. Wenn Gardner in Deckung blieb, war Aimée ihnen ausgeliefert. Aber er hatte keine andere Wahl, denn wenn er aus der Deckung hervorkam, würden sie ihn erwischen.

Fluchend schlich er um den Reifen herum, um weiter in Deckung vor dem fahrenden Jeep zu bleiben. Die Schüsse ertönten in kurzen Abständen, woraus er schloss, dass sich mehr als ein Schütze in dem Jeep befinden mussten. Halbautomatische Waffen feuerten in gleichmäßigen Abständen, aber ein paar der Schüsse fielen beinahe gleichzeitig. *Also definitiv mehr als ein Schütze.*

Gardner erwiderte das Feuer. In schneller Folge gab er vier Schüsse ab. Die maximale Reichweite der 9x19mm Luger-Munition in seiner Glock lag bei etwa hundert Metern. An einem diesigen Tag hätte er die Entfernung halbiert, aber in einer glasklaren Nacht wie dieser hielt die Kugeln nichts auf.

Noch neun Schüsse übrig.

Sechzig Meter vor der Landebahn hielt der Jeep bei dem BMW an.

Ein Umriss stieg aus der Beifahrertür und näherte sich dem Wagen. Er konnte Aimée im Inneren des BMW erkennen. Sie klappte das MacBook zu und griff nach der Türverriegelung. Gardner sprang aus seiner Deckung hervor, aber die Schützen in dem Jeep schienen etwas dagegen zu haben. Schüsse ertönten und nagelten ihn fest. Erdrückt vom Schweiß und der Last seines Versagens kroch er ans andere Ende der Räder.

Das Gewehrfeuer verebbte und der Motor heulte auf. Gardner rollte aus seiner Deckung hinter den Rädern hervor und in eine kniende Schussposition. Die Glock schussbereit, der linke Arm in einem Neunziggradwinkel vor seiner Brust gebeugt, seine künstliche Hand als Ablagefläche für das Handgelenk seiner Rechten. Er sah, wie der Umriss Aimée zu dem Jeep zog. Der Jeep heulte wieder auf, bereit, davonzurasen.

Neunzig Meter, schätzte er. Beinahe einhundert. Beinahe außer Reichweite.

Er holte tief Luft, entspannte seine Schultern, spannte das Handgelenk an. Feuerte zwei Kugeln auf den Schemen ab, der gerade dabei war, die Reifen des BMWs zerschießen zu wollen. Die

Schüsse hallten durch die sternenklare Nacht. Beide verfehlten ihr Ziel, doch als er einen dritten Schuss abgeben wollte, flammten zwei grellweiße Blitze aus dem hinteren Ende des Jeeps auf. Der erste schlug in das Rad der Gulfstream ein und durchlöcherte den Reifen. Der zweite traf Gardner in den Arm. Er wurde herumgerissen. Der Schemen war zurück im Inneren des Jeeps. Die Glock fiel Gardner aus der Hand.

Als er wieder aufsah, war der Jeep verschwunden.

Gardner schleppte sich zu dem BMW. Er ließ sich auf den Fahrersitz fallen und ein stechender Schmerz fuhr durch seinen rechten Arm. Aimées Geruch lag noch in der Luft. Dann verdrängte ihn das Kordit, das an seinem Körper haftete.

Er wählte Lands Nummer. Er hörte eine Reihe von stotternden Klick-Geräuschen, als das Telefon versuchte, eine Verbindung aufzubauen. Dann folgte ein schriller Piepton. Er legte auf, wartete eine Minute und wählte die Nummer erneut. Immer noch besetzt, also widmete er sich erst einmal seiner Verletzung.

Ein Streifschuss verlief über seinen gesunden Arm. Aus der Nähe betrachtet war es schlimmer, als er zuerst angenommen hatte.

Eine fünf Millimeter tiefe Wunde aus abgestorbenem Gewebe begann kurz unterhalb der Wölbung des Bizeps, wand sich an seiner Muskel-Sehnen-Kappe hinauf und verschwand schließlich am Schlüsselbeinknochen an seiner Schulter. An den Rändern der Wunde war das Fleisch schwarz verfärbt. Sie sah aus, als hätte er aus Ungeduld über eine langsam heilende Wunde die Nähte aufgerissen.

Könnte schlimmer sein, sagte er sich. *Wenn die Kugel durchgegangen wäre, würdest du Unmengen an Blut verlieren, und das meilenweit vom nächsten Arzt entfernt.*

Gardner wendete den BMW und fuhr nach Athen zurück.

Ich muss mit Land reden. Ich brauchte Antworten.

Und ich muss herausfinden, wer zum Teufel noch mal Aimée entführt hat.

Kapitel 70

Hamburg, Deutschland, 05:12 Uhr

Das Panther-Fitnessstudio befand sich in einer zwielichtigen Seitenstraße im ansonsten modernen Teil von Hamburgs Schanzenviertel. Es lag nur einen Steinwurf von den Boutiquen, den Cafés und den Studenten mit engen Jeans und miesen Haarschnitten entfernt und hatte rund um die Uhr geöffnet – ein Zeichen dafür, dass der Manager seine Kundschaft sehr gut kannte. Karrieregeile Männer zwischen Mitte dreißig und Anfang vierzig hauptsächlich, die eine halbe Stunde Stressabbau durch Gewichte-Stemmen und Cardio-Training dazwischenschoben, wann immer es ihr straffer Terminplan erlaubte. Der Laden war also vierundzwanzig Stunden am Tag geöffnet, nur dass morgens um Viertel nach sechs niemand am Einlass saß.

Deshalb war es für Charles Kruger II ein Leichtes, den Laden zu betreten und sein Ziel ausfindig zu machen.

Kruger ging nicht mehr ins Fitnessstudio. Sein Körper hatte die Form, die man bekam, wenn man fünfundzwanzig Jahre lang Rumpf- und Kniebeugen trainierte – die klassische X-Form. Aber sein Gesicht machte den Eindruck seines wie aus Stein gemeißelten Körpers wieder zunichte. Sein unrasierter Bart sah aus, als hätte sich eine Ratte zum Sterben auf seinem Kinn zusammengerollt. Seine Hakennase hatte sich auf ihrem Weg nach unten verirrt und bog zu seiner rechten Wange hin ab. Das einzig Perfekte in Krugers Gesicht waren seine Zähne.

Das Fitnessstudio war beinahe leer. Er lief an Reihen einsamer Laufbänder und Hometrainer vorbei und gelangte in den Bereich mit den Gewichten. Zu seiner Rechten waren Hanteln in einem

Gestell aufgereiht. Direkt vor ihm standen mehrere Trainingsbänke und eine Kabelzugmaschine.

Kruger hatte die vergangenen sieben Tage damit verbracht, den Mann zu beobachten und sein Verhaltensmuster zu studieren. Wie die meisten Leute in seiner Position schien er versucht, den kleinsten Anflug von Routine im Keim zu ersticken. Er nahm jeden Morgen eine andere Route zur Arbeit, schlief jede Nacht in einem anderen Hotel. Er war vorsichtig, das musste Kruger ihm lassen.

Aber nicht vorsichtig genug.

Seine Zielperson mühte sich ächzend auf einer Hantelbank ab. Der Rücken lag gegen die Bank gepresst, die Beine standen fest auf dem Boden, während er alle Kraft in die Arme legte, um die Hantel anzuheben. Kruger zählte drei 20-Kilo-Scheiben und eine 10-Kilo-Scheibe auf jeder Seite. Die Stange selbst wog für sich genommen noch mal 10 Kilogramm. Der Typ stemmte also insgesamt 160 Kilo, das doppelte Gewicht eines durchschnittlichen Mannes. *Das war die andere Sache*, dachte Kruger: Seine Auftraggeber hatten ihm erklärt, dass sein Zielobjekt ein großer Mann und damit ein nicht zu unterschätzender Gegner war. *Groß wie ein Ochse und doppelt so blöd*, sagten sie.

Kruger störte das nicht.

Egal wie groß sie waren … nun, sagen wir einfach, dass du noch niemandem begegnet bist, der es mit dir aufnehmen konnte, sagte sich Kruger.

»Soll ich abnehmen?«, fragte er.

»Ich schaff's schon«, ächzte der Mann. Doch dann schien sein Ellbogen zu blockieren, und die Arme, die die Hantel stemmten, begannen zu zittern. Der Mann schloss die Augen und gab alles, was er noch konnte.

»Kommen Sie, ich helfe Ihnen«, sagte Kruger. Der Mann bekam kein Wort mehr heraus. Sein plattes Gesicht war angeschwollen wie eine Schweinsblase und er mühte sich damit ab, das Gewicht ein paar Zentimeter über seiner Brust zu halten.

Kruger rannte um die Trainingsbank herum. Der einzige andere Besucher der Fitnesshalle, ein spargeldünner Strich von einem Mann, der vor einem Spiegel Zehn-Kilo-Hanteln stemmte, sah zu ihnen herüber.

Kruger warf ihm einen einzigen Blick zu. *Verschwinde von hier*. Der Typ ließ die Hanteln fallen und machte sich aus dem Staub. Kruger hatte diese Wirkung auf andere Menschen.

»Okay, hab sie«, sagte er.

Die Zielperson atmete erleichtert auf, als sich Krugers Hände um die Stange legten.

Dann öffnete der Mann die Augen, und die Erleichterung war dahin.

»Was zum Teufel …?«

Sein Blick blieb an Krugers rechtem Arm hängen. Der gesamte Unterarm war eine Prothese.

Kruger nahm die linke Hand von der Stange. Er hielt jetzt das gesamte Gewicht der Hantel mit der rechten Hand, zeigte aber keine Anzeichen von Anstrengung. Natürlich war das Gegenteil der Fall. Aber Kruger machte den Eindruck, als könnte er das Gewicht den ganzen Tag lang halten.

»Dein Name ist Stefan Margitz, richtig?«, fragte Kruger, und seine Stimme verriet schließlich seine texanische Herkunft.

»Ich verstehe nicht …«

Kruger löste ein wenig den Griff um die Hantel. Sie sackte fünf Zentimeter nach unten, nur noch fünfzehn Zentimeter von der Brust seiner Zielperson entfernt.

»Scheiße. Okay, ich bin Margitz«, sagte er und starrte auf die Hantel. In seinen Augen war die pure, ungefilterte Angst zu sehen.

»Ich habe eine Nachricht von einem gemeinsamen Freund. Dmitri will sein Geld.«

»Ich hab es nicht dabei.«

Kruger ließ die Stange weitere fünf Zentimeter hinab. Margitz Lunge zog sich vor Angst zusammen.

»Du solltest deine Worte sorgfältiger wählen, Kumpel.«

Während er nach Luft schnappte, sagte Margitz: »Bitte, geben Sie mir nur noch zwei Tage.«

»Ich geb dir zwei Sekunden.«

»Scheiße, Scheiße …«

Kruger schüttelte den Kopf. »Letzte Chance.«

Margitz' Gesichtsausdruck verhärtete sich, wie Wasser, das gefror. Von irgendwo her schien er Mut zu schöpfen. »Scheiß drauf, ich hab es nicht. Ich warne dich, du Arschloch. Besser, du lässt das Gewicht los.«

»Oder was?«

»Oder ich ramme dir deine Hand soweit in den Arsch, dass du dir von unten die Zunge kitzeln kannst.«

Der letzte Satz brachte Kruger zum Lachen. Nicht, weil er es besonders lustig fand, sondern weil Margitz den gleichen Fehler wie so viele andere vor ihm machte. Er sah eine Prothese und hielt das für eine Schwäche. Wo doch das Gegenteil der Fall war.

Krugers künstlicher Arm war keine gewöhnliche Prothese, denn sie übertraf deren eigentlichen Fähigkeiten.

Drei Jahre zuvor hatte er als Versuchsobjekt an einem wegweisenden Programm des Pentagons teilgenommen. TMR, Targeted Muscle Reinnervation, ein Programm, dass es ihm über eine künstliche Schnittstelle erlaubte, die man in die Wirbelsäule eingepflanzt hatte, die Prothese direkt mit den motorischen Nervenresten seines Körpers zu verbinden. Mit diesem Stück Cyberware konnte Kruger jede Art von Netzwerk oder Maschine bedienen, die über einen Computerprozessor verfügte. Er konnte Maschinen fernbedienen, Autos aus Kilometern Entfernung fernsteuern und ins Internet gehen, indem er nur daran dachte.

Die Geeks bei der DARPA, der Pentagon Defense Advanced Research Projects Agency, hatten an der Stelle aber noch nicht aufgehört. Sie hatten einen Arm entwickelt, der praktisch unzerstörbar war. Er war kugelsicher, feuerfest und mit speziellen bionischen

Muskeln ausgestattet, die fünfzig Mal stärker und kräftiger als die eines menschlichen Armes waren. Kruger konnte jemanden mit einem Fingerschnippen das Genick brechen.

Deshalb lachte Kruger, denn Margitz hatte wirklich keine blasse Ahnung.

»Was ist so lustig?«, fragte Margitz.

»Das«, sagte Kruger.

Er ließ die Hantel los.

Das Gewicht sackte die letzten zehn Zentimeter auf Margitz' Brust hinunter. Und dann noch ein paar Zentimeter weiter in seinen Brustkorb hinein. Seine Rippen knackten, splitterten, brachen. Sein Zwerchfell gab mit einem dumpfen, malmenden Geräusch unter dem Gewicht nach. Kruger hörte, wie es die Luft aus dem Mann herauspresste. *Kein Wunder*, dachte er, denn sein Brustkorb sah aus wie ein durchlöcherter American Football. Blut gurgelte in Margitz' Mund, während er mit den Händen an der Hantel scharrte.

Sein Gesicht hatte sich frostig blau verfärbt.

Dann hörte er auf zu scharren.

Kruger verließ das Fitnessstudio.

Draußen, in der Seitenstraße, zündete er sich ein Zigarillo an. Kruger war kein Zigarrentyp. Früher mal, bis zu dem Verbot. Er wäre geliefert, wenn er sich draußen dreißig Minuten durch eine Cohiba hätte quälen müssen. Zigarillos waren kleiner, leichter, und schneller zu rauchen.

Er tippte sich durch seine Liste mit den Kontaktdaten, als der Typ ihn anrief. Nicht der, von dem er den Margitz-Auftrag erhalten hatte, jemand anderes. Ein Job, auf den er schon eine Weile wartete. Kruger lächelte. Er mochte diese Zeiten, wenn einem die Jobs nur so zuflogen.

»Wir haben das Mädchen«, sagte die Stimme. Er sprach langsam und riss die Worte auseinander. Machten sie alle. War typisch für die Russen.

»Sehr schön«, sagte Kruger.

»Sie wird in drei Stunden da sein.«

Er sah auf die Uhr. Es war fünf Uhr dreißig, genau eine Stunde hinter der griechischen Zeit. »Sehr schön.«

Der Russe schnaubte verächtlich. »Der Soldat – dieser Brite – er denkt, er könne die Schlampe retten.«

»Ah.« Kruger paffte an seinem Zigarillo. »Sehr schön.«

Kapitel 71

Athen, 05:56 Uhr

Vier Stunden und noch immer keine Antwort von Land. Gardner versuchte ihn zum vierten Mal innerhalb der letzten vierzig Minuten zu erreichen. Besetzt. Wieder. Er warf das Telefon auf das Armaturenbrett und fluchte die Windschutzscheibe an.

Zurück in Athen. Zurück in den Straßen mit den unfertigen Gebäuden und leeren Geschäften, Nachlass einer ruinierten Wirtschaft.

Gardner stellte den BMW in einer Seitenstraße des Plaka-Bezirks inmitten der Stadt ab. Während der Fahrt hatte er darüber nachgedacht, sich ein billiges Hotelzimmer zu mieten, aber dann dagegen entschieden. Ihm waren nur noch 60 Euro geblieben. Das Geld würde er vielleicht für einen Notfall brauchen. Und wer auch immer ihm an der Landebahn aufgelauert hatte, würde nach ihm suchen. Außerdem war es sehr viel leichter, ein paar Hotels abzuklappern und einen Namen herauszubekommen als einen Typen in einem Auto zu verfolgen.

Er musste seine Wunde säubern. Von Regiments-Operators erwartete man, dass sie sich mit Medizin und Notversorgung besser auskannten als der durchschnittliche Soldat. Sie mussten monatelang in feindlichem Gebiet ohne Aussicht auf professionelle medizinische Versorgung zubringen, und deshalb wusste Gardner so gut wie alles über Kugeln und die Wunden, die sie verursachen konnten. Es fing damit an, dass weder die Kugeln noch die Waffen, aus denen sie abgefeuert wurden, steril waren. Das Gleiche galt für die Luft, durch die sie flogen. Das bedeutete, dass sie Bakterien ins Fleisch trugen. Der Stoff der Kleidung war ebenfalls mit Bakterien überzogen. Und Gardners Fleisch hatte von beidem eine Menge abbekommen.

Er durchsuchte den BMW. Im Handschuhfach fand er, wonach er suchte. Eine ungeöffnete Flasche Mineralwasser. Gardner schraubte sie mit der rechten Hand auf. Dann nahm er die Flasche mit der künstlichen linken Hand und kippte ihren Inhalt unbeholfen über die offene Wunde. Das Wasser war lauwarm. Es rann über die Furchen seiner Wunde und spülte den Dreck heraus. Als die Flasche leer war, warf sie Gardner beiseite und versuchte, seinen Arm zu bewegen. Es brannte wie verflucht, und der Geruch war faulig. Aber zumindest ließ er sich bewegen.

Dann versuchte er noch einmal, Land zu erreichen.

Dieses Mal nahm er den Anruf entgegen. »Ich ruf Sie zurück«, sagte er, bevor Gardner auch nur einen Ton sagen konnte.

Gardner wartete einige Minuten. Sein Herz schlug schnell. Er spürte seinen flatternden Herzschlag in der Kehle. Wer immer Aimée entführt hatte, würde dafür bezahlen, schwor er sich. Mit seinem Leben.

Zehn Minuten später klingelte das Telefon.

»Ja?«, fragte Land.

»Es war ein Hinterhalt. Wir wurden an der Maschine angegriffen, wir …«

»Das habe ich gehört. Man hat beide Piloten tot in einem Hotelzimmer in Kalamos gefunden. Mit aufgeschnittenen Kehlen.«

»Jemand hat dort auf uns gewartet«, sagte Gardner. »Man hat auf mich geschossen und Aimée geschnappt.«

»Tut mir leid, das zu hören.«

»Sparen Sie sich den Bullshit, Land. Wer waren diese Leute?«

»Beruhigen Sie sich, Joe.« Lands Stimme wurde sehr ruhig. »Und hören Sie mir aufmerksam zu. Ich bin gerade aus einem Treffen mit unseren besten Field Agents gekommen. Sie sagen, man hat Aimée entführt?«

»Ich bin nicht an sie rangekommen.«

»Das waren die Russen.«

»Sotov?«

»Das geht höher als Sotov. Die russische Regierung steckt da mit drin.«

»Was ist mit Aimée?«

»Einer unserer Moskauer Agenten berichtet, dass zwei besonders unangenehme Zeitgenossen auf sie angesetzt wurden.«

»Wer?«

»Die Kazan Zwillinge. Ein Mann und eine Frau, angeblich Geschwister. Sie haben sich auf Folter für die Mafia und den Geheimdienst spezialisiert. Der Mann ist dafür bekannt, seine Opfer bei lebendigem Leib zu häuten.«

Gardners Welt stürzte in sich zusammen. *Du hast es versprochen*, erinnerte er sich. *Du sagtest, du würdest sie beschützen.*

Und jetzt das.

»Aber weshalb sollten sie Aimée foltern wollen?«, fragte Gardner laut. »Sie haben den Laptop und die USB-Sticks.«

»Die Russen denken in dieser Hinsicht anders, Joe.«

Gardner ließ die Zunge über seine belegten Zähne gleiten. »Wo ist sie?«

»Ein Wohnhaus am Kapsisplatz, im Marousi Bezirk. Zwanzig Minuten von Ihrer jetzigen Position entfernt. Leider habe ich nur schlechte Nachrichten für Sie«, sagte Land, in dessen Stimme nun Anstrengung mitschwang. »Unser Agent sagt, dass die Kazan-Zwillinge vor drei Stunden einen Privatflug nach Athen gemietet haben. Man braucht mit dem Flugzeug etwa drei Stunden von Moskau nach Athen. Dann vielleicht noch eine halbe Stunde bis zu Aimée.« Land machte eine Pause. »Wenn Sie sich beeilen, könnten Sie es noch schaffen. Sie müssen sie aufhalten, Joe …«

Die Verbindung brach ab. Gardner zog die Batterie aus dem Telefon, wartete zehn Sekunden und schob sie wieder hinein. Als er das Telefon wieder einschaltete, hatte er ein schwaches Signal. Ein mickriger Balken. Außerdem eine neue Nachricht. Ein kurzer

Videoclip. Nicht länger als fünf Sekunden. Körnig, und stark verpixelt. Vor einem graubraunen Hintergrund war ein Gesicht zu erkennen. Der Gesichtsausdruck war blanke Angst. Die Person hatte eine aufgeplatzte Lippe und ein blaues Auge.

Aimée.

Kapitel 72

06:09 Uhr

Gardner fuhr fünf Kilometer in östlicher Richtung die Alexandras Avenue hinab, dann bog er hart nach links auf eine zweispurige Straße ab und folgte der Kifisalas Avenue, vorbei an der mit Graffiti verunzierten Hülle des alten Panathinaikos Fußballstadions. Der Tank war noch halb voll. Gardner legte den vierten Gang ein und trieb den BMW auf 95.

Marousi war eine wohlhabende und extravagante Gegend. Hier befand sich das Finanzzentrum, in der Ferne sah man das Olympiastadion. Der Kapsisplatz lag eingezwängt zwischen zwei Hügeln. Gardner fuhr an die Seite, schaltete den Motor aus und stützte die Hände auf das Lenkrad. In Athen brach der Morgen an, die streunenden Hunde zogen sich zurück.

Er kontrollierte noch einmal die Adresse, die Land ihm gegeben hatte. Nummer 10, Kapsisplatz. Er ließ den Blick über den Platz schweifen. Rechts von ihm ein Dreisternehotel, das versuchte, wie ein Fünfsternehotel zu wirken und dabei kläglich scheiterte. Linkerhand ein Hochhaus, übereinander getürmte Appartements, jede Etage etwas schmäler als die darunter liegende, wie eine Pyramide aus Schnapsgläsern. Bei der Hälfte der Wohnungen hing ein Zu-Verkaufen-Schild an den Balkonen. Die Straße glänzte von einem Regenschauer gegen drei am Morgen. Gardners Augen blieben an den Büros am unteren Ende des Hochhauses hängen.

Dort werden sie sein, dachte er. Sein Puls stieg. Folter war in Russland eine Spezialität, und die Kazan-Zwillinge waren drauf und dran, Aimée den Hauptgang zu präsentieren.

Gardner stieg aus dem BMW. Die geriffelte Oberfläche des Griffs der Glock 17 drückte ihm ins Kreuz. Der Platz war menschenleer. Vor dem Haus sah er einen tiefschwarzen Mercedes-Benz E550. Ein derart nobler Wagen wirkte hier seltsam fremd. Regentropfen auf der Motorhaube und der Windschutzscheibe verrieten Gardner, dass der Wagen sei mindestens drei Uhr morgens hier gestanden haben musste.

Er schritt die dreißig Meter auf das Gebäude zu und musterte die Umgebung. An der Tür angekommen, klingelte er bei dem Hausmeister. Ein Summen ertönte, dann ein Klicken. Er war drin.

Der Flur war leer. Gardner zog die Glock 17 aus seiner Jeans und ließ sie an der Seite herabhängen. Der Linoleumboden roch noch Bleichmittel. Seine Schritte hallten durch den kühlen Flur.

Er stieg zwei Treppen hinauf, seine Schuhe quietschten auf den polierten Linoleumstufen. Vor der Tür zu Appartement Nummer 10 hob Gardner das rechte Bein, zog den Fuß zurück und trat gegen das Schloss. Nur in Filmen schossen die Leute auf Schlösser. Im echten Leben wäre der Schütze wohl eher durch die Metallsplitter erblindet oder selbst von der abprallenden Kugel getroffen worden, anstatt das Schloss auf die Art zu sprengen. Ein einfacher Tritt war doppelt so effektiv und nur halb so laut.

Das Schloss brach. Die Tür schwang auf. Gardner hob die Glock auf Schulterhöhe und pirschte in den Flur. Vor ihm lagen drei Türen. Zwei links, eine rechts. Die Türen links waren verschlossen, die rechte stand offen und schwaches Sonnenlicht quoll wie Honig durch ein unsichtbares Fenster in den Flur.

Er spürte, wie sich seine Eingeweide zusammenzogen. Sein Atem ging schnell und flach.

Gardner roch Zigarettenrauch.

Er hörte, wie eine Tür zugeschlagen wurde und die Wände zitterten. Das kam von zehn Uhr, gegenüber der offenen Tür, zwölf Meter Entfernung.

Jetzt befand er sich in dem Raum, die Glock schussbereit.

Der Raum war L-förmig und schmucklos. Verdammt spartanisch. Keinerlei Möbel, nur ein Aschenbecher auf dem Boden. Aus einem Dutzend Stummeln stieg noch leichter Rauch auf. Neben dem Aschenbecher lag ein zerknülltes Päckchen Mayfairs. *Wer in Griechenland raucht denn schon Mayfairs?*

Dann bemerkte er eine Bewegung auf drei Uhr.

Am anderen Ende des Zimmers.

Da war eine Tür, die auf die nördliche Seite des Wohnblocks hinausführte. Als Gardner auf sie zulief, hörte er das *Klonk-Klonk* von Schuhen, die über Metall eilten. Er stürmte durch die Tür und fand sich auf der Plattform der Feuertreppe wieder. Er spähte nach unten. Eine metallene Treppe wand sich in eine braune Gasse hinab. Zwei Personen rannten aus der Gasse und auf den Platz. Ein Mann und eine Frau. Zu weit entfernt und verschwommen, um ihre Gesichter erkennen zu können. Alles, was er sah, waren die rötlichbraunen Haare der Frau. Der Mann war dürr, hatte eine kahle Stelle auf dem Kopf und trug einen grauen Anzug.

Die beschissenen Kazans.

Er überlegte, einen Schuss abzufeuern, entschied sich aber dagegen. Die Zwillinge hatten Aimée nicht bei sich. Er musste sie lebend erwischen und herausfinden, wo man sie gefangen hielt.

Fünf Sekunden, nachdem die beiden verschwunden waren, hatte er die letzte Stufe der Feuertreppe erreicht.

Zurück auf dem Platz musterte er den BMW. Das Chassis hing ein paar Zentimeter tiefer als gewöhnlich. Sie hatten ihm die Reifen zerstochen, bevor sie sich aus dem Staub gemacht hatten. Gardner kam zu dem Schluss, dass sie den Platz nur an einer Stelle verlassen haben konnten, und stürmte in eine Straße, die an ein amerikanisch anmutendes Einkaufszentrum grenzte. Und dort hetzten die Frau und vor ihr der Mann davon.

Gardner konnte sich auf seinen Laufstil verlassen. Er hatte kräftige Beinmuskeln und seine Lunge ließ manchen Durchschnittstypen alt aussehen. Aber die Kazans waren dürr, mit langen Beinen, und für jeden Schritt, den sie machten, brauchte Gardner zwei, um den Abstand zu ihnen zu verringern.

Wenn ich sie erreichen könnte, dachte er.

Er war dreißig Meter hinter der Frau. Fünfunddreißig Meter hinter ihm. Ein stechender Schmerz fuhr ihm die rechte Körperhälfte hinauf in den Brustkorb. Er zwang sich, nicht langsamer zu werden. Dicke Schweißtropfen rannen ihm in die Augen und trübten seine Sicht.

Die Straße hörte dort auf, wo auch das Einkaufszentrum endete, und die Zwillinge bogen nach rechts in eine enge Seitengasse ab, in welche die Rückseiten von Restaurants mündeten. Stühle und Tische für den Außenbereich waren an beiden Seiten der Gasse aufgetürmt. Essensabfälle bildeten eine Brühe, die von einem Ende zum anderen schwamm.

Zwanzig Meter bis zu der Frau.

Dann knickte sie um.

Gardner gab noch einmal alles. Der Schmerz wechselte zur linken Seite über, aber nun trennten ihn nur noch zehn Meter von der Frau. Sie rappelte sich von dem Pflaster auf. Er spähte voraus zu dem Mann, der das Ende der Gasse erreicht hatte. Er stoppte, sein Kopf fuhr hin und her, unsicher, ob er sie zurücklassen oder zu ihr zurücklaufen sollte.

Die Frau nahm ihm die Entscheidung ab. Sie sprang auf die Füße, mit einer Beweglichkeit, die Gardner überraschte. Aus einem Stapel packte sie das Bein des untersten Stuhls und zog fest daran. Die Stühle fielen um, ihre Metallrahmen klapperten auf dem Boden. Dann rannte sie davon. Gardner trat die Stühle zur Seite.

Der Mann und dann die Frau, die zu ihm aufgeholt hatte, wirbelten nach links und verschwanden.

Gardner erreichte das Ende der Gasse und sah die beiden einen leichten Abhang hinabrennen. Tauben gurrten und flatterten herum. Die Neigung endete nach vierzig Metern und führte zu einer Kreuzung. Gardner sah, wie die Vorderseite eines Wagens wie ein Speer aus der Kreuzung schoss und in die Zwillinge zu krachen drohte.

Das Auto, ein Focus, machte eine Vollbremsung, aber die Stoßstange erwischte die Beine des Mannes und er fiel auf die Motorhaube. Die Frau packte ihn am Kragen, zog ihn nach oben und beide eilten weiter davon.

Gardner sprintete die abschüssige Straße hinunter. Er überquerte die Kreuzung, wo bereits andere Fahrer den Mann in dem Focus anschrien, weil dieser so plötzlich gebremst hatte. Die Zwillinge waren an einer Reihe von Kebabhäusern und Souvenirläden vorbeigerannt und hasteten nun ein paar Betonstufen hinauf.

Die Stufen führten zu einem Fahrkartenschalter, und Gardner sah ein Schild davor hängen: Der Weg führte zu einem Bahnhof am Stadtrand.

Er befand sich jetzt nur noch zehn Meter hinter den beiden. Seine außergewöhnliche Ausdauer und Stärke machten sich bezahlt. In einem Sprint war Gardner nicht sonderlich schnell, aber auf lange Distanz holte er irgendwann jeden ein, früher oder später.

Die Zwillinge sprangen über die Absperrungen der Fahrkartenkontrollen. Gardner ebenso. Ein Zug fuhr auf der angrenzenden Plattform ein, leuchtend graue Plastik in futuristischem Design. Über Lautsprecher war eine Durchsage zu hören. Ein Dutzend Leute stiegen aus, deutlich mehr stiegen ein.

Gardner suchte in dem Gedränge nach dem Paar. Keiner der beiden war zu sehen. *Vielleicht sind sie nicht in dem Zug*, dachte er.

Die Türen piepten. Kurz davor, sich zu schließen.

Du musst dich entscheiden. Rein, oder nicht?

Gardner huschte in den Gang des erstbesten Waggons. Der Zug fuhr langsam an, er spähte zum Fenster hinaus und suchte die Plattform ab, scannte jedes Gesicht, das sich langsam auf den Ausgang zubewegte. Gelangweilte Gesichter, zornige Gesichter, die Art von Gesichtern, die er unzählige Male in der U-Bahn gesehen hatte. Pendler, die so aussahen, als bräuchte ihr Leben dringend einen

Neustart. Zwanzig Gesichter, aber keines davon passte zu dem Mann oder der Frau.

Das bedeutet, dass sie an Bord des Zuges sind.

Der Bahnsteig verlor sich in der Ferne.

Eine der automatischen Türen glitt auf, und er tauchte mit dem Kopf voran in den Durchgang und den eigentlichen Waggon.

Kapitel 73

07:00 Uhr

Kalte Luft schlug Gardner entgegen, als er sich seinen Weg durch den Zug bahnte. Der Zug war rappelvoll. Männer und Frauen, mittleren Alters und gestresst, saßen da und fingerten an ihren Blackberrys und iPhones herum. Andere starrten aus dem Fenster auf die vorbeihuschende Landschaft, in der Bäume, Straßen, Autos und Häuser zu einem granitfarbenen Schleier verschmolzen.

An jeder Sitzreihe überprüfte Gardner die Gesichter. Die Pendler ignorierten ihn entweder oder musterten ihn argwöhnisch. War ja auch kein Wunder – er sah beschissen aus. Sein Shirt war am Ärmel abgerissen und von seinem rechten Arm ging ein strenger Geruch aus. Auf die Art war er nicht gerade unauffällig. *Wenigstens hab ich die Glock dabei*, dachte er. Die hatte er sich in seine Jeans gesteckt, und die Unterseite seines T-Shirts überdeckte den Pistolengriff.

Er erreichte das Ende des ersten Waggons. Kein Glück. An der Schiebetür, welche die einzelnen Waggons voneinander trennte, machte er kurz Halt. Eine sanfte weibliche Stimme machte eine automatische Ansage, bevor der Zug langsamer wurde und am nächsten Haltepunkt einfuhr.

Gardner spähte aus dem Fenster der Automatiktür. Sah, wie sich ein paar Typen aus ihren Sitzen schälten, und dabei das gleiche Ritual ausübten wie überall auf der Welt: Krawatte zurechtrücken, das Mobiltelefon sperren, nach dem Koffer auf der Gepäckablage greifen.

Einer der Männer trat in den Gang. Auf dem Sitz dahinter erblickte Gardner einen rotbraunen Schopf.

Er blieb bei der Tür und wartete auf den richtigen Moment. Der Zug bog in die Haltestelle. Ein Ort namens Pallini. Dann hielt der Zug. Sobald die Lichter angingen und die Türen wie eine Art mechanischer Vorhang zurückglitten, trat Gardner durch die automatische Tür und nutzte die aussteigende Menge, um sich vor den Kazans zu verbergen. Die rothaarige Frau blieb sitzen. Sie stiegen nicht aus. Der Mann war aufgestanden und auf dem Weg zur Toilette an Gardners Ende des Ganges. In dem Gedränge hatte er ihn nicht bemerkt.

Gardner zog sich einen Waggon zurück und spähte durch das Fenster. Der Mann verschwand in der Toilette. Im Nu war Gardner wieder zurück in den angrenzenden Waggon gestürmt und blockierte im Bruchteil einer Sekunde mit seinem linken Arm die Toilettentür, während er sie mit der Schulter zurückschob. Die Tür vibrierte, klickte und gab den Widerstand auf.

Der Kerl stand vor der Kloschüssel. Er hörte das Summen und drehte sich um, um nachzusehen, was zum Teufel da hinter ihm vor sich ging. Gardner zog das Knie an und trat dem Kerl in den Rücken.

Von dem Tritt nach vorne geschleudert suchte der Mann Halt an dem Spülkasten. Hinter ihnen schloss sich die Tür. Der Boden war voller Pisse. Gardner packte ihn an den Haaren. Der Kerl schrie auf. Dann stieß Gardner sein Gesicht in den Spiegel über dem Waschbecken, und der Schrei ging in ein leises Keuchen über. Blutspritzer landeten auf dem Glas.

Dann hieb er den Kopf des Mannes gegen den Porzellanrand des Waschbeckens. Schleimiges Blut und Rotz quollen aus seiner Nase. Jetzt gab er überhaupt keinen Laut mehr von sich. Seine Arme hingen schlaff an den Seiten herunter.

Gardner drehte ihn herum und hievte ihn auf den Toilettensitz. Das Klo stank nach Pisse und Schweiß. Der Schwanz des Mannes baumelte aus dem Reißverschluss. An den Innenseiten seiner Oberschenkel war das Grau seiner Hosenbeine viel dunkler. Der Mann hielt sich die Hände schützend vor seine Nase. Kleine Glassplitter steckten in seiner Stirn. Bevor er die Chance hatte zu reagieren, zog Gardner die Glock und presste ihm den kalten Lauf zwischen die Eier.

»Sag mir, wo Aimée ist.«

»Bitte …«, sagte der Mann.

Gardner schlug dem Kerl die Hände vom Gesicht. Seine Nase war rotblau angeschwollen. Sein ganzes Gesicht war nur noch eine einzige violette Masse.

»Bitte, nicht …«

Die Stimme traf Gardner wie ein Schlag mit der Brechstange.

»Was hast du gerade gesagt?«

»Bitte, bitte bring mich nicht um«, stammelte der Kerl.

Jede einzelne Silbe pulsierte in Gardners Schädel. Nicht, weil Gardner die Stimme wiedererkannt hätte. Das tat er nicht. Aber der Akzent war unverkennbar. Der Kerl stammte aus London.

»Wer zum Teufel bist du?«

»Wir sind auf deiner Seite«, sagte der Mann.

»Dein verdammter Name.« Gardner drückte ihm die Glock fester in den Schoß. Der Mann wand sich vor Schmerz.

»Peter Stokes.«

»Ihr wolltet Aimée umzubringen.«

»Nein, ich schwöre.«

»Bullshit.«

»Ich kenne niemanden, der so heißt.«

»Wer bist du dann?«

Der Kerl verzog unter Schmerzen das Gesicht. Rotz lief ihm aus der Nase und sammelte sich als schmieriger Fleck um seinen Mund. Für einen Moment starrte er in den zerbrochenen Spiegel, dann wendete er seinen Blick wieder Gardner zu.

»Ich bin vom MI6«, sagte er.

Kapitel 74

07:21 Uhr

Gardner drückte noch immer seine Glock gegen Stokes Eier. Seine erste Reaktion war, dass der Mann Scheiße erzählte. Aber dann dachte er an den Akzent. Der war so englisch, wie man Freitag nachts im Stadtzentrum eine aufs Maul bekommen konnte. Und Geheimagenten, selbst diejenigen, die über Jahre hinweg einen Akzent derart diszipliniert einstudierten, dass sie es vermieten, in ihrer Muttersprache zu sprechen, ließen hin und wieder verräterische Spuren ihres eigentlichen Akzents durchblitzen. Besonders dann, wenn sie sich einer Glock gegenüber sahen.

Und dann war da noch Stokes Optik. Der Typ sah eher wie ein Buchhalter als ein durchgeknallter Killer aus. Er hatte eine teigige Kieferpartie und die schlaffe Körperhaltung eines Mannes, der seinen Job zusammengekauert vor einem Computer verbrachte. Wahrscheinlich cremte er sich morgens als erstes das Gesicht und bügelte abends noch seine Hemden.

Aber ein Teil von Gardner wollte Stoke keinen Glauben schenken.

Denn wenn er wirklich beim MI6 arbeitete, dann fehlte ihm jede Spur zu Aimée. Nach ein paar Sekunden schließlich brach Stokes die Stille.

»Ich sage die Wahrheit. Der Name meiner Kollegin ist Rachel Salvago. Wir sind Agenten bei der Spionageabwehr des Ministeriums.« Er warf der Glock einen finsteren Blick zu. »Warum nimmst du nicht einfach die Waffe runter, und wir unterhalten uns?«

»Die Kanone bleibt da, wo sie ist«, sagte Gardner. »Wer ist dein Boss?«

»Leo Land.«

»Land hat mich geschickt, um euch umzulegen.«

»Wie gut kennst du Land? Wer bist du überhaupt?«, fragte Stokes und musterte Gardner von oben bis unten.

»Mach dir um mich keine Sorgen, Kumpel«, sagte Gardner. »Erzähl mir deine Geschichte.«

»Es geht nur um Istanbul.«

Gardner nahm etwas Druck von der Pistole. »Ich bin ganz Ohr.«

»Land wusste Bescheid«, sagte Stokes.

»Wusste worüber Bescheid?«

Stokes sah auf den urinstarrenden Boden und schüttelte den Kopf. Er holte tief Luft. »Wie ich schon sagte, Salvago und ich arbeiten für Land. Wir machen einfach weiter unsere Arbeit und schauen in die andere Richtung. Aber …« Gardner starrte Stokes unverwandt an. Wovon zum Teufel redete der Mann? Jede weitere Minute ohne eine Spur ließ es unwahrscheinlicher werden, dass er Aimée fand. Stokes fuhr fort: »Vor etwa einem Monat stieß Salvago auf eine Reihe von Mobiltelefonaten zwischen Moskau und der Firma. Die Gespräche fanden spät nachts statt, und immer mit der gleichen russischen Nummer. Also haben wir ein paar Nachforschungen angestellt und herausgefunden, dass die Nummer einem Mafia-Typen gehörte. Sein Name war Aleksandr Sotov.«

Gardner spürte ein Brennen im Genick. Er wusste, was jetzt kommen würde, aber er musste die Frage trotzdem stellen.

»Mit wem aus der Firma hat er gesprochen?«

Stokes Gesicht verhärtete sich. »Dreimal darfst du raten.«

»Scheiße!«, sagte Gardner.

Der Zug wurde wieder langsamer. Die einschläfernde Frauenstimme kündigte an, dass sie die nächste Haltestelle erreichten: Kantza.

»Worüber haben sie gesprochen?«, fragte Gardner.

Jemand klopfte an die Tür und wetterte verärgert auf Griechisch. Einmal, zweimal, dreimal.

»Bin gleich soweit«, rief Gardner. Er sah wieder zu Stokes und bedeutete ihm, weiterzusprechen.

»Land wusste, dass die Russen vorhatten, jemandem eine Atombombe zu verkaufen und sie in der Türkei hochgehen zu lassen. Und nicht nur das, er hat auch eine nicht unbedeutende Rolle in der Sache gespielt.«

»Wie das?«

»Land hat einen Ex-SAS-Soldat rekrutiert, um die Bombe entgegenzunehmen.«

Gardner fühlte sich, als würde man ihn gleichzeitig in verschiedene Richtungen ziehen. »Land hat mich auf Balds Fährte gesetzt.«

Stokes sah ihn ausdruckslos an. Er hatte keine Ahnung, wer Bald war.

»Hast du versucht, Land damit zu konfrontieren?«, fragte Gardner.

»Machst du Witze? Land ist einer der mächtigsten Bonzen in Whitehall.« Stokes berührte sein Kinn und zuckte zusammen. »Wir haben nichts gesagt, aber irgendwie hat Land spitz gekriegt, dass wir etwas wussten.«

»Wie?«

Der Zug nahm langsam wieder Fahrt auf.

»Weil er mich und Salvago an dem Tag, bevor die Bombe explodierte, plötzlich nach Athen versetzt hat. Einfach so«, sagte er und schnippte mit den Fingern. »Er wies uns an, zu einer bestimmten Adresse zu gehen und dort auf weitere Instruktionen zu warten.«

»Kapsisplatz Nummer 10.«

»Dann hörten wir von der Bombe.«

»Und dann habt ihr mich kommen sehen.«

»Und wir wussten, dass er uns aus dem Weg räumen wollte. Also sind wir weggelaufen.«

Gardner zog eine Handvoll Papiertücher aus dem Spender und warf sie Stokes zu.

»Mach dich sauber. Dann stellst du mich Salvago vor.«

»Warum?«

»Weil ich sehen will, ob sich ihre Geschichte mit deiner deckt. Wenn ja, dann fange ich vielleicht an, dir zu glauben.«

»Da ist noch etwas, dass du wissen solltest«, sagte Stokes, der sich seine blutende Nase abtupfte. Er zog das Papierhandtuch zurück und untersuchte die roten Flecken. »Ein Freund in Whitehall hat mir letzte Nacht eine Nachricht geschickt. Man hat unsere Büros durchsucht. Computer mitgenommen. Die Telefone auch.«

Gardner dachte wieder an Aimée. Sie trug das MacBook und die USB-Sticks bei sich. »In Ordnung, besuchen wir Salvago«, sagte er.

Mit einer Hand das Papierhandtuch unter der Nase haltend entriegelte Stokes die Toilettentür und trat in den Gang hinaus. Der Waggon war jetzt so gut wie leer. Die Rothaarige saß an einem Tischplatz. Vor ihr stand eine dampfende Tasse Kaffee. Sie warf einen Blick auf Stokes Gesicht und wollte aufspringen, aber er beruhigte sie. Sie rutschte wieder auf ihren Sitz zurück. Gardner glaubte, etwas in dem Blick zu sehen, den sie Stokes zuwarf. Etwas, dass ihm sagte, dass sie womöglich mehr als nur Kollegen waren.

Auf jeder Seite des Tisches befanden sich zwei Sitze. Stokes setzte sich neben Salvago, Gardner nahm ihnen gegenüber Platz.

»Wer sind Sie?«, fragte Salvago mit einer warmen, rauchigen Stimme. Gardner machte sich nicht allzu viel aus Rothaarigen, aber wenn er etwas mehr Zeit mit ihr verbracht hätte, würde er vermutlich seine Meinung ändern. Sie hatte Augen in der Farbe von saftigem Gras, hohe Wangenknochen und eine Bombenfigur. An ihrer weißen Bluse standen die ersten beiden Knöpfe offen und gaben den Blick auf ein Dekolleté frei, für das ein Mann töten würde. Wenn zwischen den beiden was lief, dann war der Kerl echt zu beneiden.

Gardner sah sie an und sagte: »Land hat mich geschickt, um euch umzubringen.«

»Es stimmt«, bestätigte Stokes. Die Blutergüsse in seinem Gesicht taten ihr Übriges.

Die Frau rutschte so weit es ihr Sitz zuließ von Gardner weg und tauschte Blicke mit Stokes aus.

»Ist schon okay«, sagte Stokes.

»Land sagte mir, ihr seid ein russisches Folterpärchen«, fuhr Gardner fort. »Er sagte, ihr haltet eine Freundin von mir gefangen.«

Salvago hob eine Augenbraue. »Welche Freundin?«

»Ihr Name ist Aimée. Wir haben in Serbien zusammengearbeitet. Sie war freiberuflich für die Firma tätig.«

Salvago kaute an ihrer Oberlippe. »Diese Aimée, was genau weiß sie?«

»Sie weiß Bescheid und kennt Aufnahmen von Gesprächen zwischen Sotov und einem Mann namens Maxim Ledinsky, eines Direktors beim FSB.« Salvago nickte, als sie den Namen hörte. »Andere Dateien waren verschlüsselt. Wir hatten keine Zeit, sie zu knacken.«

»Ich möchte wetten, dass man mit diesen Daten Leo Land an den verdammten Pranger stellen kann«, sagte Salvago. »Wo haben Sie die Daten gefunden?«

»In einer Fabrik am anderen Ende der Stadt. Sotov hat dort so eine Art Lagerhaus betrieben.«

»Was ist mit dem Rest passiert?«

»Ist in die Luft geflogen.«

»Verdammt«, murmelte Salvago. Sie schien die Art von Frau zu sein, deren Schimpfworteskala mit »Heilige Scheiße« endete. »Dann können wir die Verbindungen zwischen Land und den Russen nicht beweisen.«

»Aimée hat ein paar der Daten bei sich.«

»Wo ist sie?«, fragte Stokes.

»Das weiß ich nicht. Land arrangierte einen Flug für uns. Aber das war ein Hinterhalt. Man hat sie entführt«, sagte Gardner, dann zog er sein Mobiltelefon hervor und zeigte ihnen den Videoclip. Salvago und Stokes starrten mit zusammengekniffenen Augen auf die körnigen Bilder.

»Jesus«, sagte Stokes. Salvago schwieg. Gardner war mit seinen Gedanken allein. Wenn Land in der Sache mit der Bombe mit drin steckte, würde das erklären, warum er darauf bestanden hatte, dass er Bald erst liquidieren sollte, nachdem die Übergabe vollzogen war.

»Geben Sie mir mal Ihr Telefon«, sagte Salvago. Gardner drückte es ihr in die Hand. Sie zog ein veraltetes Nokia-Notebook aus der Vordertasche ihrer Jeans und drückte ein paar Tasten.

»Mein Fachgebiet sind Internetkriminalität und Kommunikationswesen«, sagte sie. »Das Nokia ist ein speziell modifiziertes Handset. Es umgeht die Sicherheitsverschlüsselungen und Protokolle der Netzwerke und gibt mir Zugang zu den Ursprungsdaten direkt vom Satelliten. Im Prinzip kann ich damit die GPS-Signale von jedem Mobiltelefon auf der ganzen Welt verfolgen, indem ich das Nokia mit dem entsprechenden Gerät verbinde. So zum Beispiel.«

»Abgefahren.« Wenn auch widerwillig, war Gardner beeindruckt.

Salvago tippte noch ein wenig auf dem Nokia herum. Dann trennte sie die Verbindung zu Gardners Telefon und nippte an ihrem Kaffee.

»Ich weiß, wo ihre Freundin steckt«, sagte sie.

Gardner und Stokes warfen sich fragende Blicke zu.

»Rotterdam.«

Kapitel 75

Rotterdam, Holland, 09:30 Uhr

In Holland war es genau neun Uhr dreißig am Morgen, eine Stunde hinter Athen. Kruger stieg aus einer VLM Chartermaschine, die auf dem waffengrauen Rollfeld in Rotterdam stand. Er hasste es zu fliegen, aber seine Auftraggeber hatten darauf bestanden, dass er unverzüglich nach Holland kommen sollte. Sie hatten ihm erklärt, dass der Brite und seine beiden Freunde bald im Land sein würden. Kruger hatte die Zugverbindung überprüft, seine bevorzugte Art zu reisen. Er hätte ungefähr zwölf Stunden mit fünf Zwischenstopps benötigt: von Hamburg nach Bremen, von Bremen nach Leer an der holländischen Grenze, von Leer nach Groningen und so weiter, blabla. Mit dem Flugzeug dauerte der Trip nur etwas über eine Stunde, also hatte er in den sauren Apfel gebissen und war geflogen.

Kruger hatte kein Gepäck bei sich. Seiner Meinung nach brauchte ein Mann in dieser Welt nur drei Dinge: Protein, Wasser und die Möglichkeit, zu jagen und zu töten.

Sie wird in drei Stunden da sein, hatten die Russen gesagt. Das war um fünf Uhr gewesen. Die Frau war also bereits vor Ort. So wie er die Russen kannte, würde sie nicht mehr in der besten Verfassung sein. Aber das war kein Problem. Sie war sowieso schon so gut wie tot.

Der Chevrolet Avalanche auf dem Langzeitparkplatz war von Großraumlimousinen eingerahmt. Kruger fuhr auf die A13 südlich in Richtung Rotterdam und verzog die Lippen beim Anblick der flachen Skyline. Er hasste Holland. Er verachtete dieses miese Land. Schmutzig, grau und so schal wie einen Tag alte Cola.

Scheiß drauf, sagte er sich, als er sich dem Gelände näherte. *In ein paar Stunden werden die Zielpersonen da sein. Kümmere dich um sie, dann kannst du bereits bei Anbruch der Nacht das Land wieder verlassen.* Er zündete sich einen Zigarillo an und umklammerte das Lenkrad fester.

Kapitel 76

10:29 Uhr

Neunundfünfzig Minuten nachdem Krugers VLM aufsetzte, landete eine Boeing 737-700 in Rotterdam und rollte zu demselben Stellplatz, auf dem vorher die VLM gestanden hatte. Gardner, Stokes und Salvago eilten durch die Passkontrolle und bahnten sich ihren Weg durch die Ankunftshalle. Wie bereits auch der Flug selbst wirkte der Flughafen verwaist und wie eine Geisterstadt. Die Bombe schien eine Menge Leute vom Fliegen abzuhalten.

Salvago prüfte irgendetwas auf ihrem Nokia.

»Wie genau ist das Ding?«, fragte Gardner.

»Es empfängt die Funksignale der Satelliten, die gleichen, mit denen sich die Telefone verbinden, um den Längengrad, Breitengrad und die Höhenlage zu bestimmen. Für gewöhnlich empfängt ein Mobiltelefon die Signale von etwa drei Satelliten«, sagte Salvago. »Dieses Ding bezieht seine Signale von vierundzwanzig. Deshalb ist es verdammt genau.«

Salvago wendete sich wieder ihrem Nokia zu. Stokes und Gardner hatten ihre Telefone in Athen gelassen, für den Fall, dass Land deren Signale nachverfolgen ließ. Wenn Land erst davon erfuhr, dass Salvago und Stokes noch am Leben waren, würde er alles in seiner Macht stehende unternehmen, um sie zu finden und zu erledigen. Dessen war sich Gardner sicher. Seine Waffe musste er ebenfalls zurücklassen. Irgendwie glaubte er zu wissen, dass die Flugsicherheit damit ein Problem haben würde.

»Stop«, rief Salvago, als Gardner den Haupteingang erreichte. »Wenn Sie durch diese Türen gehen, wird Land Sie sehen.«

Gardner runzelte die Stirn. »Wie das?«

»Neueste Satellitenüberwachungstechnik.«

»Spione am Himmel?«

»Vor ein paar Jahren noch ließen sich Menschen sehr schlecht über Satelliten verfolgen. Man konnte aus dem Weltraum gerade mal einen Haarschopf erkennen. Nicht gerade viel, wenn man nach einer speziellen Person unter sechs Billionen Menschen sucht. Aber es gibt da eine neue Software, die den Gang von jemandem berechnen kann. Wissen Sie, jeder hat eine ganz eigene Art zu gehen. Dann vergleicht die Software Ihren Schatten und findet Sie von da an überall auf der Welt.«

»Wie kommen wir dann hier raus?«

»Wir warten auf den blinden Fleck.«

»Wenn der Satellit gerade nicht über uns ist?«

»Genau. Sehen Sie, nur ein paar wenige Satelliten haben diese Software installiert. Deshalb gibt es Phasen, in denen der Himmel frei ist. Jeweils für zwanzig Minuten. Und die nächste ist in …«, sie sah auf ihr Mobiltelefon, »… fünfzehn Minuten.«

Sie setzten sich in der Ankunftshalle in ein Café, um sich die Zeit zu vertreiben. Stokes bestellte sich einen Kaffee, schwarz. Salvago einen koffeinfreien Kaffee. Gardner entschied sich für eine Diätcola, an der er nippte, während er sich die Sky News anschaute, die auf einem großen Plasmafernseher an einer der Wände liefen. Die beiden Moderatoren, ein Mann und eine Frau, trugen ernste Gesichter. Dann wechselte das Bild zu einem Mann in einem dunkelgrauen Anzug. Er stand vor einem Rednerpult mit einer ganzen Reihe von Mikrofonen.

»In seiner Rede verurteilte der israelische Premierminister Lev Yalom die Gräueltat der vergangenen Nacht«, kommentierte ein Sprecher die Bilder. Yalom sprach aggressiv, seine rechte Hand war zu einer pummeligen Faust geballt. Er schlug auf das Pult und zerriss seine Notizen. »Keine gebrochenen Versprechen mehr«, sagte Yalom. Der Kommentator fuhr fort: »Hier in Jerusalem wird immer deutlicher, dass Israel den Versuch, nukleare Waffen nach Teheran zu schmuggeln, als Kriegserklärung ansieht.«

Dann war Archivmaterial eines israelischen F15I Ra'am Kampfflugzeugs zu sehen, gefolgt von einer Aufnahme aus der Knesset. Der Sitzungssaal war brechend voll.

»Heute Morgen stellte Premierminister Yalom ein Ultimatum an Teheran. Entweder stellt der Iran innerhalb der nächsten vierundzwanzig Stunden sein Atomprogramm bedingungslos ein, oder Israel wird das für sie übernehmen. Bereits während seiner Rede bereitete sich die israelische Luftwaffe auf Vergeltungsschläge gegen militärische und zivile Schlüsselziele im Iran vor, darunter auch das zivile Bushehr Atomkraftwerk.«

Der Bericht wechselte zurück ins Studio. Die wichtigsten Nachrichten liefen an der Unterseite des Bildschirms. Ein Verteidigungsexperte wurde vorgestellt. Gardner hatte schon eine Menge solcher Experten im Fernsehen gesehen und keinen Deut auf deren Meinungen gegeben. Das waren alles Schreibtischtäter aus Whitehall im Ruhestand. Er sah weg.

»Es geht los«, sagte er.

Stokes öffnete ein kleines Tütchen und schüttete den Zucker in seine Tasse.

»Israel blufft. Sie werden es nicht wagen, den Iran anzugreifen.«

»Bist du da sicher?«

»Joe hat recht«, sagte Salvago.

»Die wollen, dass es passiert«, sagte Gardner. »Indem sie den Iranern die Schuld für die Bombe zuschieben, gibt ihnen das den Freibrief, alles und jeden hochzujagen, wenn es der Nationalen Sicherheit dient. Die bomben den Iran zurück in die verdammte Steinzeit.«

Gardner leerte seine Coke und leckte sich die Lippen. Der Zucker und das Koffein linderten den Druck hinter seiner Stirn. Ein Bus fuhr vor an dem Flughafengebäude vorbei. Salvago trank den letzten Schluck ihres Kaffees.

»Wir müssen los«, sagte Gardner.

Sie verließen den Ausgang und rannten die zwanzig Meter bis zur Bushaltestelle, sprangen an Bord der Linie 33 und lösten drei einfache Fahrten zur Rotterdam Centraal Haltestelle.

»Wo genau müssen wir hin?«, fragte Gardner, der gegenüber den beiden Platz nahm.

»Eine Adresse auf der Van Brakelstraat«, verriet ihm Salvago.

»Ne Idee, was uns dort erwartet?«

»Nope.«

Großartig, dachte Gardner. *Wir nehmen es unvorbereitet mit einem Gegner auf, über den wir nichts wissen.* Er betete, dass Aimée dort sein würde. Betete, dass es ihr gut ging. Er hoffte, dass ihre Entführer auch ihr Gebet sprachen. Denn wenn er ihnen gegenüber stand, würde er sie umbringen.

Alle miteinander.

Kapitel 77

11:11 Uhr

Die Van Brakelstraat war eine schmale Straße, die von der Hauptverkehrsader abbog und entlang der Hafenanlagen Rotterdams führte. Auf der linken Seite wurde der Abzweig von einer russisch-orthodoxen Kirche flankiert. Ein Kruzifix ragte aus der Kuppel wie eine Fahne, und die Wolken gaben der goldenen Oberfläche die Farbe von schmutziger Bronze.

Sie liefen die Straße hinab, immer im Schatten der dreistöckigen, buckligen gotischen Bauwerke. Nach zweihundert Metern erreichten sie ein Wohnhaus mit brauner Fassade. Es sah aus, als hätte man es in einen alten Teppich gehüllt. Davor stand ein rostiges Tor, und die Wände waren mit Neo-Nazi-Graffiti bedeckt. Es gab kein Schild, nur einen Notizzettel, der an die Innenseite der gläsernen Oberseite der Tür geklebt war und auf dem stand: »Diskretes Geschäft. Termine nur nach Vereinbarung:«

Stokes las die Nachricht und sagte: »Seltsam.«

»Nicht wirklich«, antwortete Gardner. »Ist ein Pornoschuppen.«

Stokes hob seine Hand an die Stirn und spähte durch das verdreckte Fenster. »Nun, was es auch ist, es ist keiner da. Vielleicht waren die GPS-Koordinaten nicht punktgenau.«

»Nein, wir sind definitiv richtig«, sagte Salvago irritiert.

Gardner beendete den kleinen Liebesstreit mit einem Tritt gegen die Tür. Die Glasscheibe zersplitterte. Dann brach er mit seinem künstlichen Arm die verbliebenen Scherben aus dem Rahmen. *Wenigstens eine Sache, für die das verdammte Ding gut ist*, dachte er, griff mit der linken durch das Loch und entriegelte die Tür. Er drehte den Türknauf und winkte Salvago und Stokes herein.

Der Laden war schmuddelig und düster. Ein muffiger, abgestandener Geruch hing in der Luft. Es gab Reihen von uralten DVDs, die Filme reichten von Softpornos bis hin zu den ganz harten Streifen. Auf den meisten Covern lag eine graue Staubschicht. Gardner sah Überwachungskameras in jeder Ecke an der Decke hängen. Er lief an einem Regal mit Sex-Puppen und Plastikmuschis vorbei zur Ladentheke, über der Poster hingen, die lokale Prostituierte und Massagesalons anpriesen. Eine Kasse gab es nicht. Hinter der Theke befand sich eine unverschlossene Tür, die Gardner öffnete. An der Decke befestigte Neonröhren flackerten wie die Blitzlichter der Paparazzi. Ihr Licht fiel auf eine Treppe, die in den Keller führte. Gardner stieg langsam die Stufen hinab und versuchte einen Blick in den Kellerraum zu werfen. Stokes und Salvago blieben dicht hinter ihm. Die Temperatur fiel mit jeder Stufe. Im Keller war es kühler und feucht. Als er auf der letzten Stufe ankam, standen die Härchen an seinem rechten Unterarm aufrecht.

Sein erster Gedanke war, dass der Kellerraum nicht wie ein gewöhnlicher Keller aussah. Die Wände waren mit Blechen verkleidet, der Boden gefliest. Die Decke bestand aus solide wirkenden Paneelen. Alles in allem erinnerte der Keller an einen unterirdischen Bunker.

Außerdem war er größer, als Gardner angenommen hatte. Mindestens vierzig Meter lang, etwa genau so breit, und in drei deutlich sichtbare Bereiche unterteilt. *Dieser Keller ist verdammt riesig*, dachte er. Tatsächlich hatte er in der Heimat schon Tiefgaragen gesehen, die weitaus weniger geräumig waren.

In dem Bereich, der ihnen am nächsten war, stand eine Gruppe von Fässern, die mit Warnhinweisen versehen waren und einen giftigen Geruch verströmten.

»Piperonylmethylketon«, sagte Salvago über seine Schulter. »PMK. Wird aus dem Fenchelholzbaum gewonnen und für Parfüms benutzt.«

»Im Keller eines Pornoladens?«

»Man braucht es auch für etwas anderes.«

»Und das wäre?«

»Sehen Sie sich um«, sagte Salvago und nickte in Richtung der nächsten Sektion.

Vier Werkbänke füllten den mittleren Bereich des Kellers beinahe komplett aus. Auf ihnen türmten sich tragbare Heizgeräte, Ventilatoren, Destillierkolben und Trichter, Päckchen mit OP-Handschuhen, Atemmasken und ein langes Abflussohr, dass über die gesamte Länge ging. Links davon war eine Tablettenpresse mit einem mobilen Stromgenerator verbunden. Die Maschine bestand aus einem breiten Metallsockel in der Form eines Baumstammes. Oberhalb befanden sich eine Reihe von Pressen, darunter die Formplatten, in welche die chemischen Komponenten gefüllt wurden. Wie Schultern waren links und rechts von der Maschine rotierende Drehscheiben montiert, und ganz oben verband ein Kolben die Drehscheiben miteinander. Eine massive Metallstanze hing über den Formplatten. Der Kopf des Stempels war etwa zehn Zentimeter im Durchmesser, die scharfe Spitze einen Zentimeter breit. Am unteren Ende der Maschine sammelte eine silberne Rutsche die Pillen, die von der Presse ausgespuckt wurden. Ein paar lagen in der Auffangschale darunter und Gardner nahm eine davon heraus. Sie hatten die Farbe von Eierschale und einen blauen Smiley-Aufdruck.

Gardner sah ans Ende des Kellerraums, wo sich der dritte Bereich befand. Dort standen durchsichtige Plastikmüllsäcke, jeder von ihnen mit Zehntausenden dieser Pillen befüllt. An der hinteren Wand führte eine Leiter nach oben zu einer metallenen Kellerluke, die sich in der Mitte wie eine horizontale Doppeltür öffnen ließ. Gardner vermutete, dass man die Pillen über die Leiter nach oben auf die Straße brachte und sie dort in einen getarnten Lastwagen verladen wurden.

»Herr im Himmel«, sagte Stokes.

»Das müssen zigtausend Pillen in diesen Säcken sein«, sagte Gardner.

Salvago untersuchte die Maschine. »Mindestens. Und wenig überraschend. Die russische Mafia spielt eine wesentliche Rolle bei der Produktion von Ecstasy. Die Chemikalien werden von China nach Russland geschmuggelt, dann verschifft man sie hierher, um die Pillen zu produzieren, und verstaut sie in Containerfahrzeugen, die sie über die Nordsee nach England bringen.«

»Ich dachte, in Amsterdam spielt die Musik, was Drogen angeht«, sagte Stokes.

»Amsterdam hat den Ruf, aber in Wahrheit ist Rotterdam die Drogenhauptstadt Europas. Um die sechstausend Menschen arbeiten hier für die Drogenindustrie.«

»Die Sache stinkt«, sagte Gardner. »Die Mafia benutzt keine so großen Anlagen, um Drogen herzustellen. Viel zu starr und unbeweglich. Heutzutage haben die mobile Transporter und so was. Außerdem kann man aus jedem Klohäuschen eine Ecstasy-Fabrik bauen. Warum sollten sie das Risiko eingehen, eine so große Anlage zu betreiben, aber keinerlei Sicherheitsanlagen an den Türen zu haben? Das ergibt keinen Sinn.«

»Und Sotov ist auch nirgends zu sehen«, sagte Salvago.

Gardner lief auf einen Lichtschein zu, der vom anderen Ende des Kellers kam. Ein helles, grünliches Leuchten, wie bei einer Bildröhre. Als er sich näherte, erkannte Gardner, dass das Licht aus einem separaten Raum kam, einer Art Labor. Er gab Salvago und Stokes ein Zeichen, zurückzubleiben. Er betrat den Raum und ließ die Augen über das Equipment schweifen. Computerserver, Waagen, Navigationskarten, etwas, dass wie ein Radarmonitor aussah, und ein Berg klobiger alter Mobiltelefone, aus denen Antennen ragten. Aus den Geräten führten Kabel und liefen über den Boden zu einem Generator.

Niemand war zu sehen, aber Gardner hörte, wie jemand schnell und flach atmete. Auf vier Uhr.

»Joe, bist du das?«

Sie hatte sich hinter der Türöffnung versteckt. In den Händen hielt sie einen Schraubenschlüssel. Sie sah ihn an. Nicht verängstigt. Eher wütend. Aber der Gesichtsausdruck verschwand. Sie ließ den Schraubenschlüssel fallen, sprang Gardner entgegen, umarmte ihn und drückte ihn fest an sich.

Gardner spürte, wie etwas Warmes aus seinem Bauch aufstieg und in seiner Brust zerplatzte. »Was ist passiert?«

Aimée, an seine Schulter gepresst, seufzte. »Sie haben mir eine Tüte über den Kopf gezogen. Wir waren in einem Auto, und dann in einem Flugzeug. Sie haben mich hierher gebracht.« Sie machte eine Pause. »Ich habe noch andere Stimmen mit dir gehört.«

Salvago und Stokes standen im Türrahmen. Er stellte sie Aimée vor und sagte. »Sie glauben, dass Land in dem Plan mit der Bombe drin steckt.«

Aimée sagte nicht. Sie löste sich von Gardner und lief zu den Computern. »Das MacBook haben sie demoliert, aber sie waren nicht klug genug, die USB-Sticks zu finden.«

Sie tippte etwas in eine der Tastaturen. Gardner bemerkte, dass einer der Speichersticks in der Vorderseite des Towers steckte. Aimée öffnete mehrere Word-Dateien auf dem Bildschirm.

»Ich konnte die Verschlüsselung noch immer nicht knacken«, sagte sie.

Salvago trat nach vorn. »Was dagegen, wenn ich es mal versuche?«

Aimée winkte sie heran. Salvago übernahm Aimées Platz und tippte in Windeseile auf der Tastatur herum, während Aimée ihr dabei zusah. Gardner überließ sie ihrer Arbeit und machte sich daran, den Keller zu untersuchen. Er rechnete damit, dass die Besitzer der Ecstasy-Fabrik jeden Moment zurückkommen würden. Die Tablettenpresse hatte seine Aufmerksamkeit erregt. Es war eine großindustrielle Maschine, und Gardner schätzte, dass die Mafia damit täglich genug Pillen produzierte, um London ein Wochenende lang bei Laune zu halten. Frischer Tablettenstaub bedeckte den Boden rund um die Presse. Sie war erst kürzlich benutzt worden. *Wo sind dann aber die Mafia-Schweine hin?* Er war der Antwort auf diese Frage noch nicht näher gekommen, als Salvago erkärte, die Chiffrierung entschlüsselt zu haben.

»So schnell?«, fragte Gardner, als er in das Labor zurückkehrte.

»Ich sagte dir ja, sie ist gut«, sagte Stokes mit verschränkten Armen und nickte zu dem Computer hinüber.

Gardner, Aimée und Stokes traten näher an den Bildschirm heran. Gardner las die Mitschrift. Aleksandr Sotov sprach ausführlich und detailliert über die Bombe und den Plan, sie in Istanbul zur Explosion zu bringen. Nur dass er sich nicht mit irgendeinem hohen Tier beim FSB unterhielt – sondern mit Leo Land.

Stokes warf Gardner einen *Ich-hab's-dir-ja-gesagt*-Blick zu. Salvago nickte bestätigend. »Wir müssen mit diesen Daten an die Öffentlichkeit.«

Gardners Augen glühten. Sein Rücken verspannte sich, wie ein Seil, an dem ein großes Gewicht hing. Land hatte die Firma hintergangen. Er war am Tod von zehntausenden Menschen beteiligt. Und er hatte Gardner verraten.

Nein, korrigierte Gardner sich. *Er hat mich verdammt noch mal manipuliert.*

»Land wird dafür bezahlen«, sagte Gardner.

»Wie?«, fragte Salvago.

»Auf die gute alte Art. Mit einer Kugel.«

»Ich hätte da eine bessere Idee«, sagte Aimée.

»Und welche?«

»Wir trommeln die Medien auf dem Parliament Square zusammen und erzählen ihnen die Wahrheit.«

»Und Israel wird seine Angriffe abblasen müssen«, sagte Salvago.

»Dann sollten wir uns besser beeilen«, sagte Stokes. »Yalom kündigte an, die Angriffe würden in vierundzwanzig Stunden beginnen.«

Wenn das passiert, gibt es kein Zurück mehr, dachte Gardner. Er gab sich selbst ein Versprechen. *Wenn die Wahrheit erst einmal bekannt ist, gehört Land mir. Und ich werde kein bisschen Mitleid mit diesem Wichser haben.*

»Okay, dann los«, sagte er.

Aimée zog die USB-Sticks aus dem Computer und verstaute sie in ihrem Höschen. *Das also ist ihr Geheimversteck*, dachte Gardner. Aimée warf ihm einen bösen Blick zu, als sie hinter Salvago und Stokes die Stufen hinauflief und den Keller verließ. Vor der Ladentür blieben sie stehen, und Stokes spähte auf die Straße hinaus.

Salvago sah auf ihr Nokia. »Wir sind in einem blinden Fleck. Also los.«

Gardner verließ das Gebäude als erster. Er sah sich in beide Richtungen um. Macht der Gewohnheit. Rechts von ihm bewegte sich nichts. Linkerhand parkte achtzig Meter von ihnen entfernt ein glänzender Chevrolet Avalanche. Die Scheiben waren nicht getönt. Gardner hatte freie Sicht auf das Wageninnere. Er sah die Ledersitze und die beigefarbenen Armaturen. Niemand saß am Steuer.

Froh darüber, dass die Luft rein war, lief Gardner die Straße hinunter. Dann sah er Bewegungen auf der anderen Seite. Er warf einen Blick über die linke Schulter und sah dort jemand stehen. Der Mann war gebaut wie ein Panzer und wie ein Wrestler angezogen. Er trug eine abgewetzte Armeeweste unter einem halblangen Trenchcoat und dazu schwarze Kampfhosen. Den rechten Arm hatte er in die Manteltasche gesteckt. Dazu eine stark getönte Sonnenbrille. Aber Gardner wusste, dass er ihn fixierte.

Dann rief der Mann nach ihm. »Hey Kumpel.« Der Akzent war dick und klebrig wie Dachpappe. *Amerikaner*, dachte Gardner. *Aus dem Süden.*

Gardner lief weiter.

»Ich sagte, hey Kumpel.«

Gardner hielt an.

»Bringen wir's hinter uns.«

Gardner stand am Straßenrand und überlegte, wer der Typ sein mochte. Aber wahrscheinlich spielte das keine Rolle. Es war recht unwahrscheinlich, dass rein zufällig jemand in der Gegend einfach nur auf Stress aus war. Der Typ hatte was mit dem Keller zu tun. Gardner war in der Stimmung, dem Yank ein paar Fragen zu stellen.

»Komm schon, ich mach dich fertig«, rief der Typ.

Gardner schwieg, aber machte sich auf den Weg auf die andere Straßenseite.

Der Typ riss wieder das Maul auf, seine Lippen waren nicht mehr als Schlitze zwischen seinem dichten Bart. Heraus kam ein Geräusch, dass sich wie ein Schwarm wilder Bienen anhörte.

Dann erst wurde Gardner klar, dass das Geräusch von der Straße aus kam. Ein Motor, der aufheulte. Er drehte den Kopf und sah, wie der Avalanche direkt auf ihn zuhielt.

Kapitel 78

12:03 Uhr

Der Wagen traf ihn wie eine Faust. Er spürte, wie seine Rippen brachen, als ihn die vordere Stoßstange in Hüfthöhe rammte. Die gesamte Vorderseite seines Körpers war eine einzige Wand aus Schmerz. Sein Arm prallte auf die Motorhaube und hinterließ eine Delle im Aluminium. Dann bremste der Avalanche, das Chassis wankte über dem Radstand und Gardner rutsche von der Motorhaube und knallte mit dem Gesicht auf den Asphalt. Zwischen den Wellen aus Schmerz meldete sich eine undeutliche Stimme in seinem Kopf und fragte, wer zur Hölle das verdammte Ding fuhr. Denn er hatte keinen Fahrer gesehen.

Das Heulen des Avalanche, dessen Motor für den zweiten Anlauf beschleunigte, riss ihn aus seinen Gedanken.

Der Wagen war zwanzig Meter zurückgerollt und bereitete sich auf Runde Zwei vor. Gardner versuchte, sich aufzurappeln. Tat verdammt weh, aber er zwang sich auf die Knie. Er spuckte Blut und hörte auf drei Uhr eine Art gurgelndes Lachen. Der Yank.

»Elender Idiot«, sagte der Typ.

Der Avalanche donnerte auf Gardner zu.

Er war ein leichtes Ziel. Der Avalanche hatte ihn fast erreicht.

Fünf Meter vor ihm schwenkte der Wagen plötzlich nach rechts. Stokes rannte die Straße entlang, Salvago im Schlepptau. Aimée etwas weiter hinter den beiden, ihre Umrisse waren im Schatten des Pornoladens undeutlich zu erkennen. Gardner realisierte, dass der Avalanche auf Stokes zuraste. Er krachte direkt in Stokes hinein und begrub ihn unter seinen Rädern. Gardner hörte etwas splittern, wie Hartholz unter einer Axt. Sah Arme und Beine unter den knirschenden Rädern.

Salvago kreischte. Der Avalanche fuhr weiter. Gardner war sich sicher, dass er in ein paar Metern umdrehen und zurückkehren würde, um sie zu erledigen. Aber Salvago schien das nicht zu bemerken. Sie eilte zu Stokes.

Gardner hatte Aimée verloren. Er lief hinter dem Avalanche her.

Der Wagen verlangsamte sein Tempo am Ende der Straße und schlingerte herum. Gardner erreichte die Fahrertür, der Wagen hatte beinahe kehrtgemacht. Er riss die Fahrertür auf, der Avalanche hatte die Kehrtwende beendet und gab wieder Gas. Gardner hatte freie Sicht auf die Straße. Den Yank konnte er nirgendwo sehen.

Gardner schob seinen Fuß durch die offene Tür auf den Fahrersitz. Die plötzliche Vorwärtsbewegung wirkte wie ein Windstoß und ließ die Tür zufallen. Der Aufprall stieß ihn mit dem Kopf voran hinein. Gardner landete im Wagen, der Ganghebel bohrte sich in ihn hinein, aber er sah auf und da war Salvago, sechs Meter von der Windschutzscheibe entfernt, die wie paralysiert den heranrasenden Avalanche anstarrte.

Er fuhr direkt auf sie zu.

Gardner packte mit der rechten Hand das Lenkrad. Es ließ sich nur schwer bewegen, nicht so, wie es sich eigentlich gehörte. Da war eine Gegenkraft, die gegen ihn ankämpfte. Aber Gardner hielt mit Stärke und Muskelmasse dagegen. Schließlich gab das Lenkrad nach, wie ein besiegter Gegner beim Armdrücken. Gardner riss das Steuer hart nach rechts.

Erleichtert sah er, wie Salvagos Gesicht an der Fahrerseite vorbeiflog. Der Avalanche hatte sie um Haaresbreite verfehlt – und krachte stattdessen in einen parkenden VW Passat.

Gardner wurde in seinem Sitz durchgerüttelt. Seine Handgelenke klammerten sich um das Lenkrad und absorbierten einen Teil des Aufpralls, aber seinen Körper riss es zurück, und sein Hinterkopf knallte gegen die Kopfstütze. Schmerz und das Heulen der Alarmanlage des Passat hallten durch seinen Kopf und übertönten jedes andere Geräusch. Der Passat spulte eine ganze Symphonie von Alarmtönen ab, eines nervtötender als das andere.

Ein Rumms ertönte vom Dach des Avalanche. Der Wagen schwankte, als wäre er wirklich in einer Lawine gefangen. *Verdammt, was war das?* Er griff nach der Tür …

Das Dach über seinem Kopf wurde weggerissen. Das Metall zerriss wie feuchtes Papier. Gardners Augen fuhren nach oben. Er sah, wie eine Faust in direkter Linie auf sein Gesicht zuraste, schnell und tödlich.

Gardner war schneller. Er reagierte blitzschnell, wich der Hand aus, legte sein ganzes Gewicht nach links und nach vorn und legte den Rückwärtsgang ein. Dann gab er Gas und drehte das Lenkrad im Uhrzeigersinn. Der Avalanche beschleunigte. Doch jetzt packte ihn die Hand am Hals. Die Finger fühlten sich unecht an. Kalt und wie aus Plastik.

Wie meine.

Nachdem er zwanzig Meter zurückgesetzt hatte, trat Gardner auf die Bremse. Jetzt legte er den ersten Gang ein und stieg aufs Gas. Der Avalanche machte einen Satz nach vorn. Gardner sah, wie der Arm durch das Loch im Dach schoss wie ein umgedrehtes Periskop. Ehe er sich versah, rollte ein Körper über die Windschutzscheibe und die Motorhaube, bevor er unter der Stoßstange verschwand.

Der Yank.

Gardner sprang aus dem Wagen und ihm nach.

Der Typ war bereits wieder auf den Beinen und stürmte auf ihn zu.

Gardner wurde umgestoßen und landete auf dem Rücken. Der Kerl saß auf ihm und holte mit der rechten Hand aus. Gardner packte das Handgelenk des Angreifers mit beiden Händen. So lagen sie in einer Pattsituation am Boden.

Dieser verdammte Arm.

Die Kraft des Yanks überwältige Gardner. Seine Unterarme brannten. Der Kerl war kurz davor, ihn festzunageln, als Gardner noch einmal Aufwind verspürte. Er verpasste dem Typen einen Kopfstoß gegen den Nasenrücken. Der Kerl zuckte zusammen und sein Druck auf Gardner ließ nach. Jetzt schlug Gardner mit der linken Hand die Tür des Avalanche zu und quetschte damit den Kopf des Yanks zwischen Tür und Türrahmen ein. Der Yank sackte zusammen.

Gardner sprang auf die Füße und rief Salvago zu: »Wo ist Aimée?«

»Ich … ich weiß nicht …«

Salvagos große, glänzende Augen sahen zu dem Pornoladen hinüber. Aimée war wieder zurückgegangen.

»Machen wir, dass wir hier wegkommen«, sagte Gardner und reichte Salvago die Hand. Sie sah die Hand an, dann zu Stokes.

Vergiss es, dachte Gardner. Er zog Salvago mit sich zurück in den Laden, wo er Aimée zusammengekauert hinter der Ladentheke fand.

»Wir verschwinden«, sagte er.

»Dieser Kerl … er ist immer noch da draußen.«

»Der ist hinüber.«

Aimée nickte und stand auf. Ihre Augen waren sanft und hell. Dann fuhr ein grauer Schleier in sie hinein, als sie einen Punkt hinter seiner rechten Schulter fixierte. Gardner drehte sich langsam um und sah den Yank. Er war noch am Leben. Sein Gesicht sah aus, als hätte man es mit einem Holzhammer bearbeitet. Auf seiner Stirn waren blaurote Flecken, seine Nase war blutig. Aber er war ganz eindeutig noch am Leben.

Er stapfte die Straße hinunter, direkt auf den Laden zu.

Der Yank war nur noch wenige Meter von der Tür entfernt, als ein Rattern durch die Fenster ging. Ein schweres Metallrollo ruckelte an der Front des Ladens hinab und verschluckte immer mehr des Tageslichts. Gardner behielt den Yank im Auge. Sein Oberkörper war bereits hinter dem Rollladen verschwunden. Mit ohrenbetäubendem Klappern wie von Millionen Blechtrommeln versiegelten die Metalllamellen den Laden. Licht kroch nur noch durch die Ritzen im Metall. Der einzige Fluchtweg war blockiert.

»Wir sitzen in der Falle«, sagte Aimée.

Gardner hatte eine Idee. »Vielleicht nicht.«

Aimée fragte sich, was er damit meinte. Aber Gardner gab keine Antwort. Stattdessen lief er in den Keller hinunter und bedeutete den beiden Frauen, ihm zu folgen.

Kapitel 79

12:10 Uhr

Die fluoreszierenden Lampen wiesen ihnen den Weg nach unten. Gardner zog Aimée an der Linken hinter sich her. Er konnte ihre Finger auf dem Plastik nicht fühlen, spürte aber ihren Atem, der in warmen Intervallen über seine Schulter wehte. Salvago lief ein paar Schritte hinter ihnen. Unten angekommen, mussten sich Gardners Augen erst an die Dunkelheit gewöhnen. Sie blieben an der Luke in der Decke am Ende des Kellergewölbes hängen.

»Wir klettern durch die Deckenluke nach draußen auf die Straße«, sagte er.

»Aber er wird dort auf uns warten …«, sagte Aimée.

»Ich kümmere mich um ihn.«

»Sein Arm …«

»Ich hab darüber gelesen«, sagte Gardner. »Ursprünglich hatte man sie entworfen, um Menschen mit zehrenden Krankheiten zu helfen, ihre Gliedmaßen zu kontrollieren. Ihnen wieder etwas Lebensqualität zu geben. Dann interessierte sich das Pentagon für die Idee und entschied, sie an verwundeten US-Soldaten zu testen. Haben sie als verdammte Versuchskaninchen missbraucht.«

»Hat er damit das Auto gesteuert?« Die Frage kam von Salvago.

Gardner antwortete nicht, denn der Kellerraum versank plötzlich in völliger Dunkelheit. Als würde einem jemand einen Leinensack über den Kopf ziehen. Alles war abgeschaltet: die Leuchtstoffröhren, die Computer, die Lampen auf den Arbeitstischen. Der Generator ging mit einem klappernden Geräusch aus.

Die Dunkelheit war still und kalt.

»Ich kann dich nicht sehen«, sagte Aimée.

»Halt meine Hand«, sagte Gardner, und zu Salvago gewandt: »Halten Sie sich an Aimée fest.«

Keine von beiden antwortete. Gardner lief voran. Seine Schritte mussten vorsichtig sein. Er hatte keine Möglichkeit, sich zu orientieren. In absoluter Dunkelheit geradeaus zu gehen, war schwieriger, als man meinte. Er hörte ein Geräusch, ein elektrisches Summen, das einige Sekunden anhielt und dann abrupt mit einem dumpfen Schlag auf acht Uhr verstummte.

Dann sah er etwas in der Dunkelheit. Nur undeutlich. Ein schwacher Lichtschein auf Deckenhöhe. Das wenige Licht kam von oben, aus dem Pornoladen. Eine der Paneelen an der Decke senkte sich hinab. Darüber befand sich so etwas wie ein Lift, und als sie den Boden des Kellerraums berührte, trat der Yank von ihr herunter und verschwand in der Dunkelheit.

Gardner erstarrte.

»Was ist?«, flüsterte Aimée.

Gardner schob Aimée und Salvago in die Richtung, in der er die Deckenluke vermutete. »Geht immer in diese Richtung, und bleibt nicht stehen. Wenn ihr an der Leiter ankommt, versucht ihr, die Luke zu öffnen und verschwindet.«

»Ich lasse dich nicht zurück«, sagte Aimée.

»Niemand lässt irgendwen zurück. Wir sehen uns draußen. Und jetzt geh.«

Aimées Atemgeräusche wurden schwächer, als sie sich mit Salvago durch den Keller entfernte.

Gardner lauschte den Schritten des Yanks und bereitete sich vor.

Die Schritte stoppten.

Gardner spitzte die Ohren und hielt den Atem an. Plötzlich fühlte er sich sehr verletzlich.

Ein Windstoß fuhr an Gardners Gesicht vorbei.

Am Ende des Windstoßes befand sich eine Faust.

Die Faust schlug schmerzvoll in seine Magengrube. Gardner spürte, wie sich die Knöchel wie einzelne Schraubenziehergriffe in seinen Bauch bohrten. Seine Eingeweide rebellierten. Er bekam keine Luft. Trotz der quälenden Schmerzen versuchte er, sich zu wehren, und schlug in die Schwärze vor ihm. Der Schlag ging ins Leere.

Wieder ein Lufthauch. Dieser landete als Tritt auf seinem Rücken und erwischte ihn am unteren Ende der Wirbelsäule. Gardner brach zusammen, landete auf allen vieren. Speichel rann ihm von der Oberlippe.

Verdammt, er hat mich gefunden. Obwohl es stockdunkel ist.

Gardner war den Attacken hilflos ausgeliefert. Die Schläge rissen nicht ab, unablässige Attacken von allen Seiten, die seine Sinne wie Murmeln auf dem Boden verteilten. Er versuchte, sich aufzurichten, und spürte eine harte Schuhsohle auf sich. Die Unterseite eines Kampfstiefels zermalmte seine rechte Hand. Die Gelenke brachen und rieben aneinander. Der Schmerz war kaum noch auszuhalten. Er wurde mal hier und mal da hin geschlagen und wusste bald nicht mehr, wo oben und unten war.

Flackernd ging das Licht an. Die Deckenpaneelen warfen Schatten an die Metallwände. Gardner kniff die Augen zusammen. Der Kerl war direkt über ihm.

Neben ihnen stand die Tablettenpresse.

Der Yank schien sie nur durch Ansehen einschalten zu können. Hunderte beweglicher Teile setzten sich in der Maschine in Bewegung. Gardner sah, wie die Stanze zum Leben erwachte. Sie begann, auf die Formplatten hinunter zu sausen, auf und nieder, auf und nieder, auf und nieder. Der Yank packte Gardners rechten Arm, seinen guten Arm, und schob ihn in das Loch. Gardner wehrte sich, aber er hatte einfach zu viele Schläge einstecken müssen.

Seine Fingerspitzen waren jetzt unter der Stanze. Er stellte sich vor, wie sie seine Hand durchlöchern würde wie ein verdammter Schlagbohrer. E konnte bereits spüren, wie sich die Presse durch sein Fleisch und seine Knochen bohrte.

Sein Körper verkrampfte sich.

Plötzlich hielt die Maschine an. Dann startete sie wieder. Der Griff um Gardners Hand lockerte sich. Er schaffte es, seinen Arm freizubekommen. Der Arm des Yanks war auf gleicher Höhe mit Gardners Gesicht. Er bereitete sich darauf vor, den kommenden Schlag abzuwehren, aber er wusste, dass ihm, wenn der Arm nur halb so kräftig war, wie er vermutete, keine Deckung der Welt den Arsch retten würde. Sein Gesicht würde zermalmt werden.

Die Faust seines Gegners schnellte nach vorn. Und dann nach unten, anstatt geradeaus. Zwanzig Zentimeter vor Gardners Gesicht bog die Faust nach unten ab und der Yank schlug sich gegen das eigene Knie. Er keuchte.

Gardner rollte sich seitlich ab und sprang auf die Beine. Er sah Salvago wild tippend an einem der Computer sitzen. Aimée stand neben ihr. Sie rannte zu Gardner. Und rief Salvago zu, sich zu beeilen.

In dem Gebäude schien alles verrückt zu spielen. Die Lichter gingen flackernd an und aus, als hätte der Keller einen epileptischen Anfall. Die Doppeltüren der Luke schlugen auf und zu. Der Aufzug fuhr zwei Drittel des Wegs nach oben und krachte wieder zurück auf den Boden. Alles schien jenseits von Krugers Kontrolle zu liegen. Sein Arm schlug in die Wand und hinterließ ein verdammt großes Loch in der Metallverkleidung. Kruger selbst wirkte bewusstlos, scheinbar war der Arm der einzig lebendige Teil an ihm.

»Lasst uns von hier verschwinden«, sagte Gardner.

Zusammen rannten die drei auf die Leiter zu. Die Doppeltüren schnappten in ihrem eigenen Rhythmus auf und zu. Gardner war als erster auf der Leiter und drückte die Türen mit aller Kraft auseinander. Aimée zwängte sich nach ihm hindurch und hievte sich auf die Straße.

Salvago war noch auf der ersten Sprosse. Sie hob hilfesuchend die Hand nach oben. Gardner streckte ihr seinen guten Arm hinab, so weit es ging.

»Los doch, Sie schaffen das«, sagte er.

Sie packte mit beiden Händen seine Hand.

Gardner sah, wie Kruger von unten auf sie zusprang.

»Hoch mit Ihnen!«, schrie er.

Es war schon schwer genug, mit dem linken Arm die schweren Luken aufzuhalten.

Salvago hatte die Leiter zur Hälfte erklommen, als Kruger sie packte. Er riss sie aus Gardners Händen, wirbelte sie herum und schlug ihr mit voller Wucht ins Gesicht.

Der Schlag war hart und genau. Wie ein Torpedo.

Von ihrem Gesicht blieb nicht viel übrig.

Mit einer letzten Kraftanstrengung schob Gardner die Luke weit genug zurück, um durch die Öffnung nach draußen klettern zu können. Dann ließ er sie hinter sich zufallen. Das Letzte, was er sah, war der Yank, der wild vom Rand der Leiter zu ihm hinaufstarrte.

Aimée wartete auf Gardner. Sie waren an einer Seitenstraße herausgekommen. Pubs mit abgedunkelten Fenstern. Schäbige Wohnhäuser mit noch dunkleren Fenstern. Eine sechsköpfige nordafrikanische Familie – Mutter, Vater und vier Kinder, mit Ausnahme der Tochter im Teenager-Alter in traditioneller Tracht, stand auf der anderen Straßenseite und musterte ihn argwöhnisch. Gardner nahm Aimées Hand und lief schnell die Straße entlang, die Augen stur geradeaus.

»Was hat Salvago da drin gemacht?«, fragte er.

»Sie kam auf die Idee, dass der Mann das Auto und die Lampen mit einer Art neuralem Interface ferngesteuert haben musste.«

»Deshalb saß auch keiner am Steuer des Avalanche.«

»Er muss über seinen Arm Zugriff auf das Netzwerk gehabt haben. Aber Netzwerke funktionieren in beide Richtungen. Du kannst sie kontrollieren, aber das macht dich gleichzeitig anfällig für Angriffe von außen.«

»Hast du ein Telefon bei dir?«, fragte Gardner.

Aimée schüttelte den Kopf.

»Dann sollten wir schleunigst ein öffentliches Telefon suchen und ein paar von deinen Pressefreunden anrufen«, sagte Gardner.

»Ich hoffe, du hast genügend Kleingeld. Das wird 'ne verdammt heiße Story.«

Kapitel 80

London, Großbritannien, 15:10 Uhr

Der St. James Park gefiel ihm im Herbst besser als in den Sommermonaten, entschied Leo Land, als er auf einer der Bänke Platz nahm und die Beine verschränkte. Sommer bedeutete Touristen. Alle Arten von unangenehmen Menschen mit lauten Stimmen und klickenden Kameras, die nach Curry stanken. Er saß mit zusammengefalteten Händen im Schoß da, schaute den Enten zu, die auf dem bleifarbenen See schwammen und lauschte den Singvögeln in den Sträuchern. Oberhalb des Sees befand sich ein Spielplatz. Die Herbstsonne spiegelte sich in den Metallschaukeln und Rutschen.

Etwa ein Dutzend Kinder, die gerade aus der Schule kamen, tollten im Kreis herum und schrien vor Begeisterung, lauter als die Vögel es vermochten. Eltern schauten wachsam dem Treiben zu. *Hauptsächlich wachsam gegenüber Pädophilen*, dachte Land. Die größte Sorge von Eltern in diesen Tagen. Ein kleines Mädchen hatte sich aus der Gruppe gelöst und zupfte bettelnd am Hosenbein ihrer Mutter.

Land stellte fest, dass seine Hände zitterten. Daran hatte er sich gewöhnt. Das hatte er schon seit Jahren. Anfänglich kam das Zittern nur hin und wieder, ohne erkennbaren Grund. Aber in den letzten beiden Wochen hatte er es täglich. Er streckte die linke Hand aus, mit der Handfläche nach unten. Versuchte, das Zittern zu unterdrücken. Es funktionierte nicht.

Stress, sagte sich Land. Er beobachtete die Kinder und spürte einen Anflug von Erleichterung. Zumindest hielt es nie lange an.

Ein anderer Mann näherte sich der Bank, ein paar traurige weiße Haarsträhnen waren über seinen mit Leberflecken übersäten kahlen

Kopf gekämmt. Er trug einen klassischen marineblauen Einreiher, Savile Row, wie unschwer zu erkennen war. Weisses Hemd, biedere blaue Krawatte. Als er sich setzte, bemerkte Land kleine Haarbüschel in den Ohren des Mannes. Er hatte ihn noch nie von der Seite gesehen.

Der Mann blätterte seine Ausgabe des Evening Standard auseinander, überflog die Schlagzeilen und räusperte sich. Dann sah er zu den Kindern und schien in Gedanken versunken.

»Leo«, sagte er.

»Milton«, antwortete Land.

Sir Milton Pierce, der Außenminister, wollte etwas sagen. Doch auf halbem Wege zwischen seiner Kehle und seinem Mund überlegte er es sich anders und holte stattdessen nur kurz Luft. Dann ließ er den Kopf hängen, die Stirn in Falten, und Land spürte, dass es an ihm war, das Gespräch zu beginnen.

»Man bereitet eine Hetzkampagne gegen mich vor«, sagte er.

Wieder sagte Pierce nichts.

»Man ist dabei, Lügen über mich zu verbreiten, Pierce. Gänzlich aus der Luft gegriffene, ungeheuerliche Lügen.«

Pierce schwieg.

»Die haben Freunde bei der Presse. Die drucken diese Lügen und beerdigen mich damit.«

»Gibt es Beweise, die diese Gerüchte untermauern?«, fragte Pierce.

Land rutschte unbehaglich auf der Bank hin und her. »Sie wissen ja, wie das ist. Mit der heutigen Technik lässt sich jede Art von Wahrheit kreieren, wie es einem gerade passt.«

»Natürlich.« Pierce schüttelte den Kopf. Land fühlte sich plötzlich elend. »Ich fürchte, ich kann Ihnen nicht helfen, Leo. Ich habe alle Hände voll zu tun, unsere europäischen Freunde auf Kurs zu halten. Die Bombe hat bei einigen ein paar Federn gelassen.«

Bastard, dachte Land. »Das Problem betrifft nicht nur mich allein«, sagte er.

Pierce zuckte mit den Schultern.

Land stand auf. Pierce fuhr fort, den Kindern nachzusehen.

»Ich bin nicht der Einzige, über den man Gerüchte verbreiten wird«, sagte Land.

In Pierces Augenwinkeln bildeten sich kleine Fältchen.

Land fuhr fort: »Diese Leute haben Zugang zu allem möglichen Unsinn.« Er lächelte. »Natürlich alles unbegründet.«

»Was wollen Sie?«, zischte Pierce durch zusammengebissene Zähne.

Land setzte sich und beugte sich zu Pierce hinüber. »Europaweit höchste Alarmbereitschaft in Bezug auf diese Personen. Ein Mann und eine Frau. Auch die inneren Streitkräfte sollen Gewehr bei Fuß stehen. Ich bin mir bewusst, dass das eigentlich nicht Ihr Verantwortungsbereich ist, aber Sie haben das Ohr des Innenministers.«

Pierce sagte nichts mehr. Er verbrachte weitere zwei Minuten damit, den spielenden Kindern zuzusehen, und schwieg zusammen mit Land. Dann erhob er sich von der Parkbank. Ohne sich zu verabschieden oder Land auch nur eines Blickes zu würdigen. Land kümmerte es nicht, wenn sie nie wieder ein Wort miteinander sprechen würden.

Er sah auf die Uhr. Halb vier. In weniger als achtzehn Stunden würde der Mittlere Osten in einen neuen Krieg geworfen werden.

Kapitel 81

Rotterdam, 17:57 Uhr

Sie brauchten vierzig Minuten, um den Rotterdam Centraal Bahnhof zu erreichen. Dort lief Gardner die Bahnsteige und Zugänge ab, hielt Ausschau nach irgendetwas verdächtigem, während Aimée ihre letzten Euros in einen öffentlichen Münzfernsprecher investierte. Auf seiner Runde zog sich Gardner einen Schokoriegel und eine Diät-Cola aus einem Automaten. Der Softdrink und die Schokolade machten ihn ein wenig munterer.

Sie hatten kein Geld mehr und mussten irgendwie nach Hause kommen. Land hatte sicher bereits die Kreditkarte gesperrt, und Aimée trug keinen Penny bei sich. Gardner ging alle Möglichkeiten durch, an schnelles Geld zu gelangen.

Aimée hängte den Telefonhörer ein und kam zu ihm zurück.

»Es ist so weit«, sagte sie. »Morgen früh um neun Uhr auf dem Parliament Square. Alle werden da sein.«

Gardner hörte nicht hin. Er starrte an Aimée vorbei auf einen riesigen Fernsehschirm direkt neben der Fahrplananzeige. Die Phantombilder eines Mannes und einer Frau füllten den Bildschirm aus. Das Gesicht der Frau war eine aufgeblasene Version von Aimées Gesicht. Es gab keinen Ton, aber im Newsticker an der Unterseite des Bildes war auf Englisch zu lesen: MORDVERDÄCHTIGE IN ROTTERDAM. INTERPOL SUCHT DIESEN MANN UND DIESE FRAU.

»Joe?«

Aimée bemerkte die Anzeige. Sie hielt sich die Hand vor den Mund.

»Land«, sagte Gardner. Er nahm Aimées Hand und führte sie durch einen weniger belebten Seitenausgang aus der Station in eine enge Straße.

»Die werden uns festnehmen«, sagte Aimée.

»Nein, werden sie nicht. Wir werden es trotzdem nach London schaffen.«

»Aber wie? In den Nachrichten hieß es, die Polizei sucht bereits nach uns. Wir können weder die Fähre noch ein Flugzeug nehmen. Vielleicht können wir fahren?«

Gardner schüttelte den Kopf. »Land ist ein cleverer Mistkerl. Er wird an alles gedacht haben. Sobald wir mit unseren Daten ein Auto mieten, weiß er, wo wir sind.«

»Was tun wir dann?«

»Snakehead«, sagte Gardner.

»Wie bitte?«

»Leute nach England zu schmuggeln ist hier ein großes Geschäft. Die Chinesen und Afrikaner sind da ganz groß dabei. Wir müssen also einen Snakehead finden, ihn bezahlen, und lassen uns nach Hause kutschieren.«

»Und wo findet man diese … Snakeheads?«

»Die haben Freunde oder Familienmitglieder, die am Hafen arbeiten und sie auf dem Laufenden halten.«

»Also schlagen wir da einfach auf und sagen: Hi, würden Sie uns nach London bringen?«

»So ungefähr.«

»Und was, wenn sie die Polizei rufen?«

»Das sind Menschenhändler. Die rufen keine Cops.«

Auf Umwegen und Seitenstraßen steuerten sie den Hafen an, ein unübersichtliches Gewirr aus Piers, mit roten, gelben und grünen Frachtcontainern, die wie riesige Metallziegel aufeinandergestapelt waren. Schiffe in allen Größen und Formen tuckerten zwischen den Anlegestellen hin und her. Frachtschiffe, Tanker, Fischtrawler, Lastkähne und kleinere Boote drängten sich aneinander. Gardner brauchte fünfundvierzig Minuten, um die richtige Person zu finden.

Eine Gruppe von fünf chinesischen Arbeitern stand in einem Halbkreis zusammengekauert da, um den Wind abzuhalten. Sie rauchten selbstgedrehte Zigaretten und machten finstere Gesichter. Gardner trat auf den Mann zu, den er für den Anführer hielt. Er war größer als die anderen, etwas älter und ein wenig dicklich. Zuerst verhielt er sich feindselig. Gardner erklärte ihm die Lage. Der Mann hörte teilnahmslos zu und strich sich fettige Haare aus dem Gesicht. Als Gardner fertig war, besprach sich der Mann mit den anderen.

»Mein Bruder sagt, er dich in Fernsehen gesehen«, meinte der Mann und fuhr sich mit dem Finger verdeutlichend einmal quer über den Hals. Es war nicht ganz klar, ob das einen Unterschied für ihn machen würde oder nicht.

»Dann weißt du, dass ich keinen Scheiß erzähle«, antwortete Gardner.

»Erst zahlen, dann mitkommen.«

»Ich habe meine Kreditkarte verloren. Ich bezahle euch, wenn wir drüben ankommen«, sagte Gardner.

Der Chinese schnaubte verächtlich. »Sehr witzig. Du bist lustiger Mann. Du jetzt bezahlen, oder hierbleiben.«

Wir sind am Arsch, dachte Gardner.

Dann trat Aimée zu ihnen. Sie hielt einen Plastikbeutel voller Pillen in der Hand. Tatsächlich war der Beutel damit randvoll gestopft. Gardner schätzte, dass es mindestens tausend Pillen sein mussten. Straßenwert etwa 6000 Pfund. Der Chinese warf dem Beutel gierige Blicke zu.

»Reicht das?«

Er nickte und schnappte sofort nach dem Beutel. Gardner schaute fassungslos zu. »Kommen Sie um neun Uhr wieder«, sagte der Chinese. Die anderen beugten sich über Beutel, und er verscheuchte sie mit ihren neugierigen Blicken.

»Du verstehst das nicht«, sagte Gardner. »Wir müssen uns irgendwo verstecken. Sonst überleben wir bis dahin nicht.«

Der Mann rauchte die Selbstgedrehte auf und blies den Rauch in die Luft. »Kommt mit.«

Sie folgten ihm in ein Lagerhaus. Es war groß und kalt und so gut wie leer, mit Ausnahme von ein paar Containern, die herumstanden. Der Duft von Chemikalien lag in der Luft. Der Chinese führte Gardner und Aimée zu einem leeren Container. Die Türen waren verschlossen, eine Brechstange steckte zwischen den Henkeln. Er nahm das Brecheisen heraus und zog die Türen auf. Das Scharren der Metalltüren über dem Beton hallte durch das höhlenartige Lagerhaus. Schwaches Licht fiel in den Container, und Gardner zählte neun verzweifelte Augenpaare in neun schmutzigen, bleichen Gesichtern.

»Ihr hierbleiben«, sagte der Chinese und spuckte auf den Boden. »Ich euch rufen, wenn Zeit gekommen.«

Kapitel 82

21:13 Uhr

Drei Stunden später hämmerte der Chinese gegen die Containertür und gab Gardner und Aimée das Zeichen zum Aufbruch. Sie wurden aus dem Container geführt. Die anderen Migranten standen beim Anblick des Chinesen hoffnungsvoll auf, aber er bellte sie an. Etwas, das »Setzt euch verdammt noch mal wieder hin« bedeuten musste, dachte Gardner, denn genau das taten sie. Gardner und Aimée verschwanden in die Nacht. Es war kühl und ruhig. Scheinwerfer erhellten kleine rundliche Flecken am Boden in der ansonsten undurchdringlichen Dunkelheit. Aimée gähnte. Sie hatte die letzten drei Stunden schlafend auf seiner Brust verbracht. Sein Herz hatte im Rhythmus ihres Atems geschlagen. Gardner hatte ebenfalls ein Nickerchen von vierzig Minuten gemacht, aber vertraute den anderen Leuten in dem Container nicht. Schlaf musste warten.

»Schnell, schnell«, sagte der Chinese. Er führte sie über das Pier. Sie erreichten das Ende der Anlegestelle. Ein Frachtkahn hatte dort festgemacht. Daneben befand sich ein kleines Boot unter einer schwarzen Abdeckplane. Der Chinese warf einen prüfenden Blick über die Schulter zu einem anderen Chinesen, der am Eingang des Piers Wache hielt. Der hob den Daumen. Der Chinese beugte sich über den Rand des Piers und zog die Abdeckplane zurück.

»Du hast mir gar nicht erzählt, dass du die Pillen mitgenommen hast«, sagte Gardner.

Aimée zuckte mit den Schultern. »Na ja, ich dachte, dass ich, wenn ich es schaffen würde zu fliehen, Geld brauchen würde und … nun, die Pillen waren da. Es schien mir dumm, sie nicht mitzunehmen, angesichts der Umstände.«

»Ohne sie wären wir geliefert gewesen.«

Gardner wusste nicht, was er unter der Plane erwartet hatte – wahrscheinlich ein klappriges Boot mit einem Loch im Rumpf und zwei Paddeln als Motor. Stattdessen sah er sich einem bissig aussehenden Schnellboot gegenüber. Zwölf Meter lang, kegelförmig, das Heck viermal so breit wie der Bug. Der Rumpf bestand aus glasfaserverstärktem Kunststoff – widerstandsfähig, aber leicht. In der Mitte des Decks stand ein zwei Meter hohes Steuerhaus, etwa so breit wie ein Mietcontainer. Es war schwarz, wie das restliche Boot auch. Am Heck befanden sich acht 250-PS-Motoren. *Das ist 'ne ganze Menge*, dachte Gardner. Offensichtlich konnte man sich mit einem Beutel voller Pillen etwas besseres leisten als einen Platz in einem Frachtcontainer mit kleinem Lüftungsschlitz.

»Ihr müsst gehen, jetzt«, verscheuchte sie der Chinese wie Ungeziefer in einem Restaurant. »Keine Zeit, keine Zeit!«

Ein anderer Mann tauchte am Pier auf und gesellte sich zu ihnen. Er war mittleren Alters, hatte ein verlebtes Gesicht, einen rostigen Bart, der am Hinterkopf in einen grau werdenden Pferdeschwanz überging, und trug eine Ray Ban auf einer Nase, von der sich die Haut schälte. Er stellte sich als Lotse vor. Sein Name war Peterson. Seinem Zungenschlag nach kam er von irgendwo aus dem Süden der USA. Peterson fragte nicht nach Aimée oder nach dem Grund, warum sie auf verdecktem Weg nach England wollten. Auf einem Trip wie diesem war es besser, wenn Crew und Passagiere so wenig wie möglich übereinander wussten.

»Dieses Ding bringt uns an die Küste?«, fragte Gardner.

»Kommt drauf an«, sagte Peterson und rotzte ins Wasser. »Wir machen drei bis vier Touren mit dem Baby pro Woche, aber normalerweise nicht mit menschlicher Fracht, wenn du verstehst. Ihr müsst Chang eine ganze Stange Geld bezahlt haben.«

Gardner ging nicht darauf ein. Er half Aimée an Bord. Sie schwankte und verlor beinahe das Gleichgewicht. Gardner sah sie an und wusste, dass sie wohl kein großer Fan von Seegang war.

»Wie auch immer, wir werden im Durchschnitt mit sechzig Knoten fahren«, sagte Peterson.

»Ist das schnell?«, fragte Aimée und klammerte sich mit beiden Händen am Rumpf des Bootes fest.

»Etwa siebzig Meilen pro Stunde, für Landratten«, antwortete Peterson. »Aber Sie müssen bedenken, dass wir uns nicht auf festem Untergrund befinden.«

Gardner ließ den Blick über das Boot schweifen. »Niedrigprofil, schwarze Farben, sechzig Knoten … damit fahren Sie der Navy bestimmt davon.«

»Für einen Trottel bin ich nur ein verschwommener Fleck auf dem Radar.«

Sie fuhren in die Nacht hinaus, die so dunkel wie ein Grubenschacht war. Tuckernd schoben sich die Motoren durch das dunkle Wasser. Die Entfernung von Rotterdam bis zur englischen Küste betrug 212 Kilometer oder 115 Seemeilen. Bei sechzig Knoten würden sie Felixstowe in zwei Stunden erreichen. Rechnete man noch die Zeit dazu, unbemerkt festzumachen und an Land zu gehen, konnten sie etwa gegen Mitternacht da sein. Damit blieben Gardner und Aimée neun Stunden, um in London anzukommen. Das Deck des Schiffs war noch mit den Überbleibseln der letzten Drogenlieferung übersät: Übrig gebliebene Taue, Plastikplanen und kleine Bojen, mit denen die Fracht über Bord geworfen und markiert wurde, und Signalpistolen, die benutzt wurden, um den Kontaktpersonen die Ankunft zu signalisieren. Die Leuchtpistolen waren orangefarbene Hinterlader, bestückt mit Kaliber 12 Munition.

Zwanzig Minuten später sprang das Schnellboot über die Wasseroberfläche wie ein Korken in kochendem Wasser. Die Sterne am Himmel waren hell und klar. Dieselgeruch lag in der Luft, und das Meeressalz setzte sich in Gardners Nase fest. Am Horizont sah er die blinkenden Lichter der Fähren und Tanker, rot, grün und gelb, wie Weihnachtsbaumgirlanden.

»Der Wind wird stärker«, sagte Peterson. »Könnte holprig werden.«

»Und was war das bisher?«, fragte Aimée. Ihr Gesicht war aschfahl.

»Versuche, dich auf den Horizont zu konzentrieren«, sagte Gardner.

»Welcher Horizont?«

Etwas surrte durch die Luft. Unbemerkt. Wie ein unsichtbarer Dartpfeil. Peterson grunzte und fiel aufs Deck. Aimée schrie auf. Aus einem Loch im Hals des Amerikaners schoss Blut. Seine Beine zuckten. Dann bemerkte Gardner ein undeutliches Geräusch über das Rattern der Motoren hinweg. Er schaltete den Antrieb aus, um das Boot zu stabilisieren, und sah zum Heck.

Der Kerl mit dem künstlichen Arm war ihnen auf den Fersen.

Kapitel 83

21:55 Uhr

Kruger trieb den Motor des Zodiac Gummi-Sturmbootes auf volle Leistung und brachte das Boot längsseits neben den Briten und seine blöde Schlampe. Es hatte ihn zwei volle Stunden gekostet, den Virus loszuwerden, den sie in sein Cyberware-Netzwerk überspielt hatten.

Den Steuermann hatte er mit nur einem Schuss aus der Stoner-Rifle-25 umgelegt. Die Waffe war mit 7.62x51mm Kaliber Munition geladen und treffsicher bis zu 1500 Metern. Der aufschraubbare Schalldämpfer hatte sich gelohnt. Das SR-25 war über einen Adapter aus gehärtetem Aluminium an der Unterseite des Laufs entlang der Picatinny-Schiene mit einem Harris-Zweibein verbunden. In der SR-25 befand sich ein kleiner Mikrochip, der es Kruger erlaubte, die Waffe mit seinem künstlichen Arm zu bedienen. Das war so irre – er musste nur daran denken, den Abzug zu betätigen, und die SR-25 gehorchte.

Normalerweise bestanden Krugers Auftraggeber darauf, Kollateralschäden zu vermeiden, aber das Zodiac schaffte es maximal auf 35 Knoten und der Tank war nur halb voll, weshalb er den Steuermann aus dem Weg räumen musste, um sie einzuholen.

Als sich das Zodiac direkt neben dem Schnellboot befand, schaltete Kruger den Motor ab und schwang sich über den Zwischenraum an Deck. Gardner sah ihn kommen. Aber Krugers Arm war übermenschlich schnell und imstande, einen Kinnhaken mit 160 Stundenkilometern auszuteilen, kaum das man nur daran dachte.

Doch der Brite war nicht träge. Tatsächlich war er sogar verdammt schnell. Er verpasste Kruger einen ordentlichen Schlag in die Brust. Er konnte verdammt hart austeilen. Aber nicht annähernd hart genug, um Kruger auf die Bretter zu legen. Er taumelte und richtete im Geiste die SR-25 auf Gardners Oberkörper aus.

Doch der Brite tauchte ab. Als sich der Schuss löste und die Patronenhülse ausgespuckt wurde, schnellte die SR-25 ein wenig nach oben. Eine halbe Sekunde später war ein wütendes Zischen zu hören. Die Kugel war im aufblasbaren Rumpf eingeschlagen.

Dieses Mal wurde Kruger von dem Briten umgerissen. Er blieb gelassen. Sein Arm gab ihm einen taktischen Vorteil, und wenn es hart auf hart kam, würde der Brite den Kürzeren ziehen. Gardner Finger tasteten nach Krugers Augenhöhlen. *Will mir die verdammten Augen auskratzen*, dachte Kruger. *Das hast du dir so gedacht, Kumpel.*

Kruger griff per Gedankenübertragung auf das Zodiac zu und startete den Motor. Dann lenkte er ihn in das Schnellboot. Der Bug bohrte sich in den Rumpf und ließ das Schiff bedenklich schwanken. Die Welt schien zur Seite zu kippen, als säßen sie auf dem Rücken eines wütenden Wals.

Die Schlampe verlor das Gleichgewicht.

Frau über Bord.

»Aimée!«, schrie Gardner.

Kruger ließ seinen Arm nach oben schnellen und schloss seine Finger wie Klauen um den Hals des Briten. Sein Gesicht schwoll an wie das eines Kugelfischs, als die Sauerstoffzufuhr zum Gehirn abgeschnitten wurde. Kruger stellte sich vor, wie all die kleinen roten Blutkörperchen in seinem Schädel verzweifelt um den letzten Rest Sauerstoff kämpften. Beide Hände des Briten versuchten, Krugers künstliche Finger aufzuhebeln, aber das war zwecklos.

Noch mal fünfundvierzig Sekunden, und der Kerl wäre tot. Mehr brauchte es nicht. Kruger hörte das Mädchen im Wasser schreien und um sich schlagen, aber er entschied, dass er sie ertrinken oder erfrieren lassen würde. Er konnte mit beidem leben.

Dreißig Sekunden.

Der Brite hörte auf, an seinen Fingern herumzufummeln. *Sieht so als, als hätte er bereits aufgeben*, dachte Kruger. *Dachte mir schon, dass er ein Waschlappen ist. Wenn es darauf ankam, waren die SEALS schon immer besser als der SAS gewesen.*

Zwanzig Sekunden.

Dann bemerkte Kruger, dass der Brite seine rechte Hand gesenkt hatte und auf der Seite nach etwas herumtastete. Kruger schloss seine Finger fester um seinen Hals und rief ihm zu, sich doch endlich mit dem Sterben zu beeilen.

Zehn Sekunden.

Gardner hielt etwas in der Rechten. Kruger konnte es nicht sofort erkennen. Es war leuchtend rot und klobig. Dann, als Gardner es auf die gleiche Höhe wie sein Gesicht hielt, erkannte Kruger, dass er in die Mündung einer Leuchtpistole starrte.

»Elender Mistkerl!«

Gardner zog den Abzug.

Die Leuchtrakete setzte Krugers rechten Oberarm in Brand. Den Teil, der noch echt war, nicht die Prothese. Den Teil, der noch Schmerz empfand.

Die Mixtur aus Magnesium und Nitrat fraß sich wie Säure in sein Fleisch und durch seine Knochen.

Funken regneten auf ihn herab und verbrannten seinen Bart und den Knorpel in seiner Ohrmuschel. Kruger konnte das alles nicht sehen. Seine Welt war einziges Feuerwerk. Sein Griff um den Hals des Briten lockerte sich, als ihn der Schmerz überwältigte. Seine Nervenenden kochten und sendeten Signale an sein Gehirn. Ein Gefühl, als würde sein Innerstes überhitzen. Er griff mit der linken Hand hinüber und versuchte, die Leuchtrakete auszuschlagen. Aber diese unglaubliche Hitze ... Es war einfach zu viel.

Dann spürte er eine Bewegung. Gardner zog ihn über das Deck. Kruger wollte nach seinen Beinen greifen, aber die Leuchtrakete hatte seine gesamte rechte Seite wie einen Braten geröstet. Der Gestank von verbranntem Fleisch ließ ihn wieder an Afghanistan denken. Ein Geruch, den man nie vergaß. Als er um sich schlug, versagten seinen Nervenenden ihren Dienst, und die Kraft wich aus seinem Arm. Auf einmal fühlte sich seine Prothese einfach nur noch sehr schwer an.

Trotzdem kämpfte er weiter. Denn er wusste, was der Brite vorhatte.

Weil Kruger genau das Gleiche getan hätte.

Gardner schob ihn halb über Bord. Seine Beine lagen noch an Deck, sein Oberkörper ragte über den Rumpf, und über seinem Kopf schlug das Meerwasser zusammen. Und auf eine verrückte Art war er erleichtert, unter Wasser zu sein, denn die kalte Nordsee löschte die brennende Leuchtrakete und kühlte seine Wunden an Gesicht, Schulter und Arm.

Dann sah er die Schiffsschrauben, und war nicht mehr so erleichtert.

Der Brite würde den Motor starten.

Und meinen Kopf zu Chop Suey verarbeiten.

Er versuchte, seinen Kopf aus dem Wasser zu heben. Kämpfte, und kämpfte, und kämpfte. Er schrie unter Wasser: »Fick dich, du beschissener englischer Bastard … du Sack Scheiße«, aber die Worte drangen nur als Luftblasen an die Oberfläche und zerplatzten.

Die Maschinen erwachten zum Leben.

»Du verdammter Hurensohn, du dreckiger …«

Kapitel 84

Felixstowe, Großbritannien, 00:31 Uhr

Gardner ruderte die letzten fünfhundert Meter bis zum Hafen. Mit abgeschalteten Motor konnte er den Lärm auf ein Minimum reduzieren. Er wollte keine Aufmerksamkeit erregen, schon gar nicht die eines übereifrigen Polizisten. Erst recht nicht, wo sein und Aimées Gesicht überall in den News zu sehen war.

Aimée saß im Steuerhaus und zitterte noch von ihrem Sturz ins Wasser. Gardner hatte sie in zwei dicke Wolldecken eingewickelt, die er in einem Erste-Hilfe-Fach in der Kabine gefunden hatte. Sie war nicht länger als eine Minute im Wasser gewesen. Eine heiße Suppe, trockene Klamotten, und sie war wieder auf dem Damm.

Gardner brachte das Boot zweihundert Meter abseits der Marina an Land, wo die Segeljachten schliefen. Er half Aimée aus dem Boot. In Gedanken war er bei Land und dem letzten Akt ihrer Rache.

Noch neun Stunden.

Kapitel 85

London, 08:39 Uhr

Leo Land lief im Büro des Außenministers auf und ab. In dem Raum prallte aufs Geschmackloseste Altes mit Neuem zusammen. An den Wänden verstaubte Porträts, antike Uhren und ergonomische Sofas, Kaffeetische aus Glas und ein HD-Fernseher. Pierce saß in seinem Chefsessel aus Leder. Je entspannter er schien, umso mehr verfinsterte sich Lands Laune.

»Versuchen Sie es noch mal«, sagte Land und blieb vor einem antiken Standglobus aus Birkenholz stehen. Er ließ seinen Blick über die Namen der exotischen Orte gleiten – Niger, Mauritanien, Algerien, Ägypten, Sudan – und spürte, wie seine Chancen schwanden. »Ich meine, warum versuchen Sie es nicht noch einmal?«

Pierce seufzte. »Weil die Antwort die gleiche sein wird. Wenn die Polizei sie aufgespürt hat, werden wir es als erste erfahren und … meine Güte, Leo, Sie dürfen hier drin nicht rauchen!«

Land ließ die unangezündete Zigarette von seinen Lippen hängen. »Ich verstehe es nicht.«

»Sie verstehen was nicht?«

Land antwortete nicht. Im Geist spielte er verschiedene Szenarien durch. Wenn die Wahrheit jetzt ans Licht kam, wäre er geliefert. *Sie werden mich den verdammten Hunden zum Fraß vorwerfen. Denk nach, Mann,* schalt er sich. *Es muss einen Weg geben, aus der Sache herauszukommen.*

»Wir sollten mit den Israelis reden«, sagte er.

Pierce hob eine seiner buschigen Augenbrauen, und auf seinem Kopf schoben sich die Leberflecken zu einer Art Tupfenmuster zusammen. »Oh, und was sollte uns das bringen, Leo?«

»Wir könnten sie dazu ermutigen, eher loszuschlagen. Bevor diese Idioten die Chance bekommen, all die harte Arbeit zu sabotieren.«

»Und Sie glauben allen Ernstes, dass die Israelis keinen Verdacht schöpfen, wenn wir bei denen an die Tür klopfen und fragen, ob es ihnen etwas ausmachen würde, sich etwas flotter über den Iran herzumachen?«, spöttelte Pierce.

Land holte tief Luft. Der Geruch von poliertem Mahagoni stiegt ihm in die Nase.

»Wo immer sie stecken, weit kommen sie nicht. Wenn sie es bis nach England geschafft hätten, hätten wir sie bereits geschnappt.«

Pierce schaffte es, gleichzeitig zu lächeln und die Stirn zu runzeln.

»Der Grenzschutz steht unter enormen Druck«, sagte er. »Jede Woche kommen tausende Menschen unentdeckt nach Großbritannien, wissen Sie. Und wenn der Kamerad früher beim Regiment war … was zum Teufel …?« Pierce starrte aus dem Fenster auf die darunter liegende Straße. Das Büro grenzte an die Parliament Street und das Ehrendenkmal. Land lief ans Fenster und warf einen Blick hinaus. Ein ganzer Medienrummel zog die Parliament Street entlang nach Süden, in Richtung House of Lords, Treasury und Parliament Square. Land sah Übertragungswagen aller wichtigen Nachrichtensender und Reporter, manche in Autos, manche zu Fuß. Sie schienen es verdammt eilig zu haben. Mikrofone, Videokameras und Aufnahmegeräte wogten über die Massen hinweg.

»Das müssen Hunderte sein.«

»Ich frage mich, was die hier wollen?«, sagte Pierce.

»Keinen Schimmer«, sagte Land. Das Zittern in seiner Hand war zurück.

Pierce rief seinen Assistenten ins Büro und ließ ihn den 42-Zoll-Flachbildschirm anschalten, der auf einem Ständer neben dem Kaffeetisch platziert war. Der Assistent schaltete auf Sky News, wo eine Liveübertragung lief, direkt vom Parliament Square. Land erkannte die Person auf dem Bildschirm. Sein Mageninhalt arbeitete sich nach oben, und er schluckte ihn wieder herunter. Hastig griff er nach seinem Jackett.

»Wo wollen Sie hin?«

Land stoppte, drehte sich um und starrte Pierce durchdringend an. »Ich muss sie daran hindern, Milton. Hier steht zu viel auf dem Spiel. Für Sie genauso wie für mich.« Pierces Augen sanken auf den Boden, aber er sagte nichts.

Land stürmte aus dem Zimmer.

Kapitel 86

London, 08:56 Uhr

Sie standen auf einem feuchten Flecken Erde am östlichen Rand des Parliament Square. Wegen der Friedensdemonstranten, die den Platz seit Jahren mit Zelten und Schildern in Beschlag nahmen, war der Boden nur noch schlammiges Erdreich.

Gardner und Aimée standen eng beieinander, ihre Hände berührten sich. Es war ein trüber Morgen, und der Himmel war mit schmutzig weißen Wolken verhangen. Zu Gardners Rechten befand sich die große Festung der Treasury, links von ihm das Strebewerk und der Marmor der Westminster Abbey. Die beiden Gebäude standen sich auf verschiedenen Seiten des Platzes wie Schachfiguren gegenüber. Gardner und Aimée waren bereit für den nächsten Schritt.

Aimée war zurück in ihrer Komfortzone. Sie hatte die zweistündige Zugfahrt von Felixstowe dafür genutzt, ihre Rede zu planen. Diese war kurz, einfach gehalten und auf den Punkt. Sie wartete darauf, dass die Menge sich beruhigte, gab den Fotografen genügen Zeit, sich in Stellung zu bringen, und dann ergriff sie das Wort.

Als sie an dem Punkt angekommen war, dass fremde Agenten in das nukleare Desaster in Istanbul verwickelt waren, riefen ihr die Journalisten von allen Seiten gleichzeitig Fragen entgegen. Sie machte eine Pause. Das Stimmengewirr ebbte ab.

»Wir haben Beweise dafür«, sagte sie in bedächtigem und selbstbewusstem Ton, »dass eine ranghohe Person dieses Landes Kenntnis von geheimen Absprachen zwischen russischen und israelischen Machthabern hatte, die Kofferbombe während ihres Transports in den Iran zur Detonation zu bringen.«

Das Mädchen weiß, wie man die Leute bei Laune hält, dachte Gardner. Er ließ die Dächer und den sich langsam um den Parliament Square herumschlängelnden Verkehr nicht aus den Augen. Sie befanden sich in einem Areal, das keinen Schutz bot, und Gardner musste wachsam sein. Vor drei Dingen hatte er Angst. Das Erste war, dass die Polizei hier auftauchte und Aimée festnahm, bevor sie die Wahrheit aussprechen konnte.

Der Morgen war unfreundlich und brachte einen stürmischen Wind mit sich, der Gardner in die Wangen stach und seine Augen tränen ließ. *Wenn das vorbei ist*, dachte er, *gehe ich ins Ausland. Vielleicht zusammen mit Aimée. Irgendwohin, wo es sonnig und warm ist.*

»Wir wissen nicht, ob diese Person allein gehandelt oder Komplizen hatte. Was wir jedoch wissen, ist, dass diese Person nicht nur ihren Plan vor der Regierung geheimgehalten hat, sondern aktiv an dessen erfolgreicher Umsetzung beteiligt war. Der Name dieser Person ist Leo Land.«

Seine zweite Angst war, dass einer der Reporter ein Undercover-Agent sein würde, der für Land die schmutzige Arbeit verrichtete. Immer wieder ließ er seine Augen über die Journalisten schweifen. Dabei mussten diese gar nicht zwingend eine Waffe am Körper tragen. Er hatte von Pistolen gehört, die man in den leeren Gehäusen von Videokameras verstecken konnte.

Seine dritte Angst galt Land selbst.

»Er ist verantwortlich für den Tod von Zehntausenden …«

Aimée schnitt sich selbst das Wort ab. Eine Gruppe von Reportern ereiferten sich über jemanden in der Menschenmenge. Gardner trat nach vorn. Jemand versuchte, sich in die erste Reihe durchzuarbeiten.

»Aus dem Weg!«

Die Stimme war unverkennbar. Gardners dritte Angst sollte sich bewahrheiten. Leo Land schob sich durch die Menge. Er sah vollkommen aufgelöst aus. Zerknittertes Hemd, seine normalerweise makellose Frisur durcheinander. Er warf den Reportern einen vernichtenden Blick zu, strich seine Krawatte glatt und zeigte mit einem Finger auf Aimée.

»Hören Sie sofort mit diesem Unsinn auf«, sagte er.

Gardner war nicht sicher, wie er den Blick in Aimées Augen deuten sollte. Irgendetwas zwischen Mitleid und Abscheu. »Wir haben die Beweise«, fuhr sie mit tonloser Stimme fort.

Land lief direkt auf Aimée zu. Gardner schob schützend seine Hand zwischen sie. Land schlug nach ihm. »Nehmen Sie Ihre Hände von mir!«

Gardner rührte sich nicht vom Fleck und sagte: »Wenn ich Sie wäre, würde ich das Telefon schwingen und einen Anwalt anrufen.«

»Sie sind derjenige, der einen Anwalt brauchen wird.«

Gardner trat vor Land, so nah, dass sich beinahe ihre Gesichter berührten.

»Machen Sie, dass Sie hier wegkommen. Sie sind Geschichte.«

Land gluckste. »Wem werden sie wohl eher glauben, alter Junge?«

Land drehte Gardner den Rücken zu und marschierte zu einem Punkt direkt vor Aimée, wo er sich den unzähligen Kameras und Mikrofonen zuwandte. Er fuhr sich durch die Haare, dann legte er seine Hände ineinander, in einer Geste der Aufrichtigkeit. »Diese beiden Personen werden von Interpol im Zusammenhang mit zwei Morden in Rotterdam gesucht«, sagte er.

»Er hat uns reingelegt«, rief Aimée.

Land spielte mit ihr. Er drehte den Kopf halb zur Seite und sagte: »Oh, Sie sind unschuldig, nicht wahr? Wenn sie die beiden aber nicht umgebracht haben – wieso sind Sie dann auf der Flucht?« Er wand sich wieder den Reportern zu. *Nicht zu fassen*, dachte Gardner. *Und die hören diesem Arschloch auch noch zu.*

»Wir sind im Besitz von Dokumenten, die das beweisen können«, sagte Aimée leise.

»Natürlich, meine Liebe. Sie sind im Besitz von ein paar Mitschnitten, die offensichtlich manipuliert wurden. Gut gemacht.«

Gardner wollte sich auf Land stürzen, aber Aimée hielt ihn zurück. Er warf ihr einen fragenden Blick zu, so als wollte er sagen: Wollen wir ihn wirklich damit durchkommen lassen?

»Die britische Regierung stuft diese beiden Menschen als Verräter ein«, fuhr Land belehrend fort.

»Es gibt nicht nur diese Mitschnitte«, sagte Aimée.

Land hielt inne. Seine Arme waren wie die eines Predigers, der aus der Bibel las, weit ausgebreitet. »Oh, wirklich? Lassen Sie mich raten, meine Liebe. Noch mehr gefälschte Dokumente und manipulierte Gespräche?«

»Fotografien, um genau zu sein.« Dann flüsterte Aimée Gardner zu: »Ich konnte den Rest der Daten dechiffrieren.«

Land war für einen Moment sprachlos. Er ließ die Arme sinken. »Was für Fotografien?«

»Ich denke, ich werde sie einfach den Menschen hier zeigen und sie sich ihre eigene Meinung bilden lassen.«

Gardner fragte sich, was Aimée um alles in der Welt vorhatte.

»Du miese kleine …«, Lands Lippen zitterten, »… *Schlampe.*«

Aimée ignorierte ihn. Sie hielt einen USB-Stick hoch und schaute fragend in die Runde. »Hat jemand einen Laptop dabei, den wir benutzen können? Dann werden wir sehen, wer die Wahrheit sagt.«

Jemand näherte sich Aimée und übergab ihr seinen Dell Inspiron. Sie steckte den USB-Stick in den Port und öffnete die Datei. Die Reporter drängten sich um den Bildschirm.

»Dafür werden Sie bezahlen«, giftete Land.

Gardner sah nach oben. Der Himmel klarte auf, so wie das Meer bei Ebbe von einem sandigen Strand zurückwich. Sonnenlicht fiel durch die Risse in der Wolkendecke und auf den Platz.

Etwas blitzte auf dem Dach der Westminster Abbey auf.

Gardner erstarrte.

Die Reflexion stammte von dem Lauf eines Gewehrs. Trotz der hundert Metern Entfernung konnte Gardner Details im Gesicht des Schützen ausmachen. Er erkannte den Schnäuzer und den blassen Teint. Er erkannte die fettigen Haare.

Nein.

Auf gar keinen Fall!

Dave Hands zielte auf ihn.

Gardner warf Aimée einen Blick zu. Triumphierend öffnete sie das erste Foto. Sie trat zurück und präsentierte sich damit als beinahe perfekte Zielscheibe. Der rote Punkt des Zielsuchers wanderte langsam an ihrem Rücken hinauf.

Und blieb schließlich auf ihrem Hinterkopf stehen.

– E N D E –

LUZIFER VERLAG

www.luzifer-verlag.de

LUZIFER

VERLAG